BUZZY JACKSON

FAȚA CU PĂRUL ROȘU

Traducere din limba engleză și note
MIHAELA-MAGDALENA DUMITRU

LITERA
București

To Die Beautiful
Buzzy Jackson

Imagini copertă: Joanna Czogala / Arcangel; Shutterstock

Editura Litera
tel.: 0374 82 66 35; 021 319 63 90; 031 425 16 19
e-mail: contact@litera.ro
www.litera.ro

Fata cu Părul Roşu
Buzzy Jackson

Editor: Vidraşcu şi fiii
Redactor: Monica Nedelcu
Corector: Cătălina Călinescu
Copertă: Flori Zahiu-Popescu
Tehnoredactare şi prepress: Ofelia Coşman

Seria de ficţiune a Editurii Litera este coordonată
de Cristina Vidraşcu Sturza.

Descrierea CIP a Bibliotecii Naţionale a României
JACKSON, BUZZY
Fata cu Părul Roşu / Buzzy Jackson; trad. din
lb. engleză: Mihaela-Magdalena Dumitru. –
Bucureşti: Litera, 2023
ISBN 978-630-319-257-4

I. Dumitru, Mihaela-Magdalena (trad.)

821.111

Pentru Rhoda și Leon F. Litwack,
ale căror vieți au fost închinate iubirii și dreptății

„Am petrecut cinci ani în aceeași clasă cu ea. Era foarte tăcută, nu făcea parte din nici un grup, nu venea la petrecerile organizate de școală. Nu râdea niciodată și rareori zâmbea. Dar odată a supărat-o cineva. A reacționat fioros. Atunci am înțeles: dacă te puneai cu pisicuța aceea, ar fi fost bine să porți mănuși."[1]

Cornelius Mol, despre colega lui
de liceu Hannie Schaft

„Am un mare respect pentru pacifiști. Nu mă refer la oamenii care nu fac decât să-și declare dragostea față de pace. Mă refer la cei care luptă pentru credințele lor, fiindcă în momentul de față lumea e îmbătată de război."[2]

Hannie Schaft, extras din eseul scris în liceu
„Oamenii pe care îi admir"

„Urma să punem bazele unei armate secrete... și eram numai fete."[3]

Freddie Oversteegen, despre intrarea în
rândurile Rezistenței Olandeze la vârsta de
paisprezece ani, împreună cu sora ei, Truus

NOTĂ ISTORICĂ

Germania nazistă a invadat Țările de Jos, care își păstraseră neutralitatea, în data de 10 mai 1940, distrugând cea mai mare parte a orașului istoric Rotterdam într-un atac-fulger și preluând puterea cinci zile mai târziu. Austriacul Arthur Seyss-Inquart, antisemit fanatic, care complotase cu Hitler în vederea anexării Austriei și a organizării Nopții de Cristal în 1938, a fost apoi numit Reichskommissar (Comisar al Reichului) al Țărilor de Jos, punând în mișcare teroarea ce avea să vină.

Anne Frank e cea mai cunoscută victimă a Holocaustului olandez. Povestea ei - Rezistența, intrarea în ascunzătoare, trădarea, crima - n-a fost una neobișnuită. În Țările de Jos au fost uciși mai mulți evrei decât în oricare altă țară europeană ocupată de naziști: se estimează că șaptezeci și cinci la sută (circa o sută două de mii de persoane) n-au supraviețuit războiului. Ca să se explice aceste cifre, supraviețuitorii și istoricii au arătat că, din pricina reliefului plan, dens populat, în Țările de Jos era greu să te ascunzi; nu existau păduri întinse sau regiuni muntoase în care să poți să-ți pierzi urma. Un alt factor care a contribuit la experiența olandeză ar fi putut să fie implementarea relativ lentă a măsurilor antievreiești de către naziști, ceea ce a încetinit dezvoltarea Mișcării de Rezistență.

Dar Țările de Jos au fost și locul remarcabilei greve din februarie 1941, primul și singurul protest de masă organizat de ne-evrei contra măsurilor naziste antisemite din Europa. Conduși de Partidul Comunist din Țările de Jos, aproximativ trei sute de mii de cetățeni olandezi au organizat o grevă națională de proporții uriașe și demonstrații timp de trei zile, până când acestea au fost reprimate cu violență de ocupanții naziști și zeci de organizatori au fost uciși.

În timp ce războiul continua, cetățenii olandezi au adoptat forme de rezistență pasivă, cum ar fi arborarea culorii naționale, portocaliul, lectura ziarelor de contrabandă publicate de Mișcarea de Rezistență și ascultarea postului Radio Oranje – ale cărui programe erau emise de la Londra, de către guvernul olandez aflat în exil. Din populația civilă a Țărilor de Jos, se estimează că aproximativ cinci procente au colaborat deschis cu naziștii. Se estimează că alte cinci procente din populație au participat activ la Mișcarea de Rezistență adăpostind evrei, spionându-i pe germani în favoarea Aliaților sau luptând cu arma în mână în confruntări directe cu ocupantul nazist. Dintre acești luptători înarmați, numai câțiva au fost femei.

PROLOG

1945
Închisoarea Amstelveenseweg, Amsterdam

Poți să treci pe lângă soarta ta întreaga viață fără s-o vezi, dar închisorile chiar sunt făcute astfel încât să fie greu de remarcat. Închisoarea Amstelveenseweg ocupă un întreg cvartal și e ridicată din bucăți de piatră cenușie poroasă, ca un monument închinat unui faraon. Probabil că, în drum spre universitate, am văzut clădirea de o mie de ori. Dar nimic din ceea ce văd acum nu-mi e cunoscut.

În timp ce sunt escortată în atriumul central, aerul se răcește, iar acustica se ascute. Șoapte joase se lovesc de grinzile metalice care se avântă spre tavan. Dacă aici există bărbați ce sunt ținuți prizonieri, nu-i văd. În schimb, femei de toate vârstele, de la adolescente deșirate la femei gârbovite și în vârstă, sunt grupate câte două-trei în celulele lor, unde vorbesc, se roagă sau încearcă să adoarmă.

La trecerea mea, capetele se ridică brusc și simt cum privirile lor mă țintuiesc de la spate. Atunci încep murmurele. Paznicii care mă străjuiesc de-o parte și de alta mă strâng mai tare, cu degetele lor hrăpărețe ca niște colți prinși de brațele mele.

–*Mach!* spune paznicul. Nu te opri!

Nu ne oprim, dar şoaptele alunecă pe lângă noi precum o pâclă, gonesc înaintea noastră spre sutele de celule mici şi reci, suprapuse pe patru etaje. Cu fiecare pas pe care-l fac, zgomotul e tot mai puternic, mai dens, mai tare.

Târşâitul de picioare al femeilor care se apropie de grilajul celulelor ca să privească. Zăngănitul unei uşi de celulă zgâlţâite, metal lovind metalul. Ceva creşte. Undeva, deasupra mea, aud aplauze...

– *Ruhe!* spune un paznic de deasupra noastră. Tăcere!

Preţ de o clipă, e linişte. Apoi, de-a lungul atriumului de la alt etaj, două suflete avântate scot un strigăt grav. Pâcla se răspândeşte peste tot, învolburându-se în jurul nostru precum cel mai tăcut tumult, o ceaţă de dreptate care pluteşte, devenind tot mai densă. Sunetul speranţei. Chiar şi în locul ăsta.

Ajung la capătul coridorului, iar femeile mă întâmpină zicându-mi pe nume:

– Hannie, Hannie! Hannie Schaft! *Het meisje met het rode haar!* Fata cu Părul Roşu!

Nu le răspund.

Trecând prin dreptul ultimei celule, mă opresc ca să privesc înăuntru. O femeie în vârstă, cu ochii cufundaţi în orbite şi cu părul lung, nepieptănat, se odihneşte pe un pat mic, sprijinindu-şi umărul noduros de peretele rece. Are pielea cenuşie şi, stând cu ochii închişi, pare moartă. Dar ochii i se deschid încet.

Mă vede. O văd şi eu. Cumva, cadavrul ăsta ridică o mână tremurătoare, care seamănă cu o gheară. N-am întâlnit-o niciodată, dar o cunosc.

Prea slăbită ca să se poată ridica în picioare, înalţă un pumn osos în semn de salut.

– *Verzet!* şopteşte ea. Rezistă!

Aşa am de gând să fac.

PARTEA ÎNTÂI
OZO

1940–1943
Amsterdam

1

1940, toamna

N-am fost întotdeauna un copil singur la părinți.

Stând pe marginea chiuvetei ciobite din fața mea, pasărea de argint așteaptă, înghețată în zbor, o siluetă ca un bombardier cu cele două aripi întinse și cu coada învolburată într-o spirală cochetă. O rândunică. Ultima oară, o purtasem la un concert. În urmă cu câteva luni.

Era vorba despre broșa lui Annie, desigur. Tata i-a dăruit-o după ce zburase rândunica ei adevărată. Eram mică pe atunci, aveam vreo patru ani, prin urmare Annie avea nouă. Era după miezul nopții și dormeam atunci când Annie m-a înghiontit în braț.

–Johanna, uite!

Ținând o lumânare într-o mână, ea arăta cu cealaltă spre podea, lângă patul pe care-l împărțeam. Acolo se afla o pasăre mică, una cu pene maro și cenușii, cu capul aplecat într-o parte ca să ne privească, ascultând, parcă, vorbele lui Annie. A piuit. Eu am icnit, iar Annie m-a oprit, fluturând din mână.

–Șștt!

–Las-o să zboare afară pe fereastră! am spus eu.

–Am încercat, a răspuns ea. Dar a intrat din nou!

N-o credeam. Uitându-mă peste umărul surorii mele, am văzut cum ghemul de puf a făcut câțiva pași țanțoși, legănându-se, cu gheruțele stârnind un zgomot ca de șoaptă pe scândurile podelei. În cele din urmă, a zburat spre fereastra deschisă și s-a avântat dincolo de ea.

– Vezi? A plecat! am spus eu.

Dar după o jumătate de secundă, pasărea s-a întors la fereastră și a fâlfâit din aripi în fața ei, zburând în zigzag și strecurându-se din nou în încăpere, după care a aterizat și a țopăit până la locul său de pe podea, lângă patul nostru. A piuit iarăși la noi.

– Ce facem cu ea? am întrebat eu.

– O păstrăm, a spus Annie.

Ea găsea mereu răspunsurile.

Și am păstrat-o, o vreme. În cele din urmă, după ce vrabia a plecat de tot, tata i-a dăruit lui Annie o broșă de argint în formă de pasăre, rămasă de la *oma* noastră. Am fost invidioasă, dar înțelegeam de ce: Annie avea energia unei vrăbii, aceeași inteligență și aceeași curiozitate. Se spunea că și *oma* fusese la fel. După câteva luni, tata mi-a dăruit și mie o broșă: o vulpiță de argint. Era nouă-nouță. El mi-a spus:

– *Mijn kleine vos!* Mica mea vulpe! Asta e pentru tine.

– Dar eu n-am găsit o vulpe, am răspuns, derutată. Annie a găsit o pasăre!

El a râs.

– E datorită părului tău roșcat, prostuțo!

M-a ridicat în brațe și și-a îngropat fața în buclele mele.

Era prima oară când am înțeles că exista o diferență între felul în care mă cunoșteam eu pe dinlăuntru și cel în care mă vedeau alții.

*

„Pune-ți naibii broșa odată!"

Am luat vrăbiuța de pe marginea chiuvetei și i-am trecut acul prin gulerul paltonului meu de lână groasă, înțepându-mă la degetul mare de îndată ce acul a pătruns pe partea cealaltă.

– Fir-ar să fie!

– Uite, de asta sunt avertizate tinerele nevinovate despre pericolele marelui oraș! a spus Nellie. A ajuns deja să înjure ca un pirat!

Ea și Eva au intrat grăbite, râzând, pe ușa mansardei pe care o împărțeam.

– Fir-ar să fie! am repetat eu.

Încercasem să-mi scot broșa cu degetul însângerat, iar acum lâna de culoarea caramelului era pătată. Am băgat gulerul sub robinet.

– Ia lasă-mă pe mine! a spus Eva, mămica grupului nostru.

Noi trei fuseserăm la școală împreună, la Haarlem, deși pe atunci nu eram apropiate. Mă aleseseră fiindcă mă știau: fata timidă care făcea toate exercițiile suplimentare date de profesori; fata care purta două pulovere într-o zi de primăvară fiindcă mama ei era convinsă că altminteri avea să moară dintr-o banală răceală. Nu eram genul care să facă probleme cuiva.

– Vai de mine, de unde a apărut minunăția asta? a întrebat Nellie ridicând broșa, care a sclipit în lumina slabă. E frumoasă!

– De la sora mea, am răspuns eu, smulgându-i-o din mână. Mersi, trebuie să plec, am întârziat!

– Scuze! a făcut Nellie.

– Nu-i nimic, doar că sunt în întârziere! am spus eu, deja ajunsă pe coridor și îndreptându-mă spre scara îngustă pe care trebuia s-o cobor.

Îmi simţeam obrajii arzând, iar genele mi se umeziseră. Annie era moartă de treisprezece ani. Rândunica asta nenorocită!

Mă pricepeam de minune să fiu un nimeni. Exersam de ani întregi. Aşa că în seara aceea mi-am ocupat locul în marea sală de bal a universităţii, acolo unde mă simţeam cel mai bine: în capătul îndepărtat al încăperii. Ca să am ceva de făcut cu mâinile, am avut grijă să accept un pahar de sifon care mi se oferise. Am luat câte o înghiţitură din el în timp ce sala se umplea de studenţi, iar conversaţiile lor zumzăiau în jurul meu. Fetele din comitetul de recepţie al AVSV, Asociaţia Studentelor din Amsterdam, stăteau îngrămădite la intrare, îmbrăcate în rochii colorate şi vorbind cu glasuri melodioase. Îi întâmpinau pe toţi cei care intrau, mai ales pe băieţi, care le atingeau cu braţele şi cu umerii în timp ce stăteau de vorbă cu ele. Pe câte unii, fetele îi îmbrăţişau şi-i sărutau pe obraji. Oare cum era să fii atât de relaxată în prezenţa băieţilor? Ar fi trebuit să le spun „bărbaţi"? Păreau atât de copilăroşi!

– Scuze! a spus unul dintre ei, un student care s-a lovit cu spatele de mine în timp ce-şi căuta tovarăşii.

– Te scuz! am răspuns eu.

Ca nişte bebeluşi gigantici, aceşti tineri călcau în picioare lumea din jurul lor.

– Îmi dai un foc?

Am tresărit, enervată. Dar era o tânără de vârsta mea.

– N-am vrut să te sperii! a adăugat ea.

Era mai înaltă decât mine cu câţiva centimetri, ceea ce însemna că avea un metru şaptezeci, dar prezenţa ei era atât de distinsă, încât părea şi mai înaltă. Părul lucios îi cădea în valuri peste umerii goi, iar negrul lui ca de miez de noapte contrasta cu cerul azuriu al rochiei cu crinolină. Ochii ei aveau culoarea chihlimbarului, cu gene lungi, arcuite, şi cu o privire surprinzător de inocentă. Buzele îi erau rujate într-un roz corai tropical. Arăta ca o vedetă de cinema. Eu purtam o fustă bej şi o bluză albă, simplă, aşa că eram surprinsă că mă remarcase. Ea continua să zâmbească. Apoi a clipit.

– Îmi pare rău, n-am! am răspuns.

Chiar îmi părea rău, fiindcă nu voiam să se îndepărteze chiar în acel moment. Încercasem să fumez, dar fumul de ţigară mă făcea să tuşesc. Însă acum mi-am spus că trebuia să încerc din nou. Fumatul ar fi putut să mă ajute în astfel de clipe.

– Ce n-ai? Un foc? a întrebat ea. Sau o ţigară?

– Vreuna! am răspuns eu, iar apoi m-am corectat. Nici una!

A râs, scoţând un chicot melodios şi prietenos, deloc răutăcios.

– Philine! Aici!

I-a făcut semn cu mâna unei alte fete, care îşi croia drum prin mulţime. Această nouă fată, Philine, era un pic mai înaltă decât mine şi o prezenţă ceva mai puţin spectaculoasă decât prietena ei. Era frumoasă, dar într-un fel mai pământesc. Păr şaten, ochi căprui, un zâmbet relaxat. Rochia ei părea să fi fost strâmtată şi tivul desfăcut de câteva ori, după modă. La fel se întâmplase şi cu fusta mea. Asemenea prietenei sale, Philine avea o atitudine dezinvoltă. Mi le imaginam pe amândouă pe un ecran de cinematograf. Eu, pe de altă parte, puteam să dau oricând probă pentru rolul prietenei urâte dar inteligente a eroinei. Fata cu capul pe umeri.

– De ce te ascunzi aici, Sonja? a întrebat-o Philine pe prietena ei. Încerci să scapi de peţitori?

– Cam așa ceva, a răspuns Sonja. Credeam că membrele AVSV trebuie să-și poarte de grijă unele altora, dar fata asta nu vrea să-mi dea un foc.

Mi-a făcut cu ochiul. Fața mi s-a îmbujorat de rușine. Aveam douăzeci de ani; ar fi trebuit să învăț să fumez până la vârsta asta.

Philine mi-a zâmbit.

– Eu sunt Philine! Cum te cheamă?

– Hannie! am răspuns, surprinzându-mă și pe mine.

Până atunci, toată lumea îmi spunea „Johanna" sau „Jo", dar cu un an în urmă, pe vremea când începusem cursurile la Universitatea din Amsterdam, mă bătuse gândul să-mi iau alt nume. Până acum nu încercasem. Numele acela părea prețios. Prea îndrăzneț. Și nu eram sigură că-mi câștigasem dreptul să mă gândesc la mine ca la o altă persoană.

– Hannie! a repetat Philine, acceptând numele meu fără urmă de surprindere.

Așa cum ar fi făcut-o oricine. Mama îmi spusese întotdeauna că gândeam prea mult.

Philine a dat mâna cu mine.

– Pe Prințesa Sonja ai cunoscut-o deja. Nu-i o prințesă adevărată, a adăugat Philine în clipa în care am făcut ochii mari, iar apoi a zâmbit și mi-a strâns mâna între mâinile ei.

– Ei, după mamă, sunt rudă cu Habsburgii! a spus Sonja cu o urmă de mândrie în glas.

– O să cred asta atunci când o să te măriți cu un prinț! a exclamat Philine. Dar tu? Ești și tu prințesă? Sau o banală studentă la Drept, ca noi?

Le-am zâmbit, fericită. Erau atât de inteligente, de frumoase și debordau de energie, iar eu doream cu disperare să continui să vorbesc cu ele! Sperasem ca la universitate să-mi fac mai mulți prieteni decât avusesem în liceu, dar repetam aceleași greșeli, refuzând invitații la cafea sub pretextul că aveam prea multe teme de făcut. N-aveam mai multe decât ceilalți, dar gândul de a mă întâlni cu străini îmi făcea palmele să asude. Și acum îmi erau umede. Nu mă aflam la acea petrecere decât fiindcă jurasem la începutul săptămânii să mă duc acolo și să stau măcar treizeci de minute. Mai aveam opt.

– Nu sunt decât o banală studentă la Drept! am răspuns, simțindu-mă ceva mai relaxată în prezența solară a celor două, ceea ce era un lucru neobișnuit pentru mine. Sunt din Haarlem, am adăugat.

– Minunat! a exclamat Philine.

– N-am fost niciodată acolo, a spus Sonja.

– Sonja! a certat-o Philine.

– Ce-i?

– Ai călătorit la Paris și la Roma, dar n-ai fost niciodată la Haarlem? E la zece mile depărtare de aici!

– Ei, bine, Parisul are Luvrul, iar Roma are Colosseumul. Haarlemul ce are?

– Sonja! a exclamat Philine, lovind-o peste mână.

– Scuze, scuze! a răspuns Sonja, întorcându-se spre mine. Sunt sigură că e minunat. Mă duc acolo în weekendul ăsta.

– Ba n-o să te duci! a spus Philine, întorcându-se spre mine. Înțelegi acum de ce o numim „Prințesa".

– Prințesa? ne-a întrerupt discuția un glas jos, atunci când un băiat înalt și blond, îmbrăcat într-un costum bleumarin, s-a apropiat de noi. Sonja, iată-te! Te căutam!

Cu părul frumos pieptănat și afișând un zâmbet încrezător, era tipul de bărbat chipeș care mă neliniștea. Prea frumos. Prea sigur de sine. Evitam astfel de bărbați, fiindcă ce aş fi avut de vorbit cu ei? Din fericire, în prezența Sonjei, eu şi Philine păream invizibile.

– Piet! Ce mai faci? a strigat Sonja, punându-şi brațele elegante în jurul lui, în acelaşi fel nonşalant şi totuşi cochet pe care-l perfecționaseră fetele din comitetul de recepție.

Părea atât de naturală!

Liniile pătrate ale bărbiei lui Piet s-au îndulcit, fiindcă pe fața lui a apărut un zâmbet larg, relaxat şi fericit, precum cel al unui băiețel care vedea cum sosea tortul de ziua lui.

– Te-am aşteptat ieri la bibliotecă! a spus el.

– Da?

Sonja i-a şoptit ceva la ureche, iar ochii lui s-au mărit de încântare. Am încercat să-mi închipui ce vorbe care să aibă un asemenea efect ar fi putut spune ea, dar n-am găsit nimic. Sonja s-a desprins din brațele lui şi ne-a prezentat.

– Piet, o ştii pe Philine!

El a dat din cap, a luat mâna lui Philine şi a sărutat-o cu un formalism exagerat. Ea a făcut o reverență, intrând în joc.

– Iar ea e prietena noastră, Hannah.

– Hannie, a corectat-o Philine.

– Hannie!

Piet s-a întins spre mâna mea, dar eu mi-am smuls-o, temându-mă ca nu cumva să mi-o sărute. Piet a părut stingherit.

– Îmi pare rău! a spus el, uitându-se spre Sonja, ca să vadă dacă o jignise.

– Nu, mie îmi pare! am spus eu, jenată şi enervată din cauza reacției mele.

– Ce i-ai făcut sărmanei fete? a întrebat Sonja, tachinându-l.

Știam că era doar o glumă, dar tot am simțit o împunsătură de satisfacție văzând-o cum mă apăra.

– Știi, Piet, tocmai urma să plecăm, a spus Sonja. Dar mă bucur că te-am văzut!

L-a sărutat pe obraz, lăsându-i pe piele o urmă ca un boboc de trandafir roz, perfect, iar apoi ne-a apucat pe mine și pe Philine de câte o mână.

– Trebuie să ajungem acasă la Hannie, a spus ea, trăgându-ne spre ieșire. Mâine e o zi mare! O să fie primită de regină.

Pe fața lui Piet s-a văzut cum îi pierea încrederea în sine.

– Dar dansul abia a început! a spus el.

– Știu, dar..., a răspuns Sonja, mărind pasul de parcă ar fi fost atrasă, împotriva propriei voințe, de forța de gravitație a ușii, ...e vorba de regină!

I-a trimis o bezea și pe noi ne-a tras după ea pe lângă fetele de la AVSV care străjuiau intrarea și care au privit-o deloc întristate să vadă că pleca mica vedetă.

– Paltoanele! a spus Philine, întorcându-se și trăgându-ne după ea cu o mișcare de parcă ar fi pocnit dintr-un bici.

Sonja a scos un chiot, iar eu am patinat pe podeaua acoperită cu plăci de gresie, în direcția garderobei. Ne-am repezit spre ieșire și apoi am ajuns în curtea interioară, unde ne-am oprit în cele din urmă, râzând de aventura noastră prostească.

– Cine era? a întrebat Philine.

Sonja și-a dat ochii peste cap.

– Pieter Hauer. Îl evit de câteva săptămâni.

– Pare drăguț, a spus Philine. Și chipeș.

Sonja s-a uitat la mine.

– Cum ți s-a părut?

Am încercat să găsesc ceva inteligent de spus despre curtezanul ei, dar n-am reuşit. Era mai simplu să spun adevărul.

– Nu mi-a prea plăcut.

– Aşa! a făcut Sonja, îmbrăţişându-mă. Ştiam eu că eşti o fată bună, a adăugat ea. Chiar dacă nu mi-ai dat un foc.

– Ce-i aia? a întrebat Philine, privindu-mă cum mă chinuiam să-mi îmbrac paltonul, pe care prinsesem broşa lui Annie. E frumoasă, a spus ea, aplecându-se. E un graur?

– O vrabie, am explicat eu.

– La fel ca tine! a spus Sonja aruncându-mi un zâmbet generos, blând şi hotărât. Vezi, despre asta vorbeam zilele trecute, i s-a adresat ea lui Philine. M-am plictisit de astfel de petreceri. Trebuie să ne lărgim cercul de prieteni. Tocmai spuneam lucrul ăsta! Şi apoi a apărut Hannie. Ca o vrăbiuţă!

Stăteam între ele, mută de uluire, dar simţindu-mă încurajată. Sonja mi-a mângâiat o buclă.

– Aş da orice ca să am un păr ca al tău!

– Ca al meu?!

Mi-am dus o mână la cap şi am tras de o şuviţă din părul meu de un roşcat aprins. S-a buclat din nou după ce i-am dat drumul. „*Kleine vos*" – după cum spunea tatăl meu, dar părul ăsta era un blestem pentru mine. Întrebaţi-i pe toţi puştii aceia care mă necăjeau în copilărie!

– Îţi aminteşti cum ţi-ai dat cu peroxid pe păr, ca să-l deschizi la culoare? a întrebat-o Philine pe Sonja, făcând o grimasă.

– Câh, a ieşit o nuanţă de maro care amintea de culoarea gândacului de bucătărie! Dar cu ăsta, a spus

Sonja rearanjându-mi unul dintre zulufi ca să-mi cadă peste ochi, trebuie să te naşti. E mândria ta!

În ultimele zece minute primisem mai multe complimente decât în ultimii douăzeci de ani din viaţă, sau cel puţin aşa simţeam. Întotdeauna roşeam cu uşurinţă, iar acum faţa mi se făcuse trandafirie de ruşine. Şi de fericire.

Philine a îndemnat-o pe Sonia:

- Haide să mergem la tine acasă şi să ascultăm discuri!

- N-o crede, a spus Sonja, coborându-şi glasul până la o şoaptă conspirativă. Mergem la mine ca să ascultăm Radio Oranje şi să bem vin.

Eu, să merg cu ele, două fermecătoare fete de oraş, ca să ascultăm postul de radio al Rezistenţei de la Londra? Credeam că eu şi Nellie eram singurele studente care ascultau veştile transmise în fiecare seară de regina noastră exilată. Şi să bem?!

Nu-mi dădeam seama cum de se întâmplase una ca asta, dar cele două fete erau interesate de mine. Nu ştiau că eram o vulpiţă timidă, care îşi petrecea serile singură, gândind şi visând. Credeau că eram o vrăbiuţă, curajoasă şi „hotărâtă". Iar, lucrul cel mai bun dintre toate, pentru ele nu eram decât Hannie.

Mulţumită Sonjei şi lui Philine, toate acele calităţi pe care ele credeau că le aveam - au devenit reale.

2

1941, iarna

Poate că n-aş fi ajuns niciodată în Mişcarea de Rezistenţă dacă nu mi-ar fi venit ciclul în dimineaţa aceea de marţi. După ce m-am trezit, am văzut o urmă ruginie de sânge pe aşternuturi.

Aveam propriul colţ în mica noastră mansardă, care era o singură cameră bine aranjată, cu tavane înclinate, la fel ca în dormitorul meu din copilăria pe care mi-o petrecusem la Haarlem. Patul lui Nellie şi cel al Evei ocupau colţurile îndepărtate ale camerei; al meu era înghesuit într-un alcov, lângă şemineu. Olanda compensa absenţa munţilor prin clădiri înalte şi înguste. Întotdeauna făceam două-trei camere dintr-una singură, găsind loc liber acolo unde, tehnic vorbind, nu exista. Ca ţară, ne mândream cu găsirea de soluţii practice, fiind o naţiune mică, dar rezistentă, de oameni cu picioarele pe pământ, care ştiau că succesul unui regat de proporţii reduse, înghesuit, depindea de respectarea regulilor şi a bunelor maniere.

– Bună dimineaţa! a spus Nellie, aplecându-se peste chiuveta cu apă rece, ca să-şi privească faţa în oglindă.

Păr blond, ochi albaştri, o frumuseţe tipic olandeză, la fel ca Eva. Aşa cum voisem dintotdeauna să fiu şi eu.

– Of, porcăria asta de centură sanitară! am exclamat, răsucindu-mă de mijloc ca s-o prind la loc cu clemele de oțel.

Ca mai toate fetele pe care le cunoșteam, foloseam o centură sanitară pe care mi-o făcuse mama, iar acum, fiindcă ea nu era aici ca s-o repare, se destrăma. Refuzasem să învăț să cos, o neobișnuită dovadă de rebeliune din partea mea. Nu voiam să-mi petrec timpul cosând haine rupte, așa cum făcea mama.

– Sunt sigură că poți să capeți una mai bună de la locul acela unde lucrează mătușa mea ca voluntar! a spus Nellie. Au lucruri dintre cele mai bune. Centuri elastice, absorbante Kotex, toate produsele moderne.

– Vorbești serios?

M-am ridicat și mi-am privit cearșafurile. Arătau ca scena unei crime.

– Și ți le dau gratis?

– Așa cred, a răspuns ea. Au mormane întregi de lucruri!

Și-a luat paltonul și geanta, pregătindu-se de plecare. Simțeam cum centura sanitară zdrențuită îmi atârna pe șolduri, pe sub cămașa de noapte pătată.

– Poți să-mi dai adresa?

Deși eram încă studentă la Drept, nimic din ceea ce mi se preda despre justiție nu părea să se aplice în lumea aflată în rapidă schimbare din afara sălilor de curs. M-am născut în 1920, la doi ani după Marele Război, care urma să pună capăt tuturor războaielor. Nimeni nu-și imagina că mai urma unul. Iar atunci când Germania ne-a invadat, am vrut să merg la luptă, sau măcar să fiu de ajutor cumva. Dar ce puteam să fac? Micuța armată olandeză se dizolvase după invazie, și oricum nu existau femei-soldat. Să fug din țară? Nu voiam să-mi abandonez căminul. Voiam să rămân și să fac... ceva. Am mers la biroul alianței pentru refugiați în căutarea unei centuri sanitare mai bune și am sfârșit oferindu-mă să lucrez ca voluntar de două ori pe săptămână.

Alianța era formată din câteva femei care erau implicate politic, mai apropiate de vârsta mamei mele, sub conducerea formidabilei noastre supraveghetoare, sora Dekker, care asigura accesul la rezervele spitalicești. Femeile astea se oferiseră ca voluntare în ajutorul refugiaților – în cea mai mare parte, evrei polonezi și germani care fugeau de naziști – încă din primele zile ale Războiului Civil din Spania. Nu făceau nimic periculos, împătureau lenjerie și pregăteau cutii cu ajutoare de urgență pentru familiile nevoiașe, dar erau de folos. Ceva ce puteam să fac și eu.

În plus, îmi oferea o nouă ocazie să le ajut pe prietenele mele, Sonja și Philine. La numai câteva săptămâni după ce le cunoscusem, toți studenții, angajații și profesorii evrei fuseseră dați afară din școlile publice, printre care se număra și Universitatea din Amsterdam. Le ajutam pe Sonja și pe Philine mergând la cursuri dimineața și apoi repetându-le după-amiaza materia predată. Am apărut la una dintre ședințele noastre de studiu aducând, special pentru Sonja și Philine, o întreagă cutie de produse sanitare destinate igienei feminine. Și asta a fost. Nimic nu cimentează mai bine prietenia dintre femei ca lamentările legate de petele de sânge.

– Sora Dekker a spus că de acum încolo o să avem nevoie de un număr dublu de pachete cu ajutoare! am anunțat eu în timp ce ne plimbam prin cartierul Sonjei într-o după-amiază.

Trecuseră opt luni de la invazie și două de când le cunoscusem pe fete.

– Te muncesc de toți banii! a spus Sonja.

La început, munca de voluntar păruse bizară, fiindcă nu făceam decât să stăm la mese lungi de lemn și să împachetăm în cutii produse de toaletă, truse de bărbierit și conserve de carne. Genul de lucruri pe care-l făceam în copilărie împreună cu mama, ca parte a programelor bisericii. Dar în ultima vreme întregul curs al vieții se accelerase, iar ritmul de lucru creștea zi de zi.

– Unde se trimit toate pachetele astea cu ajutoare? a întrebat Philine în timp ce mergeam pe trotuar, ocolindu-i pe oamenii ieșiți la cumpărături.

– Cele mai multe, la Westerbork, am răspuns eu.

Westerbork era un lagăr cu barăci și depou feroviar, situat la vreo sută de mile nord-vest de Amsterdam, construit înainte de război ca să-i găzduiască pe refugiații evrei care fugeau deja din Germania. Auzisem zvonuri că naziștii aveau de gând să-l transforme într-un spațiu de încarcerare pentru evreii olandezi, dar așa ceva părea o măsură exagerată. Se șopteau tot felul de lucruri despre ce s-ar fi putut întâmpla cu evreii, cu țiganii și cu oricine care încerca să-i ajute, dar astea erau Țările de Jos, patria lui Erasmus, a lui Spinoza și a câtorva secole de toleranță religioasă. Am încercat să-mi alung gândurile negre. Așa cum alungasem din minte și posibilitatea unui al doilea război mondial.

– De ce sunt atât de de aglomerate mesele astea? a întrebat Sonja.

Plănuiserăm să ne oprim la o cafea, dar Sonja avea dreptate: toate cafenele erau pline de oameni. Eram obișnuite să vedem străzile inundate de soldați germani. Cei tineri, cu chipie și jachete scurte, erau cei mai prietenoşi, fericiţi, fără îndoială, să fie cantonaţi în Amsterdamul încântător şi lipsit de apărare.

– Dezgustător, a spus Philine cu glas scăzut, în clipa în care am observat o mulţime de soldaţi pe celălalt trotuar.

Soldaţii aruncau unui grup de elevi nişte bomboane în ambalaje viu colorate. Punând mâna pe dulciurile atât de rare, copiii scoteau ţipete de teamă, dar şi de încântare.

– Cât sunt de prietenoşi în uniformele lor hidoase! a spus Sonja.

– *Feldgrau!* Verde-gri! am scrâşnit eu cuvântul, ca şi cum acesta mi-ar fi lăsat un gust rău în gură, ceea ce era cât se poate de adevărat.

Aceea era culoarea pe care o purtau mai toate trupele germane, un gri-verzui greţos, ce devenise pe tăcute parte din peisajul Amsterdamului, acoperind trupurile soldaţilor, camioanele lor şi punctele de trecere militarizate.

– Nici nu-i o culoare adevărată, a spus Philine. Ca talpa unui pantof.

– Partea din spate a canapelei, a adăugat Sonja.

– Sau linoleumul din azilele de nebuni, am spus eu.

– Da! a confirmat Sonja, râzând.

– Bună ziua! a strigat un soldat, fluturând o mână spre Sonja.

– Ignoră-i! a sfătuit-o Philine.

– Să căutăm un loc în care să putem să şedem! a propus Sonja, obişnuită să evite atenţia nedorită a bărbaţilor.

Am cotit, intenţionând să ne strecurăm într-una dintre cele câteva cafenele din piaţă, dar ne-am oprit brusc. Piaţeta fusese ocupată de o estradă portabilă, o scenă înaltă, cu un acoperiş de pânză groasă sub care stăteau cei douăzeci și ceva de membri ai unei fanfare, având în față niște pupitre negre. Cu toții purtau uniforme și țineau în mână instrumente. Un dirijor îmbrăcat, de asemenea, în uniformă, a lovit cu bagheta în pupitru ca să le atragă atenția muzicanților. Dintr-o parte în cealaltă a scenei se întindea o bandieră pe care scria *Musikkorps der Ordnungspolizei*.

– Orpo are o formație?

– De unde afli lucrurile astea? a întrebat Philine, care încă se căznea să descifreze toate literele scrise pe bandieră.

– De la alianța pentru refugiați, am răspuns eu. Femeile de acolo știu totul.

Am rămas la marginea pieței, privind pregătirile muzicanților.

Formația era înghesuită pe o scenă mică, dar restul pieței era puțin populat; nu se vedeau decât un grup de soldați și de comandanți germani care purtau uniforme țipătoare, adunați în partea din față, și câteva grupulețe de cetățeni olandezi curioși, mai ales adolescenți și copii, adunate mai în spate. Mesele cafenelelor din piață fuseseră îndepărtate.

De asta erau atât de aglomerate străzile laterale! Spectacolul mă jignea până în măduva oaselor: ideea că nemții puteau să irosească timp și resurse pe un lucru atât de inutil precum era organizarea acelei fanfare polițienești, transportând de la Berlin, cu trenul, toate instrumentele muzicale și pupitrele, ba chiar și partiturile, impunându-ne cultura lor otrăvită în timp ce ne furau țara de sub picioare! Ar fi putut măcar să transporte niște alimente. Rafturile din magazine erau deja goale.

– Cel puțin hainele lor au o culoare mai frumoasă! a exclamat Sonja.

Membrii Orpo purtau uniforme de un verde-gri mai deschis, dar tot instituţional.

– Nu te lăsa păcălită, sunt tot soldaţi SS, am spus eu.

După primele zile ale invaziei, ne luase doar câteva săptămâni să învăţăm abrevierile denumirilor absurd de complicate ale regimentelor naziste. Ordnungspolizei erau Orpo, corpul poliţienesc obişnuit; temutele Schutzstaffel erau SS-ul, jucând un rol aflat între poliţia de stradă şi mardeiaşii de pe aleile dosnice, iar Sicherheitsdienst des Reichsführers-SS erau SD, serviciul secret al SS-ului – spionii. Iată, îmi fusese de folos să învăţ germana la şcoală. În timp ce vorbeam, dirijorul a spus ceva în nemţeşte pe un ton sentenţios, iar muzicanţii au început să cânte. Trâmbiţatul de alămuri al marşului militar a umplut piaţa cu un *um-pa-pa* sfidător de jovial.

– Câh! a făcut Sonja, care prefera jazzul pe care-l asculta acasă, la gramofon.

– Ce ai mai auzit despre Westerbork? a întrebat Philine cu glas scăzut, aplecându-se spre mine ca să se facă auzită peste sunetul muzicii.

– Dekker spune că acum toate ajutoare sunt trimise acolo. Germanii au venit la spitalul la care lucrează ea şi au confiscat toate dosarele pacienţilor, doctorilor, angajaţilor – practic, pe ale tuturor. Au spus că toate astea le trebuie ca să reorganizeze acţiunea de ajutorare.

– Dosarele? a întrebat Philine. Ce dosare?

– Formularele de identitate, presupun. Nume, adrese, locul de muncă etc. Ca şi cum germanii au nevoie să înlocuiască sistemul nostru cu al lor.

Nimeni nu-i întrecea pe olandezi atunci când venea vorba despre funcţionarea ordonată şi eficientă a instituţiilor de stat; în Ţările de Jos, administraţia civilă era mai puternică decât armata.

– Asta e o crasă încălcare a dreptului la viață privată, i-am spus eu cu glas scăzut lui Philine, încrezătoare în analiza mea juridică. Sunt sigură că o astfel de acțiune contravine Convenției de la Geneva, din 1929.

– Îi izolează pe evrei, a șoptit Philine, cu privirea ațintită la pietrele pavajului.

Abia o auzeam.

– Poftim? am întrebat. Nu, au vrut toate dosarele. Nu doar pe cele ale evreilor.

Sonja și Philine mi-au aruncat priviri neîncrezătoare. A durat o clipă; apoi prăpastia diferenței de circumstanțe s-a căscat între noi pentru prima oară. În expresia de pe fețele lor, vedeam limpede ce anume gândeau în acel moment: dacă germanii doreau să introducă o segregare între angajații spitalului și pacienți pe motive religioase sau etnice, formularele le-ar fi făcut munca mai ușoară. Așa începuseră în Germania, înainte de izbucnirea războiului. Știam asta. Rușinea pe care mi-o provoca propria prostie m-a împiedicat să mă uit în ochii prietenelor mele.

– Of! am spus eu.

De pe scenă, muzica s-a avântat într-un crescendo, iar starea de spirit a oficialilor germani din public a crescut odată cu ea. Noi trei am tăcut, privind cu ochi goi spectacolul acela, în timp ce formația continua să cânte.

În urmă cu câteva luni, atunci când le cunoscusem pe Sonja și pe Philine, nu-mi trecuse prin gând că ele n-ar fi fost două olandeze tipice, ca și mine. Fiindcă asta erau, de fapt. Aflând că erau evreice, reacția mea a fost aceeași pe care aș fi avut-o dacă aș fi aflat că erau catolice: nu contase câtuși de puțin. Mama mea, fiica pioasă a unui pastor protestant, se căsătorise cu tata, un socialist ateu; astfel de diferențe nu constituiseră niciodată pentru ei o problemă care i-ar fi împiedicat să formeze un cuplu. Nici una dintre persoanele pe care le cunoşteam nu era prea cucernică, în afară de mersul la biserică la sărbătorile mari. Nu eram conştientă de prezenţa copiilor evrei care creşteau în Haarlemul ocupat de clasa mijlocie, deşi ei existau, cu siguranţă. Semănau, fără îndoială, cu Philine şi cu Sonja, crescuţi în familii evreieşti cu numele, dar nu păstrătoare ale datinilor. Familia Sonjei şi familia lui Philine trăiau în Ţările de Jos de sute de ani, la fel ca majoritatea evreilor olandezi. Motivul pentru care cei refugiaţi din calea fascismului erau atraşi spre Ţările de Jos fusese faptul că eram vestiţi în aceeaşi măsură pentru toleranţa religioasă, cât pentru morile de vânt şi saboţii de lemn.

Atunci când invadaseră, naziştii ţinuseră să ne arate cât de mult ne iubeau pe noi, olandezii, fraţii şi surorile lor mai mici care făceau parte din acelaşi Tausendjähriges Reich, următoarea mie de ani de conducere nazistă promisă de Adolf Hitler. Ne repetau că nu voiau să distrugă Ţările de Jos, ci să le salveze. Să ne primească în rândurile lor. Asta era propagandă pură. Dar în afară de atacul-fulger care culcase la pământ oraşul Rotterdam în prima zi a invaziei, în general îi lăsaseră în pace pe olandezi. Chiar şi pe evrei. Germanii erau aici, dar nu construiau ghetouri şi nu bombardau ţara. Se părea că lucrurile aveau să se desfăşoare diferit la noi faţă de ceea ce se petrecuse în Germania şi Austria. Dar pe măsură ce treceau zilele, damful stătut al nazismului începuse să se răspândească în fiecare cotlon al vieţii cotidiene. Nu eram fraţii naziştilor, iar ei n-aveau de gând să ne facă viaţa uşoară.

În ultimii zece ani, fusesem prezentă la nenumărate discuţii care avuseseră loc acasă şi auzisem temerile exprimate de părinţii mei faţă de puterea tot mai mare pe care o aveau Mussolini, Franco și Hitler. Lui Annie, mai vârstnică decât mine și mai îndrăzneață, îi plăcea să participe la acele conversații între adulți. Eu preferam să rămân tăcută și să ascult. Ca orice copil de zece ani, de multe ori îmi doream ca toată lumea să schimbe subiectul și să discute despre lucrurile care, după cum îmi închipuiam eu, erau discutate în familiile normale, ca, de pildă, starea vremii. Acum le eram recunoscătoare alor mei pentru acele dezbateri de seară; cel puțin aveam o idee despre ceea ce ne aștepta. Părinții mei vorbeau despre nesupunerea și despre sacrificiile curajoase ale partizanilor din Italia și Spania. Cu toții știam cum se sfârșiseră acele conflicte. Mussolini și Franco erau încă la putere, uniți acum în Axa creată de Hitler. Eram mai puțin naivă decât unii dintre colegii mei de douăzeci și ceva de ani, cei ai căror părinți discutau despre vreme. Dar aruncând o privire furișă spre fetele care îmi deveniseră în scurt timp cele mai bune prietene, primele mele prietene după moartea lui Annie, știam că mai aveam multe de învățat. Stăteam împreună la colțul pieței care era cel mai departe de fanfară, ascultând cum cântecul se încheia într-un acord final, bubuitor, de tubă. Sonja a tresărit. Oricât de îngrozitoare ar fi fost pentru mine ocupația germană, pentru Sonja și Philine era de o mie de ori mai rea. Se temeau de lucruri la care eu nici nu mă gândisem.

Nemții din față au aplaudat și au strigat. Restul mulțimii a tăcut. Sonia a cuprins cu privirea scena din fața noastră.

– Situația se înrăutățește, a șoptit ea.

Nu-mi dădeam seama dacă intenționase s-o spună cu glas tare.

– Să mergem! ne-a îndemnat Philine, luând-o de mână pe Sonja.

Am traversat piața prin spatele scenei și am cotit pe o străduță ce se umpluse și ea de mulțimile de oameni care în altă zi s-ar fi aflat în piață.

– Am încercat să vorbesc cu tatăl meu despre plecare, dar e foarte încăpățânat, ne-a destăinuit Philine în timp ce mergeam. Spune: „Cât timp respectăm legea, n-o să avem probleme!" Și cum n-a încălcat legea niciodată în viața lui...

Philine s-a încruntat.

– În urmă cu zece ani, tata i-a convins pe unchii și pe mătușile mele din Germania să vină la Amsterdam, ca să fie la adăpost, a povestit Sonja, clătinând din cap. În prezent, ei nu știu ce să facă. Părinții și prietenii lor vorbesc despre potențiale pericole, dar până acum numai familia Baum a plecat. Mama a spus că asta a fost o reacție exagerată.

Philine și Sonja rareori vorbeau atât de deschis de față cu mine, deși probabil că se gândeau necontenit la acele lucruri. Rușinea care mă încerca îmi colorase obrajii în roz. Voiam ca ele să știe că puteau să se bazeze pe mine. Deodată, încrederea lor mi se părea cel mai important lucru din lume.

– Unde s-a dus familia Baum? am întrebat eu.

– În America, a răspuns Sonja. Se pare că au veri la... Detroit? Oriunde ar fi locul ăla!

Tonul conversației noastre se schimbase. Aveam sentimentul că nu mai urma să ne oprim la o cafenea.

– Haideți s-o luăm pe aici! ne-a îndemnat Philine.

Am cotit pe o stradă mai liniștită, unde nu se mai auzea muzica din spatele nostru, în afară de bubuitul tobei mari.

– Detroit e orașul în care face mașini Henry Ford, a spus Philine.

Bineînțeles că știa asta. Slavă Domnului că nu fusesem niciodată nevoită să intru în competiție cu ea în liceu, unde mă bucurasem de statutul de șefă a clasei, pe care-l obținusem ușor.

-Cum au ieșit din țară? am întrebat-o pe Sonja.

De îndată ce ne ocupaseră germanii, evreilor li se interzisese să treacă granița.

-După cum spune tatăl meu: „Dacă ai bani, orice e posibil!", a răspuns Philine, iar apoi s-a uitat la Sonja. N-am vrut să spun decât...

-Dar așa e! a fost de acord Sonja, ridicând din umeri. Familia Baum era bogată. Au vândut tot ce au putut, au luat cu ei numai ce a încăput în valize și au scos banii de la bancă - bine, numai atât cât s-a putut. Mama spune că banca nu le-a permis să-i retragă pe toți. Și mai spune că doamna Baum a părăsit țara cu cel puțin câte un inel pe fiecare deget de la mâini și de la picioare, inclusiv pe degetele mari.

A fluturat teatral din degetele ei cu unghii frumos vopsite.

-Chiar dacă am avea destui bani ca să plecăm, tatăl meu refuză s-o facă, a spus Philine. „Eu sunt profesor de franceză", spune el. „Ce să fac în America? Să lustruiesc pantofi?" l-a citat Philine, dându-și ochii peste cap. Toată lumea știe că sunt multe locuri de muncă în America!

Da, așa spuneau oamenii. Mai spuneau și că, în ziua invaziei germane, zeci de evrei olandezi își luaseră zilele, convinși că-i aștepta moartea. Dar după aceea nu se întâmplase mare lucru și mi se părea - mie, cel puțin - că acei evrei exageraseră în cel mai înfiorător mod. Acum mă întrebam dacă nu cumva greșisem. Dar celelalte presupuneri pe care le făcusem, ideea că războiul ăsta n-avea să dureze decât patru ani, la fel ca Marele Război? Vai, putea să continue la infinit! Nimeni nu știa.

– Chiar ai pleca? am întrebat-o pe Philine.

– Dacă aș fi nevoită, a răspuns ea.

Ne aflam în fața blocului în care locuia.

– Ar trebui să urcați la mine! ne-a îndemnat.

Mă simțeam ușurată că mă mai includea și pe mine.

– Eu plec, a răspuns Sonja.

– De ce nu rămâi? a întrebat Philine.

– Nu, mă refer la America. Am hotărât deja.

– În America? am întrebat eu. Când?

– La un moment dat, a răspuns ea, urcând scările în urma mea. Nu acum, dar la un moment dat. O să plec cu sau fără părinții mei, dar n-am de gând să stau și să aștept..., a adăugat, iar apoi s-a oprit și și-a coborât tonul, fiindcă deja ne aflam pe un coridor îngust. Dacă n-o să fie pregătiți să plece, o să pornesc singură la drum!

În cele din urmă, a dat scurt din cap, de parcă ar fi vrut să întărească astfel promisiunea pe care și-o făcuse ei înseși.

– Nu, Sonja! s-a opus Philine, întorcându-se pe călcâie și strângând balustrada cu atâta îngrijorare, încât i s-au albit încheieturile degetelor. Dacă e periculos, nu poți să pleci singură!

Sonja și-a dat ochii peste cap și a râs.

– Ia te uită cum cotcodăciți ca două găini! Relaxați-vă, fetelor! Încă nu mi-am rezervat cabina pe vaporul de lux!

N-am spus nimic. Mă gândeam că nu era treaba mea să-mi dau cu părerea. Philine a oftat, murmurând:

– Vai, Sonja...

– Vai, ce? s-a răstit Sonja, sătulă de o astfel de conversație tristă. Intrăm sau nu?

– Bine, a răspuns Philine, consideră că n-am spus nimic.

3

–*Ah, ma chérie...*

Philine stătea în ușa deschisă a apartamentului, iar glasul șoptit al tatălui ei plutea de dincolo de vestibul, de parcă o fantomă ar fi vorbit franțuzește.

–*Bonjour, Papa!* a spus Philine, iar în clipa în care s-a întors spre el, expresia de pe fața ei s-a schimbat din îngrijorare, în blândețea neclintită pe care o arăta de obicei. Au venit Sonja și Hannie!

Îl întâlnisem deja pe domnul Polak. Am intrat în camera de zi și l-am găsit șezând acolo ca de obicei, cu o pătură pusă peste genunchi și cu o carte în mână. Avea puțin peste patruzeci de ani, dar înfățișarea îi era cea a cuiva care nu fusese niciodată tânăr: părul îi era deja argintiu și privea în permanență chiorâș. Avea un chip binevoitor, precum era și cel al fiicei lui. Blândul tată al lui Philine, profesorul de franceză! Legătura dintre ei era evidentă, iar dragostea lui pentru ea, una tandră. La fel ca legătura pe care o aveam cu tatăl meu, tot profesor. Dar acesta din urmă nu se afla în același pericol ca domnul Polak. Am simțit un nod în gât. Chiar era atât de rău să lustruiești pantofi?

–Ar trebui să plec, am spus eu.

–Dar nici n-am apucat să ne facem lecțiile! a exclamat Philine.

Apoi a intrat Marie, vechea menajeră a familiei Polak, aducând o ceașcă aburindă de ceai pe care a așezat-o lângă domnul Polak. În vârstă de cel puțin șaizeci de ani, Marie era refugiată din Germania. Nu era evreică, ci doar un cetățean german sărăcit, care își părăsise țara natală în timpul crizei din anii '20, venind la Amsterdam în căutarea unui loc de muncă. Era angajata familiei Polak de douăzeci de ani, iar lui Philine îi fusese ca o mamă, fiindcă doamna Polak murise din cauza unei febre la puțină vreme după ce o născuse pe Philine. Deși, teoretic, era doar o angajată a familiei, Marie începuse să joace rolul de reprezentant al tatălui și al fiicei, făcând toate cumpărăturile și interacționând cu străinii, întrucât era singura ne-evreică din casă. Putea să intre în magazinele mai bune, în care evreii erau din ce în ce mai prost primiți. Cu părul ei alb, prins într-un coc, și cu spinarea gârbovită de o viață de treburi gospodărești, ar fi putut trece drept mama domnului Polak. Nu că un părinte ne-evreu ar fi schimbat cumva situația acestuia din urmă: în viziunea naziștilor, o persoană era considerată Mischling – cu sânge evreiesc amestecat – chiar dacă avea un singur bunic de origine evreiască.

Tehnic vorbind, nu mai era legal ca un arian să lucreze pentru evrei. Dar Marie o făcea în continuare, devenind invizibilă într-un fel în care puteau să fie numai femeile în vârstă.

– Crezi că Marie o să plece de la voi? o întrebasem eu cândva pe Philine, care mă privise îngrozită.

– Sigur că nu! răspunsese prietena mea, iar apoi se oprise, căutând motivul. Ne iubește, îmi explicase ea. Și n-are unde să se ducă.

– *Merci*, Marie! a spus domnul Polak.

Marie a dat din cap și apoi a dispărut la bucătărie.

– Hannie, *la petite dernière*! Cea mică de la urmă! a spus domnul Polak.

Era porecla pe care mi-o dăduse, fiindcă veneam în urma celor două lebede.

– Încotro vrei s-o pornești într-o seară rece ca asta? Spre casă, sper?

Mereu își făcea griji că locuiam departe de familia mea și că mâncam supă de fasole în fiecare seară.

– Un drum scurt și apoi mă duc acasă, promit!

– Ai grijă pe unde mergi!

A tras de tivul draperiei din dreptul lui și a privit afară, la străzile care se întunecau. Soarele apunea devreme la acel moment al anului, iar căldura lui dispărea odată cu lumina. De când, în urmă cu câteva luni, Luftwaffe începuse să traverseze ca o furtună Canalul Mânecii ca să bombardeze Marea Britanie, becurile stradale fuseseră îndepărtate sau sparte. Cu toții învățam să ne găsim drumul printre umbre.

– Așa o să fac! am promis eu.

– Ei, a spus el, lăsând să cadă draperia, cel puțin nu trebuie să ne temem că germanii ar putea să ne bombardeze pe noi, *n'est-ce pas?* a chicotit el. Poate că ăsta e singurul avantaj al faptului că le suntem vecini.

– Presupun că da, am răspuns eu, tulburată de încăpățânarea lui de a găsi ceva încurajator în situația de față.

Cu siguranță că la fel se simțeau Philine și Sonja ori de câte ori vorbeau cu mine.

– Avem noroc că nu suntem la Londra, a continuat domnul Polak, arătând, cu un gest, ziarul de pe masa de lângă el. Acum atacă bisericile, vă vine să credeți? a întrebat, căzând dintr-odată pe gânduri. Rebbe de Hond spune: „Sinagoga e adăpostul nostru, iar tefilinul ne e armă antiaeriană!" Ce spuneți de asta? a vrut el să știe, surâzând și apoi oftând. E îngrozitor ce au de îndurat britanicii!

Nu știam cum să răspund. Micile cutii negre tefilin conțineau pergamentele pe care erau scrise fragmente din Tora... și nimeni din familia Polak nu mergea la sinagogă, din cât știam eu. Gazda mea căuta speranța de oriunde ar fi venit ea. Nu puteam să-l învinovățesc pe domnul Polak. Și eu făceam asta tot timpul.

– Mă tem pentru regina noastră, a continuat domnul Polak, atingând garoafa albă, ofilită, pe care o purta la butoniera gulerului.

Garoafa albă fiind floarea preferată a prințului Bernhard, purtarea ei devenise în ultima vreme expresia loialității față de familia regală olandeză. La începutul războiului, regina Wilhelmina, prințul Bernhard și restul familiei regale fugiseră la Londra, de unde conduceau acum un guvern în exil. Cu toții ascultam discursurile mobilizatoare ale reginei, transmise de postul Radio Oranje, deși era interzis.

– Nu cred că e în siguranță în mijlocul evenimentelor ăstora! a exclamat domnul Polak.

– Hmmm..., am făcut eu.

Îmi trecea prin minte fanfara Orpo pe care abia ce o văzuserăm în piață și mă gândeam la felul în care treceau prin orașul nostru trupele germane, comportându-se de parcă ar fi fost stăpânii locului. Încă vedeam expresia de pe chipurile Sonjei și al lui Philine în timp ce priveam toate trei fanfara aceea. Teama. Dezgustul.

– Sunt sigură că și regina e îngrijorată pentru soarta noastră! am spus eu.

– Bineînțeles că e, a adeverit domnul Polak. Dar are încredere în noi! În transmisiunea de aseară, a lăudat „curajul Rezistenței noastre și puterea caracterului nostru național“.

Domnul Polak a zâmbit, alinat de prezenţa spectrală a reginei.

Eu nu simţeam alinare. Cu toate că regina avea intenţii bune, spusele ei erau doar o poveste de adormit copiii. Mă interesa, totuşi, referirea explicită pe care o făcuse la Mişcarea de Rezistenţă. Se discutase mult despre Rezistenţă în primele zile ale războiului, dar cuvântul dispăruse repede din discuţiile publice şi nu mai era rostit cu glas tare decât de către persoane precum regina, care, de la Londra, era liberă să spună orice dorea. Dar, cumva, dispariţia cuvântului părea o prevestire a ceva puternic. Tot ce putea să conteze în războiul ăsta dispărea, inclusiv limbajul şi instrumentele de tot felul, ca, de pildă, armele şi tiparniţele. Dar atunci când germanii interziseseră radiourile în case, oamenii găsiseră o cale de adaptare. Aşa că dezmembraseră aparatele, preschimbându-le în gheme de fire şi în bucăţi de metal, pe care le ascundeau sub duşumele, asamblându-le doar atunci când ascultau transmisiunea de fiecare seară a reginei, în timp ce unul dintre ascultători stătea de veghe lângă intrare, după care aparatele erau dezasamblate şi ascunse din nou. Rezistenţa nu dispăruse, ci se afla în aşteptare, la fel ca aparatele de radio.

– E bine să auzi asta! am spus eu.

Domnul Polak a imitat glasul reginei ca să-i citeze vorbele:

– „Cei care doresc binele nu vor fi împiedicaţi să-l înfăptuiască!“ a spus ea.

Apoi el s-a lăsat pe spate în fotoliu, satisfăcut.

Oare nu citise restul ziarului? Nu dăduse cu ochii de fotografiile pe care le văzuserăm cu toţii, cele ale miilor de soldaţi germani cu capetele acoperite cu caschete metalice, fluturând steaguri cu sclipitorul lor vultur imperial, în timp ce treceau în marş pe sub Arcul de

Triumf? Dezgustătoarele instantanee turistice în care se vedea Adolf Hitler la Turnul Eiffel? Parisul se afla la numai trei sute de mile. Ziarele conduse de naziști, care inundau acum orașul, erau pline de relatări ale permanentelor succese înregistrate de Wermacht în estul Europei. Oare domnul Polak nu înțelegea că cei care doreau binele erau, de fapt împiedicați aproape peste tot să-l înfăptuiască? Mi-am înghițit emoțiile, străbătută de un fior neplăcut. Fiecare dintre noi trebuia să ducă războiul ăsta în felul său.

– Noapte bună, domnule Polak! am spus eu. Mi-a făcut plăcere să vă revăd!

– Ești o fată bună, Hannie! a spus domnul Polak, ca o asigurare pentru el însuși. *À bientôt, mademoiselle!*

În timp ce ieșeam din încăpere, el a început să-și aranjeze garoafa ofilită de la rever. Cu siguranță că-și dădea seama că era tot mai periculos s-o poarte în public. Speram că Marie îl avertiza.

– Ne vedem mâine? a întrebat Sonja, sărutându-mă pe obraz înainte de plecare.

Lângă ea, Philine a zâmbit și mi-a spus:

– Tata te iubește!

Am zâmbit și eu.

– De obicei, toți părinții mă iubesc.

Ne-am îmbrățișat, iar apoi eu am coborât scările în fugă și am ieșit pe străzile care se întunecau. M-am gândit la cât de mult se schimbase totul de când le cunoscusem pe Sonja și pe Philine. Mă simțeam mult mai legată de oraș, de oamenii din jur. După seara aceea la petrecerea dansantă, sperasem să le mai întâlnesc prin campus, însă nu mă așteptasem să mă includă în cercul lor. Dar o făcuseră. Mă plăceau. Bănuiam că aveam darul de a însenina relația dintre ele. În majoritatea timpului, prezența mea le împiedica să reînnoade același dialog sumbru pe care îl aveau pe măsură ce treceau săptămânile de ocupație. În loc să se sâcâie una pe alta vorbind despre îngrozitoarea stare a lucrurilor, puteau să-mi explice mie unele sau altele: îmi descriau marele oraș Amsterdam, îmi dădeau sfaturi despre cum să am mai multă încredere în mine atunci când vorbeam cu băieții sau despre ce culori le veneau mai bine roșcatelor. Lucruri despre care eu nu știam nimic. Subiecte care ne împiedicau să stăruim asupra evidenței.

Dar în ziua aceea, dintr-odată, totul mi s-a părut diferit. Lucruri întotdeauna evidente pentru Sonja și pentru Philine îmi deveneau și mie evidente.

Trenul de navetiști s-a oprit, zguduindu-se, într-o gară aflată în vestul Amsterdamului. Dincolo de șine se deslușeau, amenințătoare, vârfurile de cărămidă ale fabricii Westergas și masivele rezervoare cilindrice de oțel care dominau canalul ce traversa cartierele muncitorești din acea parte a orașului. Am coborât pe peronul aproape pustiu, unde aerul era înghețat și negru în semiîntunericul amurgului.

Sora Dekker îmi ceruse să duc un plic la un adăpost secret pentru refugiați aflat acolo, la periferia orașului.

– Pari o fată cu judecată, îmi spusese ea de dimineață. Poți să faci ceva pentru mine?

Îmi întinsese un plic și apoi o altă bucățică de hârtie, pe care era notată o adresă.

– Vrei să duci plicul la adresa asta? Dacă da, atunci te rog să nu divulgi nimănui adresa!

Dădusem din cap în semn că mă învoiam. Întotdeauna făceam orice îmi cerea. Febrilitatea ei îmi amintea de mama, forța de gravitație tăcută, dar puternică, ce ținuse totul laolaltă în casa copilăriei mele. La fel cum procedam şi în cazul mamei, rareori o contraziceam pe sora Dekker sau îi puneam întrebări, ceea ce ea aprecia.

După ce am rătăcit o vreme printre clădirile părăginite, care îmi erau cu totul necunoscute, am găsit adresa şi am bătut la uşă, convinsă că greşeam. Clădirea aceea era o fortăreaţă glacială de cărămidă roşie, înaltă de cinci etaje, care, privită dinspre trotuar, arăta tăcută şi părăsită. Apartamentul cu numărul şase n-avea nici o plăcuţă de identificare; se părea că cineva o scosese cu unghia. Dar alături era o sonerie spartă, aşa că am apăsat pe buton.

– *Ja?* s-a auzit un glas răguşit, care venea de sus.

Mi-am ridicat privirea.

– *Ja?* a repetat glasul.

Un bătrân cu faţa zbârcită şi care purta o bonetă de marinar, stătea aplecat peste pervazul uneia dintre ferestrele de la etajul al doilea.

– Alianţa? am spus eu.

Am ridicat plicul spre el. Presupusesem că ceea ce aveam de livrat nu erau decât documente pentru un alt grup de ajutorare a refugiaţilor. Acum nu mai eram atât de sigură. Omul a făcut un semn spre uşă şi am intrat. Interiorul clădirii era chiar mai întunecat decât străzile luminate de stele de afară, căci becurile de pe coridor fie erau arse, fie lipseau. Am mers şovăind spre scară, urmând un dreptunghi înclinat de lumină care venea dinspre o uşă deschisă.

– Cine te-a trimis? a întrebat bărbatul, privind prin deschizătura uşii.

– Sora Dekker.

El a clipit.

– Eşti fata cea nouă?

– Nu știu. Presupun că da. Aici e alianța? am întrebat, privind peste umărul lui.

A ridicat din umeri.

– Presupun că da.

A întins mâna după plic. I l-am dat prin ușa întredeschisă. A rânjit, bucuros, dând la iveală trei dinți lipsă. Apoi a deschis ușa un pic mai mult. Din interiorul apartamentului răzbăteau căldură și lumină, dar și un aer îmbâcsit de îngrămădeală, miros de mâncare, foc de lemne și trupuri omenești. În spatele lui am remarcat doi adulți și trei copii ghemuiți sub o pătură, pe o saltea plină de cocoloașe, întinsă pe podea. Nu era alianța pentru refugiați. Cei de aici erau chiar refugiații.

– Mulțumește-i surorii Dekker din partea mea! a spus omul. Și îți mulțumesc și ție, domnișoară!

Chiar înainte să închidă ușa, mi-a făcut cu ochiul.

– *Oranje zal overwinnen!* Portocaliul o să triumfe! a spus el.

Înainte să apuc să răspund, ușa s-a închis și încuietoarea a blocat-o.

Preț de o clipă, am rămas în întuneric. De dincolo de ușă se răzbăteau șoapte, dar din stradă nu s-ar fi auzit nimic. Atâția oameni într-o încăpere atât de mică! Refugiați. Din Germania, din Polonia? De aici? Întreaga clădire duhnea a tristețe. Și, cu toate că nu eram dintr-o familie de evrei, cunoșteam cât de îngrozitor era să-ți pierzi familia.

Annie.

Am mers înapoi spre gară, tupilându-mă în umbra clădirilor. O adorasem pe Annie. Toată lumea o adorase. Dar murise de difterie la vârsta de doisprezece ani, pe vremea când eu aveam doar șapte. După ce ea dispăruse din viața noastră, părinții mei nu-și mai reveniseră și fiecare dintre noi se retrăsese pe mica sa insulă de existență. Refugiul tatălui meu fusese Sindicatul Profesorilor; al mamei, grijile; al meu, munca. Fusesem o elevă silitoare înainte de moartea lui Annie, dar după aceea ajunsesem ca posedată. Viața mea devenise o succesiune de cărți, teme, învățat și teste. Nu priveam în jurul meu, ci așteptam, cu capul plecat, să se producă o schimbare.

Nefericirea de a nu fi Annie îmi marcase existența până în clipa în care le întâlnisem pe Sonja și pe Philine. Acum descopeream că eram genul de fată care ajungea noaptea la marginea orașului, bătea la ușile unor străini și făcea cu ei schimb de parole secrete, ca un spion neînfricat: *Oranje zal overwinnen!* Pentru Philine, Sonja, chiar și pentru sora Dekker, eram acum „Hannie".

– Ha, ha!

Am scos un hohot de râs fiindcă până în momentul de față nu-mi dădusem seama de sensul noului meu nume: Annie... Hannie. Annie încă trăia – de fapt, chiar înlăuntrul meu. Și mai aveam multe de învățat de la ea.

Am alergat prin aerul rece de noiembrie până când am ajuns la gară. Acolo nu era nimeni, în afară de câțiva soldați nemți care fumau și discutau, sprijiniți de un stâlp. Un steag cu svastică flutura în vârful catargului gării. Mi-am luat bicicleta și am pornit spre casă în cea mai mare grabă, ca să ajung la căldură, dar mai ales ca să-mi abat atenția de la gândurile care îmi roiau prin minte. Am parcat bicicleta pe aleea dintre blocul meu și următorul și am observat o serie de afișe lipite după ce eu plecasem dimineața de acasă.

Șase afișe identice, lipite la rând. Nemților le plăcea să le pună în felul ăsta, repetând mesajul ca pe o melodie pe care o urăști, dar pe care nu poți să ți-o scoți din minte. Afişul înfăţişa o hartă a Europei peste care se înălţa un talaz de sânge stacojiu venind dinspre Uniunea Sovietică, dar care era ţinut locului de două steaguri, svastica celui de-Al Treilea Reich şi cele două fulgere ale infamului SS.

Storm tegen het Bolsjewisme! Furtuna ridicată împotriva bolşevismului!

Naziştii îi urau pe comunişti, desigur. Dar desenul de pe afiş reprezenta un mesaj codat. Ştiam asta numai fiindcă mi-o spusese Philine în urmă cu câteva zile, după ce văzuserăm un afiş cu un mesaj similar. Atunci când naziştii spuneau „bolşevici", de obicei se refereau la evrei. Ruşinea, deruta, tristeţea şi groaza pe care le simţisem în ziua aceea au prins să se transforme într-o povară fierbinte şi apăsătoare, care mi s-a oprit în capul pieptului. Am rămas locului, iar respiraţia mi s-a accelerat la vederea valului însângerat, menit să mă facă să-i urăsc pe Sojna, pe Philine şi pe dragul domn Polak. Am aruncat o privire pe strada tăcută şi, parcă privindu-mă pe mine însămi dintr-un punct de observaţie aflat în altă lume, am apucat marginea afişului şi l-am sfâşiat pe mijloc, aruncând pe jos fâşiile de hârtie în timp ce rupeam următorul afiş, apoi pe următorul, călcând sub tălpile pantofilor mei uzaţi fâşiile de hârtie roşii şi negre.

După aceea am alergat în sus pe scări cu inima bubuindu-mi în piept, iar pe faţă, prima oară în ziua aceea, mi s-a ivit un zâmbet. Poate că, totuşi, domnul Polak şi regina Wilhelmina aveau dreptate: *cei care doreau binele n-aveau să fie împiedicaţi să-l înfăptuiască.*

4

1942, primăvara

Intenționasem să mă duc acasă la Sonja traversând grădinile din Vondelpark, vastul parc din centrul orașului, format din pajiști, iazuri și alei. Ajunsă în fața porților sale bogat ornamentate, de fier forjat, am văzut doi soldați germani de gardă. Lângă ei atârna indicatorul de acum bine-cunoscut, dar la fel de revoltător, din care parcă țipau pe mutește caracterele întunecate, gotice: *Voor Joden Verboden. Interzis evreilor.*

Soldații au văzut că îl priveam.

– Ești evreică? a întrebat unul dintre ei.

Nimeni nu-mi pusese până atunci întrebarea asta.

– Poftim? am întrebat, luptându-mă cu tremurul picioarelor.

Am înțeles pe loc că era atât o întrebare, cât și o amenințare. Am făcut un pas înapoi, iar ei s-au aplecat în față, ca să micșoreze distanța dintre noi.

– Nu! am exclamat eu cu glas ascuțit.

Le-am întins cartea de identitate, iar ei au râs de panica mea. Le-am privit cu atenție chipurile tinere – ce s-ar fi întâmplat dacă nu mă credeau?

– Puteți să treceți, *Mädchen*! a spus unul dintre ei, împingându-mi prietenește bicicleta de la spate.

– *Danke!* am exclamat, îmbunată de un sentiment de ușurare. *Danke schön!*

Soldații au zâmbit, iar eu le-am răspuns la zâmbet. Am pedalat de câteva ori înainte de a reveni brusc la realitate. Am virat spre aleea centrală, care ducea la pajiștea mea preferată. Chiar în față, se deschidea drum printre copaci. Trecând pe lângă ei, mi s-a tăiat răsuflarea în clipa în care mi-am amintit. Germanii săpau în Vondelpark ca să nu poată fi folosit ca pistă de aterizare pentru avioanele inamice. Câmpul, altădată o pătură de pajiști întinse și atent îngrijite, folosite ca locuri pentru picnic sau ca locuri de joacă ale copiilor mici, fusese arat și transformat în făgașe adânci ca niște șanțuri, care traversau gazonul. Aerul mirosea a pământ și a pietre, iar florile dispăruseră.

La început, Reichskommissarul Arthur Seyss-Inquart îi asigurase pe olandezi, printr-un comunicat transmis la radio, că germanii preferau să sosească în țara noastră „cu mâna dreaptă ridicată în semn de salut, nu făcută pumn". Îmi amintesc că speram, la fel ca domnul Polak, că Seyss-Inquart avea să fie mai rezonabil decât Hitler. Aici nu se petrecuse o Kristallnacht, nu fuseseră ridicate ghetouri și nici nu se săpaseră gropi comune la marginea orașului. Cum Reichskommissarul admira cu sinceritate firea olandezilor și „legăturile de sânge" care uneau țările noastre, astfel de lucruri nu puteau să se petreacă aici. Nu se petrecuseră. Nu de la început. Subtilitatea era arma lui Seyss-Inquart. În locul decretelor dramatice, emitea inițiative care corespundeau mai multor etape. Adunarea dosarelor de personal, de exemplu. Olandezii erau indignați și îngrijorați, dar timpul trecea și nu părea să se întâmple nimic. Pe parcursul anului trecut, parcurile, bibliotecile și mijloacele de transport public le fuseseră interzise evreilor, ceea ce dusese la proteste imense în toată țara, organizate atât de evrei, cât și de ne-evrei. Dar fiindcă interdicțiile nu interferau cu traiul de zi cu zi al majorității oamenilor, viața își continuase cursul.

În timp, evreii fuseseră obligați să-și declare identitatea în fața autorităților. Obligați să-și declare bunurile și obiectele de artă. Obligați să-și mute banii în bănci naziste. Dacă toate astea s-ar fi întâmplat simultan, ar fi putut provoca o revoltă. Seyss-Inquart o știa prea bine - greva generală din Amsterdam, care avusese loc în februarie 1941, izbucnise după ce evreii fuseseră îndepărtați în masă din anumite profesii. Așa că Reichskommissarul înaintase încet, nedorind să provoace furia olandezilor. Iar strategia funcționase. Astfel, fusesem separată de Sonja și de Philine, frumoasele mele prietene, care se întâmpla să aibă origine evreiască. Philine spusese cândva:

– N-am știut că sunt evreică înainte de a mi-o spune Hitler!

Știuse, desigur. Dar până la invazia nemților, nu contase. Am pedalat mai departe. Îmi petrecusem copilăria așteptând cu nerăbdare să cresc și să mi se schimbe viața. Dar nu în felul ăsta.

– 'Neața, roșcato!

În urmă cu șase luni, astă-iarnă, sergentul Becker, un soldat din Wehrmacht, fusese staționat la capătul elegantei străzi pe care locuia Sonja. Becker părea să aibă puțin peste treizeci de ani și era cel mai leneș soldat german pe care-l văzusem. Într-un fel sau altul, își făcuse rost de o slujbă perfectă acolo, la colțul străzii Sonjei, unde nu făcea decât să fumeze, să citească romane ieftine și, ocazional, să le dea ordine celor câțiva soldați mai tineri pe care-i avea în subordine. Sergentul era roşcat şi pistruiat, drept pentru care începuserăm să vorbim.

– Bună, roşcato! îmi spusese el în prima zi.

Îl ignorasem. Dar era mereu politicos şi aveam sentimentul că-şi instruise soldaţii să nu ne necăjească pe mine, pe Philine şi pe Sonja, fiindcă îşi ţineau gura atunci când treceam pe lângă ei înspre şi dinspre casa Sonjei. În timp, între mine şi Becker se înfiripase o lejeritate plăcută. Acum, trecând pe lângă el, am văzut că-şi strângea în grabă scaunul pliant şi-şi îndesa cartea în jacheta uniformei.

– S-a întâmplat ceva? am întrebat.

Becker a ridicat dintr-o sprânceană. Chipul mi-a rămas împietrit, ca întotdeauna. Nu voiam să creadă că eram prieteni.

– Nu ştiu, a răspuns el. Dar tocmai am primit un alt post – în Piaţa Dam.

– E o paradă? am întrebat eu.

În zilele senine ca asta, germanilor le plăcea să-şi lustruiască cizmele şi stelele de argint, iar apoi să tropăie pe străzi, strigând ore întregi *„Heil Hitler!"* şi lăsând soarele să se reflecte în uniformele lor. De ce nu şi în Piaţa Dam, în faţa Palatului Regal? Aveau chiar şi propriii fotografi, care alergau de colo până colo ca să imortalizeze pe film gloria disciplinei de fier sau orice îşi închipuiau ei că se sărbătorea. Încercam să evit Piaţa Dam pe cât de mult puteam; încă mi se făcea greaţă atunci când vedeam svastica fluturând deasupra palatului.

Becker a clătinat din cap.

– Nu ştiu, a răspuns el. Nu ni se spun prea multe.

A ridicat din umeri, de parcă eram în aceeaşi situaţie neplăcută.

Nu eram. Am mers mai departe.

– Familia Frenk, cea din casa albă, cu borduri negre, a spus el. Sunt prietenii tăi?

M-am oprit și am privit în urmă.

– De ce?

Ochii ni s-au întâlnit, dar, de data asta, sergentul nu mai zâmbea. A tras pentru ultima dată din țigară și apoi a aruncat-o, cu un bobârnac, în canal.

– Doar întrebam, a răspuns el.

Am mers mai departe. În piept îmi încolțise sămânța groazei. Trecând prin fața caselor înalte care străjuiau canalul, am încercat să ghicesc care dintre ele fuseseră deja „rechiziționate" de germani. În clădirile acelea locuiau acum ofițeri naziști. Noii vecini ai Sonjei.

O menajeră în uniformă m-a primit în foaierul casei cu cinci etaje a familiei Frenck. În momentul în care s-a deschis ușa, apa canalului a reflectat lumină prin marele conac. Văzusem astfel de case numai în vechile picturi ale lui Hals și Rembrandt, din Epoca de Aur. Niște trepte mari, de marmură, urcau spre cele cinci etaje, iar o balustradă de abanos sculptată de mână le însoțea precum un șir de arabescuri; era cea mai complicată scară pe care o văzusem vreodată. Mă duceam mereu acasă la Sonja, dar nu mă aventuram mai sus de dormitorul ei, aflat la cel de-al treilea etaj. Camerele de la etajele superioare rămâneau un mister, locuite de rudele din Germania ale Sonjei, care, la etajul al patrulea, așteptau să se termine catastrofa care se derula în prezent.

– Nu mă îmbrac cu asta! O să mor de cald!

Sonja a dat la o parte cardiganul de culoarea muștarului, în timp ce Philine a scos capul de după ușa garderobei în care se intra din cameră, un spațiu mai mare decât dormitorul pe care, în copilărie, îl împărțeam cu sora mea. Soarele pătrundea înăuntru prin ferestrele înalte.

Mi-am descheiat nasturii paltonului ponosit și l-am aruncat pe spătarul unui șezlong verde.

– Scuze pentru întârziere!

– Nu durează mult, a spus Sonja, sărutându-mă pe obraz. Tocmai mă îmbrăcam.

– Ba durează mult, dacă nu se hotărăște cât mai repede! a fost de părere Philine, iar o urmă de enervare s-a strecurat în glasul ei, care altfel era calm.

– Dar asta? a întrebat Sonja înfășurându-și în jurul umerilor o eșarfă de mătase cu model floral.

– E frumoasă! am spus eu.

Philine a ridicat din umeri.

– Poate.

M-am apropiat de ferestrele înalte și m-am uitat la curtea interioară. Dedesubt se vedea o rețea ordonată de grădini dreptunghiulare, fiecare asigurând un mic spațiu verde pentru vila din fața sa. Aici, în cea mai aglomerată parte din centrul orașului, se afla un refugiu restrâns, ascuns publicului, dar bine cunoscut tuturor celor care locuiau în acele case. Alte spații ascunse. Ca de obicei, grădinile de dedesubt erau pustii.

– Vorbiți vreodată cu Becker? am întrebat eu. Știți, soldatul de la capătul străzii!

– Cel somnoros? a întrebat Sonja. Uneori. E mai politicos decât ceilalți.

– Niciodată! a răspuns Philine, cu repulsie. De ce aș face-o?

Nu știam ce să spun. N-aveam informații precise pentru Sonja și de ce aș fi speriat-o relatându-i aluziile neclare ale lui Becker?

– Eram curioasă! am explicat eu.

Sonja s-a întors spre mine.

– E vorba despre comisioanele pe care le faci pentru sora Dekker?

Speranța i-a luminat chipul, dar am văzut că discuția o neliniștea pe Philine.

– N-am voie să vorbesc despre lucrul ăsta, am răspuns eu, încercând să par blazată și misterioasă.

– Of..., a suspinat încet Sonja.

Am așteptat inevitabila tachinare din partea lui Philine, dar aceasta n-a venit. Atmosfera se schimbase, ca înaintea unei furtuni. Timp de câteva clipe îndelungate, nici una dintre noi n-a vorbit.

– V-am adus câteva teme de eseu, am spus eu.

În ultima vreme înțelesesem că sarcina mea era să mă asigur că ne concentram cu toatele pe învățătură. O făcusem pe Philine să se arate entuziasmată de domeniul juridic ales de mine, dreptul internațional, dar Sonja nu era la fel de interesată, ci persevera cu învățatul doar ca să-i mulțumească pe părinții ei, visând la un viitor mult mai strălucit decât avocatura. Mi-o imaginam într-o poveste precum cele de la Hollywood, care implicau o mulțime de rochii de seară mulate, câini de talie mică și pahare de martini răspândite peste tot. Nu-mi dădeam seama dacă asta își imagina și ea.

Sonja a fost cea care a răspuns.

– Nu pot studia acum!

– Încerc s-o scot de aici ca să ia un pic de aer, a spus Philine.

Sonja a încercat să-și regăsească vioiciunea obișnuită.

– Doar că nu mă pot decide cu ce să mă îmbrac!

– Nu contează, a spus Philine. Nu ieșim decât pe balcon!

De ceva vreme, duse erau zilele în care eu, Sonja și Philine rătăceam pe străzile orașului în căutarea vreunei cafenele. Cum în mai toate locurile ți se cerea actul de identitate ca să fii servit, evreii erau excluși din viața publică din cauza acelui imens *J* ștampilat pe documente. Cei din familia Frenk erau norocoși să aibă minunata lor grădină, dar o foloseau rareori. Micul parc din cartier ar fi fost destul de plăcut, dar era ca și cum ai fi încercat să te relaxezi într-o închisoare, știind că toate clădirile din jur erau pline cu oameni vigilenți, care te priveau de la ferestre. Nu vorbeam despre asta, dar o știam cu toatele.

– Hannie a întârziat, oricum! a remarcat Sonja.

– Scuze! am repetat eu.

Rosteam destul de des cuvântul ăsta în ultimul timp.

Sonja a aruncat un alt pulover pe podea și a trecut iute în revistă conținutul garderobei.

– Bluza aceea cu dungi, poate?

– Destul, Sonja! a exclamat Philine pe un ton în care se ghicea enervarea.

– S-a întâmplat ceva? am întrebat eu.

– Totul e în regulă!

Philine s-a apucat să împăturească hainele aruncate, luându-le de pe podea, de pe pat și de pe scaunul aflat în apropierea ei. Sonja, căutând printr-un dulap de lemn de mahon, a ridicat o altă bluză, albă cu flori galbene, după care s-a întors spre noi. Dar înainte să pună întrebarea, Philine a explodat:

– Nu aia! Haide odată!

I-a aruncat o uitătură feroce Sonjei, care i-a răspuns cu aceeași monedă.

– Liniștește-te, Philine! a spus Sonja.

În mod normal, Philine nu vorbea despre hainele Sonjei decât ca să le laude. Acum a inspirat adânc, de parcă ar fi vrut să se lanseze într-un discurs, dar apoi a înghițit în sec și n-a mai spus nimic.

– Ce-i? a înfruntat-o Sonja, de parcă ar fi lansat o provocare.

Philine s-a dus la ușa dinspre coridor și a întins o mână în spatele ei, scoțând de acolo un sul de pânză aspră, galbenă; culoarea aceea era atât de urâtă, încât nu-mi imaginam că ar fi purtat-o vreuna dintre ele. Apoi Philine a desfăcut sulul și am văzut modelul. Aceleași litere negre și amenințătoare care se găseau și pe indicatorul din Vondelpark, formau un cuvânt care se tot repeta: *Jood*. Evreu.

Philine a ales un pătrat de zece centimetri, pe care-l decupase din acel sul de pânză și care avea imprimat pe el un singur *Jood*, înconjurat de o stea cu șase vârfuri. Apoi ea a ridicat pătratul la reverul unei haine imaginare.

– Florile galbene de pe bluză o să ascundă steaua!

– Asta-i și ideea, a răspuns Sonja.

Cu glas blând și tremurând de emoție, Philine a avertizat-o:

– O să dai de bucluc!

– Chiar crezi că soldații sunt puși să verifice dacă purtăm stea?

– Cum să nu! a exclamat Philine, făcând ochii mari de uimire. De ce crezi că stă mereu soldatul acela roșcat la capătul străzii tale?

– Tatăl meu îi cunoaște pe liderii Consiliului Evreiesc, a răspuns Sonja, iar ei sunt cei care decid cine rămâne și cine pleacă. Le-a dat și numele vostru, Philine, ca să-l pună pe listă. Totul o să fie bine!

– Iar tu crezi una ca asta? a întrebat Philine.

– Consiliul Evreiesc are un plan! Membrii lui sunt unii dintre cei mai importanți oameni de afaceri din oraș, pentru numele Domnului!

Îi cunoșteam cu toții pe liderii comunității evreiești, care negociau cu germanii viitoarele decizii care-i priveau pe evrei. Dar eu mă îndoiam că, dată fiind ocupația nazistă, acei lideri aveau vreo putere.

– Da, Consiliul Evreiesc are un plan, a repetat Philine, exasperată. Un plan de a-i trimite pe toți evreii din Amsterdam la Westerbork!

A scuipat ultimul cuvânt, de parcă ar fi încercat să se ferească de deochi.

– E numai pentru o vreme, a spus Sonja. Oricum, probabil că la Westerbork e mai frumos decât aici, cu toate gunoaiele de pe stradă și cu sacii ăia de nisip răspândiți peste tot.

– Sonja! a exclamat Philine, uluită. Westerbork e un lagăr de muncă!

– E un lagăr de tranzit, așa spune tata.

– Un tranzit către ce? Către o călătorie plăcută la mare?

Sonja epuizase rezerva de răspunsuri primite de la tatăl ei.

– În curând o să fie ilegal să mai fii evreu! a spus ea, în glumă.

Philine i-a aruncat o privire neîncrezătoare.

– Vai, Sonja! Deja e!

Am rămas tăcute preț de câteva clipe lungi, până când Sonja a vorbit din nou.

– Nu vreau să ies! a spus ea, lăsând să-i cadă bluza din mână.

Ședea în mijlocul unui morman de lucruri pline de volănașe, în toate culorile curcubeului, înflorate, pepit, dungate sau cu buline, îngropându-se printre haine ca o lebădă care își înfoia penele și care apoi își ascundea capul sub aripă, ca să doarmă.

– La un moment dat, o să trebuiască să ieşi, a spus Philine, contemplând din nou sulul de material galben. Ce e asta?

O bucată de hârtie cu aspect oficial era prinsă de colţul de jos al pânzei.

– O, desigur! a spus ea, însoţindu-şi vorba de un râs amar.

– Ce-i asta? am întrebat eu, arzând de nerăbdare să aflu.

– Instrucţiuni, a răspuns Philine, citind informaţiile de pe hârtia aceea ştanţată cu o svastică. *A se spăla înainte, ca să se evite decolorarea sau micşorarea.* Cineva a avut grijă să adauge şi asta, a spus ea, ridicând materialul şi privind cu ochi mijiţi la ceva scris cu litere mici. *Hergestellt in Deutschland.* Fabricat în Germania.

– E o prostie! a exclamat Sonja pe un ton amar.

– Nu! a contrazis-o Philine. Cineva a scris toate instrucţiunile astea, până la ultimul detaliu. Nu e o toană de-a SS-ului german. Face parte dintr-un plan mai mare. Un plan mult mai mare, bine pus la punct.

Şi-a ridicat privirea spre Sonja, în aşteptarea protestului. Dar aceasta din urmă a rămas tăcută, iar în acel moment faţa ei animată era vlăguită de un sentiment care părea să fi fost frică. Aş fi dorit să le liniştesc, dar nu ştiam ce să spun.

– Mă întorc imediat, am şoptit eu.

Am ieşit din dormitorul Sonjei, am închis uşa şi am rămas pe palier, încercând să-mi opresc lacrimile. Dacă cele două prietene ale mele nu plângeau, nici eu n-o făceam. N-aveam cum să le ajut, cum să le uşurez povara. Mă durea stomacul. Simţeam că trebuia să le transmit avertismentul pe care mi-l dăduse Becker, dar, în definitiv, care era acel avertisment? De ce să fac situaţia mai dificilă decât era? Am întârziat pe palierul îmbrăcat în lambriuri lucioase de lemn și am privit în susul scărilor, acolo unde locuiau rudele mai în vârstă ale Sonjei. Nu vedeam decât uși închise. De undeva de la etajul al patrulea, am auzit ultimele acorduri stinse ale unui vals vienez cântat la gramofon.

Am părăsit casa Sonjei la scurt timp după aceea, fiindcă nici una dintre noi n-avea chef să facă conversație.

Atunci am început să le observ.

Emblemele cu stele galbene. Cei care le purtau aveau chipurile împietrite, ca, de pildă, bărbatul care a trecut pe lângă mine cu pălăria coborâtă mult pe frunte și purtând o stea galbenă pe umărul costumului său la două rânduri. Fermitatea îndârjită de pe fața lui îmi amintea de statuile de pe Insula Paștelui, cu privirile ațintite în gol, impenetrabile. Am mers mai departe prin lumina puternică a soarelui, gândindu-mă la Sonja și la Philine. Înconjurate de haine, ele păreau în pericol să se înece în apele de la mal, neștiind cum să se salveze. Apoi l-am zărit în fața mea. În sfârșit, o țintă către care să mi se îndrepte furia!

– Becker! am strigat eu, cu pumnii strânși. Becker!

El și-a întors capul spre mine și atunci am văzut că nu era Becker, ci un alt soldat german, cu păr roșcat-castaniu, care zâmbea. Nimeni nu striga la soldații germani dacă nu voia să fie arestat, așa că-i stârnisem curiozitatea.

– *Guten Tag, Fräulein!* a spus el pe un ton afabil.

El și alți trei soldați stăteau în cerc, iar în mijlocul lor era o fetiță evreică, cu o privire îngrozită pe chipul ei tânăr. Pe gulerul bluzei purta una dintre stelele acelea galbene, ale cărei margini fâlfâiau ca un buchet otrăvit, în timp ce frițiii îi dădeau târcoale.

– Plecați de lângă ea! am strigat, îndreptându-mă direct spre ei.

Nu eram eu însămi, iar soldatul acela nu era Becker, dar nu-mi păsa, fiindcă efectul însumat al tuturor celor văzute – indicatoarele, Sonja și stelele galbene – mă orbea din pricina rușinii pe care o simțeam.

– Lăsați-o în pace!

Glasul îmi tremura de furie. Nu-mi păsa.

Sosia lui Becker mi-a râs în nas, la fel ca și ceilalți doi soldați, dar neatenția lor de moment i-a dat timp fetei să fugă și să dispară în mulțimea din jur. Nu plănuisem să se întâmple asta, dar mă simțeam ușurată. De fapt, n-aveam nici un plan. Mă simțeam ca un câine turbat legat de un stâlp, sălbatic, periculos și frustrat. Soldații și-au dat seama. Înainte să ajung în dreptul lor, s-au dat înapoi, simulând frica, și au ridicat brațele de parcă ar fi vrut să se predea.

– Ușor, ușor! a spus unul dintre ei în timp ce se dădeau într-o parte, iar eu treceam în goană pe lângă ei, ușurată.

Nu m-am oprit; capul îmi vuia, iar după câțiva pași l-am auzit pe unul dintre ei strigând după mine:

– Iubitoare de evrei!

Câțiva oamenii au întors capul, dar eu am mers mai departe, ca și cum comentariul acela n-avea nici o legătură cu mine. Am mers fără să mă gândesc la nimic, încercând să-mi alung din minte imaginea lui Philine ținând în mâna ridicată materialul galben, încercând să n-o mai văd pe fetița evreică fără nume și nici groaza de pe chipul ei. Am mers până când s-a terminat trotuarul și am pășit pe șinele de oțel ale tramvaielor, iar clopoțeii lor m-au readus la realitate. Pe lângă mine se scurgeau mulțimile de oameni, clienții magazinelor, studenții, soldații germani cu armele pe umăr și copiii care jucau leapșa pe străzile pietruite.

Și atunci l-am văzut pe Becker. Era la câțiva metri de mine, împreună cu un grup de soldați, cu mâinile în șolduri și aplecat pe spate, ca să se uite în sus, la Palatul Regal. Mi-am ridicat și eu privirea.

Din centrul masivului palat se ridica o cupolă gigantică, un dom verde-gri care avea în vârf un catarg, precum și o corabie menită să simbolizeze zilele de glorie ale secolului al XVII-lea olandez. Acela era Amsterdamul familiei Frenk, simbolizat de palatul ridicat de bărbați care purtaseră gulere plisate. Dedesubt se aflau un ceas aurit și un ansamblu de clopote. Sunetul lor era cunoscut de toți cetățenii Amsterdamului, fiindcă, de când se știau ei, le auziseră bătând la fiecare jumătate de oră. Dar, urmărind privirea lui Becker, am văzut câțiva soldați cocoțați sus, lângă ceas. Ei erau agățați de balcon, atârnând ca niște păianjeni care se târau pe fațada clădirii.

– Becker! am strigat eu.

El s-a întors și m-a văzut, iar apoi mi-a zâmbit în felul lui ambiguu.

– Bună, roșcato!

– Ce fac soldații acolo?

Mi-am închipuit că voiau să îndepărteze cadranul de aur al ceasului, pentru ca apoi acesta să fie dat la topit.

– Schimbă ora! a răspuns Becker.

Uitându-ne, am văzut cum era dată înainte vergeaua lungă a minutarului. M-a cuprins amețeala.

– De ce? l-am întrebat eu pe sergent.

Becker a ridicat din umeri.

– Seyss-Inquart a dat ordinul, a precizat el, pronunțând numele Reichskommissarului nostru nazist cu același accent fals austriac, batjocoritor, pe care-l foloseam cu toții.

Chiar și soldații păreau să-l disprețuiască pe comandantul numit de Hitler, care avea un glas stins și o pronunție sâsâită.

– Seyss-Inquart? am întrebat eu.

– Îl dau înainte, *Fräulein*! m-a lămurit Becker, întorcând capul spre mine. Acum suntem pe ora Berlinului.

5

1942, primăvara-vara

Simțeam prezența ceasului peste tot, ca și cum naziștii controlau acum și curgerea timpului. Toți concetățenii mei au fost nevoiți să-și schimbe ora arătată de ceasuri după cea a Berlinului, dacă voiau să se sincronizeze cu mersul trenurilor. O vreme, eu am refuzat să fac acea schimbare și înlăuntrul meu a început să crească o mică perlă de resentimente, la care se adăuga câte un nou strat dur de fiecare dată când îmi recalibram orarul după ora Berlinului.

Cum se răspândește răul? Ca o boală, de la un om la altul? Sau așa cum pătrundeau noile măsuri antievreiești în viața privată a olandezilor, precum praful care intra într-o cameră încuiată, fir invizibil după alt fir invizibil, până când într-o zi am întors cheia în broască și ne-am trezit încuiați, iar apoi ne-am uitat în jurul cămăruței noastre și am descoperit că era atât de îngropată în mizerie, încât nu se mai putea locui în ea? Impunerea orei Berlinului mi-a deschis ochii în privința unui nou adevăr: nu eram în așteptarea unei tragedii, ci o trăiam. De fiecare dată când mă uitam la ceasul deșteptător de pe noptieră și îl ajustam încă o dată, simțeam cum creștea în mine perla aceea de amărăciune. Acum, în timp ce mergeam prin oraș, stelele galbene îmi strigau de la colțurile străzilor:

„Fă ceva!"

Ora șase și jumătate: era timpul să plec. Soarele încălzea deja cărămizile clădirilor în timp ce îmi studiam reflexia în oglindă, stropindu-mă cu apă rece pe fața somnoroasă. Păr bine pieptănat, bluză galben deschis și fustă albastră, de lână. O studentă obișnuită, în vârstă de douăzeci și unu de ani. Nimic remarcabil, în afară de părul roșcat.

– Nimeni n-o să mă ia vreodată drept o țărăncuță olandeză! glumise cândva Philine.

Cum nici eu nu eram blondă, înțelegeam. Mi-am privit din nou părul. Nimeni nu m-ar fi luat drept evreică, dar părul roșu mi l-ar fi remarcat. Mi-am pus o pălărie. Mă grăbeam să ajung la piscina Zuiderbad cât timp dura înghesuiala de dimineață a doamnelor care veneau pentru exercițiile zilnice. Cu cât mai aglomerat, cu atât mai bine. Am ajuns la ușă și am auzit glasul mamei:

– Nu ieși fără palton! O să răcești!

Am întins mâna după palton, dar apoi m-am oprit. La început, după ce abia mă mutasem, mă duceam la Haarlem cu trenul de câteva ori pe săptămână, numai ca să-mi văd părinții. Acum îi vizitam cel mult de două ori pe lună. Am lăsat paltonul în cuier. N-aveam nevoie de el. Am închis ușa fără zgomot în urma mea și am coborât scările în fugă.

Credeam că, în ultimii doi ani, făcusem tot ce puteam ca să-i ajut pe refugiații evrei, ca să le sprijin pe Sonja și pe Philine.

Dar lucrul ăsta nu era complet adevărat.

Începeam să remarc un nou tipar comportamental. Doi oameni stabilesc contact vizual. Unul dintre ei poartă o stea galbenă. Celălalt observă steaua, apoi își lasă privirea în pământ și merge mai departe, fiindcă simte rușine, jenă sau dezgust. Nu contează, rezultatul fiind același: nu se mai uită la evrei. Ceea ce înseamnă că nu-i mai văd. Iar atunci când nu mai vezi ceva, acel ceva încetează să mai existe.

Și nu era vorba numai de străini. O făceam și eu.

De asta trebuia să mă duc la piscină.

Bicicleta mea era vârâtă între celelalte care fuseseră lăsate lângă clădire, sprijinite de zidul de la intrare. Am pornit la drum și am cotit la un moment dat, aplecându-mă. Aproape că m-am lovit de un polițist, care a sărit într-o parte ca să evite ciocnirea.

– Pardon! am strigat, fără să mă opresc.

El și-a dus mâna la caschetă. Simțeam furnicături în mâini și în degete, așa cum se întâmpla întotdeauna atunci când îmi era teamă; mi-am mișcat mâinile pe ghidon, ca să scap de acea senzație.

În dimineața aceea, bărbați și femei, fete și băieți din fiecare cartier se urcau pe biciclete, suiau în tramvaie sau traversau străzile pietruite, ca să ajungă la muncă, la piață, la școală. Se auzea sunetul clopotelor de la podurile care se ridicau ca niște aripi ca să permită trecerea pe canale a cargoboturilor. Cetățenii din Amsterdam se îngrămădeau la marginea apei, așteptând să traverseze, ordonați, dar foarte tensionați. A te deprinde să trăiești sub ocupație însemna să te deprinzi să trăiești în afara timpului, neîndrăznind niciodată să-ți faci planuri pentru un viitor prea îndepărtat.

M-am oprit la marginea mulțimii, trăgându-mi răsuflarea.

– Stai la locul dumitale, don'şoară! m-a certat un florar, atingându-mi roata bicicletei cu gheata lui uzată.

Am scrutat mulţimea aflată în mişcare, căutând o deschizătură prin care să mă strecor. În cele din urmă, m-am repezit înainte, într-un zăngănit de sonerie de bicicletă şi scoţând exclamaţii furioase cu glas ascuţit şi nesigur:

– Scuze, scuze!

Soneriile bicicletelor sunau, un vânzător de flori înfăşura un buchet de narcise galbene în hârtie de ziar, două avioane de luptă Luftwaffe treceau pe cer, huruind, spre Canalul Mânecii, într-o misiune pe timp de zi, iar vuietul imenselor motoare îmi trepida în oase. Aproape că nu mi-a mai fost teamă de ceea ce urma să fac.

Fortăreaţa Rijksmuseum trona dincolo de piaţă, cu turnurile ei ca nişte bastioane de castel. Vederea lor mi-a revărsat în suflet un val de neaşteptată uşurare: aici nu flutura svastica, cel puţin nu deocamdată. Iar acolo, vizavi de muzeu, am văzut ceea ce căutam: masiva clădire de cărămidă roşie care adăpostea piscina Zuiderbad. Amsterdamul avea câteva piscine publice, deşi puţine erau atât de bogat ornamentate.

Îmi imaginasem scena asta de mii de ori. Am traversat strada şi fiecare detaliu era aşa cum ştiam că avea să fie: acoperişul ascuţit, ferestrele înalte, cu rame albe, portalul arcuit de la intrare, cu plăcile verzi de gresie şi cu valurile albastre, pictate. Acelaşi aspect dintotdeauna, în afară de anunţul de pe uşă: *Voor Joden Verboden.* Interzis accesul evreilor.

Trebuia să găsesc un loc în care să-mi parchez bicicleta şi din care, apoi, să-mi fie uşor s-o iau, dar pe zidurile exterioare ale clădirii se sprijineau biciclete pe trei rânduri. Într-un fel, situaţia mă avantaja: era aglomerație. Am lăsat și bicicleta mea proptită de celelalte, am inspirat adânc și mi-am reamintit că trebuia să fiu calmă.

De parcă aș fi făcut lucruri de genul ăsta tot timpul.

Era prima dată.

Mi-am întipărit pe chip o expresie de plictiseală insipidă și am intrat în foaier. I-am dat biletul unui bătrân cu păr alb și des, pieptănat pe spate, care-i lăsa la vedere chipul ridat și-l făcea să arate de parcă ar fi stat cu fața în bătaia vântului. Bătrânul m-a privit de sus în jos, de la pălăria albastră de marinar și până la pantofii negri, cu șireturi, făcându-mi apoi cu ochiul, prietenește.

– *Goedemorgen!* a hârâit el. Bună dimineața!

Am zâmbit și am trecut mai departe.

Înăuntru, pereții erau acoperiți cu plăci de faianță verzi și galbene, culorile văratice ale luminii și vieții. Totul arăta la fel ca atunci când veneam să înot aici înainte de război, împreună cu Nellie și cu Eva. Gigantica piscină centrală sclipea în nuanțe de albastru deschis, cu trambuline la un capăt și cu ferestre înalte de jur împrejur, menite să capteze puțina lumină de peste iarnă. Sunetele reverberau, lovindu-se de suprafețele placate cu faianță și de acoperișul metalic, astfel încât, chiar dacă mulțimea era tăcută, întreg locul vuia de zumzetul liniștit al conversațiilor și de pleoscăiturile apei.

Biletul de hârtie mi se înmuiase în pumnul strâns. Mi-am descleștat degetele și mi-am șters mâinile de fustă în timp ce mă îndreptam spre vestiarul femeilor. Erau câteva moduri în care puteam s-o fac – le cântărisem pe toate. Hotărâsem să aleg planul cel mai simplu. Am auzit în minte vorbele lui Annie:

„Cel mai bine e cât mai repede!“

Oare spusese ea asta? Poate.

– *Goedemorgen!* a spus o femeie cu părul alb, în clipa în care am trecut una pe lângă cealaltă în dreptul intrării, iar eu am dat din cap.

Nu era nevoie să-mi audă nimeni glasul, dacă puteam să evit asta.

În vestiar, alte trei femei erau ocupate să se îmbrace sau să se dezbrace, să-și netezească fustele sau să-și îndese hainele în labirintul de firide care se aliniau pe ambii pereți. Mi-am lăsat geanta pe o bancă de unde le vedeam pe celelalte și mi-am pus costumul de baie. Am tras de timp, tot culegând scame inexistente de pe țesătură. Privind în stânga, am văzut o femeie cu păr șaten, care și-a așezat pe un raft hainele împăturite, iar apoi a vârât o mică poșetă în centrul mormanului de rufe, ascunzând-o ca pe un șoricel în gaura lui. Apoi s-a îndepărtat și a plecat spre piscină.

Îmi făcusem griji întrebându-mă cum să trag de timp, în așteptarea celei mai bune ocazii, dar nu asta era problema, ci emoțiile care mă copleșiseră. Mâinile îmi tremurau, iar prin brațe îmi treceau înțepături provocate de frică. Mi-am încrucișat brațele și m-am îmbrățișat strâns, ca să mă opresc din tremurat. Am privit jos și am văzut pe podea o fundă care căzuse din părul unei fetițe, iar modelul ei alb cu galben semăna cu o floare strivită. Cu o stea galbenă.

Am tras aer adânc în piept.

M-am dat un pic mai aproape de firida în care se aflau hainele acelei femei. Celelalte două stăteau acum în fața oglinzii, pieptănându-se și pregătindu-se să plece, sporovăind despre lucruri neimportante: frigul de afară, apa rece din piscină. Fiecare cuvânt îmi răsuna în urechi ca un semn de rău augur, dar ele, bineînțeles, habar n-aveau ce îmi trecea mie prin minte. Și-au luat lucrurile și s-au îndreptat spre ieșire, încă vorbind.

Făcusem doi paşi agili spre hainele împăturite din firidă, când am auzit ecoul unor paşi în spatele meu. Am îngheţat, dar nu era femeia cu părul şaten, întoarsă ca să-şi ia vreun lucru uitat. Era o altă femeie, care voia să folosească vestiarul. Mi-am destins umerii şi m-am liniştit, întinzându-mi braţele înainte şi prefăcându-mă că făceam gimnastică de încălzire înainte să intru în piscină.

Femeia a dispărut într-un compartiment de toaletă.

Mi-am vârât mâna în mijlocul hainelor împăturite şi am scos poşeta dintr-o singură mişcare. Ca şi cum aş fi furat poşete de când lumea! Apoi s-a auzit iarăşi zgomot de paşi: venea altă înotătoare. Sperasem să pun mâna pe mai mult de un singur act de identitate cu această ocazie, dar era prea mare aglomeraţie ca să risc.

Fără s-o privesc, am trecut pe lângă femeia care se apropia, uitându-mă în jos, ca să închei catarama rucsacului. Poşeta furată era înăuntru. Am aruncat o ultimă privire: hainele din firidă păreau nederanjate. Am ieşit din vestiar şi am trecut pe lângă piscină, dându-mi seama că o căutam din ochi pe femeia pe care o jefuisem. Îmi părea rău că trebuise să-i iau poşeta cu totul. Toate capetele de la suprafaţa apei arătau la fel, aşa că le-am cerut tuturor iertare în gând. Călcâiul mi-a alunecat într-o băltoacă şi am încetinit pasul, deşi aş fi vrut s-o iau la goană spre ieşirea din clădire.

Controlorul de bilete a fost singura persoană care mi-a aruncat o a doua privire.

– Pleci atât de repede, Rosie?

– Apa e prea rece pentru mine.

Am zâmbit în clipa în care am spus-o, de parcă era o glumă între noi doi. Surprinzător, fiindcă niciodată nu mă pricepusem să flirtez. Am împins uşa, simţind că mânerul metalic era cald datorită aburului. Bătrânul a spus ceva în timp ce ieşeam, dar nu m-am oprit să ascult. M-am dus la bicicletă şi am urcat în şa, ridicându-mă în picioare, sprijinită în pedale, şi m-am îndreptat către mulţimea care roia în faţă la Rijksmuseum, iar apoi spre aleea care trecea pe lângă ceea ce rămăsese din marea pajişte verde de la Museumplein. Înainte de invazia germană, acela era un loc frumos, în care se făceau picnicuri. Acum nu mai vedeai decât pământ şi nisip, fiindcă peste iarbă se trecuse cu buldozerul ca să se instaleze zidul unei cazemate cu etaj. Se auzeau voci de bărbaţi, venite din cealaltă parte a zidului cenuşiu. Nemţii făceau exerciţii militare acolo.

Trăgeam în piept cu nesaţ aerul curat şi uscat în comparaţie cu umezeala de la Zuiderbad. Cu fiecare rotaţie a pedalelor, eram mai departe de locul infracţiunii şi mai aproape de reuşită. Ajunsă în mijlocul valului de biciclişti, am cercetat fiecare chip cu o intensitate sălbatică: ochelarii cu lentile de culoare închisă ai unui bărbat, broşa de email roşu a unei femei. Toate detaliile îmi săreau în ochi, animate şi vii. M-am lăsat înghiţită de mulţimea de biciclete şi abia atunci am răsuflat. Era o zi ca oricare alta, iar eu, o rotiţă din masa de cetăţeni care îşi croiau drum spre locul de muncă, spre şcoală. Da, o rotiţă anonimă şi cu nimic remarcabilă.

– Hei!

Un cot m-a înghiontit dintr-o parte, cel al unui curier pe bicicletă care aproape că m-a dărâmat. Preţ de o clipă, am crezut că fusesem urmărită şi că tocmai mă prinseseră, iar un fior de groază m-a străbătut precum un trăsnet din cer. Dar şuvoiul zorit al bicicliştilor m-a târât înainte. Am ajuns în parc, trecând pe lângă giganticii ulmi şi pe lângă frumoasele iazuri deasupra cărora se arcuiau podeţe ca nişte apariţii de basm. Mica vâlcea se lăţea, prefăcându-se într-o pajişte întinsă, brăzdată de făgașe pe care germanii le săpaseră ca să descurajeze aterizarea oricăror avioane. Dar păsările cântau încă pe crengile de sus ale falnicilor ulmi. Înaintea mea, coloana de bicicliști se separa în două, ocolind un tomberon de gunoi.

Un simplu tomberon. Obiectele cotidiene păreau să capete înțelesuri noi, iar lucrurile obișnuite păreau noi-nouțe. Nu ele se schimbaseră, ci eu. Nu era nici ora nouă dimineața și deja mă făcusem vinovată de încălcarea legii. Premianta clasei la liceu, studentă eminentă la Drept, prezență atentă la fiecare oră de curs, biciclistă nepricepută, roșcată fără voie. Iar de acum încolo, hoață. Astăzi, un tomberon de gunoi devenise un obiect care să mă ajute să scap de dovezile incriminatoare. Totul din jurul tău se poate schimba dintr-odată.

M-am înclinat spre dreapta și am găsit o deschizătură în coloana de bicicliști, le-am tăiat calea unora dintre ei și am intrat pe iarbă. Am coborât de pe bicicletă și apoi am culcat-o la pământ, într-un crâng de copăcei cărora abia le dăduseră frunze stufoase și deschise la culoare, acel crâng întruchipând ascunzătoarea perfectă pentru un infractor. În aerul răcoros de la umbră, mi-am deschis rucsacul și am scos mica poșetă de pânză. Desfăcând-o cu degete tremurătoare, am răsturnat prostește pe pământul umed tot ce era înăuntru.

– Ce proastă! m-am certat singură, grăbindu-mă să recuperez totul.

– Pot să vă ajut, domnișoară?

Era un polițist, înalt și deșirat ca un bâtlan. Buline de noroi de culoarea cafelei cu lapte îi împestrițau jumătatea de jos a pantalonilor bleumarin, aflată la nivelul ochilor mei. Mi-am ridicat privirea. Avea sprâncenele înălțate și capul lăsat într-o parte, cercetându-mă de sus, așa cum făceau păsările din poldere – zona mlăștinoasă din jurul Haarlemului –, aplecându-și gâtul lung, curioase, în căutarea unui unghi din care să vadă mai bine peștii din apa noroioasă aflată dedesubt. Polițistul și-a îndoit trupul lung de la jumătate și, înainte să-l pot lua eu, a ridicat tot conținutul poșetei furate: câteva monede, foițe de hârtie și apoi lucrul care mă interesa: cartea de identitate.

A ridicat-o în felul acela exersat pe care-l aveau polițiștii acum, responsabilitățile lor reducându-se la o sarcină fundamentală: împărțirea oamenilor pe categorii. El s-a uitat la fotografie, iar apoi s-a uitat în jos, la mine.

– Dumneavoastră sunteți în fotografie?

Nici n-o văzusem. Iar femeia de la care o furasem nu prea semăna cu mine. Dar nu ăsta era scopul. Ideea era să semene măcar un pic cu Sonja sau cu Philine.

Deci, eu eram?

Nu.

Polițistul și-a dres glasul.

– Domnule polițist! am exclamat, făcând ochii mari, ca și cum aș fi fost la fel de surprinsă ca și el.

Gândurile mi-au zburat și au plutit în derivă, precum o hârtie dusă de vânt; brusc, s-au oprit la o amintire din copilărie: sora mea, Annie, atârnată pe jumătate în afara ferestrei de la dormitorul nostru aflat la etajul al doilea, noaptea, pe cale să se furișeze afară. Eram îngrozită, nu doar pentru Annie, ci și pentru mine. Ce puteam să le spun părinților dacă mă întrebau unde se dusese Annie?

– Spune-le orice, șoptise ea cu înțelepciunea experienței, fiind o rebelă de unsprezece ani, care purta ochelari. Dacă nu poți să răspunzi la o întrebare, n-ai decât să pui o altă întrebare!

Și avusese dreptate.

Mi-am mușcat buza de jos și am început să vorbesc. Nici măcar nu-mi tremura glasul.

– Domnule polițist, am fost împinsă de pe bicicletă și s-a împrăștiat totul!

Continuând să țină între degete cartea de identitate, polițistul a aruncat o privire încruntată la bicicleta mea lăsată în iarbă. Documentul din mâna polițistului avea o fotografie de mărimea unui timbru, în care se vedea umbra feței unei femei al cărei păr era închis la culoare. Pentru necunoscuta de la piscină, înlocuirea documentului avea să fie o neplăcere. Pentru Sonja sau Philine, un document fals însemna hrană mai multă, acces la îngrijiri medicale, ba chiar viața însăși.

Impasibil, polițistul a rămas cu ochii ațintiți la mine, iar apoi a privit, peste umăr, oamenii care înaintau mai departe pe cărare, la o distanță de câțiva metri. Am așteptat ca el să spună ceva. Un mușchi mic de pe obraz i s-a încleștat, după care s-a relaxat. Uniforma lui albastră, murdară de noroi, era cea care se purta înainte de război. Îmi era imposibil să știu pe cine susținea acel om. Jurase și el supunere Partidului Nazist? Sau era un olandez cinstit, care avea de crescut copii și care încerca să-și păstreze locul de muncă? N-aveam încredere în aparențe.

Îngenuncheată pe pământul nămolos, am simțit că umezeala din iarbă îmi pătrundea prin ciorapi. În jurul meu se ridica izul frunzelor de stejar putrezite, amestecat cu cel al humusului bogat de la suprafața solului pe jumătate înghețat. Polițistul și-a întors din nou capul spre mine, cu ochii îngustați și ținând micuța carte de identitate în palma lui imensă.

Nu le spusesem Sonjei și lui Philine cu ce mă ocupam. Ele mi-ar fi cerut să mă opresc. Nimeni nu știa că eram aici. Am înghițit în sec, simțindu-mi gura uscată. Degetele mi s-au încleștat pe acea poșetuță de parcă ea ar fi fost fermecată, un talisman din basme. Dar ceea ce mi se întâmpla acum nu era un basm. Magia nu putea să mă salveze.

Am inspirat adânc, m-am uitat în sus, la polițist, și am zâmbit.

– Domnule polițist, am spus eu cu un glas catifelat ca o petală, îmi dați înapoi cartea de identitate?

6

Peste chipul prelung al polițistului a trecut o undă de emoție. Îmi amintea de tatăl meu, un bărbat înalt, în prezența căruia te simțeai de parcă te-ai fi aflat în fața unui munte tăcut.

– *Sta op!* Ridicați-vă! a spus el, întinzându-mi mâna.

Am încercat să respir, dar o gheară îmi strângea pieptul. Polițistul a întins un braț lung, ca să mă ajute să mă ridic; în loc să fug, mi-am pus mâna într-a lui, făcând ceea ce-mi ceruse. Poate fiindcă îmi amintea de tatăl meu.

M-a tras în picioare, iar apoi mi-a dat drumul. Dar îmi lăsase ceva în mână.

Cartea de identitate: mi-o dăduse înapoi.

– Fii cu băgare de seamă, domnișoară! a spus el. Apoi, în șoaptă: *Oranje zal overwinnen!*

Mottoul Mișcării de Rezistență, scrijelit pe ziduri în tot orașul, înainte de a fi șters de germani: OZO. Oare credea că făceam parte din Rezistență? Dar el făcea parte din Rezistență?

Însă astfel de întrebări nu puteau fi puse.

– Cartea dumitale de identitate, domnișoară!

Mi-a returnat toate obiectele, pe care le-am îndesat înapoi în poșetă.

– *Bedankt!* Mulțumesc!

– O zi bună, domnișoară!

Și-a dus degetele la caschetă și după aceea s-a îndepărtat, pășind prin mulțime cu picioroangele lui de bâtlan, fără să se deosebească prin nimic de ceilalți polițiști de pe stradă.

Am învățat câteva lecții în dimineața aceea. Să nu mă uit niciodată peste umăr ca să văd dacă mă urmărea cineva. Și să nu fac nimic care să dea de bănuit că se petrecea, avea să se petreacă sau că se petrecuse ceva important între mine și altă persoană.

Gestul în sine era o recunoaștere.

Mi-am curățat fusta și palmele murdare de pământ. Tremuram din toate încheieturile și eram amețită, iar gulerul mi se lipise de ceafă de cât asudasem. Zgomotele conversațiilor treceau pe lângă mine pe biciclete, dincolo de tufișuri, ca niște transmisiuni dintr-o altă lume, iar albastrul orbitor al cerului, negrul ramurilor, verdele firelor de iarbă mă făceau să lăcrimez. Inima îmi bubuia, iar capul îmi era plin cu bule ca de șampanie. Mă simțeam ciudat, diferită.

Mi-am scos bicicleta din spatele copacilor. Un băiețel cu pantaloni de stofă reiată, maronie, se holba la mine. Mama lui m-a văzut și l-a smucit de mână, trăgându-l spre ea. Dacă arătam așa cum mă simțeam, nu puteam s-o învinuiesc. Simțeam că acea carte de identitate ardea o gaură prin pielea rucsacului și îmi frigea spatele, zvâcnind de parcă ar fi vrut să-mi spună că acțiunea mea fusese îndreptățită. Gustam pentru prima dată din vraja contrabandei. Trecusem prin parc cu bicicleta de sute de ori înainte de război, dar acum, ducând în rucsac acel obiect furat, tot ceea ce-mi era cunoscut părea nou. Parcă aerul avea alt miros și fiecare inspirație mă străbătea adânc, de la buze și până la tălpile care împingeau rapid în pedale. Mergeam pe bicicletă cu vigoarea nemăsurată a unui haiduc, lipsit de orice vină şi tenace.

Sora Dekker fusese cea care îmi încurajase subtil incursiunile hoţeşti. Îmi arătase cândva cum să fur un portofel din buzunarul unei haine, scop în care traversase biroul şi şterpelise portofelul de la o voluntară, chiar sub ochii mei. În timp ce vorbeam cu toatele despre ceva nesemnificativ, ea scosese portofelul din buzunarul voluntarei, după care îl vârâse la loc, iar fata nici nu-şi dăduse seama. Desigur, sora Dekker se prefăcuse că totul nu era decât o glumă. Dar, de fapt, demonstraţia ei fusese o lecţie în toată puterea cuvântului.

– Fii atentă pe unde mergi! m-a certat un bărbat prin faţa căruia am trecut în goană.

Nu m-am uitat înapoi. Nu i-am cerut iertare.

Eu, Sonja şi Philine am căzut de acord că fotografia de pe cartea de identitate semăna cel mai mult cu Sonja. Mă aşteptam să mă simt teribil de vinovată că nu găsisem un astfel de document şi pentru Philine, dar n-a fost aşa. Fiindcă acum ştiam că puteam să fur altul. Câteva zile mai târziu, strivită în mulţimea de oameni care încercau să se urce într-un tramvai, mi-am coborât privirea şi am văzut colţul rotunjit al unui portofel bărbătesc de piele, care se iţea dintr-un sacou. Părea o invitaţie. Mai târziu în aceeaşi zi, m-am oprit în biroul surorii Dekker şi am lăsat portofelul să cadă pe masa ei. Sora Dekker a ridicat dintr-o sprânceană.

– Sunt câteva documente de identitate înăuntru, am spus eu. Unul de la serviciu, altul de la o organizaţie din care face parte posesorul actelor.

O reuşită dublă.

– Poţi să obţii mai multe?

Fără felicitări, fără surprindere, dar zâmbetul de Giocondă de pe chipul ei mi-a arătat că era impresionată. Am dat din cap în semn că da.

Şi astfel am devenit o hoaţă de buzunare în toată regula, lovindu-mă de oameni pe stradă şi îndepărtându-mă după ce le luasem portofelul, uneori şterpelind poşeta vreunei doamne din coşul bicicletei, în timp ce victima se uita în altă parte. Douăzeci şi doi de ani în care fusesem o tânără politicoasă mă antrenaseră bine pentru meseria asta, fiindcă felul în care arătam şi mă purtam era inofensiv. Nu păream decât o tânără împiedicată, care se lovea de pietoni în îmbulzeala celor care se îndreptau seara spre casă. În lunile care au urmat, am furat atât de multe documente de identitate, încât am început să consider că asta era o abilitate de adăugat la CV după război, la fel ca puţina spaniolă pe care o vorbeam sau ca noţiunile mele avansate de algebră. În sfârşit, mă simţeam utilă.

Au fost şi alte lucruri pe care le-am făcut după acel prim furt.

Am încetat să le mai trimit pachete cu ajutoare refugiaţilor din alte ţări şi am început să le distribui evreilor din Amsterdam, care aveau mare nevoie de ele. Deodată, evreii nu mai aveau voie să meargă la cumpărături decât între orele trei şi cinci după-amiaza, rafturile din magazine fiind aproape lipsite de mărfuri esenţiale precum mâncarea şi medicamentele.

Le-am auzit pe Philine şi pe Sonja discutând despre prieteni evrei care dispăruseră pe neaşteptate.

Am dus mâncare şi haine pentru bebeluşi unei familii de refugiaţi care avea trei copii şi care locuia într-un grajd de la marginea de est a oraşului, ascunzându-se până ce se găsea o cale de a traversa Canalul Mânecii.

Am oferit informaţii eronate atunci când soldaţii germani, rătăciţi prin oraş, mă rugau să-i ajut. Mă pretam la orice putea să le facă existenţa cât mai grea.

Am văzut că au început deportările.

„Către Westerbork", explica SS-ul, „numai pentru o vreme".

Trenurile plecau în fiecare marţi.

Nimeni nu se mai întorcea.

M-am gândit că mai rău de atât nu se putea.

7

1943, începutul anului

Ne obișnuiserăm cu stelele galbene. Spun „ne obișnuiserăm", dar desigur că nu tot așa puteau să spună Sonja și Philine. Chiar și după ce le făcusem rost de acte de identitate false, era necesar ca ele să decidă, în fiecare zi, dacă să iasă din casă cu acele acte asupra lor și fără steaua galbenă, sau să poarte stea și să-și ia cu ele actele lor adevărate. Oricum, își asumau un risc. Un evreu prins că folosea un act de identitate fals putea să fie arestat pe loc și deportat la Westerbork, probabil ca să fie trimis într-un așa-numit lagăr de muncă: Sobibor și Auschwitz erau printre numele care se auzeau. Nu știam nimic despre locurile acelea, dar numele lor deveneau arme ale terorii naziste. Dacă evreii ieșeau din casă cu o stea galbenă pe piept, conform legii, provocau hărțuielile soldaților germani, iar riposta era considerată o formă de rezistență. Evreice sau nu, multe femei nu se simțeau în siguranță în spații publice. De aceea, tinerele evreice mergeau pe stradă câte două sau trei.

– Acum sunt atât de multe stele în cartierul în care locuiește verișoara mea, încât a început să i se spună „Hollywood"! ne-a anunțat Sonja.

Philine a scos un mormăit de dezgust.

– Pe stradă, oamenii îmi zâmbesc uneori și îmi șoptesc să fiu puternică, a spus ea, recunoscătoare pentru astfel de gesturi venite în fiecare zi din partea olandezilor simpli.

– Zilele trecute ploua, iar un vatman a oprit tramvaiul și, pur și simplu, mi-a ordonat să urc, ca să nu mă plouă! a povestit și Sonja. Dar am ezitat, fiindcă nu îndrăzneam să încalc interdicția de a folosi, ca evreică, sistemul de transport public. Însă vatmanul s-a înroșit de supărare, sub privirile uimite ale pasagerilor, și mi-a spus că interdicția respectivă era o prostie. După aceea, o femeie din tramvai, referindu-se la steaua galbenă, m-a îndemnat să-mi scot de pe haină „porcăria aia“, a adăugat Sonja cu glas încărcat de emoție. Nu puteam s-o scot, îmi era teamă să nu care cumva să mă vadă vreun soldat neamț. Și, în plus, creaserăm o scenă. Știu că intenția tuturor era bună, dar am clătinat din cap, i-am mulțumit vatmanului și am fugit prin ploaie.

Mă bucuram că o făcuse. Mai bine să fie plouată și să-i fie frig, decât să fie arestată.

În cele din urmă, Philine și Sonja au rezolvat problema purtării stelei, adoptând soluția evidentă: n-a mai ieșit din casă. Plecau numai pentru un drum neapărat necesar la brutărie sau la băcănie. Sonja și-a pus o plombă la un dentist evreu care își mutase cabinetul în bucătărie, unde nu primea decât clienți evrei. Iar Philine își petrecea mai tot timpul acasă la Sonja. Cartierul în care locuia familia Polak fusese desemnat oficial cartier evreiesc, iar familiile de evrei din alte părți ale orașului erau obligate să se „transfere“ acolo. Starea de spirit era tensionată, la fel și soldații postați în fața clădirilor. Era mai bine să-i eviți.

Totuși, în ciuda propagandei naziste care încerca să ne arunce cu praf în ochi, știam că sovieticii îi zdrobiseră pe nemți la Stalingrad și în alte părți ale Uniunii Sovietice. Desigur că ziarele germane care circulau în tot orașul nu pomeneau despre acele înfrângeri, dar tonul propagandei lor se schimba. *TOTALER KRIEG*, RĂZBOI TOTAL, spunea un titlu de ziar după un recent discurs al detestabilului ministru nazist al propagandei, Joseph Goebbels. Discursul era menit să-i îmbărbăteze pe nemți și să ne înfricoșeze pe noi, ceilalți, ceea ce reușea din plin. Nu puteam să-mi imaginez un război mai „total" decât cel pe care-l trăiam deja.

Acum mă îndreptam spre alianța pentru refugiați. Deși eram prietene, Nellie și Eva își aveau propriul cerc de apropiați, iar eu nu le mai împărtășeam temerile pe care le aveam în legătură cu viața Sonjei și a lui Philine. Colegele mele de cameră mă priveau cum alergam prin tot Amsterdamul pentru treburile alianței și nu se amestecau, nici nu-mi puneau prea multe întrebări. Erau prietene bune, îmi ofereau mereu o porție din mâncarea lor și mă ajutau să car pachetele pe scări. Nellie și Eva erau drăguțe, dar nu puteau să mă ajute. Ca să nu mă mai gândesc la lucruri sumbre, aveam nevoie de sora Dekker și de distragerea atenției prin muncă.

Biroul alianței, modest și puțin mobilat, mă înveselea întotdeauna; cel puțin, cineva făcea o muncă utilă în orașul ăsta. Iar sora Dekker, prin prezența ei serioasă și fermă, mă asigura că în țara asta mai existau oameni care nu-și pierduseră busola morală. Am sosit la jumătatea dimineții, chiar la ora la care era cea mai mare aglomerație în birou. Am împins ușa și m-am oprit. Primul lucru pe care l-am remarcat a fost tăcerea. Lipsea grupul obișnuit de voluntari. Apoi am privit în jur. O catastrofă. Rafturile frumos organizate, cu provizii de care Dekker și voluntarii făcuseră rost cu mari strădanii, de la instrumentar medical și până la pături și cutii pline cu tetine de cauciuc pentru biberoane, păreau să fi fost răscolite de niște animale sălbatice. Podeaua placată cu gresie imaculată era acum plină de dâre de noroi și de urmele negre, dizgrațioase, ale unor tălpi de cizme. În birou se afla doar Lottie, una dintre asistentele care lucrau pentru sora Dekker. Lottie a început să vorbească de cum m-a văzut.

– Au intrat cu forța aseară și au luat tot, Hannie! a spus ea. Cutie după cutie, toate rezervele noastre, totul!

Chipul de obicei trandafiriu al lui Lottie s-a făcut pământiu în clipa în care ea s-a lăsat pe vine, adunând în cutii cele câteva obiecte rămase.

– Unde e Dekker? am întrebat eu.

– Intră, Hannie!

Sora Dekker stătea în fotoliul din spatele unui birou masiv de lemn de stejar, ca un căpitan de vapor care naviga pe oceanul învolburat de hârtii și de dosare împrăștiate pe jos. Dosare medicale, însemnări zilnice, toate dovezile muncii noastre zăceau, nimicite, la picioarele ei. Sora Dekker ședea cu brațele ei musculoase sprijinite de fotoliu și cu o expresie de dezgust întipărită pe chip. Ca toate organizațiile de ajutor de urgență, alianța pentru refugiați era neutră. Desigur, neutre se declaraseră și Țările de Jos.

– Nu înțeleg!

– Au venit după dosare, m-a lămurit sora Dekker. Dar apoi au văzut proviziile noastre și ni le-au luat!

– Pot să ajut cumva? am întrebat eu.

Ea a clătinat din cap în semn că nu.

– I-am trimis acasă pe toți, cu excepția lui Lottie. Du-te și tu!

M-a cuprins un val de mânie.

– Dar trebuie să ne întoarcem la lucru! am exclamat.

– Biroul ăsta a fost închis, Hannie! a spus ea, laconic. Iar eu am fost transferată, în mod convenabil, la un spital din Haga!

A clătinat din cap, amuzată de transparența unei astfel de strategii. Era un mod simplu de a scăpa de ea de aici, unde îndeplinea o muncă importantă, trimițând-o într-un alt oraș, unde se spera să aibă mai puține contacte printre supărătorii membri ai Rezistenței.

– Ai fost de mare ajutor, Hannie! Părinții tăi locuiesc la Haarlem, nu-i așa? Du-te acolo! Așteaptă să se liniștească situația!

– Să se liniștească?!

Eu însă nu-mi imaginam decât că neliniștea avea să crească.

– Suntem într-o etapă nouă. Munca pe care ai făcut-o pentru mine, a continuat ea, coborându-și tonul ca să n-o audă Lottie, ne-a fost de mare ajutor.

S-a ridicat și, pentru prima dată de când o știam, m-a îmbrățișat ca o mamă, strângându-mă la pieptul ei mare și cald. I-am simțit mirosul de apret și de înălbitor al uniformei albe și izul ușor acru de sudoare. Era mereu atât de stăpână pe sine, încât nu-mi imaginasem că ar fi putut asuda.

– Nu mă întorc la Haarlem! am spus eu. Trebuie să-mi termin studiile.

Auzindu-mi vorbele, ele mi s-au părut nesăbuite, precum temerile unui copil. Dar nu mă gândisem niciodată că aș fi putut face altceva, nici măcar înainte de război. Iar acum? Oricât de mult îi iubeam pe părinții mei, ascunzându-mă în casa lor nu rezolvam nimic.

Sora Dekker a dat din cap în semn de încuviințare. Niciodată nu încercase să mă convingă să fac ceva și nici acum n-a făcut-o.

– Bine, atunci! Am ceva pentru tine. Vino!

S-a ridicat și am urmat-o în magazia din spate. Fusese golită de aproape toate cutiile cu provizii de urgență, până și de recipientele în care se aflau bețișoarele sterile pentru curățatul urechilor, dar câteva obiecte rămăseseră împrăștiate pe rafturi. Sora Dekker a ridicat o cutie de carton și mi-a întins-o. M-am uitat la eticheta lipită pe partea de sus: BANDAJE DE CELULOZĂ.

– Ce sunt astea?

N-aveam pregătire medicală, iar sora Dekker o știa.

– Îmi pare rău s-o spun..., a murmurat ea, căutându-și cuvintele, ... soldații au furat tot ce aveam, chiar și tampoanele și centurile sanitare, dacă îți vine să crezi. Dar mai avem câteva dintr-astea și sunt mai bune decât cârpele acelea de bumbac, nu? a întrebat ea, zâmbind sumbru. Femeile se pricep cel mai bine la sânge. Haide, Hannie, ia cutia în semn de mulțumire din partea mea!

În timp ce vorbea, privirea îi rămăsese ațintită la mine, transmițându-mi ceva ce nu puteam să înțeleg. Eram orbită de distrugerea acelui loc altădată sacru.

– Du-te! m-a îndemnat sora Dekker, conducându-mă spre ieșire.

Odată ajunse la ușă, ea a scos o bucată de hârtie din buzunarul de la piept al uniformei albe și l-a strecurat în cutie printr-o deschizătură.

– În cazul în care ai vreodată nevoie să dai de mine.

– Bine! am răspuns, uluită.

– Hannie, privește-mă! a spus sora Dekker, luându-mă de umeri ca să se facă înțeleasă. Te pricepi la asta. Muncești mult. Ești puternică și ești mult mai șireată decât te arată fața ta cea pistruiată.

Eu, puternică? Am roșit, simțindu-mă onorată.

– Cine știe cât o să mai dureze războiul ăsta? a murmurat ea. Cât de distrugător o să se dovedească? Eu nu știu. Nimeni nu știe. Dar oricât ar dura, tu poți să continui să ajuți, Hannie! Mereu e ceva de făcut.

– Da! am răspuns eu, neștiind sigur în ce mă băgam.

Am simțit cum mi se punea un nod în gât, dar am refuzat să cedez în fața ei. Încă nu mi se întâmplase nimic din ceea ce așteptam să mi se întâmple în viață. Aveam nevoie de mai mult timp.

– Știi cum să dai de mine, da? a întrebat sora Dekker lovind din nou capacul cutiei.

– Ce o să facă nemții cu dosarele? am întrebat eu.

Unii dintre voluntarii alianței erau evrei. Gândul că informații care-i priveau – nume, adrese, contacte în caz de urgență – se aflau acum în mâinile naziștilor mă făcea să-mi vină rău.

Ea a zâmbit.

– Nimic. Am ars dosarele acelea în urmă cu câteva săptămâni.

– Soră Dekker! am exclamat eu, râzând.

Ea a ridicat din umeri.

– Dumnezeu m-a chemat să ajut, Hannie! Lui nu Îi pasă ce formă ia ajutorul ăsta.

Apoi m-a luat în brațe și m-a strâns din nou la pieptul ei. M-a privit cu tandrețe din cap până-n picioare, așa cum o făcuse mama în prima zi de școală, asigurându-se că aveam toți nasturii încheiați.

– Să fii bună, Hannie! m-a îndemnat ea, cu ochii sclipindu-i de emoție. *Goed zijn, goed doen!* Să fii bună și să faci bine!

Am dat din cap în semn de încuviințare și am ieșit pentru ultima oară din clădirea alianței pentru refugiați. Îndepărtându-mă, mă chinuia senzația profundă și dureroasă că n-aveam s-o mai revăd vreodată pe sora Dekker.

*

Dacă străbăteai străzile din Amsterdam într-o zi însorită, puteai să uiţi pentru o clipă de oroarea care se petrecea. Lumina aurie a soarelui, canalele sclipitoare, cerul senin, chipurile copiilor - toate astea încă erau frumoase. Aşa îmi spuneam în timp ce mergeam spre locul în care îmi lăsasem bicicleta. Aşa îmi spuneam în timp ce înghesuiam cutia cu bandaje în coşul bicicletei şi aşa gândeam în momentul în care am intrat cu coşul bicicletei în partea din spate a unei maşini ce mergea atât de încet, încât crezusem că era parcată. Vechea şi incomoda mea bicicletă s-a cutremurat, zdrăngănind atunci când s-a izbit de pietrele pavajului, dar şoferul n-a părut să bage de seamă. Naiba să le ia pe toate - maşina, bicicleta, coşul, războiul ăsta! Pe toate! Mi-am ridicat bicicleta şi am îndreptat apărătoarea cu o lovitură de picior, iar apoi m-am suit în şa şi am ocolit maşina. Sau ce rămăsese din ea. Se mişca încet, se smucea înainte, apoi se oprea, după care pornea din nou - toate astea, fiindcă n-avea motor. Vechea berlină neagră era trasă de un cal de povară astmatic, legat de ea printr-un harnaşament folosit cândva la înhămatul animalelor care trăgeau plugul. Proprietarul mergea alături de cal, ţinând în mână un ciomag cu care părea să are câmpul. Plin cu haine, cratiţe şi alte obiecte gospodăreşti, vehiculul înainta încet de-a lungul străzii, pe jante metalice lipsite de cauciucuri. Cavitatea în care odinioară se afla blocul motor ascundea acum o ladă de lemn plină cu bucăţi zimţate de deşeuri de metal. Oare bătrânul vindea sau cumpăra? Probabil că şi una, şi alta. Iar acel automobil vechi era acum casa şi căruţa lui. Îmi dădeam seama că mă holbam la omul acela; depăşindu-l, i-am aruncat un zâmbet prin care îmi ceream scuze, dar el nu m-a învrednicit nici măcar cu o privire. Atât omul, cât şi calul erau înhămați la plug, atenți la următorul pas, la următoarea clipă, la următoarea masă. Am trecut peste un dâmb, soneria de pe ghidonul meu a răsunat, iar calul a nechezat. Un sunet binevenit. Cele mai multe animale din Amsterdam, de la canari și până la câini și pisici de casă, dispăruseră de-acum. Oamenii erau nevoiți să-și astâmpere foamea.

Tot încercând încă să înțeleg rostul automobilului tras de cal, am început să văd un nou oraș în jurul meu. Amsterdamul aflat sub ocupație. Un oraș acoperit de mizerie, de praf. Un soldat în uniforma verde a Wehrmachtului stătea în fața unui zid de cărămidă și acoperea cu dungi groase de vopsea gri închis o serie de litere mari, roșii, lucioase – *V*-ul Aliaților și *VERZET* – scrise peste noapte de vreun membru al Rezistenței. *V* de la „victorie“, *V* de la „*Verzet!*“: „Rezistă!“, a pierit sub pensulă în timp ce treceam pe lângă acel soldat. Privind în sus, am văzut că zidul se înălța peste capul soldatului cu doar câțiva metri și se sfârșea într-un morman de cărămizi sfărâmate. Întreaga latură a imobilului era pe jumătate demolată, iar rămășițele celui de-al doilea etaj se căscau, scoțând la iveală o casă de păpuși în mărime naturală, tapetul verde al unui salon expus stihiilor și pătat de ploaie, precum și dreptunghiurile spectrale, de culoarea smaraldului, în locurile în care altădată se aflaseră tablouri. Atunci când evreii erau duși la Westerbork, la închisoare sau cine știe unde, casele lor erau jefuite. Soldații germani adunau cele mai valoroase lucruri și pe cele mai ușor de cărat: bijuterii, argintărie, obiecte de artă. După germani veneau vecinii, unii încercând să salveze obiectele pentru foștii lor prieteni, iar alții pur și simplu în căutare de ceva folositor, precum mâncare, săpun sau mobilă de lemn pe care s-o ardă în sobe. Acea clădire fusese deja curățată; puteai să-ți dai seama de asta fiindcă nu era păzită de soldați. Nu mai era nimic de apărat. Philine îmi povestise despre astfel de clădiri din cartierul ei, dar era izbitor să văd una cu propriii ochi. Toată viața așteptasem să mă mut la Amsterdam, orașul mândru, cosmopolit, al istoriei și artei, al filosofilor și aventurierilor. Un oraș construit într-o epocă de aur. Ceea ce îi făcuseră anii de război - ba nu, naziștii - era o pervertire. Iar eu îmi ținusem ochii închiși prea mult timp. Era timpul să vorbesc cu Sonja și cu Philine.

- Nu-i aici, domnișoară!

Menajera familiei Frenk părea agitată. Zilele astea, așa era toată lumea ori de câte ori se auzea o bătaie în ușă.

- S-au dus acasă la Philine?

Femeia a clătinat din cap.

- Dar unde...? am întrebat eu.

Ea mi-a văzut frica din privire și a întins o mână ca să mă liniștească, iar palma i s-a oprit, blând, pe brațul meu.

- Domnișoara Sonja și domnișoara Philine au ieșit să facă o vizită, a spus ea. Doamna Frenk a rugat-o pe domnișoara Sonja să lase adresa.

Mi-a arătat o bucată de hârtie pe care se vedea scrisul lăbărțat al Sonjei. N-am recunoscut adresa.

- În apropiere de Parcul Wertheim, am spus, încruntată. În cartierul Plantage.

Nu mai fusesem de câteva luni în zona aceea. Era frumoasă, cu vegetație abundentă, situată în centrul orașului, aproape de grădina zoologică, de cea botanică și de alte atracții turistice plăcute, care nu mai funcționau. Acolo se afla și Hollandsche Schouwburg, Teatrul Olandez. Sau, după cum îmi aminteam că se numea mai nou, Joodse Schouwburg, Teatrul Evreiesc.

Citisem în *De Waarheid*, ziarul Rezistenței, că germanii transformaseră clădirea într-un fel de centru cultural evreiesc. La fel ca mai toate locurile rezervate evreilor, zona era împânzită de soldați nemți și de puncte de control menite să-i descurajeze pe vizitatorii neinvitați. Cu siguranță că evreii nu erau dornici să viziteze locul, orice ar fi spus naziștii despre păstrarea culturii lor. Ce ar fi căutat Sonja acolo?

– S-au dus singure? am întrebat eu.

– Domnișoara Sonja spunea că vrea să-și viziteze o prietenă. O *madame*..., a spus menajera mușcându-și buza și încercând să-și amintească numele. Rajah?

– Ceija! am exclamat, ușurată.

Dar nu m-am liniștit pe deplin. Sonja vorbea despre ea de săptămâni întregi. *Madame* Ceija, o țigancă ce putea să ghicească viitorul. Sau cel puțin așa pretindea Sonja. Ea ne implorase să mergem, jinduind după o privire pe care să poată s-o arunce dincolo de orizontul sumbru al ocupației. Nu-mi dădusem seama că era atât de disperată.

– Mulțumesc! am spus, coborând treptele.

– N-aveți nevoie de adresă? a întrebat menajera, ridicând hârtia și arătându-mi-o.

– Am reținut-o! am răspuns eu.

Femeia mi-a aruncat o privire nedumerită, dar sora Dekker mă învățase să memorez adresele.

8

Deşi până acolo era un drum scurt, nu mai mult de cincisprezece minute de mers pe jos, diferenţa dintre cartierul în care locuia Sonja şi Plantage era izbitoare. Dispăruse mica insulă de verdeaţă de altădată, formată de grădina botanică şi din luxuriantele parcuri publice. De cum am traversat podul, mi s-a părut că a scăzut presiunea în barometre; aerul era pătruns de un fel de greutate, fiindcă la fiecare colţ de stradă roiau pâlcuri de soldaţi, aruncând priviri încărcate de suspiciune spre mine şi spre ceilalţi puţini trecători, întârziind cu ochii pe umărul meu stâng, în căutarea unei stele galbene. De la depărtare de un cvartal, am recunoscut intrarea boltită a marelui teatru construit în stil italian. Câteva afişe vechi, care anunţau un concert de orchestră - numai cu şi pentru evrei - erau încă lipite pe geamul casei de bilete. Câţiva soldaţi germani stăteau în faţă. Am făcut o întoarcere cu bicicleta ca să ocolesc, luând-o pe partea opusă teatrului, pe drumul mai lung.

Madame Ceija locuia la etajul patru al unui bloc înalt, care părea încă neatins de ocupaţie, cu o faţadă netedă şi albă, din plăci de calcar, şi cu o intrare primitoare, proaspăt măturată. Am intrat şi am aşteptat în faţa liftului timp de un minut, ascultându-i zăngănitul neobosit, care se auzea deasupra mea. După aceea, am decis să urc pe scări. La fiecare etaj, câte o fereastră lungă și înaltă lăsa să pătrundă lumina; dinspre curtea interioară de dincolo de ferestre, îi auzeam pe oamenii de afară, dar nu m-am oprit să-i privesc, ci am urcat treptele două câte două, în căutarea prietenelor mele. Gâfâind, am deschis brusc ușa care dădea în coridorul celui de-al patrulea etaj.

Dinspre capătul coridorului s-a auzit o bătaie din palme, urmată de sunetul glasului vesel al Sonjei:

– Hannie! Cum de ne-ai găsit?

M-am apropiat, iar apoi a apărut Philine, care m-a îmbrățișat strâns. Știam că în ultima vreme se simțea neliniștită ori de câte ori pleca de acasă.

– Ați vorbit cu ea? am întrebat eu, sperând că erau gata să meargă acasă.

– Se pregătește să ne primească, a răspuns Sonja, conducându-mă spre apartamentul lui *madame* Ceija. Aceasta avea o ușă simplă de lemn, ca toate celelalte, doar că ușa lui *madame* Ceija avea un mic totem țintuit într-unul dintre colțurile de sus, o podoabă de sticlă ce semăna cu un ochi.

– Ține la depărtare ghinionul, m-a informat Philine. Așa se spune.

– Ar fi mai bine să plecăm! am exclamat eu. Trebuie să vorbim!

Acea vrajă de deochi îmi confirma suspiciunile legate de starea generală de nesiguranță.

– Încă e legal să ieși din casă, Hannie. O, Doamne! a exclamat Sonja, încruntându-se.

Am bătut cu piciorul în podea, iar ușa lui *madame* Ceija a zdrăngănit.

– Au făcut un raid la biroul alianței, am șuierat eu, vorbind cu glas scăzut, deși îmi venea să urlu.

Fetele s-au uitat la mine, cu gurile căscate de uimire.

– Ai pățit ceva? a întrebat Philine.

– Nu, am răspuns eu. Ascultați-mă!

– Erai acolo? a întrebat Sonja.

– Nu eram acolo atunci când s-a întâmplat şi n-au arestat pe nimeni, am bolborosit, agitată, dar..., am spus, aruncându-le o privire imploratoare şi văzând că expresia de pe chipul lui Philine era irascibilă, iar a Sonjei, sfidătoare, ... am o idee, am şoptit eu.

Uşa apartamentului lui *madame* Ceija s-a întredeschis şi toate trei am întors capul spre ea. În hol plutea un iz de tămâie. Nu era vrăjitoarea din Fraţii Grimm pe care mi-o imaginasem. Pielea lui *madame* Ceija avea culoarea ceaiului tare, ochii îi erau de un căprui frapant şi faţa îi era înnobilată de riduri delicate în jurul ochilor şi gurii, dovadă a unei vieţi de emoţii profunde. Sonja a început să facă prezentările, dar *madame* Ceija a ridicat o mână elegantă, care se mişca graţios în ciuda greutăţii bijuteriilor de bronz şi de argint care-i împodobeau degetele şi încheieturile mâinilor, şi a făcut un semn spre mine.

– Tu! Cea cu părul roşu!

Accentul ei părea să vină de undeva din est.

– Vino!

– Eu? am întrebat, făcând un pas în spate.

Sonja s-a răsucit şi m-a apucat de umeri.

– Putem să vorbim după aceea, îţi promit! O să fie distractiv. Trebuie să ne mai şi distrăm, Hannie!

Era îmbujorată de surescitare. În sfârşit, ieşiserăm toate trei din casă, făcând ceea ce voia ea, drept pentru care era încântată precum o pasăre eliberată din colivie. Mi s-a frânt inima.

– Bine! m-am învoit eu.

Puteam să vorbim mai târziu.

Sonja a zâmbit, fericită, şi m-a împins înainte. *Madame* Ceija le-a privit pe ea şi pe Philine cu o indiferenţă amabilă.

– Voi aşteptaţi aici!

Le-am aruncat o ultimă privire și, în timp ce ușa se închidea în urma mea, le-am rugat:

– Nu plecați nicăieri!

O draperie de catifea indigo acoperea intrarea în salonul luminat de veioze aprinse, ale căror abajururi erau împodobite cu ciucuri. În aer șovăia o ușoară ceață cu miros de tămâie, de ceară de lumânare și de fum de țigară, iar podeaua era acoperită cu un amestec de covoare orientale multicolore, care se destrămau pe margini. *Madame* Ceija s-a așezat la o măsuță care, în loc de față de masă, era acoperită cu un șal de mătase trandafirie. În dreapta femeii, mucul tremurător al unei lumânări picura pe o farfurioară de porțelan, formând un smârc de ceară, iar alături se afla ceea ce presupuneam a fi cărți de tarot și o scoică mare, exotică, plină cu chiștoacele câtorva țigări rulate de mână, cu hârtiuțe făcute sul și cu fire de tutun. Scoica aceea nu semăna cu nici una pe care o văzusem până atunci.

– Eu...

Dar *madame* Ceija a ridicat o mână ca să mă oprească. Mi-am încrucișat brațele și m-am lăsat pe spate în scaunul curbat, de lemn. Bine. Să vedem ce putea femeia aceea. În chestiuni spirituale, eram și mai sceptică decât Philine, cea cu picioarele pe pământ.

– Durează mult? am întrebat.

– Nu voiai să vii.

Regretam că fusesem nepoliticoasă, dar aveam impresia că *madame* Ceija nu era genul pe persoană care să se simtă ofensată din orice.

– N-a fost ideea mea, am recunoscut eu.

Madame a dat din cap. În loc să întindă mâna spre pachetul de cărți de tarot, a luat o hârtiuță ușoară ca o pană și un strop de tutun și a început să ruleze o țigară.

– Spune-mi numele tău! mi-a cerut ea.

Mi-am dres glasul.

- Hannie.

Ea a îndreptat hârtia și a presărat în mijloc o linie fină de tutun, cu vârfurile degetelor pătate de ritualul pe care-l îndeplinise ani de-a rândul.

- Numele tău adevărat!

- Ha, ha! am râs eu forțat, văzând cum colțurile gurii ei se arcuiau într-o umbră de zâmbet. Părinții mi-au dat numele de Johanna, am adăugat. Jo.

Nu-mi mai spusesem așa de când le cunoscusem pe Sonja și pe Philine.

Toată atenția lui *madame* Ceija era îndreptată spre țigara lunguiață din fața ei. A rulat-o între degete, a finisat-o, și-a trecut limba peste marginea foiței și apoi a lipit-o. După ce a terminat, a pus-o deoparte și și-a ridicat privirea.

- Așadar, a existat un deces? a întrebat ea.

- Poftim?!

Madame Ceija și-a înclinat capul, dând de înțeles că eu eram cea care nu pricepea.

- Nu știu ce...

- Sigur că da, a spus ea cu glas catifelat, aproape melodios. Iar moartea aceea a fost prea greu de suportat. Pentru toată lumea. Și acum? Au trecut mulți ani de atunci.

A ridicat țigara, încă neaprinsă, și a învârtit-o între degetele noduroase. Privindu-mă în ochi, a lăsat țigara pe țesătura de mătase roz.

- Moartea e o realitate. Cu toții murim. Tu, ca fel ca toată lumea, știi asta!

Se întâmplase în urmă cu șaisprezece ani, dar lecția părea la fel de proaspătă. Moartea nu era un concept abstract. Putea să vină oricând, i se putea întâmpla oricui, indiferent dacă individul respectiv o merita sau nu.

Era perfect posibil să moară chiar și o persoană plină de viață, așa cum fusese sora mea cea mare. Moartea nu lăsa nimic în urmă. Cu excepția absenței. Ochii adânciți în orbite ai lui *madame* Ceija au privit într-ai mei și, pentru prima oară după mulți ani, am simțit din nou durerea acelei pierderi, fiindcă mângâierea adusă de trecerea timpului fusese ștearsă de simpla reamintire a faptului în sine. Umerii mi s-au încovoiat sub greutatea suferinței.

– Da, am răspuns eu. Știu.

Madame Ceija a dat din cap în semn de încuviințare, cu aerul că nu mă credea pe de-a-ntregul.

– Dar aceea a fost moartea ei. Eu vorbesc despre a ta.

– A mea?!

Deși aerul din cameră era rece, bluza de bumbac mi s-a lipit de spatele asudat. *Madame* Ceija s-a aplecat și a luat un pahar delicat, lucrat de mână, ornamentat cu filigran de aur și plin cu vin, după cât se părea. Am ezitat. Mă îndoiam că era bine să beau ceva din mâna ei. Dar îmi era sete și voiam să pun capăt întâlnirii. Am luat paharul și l-am dat peste cap dintr-o înghițitură. Vinul era dulce și mi s-a urcat de îndată la cap. La inimă.

– *Madame* Ceija, eu... am bâiguit, neștiind de fapt ce voiam să spun.

Am închis ochii, iar mușchii încordați ai gâtului mi s-au relaxat. Rareori se întâmpla să beau alcool.

– Nu mai am nimic să-ți spun, trandafirașul meu! a spus *madame* Ceija.

Chipul îi era blând, iar ochii, plini de bunătate. A zâmbit.

– Numai atât: și tu o să mori.

Am simțit cum mi se strângea pieptul și am luat o gură mare de aer.

-Dar nu azi. Și nu peste puțin timp, a spus ea pe un ton nepăsător, de parcă mă anunța că pierdusem tramvaiul. Astăzi, micuțo, ești în viață!

Am zâmbit.

-Găsești ceva de râs în toate astea? a întrebat ea.

-Nu, dar... am crezut că o să-mi vorbiți despre viitorul meu soț. Despre copii.

Madame Ceija a mijit din ochi.

-Asta voiai să auzi?

-Nu, deloc! am răspuns eu. Doar că...

Din locul în care stăteam, vedeam curtea interioară a blocurilor dimprejur și am auzit din nou vocile care veneau de jos. Am privit cu mai multă atenție, încercând să disting ceva.

-Ce se întâmplă acolo? am întrebat.

Chipul lui *madame* Ceija s-a întunecat. Dar a dat draperia la parte, ca să văd mai bine.

Dedesubtul nostru, spațiul gol din mijlocul curții mari era împărțit în sectoare. Trei sau patru erau ocupate de obișnuita serie de mici grădini, sârme cu rufe întinse la uscat, elementele domestice ale vieții dintr-un oraș aglomerat, priveliștea fiind mai modestă, însă asemănătoare cu cea din spatele casei Sonjei. Dar în cel de-al patrulea sector se petrecea altceva.

Spațiul era cenușiu și lipsit de verdeață sau de amenajări de orice fel, fiind redus la un pătrat de ciment pe care se aflau mulți oameni - bărbați și femei în toată firea - strânși laolaltă în grupuri. Ei stăteau de vorbă, iar unii se certau de-a dreptul. Câțiva dintre ei abia dacă se mișcau, sprijiniți de ziduri acolo unde se putea. Era aglomerație mare. Tensiunea plutea în aer precum electricitatea.

Văzând acoperișul clădirii, care era alb, de formă triunghiulară, am întrebat:

– Locul ăla e în spatele... teatrului?

Madame Ceija a încuviințat din cap fără să scoată un cuvânt, uitându-se țintă către mulțimea de jos, odată cu mine. Câțiva oameni se uitau în sus, către ferestrele apartamentelor, dar mă îndoiam că vedeau înăuntru.

– Îi schimbă din nou numele, a explicat ea. Câțiva soldați au adus plăcuțele cu nume acum câteva zile, dar încă nu le-au pus pe clădire: *Overslagpunt*. Punct de îmbarcare. Nu se mai prefac că e un teatru.

– Sunt evrei, am spus eu, privindu-i pe oamenii de jos.

Ea a încuviințat din cap.

– Sunt deportați? am întrebat, prostește.

Am simțit că mi se lipeau cuvintele de gâtlej.

– Așa se pare, a răspuns ea.

Am privit amândouă la închisoarea în aer liber, de parcă am fi fost niște copii care s-ar fi uitat la furnicile captive într-un borcan, urmărindu-le cum se învârteau între granițele spațiului mic, în mod evident neliniștite, dar încercând să rămână calme. Teatrul fusese o scenă nu numai pentru muzicieni, ci și pentru mândrii cetățeni ai Amsterdamului, care veneau la spectacole îmbrăcați în cele mai elegante rochii și paltoane, femeile – acoperite cu bijuterii, iar bărbații – încălțați cu pantofi lucioși. Acum, oamenii de jos purtau mai multe straturi de haine pestrițe, ca să le fie cald în curtea umbrită, capetele goale nu le erau acoperite decât de păr încâlcit și aveau chipurile întunecate de teamă.

– Nu putem să facem ceva? am întrebat eu.

Cercetam din priviri interiorul clădirilor, în căutarea unei scări de incendiu sau a unui alt lucru care să poată fi folosit ca să cobor și să ajung la ei. Sau ca ei să urce la noi. Dar zidurile interioare fuseseră golite de orice lucru care ar fi putut servi unor astfel de scopuri. Mi-am dat seama că oricine ar fi lăsat în jos o funie ar fi făcut-o sub privirile zecilor de ferestre ale birourilor și apartamentelor și în prezența invizibilă a câtorva duzini de străini nu foarte prietenoși, care, descriind cele văzute, ar fi putut câștiga o recompensă. Prizonierii de jos erau strânși acolo precum ultimele picături de apă de pe fundul unei fântâni părăsite.

– De câteva luni îi tot mută pe evrei de acolo, a spus *madame* Ceija. Sunt sute înăuntrul teatrului; ies afară pe rând. Vecinii le aruncă uneori câte ceva, a adăugat ea, făcând un gest către sutele de ferestre care înconjurau curtea. Dar numai noaptea, atunci când nu văd paznicii. Altfel...

Abia în acel moment i-am remarcat pe paznici. Stăteau adunați în grupuri mici la colțurile pătratului de ciment, cu arme atârnate peste umeri și șolduri.

– Arestează pe oricine încearcă să intervină, a completat ea.

Am privit în direcția în care se uita *madame* Ceija, spre o fereastră de vizavi, cu geamul spart în formă de dinți zimțați, apartamentul din spatele ferestrei fiind, probabil, gol.

Poate că de vină era vinul. Poate că erau oamenii care așteptau în purgatoriul de jos. Sau biroul devastat al alianței pentru refugiați, automobilul tras de cal, expresia de pe chipul menajerei, vocile îngrijorate și pline de speranță ale prietenelor mele care acum așteptau afară, pe coridor. Moartea. Moartea era înfricoșătoare. În prea mare măsură. Și reală.

M-am sprijinit de masă și am prins mâna nespus de subțire a lui *madame* Ceija în mâna mea.

– Trebuie să scape de aici!

Femeia a ridicat din sprâncene.

– Sunt captivi! a răspuns ea, pregătită să recunoască faptul că nici talentele ei, oricare ar fi fost, nu puteau să-i ajute pe oamenii ținuți prizonieri acolo.

– Nu ei, am șoptit eu.

Am arătat spre intrarea în apartament, dincolo de care se aflau prietenele mele.

Expresia de pe fața lui *madame* Ceija s-a schimbat.

– Sunt... surorile tale?

– Da, am răspuns, îmi sunt ca niște surori. Prietene.

Uitându-mă țintă în ochii ei de culoarea ambrei, am simțit că între noi s-a stabilit o undă de înțelegere.

– Câți ani ai, Johanna?

– Douăzeci și doi.

A zâmbit.

– Te-ai născut în timpuri tulburi, a spus ea. Nu poți să faci decât un singur lucru.

– Ce? am șoptit eu, sperând ca ea să fie în stare să facă o vrajă sau să aibă o amuletă magică.

În clipa aceea, eram dispusă să-mi pun speranța în orice.

S-a aplecat înainte și mi-a pus în palmă țigara pe care o rulase, iar apoi mi-a adus degetele peste ea, închizându-mi palma.

– Să fii curajoasă.

Ne-am uitat țintă una la cealaltă preț de o singură clipă. Apoi *madame* Ceija s-a îndreptat de spate și a făcut semn din cap spre ușă.

– Spune-le să intre!

Philine și Sonja ședeau pe podeaua coridorului.

– Așadar? a întrebat Sonja, sărind în picioare. Ce a spus? O să fie înalt sau bogat, sau...

– Stai o clipă! a exclamat Philine. Hannie, ai băut ceva?

– Mi-a dat niște vin, am răspuns eu, evitând prima întrebare. Ar trebui să intrați!

– N-ai stat mult cu ea, a spus Sonja. Nu ți-a ghicit viitorul, așa-i?

– Intrați! le-am îndemnat eu. Amândouă. Împreună.

Sonja a încruntat din sprâncene.

– Ce ți-a spus?

Madame Ceija a apărut în prag, iar fața ei avea o expresie atât de senină, încât m-a liniștit și pe mine preț de o clipă.

– Fete frumoase! a spus ea, zâmbitoare, făcându-le, cu brațele ei pline de bijuterii, semn să se apropie.

Încă stăpânită de curiozitate, Sonja mi-a aruncat o privire peste umăr, dar apoi ea și Philine au intrat, ascultătoare. M-am prelins pe lângă zid și m-am așezat pe jos, încercând să-mi liniștesc răsuflarea. Nu știam dacă *madame* Ceija putea să ghicească viitorul, dar știam că sfatul ei era unul bun. Nu se deosebea deloc de cel pe care mi-l dăduse sora Dekker. Să fiu bună. Să fac bine. Să fiu curajoasă.

– Hannie!

Am auzit ușa închizându-se. Măsurasem coridorul cu pasul, iar acum, după cinci minute chinuitoare, Philine și Sonja ieșeau din apartamentul lui *madame* Ceija. Amândouă erau palide la față.

– Ce a...? am dat să întreb, dar Philine a ridicat o mână ca să mă oprească.

Fața Sonjei era umflată, udă de lacrimi.

– Doctorul Bern, a spus ea cu buze tremurânde. L-am văzut acolo, jos!

Și-a apăsat fața într-o batistă, suspinând și înăbușindu-și hohotele.

– Trebuia să fie la Leiden! a spus ea, iar glasul i s-a frânt din nou.

– E doctorul familiei, m-a lămurit Philine cu glas scăzut. A dispărut acum o săptămână; Gestapoul i-a spus că era nevoie de el la un spital din Leiden, dar...

– E aici, am completat eu.

Philine a dat din cap, adeverind. Auzisem zvonuri despre diferitele moduri în care SS-ul aduna evreii, de la golirea în masă a unor întregi clădiri de apartamente, la arestarea evreilor direct de pe stradă și până la politicoase solicitări individuale de a presta diferite munci pentru Reich. Totul contribuia la crearea sentimentului că, dacă erai evreu, puteai să dispari oricând. Scena din curtea teatrului era, în sfârșit, dovada că până și cele mai rele zvonuri erau adevărate.

– *Madame* Ceija ne-a spus că sunt duși cu toții la Westerbork, a murmurat Philine.

M-a privit țintă, așteptând confirmarea. Am dat din cap, iar mâna ei s-a dus, instinctiv, la inimă, de parcă ar fi vrut să și-o apere. A clătinat din cap.

– Of, Philine! am exclamat eu. Sonja!

Am rămas îmbrățișate toate trei. Sonja și-a lăsat capul pe umărul meu, iar trupul îi era scuturat de hohote domoale. Am auzit târșâit de pași de partea cealaltă a unei uși vecine.

– E timpul să plecăm! a spus Philine, întorcându-se spre scări.

Da, în cele din urmă. I-am mulțumit în gând lui *madame* Ceija. Venise timpul.

9

Am ieşit din blocul lui *madame* Ceija şi am pătruns într-o lume mai întunecată. Îmi dădeam seama, după tăcerea lor, că Philine şi Sonja înţelegeau la fel de bine ca mine că oraşul în care se născuseră ele şi ai lor nu le mai era cămin. S-au ţinut de mână, cu privirile aţintite în pământ, până când am traversat podul şi ne-am depărtat de cartierul Plantage şi de Teatrul Evreiesc. Nu mă găseam în acelaşi pericol în care se aflau ele, dar în fiecare zi citeam în ziare despre iubitorii de evrei arestaţi şi deportaţi în lagăre de muncă pentru cel mai mic gest.

– Haideţi! S-o luăm pe aici! le-am îndemnat eu, împingând bicicleta de ghidon şi cotind de pe strada principală spre o străduţă laterală.

Deşi era după-amiaza târziu, cu mult înainte de stingerea care se dădea la ora opt, era mai sigur să rămânem cât mai ascunse. Cunoşteam propaganda cu care fuseseră hrăniţi soldaţii Wermachtului înainte de ocupaţie: mulţimi de fete blonde cu bonete albe şi cu saboţi de lemn, care aruncau lalele la picioarele armatei germane. Dar nu se întâmplase aşa. Nu-i întâmpinaserăm ca pe nişte fraţi. Ne închiseserăm în noi precum florile la apusul soarelui, ascunzându-ne feţele de umbrele invadatoare. Noi, olandezii, fuseserăm o dezamăgire pentru ocupanți, iar consecința era o prezență sporită a controlului german.

Am mers cât de repede am putut, fără să atragem atenția asupra noastră. Vitrinele urlau la noi din gura zecilor de anunțuri ștampilate cu svastica, obligatorii acum pentru toate magazinele: INTERZIS EVREILOR, PERMIS EVREILOR NUMAI ÎNTRE 15:00 ȘI 7:00. Un magazin își mutase casa de marcat și tejgheaua lângă intrare, ca să-i poată servi pe evrei fără să le permită accesul înăuntru, într-o încercare de a răspunde comenzilor clienților evrei fără a încălca legea. Desigur, legea putea să se schimbe a doua zi.

După câteva momente, am ajuns pe strada pe care locuia Sonja, unde l-am văzut pe Becker fumând, ca de obicei, la post. Doar că nu era Becker. Soldatul ăsta era mai înalt, cu păr șaten, un alt soldat anonim care se plimba în sus și în jos, plictisit. Încă nu se uitase la noi. M-am oprit brusc și am împins bicicleta spre Philine.

– Ia-o! am șuierat.

Ea mi-a aruncat o privire încruntată.

– Ia-o! am insistat, iar ea mi-a smuls ghidonul din mână, încă neînțelegând.

Dar n-aveam cum să-i explic. Acționam din instinct. Eu aveam documentele în regulă; dacă Philine era cea care împingea de ghidonul bicicletei, poate că nemții n-aveau s-o întrebe nimic. Sonja, speram, avea să apeleze la frumusețea și la șarmul ei. Dacă se ajungea acolo.

– *Guten Tag!* i-am spus soldatului după ce ne-am apropiat, sperând ca el să-mi acorde beneficiul dubiului dacă îl salutam în limba lui maternă.

Soldatul și-a ridicat privirea și a zâmbit. Apoi s-a încruntat. Trei fete, o singură bicicletă.

– *Guten Tag!* a replicat el, cercetându-ne din priviri pe toate trei.

De obicei încercam să umplu acele interacțiuni cu soldații germani flecărind despre vreme, dar acum am rămas tăcută. Temându-mă de ce aș fi putut să spun după ce văzusem ororile care se petreceau la teatru.

-*Zigarette?*

Soldatul a făcut un pas în față, întinzând un pachet de țigări distribuite de Wermacht și scuturându-l, ca să iasă câteva. Generos. Suspicios. Voiam să refuz, când Philine a întins mâna și a luat una.

-*Bedankt!* Mulțumesc! a spus ea în olandeză.

Soldatul a zâmbit. Poate că era un om bun. Nu-mi păsa. N-aveam încredere în el. Philine era deșteaptă - și curajoasă - să-i accepte oferta. Și să evite conflictul cu un soldat. A luat și Sonja una.

-Eu am deja! am spus, găsind în buzunarul paltonului țigara rulată pe care mi-o dăduse *madame* Ceija.

Am scos-o și am ridicat-o între degete, așteptându-mi rândul la un foc. Fiindcă era criză de chibrituri, am început să ne aprindem țigările de la a lui. Le-am văzut mai întâi pe Philine și pe Sonja cum s-au aplecat până la câțiva centimetri de obrazul neted al tânărului german și cum și-au aprins țigările cu o familiaritate care mă neliniștea. Am remarcat mâinile Sonjei, care tremurau în timp ce ținea țigara. De îndată ce am văzut lucirea roșie, m-am apropiat ca să-mi scap prietena de privirea soldatului, sperând că mâinile mele erau mai ferme. Mi-am ridicat țigara spre văpaia roșie a țigării lui și am înghețat. *Madame* Ceija scrisese ceva pe țigară. M-am apropiat de fața soldatului și am citit literele scrise cu cerneală de un albastru deschis: OZO.

OZO? „*Oranje zal overwinnen!*“ spusese polițistul din parc, cel care mă lăsase să fur acel prim document de identitate. OZO era abrevierea strigătului de luptă al Rezistenței - venit, de data asta, de la *madame* Ceija.

M-am hotărât să fac un gest stângaci și care sărea în ochi, dar nu era timp pentru subtilități, așa că mi-am încleștat degetele peste mijlocul țigării, ascunzând literele, după care am tras un fum în piept, apropiindu-mă și mai mult de fața soldatului. El a rânjit, îmblânzit de propria mărinimie, iar eu m-am relaxat.

–*Bedankt!* a spus Philine și a împins bicicleta mai departe.

A lăsat-o să cadă, cu un trosnet, la capătul scărilor ce duceau spre intrarea în casa familiei Frenk și am intrat zorite, gâfâind în timp ce urcam în fugă spre dormitorul Sonjei. Cele două prietene ale mele și-au fumat țigările nemțești lângă fereastra deschisă. Eu am stins-o pe a mea imediat și, din precauție, am rupt-o în bucățele înainte s-o arunc. Eram uluită de îndrăzneala lui *madame* Ceija, la fel cum fusesem surprinsă de purtarea înțelegătoare a polițistului. Mulțumită, încurajată, dar și alarmată. De ce mă consideraseră cei doi o persoană în care puteau să-și pună încrederea? Oare *madame* Ceija făcea parte din Rezistență? Sau își închipuia că eu făceam?

Obiectiv vorbind, nu se schimbase nimic în ziua aceea. Nu fuseseră transmise dispoziții noi de către Reichskommissarul Seyss-Inquart; ofițerii SS în uniforme cenușii nu bătuseră la ușă, înarmați cu documentele lor înfricoșătoare. Dar văzuserăm ceea ce văzuserăm. Stând în camera Sonjei, o oază de frumusețe în care ne simțeam întotdeauna apărate de forțele urâciunii de afară, eram speriate. O vedeam pe chipurile prietenelor mele, în ridurile de îngrijorare de la colțul ochilor căprui și adânci ai lui Philine, în felul în care Sonja își mușca buza de jos.

Aceasta din urmă ne-a turnat câte un pahar de apă din carafa pe care o ținea lângă pat. Am băut apa de parcă eram niște sportivi care abia terminaseră cursa. Philine se trăgea de tivul fustei, adâncită în gânduri. În griji.

– Ați auzit..., am început eu, încercând să-mi stăpânesc tremurul din glas, ... despre *onderduikeri*, nu-i așa?

Philine a gemut ușor, fără să-și ridice privirea de la tivul fustei. Sonja s-a întors ca să ne privească.

– Nu! a spus ea. Nu pot!

– Sonja..., a început să spună Philine.

Și-a ridicat capul. Ochii îi sclipeau, plini de lacrimi.

– Nu! s-a împotrivit Sonja din nou. V-am spus, eu plec în America! Refuz să trăiesc într-o cușcă!

– Nu despre asta vorbesc.

Onderduikeri – auzisem cu toți acel cuvânt. Scufundători – un eufemism pentru ceea ce aveau de îndurat evreii: să se dea la fund, să se ascundă. Țările de Jos aveau aceeași suprafață ca Elveția, dar teritoriul nostru era numai câmpie și apă. Așa că evreii se ascundeau sub pământ, în subsoluri, hambare, dulapuri, grajduri... La alianța pentru refugiați auzisem povestea unei întregi familii de evrei care plecase la o fermă, ca să locuiască într-o căpiță de fân. Nici nu înțelegeam cum de era posibil așa ceva.

– Există oameni dispuși să ajute, am spus eu, gândindu-mă la sora Dekker. Ei vă pot găsi un loc în care să stați – o casă, la o familie.

– Nu! s-a opus Sonja, înroșindu-se. Nu putem să plecăm acum! Germanii pierd pe frontul din Rusia, nu-i așa? Mătușa mea așa a spus aseară, la cină. Lucrurile o să se schimbe și pentru noi în scurtă vreme.

– Dacă astea sunt întrebări, a spus Philine cu glas scăzut, clătinând din cap, atunci răspunsul e „nu". Situația nu se îmbunătățește, Sonja, ci se înrăutățește! Doar ai văzut scena de la teatru!

– Dar..., s-a încăpățânat Sonja, întorcându-se din nou spre fereastră.

Mi-am dat seama că eram de față la o discuție care se repetase de zeci de ori înainte, în absența mea.

– Cum poți să trăiești alături de străini, într-un subsol? Să nu ieși niciodată afară, să nu poți să respiri? s-a indignat Sonja, gata să izbucnească în plâns. Imaginează-ți, Philine!

Dar Philine s-a ridicat în picioare, înfuriată.

– Știi ce se spune despre Polonia, despre Lituania? Despre evrei împușcați în plină stradă? O, Doamne, Sonja, a spus ea pe un ton mai blând, doar ai văzut și azi!

– Aici e altfel, a bâiguit Sonja cu glas spart.

– De asta e ținut doctorul Bern prizonier la teatru? a întrebat Philine pe un ton duios, dar ferm. Fiindcă „aici e altfel"?

Sonja a tăcut. Pieptul i se ridica și-i cobora iute, în timp ce încerca să-și liniștească răsuflarea.

– Vă ajut eu! am exclamat, iar cuvintele mi s-au rostogolit de pe buze în chip surprinzător, la fel ca lacrimile care te iau pe nepregătite.

Amândouă și-au întors capetele spre mine, mirate, de parcă uitaseră că eram și eu de față. Cele două fete m-au privit cu un amestec de iubire și de milă. Inima îmi lovea puternic în coaste. Nu plănuisem s-o spun – n-aveam nimic concret de oferit –, dar trebuia să fac ceva.

– Ești amabilă, Hannie! a spus Sonja.

– Vorbesc serios! am asigurat-o eu. Am câteva contacte acum și... o să știe ei ce să facă.

Singura persoană pe care puteam s-o contactez era sora Dekker. Dar ea era genul de persoană care să adăpostească un *onderduiker*. Sau măcar să știe cum să dea de o astfel de persoană. În mod sigur cunoştea oameni din Rezistenţă, deşi n-o spunea deschis.

– Sonja! s-a auzit glasul mamei ei, plutind de undeva de la parter.

Ambele fete au făcut ochii mari şi s-au privit.

– Părinţii mei au jurat să nu se ascundă niciodată, a şoptit Sonja, după care glasul i s-a sfărâmat într-un hohot. Iar eu... nu sunt încă gata de plecarea în America... n-am făcut aranjamente...

Philine a dat din cap în semn că înţelegea şi şi-a pus un braţ peste umerii scuturaţi de plâns ai Sonjei.

– E prea târziu!

Auzind cuvintele lui Philine, Sonja s-a topit în îmbrăţişarea ei, plângând.

– Ştiu! a spus ea hohotind şi înghiţind aer cu lăcomie. Ştiu... dar chiar dacă aş pleca împreună cu tine, ce o să se aleagă de familia mea?

Eu şi Philine am schimbat o privire: Sonja nu ni se mai opunea. Asta mi se părea o victorie şi o înfrângere în acelaşi timp.

– Ai tăi cunosc oameni din Consiliul Evreiesc, a spus Philine, mângâind-o pe păr, după cum ne-ai destăinuit chiar tu!

– Da, a confirmat Sonja, a cărei respiraţie a început să se liniştească. Da, a repetat ea, de parcă ar fi vrut să se autoconvingă. Probabil că oricum e mai bine să ne despărţim! Nu putem să ne ascundem împreună! a adăugat, iar noi am privit-o şi am dat din cap, aprobând-o. O să plece şi ai mei într-un fel sau altul..., a şoptit, ...o să găsească o cale.

A închis ochii şi întregul corp i-a fost cutremurat de un frison. Philine a strâns-o în braţe şi mi-a aruncat o privire cu subînţeles, iscodindu-mă:

– Hannie?

Sonja şi-a ridicat şi ea privirea la mine. Anvergura a ceea ce promisesem a început să-mi pătrundă în minte; m-am înfricoşat.

– Staţi aici! am exclamat. Mă întorc repede!

Am mers pe bicicletă până la alianţa pentru refugiaţi.

– Soră Dekker! Sunt Hannie!

Lottie plecase. În sala principală nu se găsea nici ţipenie de om, dar pe podea încă zăceau împrăştiate hârtiile lăsate în urma raidului. Am mers în spate şi am dat buzna în birou, situaţia urgentă făcându-mă să nu mai ţin seama de buna-cuviinţă.

– Soră Dekker!

Vai, plecase şi ea! Încăperea era pustie, nu mai rămăseseră acolo decât biroul golit şi nişte şiruri de rafturi goale. Oare sora Dekker fusese arestată? Reţinută? Sau plecase deja spre Haga? Am rămas, pierdută, în acea încăpere în care acum răsuna ecoul la fiecare zgomot. Cel mai probabil, sora Dekker se dusese acasă. Dar nu-i cunoşteam adresa, iar dacă începeam să întreb de ea, n-aş fi făcut decât să-i primejduiesc viaţa. Simpla mea prezenţă în acea clădire mi se părea o prostie, ca şi cum intrasem într-o capcană. Am ieşit în fugă de acolo, cu simţurile în alertă. Neştiind ce să fac, m-am întors acasă la Sonja, ca să văd ce făceau fetele. Philine a coborât de la etaj şi m-a întâmpinat în foaier.

– O să rămân aici în noaptea asta, mi-a spus ea cu glas scăzut.

De când se dădea stingerea, Philine rămăsese de multe ori peste noapte.

– Vreau să încerc să-i bag minţile-n cap. Mâine mă întorc acasă la tata. Ne întâlnim acolo după-amiază?

– Desigur! am răspuns eu. Ne vedem acolo.

Ne-am îmbrăţişat.

Nu voiam să-i dau drumul, iar mâna mi-a rămas peste mâna ei, strângându-i-o. M-am întors să plec.

–Aşteaptă, Hannie! a strigat Philine, ajungându-mă din urmă înainte de a închide uşa. Ce a spus sora Dekker?

Mi-am ţinut răsuflarea. Încă palidă la faţă, avea, totuşi, un aer de speranţă, iar ochii îi erau larg deschişi.

–Se interesează! am răspuns. Mâine o să ştiu mai multe.

–Îţi mulţumesc, Hannie! a murmurat Philine cu glas frânt. Şi, te rog, mulţumeşte-i şi ei!

–Aşa o să fac! am minţit eu. Ne vedem mâine!

Speram ca măcar acea promisiune să nu fie o minciună.

10

Târziu în seara aceea, Nellie și Eva s-au întors în apartament. Șoaptele lor îmi pătrundeau în gânduri, nedeslușite și misterioase. Conspirative. În visul meu, ele complotau împotriva lui Philine și a Sonjei. Voiau să mă împiedice să-mi ajut prietenele. Am tresărit și m-am trezit din vis, cu inima bătându-mi puternic. Temerile mă ajunseseră până și în somn.

– Hannie!

Nellie s-a uitat la mine. Ea și Eva stăteau pe patul acesteia din urmă și beau ceai.

– Îmi pare rău, visam! am spus eu.

– Ai febră? a întrebat Nellie.

Pânza de bumbac a cămășii mele de noapte era umedă și mi se lipise de piept; am dezlipit-o de pe piele și am răsuflat adânc.

– Nu, doar că mi-e cald, am explicat eu.

Dimpotrivă, îmi era frig.

– Ai lăsat cutia asta pe scări, a spus Eva, întinzându-mi-o.

Era cutia pe care mi-o dăduse sora Dekker; o pusesem jos cât timp descuiasem ușa. Câtă neglijență din partea mea s-o las pe coridor, unde ar fi putut să fie furată într-o clipă! Puneam mai toate infracțiunile pe seama soldaților germani, dar nu i-aș fi învinuit pe vecinii mei de bloc dacă ar fi șterpelit bandajele ca să le folosească. Am împins cutia sub pat.

– Mulțumesc! i-am spus lui Nellie, rușinată.

Pe la ora trei dimineața, m-am trezit din nou și n-am auzit decât foșnetul mișcărilor pe care le făceau fetele în paturile lor. Nici acum nu înțelegeam cum de se putea ca orașul să fie atât de tăcut în mijlocul unui război. Am rămas cu privirea ațintită la un colț al ferestrei, de unde pornea o crăpătură prin care pătrundea aerul înghețat al nopții și unde începeau să se formeze o mie de mici cristale de gheață. A trecut o jumătate de oră, în care am privit cum înfloreau și se întindeau bobocii de gheață, la fel ca frigul ce se întinsese peste mințile conaționalilor mei în ultimii trei ani. Străzile orașelor erau pline de oameni manierați, care încercau să se strecoare cu grație pe lângă permanenta amenințare a violenței, pe lângă bărbații înarmați, postați la fiecare colț. În timp, violența devenise lăuntrică, se întorsese împotriva noastră înșine. În fiecare zi purtam în gând o mie de conversații cu mine însămi, cântăream modurile bune și rele în care să-mi duc viața sub ocupația nazistă, strategiile mai bune sau mai proaste de a face față senzației tot mai puternice că regimul nazist devenea normalitate pentru noi toți. În Țările de Jos nu exista un front militar, așa că mintea oamenilor devenise frontul de luptă. Acolo duceam războiul.

M-am ridicat în capul oaselor pentru a doua oară în noaptea aceea.

Cutia.

Cât am putut de încet, am tras de sub pat cutia de carton și am așezat-o lângă mine, încercând să nu le trezesc pe Nellie și pe Eva. Ca să văd mai bine cutia, am împins-o în mijlocul petei de lumină pe care luna o arunca peste cearșafuri. Darul mi se păruse ciudat, chiar şi în circumstanţele date. Sora Dekker era întotdeauna atentă, dar era ceva neobişnuit, chiar şi pentru ea, să pună deoparte o cutie intactă de bandaje în mijlocul haosului din dimineaţa aceea. Mi-am vârât buricele degetelor pe sub clapetele de carton şi am tras de ele cât am putut de încet, simţind ţesătura moale a rulourilor compacte de bumbac de dedesubt. Apoi am atins altceva. Un obiect neted.

Era o bucăţică de hârtie albă. Am scos-o din cutie şi am ridicat-o în lumina lunii.

Jan
Hals Tabak & Sigaren
Lange Begijnestraat 9
Haarlem

Nu era adresa surorii Dekker, ci a unui magazin din oraşul meu natal. Şi cine să fi fost Jan? M-am uitat din nou în cutie, căutând şi altceva. Rolele curate de bandaje semănau cu nişte franzele dispuse în şiruri egale. Cu excepţia unui singur bandaj din colţul cutiei, care era aşezat strâmb. L-am tras afară. Era un tampon Kotex. Ultimul, poate? L-am răsucit pe o parte şi pe alta, cercetându-l la lumina lunii. Totul părea normal. Apoi l-am împuns cu un deget, iar degetul mi-a alunecat printr-o deschizătură invizibilă a ambalajului. L-am întors pe cealaltă parte.

Acolo, pe suprafaţa căptuşită a tamponului, cineva scrijelise trei litere.

OZO.

Mi-am înăbuşit un icnet şi Nellie a murmurat ceva în somn. Am rămas cu privirile aţintite la tamponul igienic ca la o icoană care lucea de sfinţenie.

Arcurile de la patul lui Nellie au scârțâit din nou. Atunci, fără să mă gândesc de două ori, m-am dat jos din pat și m-am apropiat de șemineu în vârful picioarelor. Scormonind în ultimii tăciuni, am dat foc tamponului și hârtiuței, stârnind o flacără luminoasă, care a înflorit și apoi a murit, dispărând în cenușa de dedesubt. Știam exact unde se afla acea tutungerie.

Întotdeauna îmi imaginasem că eram o tânără olandeză cât se poate de obișnuită. Tăcută. Ascultătoare. Poate că un pic deșteaptă. Mă pricepeam să-mi fac datoria. Până de curând, asta însemna să-mi fac temele și să mă spăl pe dinți în fiecare zi. Acum, pentru prima dată, datoria însemna ceva mai adânc. Cineva trebuia să se asigure că Sonja și Philine nu ajungeau în curtea acelui teatru și nu exista nimeni în afară de mine care să se asigure că prietenele mele nu ajungeau acolo. Eu trebuia să-mi asum acea datorie.

Am ațipit până în zori, când le-am auzit pe Nellie și pe Eva mișcându-se. Am deschis ochii și am văzut-o pe Eva ieșind din cameră. Nellie părea încordată.

– Ce s-a întâmplat? am întrebat eu.

Ședea pe pat, cu genunchii lipiți, culegându-și scame de lână de pe pulover cu degetele ale căror unghii fuseseră roase până la sânge. Chipul îi era încordat de îngrijorare.

– N-ai auzit?

– Ce să aud?

Mi-am trecut picioarele peste marginea patului și am împins cutia cu călcâiele, vârând-o dedesubt.

– Circulă niște zvonuri prin universitate, Hannie! m-a lămurit Nellie.

– Poftim? Ce fel de zvonuri?

Simţeam o greutate în stomac. Mai că mă aşteptam ca soldatul din Wermacht care ne dăduse ţigări să sară în orice clipă din dulapul de haine. Mi s-a uscat gura. Nellie a privit pe fereastră, de parcă ar fi auzit alte zvonuri care urcau din stradă spre noi.

– Unii zic că naziştii vor să închidă toate şcolile, iar alţii, că în clase o să fie prezenţi ofiţeri SS. Nu ştiu. Eva şi iubitul ei se duc la universitate, ca să vadă ce se întâmplă.

– Nu-i periculos? am întrebat eu.

Imediat, Nellie a început să-şi tragă hainele pe ea, dându-mi senzaţia că nu mai putea să suporte suspansul şi că trebuia să vadă ce se petrecea.

– Nu ştiu, a răspuns ea. Vino cu mine!

Am urcat pe biciclete, pornind pe drumul de zece minute până la Universitatea din Amsterdam. Chiar înainte să ajungem în campus, ne-am dat seama că ceva era în neregulă. Adunaţi în grupuri, studenţii stăteau de vorbă, aplecaţi peste o bucată de hârtie pe care o citeau. Cei care terminau de citit aruncau priviri grăbite peste umăr. Unele fete plângeau. Unii băieţi strigau. Am cotit, mergând cu bicicletele până la marginea peluzei celei mari, unde am oprit. Câţiva studenţi stăteau pe treptele Facultăţii de Drept, iar pe feţe li se citeau deruta şi uimirea. Peste tot în jurul lor, de la intrare până la trotuar, se întindea un covor pestriţ de fluturaşi publicitari de culoare bej. Unii fluturaşi fuseseră călcaţi în picioare şi zăceau printre firele de iarbă, alţii fuseseră făcuţi cocoloş, iar alţii erau în perfectă stare, neatinşi. În capătul de sus al fiecăruia se vedea ştampila ca un păianjen a svasticii. M-am întors spre Nellie, care luase deja unul. M-am aplecat peste umărul ei.

Eu, student la Universitatea din Amsterdam din Țările de Jos și Reichul German, jur credință Constituției Reichului și mă angajez:

Ca eu, ca brav cetățean german, să protejez întotdeauna Reichul și instituțiile sale de drept.

Să îi fiu credincios și supus conducătorului Reichului și al poporului german, Adolf Hitler.

Să îmi afirm credința față de Reich în momentul absolvirii, jurând supunere Wermachtului și jurând să fiu de folos Reichului și Partidului Nazist pe timp de război și de pace.

Iar dacă nu depun acest jurământ de credință, să fiu exmatriculat pe dată din facultate și să mi se interzică să mai ocup un loc în instituțiile de învățământ sau profesionale de pe teritoriul Reichului.

Atenți la astfel de detalii, naziștii lăsaseră loc pentru semnătura studentului.

Am râs. Un râs funebru, reacția teribilă și francă a celui care înfrunta o oroare ce depășea absurdul. Am râs fiindcă acum totul devenea cumplit de evident. Funcționam după ora Berlinului, iar acum urma să devenim germani de-a binelea.

– Așadar, trebuie să ne înscriem în Partidul Nazist ca să putem să rămânem la facultate? am întrebat.

Nellie a clătinat din cap, uluită.

– E o nebunie! a exclamat ea, întorcând hârtia ca să se asigure că nu mai scria nimic.

Nu, asta era tot. Un jurământ de credință. Acum, după două greve naționale, mii de kilograme de vopsea aruncate peste afișele de recrutare și o Mișcare de Rezistență care părea să capete avânt, germanii își dăduseră seama, în sfârșit: nu ne plăcea de ei. Răspunsul lor firesc era să ne oblige să ne prefacem – printr-o declarație de loialitate.

– Cred că asta-i tot, a spus Nellie, clătinând iarăși din cap. *De kogel is door de kerk!* Glonțul a pătruns în biserică!

Asta era ceea ce spuneau oamenii după Marele Război. Trecuserăm de punctul din care întoarcerea nu mai era posibilă. Atunci când izbucnește un război, cei mai mulți oameni își păstrează o decență fundamentală, respectând anumite limite. Dar apoi ei ajung la disperare. În cele din urmă, ajung să atace tocmai lucrurile pe care juraseră să le apere: femei, copii, locuri sfinte. Mi-am imaginat un soldat din Wermacht trăgând mii de cartușe prin vastele catacombe ale Bisericii Sf. Bavo. Era ușor să-ți imaginezi o asemenea scenă.

– Cred că ai dreptate, am spus. *De kogel is door de kerk.*

Studenții rătăceau până la marginea campusului, dar nimeni nu intra în clădire. Administratorii și profesorii nu se vedeau nicăieri, numai soldați germani cu arme în mâini și cu privirile îndreptate spre noi.

– Ei, bine, eu nu semnez! a spus Nellie.

A aruncat fluturașul în iarbă. Modesta și liniștita Nellie! Nu mi-o imaginasem niciodată ca pe o rebelă, dar ea știa ce era corect și ce nu.

– Nici eu! am secondat-o.

Nici una dintre noi n-a mai spus nimic. Nu era nevoie.

Părăsind centrul Amsterdamului pe biciclete, am trecut pe lângă sacii de nisip aliniați în fața cafenelei de la colț, unde se dezlănțuise o mică revoltă în urmă cu o săptămână, iar acum vitrina spartă era acoperită cu scânduri negeluite, de lemn de pin. Stâlpii masivi de afișaj pe care cândva erau lipite afișe ale spectacolelor orchestrei simfonice a Amsterdamului erau pline acum de propaganda repetitivă a naziștilor: tineri blonzi și femei zâmbitoare, care priveau spre cer cu ochi mari, „evrei" cu aspect de șobolani, care rânjeau și complotau, speriind copiii. De cealaltă parte a canalului, paralel cu mine, am văzut un camion lung al Wermachtului, cu bena acoperită de o prelată cenușie, oprit în fața unei case. Soldați germani înarmați cu puști împingeau doi oameni, un bărbat și o femeie, în spatele camionului.

Oare erau evrei? Luptători din Rezistență? Scandalagii de vreun fel? Am mers mai departe. În momentul de față, raidurile și arestările de genul ăsta aveau loc peste tot.

„Ar fi trebuit să luăm măsuri mai devreme!" îmi tot repetam în minte pe când treceam prin fața magazinelor baricadate și a clădirilor evacuate. „Sonja și Philine trebuie să plece de aici!"

Am pedalat mai repede. Până să ajung la blocul lui Philine, mi-am repetat de zeci de ori argumentele.

„E timpul să plece!" a fost concluzia pe care, de altfel, o știam dinainte.

– Sunt Hannie! am strigat eu în clipa în care am ajuns aproape de ușa familiei Polak, încercând să nu produc spaimă dacă băteam la ușă pe neașteptate.

Ușa s-a deschis, iar Marie, menajera nemțoaică, m-a poftit înăuntru.

– S-a întâmplat ceva?

Încă gâfâiam după cât gonisem pe bicicletă.

– Nu! am răspuns.

M-am uitat în spatele ei, dar în salon nu era nimeni, așa că am pornit spre capătul coridorului.

– Philine e aici? am întrebat, uitându-mă înapoi.

Ochii lui Marie erau roșii. N-o văzusem niciodată într-o astfel de stare.

– Marie!

M-am oprit.

Ea și-a tamponat ochii cu o batistă și a spus:

– Sunt în camera din capăt!

Ultima ușă dădea într-o încăpere despre care presupuneam că era dormitorul domnului Polak. Nu intrasem niciodată acolo. Am bătut la ușă.

– Philine, sunt Hannie, am spus eu cu glas scăzut.

Am auzit murmure și apoi ușa s-a deschis. Era domnul Polak.

– *Et voilà, la petite dernière!* a spus el, afișând obișnuitul zâmbet binevoitor. Intră!

Nu arăta bine. Fața lui slabă era acum suptă, cu pielea de un alb-verzui, iar sprâncenele păreau prea mari în raport cu restul trăsăturilor. Ochii de un căprui închis îi erau întunecați de îngrijorare.

– Hannie! a exclamat Philine, îmbrățișându-mă strâns.

Și ea plânsese. Corpul îi tremura de emoție în clipa în care ne-am strâns în brațe. Apoi, pe neașteptate, ne-a mai îmbrățișat cineva.

– Sonja? am spus, dar ea și-a îngropat fața în umărul meu și n-a răspuns.

În cele din urmă, domnul Polak ne-a despărțit cu blândețe, luând mâna fiicei sale între mâinile lui.

– Suntem pregătite, Hannie! m-a anunțat Sonja, uitându-se la Philine. Numai noi două. Philine mi-a spus să nu iau decât una, a adăugat ea, arătând spre o valiză burdușită, lăsată pe podea.

M-am crispat la vederea acelui obiect. Sonja își făcuse singură valiza. Îmi dădeam seama cât de greu trebuie să-i fi fost să-i lase în urmă pe părinți, pe mătușile și unchii de la etajul al patrulea, toate lucrurile ei frumoase, întreaga ei viață. Alături de ea am văzut o altă valiză: pe cea a lui Philine.

– *De kogel is door de kerk!*

– Da, mă tem că așa e! a încuviințat domnul Polak.

Nici nu-mi dădusem seama că vorbisem cu glas tare.

– Vai, domnule Polak! am spus eu, înecată de valul de emoție care îmi urca dinspre inimă, îndreptându-se spre gâtlej, dar domnul Polak m-a bătut ferm cu palma peste mână, ca un profesor bun, liniștindu-mă.

– N-avem timp să stăruim asupra acestui lucru, a spus el cu glas blând, în timp ce încercam cu toții să nu ne pierdem cumpătul. Îți mulțumesc că ai venit, Hannie, a adăugat, privindu-mă în ochi, iar eu am văzut pentru prima dată în ei o scânteie tremurătoare de teamă. Philine spune că ai un... plan?

Un val de greață aproape că m-a doborât și cred că am scos un icnet slab.

– Hannie! a exclamat domnul Polak, îngrijorat.

Toți trei păreau îndurerați, rușinați că erau nevoiți să ceară una ca asta, mie sau oricui altcineva.

M-am sprijinit de măsuța de toaletă. Între oglinda de deasupra și rama ei, era o fotografie veche: domnul și doamna Polak; un băiețel, fratele lui Philine; și un bebeluș în brațele femeii, care trebuie să fi fost Philine. N-o văzusem niciodată pe mama ei, dar semăna cu Philine. Murise, desigur; la fel și fratele lui Philine. Acum eu o luam și pe Philine. În scurtă vreme, n-avea să mai rămână decât domnul Polak, singur. M-am întrebat ce urma să facă Marie: oare o să rămână menajera lui? Oare o să mai aibă voie? Tatăl lui Philine a cules un capăt de ață de pe umărul puloverului albastru al fiicei sale. Cum mâna îi tremura, și-a vârât-o iute în buzunar. Câtă vreme mai putea domnul Polak să rămână aici? În apartamentul ăsta? În orașul ăsta?

Nu existau răspunsuri. Urmând firul întrebărilor spre concluzia lor logică, am simțit cum mi se tăiau genunchii și am tușit, cu gâtul uscat ca nisipul deșertului, iar apoi am privit spre Philine, Sonja și domnul Polak, care așteptau în tăcere, urmărindu-mi fiecare mișcare și fiecare expresie. Aveau aceleași întrebări ca și mine și așteptau să le dau răspunsurile. Aflată la o distanță de numai câteva secunde de prăbușirea într-o criză de isterie, voiam să mă las moale pe covor și să urlu... dar nu puteam să-i dezamăgesc. Am inspirat adânc.

– Da! am exclamat, încercând să-mi fac curaj.

Știam că-mi tremura glasul, dar am ignorat asta.

– Am un plan.

Totul fusese destul de abstract, gândurile care mi se tot întorceau la jurământul de credință și la soldatul care ne dăduse țigări, la *madame* Ceija, la evreii din curtea teatrului și la bucățica de hârtie pe care mi-o lăsase în cutie sora Dekker. OZO și o idee foarte vagă despre cum se potriveau toate astea. Dar știam un lucru.

– Fetele vin cu mine la Haarlem, într-un loc sigur, în care pot rămâne o vreme! am spus eu, domolindu-mi tremurul din glas pe măsură ce rosteam cuvintele.

– La Haarlem? a întrebat Sonja, care încă nu ajunsese să viziteze orașul.

Philine părea și ea surprinsă. Fără îndoială, își închipuiseră că aveam să căutăm o ascunzătoare undeva în Amsterdam. În timp ce Sonja și Philine se uitau țintă la mine, am simțit pentru prima dată greutatea acelei decizii. Prietenele mele, acele două fete frumoase, inteligente, educate, iubitoare, bune și vesele, își puneau viața în mâinile mele. În privirea domnului Polak se întrezăreau mii de întrebări mute, dar nu puteam să răspund la nici una altfel decât cu zâmbete și cu lacrimi. El m-a strâns de mână atât de tare, încât m-a durut.

– Am un contact acolo, am spus.

Ochii Sonjei s-au aprins. Semăna din nou cu Sonja de dinainte.

– Despre cine e vorba? a întrebat ea.

– Șștt! a făcut Philine. Nu cu glas tare, Hannie...

Am privit în jur, deși eram singuri. Philine avea dreptate. Trebuia să fim precaute.

– Suntem gata, a șoptit ea. Sonja și-a luat deja rămas-bun de la ai ei.

– Să mergem, atunci, am spus.

Venise ora prânzului, adică momentul zilei în care era cel mai puțin probabil să stârnim suspiciuni.

– Asigurați-vă că ați scos toate stelele de pe haine, am spus eu, atingându-mi gulerul cămășii cu un gest demonstrativ, iar de acum nu folosiți decât actele de identitate false. Nici nu trebuie să le luați cu voi pe cele adevărate.

– Dar cursurile tale? a întrebat domnul Polak în timp ce ne îndreptam spre ușă.

Chiar și acum, el rămânea profesorul de franceză.

– Am renunțat, am răspuns eu.

Fetele au suspinat brusc, surprinse.

– Hannie?! a întrebat Philine, parcă imaginându-și că aș fi putut glumi.

Am scos din buzunar o copie a jurământului de credință și le-am întins-o, iar apoi i-am privit în timp ce o citeau toți trei.

– Mă întorc la facultate după război, am declarat eu cu o nonșalanță pe care n-o simțeam cu adevărat.

Simțeam cum cariera visată se destrăma cu fiecare clipă, ca un fuior de fum, și sufeream. Dar asta nu era nimic în comparație cu pericolele pe care le aveau de înfruntat Sonja și Philine.

– Vă aştept în camera din faţă, am spus, dându-i domnului Polak o îmbrăţişare şi un sărut pe obraz, pe care le-a primit cu ochii uşor închişi, ca într-o rugăciune.

– Ai mare grijă de ele, Hannie! mi-a cerut el, iar lacrimile au început să-i curgă peste obrajii supţi, dar glasul nu i-a tremurat. Poate că o să vin să vă vizitez la Haarlem. Am putea să ne plimbăm în parcul acela frumos, Haarlemmerhout. Am fost odată acolo, împreună cu mama lui Philine.

– Da! am răspuns eu, dând din cap, deşi ştiam că asta n-avea să se întâmple niciodată. Mi-ar plăcea!

– Bine, atunci, a spus el. Îţi mulţumesc, Hannie!

Am dat iarăşi din cap, stânjenită, incapabilă să-i accept recunoştinţa. Nu eram sigură că o meritam.

– Vă rog să aveţi grijă de dumneavoastră, domnule Polak!

– Fiecare trebuie să-şi îndeplinească îndatoririle, a spus el. Eu sunt mulţumit să mă aflu aici, în casa mea, unde am încă şansa să depun eforturile de care mai sunt în stare. N-aş putea să supravieţuiesc într-un dulap, oricum, a adăugat el râzând, sau cel puţin încercând s-o facă, dar voi, fetelor, vă aveţi una pe alta şi o să fiţi fericite împreună. Iar eu o să fiu aici, luptând pentru voi, în timp ce voi o să luptaţi pentru mine. O să luptăm împotriva destinului, *n'est-ca pas*? Iată un ţel măreţ!

Glasul lui păstra un ton egal, dar lacrimile i se scurgeau prin ridurile care-i brăzdau obrajii şi ajungeau pe gulerul umezit de toate acele semne de iubire. Şi-a deschis braţele, iar Sonja şi Philine s-au strâns în îmbrăţişarea lui, toţi trei cufundaţi în suferinţă. Acela era, acum îmi dădeam seama, al doilea rămas-bun chinuitor pe care Sonja fusese nevoită să-l îndure într-o singură zi, iar ochii îi erau roşii şi tulburi de durere.

Am pășit în spate, spre coridor, ca să-i las în pace preț de câteva clipe. Sonja l-a îmbrățișat pe domnul Polak și el i-a șoptit ceva la ureche. Ea a încuviințat din cap, plângând cu suspine, iar el a îmbrățișat-o pentru ultima oară. După ce Sonja s-a îndreptat spre ușă, Philine a întors capul spre tatăl ei.

– Scrie-mi, i-a cerut el, ca și cum ea ar fi plecat în vacanța de vară, și amintește-mi ce carte mi-ai recomandat să citesc!

Brațele lui Philine înconjurau gâtul tatălui ei, corpul îi era zguduit de hohote convulsive, iar el și-a pus o mână pe după mijlocul fiicei lui, ca s-o ajute să se țină pe picioare.

– O să-ți povestesc ce se petrece aici, iar Marie o să-ți scrie și ea. Și după ce termini de tricotat mănușile acelea, poți să mi le trimiți, da?

Philine nu putea să vorbească; plângea pe umărul lui. Tatăl ei a mângâiat-o pe păr, netezindu-i-l cu palma mâinii lui pline de riduri. Apoi Marie a venit la ea și s-au îmbrățișat ca o mamă și o fiică, suspinând înăbușit.

– Haide, du-te, a spus domnul Polak în cele din urmă, ținând-o pe scumpa lui fiică la distanță de un braț, ca să-i mai vadă chipul o ultimă dată.

Eu și Sonja rămăseserăm încremenite locului. Era posibil ca ea și Philine să nu-și mai vadă niciodată familiile. Apoi Sonja a intervenit.

– Mama mi-a spus ceva atunci când am plecat, a murmurat ea cu glas tremurător, neobișnuind, de felul ei, să țină discursuri, dar neputându-se abține acum. O persoană – un om – nu e doar ceea ce se vede, e și un suflet, a spus, înghițindu-și lacrimile și încercând să-și amintească cât mai bine cuvintele de despărțire ale mamei sale. Sufletul, sau amintirea oamenilor pe care-i iubim, nu ne părăsește niciodată. Suferința se sfârşeşte, durerea se sfârşeşte, chiar şi viaţa se sfârşeşte. Dar iubirea, nu.

A izbucnit în lacrimi, iar noi am înconjurat-o. A spus că, dacă păstrăm amintirea unui om pe care-l iubim, atunci suntem *mazldik*, adică „cei norocoşi", ne-a tradus ea.

Era prima dată când o auzeam vorbind idiş. S-a şters pe faţă cu batista domnului Polak, iar apoi i-a înapoiat-o, clătinând din cap.

– Nu mi-au mai rămas lacrimi! a spus ea, scoţând un suspin de epuizare.

– Mergeţi cu Hannie, fetelor! le-a îndemnat domnul Polak, împingând-o uşurel pe Sonja în direcţia mea. V-aş da sfaturi, dar..., a spus el, oprindu-se şi apoi reluând, înfiorat: Nimeni dintre noi n-a mers pe drumul ăsta până acum, nu? Poate că ar trebui să te întreb pe tine, a concluzionat, privindu-mă ţintă.

Pe mine? Eu nu ştiam nimic, n-aveam nici un fel de experienţă. Dar am întins mâinile spre Sonja şi Philine, fiindcă ăsta era singurul lucru pe care puteam să-l fac. Mă cuprindea ameţeala atunci când îmi aminteam cum mă invitaseră în lumea lor, cât de generoase şi de iubitoare fuseseră cu mine. Dumnezeu, dacă chiar era acolo, sus, poate că ştia că era nevoie de două inimi ca s-o înlocuiască pe cea a lui Annie. Sonja m-a prins de braţ, iar Philine a şovăit în spaţiul dintre mine şi tatăl ei, fiecare dintre noi doi având braţul întins.

– Te iubesc! a spus domnul Polak. Mai mult decât orice pe lumea asta. Iar tu o ştii foarte bine.

Cum stăteam în pragul uşii deschise a apartamentului familiei Polak, deodată s-a deschis uşa apartamentului de vizavi.

– Bună ziua!

Un soț și o soție de vârsta domnului Polak ne-au salutat cu o fluturare de mână, dar, văzându-ne fețele, și-au pierdut amândoi pe dată expresia prietenoasă.

– Domnule, doamnă Barend! a spus domnul Polak pe un ton vesel, întipărindu-și pe buze un zâmbet și întorcând capul spre fiica lui. Fetelor, mâine, după ce vă întoarceți, să nu uitați să returnați cartea pe care ați împrumutat-o!

Fără să clipim, am dat cu toatele din cap, în semn de aprobare. Cei doi vecini au salutat dând din cap, nervoși, după care s-au grăbit spre scări. Știau că era mai bine să nu fie curioși.

Domnul Polak s-a întors către fiica lui și, cu un deget subțire, i-a ridicat bărbia, ca s-o privească în ochi.

– O să ne revedem în curând, a spus el. *Je t'aime. À bientôt!*

Cu spatele la vecini, șiroaie de lacrimi îi curgeau pe obraji. Marie stătea în spatele lui, mută, cu ochii ațintiți la covorul uzat de sub picioarele ei, neputând să ne privească în ochi.

Philine și-a luat rămas-bun de la cei doi cu o mișcare din cap, iar bărbia îi tremura.

– *À bientôt*..., a șoptit ea, cu glasul tremurându-i de durere. *Je t'aime.*

Marie i-a întins o valijoară. Am dus-o eu în timp ce coboram scările încet, temându-ne să ne imaginăm viitorul.

Pe drum spre Gara Centraal, am trecut prin fața Universității din Amsterdam, cu pajiștile sale întinse, care acum erau pustii. Fetele priveau cu ochi mari. Soldații patrulau pe stradă în grupuri mici, dar totul era cufundat în liniște. Nici una dintre noi n-a vorbit.

La ieșirea din bloc, Sonja și Philine deveniseră alți oameni. Fără stele galbene pe haine și cu documente de identitate false în portofele. Am cumpărat biletele pentru Haarlem în tăcere și ne-am urcat în următorul tren. Am reușit să ne așezăm una lângă cealaltă, am depozitat deasupra capetelor noastre cele două valijoare și ne-am întors apoi privirile spre ferestre, fără să scoatem o vorbă. Nici nu puteam să-mi imaginez ce se petrecea în mintea lor. Își părăseau casa părintească, în timp ce eu mă întorceam la a mea. Dintr-odată, am avut sentimentul puternic că fugeam spre ceva, nu de ceva. Nu naziștii mă dăduseră afară din școală; eu renunțasem.

Până atunci fusesem genul de persoană care rezista stoic. Dar în ziua aceea am descoperit că renunțarea își are virtuțile ei. Nu trebuie s-o faci decât o dată și îți înveți lecția pentru toată viața. Cei care renunță sunt periculoși, fiindcă ei cunosc un secret: întotdeauna e posibil s-o iei de la capăt.

PARTEA A DOUA
RVV

1943-1944
Haarlem

11

1943, primăvara

Am ajuns noaptea la Haarlem. Era mai bine ca nimeni să nu le vadă pe Sonja și pe Philine. La începutul războiului, germanii interziseseră iluminatul stradal ca să împiedice bombardamentele britanicilor, așa că noaptea străzile erau întunecate precum inima pădurii.

Trăiam emoții puternice imaginându-mi cum aveam să privesc casa copilăriei mele prin ochii Sonjei și ai lui Philine. Le-o descrisesem așa cum o văzusem eu întotdeauna:

„O casă mică, de cărămidă galbenă, cu două etaje, cu două dormitoare la etaj, cu o grădiniță de legume în spate și cu un parc peste drum, unde se află o pajiște mare, verde". Toate astea erau adevărate. Dar în timp ce ne apropiam mergând prin întuneric, casa arăta diferit. Mai părăginită. Nu atât ca un far călăuzitor, cât ca un avanpost dezolant. Nu puteam să-mi imaginez nimic mai palpitant decât niște *onderduikeri* ascunși în căsuța de pe Van Dortstraat, numărul șaizeci.

– E chiar aici! am spus eu. A patra casă de la capătul străzii.

Am încercat să descifrez expresia de pe fețele fetelor. Atunci când cei din Amsterdam se gândeau la Haarlem, în minte le venea impunătoarea Biserică Sf. Bavo din piața centrală, la a cărei orgă cântaseră Handel și Mozart și în a cărei criptă era îngropat pictorul Epocii de Aur, Frans Hals. Haarlemul era un oraș vechi și mă întrebam dacă fetele își închipuiseră căminul familiei Schaft ca pe o căsuță tradițională olandeză, cu acoperiș mansardat și cu o vacă de lapte crescută în curtea din spate, și nu cartierul acela plin de case burgheze, de cărămidă galbenă, cu jardiniere îngrijite la ferestre. Acum totul mi se părea mic și comun.

– Iată parcul! a spus Philine.

Am privit peste umăr și, pentru prima dată, mi-am dat seama că elementul central al părculețului nostru nu era un iaz, așa cum se găsea în maiestuosul Vondelpark din Amsterdam, ci o veche moară de vânt cu acoperiș din stuf, care semăna cu fundalul pastoral al unui tablou de Pieter Brueghel. Eram departe de eleganța din centrul Amsterdamului.

– E frumos! a exclamat Sonja, manierată ca întotdeauna.

– Să intrăm! am spus eu. Sunt sigură că mama ne așteaptă.

Desigur că aștepta. Le rugasem pe Nellie și pe Eva, care se întorseseră și ele la Haarlem, să le spună părinților mei despre jurământul de credință și despre planul meu de a veni înapoi acasă. Numai eu. Faptul că nu pomenisem de fete fusese o dovadă de lașitate, dar scutise pierderea de timp. Acum mama și tata așteptau întoarcerea mea, dorindu-și cu disperare să afle ce planuri aveam pentru viitor. Și eu îmi doream cu disperare același lucru.

– Abia aștept s-o cunosc pe mama ta! a spus Sonja.

Acum, după ce văzuseră moara de vânt, probabil că prietena mea își închipuia că ușa casei avea să ne fie deschisă de către o doamnă respectabilă, cu părul prins în cozi și încălțată cu saboți de lemn. De fapt, singurul amănunt care nu corespundea realității erau saboții de lemn.

– O să vă iubească! le-am asigurat eu pe fete.

Nu le spusesem că mama și tatăl meu nu știau de venirea lor. Fetele aveau destule griji pe cap.

– Părul roșcat l-ai moștenit de la ea? a întrebat Philine.

Aproape că ajunseserăm la ușă.

– Sunt singura roșcată din familie, am răspuns. Deși tata spunea ceva despre un strămoș viking...

– De la el ți se trage latura sălbatică! a fost de părere Sonja.

Philine a încuviințat din cap.

– Are o inimă de luptător scandinav!

Am râs, ușurată să descopăr că puteau să vadă partea hazlie a situației în care ne găseam. Indiferent dacă vorbeau serios sau nu, am luat-o drept un compliment. Mai ales acum, când urma să fiu tratată ca o păpușă de porțelan. De când se îmbolnăvise Annie, în copilăria noastră, mama își asumase sarcina de a-și face griji pentru sănătatea celor din familie – a tatălui meu și mai ales a mea. Și nu era vorba doar despre sănătate, ci despre oricare alt lucru care ar fi putut să fie considerat periculos. Plimbările cu barca, patinajul, simpla traversare a străzii, toate astea îi stârneau îngrijorare mamei.

Am rămas în fața intrării, cu fetele în spatele meu. Am ridicat mâna și m-am oprit. Dacă trebuie să bați la ușă, mai era asta casa ta? Apoi ușa s-a deschis.

– Johanna!

Tata m-a tras spre el, strivindu-mă de trupul lui ca un stejar, iar eu am simțit că aveam din nou șase ani, un pitic într-o lume de uriași. M-am tras îndărăt și am văzut-o pe mama în spatele lui, cu ochii îngustați de un amestec de iubire şi de teamă. În felul ei de a fi, iubirea şi teama se îmbinau mereu.

– Jo! a exclamat ea, deschizându-şi braţele ca să mă primească.

M-am întors ca s-o îmbrăţişez, iar în acea clipă mama le-a văzut pe Philine şi pe Sonja, care stăteau în spatele meu, ascunse în umbre, şi gura i s-a strâns într-o dungă piezişă. M-a apucat de mână, amânând deocamdată îmbrăţişarea.

– Ai adus două prietene! a spus ea.

– Da, să intrăm! am zis eu, veselă, încercând să imprim discuţiei un ton animat.

– Intraţi! ne-a poftit tata, deschizând larg uşa pentru toate trei.

Mama a făcut doi paşi în spate şi s-a apucat de tivul capotului, cu un gest pe care-l ştiam pe dinafară: degetele îngropate în bumbacul subţire, răsucind şi încreţind materialul, în timp ce-şi frângea mâinile, plină de teamă. Am rămas în picioare în antreul mic cât un dulap, în care umerii mei se frecau de ai Sonjei, iar ai ei, de cei ai lui Philine.

– Mă bucur să vă cunosc, domnule şi doamnă Schaft! au spus ele una peste cealaltă, pe un ton suav şi plin de recunoştinţă.

– Pieter, vă rog! le-a îndemnat tata, aplecându-se aşa cum era nevoit s-o facă mereu, din cauza înălţimii lui, ca un arbore bătrân care se pleca în faţa vântului.

Ele au dat din cap şi au zâmbit. Tata era o prezenţă liniştitoare.

– V-am povestit despre Philine şi Sonja, prietenele mele de la universitate? Şi ele studiază tot Dreptul.

Am luat într-o mână valiza lui Philine, iar în cealaltă, pe a Sonjei, după care m-am îndreptat spre scări.

– Mă rog, au studiat. Haideți! am spus, uitându-mă spre fete.

– Unde vă duceți? a întrebat mama.

Făcuse ochii mari, intrată în panică. Știa. Pentru a mia oară, mi-am pus la îndoială strategia. Eram sigură că situația asta avea s-o facă pe mama să intre într-o stare de panică, căci generozitatea ei creștinească urma să se lupte cu teama foarte întemeiată de arestare, de deportare și de moarte. Cel mai bine era să apărem la ușă pe nepusă masă.

– O, Philine și Sonja o să stea aici o vreme! Am întors capul spre fete, care zâmbeau, încurcate. Veniți să vă arăt dormitorul! Nu e luxos, dar, pentru moment, e de ajuns.

Palidă la față, Philine s-a uitat la părinții mei.

– Vă mulțumesc! a spus ea.

Sonja a spus același lucru în șoaptă și apoi amândouă m-au urmat în sus, pe scara îngustă. Odată ajunse cu toatele la etaj, m-am oprit și am privit în urmă. Pământie la față, mama s-a întors spre tata. A deschis gura, dar n-a spus nimic. Apoi a închis-o. Tata i-a pus o mână pe umăr, dar ea i-a îndepărtat-o. Apoi au dispărut în salon.

– Nu i-ai întrebat mai înainte?

– Știam că o să spună „da“, așa că nu conta! am răspuns eu.

În parte, era adevărat. Simțeam că ei aveau să fie de acord să le primim pe fete măcar pentru câteva zile, până când reușeam să intru în legătură cu Rezistența și le găseam o ascunzătoare permanentă. Îmi dădeam seama că fetele erau nefericite, dar nu conta decât să le pun la adăpost.

– Atenție la cap! am exclamat în clipa în care Philine s-a lovit de tavanul înclinat al dormitorului meu, aflat la mansarda casei.

Philine și-a dus mâna la frunte, dar nu s-a văitat. Ea și Sonja își priveau în tăcere noua locuință. Puteam să mi le imaginez pe fete stând împreună pe patul de două persoane, petrecându-și timpul cu ceva de cusut și ajutând-o pe mama la bucătărie? Poate că da. Știam că Philine, cel puțin, știa să gătească. Iar Sonja probabil că știa și ea să facă ceva. Broderie, poate. Oare avea să funcționeze aranjamentul ăsta?

Trebuia. Iar eu nu le cerusem consimțământul părinților mei fiindcă așa ceva nu era genul de favoare pe care să poți s-o ceri cuiva; era prea mult.

Patul dublu, pe care altădată îl împărțeam cu Annie, ocupa aproape întreaga încăpere, deși era împins într-un colț, ca să elibereze un pic de spațiu. Mai erau acolo un birou cu picioare subțiri și cu patru sertare pentru haine și un cufăr așezat la piciorul patului, precum și un șir de cârlige înfipte în peretele de lângă ușă, pentru atârnatul hainelor. Un scaun pliant de lemn era sprijinit de perete; desfăcut, ocupa cea mai mare parte a podelei rămase libere. O singură fereastră dădea spre grădina din spate. Oricum, n-avea să se uite nimeni prin ea. Mi-am spus că a doua zi geamul trebuia acoperit cu o pânză neagră, ca să nu răzbată privirile vecinilor curioși. Dacă fetele o ajutau pe mama, trebuia s-o facă ascunse aici, sus. Am încercat să mi le imaginez pe Philine și pe Sonja cârpind, vesele, șosete, ca să facă să treacă timpul mai repede, dar imaginea nu era convingătoare. Viziunea s-a dizolvat într-una mai realistă: două fete subțiratice și înfricoșate, ghemuite una într-alta, într-o cameră lipsită de lumină, făcându-și mii de griji.

– Hannie! a exclamat Sonja, iar Philine i-a pus o mână pe încheietură.

– Poftim? am întrebat eu.

Sonja s-a uitat la Philine, parcă cerându-i voie să vorbească. Philine n-a spus nimic.

– Nu vreau să ştiu decât... unde o să dormim cu toatele? a întrebat Sonja.

– Voi două o să dormiţi în pat, iar eu îmi aduc un pat pliant. Are tata unul în magazie.

– Nu le-ai cerut voie părinţilor tăi? a şoptit Sonja.

– Nu-ţi face griji, ei înţeleg foarte bine situaţia! am exclamat eu.

Sonja părea gata să izbucnească în plâns.

– Mă întorc imediat, am adăugat.

Am coborât scările în galop, săltând pe lângă balustradă, de parcă dacă mă purtam ca un copil lipsit de griji, puteam să ne întoarcem cu toţii într-un trecut necomplicat.

– Unde ţinem păturile de rezervă? am întrebat, intrând în goană în salon.

Părinţii mei stăteau lângă mica sobă pe lemne, uitându-se ţintă la flăcări prin uşiţa deschisă. Tata s-a întors şi a zâmbit, dar mama a rămas cu spatele la mine.

– Prietenele tale..., a spus el.

– Da, scuze! am răspuns eu râzând, de parcă era vorba de o simplă glumă. Totul s-a întâmplat în ultimele câteva zile şi n-am avut timp să vorbesc cu voi – după povestea cu jurământul de credinţă, lucrurile s-au precipitat. V-a spus Nellie despre jurământ?

Tata a dat din cap în semn că da, în timp ce cuvintele mi se rostogoleau din gură ca un şuvoi.

– Mi s-a părut de la sine înţeles că ar fi cel mai bine ca Sonja şi Philine să vină la Haarlem, să stea cu noi. Ştiu că n-aţi fost de mult la Amsterdam, dar nu v-aţi crede ochilor cât de mult s-a schimbat. Cartierul în care locuiește Philine e baricadat cu garduri imense de sârmă ghimpată, prea înalte ca să poată fi escaladate. E dezgustător! Iar ora stingerii e din ce în ce mai devreme. Și apoi restricțiile în privința cumpărăturilor...

– Despre ce vorbești? a întrebat tata.

– E cumva evreică? a șoptit mama, verificând ceva ce știa deja, cu chipul atât de palid, încât părea gata să leșine. Doar că... doar că n-am văzut steaua galbenă, a adăugat ea în cele din urmă. Trebuie să poarte o stea, nu-i așa? Evreii, adică?

Glasul îi era nesigur.

O parte din mine voia să urle. Dar am inspirat adânc. Avea dreptate să fie speriată. Îi puneam în pericol pe ea și pe tata. Într-unul imens.

– Da, trebuie, am răspuns eu pe un ton calm, dar aproape în șoaptă, din precauție față de vecini. Dar le-am făcut rost Sonjei și lui Philine de acte de identitate false, ca să-și poată scoate stelele. E mai sigur așa.

– Cum?! a întrebat tata. De unde le-ai făcut rost de așa ceva?

– Le-am furat.

– Poftim?!

Tata a rămas cu gura căscată.

– Oamenii de la care le-am luat își pot scoate altele. Ei nu sunt în nici un fel de pericol. Dar Philine și Sonja sunt.

– Oamenii de la care „le-ai luat"?

– Ele ți-au cerut s-o faci? a întrebat mama. Fetele astea?

– O, Doamne, nu!

Am râs și am văzut-o pe mama tresărind în clipa în care m-a auzit luând numele Domnului în deșert.

- Sonja şi Philine au încercat să mă descurajeze. Dar există un întreg grup de..., am spus eu, oprindu-mă preţ de o clipă. Mulţi oameni fac lucruri de genul ăsta. Ajută. La fel ca noi.

- Ca noi?! a repetat tata.

- *Onderduikeri*, a şoptit mama, de parcă însuşi cuvântul era periculos.

Era.

- Aşa-i! am răspuns eu. Dacă nu putem să le scoatem din ţară, atunci trebuie să le găsim o ascunzătoare.

- Ele n-au familii? a întrebat ea.

- Aafje..., a murmurat tata cu blândeţe, spunându-i pe nume ca să-i atragă atenţia.

- Am dreptul să întreb. Avem dreptul să ştim lucrurile astea, Piet! a spus ea, cu glasul făcându-i-se din ce în ce mai puternic. O să vină aici şi ceilalţi membri ai familiilor, sau...?

- Tatăl lui Philine refuză să-şi părăsească apartamentul din Amsterdam, e convins că totul o să se sfârşească în curând. Dar greşeşte, am şoptit eu. Familia Sonjei încearcă să hotărască ce e de făcut. Dar timpul trece şi mă tem că oamenii aceia nu-şi dau seama...

Tata ne-a luat pe mine şi pe mama de câte un braţ şi ne-a dus la bucătărie, care era mai ferită. Privirea mi-a căzut pe rafturile pe care ţineam vasele. În ultimii ani, pe măsură ce se ciobea sau se spărgea câte una dintre farfuriile de fiecare zi, mama se înduplecase şi începuse să servească mâncarea în vasele mai bune, pe care le ţinea pentru Crăciun şi Paşte. Acel serviciu de masă fusese cel mai elegant dintre cadourile ei de nuntă. Acum, vesela scumpă era amestecată cu celelalte piese.

- N-avem destul castroane pentru ele, a spus ea, arătând spre rafturi. Se spune că evreii mănâncă în vase separate pentru fiecare zi... şi mănâncă anumite alimente, nu? În ultima vreme, abia dacă putem să ne hrănim noi, fiindcă la piață nu se găsește mai nimic de cumpărat.

– Nu sunt evlavioase, mamă. N-au nevoie de nimic special. Mănâncă aceleași alimente ca și noi.

Mama a rămas cu mâna la gură, parcă temându-se de ce ar mai fi putut să spună.

– Dar...

A dat să vorbească, dar apoi s-a oprit. Apoi a început din nou, împinsă de o emoție nedomolită, care-i făcea glasul să tremure:

– Ce ne facem dacă vreuna dintre ele moare în casa noastră? Ce facem cu cadavrul?

– Aafje! a strigat tata, fără să ridice glasul.

S-a uitat la ea, parcă încercând să-și amintească numele unui străin.

– Ce, te-am contrariat? a întrebat mama, cu chipul schimonosit de frică. Dar hoața nu te-a contrariat? a întrebat ea, arătând spre mine.

– Stai puțin! a exclamat tata.

– Nu! s-a opus mama, pironindu-și privirile asupra mea. Să te mai întreb ceva: ce facem cu rufele în plus puse la uscat? Doamna Snel de alături știe mai multe despre legumele din grădina mea decât știu eu însămi, atât de mult timp își petrece holbându-se la curtea noastră din spate. Crezi că ea n-o să remarce două seturi noi de haine pe sârmă? Și cum o să hrănim cinci adulți cu cartele de rații pentru trei? m-a chestionat ea, iar apoi a așteptat un răspuns, furioasă. Ei? Sunt întrebări incomode, știu, dar eu și tatăl tău avem o responsabilitate!

– Asta afirm și eu, am răspuns. Avem o responsabilitate!

Ea a clătinat din cap, ca uluită de lipsa mea de înțelegere.

– O responsabilitate de a ne apăra copiii – copilul! a spus mama.

S-a întors cu fața la tata și a început să plângă, îngropându-și capul blond în vesta lui de lână aspră, așa cum făcusem și eu la venire. Trupul i se cutremura de suspine.

– Du-te sus! mi-a cerut tata.

Nu supărat. Dar pe un ton grav.

Am ieșit din cameră, furioasă, cu spatele țeapăn, convinsă că aveam dreptate. Dar de cum am ajuns la scara interioară, m-a izbit un val de emoție, ca pe un țânc surprins de ape la marginea plajei. Am ajuns până la jumătatea scării, suspendată între familia mea și prietenele mele, când am auzit un sunet uluitor, venit dinspre bucătărie: vaietul înăbușit, de durere și de frică, al mamei mele. Nu-l mai auzisem de la moartea lui Annie. Mama își pierduse răsuflarea, iar tata o alina. Apoi ei s-au mutat în salon, lângă foc, de unde au continuat să se audă șoapte, domoale precum gânguritul porumbeilor. Am privit pe furiș printre baluștri și l-am văzut pe tata luând între degete o buclă blondă, desprinsă din părul mamei, și dându-i-o pe după ureche.

În urmă cu mai bine de treizeci de ani, cei care apoi aveau să-mi devină părinți se cunoscuseră cu doar câteva luni înainte să se căsătorească. Tot ce știam despre viața lor de dinainte să aibă copii erau fragmente adunate din anii de reuniuni de familie și din conversații surprinse întâmplător, fiindcă rareori vorbeau despre ei înșiși. Mama era fiică de preot, o fată cumsecade, pioasă și frumușică. Prin comparație, tata avusese o experiență de viață cu mult mai mare. Avea mintea plină de idei filosofice și de convingeri politice, vorbind despre mijloacele de producţie şi despre iminenta revoluţie a omenirii. Totuşi, de-a lungul anilor, se dovedise chiar mai potolit decât ea. La început, asta o tulburase pe mama, după cum mi se confesase chiar ea, fiindcă nu ştiuse, pe vremea aceea, ce anume gândea el, dacă era fericit sau trist. Dar, cu timpul, ea ajunsese să îndrăgească felul lui tăcut de a fi. Spunea că-i oferea spaţiu ca să gândească.

– Aafje..., a şoptit tata, sărutându-i pumnul mic.

Eu am rămas pe scară, ascultând.

– Trebuie să ne consultăm cu părintele Josephus, a şoptit ea.

Tata i-a luat capul între palme şi s-a uitat la ea plin de iubire.

– E prea târziu, a şoptit el, cu un mic tremur în glas.

S-au privit în ochi preţ de câteva clipe lungi, în care lacrimile se prelingeau pe obrajii trandafirii ai mamei.

– Ai văzut? a murmurat ea în cele din urmă, dregându-şi glasul răguşit de plâns. Ai văzut ce duceau în mâini?

Tata a clătinat din cap, compătimitor.

– Doar o valiză, Piet. Fiecare fată avea câte o singură valiză.

El a clătinat iarăşi din cap.

– Imaginează-ţi toate lucrurile noastre, totul, într-o singură valijoară!

Tata a rămas tăcut, cu privirea pierdută în lucirea portocalie a focului, de parcă s-ar fi uitat într-un glob de cristal care putea să prezică viitorul. Au privit flăcările împreună, fără să vorbească. În cele din urmă, mama şi-a şters ochii cu tivul şorţului pe care apoi şi l-a netezit peste genunchi.

– Cred că e cel mai bine ca fetele astea să aibă atât de puţine lucruri, a spus ea. Fiindcă dormitorul e atât de mic!

S-a ridicat de pe scaun şi s-a apropiat de cufărul de lemn de stejar de lângă canapea. Şi acela fusese un dar de nuntă de la părinţii ei, care speraseră ca tinerii căsătoriţi să aibă apoi o familie numeroasă, trei sau patru copii, poate chiar mai mulţi. Capacul sculptat al cufărului a scârţâit sub propria greutate atunci când mama l-a ridicat pe balamalele de alamă. Ea a scos din cufăr două dintre păturile pe care le împletise de mână şi i le-a dat tatălui meu, spunând:

– Chiar dacă iarna s-a sfârşit, e încă frig.

A aruncat o privire la tocul boltit al uşii salonului şi apoi s-a uitat la mine, care şedeam pe treptele scării interioare. Fusese conştientă de prezenţa mea în tot acel timp.

– Du-le astea fetelor! m-a îndemnat ea, însoţindu-şi vorbele de un zâmbet blând, obosit.

Am sărit în picioare. Coborând scările, am descoperit că, la fel ca mama, trebuia să-mi netezesc fusta şi să-mi şterg obrajii. Erau uzi, din nu ştiu ce pricină.

12

– Mai e frig afară? a întrebat Sonja, privindu-mă cum mă îmbrăcam.

Ea și Philine stăteau în pat, ghemuite și lipite una de cealaltă, ținându-și ceștile de ceai cu ambele mâini, aproape de piept, ca pe niște sobițe din care se înălțau aburi ce semănau cu fumul de lemne. Nu mai ieșiseră din cameră de două zile.

– Succes! mi-a urat Philine, de parcă mă duceam la un interviu pentru angajare.

Ceea ce era oarecum adevărat.

– Să aduci niște reviste, da? a strigat Sonja în urma mea. Sau dulciuri!

Făceau un efort colosal să pară vesele, în ciuda situației. Știam că se simțeau ușurate de hotărârea pe care o luaseră, aceea de a părăsi Amsterdamul în cele din urmă. Toate trei ne dădeam seama că elementul de noutate al vieții lor în casa mea părintească avea să se estompeze la un moment dat, însă ni se părea că ne-ar fi demoralizat să vorbim despre asta.

– Nu te pierde cu firea! m-a sfătuit Philine. Așa spune tata mereu.

– O să încerc.

Mi l-am închipuit pe domnul Polak stând în pragul ușii apartamentului său, dar apoi mi-am alungat din minte acea imagine.

– Ne vedem mai târziu! am spus, părăsindu-le cu o fluturare voioasă de mână și încercând să uit că nu știam cât timp aveau să fie nevoite să stea în cămăruța aceea.

Luni? Ani? Cu siguranță că și ele își puneau aceeași întrebare.

Hals Tabak se afla pe o străduță laterală îngustă, dar aglomerată, nu departe de piața Grote Market, în centrul orașului. Era genul de stradă care înainte de război gemea de oameni ieșiți în oraș în fiecare sâmbătă, pe vremea când locuitorii din Haarlem mergeau acolo ca să cumpere tot felul de mărunțișuri, unele necesare, altele nu, de la o multitudine de prăvălii: un magazin de bricolaj, o brutărie, un chioșc de ziare, o măcelărie, un magazin de brânzeturi, unul de jucării, o tutungerie. Acolo urma să-l aștept pe cel care era contactul meu în Mișcarea de Rezistență. Acel Jan.

Acum, după trei ani de război, cartierul comercial era mai liniștit. Cel puțin jumătate din magazine erau închise, iar celelalte funcționau cu cartele de rații. Șiruri lungi de cetățeni obosiți treceau pragul prăvăliilor și apoi șerpuiau de-a lungul trotuarelor, acolo unde bunicii și cea mai mare dintre fiicele din familie își ocupau locurile în fața vitrinelor acoperite cu hârtie albă ale magazinului de jucării și ale celui de galanterie pentru bărbați, care fuseseră închise de multă vreme. Oamenii de la coadă erau tăcuți, obișnuiți cu rutina zilnică a cozilor la produse pe care altădată le luau drept bunuri asigurate o dată pentru totdeauna. Acum se întâmpla adesea să primească lucruri de care n-aveau nevoie. Nu că la brutărie ai mai fi putut să alegi între pâine cu secară și chifle; acum nu se găsea decât un singur fel de franzelă, căreia i se spunea „pâine", deși mai toată lumea bănuia că cea mai mare parte din făina folosită era, de fapt, rumeguș. Atunci când încercai s-o feliezi, se fărâmița toată, prefăcându-se în cocoloașe nisipoase și insipide, care ți se lipeau de cerul gurii. O uram. Am trecut cu bicicleta pe lângă coadă și nimeni nu mi-a aruncat nici măcar o privire. Acum, nimic nu mai stârnea interesul oamenilor.

Tutungeria era închisă și, judecând după geamurile acoperite cu un strat de praf, stătea așa de multă vreme. Am scrutat întunericul dinăuntru și am zărit dulăpioare de sticlă, canistre ceramice și o casă de marcat făcută din bronz greu, gata de utilizare dacă cineva s-ar fi ocupat să aprovizioneze locul cu produse, iar potențialii clienți ar fi avut bani ca să le cumpere. Cântarul aștepta în perfect echilibru, fără nimic în talerele sale de alamă zgâriată.

M-am oprit în fața ușii și am așteptat. Mi-am scos un șold în afară, încercând să par plictisită, iar apoi am luat o țigară din geantă. Am preferat să n-o aprind, fiindcă fumam atât de rar, încât de obicei mă apuca tusea. Am lovit cu piciorul în pietrele pavajului, zgâriindu-mi pantoful, după care mi-am reamintit că nu trebuia să fac asta. De cinci ani nu-mi mai cumpărasem o pereche nouă de pantofi.

Câțiva oameni au trecut pe lângă mine ori s-au oprit la cozile care se întindeau în lungul străzii. Conform instrucțiunilor primite de la sora Dekker, trebuia să duc în mână un plic cu simbolul Crucii Roșii aflat la vedere, astfel încât acel Jan să mă poată observa. Eu nu știam cum arăta el. Sau dacă „Jan“ era numele lui adevărat.

Aerul intim al tutungeriei mă calma oarecum. Chiar și prin ușa încuiată, din locul acela răzbătea un miros odihnitor, mirosul tatălui meu, de tutun de pipă și de țigări. Toate tutungeriile miroseau la fel.

Îmi petrecusem mult timp în ele pe vremea când eram mică, așteptându-l pe tata să-și cumpere tutunul, să se uite la o pipă sau două, să schimbe o vorbă ca între bărbați cu proprietarul, care întotdeauna îmi dădea câteva bucăți de lemn-dulce, ca să-mi facă o plăcere. Acea amintire făcea să-mi lase gura apă.

La capătul cvartalului, am zărit un bărbat care mergea singur. Avea umerii gârboviți ai unui om tânăr îmbătrânit înainte de vreme, genul de persoană care își făcea multe griji. Avea, poate, treizeci și cinci de ani, era slăbănog, dar părea puternic asemenea unui docher. În timp ce mergea, își înălța capul la fiecare câteva secunde, ca să vadă bine locurile și oamenii pe lângă care trecea.

Știam că el era. Evitând să-l privesc țintă, am aruncat o privire calmă în partea opusă, de parcă aș fi fost în așteptarea unei prietene.

Astfel, am remarcat un grup de trei adolescente, nu cu mult mai tinere decât mine, care chicoteau, îmbujorate, reprezentând singura priveliște veselă de pe toată strada. Fetele stăteau în fața unui bărbat care părea să aibă douăzeci și ceva de ani. Cu ochi albaștri și cu umeri lați, avea o înălțime medie, dar părea mai înalt decât statura lui reală, iar vigoarea zâmbetului și râsului său le atrăgea pe fete. Mă emoționam în apropierea bărbaților de genul lui. Treceau prin viață de parcă aceasta le aparținea, ceea ce, de altfel, era purul adevăr. Prea gălăgioși, prea obraznici. Prea plini de ei. Din fericire pentru mine, eram invizibilă pentru astfel de bărbați.

Am privit din nou spre ținta mea. Înainta hotărât, drept spre mine, dar încă nu stabilise contactul vizual. În schimb, privea spre pavaj, tot punând un picior în fața celuilalt. Am încercat să fiu răbdătoare. Un cor de râsete tinerești a izbucnit în dreapta mea. Blondul făcuse o glumă care le încântase pe fetele cu obraji trandafirii și lucioși. Am încercat să ignor voioșia lor.

– Ei, oricum, mulțumesc! a spus Blondul cu glas tare, iar fetele au fâlfâit din nou în jurul lui.

Și-a ridicat capul și s-a uitat țintă la mine, cu ochi senini și cu privirea intensă. Bărbia îi era umbrită de o barbă scurtă, care-i creștea pe obrajii rumeni; se ținea drept, cu atitudinea mândră, dar relaxată, a unui tânăr luptător care se bucura de puterea lui, conștient de sine însuși și, totuși, pe de-a întregul natural. Mi-am ferit privirea, rușinată la culme de îmbujorarea care mă năpădise.

În stânga mea, bărbatul adus de umeri se apropia. Mi-am dres glasul ca să-i atrag atenția, dar el n-a părut să mă audă. Mi-am dres iarăși glasul. A continuat să meargă, înfășurându-se mai bine în palton și mormăind ceva printre buzele țuguiate. În acel moment, eram exact în calea lui; n-avea cum să nu mă remarce. Însă el mormăia fără să ridice capul, trecându-și vârful unui deget peste cărămizile și peste vitrinele magazinelor pe lângă care mergea. O strategie, probabil. Învățase cum să fie conștient de tot ce îl înconjura, chiar dacă părea pierdut în lumea lui. Luptătorii ăștia din Rezistență erau atât de versați!

– Hei! a exclamat un glas în dreapta mea.

Apoi, într-un vârtej, Blondul s-a repezit la mine – la mine?! –, m-a apucat de braț și m-a tras de lângă vitrina tutungeriei în clipa în care bărbatul adus de spate a plonjat înainte precum un vapor în largul oceanului, orb la tot ce-i ieșea în cale. Blondul m-a tras spre stradă, geanta mi-a sărit cât colo, iar mie mi s-a tăiat răsuflarea, buimăcită, bărbatul gârbovit trecând acum în grabă pe lângă mine, pe lângă Blond, pe lângă fetele care se hlizeau, deloc grăbite să se îndepărteze. Bărbatul și-a continuat drumul pe lângă clădiri, fără să mă fi zărit, măcar. Mâna aspră a Blondului încă mă ținea de încheietură, dar cu blândețe.

– Suc de torpilă! a spus el.

– Poftim? am întrebat.

– Alcoolul pur din cereale, pe care-l beau unii oameni. E o rușine să-i vezi cum și-au pierdut mințile, așa-i?

Și-a scuturat părul, privind cum se îndepărta bețivul, care își târâia picioarele. Apoi mi-a zâmbit, continuând să mă țină de încheietură. S-a uitat drept în ochii mei.

– Ți-a scăpat asta! a spus el, iar apoi mi-a ridicat geanta, care zburase drept în stradă.

Ajuns la capătul șirului de clădiri, bețivul a cotit și a dispărut. Am aruncat o privire în partea opusă, căutându-l pe înlocuitorul lui, persoana cu care trebuia să mă întâlnesc. Câteva femei aflate de cealaltă parte a străzii m-au privit țintă, curiozitatea fiindu-le stârnită de mica agitație pe care o creasem. Poate că numele masculin de pe hârtia cu adresa avea menirea să mă pună pe o pistă falsă; era cât se poate de rezonabil să-mi închipui că una dintre ele o cunoștea pe sora Dekker.

– Vă mulțumesc! i-am spus eu Blondului.

Am încercat să nu mă mai uit la el. Știam că obrajii încă îmi ardeau. Și că, probabil, deja stricasem tot aranjamentul. Am inspirat adânc și mi-am înăbușit hohotul de plâns care mă încerca. Fără lacrimi!

Blondul rămăsese pe loc.

– Cu plăcere! a răspuns el.

Mi-am făcut de lucru cu geanta, trăgând de timp.

– Ai una în plus? a întrebat Blondul.

Încă mai ţineam între degete ţigara neaprinsă, dar, prinsă de toată acea agitaţie, o strivisem, iar acum era ruptă şi strâmbă.

– Poftim! am spus, scoţând din geantă ultima ţigară intactă.

Blondul mi-a mulţumit, şi-a pus-o între buze, şi-a făcut palma căuş peste flacăra unei brichete, iar apoi a tras, plin de satisfacţie, un fum lung, după care mi-a întins-o.

– Poftim! m-a imitat el în timp ce îmi înmâna ţigara aprinsă, luându-mi-o din cealaltă mână pe cea îndoită. A rulat-o între palme, a lins marginea hârtiei şi, iată, ţigara era ca nouă. Apoi a aprins-o şi a zâmbit.

– Mult mai bine!

A suflat apoi câteva cercuri perfecte de fum în aerul de deasupra capetelor noastre.

– Ţi-am dat-o pe cea bună, a spus el. Ai putea măcar s-o fumezi!

Scrumul adunat la capătul ţigării a tremurat sub propria greutate. Stângace, am tras un fum şi am început imediat să tuşesc. El a râs.

– Ai păţit ceva, scumpo?

Îmi lăcrimau ochii şi obrajii mi se înroşiseră.

– De fapt, am răspuns, trăgând un fum scurt din ţigară, iar apoi pufnind şi ridicându-mi capul, eu ţi-am dat ţigara. Îţi aminteşti?

– Ha, ha! a hohotit el.

Toţi cei care l-au auzit s-au uitat spre noi, fiindcă râsul lui era puternic şi nepăsător. Chiar şi cele trei fete, pe care aproape că le pierdusem din vedere, au întors capetele ca să arunce o privire. Am oftat. Se terminase. Orice şansă avusesem în privinţa stabilirii unui contact cu cei din Rezistenţă se dusese pe ziua de azi. Atrăsesem atât de multă atenţie asupra mea, încât nimeni nu mai avea cum să mă abordeze acum. Femeile de peste drum nu se mai uitau la mine. Era numai vina lui! A Blondului. Am tras un alt fum, mai adânc de data asta, dorind să-i simt arsura neplăcută în gâtlej. Trebuia să găsesc altă cale de a stabili contactul.

– De unde ai astea? a întrebat Blondul, admirând țigările belgiene.

– De la o prietenă, am răspuns eu.

Sonja era singura dintre noi care își permitea să cumpere țigări. Menajera familiei Frenk i le procura de pe piața neagră, iar Sonja adusese două cutii cu ea la Haarlem.

– Foarte plăcute! a spus el. N-am mai fumat una dintr-astea de câțiva ani.

M-am uitat în jur, căutându-mi bicicleta.

– Pleci? a întrebat Blondul, făcând semn din capul acoperit cu bucle blonde, înspre tutungeria din spatele nostru. Nu aștepți să se deschidă?

– E închis definitiv! am spus.

Speram că vorbisem pe un ton nonșalant. Tot ce voiam, de fapt, era să plec de acolo.

– Atunci, ai noroc!

A pășit pe lângă mine, a scos un inel imens cu chei de pe un șnur legat de cureaua lui, iar apoi a descuiat ușa tutungeriei și a intrat, provocând o mică tornadă de praf care devenea vizibilă în razele soarelui ce tocmai pătrunseseră în spațiul acela mormântal.

– Intră! m-a invitat el, ținând ușa deschisă.

– E magazinul tău?

– Într-un fel. Adică am cheile.

– Atunci, de ce mi-ai cerut o țigară?

A ridicat din umeri.

– Nu refuz niciodată o țigară. Și, oricum, au terminat stocul, a spus el, uitându-se spre rafturile goale.

– Mulțumesc! am răspuns, neștiind prea bine pentru ce anume îi mulțumeam și dorindu-mi doar să plec.

Am făcut un pas în spate, spre stradă. Oricine ar fi fost Blondul ăsta, nu voiam să rămân singură cu el într-o tutungerie abandonată.

Dar el mi-a întins mâna.

– Jan Bonekamp!

Jan?! Am dat mâna cu el și aproape că mi-a zdrobit-o.

– Mă bucur de cunoștință! Eu sunt Hannie Sch...

– Fără nume de familie!

– Dar tu...

– Sunt prea prost ca să-mi amintesc regulile, a spus el, ciocănindu-se în cap cu încheieturile degetelor și făcând să se audă o bocănitură surdă. Nu sunt deștept ca voi, studentele!

Eram deja pe cale să ies, dar tocul pantofului mi s-a prins de marginea primei trepte și aproape că am căzut. Sprijinindu-mă de cadrul ușii, ca să mă îndrept, l-am privit de sus în jos. Blondul a râs și, la rândul lui, m-a măsurat din cap până-n picioare.

– Scuză-mă! am spus eu.

– Ce?!

– Ești..., am murmurat, încercând să-mi adun gândurile..., adică nu ești...

– Unul dintre prietenii Bettinei? Ba da.

Acum eram de-a dreptul derutată, iar expresia de pe chipul meu trebuie să mă fi trădat.

– Bettine Dekker? a întrebat el. Înaltă, cam înfricoșătoare? Culoarea preferată, alb?

În timp ce mintea mea procesa informația, el continua să vorbească:

– Eroină de război. Știi asta? Dekker e o legendă!

Am încuviințat din cap. Niciodată nu mă gândisem că aș fi putut să-i spun surorii Dekker pe numele mic. Bettine, auzi!

-Oricum, important e că ne-am găsit! a spus el luându-mă de cot și conducându-mă înapoi înăuntru. Trebuie să fim precauți cu întâlnirile de genul ăsta.

A mijit din ochi și a privit în jur, precum un spion caricatural, iar apoi s-a uitat din nou la mine și a spus în aparteu:

-Așa facem lucrurile în... știi tu unde.

În cadrul Rezistenței? Am rămas în mijlocul magazinului gol, în timp ce o senzație de frig umed îmi urca încet dinspre glezne, răspândindu-mi-se apoi în genunchi, precum apele umflate ale unei mlaștini. Nimerisem într-o capcană. Era imposibil ca măscăriciul acela să fi fost adevăratul om de legătură. M-am apropiat de ieșire cu spatele cât am putut de încet, târșâindu-mi tălpile prin stratul de praf care acoperea podeaua de lemn tare.

-Dar ce am spus?

Jan se uita la mine cu o curiozitate neprefăcută.

-Am greșit adresa, am explicat eu, zâmbind. Greșeala e a mea!

-Ha, ha! s-a auzit din nou râsul lui prea sonor. Tu o cunoști sub numele de „sora Dekker", iar eu, sub cel de „Bettine". Dacă ea spune că putem să avem încredere în tine, o cred. Din nefericire, a adăugat el, aruncând o privire peste umăr, nu e aici, ca să te convingă.

M-am încruntat. Poate că sora Dekker fusese arestată și astfel scosese informații de la ea bărbatul ăsta neobișnuit? Sau poate că Jan chiar era omul meu de legătură cu Rezistența, numai că unul mult mai chipeș și mai nesupus decât mă așteptam?

Sau poate că era doar un polițist colaboraționist.

– De unde să știu că nu ești un polițist? l-am întrebat.

– Dă-i naibii pe polițiști! a exclamat el, atât de spontan încât se vedea limpede că nu era prima dată când o spunea în ultima vreme. De cum a început ocupația, cele mai multe dintre năpârcile alea de-abia au așteptat să-i jure credință lui *Herr* Hitler! Eu nu sunt polițist! a spus el tăios, pe un ton ridicat. Dar de unde știu că nu ești tu polițistă?

Aproape că m-a bufnit râsul.

– Eu?! Ți se pare că arăt a polițistă?

– Nu, a răspuns el. Ești prea frumușică. Și, în plus, poliția n-ar angaja roșcate. Prea...

Și-a răsucit un deget pe lângă tâmplă, mimând cuvântul pe care nu-l rostea: „smintite".

Am deschis gura, dar n-am putut să rostesc nici o vorbă. Eram consternată și măgulită în același timp.

– Uite! a spus el, descheindu-și nasturii jachetei și desfăcând-o larg. Nu port armă. Dar tu?

Mi-am dat ochii peste cap și m-am răsucit pe călcâie, ca să ies. Nu mai eram în stare să gândesc limpede. Dar Jan m-a apucat de încheietură și m-a tras spre el, cu spatele lipit de pieptul lui, cu un braț în jurul trupului meu, în timp ce cu cealaltă m-a pipăit ferm, dar respectuos, peste coaste și talie.

– Chiar crezi că port armă? am întrebat.

Și-a luat mâinile de pe mine și m-a întors, blând, cu fața spre el.

– Nu mai cred, m-a asigurat, zâmbind. Bettine are mulți oameni de legătură și ar fi putut să te trimită la oricare dintre ei, dar a ales să te trimită la mine. Ai încredere în ea, nu-i așa?

– Cred că da, am răspuns, nedându-mi seama încotro bătea el.

Jan a devenit serios și mi-a declarat:

– Ei, bine, și eu am încredere în ea! Și sunt dispus să te instruiesc, dacă vrei să încerci.

– Să mă instruiești?!

Mi i-am imaginat pe voluntari așezați la mese în clădirea alianței pentru refugiați, vârând documente în plicuri și ambalând provizii pentru situații de urgență.

– Am fost deja instruită, l-am asigurat eu pe Jan.

El a clătinat din cap.

– Nu și dacă îți lipsește o armă.

13

Întoarsă acasă în seara aceea, am avut de înfruntat un cor de întrebări din partea Sonjei și a lui Philine, care voiau să afle unde fusesem toată ziua.

– N-ar trebui să vorbesc despre asta, am spus eu, scuzându-mă, fără să știu cum să tratez situația.

– Noi suntem singurele cu care poți să vorbești! a pledat Sonja, care tocmai își încerca vitejește îndemânarea la ceva nou: tricotatul. Suntem închise aici toată ziua – cui am putea să-i spunem?

– Știu, dar...

Îmi imaginam tot timpul scenarii oribile: ce s-ar fi întâmplat dacă a doua zi dădea buzna Gestapoul peste noi și ne interoga pe toți?

– E mai sigur pentru ea să nu vorbească cu nimeni! a spus Philine.

Sonja și-a dat ochii peste cap, dar s-a lăsat păgubașă. Din fericire, părinții mei nu m-au întrebat nimic. Mă îmbrățișaseră strâns de îndată ce mă întorsesem acasă și mă cercetaseră din priviri din cap până-n picioare, ca să vadă dacă pățisem ceva, dar nu scoseseră nici o vorbă. Recunoscusem privirea din ochii lor; semăna cu cea pe care domnul Polak i-o aruncase lui Philine în clipa în care își luaseră rămas-bun: o privire plină de prea multe emoții ca să fie transpusă în cuvinte. În seara aceea am luat cina în dormitorul de sus, împreună cu fetele, întinzând o faţă de masă pe pat, ca pentru un picnic. Ne-am limitat discuţia la subiecte pozitive, ca, de pildă, ideea că era plăcut să nu trebuiască să învăţăm pentru examene. Seara a fost reuşită. M-am întristat abia după ce m-am întins în pătuţul meu, casa toată s-a cufundat în linişte şi în cameră s-a lăsat întunericul. Văzând forma celor două trupuri adormite în patul meu din copilărie, parcă urmăream un film vechi: eu şi sora mea, cu ani în urmă, încălzindu-ne vârâte una într-alta. Amintirea lui Annie mi-a dat curaj.

A doua zi am intrat în Piaţa Grote pe la ora trei şi jumătate după-amiaza şi am înaintat pe lângă şirurile lungi de cetăţeni obosiţi care stăteau la coadă ca să cumpere alimente. Dacă exista ceva mai rău decât plictiseala pură, atunci era plictiseala impregnată de paranoia, furie şi frică. Mi-am ocupat locul la capătul cozii. Însă nu plănuiam să cumpăr prazul de care avea nevoie mama. Îl aşteptam pe Jan Bonekamp.

– Prima recoltă de sparanghel din sezonul ăsta, *mevrouw*?

Un fermier care împingea un cărucior înainta încet pe lângă şirul de oameni, vânzându-şi produsele oricui avea încă bani.

– Nu, mulţumesc! am refuzat eu.

– Cât îmi dai de banii ăştia? a întrebat un bărbat din spatele meu, care m-a atins uşor pe umăr în clipa în care a aruncat câteva monede în mâna fermierului. Păstrează restul!

– *Dank u, meneer!* a spus fermierul, recunoscător pentru cele câteva monede de zinc bătute în vreme de război.

Nimeni nu mai spunea acum, în timpurile astea, „Păstrează restul!“, așa că am întors capul, așteptându-mă să văd un ofițer nazist, dar nu era un german în uniformă, ci Jan Bonekamp. Blondul.

– Ai ajuns devreme! am spus eu.

Rămăsese cu umărul lipit de al meu, ca și cum mi-ar fi fost soț, venit la piață ca să cumpere, împreună cu mine, alimente pentru cina din seara aceea. Fermierul ne-a zâmbit, ca unui cuplu tânăr ce păream a fi.

– Și tu! a exclamat Jan.

– Aici am convenit să ne întâlnim, i-am amintit eu.

– Desigur, a răspuns el, zâmbind. Dar nu toți cei care promit să vină o și fac. Mulțumesc! a adăugat, luând un mic snop de sparanghel de la fermier.

Apoi mi-a luat mâna într-a lui și, fără să se uite înapoi, m-a condus prin aglomerația de tarabe și de cumpărători, iar apoi pe străzile ticsite de oameni. Purta șapcă și o jachetă bleumarin și-și făcea loc cu ușurință printre oameni, în vreme ce eu, rămasă în urmă, încercam să mă strecor prin mulțime. Într-un târziu, am ajuns pe cealaltă parte a străzii, lângă bicicleta lui.

– Urcă!

– Poftim?

– Urcă în spate, a precizat el, făcând semn către un fel de suport improvizat.

– Am venit cu bicicleta mea, am spus eu.

– Mai bine mergem împreună. Urcă!

Am ezitat preț de o clipă. Dar deja mă întâlnisem cu el. Acum era momentul să-mi împlinesc promisiunea până la capăt. Fără alte observații. Jan a privit în jur, după care a atins o bătrână pe umăr. Femeia stătea la coadă în fața unei brutării. S-a întors, circumspectă.

– *Solidariteit, mevrouw!* Solidaritate, doamnă! a spus el, ducându-și mâna la șapcă.

A vârât sparanghelul în sacoşa goală a femeii şi apoi s-a întors din nou spre mine. Pe chipul ei smochinit a înflorit un zâmbet.

– Vii? m-a întrebat el.

Orice dubii aş fi avut până atunci, acestea au dispărut fără urmă. Punerea la îndoială a propriilor decizii era unul dintre instinctele mele, dar poate că instinctele nu erau întotdeauna corecte. Nu mă gândisem niciodată până atunci că puteai să iei decizia de a nu te îndoi. Era palpitant de-a dreptul! M-am urcat pe suportul montat de la spatele bicicletei şi mi-am pus mâinile pe umerii lui Jan, pentru mai multă stabilitate.

– Strânge-mă de mijloc!

– Cred că atât e de ajuns! am spus eu cu impertinenţă.

Eram şi aşa destul de tulburată fiindcă trebuia să-l ating.

S-a întins, mi-a luat mâna strângă şi şi-a petrecut-o pe după mijloc.

– Dacă nu te ţii de mine, o să cazi!

Am roşit, dar m-am supus, iar el a început să pedaleze. Avusese dreptate: mergea cu atâta viteză şi lua curbe atât de strânse, încât aproape că am căzut. Ca să-mi menţin echilibrul, a trebuit să mă sprijin de spatele lui. De fiecare dată când cotea, simţeam cum muşchii spatelui şi cei ai abdomenului i se încordau şi apoi i se relaxau. Căldura corpului său trecea prin jacheta lui şi a mea. Ar fi fost mai uşor să-mi sprijin obrazul de omoplaţii lui, dar nu puteam să mă hotărăsc s-o fac.

Dacă asta era Mişcarea de Rezistenţă, ar fi trebuit să renunţ la şcoală cu mult timp în urmă!

– Unde mergem? i-am strigat eu peste umăr.

– În Haarlemmerhout, a răspuns el.

*

Haarlemmerhout – Pădurea Haarlem – exista dinaintea orașului. Priveliștea ei le-ar fi fost familiară romanilor pe vreme când regiunea asta făcea parte din imperiul lor. Pe când trăia Annie, aici mergeam ca să facem picnicuri în familie. De îndată ce mama găsea un loc de întins pătura, eu și sora mea porneam în aventură primprejur – „Nu prea departe!“, ne avertiza mama – fiindcă Haarlemmerhout nu era un parc citadin obișnuit. De cum părăseai aleile așternute cu pietriș, pădurea devenea neîngrijită și sălbatică. Nu existau poteci sau fântâni arteziene, nici locuri de joacă pentru copii, ceea ce atrăgea caravane de țigani și „indivizi neplăcuți“. Cel puțin așa spunea mama.

– Napoleon a mărșăluit pe aici cu trupele lui! am spus eu în timp ce, mergând pe urmele lui Jan, răzbăteam cu greu printre tufișuri și călcam peste rădăcini de copaci. Tata ne-a învățat pe mine și pe sora mea cum să găsim inițialele soldaților, care încă sunt scrijelite pe scoarța copacilor, am adăugat, arătând cu degetul.

– Curvă imperialistă!

– Poftim?!

– Napolen, a precizat el, lovind cu piciorul în covorul de frunze moarte de sub ghetele lui.

Habar n-aveam cum să fac conversație cu bărbatul ăsta. Am gemut în clipa în care m-am împiedicat de o piatră și am încercat să-mi prefac geamătul într-un oftat grațios.

– Ai pățit ceva?

Jan s-a uitat peste umăr, cu un început de zâmbet pe buze.

– Nu, nimic! am răspuns eu.

Unghiile îmi săpau semiluni în palme.

– Am ajuns.

S-a oprit într-un loc cu nimic diferit de restul pădurii, lângă un desiș de arini, unde eram ascunși vederii și de unde puteam să observăm dacă se apropia cineva.

– Bettine s-a gândit că ești pregătită pentru un antrenament mai serios. Ești?

Încrederea pe care o avea în mine sora Dekker o depășea pe a mea. Nu știam ce însemna „un antrenament mai serios", dar am fost surprinsă să descopăr că îl așteptam. Mai ales dacă sora Dekker credea că eram pregătită.

– Sunt! am răspuns, întrebându-mă ce urma.

Să învăț cuvinte codificate, oare? Să memorez adrese secrete? Cel puțin, știam că eram în stare să fac astfel de lucruri.

– Unde sunt ceilalți?

– Ceilalți? a întrebat Jan, ridicând dintr-o sprânceană.

– Nu ne întâlnim aici cu cineva pentru antrenamente?

Am și văzut cu ochii minții o jumătate de duzină de rebeli adunați ca să învețe noi tactici în lupta de gherilă. Abia așteptam să-i cunosc.

Un surâs s-a ivit pe buzele expresive ale lui Jan.

– Da, bineînțeles... mai sunt cincizeci de oameni ascunși după tufișurile astea! a spus el râzând. Suntem numai noi doi, scumpo! Câți credeai că suntem?

– Îmi pare rău, am răspuns, rușinată.

Deși simțeam că eram ultima persoană care să se alăture Rezistenței după atâta vreme de la începutul războiului, desigur că lucrurile nu stăteau așa. Dacă toată lumea ar fi făcut parte din Rezistență... ei, bine, situația ar fi fost foarte diferită la momentul de față.

– Să nu-ți pară rău! a spus Jan. E bine că te afli aici. Iar acum o să exersezi tragerea la țintă.

A băgat mâna în buzunar, a scos de acolo un mic pistol negru și mi l-a întins. Am încremenit locului.

– Ce faci? a întrebat el.

– Până acum n-am...

Mă simțeam atât de proastă! Dar la fel de tâmpită mi se părea ideea de a mă preface că mai ținusem vreodată o armă în mână sau măcar că atinsesem vreuna.

– Haide, că nu te mușcă!

Mă tachina. I-am smuls pistolul.

– Nu, a spus el și m-a lovit peste mână, coborându-mi-o spre pământ. Prima lecție: nu îndrepta arma spre instructor.

– Aha!

Jenată, mi-am luat degetul de pe trăgaci și am ținut țeava îndreptată spre pământ. Toată încrederea mea nejustificată a dispărut și am ținut arma cu vârfurile degetelor, ca și cum mi s-ar fi cerut să țin o șopârlă care amenința să mi se urce pe braț din clipă în clipă. Era o armă adevărată. De la sosirea germanilor, văzusem destule, de la pistoale până la puști și la tot felul de drăcii complicate, cu baionete pentru formațiunile aflate în marș, dar toate acele arme fuseseră în mâinile soldaților. Era cu totul altceva să țin în mână una dintre ele, sentimentul fiind în același timp palpitant și răscolitor. Niciodată nu-mi închipuisem că aveam să țin o armă în mână, cu atât mai puțin s-o folosesc.

– Începem cu partea asta?

– Cu ce altceva? s-a mirat el, plin de veselie. Sunt și alte lucruri de învățat, dar asta ia cel mai mult timp. Presupun că știi cum se fac celelalte – livrările, furtul din buzunare, ținerea sub observație? Bettine așa spune.

– Așa spune? am repetat, uluită și ușurată. Ții legătura cu ea acum? am întrebat, încercând să par relaxată, deşi de fapt îmi era frică să-mi imaginez prin ce trecuse sora Dekker de când n-o mai văzusem.

Jan mi-a aruncat o privire curioasă, încercând să înţeleagă unde băteam.

– Nu-ţi face griji pentru Bettine, ştie cum să aibă grijă de ea! Şi n-a păţit nimic. Cel puţin, până acum câteva zile.

– Bine.

Am dat din cap, mulţumită de răspuns. Ştiam că Jan avea dreptate. Nu că sora Dekker nu s-ar fi aflat în pericol – cu toţii eram –, însă eu personal mă bucuram că nu trebuia să-mi fac griji pentru ea. Aveam destule lucruri pentru care să mă îngrijorez.

Jan a continuat lecţia.

– Sabotajul e o parte importantă a acţiunilor Rezistenţei, a spus el, corectându-mi poziţia în faţa ţintei. Freddie se pricepe cel mai bine la genul ăsta de lucruri: plantarea de explozibili, deraieri de trenuri, chiar şi lucruri mai mici, precum furtul de benzină din vehiculele naziste. E o muncă importantă şi probabil că o să te ocupi şi tu de asemenea lucruri.

Să fac nişte trenuri să deraieze? N-am spus nimic, mulţumindu-mă să dau din cap.

– Dar acum ar fi bine să te obişnuieşti să tragi cu arma, da?

– Sigur că da, am răspuns, sperând ca glasul să nu-mi sune la fel de nesigur pe cât mă simţeam.

– Haide, apucă bine mânerul pistolului! mi-a cerut el, văzând cu câtă stângăcie îl mânuiam. Nu-i încărcat!

A scos încărcătorul, ca să mă conving, iar eu am văzut că n-avea gloanţe.

– Cât e de vechi?

Erau zeci de zgârieturi pe ţeavă şi pe mâner, arătând că arma fusese îndelung întrebuinţată.

– Dacă vrei un Mauser nou-nouț și lucios, o să trebuiască să te înscrii în Wermacht, doamnă profesoară!

– Întrebam și eu.

– Iar eu tocmai ți-am răspuns.

Jan a luat arma și a cercetat-o.

– E un mic și frumos Browning FN din 1922, pe care l-am luat săptămâna trecută de la un polițist nazist din Heemstede, a spus el, înapoindu-mi-l. E perfect. Mic, dar puternic! Ca tine!

Mi-am dat seama că roșisem.

– Haide, că nu te mușcă! m-a îndemnat el.

Arma era mai rece și mai grea decât mă așteptam, precum un cadavru. Am întors-o pe cealaltă parte. Oțelul de un negru mat era smălțuit, grosolan și cu un aspect brutal. Oare cum luai un pistol „de la un polițist"? N-am insistat.

– Asta pentru ce e?

O mică gaică metalică atârna la capătul mânerului.

– E pentru chei. Ca să nu le pierzi.

– Vorbești serios? m-am mirat eu.

– Nu, m-a lămurit el, e ca să prinzi o curea de ea! Pentru soldații aflați pe front. Ei își pun cureaua la încheietura mâinii, ca nu cumva să le cadă arma în noroi sau s-o piardă în timpul luptei. Dar acum putem să scoatem brida pistolului ăstuia, fiindcă n-ai nevoie de ea; în plus, poate să facă zgomot atunci când încerci să te furișezi noaptea.

Jan mi-a scuturat mâna, iar brida metalică a zăngănit în clipa în care s-a lovit de pistol. Zgomotul semăna cu clinchetul clopoțeilor pe care-i purtau caii înhămați la trăsuri. Am simțit un fior de plăcere, neștiind dacă era provocat de munca de spion pe care mi-o imaginam, sau de faptul că Jan părea să mă creadă în stare să lupt în Rezistență.

– După ce ne întoarcem la apartament, amintește-mi s-o scot! m-a instruit el în timp ce o lua din loc, cu intenția vădită de a pătrunde și mai adânc în pădure.

L-am urmat, bănuind că asta trebuia să fac. Era prima oară când auzeam ceva de un apartament. Dar în acel moment aș fi făcut o prostie dacă m-aș fi îngrijorat în legătură cu un lucru atât de banal precum siguranța. După ce te alăturai rezistenței armate, n-aveai cum să te aștepți să mai fii în siguranță. Cum ai fi putut?

Pătrunsesem mai adânc în pădurea din Haarlem decât o făcusem vreodată. Aproape că se lăsase noaptea, ceea ce însemna că se apropia ora stingerii.

– Ești sigur că suntem în siguranță aici? am șoptit eu.

Jan nu părea să mă fi auzit, așa că am încercat din nou:

– Nu-i nici o problemă dacă ne aflăm aici atât de târziu?

El a râs și a continuat să calce printre tufișuri, fluturând ceva pe deasupra capului. Pistolul.

– Cine o să ne oprească?

Corect. Armele erau folosite pentru intimidare. Iar noi aveam arme.

– Siguranța e o formă de falsă conștiență, a continuat Jan, care tot timpul se comporta ca un tovarăș plin de patriotism, fără să se sinchisească să vorbească în șoaptă. Dar nu poți să te porți iresponsabil. Suntem ascunși destul de bine aici. Nemții ăștia mâncători de varză, care patrulează noaptea, sunt prea leneși ca să pătrundă până în adâncul pădurii. Se mulțumesc să rămână la lizieră și să fumeze. Iar dacă ar face-o...

Am auzit cum a lovit cu unghia în metalul pistolului și mi s-a părut că-i vedeam rânjetul prin întuneric.

– Ăsta e singura siguranță adevărată, a spus Jan învârtind pistolul pe degetul arătător de parcă ar fi fost un cowboy american, după care l-a băgat în toc.

Am ajuns la un mic luminiș, în care lumina lunii cobora ca venită dintr-o lustră.

– Primul lucru: inspectează-l și eliberează-l!

Jan a ridicat arma și a făcut ceva ce a provocat un mic clinchet. Am tras în spate de chiulasa pistolului meu. Suna bine.

– Cum ai spus? am întrebat. Să-l „eliberez"?

Jan mi-a tras într-un petic de lumină mâna în care țineam arma, ca să putem să vedem amândoi.

– Să recapitulăm tot ce am făcut înainte! a spus el. Ai tras de pistol, l-ai deschis și l-ai inspectat. Ce ai văzut înăuntru?

– Nimic.

– Bine. Asta e informația pe care o căutăm: pistolul e încărcat sau nu?

– Nu-i încărcat.

– Corect! E liber.

– Liber, am repetat eu ca o elevă silitoare. Al tău e încărcat?

A părut insultat.

– De ce să porți un pistol neîncărcat...

Nu era o întrebare.

– Haide să ne ocupăm de al tău! E gol – n-are încărcător și nu e nici un glonț pe țeavă, a spus el, arătând spre locul în care ar fi intrat glonțul. Acum îl încărcăm!

– Știu cum se face! am spus eu.

Însă habar n-aveam. Dar doream să dovedesc de ce eram în stare. Și văzusem în filme, de sute de ori, cum se făcea. Jan mi-a întins șase gloanțe. Am scăpat două între rugii de mure de la picioarele noastre.

– Fir-ar!

M-am ghemuit la pământ și mi-am trecut mâna peste covorul de frunze, unde orice atingeam, părea un glonț.

– Pasul doi: nu scăpa muniția!

– Scuze! Sunt o proastă!

Jan mi-a mai dat câteva gloanțe.

– Lasă, abia înveți!

Am simțit că străluceam pe dinlăuntru și că gâtul și umerii încordați mi s-au relaxat, în sfârșit. Eram în pădure și făceam antrenamente ca să pot lucra cu cei din Rezistență. Învățam. Iar la asta știam bine că mă pricepeam.

– Așa, stai ca mine, cu picioarele depărtate. Sigură pe picioare. Bine. Apleacă-te un pic înainte, nu în spate.

Jan a făcut un pas în spatele meu și și-a ridicat brațul drept pe lângă al meu, astfel încât am ajuns să țintim amândoi spre un semn imaginar din fața noastră.

– Așa! Brațul drept, sigur, puternic! Uite cum țin eu arma! Vezi cum se potrivește între degetul mare și arătător?

Am dat din cap în semn că înțelegeam, aliniindu-mi brațul întins cu al lui. Brațele ni s-au lovit unul de altul.

Mi-a tras arma din palmă și apoi a lăsat-o să alunece încet la loc.

– Ar trebui s-o o simți ca pe ceva firesc! a spus el. Să simți că acolo îi e locul!

Gura lui era acum lângă ceafa mea, iar răsuflarea lui mi-a gâdilat urechea după ce s-a aplecat ca să-mi șoptească în ea. M-a trecut un fior. Cu siguranță că el a observat, dar n-a spus nimic. Trupurile noastre se legănau ușor împreună, precum arborii pădurii.

– Bine, a spus el pe un ton ceva mai coborât. Acum, trage! Pregătește-te pentru recul, dar nu te teme de el!

S-a dat în spate ca să privească.

Am mijit din ochi, cercetând întunericul nopții.

– Spre ce țintesc?

În fața mea nu se vedea decât o negură populată cu trunchiuri de copaci și cu tufișuri care se întunecau pe măsură ce privirea mea pătrundea mai adânc.

– Spre nimic. Doar ca să te obișnuiești cu pistolul. Dar cine știe? Poate că ai noroc și ajungi să împuști vreun neamț rătăcit. Acum, trage!

Am încercat să-mi concentrez privirea asupra micii ridicături de la capătul țevii, dar nu vedeam bine prin semiîntuneric. Orice o fi, o fi. Am inspirat adânc, am ținut pistolul ridicat și am tras.

BUUM!

Puterea descărcării mi-a zguduit brațul întins și mi-a traversat tot trupul. Preț de o clipă, am crezut că mă împușcasem. Dar nu simțeam durere și nu se auzea nici un zgomot. Totuși, la scurtă vreme, un țiuit strident a prins să se întindă pornind din centrul capului meu și în curând a devenit asurzitor. M-am întors, iar Jan mi-a apucat brațul și m-a silit să mi-l îndrept spre pământ. Nu auzeam ce spunea, dar părea să zâmbească, așa că în cele din urmă am răsuflat adânc.

– Poftim? am întrebat, năucită.

El și-a dus degetul la buze: se părea că țipam.

Jan s-a aplecat spre urechea mea și mi-a vorbit direct în ea:

– Am spus să nu îndrepți arma spre nimic – sau spre nimeni – în care n-ai de gând să tragi!

– Aha!

Am privit în jos. Acum pistolul era îndreptat spre piciorul meu. Brațul îmi era atât de tensionat, încât mi-a fost mai simplu să-mi mut piciorul.

– Așadar, cum a fost? a întrebat el.

– Zgomotos.

Urechile încă îmi ţiuiau, dar auzul îmi revenea.

– Impactul n-a fost atât de rău pe cât mă aşteptam, am adăugat, scuturându-mi braţele. Dar zgomotul e atât de puternic! N-o să ne audă cineva?

El a ridicat din umeri.

– E posibil să fim auziţi. Dar acum se aud noaptea tot felul de focuri de armă.

Avea dreptate. În ultima vreme, nopţile erau un amestec straniu de tăcere, din pricina stingerii instituite, de explozii ciudate şi de strigăte, ultimele două datorându-se activităţilor criminale la care se dedau naziştii. Însă în clipa aceea totul era cufundat în tăcere. Nu se auzeau soldaţi venind în goană prin pădure în căutarea noastră. Poate că, dimpotrivă, fugeau de noi.

– Hannie! a spus Jan, cu glas blând.

Auzindu-l, inima a început să-mi bată din nou în piept, precum un fierar care trudea deasupra nicovalei. Am sperat că zgomotul acela părea foarte puternic numai din pricina vuietului continuu din urechile mele.

– Da? am spus, amintindu-mă să nu ţip.

– Mai ai cinci gloanţe!

– Desigur. Aşa e.

Mi-am înfipt din nou tălpile în pământ. Mi se părea necugetat să ţintesc cu arma în gol. Totuşi, de la începutul războiului, întreaga noastră viaţă devenise necugetată. Doar că până acum nu fusesem silită s-o înfrunt.

– N-o să împuşc pe nimeni, nu?

– Dacă a existat riscul de a împuşca pe cineva, ori ai nimerit victima de prima dată, ori ai speriat-o, făcând-o s-o ia sănătoasa. Haide!

De data asta am tras repede, fiindcă ştiam la ce să mă aştept. Puterea pe care o simţeam era tulburătoare, iar zgomotul şi reculul descreşteau cu fiecare glonţ tras.

Cât despre acuratețea tragerii, habar n-aveam. Totuși, mi-am permis să mă simt mândră de mine. O vreme, eu și Jan am stat unul lângă celălalt, trăgând cu pistolul în întunericul pădurii. Trasul cu arma mi se părea hipnotic – tot acel efort de concentrare și de controlare a respirației, o schimbare binevenită față de grijile pe care mi le făceam pentru Sonja, Philine, părinții mei, război, acest Jan Bonekamp care făcea acum parte din viața mea. Detunăturile stridente făceau ca tot restul să se cufunde în tăcere. Avem senzația stranie și nemeritată a unei puteri care, totuși, mă umplea de satisfacție.

– Îți place? a întrebat Jan după alte câteva împușcături.

– Trasul cu arma?

El a încuviințat din cap, despre asta era vorba.

Îmi plăcea să trag cu arma? Da. Mai mult decât mă așteptasem. Prea mult, poate.

– E bine, am spus eu.

– Ei, haide, e foarte plăcut! Recunoaște, doamnă profesoară!

– Ce ai împotriva profesoarelor? am întrebat.

Tonul îmi fusese mai aspru decât aș fi vrut.

El a ridicat din umeri.

– Nu m-am înțeles niciodată cu profesorii de la școală.

Asta o credeam; pe vremea când eram la școală, băieții turbulenți precum Jan Bonekamp erau mereu dați afară din clasă. Am realizat că râvneam să aflu mai multe despre viața lui particulară, însă nu puteam să-i cer detalii care să-i pună în pericol prietenii și pe cei din familie, oricine ar fi fost acei oameni. Purtând pantaloni și jachetă de stofă rezistentă la intemperii, părea un muncitor, ceea ce putea să însemne orice: docher, tâmplar, instalator. Oricare i-ar fi fost ocupația, munca lui îl pregătise pentru activitatea în rândurile

Rezistenţei mai mult decât studiile de Drept pe o studentă ambiţioasă. Totuşi, aveam ceva în comun: dorinţa de a ne opune. Deodată, am simţit cum mă cuprindea din nou un sentiment de recunoştinţă.

-Trasul cu arma e plăcut într-un fel care te sperie, am recunoscut eu, iar el a zâmbit. Dar nici nu ştim dacă am nimerit ceva!

-Ai nimerit! O să nimereşti! Mi-am dat seama de asta din clipa în care ai pus degetul pe trăgaci. Calmă. Sigură pe tine. Nu speriată sau emoţionată. De asta e nevoie, de fapt. Dar sigur că ai un avantaj...

-O, da?

M-am pregătit să aud o altă glumă despre profesori.

-Femeile se pricep mai bine la arme decât bărbaţii.

-Ei, haide! am exclamat.

-E dovedit! a spus Jan, aşezându-se pe un copac căzut şi ştergându-şi uleiul de pe pistol. Experienţa m-a învăţat că femeile se pricep să rămână calme într-o situaţie în care se folosesc arme. Bettine Dekker, de pildă!

Ce-i drept, n-o văzusem niciodată pe sora Dekker să se piardă cu firea. Gândul că ea ar fi putut să tragă cu arma m-a făcut să zâmbesc.

-Ţi-au obosit mâinile? m-a întrebat el.

-Un pic.

-S-ar putea să strângi prea tare mânerul - e o greşeală de începător -, dar altfel, ai, hmmm...

Şi-a aprins o ţigară.

Am aşteptat. El a continuat să fumeze. Fără grabă.

-Da? l-am îmboldit eu, jinduind, fără voia mea, după aprobarea lui.

-Ai un talent natural, la naiba!

Un talent natural! Încântată, m-am aşezat lângă el. Mi-a luat arma din mână şi a început s-o şteargă.

– Şi de cât exerciţiu e nevoie înainte să..., am început să spun, întrerupându-mă preţ de o clipă din pricină că încă nu ştiam cum să mă refer la activitatea Rezistenţei, ... înainte să poţi să-l foloseşti de-a binelea?

– Ai putea să ieşi în seara asta! a răspuns el, lăsând pistolul să alunece în buzunarul paltonului meu şi bătându-l cu palma peste stofa hainei.

– Eu vorbesc serios!

– Şi eu la fel! a răspuns el, privindu-mă ţintă.

Am roşit, conştientă de faptul că şoldurile ni se atingeau prin ţesătura hainelor.

– Depinde numai de starea ta de spirit. Şi de necesitatea de a te apropia destul de mult de ţintă.

Oare glumea? Dar apoi, fără nici un preambul, Jan a spus:

– Deci, unde stai în noaptea asta?

– Acasă, am răspuns eu. Adică... deja trebuia să fiu acasă. Mama o să-şi facă griji, dar...

– Dar...?

Mi-am dat seama abia în timp ce rosteam cuvintele. În mod normal, stingerea impusă de nazişti începând cu ora nouă mă apăsa ca un nor de furtună, ameninţându-mi toate planurile pentru ziua aceea. Dar odată ce îi înconjurasem cu braţele mijlocul lui Jan, în timpul acelui drum cu bicicleta, îmi pusesem siguranţa în mâinile lui.

– Nu mă pot duce acum, am spus eu. E prea târziu.

Nu-mi plăcea să par o pisicuţă rătăcită. Dar dacă eram prinsă, ori mă arestau, ori mă escortau acasă, direct la locul în care se ascundeau Sonja şi Philine, iar eu nu puteam să risc să se întâmple nici una dintre variante.

– Unde locuieşti? a întrebat Jan.

– În partea de nord a oraşului: Van Dortstraat.

– Te duc eu, a spus el.

– Dar s-a dat stingerea!

S-a ridicat şi mi-a întins o mână, trăgându-mă în picioare.

– Nu-i nici o problemă! Cea mai mare parte a muncii noastre se desfăşoară noaptea.

În cele din urmă, am ajuns la marginea parcului, iar Jan a scos bicicleta din tufişurile în care o ascunsese mai devreme. A făcut semn cu capul spre un grup de trei soldaţi germani care fumau, strânşi laolaltă la o depărtare de câteva zeci de metri. Ducându-şi degetul la buze, Jan m-a condus de-a lungul zidului de piatră de la marginea parcului, unde lumina lunii desena pe pământ umbrele copacilor. Prin întuneric, ne-am depărtat de soldaţi şi am gonit spre o stradă rezidenţială, cufundată în întuneric şi tăcere.

Câteva clipe mai târziu, eram din nou aşezată pe bicicletă, în spatele lui Jan, în timp ce el era aplecat peste ghidon ca un brav căpitan la prora corabiei. Astfel, am traversat împreună alei, poduri şi străzi lăturalnice pe care eu nu le explorasem niciodată în toţi anii în care locuisem la Haarlem, făcând un ocol larg ca să ajungem în cartierul meu. Nu ne-am depărtat de zonele industriale şi de cartierele clasei de mijloc, unde prezenţa germană era redusă. Şoldul lui Jan se ridica şi cobora în ritmul pedalelor. Simţeam pe obraji răcoarea jilavă a nopţii, iar şuviţele mele încâlcite biciuiau aerul din spate.

La început mi-a fost frică şi am ascultat cu atenţie, încercând să prind vreun strigăt în germană sau scârţâitul cauciucurilor vreunui automobil pornit în urmărirea noastră. Dar după puţin timp m-am simţit liberă. Eliberată de griji, de teamă, de propriile reţineri.

A rămas numai mișcarea în întuneric, în mijlocul nopții, alături de el. Jan Bonekamp. Nu avusesem niciodată ocazia să întâlnesc pe cineva ca el – nici la universitate și, cu siguranță, nici înainte de universitate. La el, totul se reducea la mișcarea înainte. Nu privea înapoi. De fiecare dată când spunea ceva care mă jignea cumva, reușea apoi să învârtă fraza și să mă farmece. Dar felul în care mă privea părea plin de un respect foarte real. O vedea pe Hannie, femeia care voia să se alăture luptei pe care o ducea Mișcarea de Rezistență. Poate că asta însemna să fiu acea nouă Hannie: libertate.

– Trebuie să virez la stânga aici? a întrebat Jan.

M-am aplecat mai aproape de el și am arătat cu mâna.

– Pe la jumătatea drumului!

Jan a oprit lângă zidul unei case, la umbra cornișei. Străduța noastră era pustie și tăcută, precum un set de jucării după ce s-a sfârșit joaca. Jan s-a ridicat în picioare ca să proptească bicicleta, iar apoi s-a întors spre mine. Pe firele de păr de pe frunte îi atârnau broboane de sudoare și obrajii îi erau rumeni. Părea fericit.

– Vezi? E ușor să eviți ora stingerii! a spus el. Mama ta se poate liniști acum.

A făcut un semn din cap spre fereastra bucătăriei, unde, în jurul draperiilor negre, se zărea un vag licăr de lumânare. Nu era nici o îndoială că mama mă aștepta.

– Mulțumesc!

Mi-am vârât mâna în buzunarul paltonului și i-am întins arma.

– Iar o faci! a spus el clătinând din cap și împingând țeava spre pământ.

– E gol! am exclamat eu.

– E „liber"! m-a corectat el. Dar trebuie să încetezi să mai îndrepți arma spre mine! Păstrează-o, doamnă profesoară, m-a îndemnat, îndesându-mi-o înapoi în buzunar.

Mi-a pierit zâmbetul la auzul poreclei, dar Jan îmi zâmbea, cel puțin.

– Bine! am răspuns eu.

– Ai un talent! Dar încă nu împușca pe nimeni! În afară de nemți. Poți să împuști câți nemți vrei.

– Desigur!

Nu-mi dădeam seama dacă glumea. Probabil că nu.

M-a condus până la ușa bucătăriei, cu o mână așezată în josul spinării mele. Mi-am dat seama că nici unul dintre noi nu rostise până acum cu glas tare cuvântul „Rezistență". Jan nu-mi spusese nimic despre cei cu care lucra sau despre lucrurile cu care se ocupau ei.

– Te-ai descurcat foarte bine pentru prima zi! mi-a spus el după ce am ajuns la ușă.

– Din câte știm noi, am răspuns eu. Se poate ca unele dintre gloanțele acelea să nu-și fi atins ținta.

Jan a chicotit.

– O, sunt sigur că ai doborât cel puțin trei veverițe! Ești un lunetist înnăscut. Te-ai descurcat grozav! În curând, te prezint echipei. Să știi că nu ești singura fată care lucrează cu noi.

– Nu?!

Eram surprinsă s-o aflu.

– O să-i cunoști în curând. Noapte bună, Hannie!

– Noapte bună, Jan!

El s-a întors și după aceea a făcut un pas înapoi.

– Hei, Hannie!

Era ceva deosebit în felul în care îmi rostise numele. Fericirea a prins să se răspândească prin mine precum mierea prin ceai.

– Da, Jan!

– Dă-i astea mamei tale.

Mi-a luat mâna și mi-a pus în palmă un pachet bine strâns în bucăți de ziar împăturite. Am aruncat o privire înăuntru. Trei cuburi perfecte de zahăr alb!

– Spune-i că-mi pare rău că te-am adus acasă atât de târziu! Războiul e greu pentru mame, a spus el clătinând din cap și oftând.

14

Le-am dat cuburile de zahăr Sonjei și lui Philine. Știam că dacă le vedea mama, avea să se îngrijoreze, întrebându-se cum anume făcusem rost de ele. Deși mă așteptase să ajung acasă în seara aceea, nu-mi ceruse socoteală. Dar nu puteam să consider că așa avea să se întâmple de fiecare dată. Mă iubea, dar îi era greu să accepte că mă pusesem în primejdie. Iar o comoară precum erau cuburile de zahăr îi semnala fără greș amestecul meu în treburi mult mai periculoase.

– O, Doamne! a exclamat Sonja a doua zi de dimineață, atunci când i-am dat unul dintre cuburi.

Și-a ridicat capul de deasupra tăvii pe care se găsea micul-dejun, făcând ochii mari precum o fetiță și admirând bucățica de desfătare dulce de parcă ar fi fost un diamant. Philine și l-a ținut pe al ei lipit de vârful limbii, ca să-i savureze gustul.

– După ce se termină războiul, o să mănânc zahăr la fiecare masă! a spus ea. Zahăr cu pește, zahăr cu cartofi.

– Și eu la fel!

Brusc, Sonja și-a lăsat cubul de zahăr să cadă în ceai și apoi a amestecat.

– Ai de gând să-l consumi pe tot acum? a întrebat Philine.

– Dacă îl porționez, n-o să mai aibă același gust!

– Hmmm...

O vedeam pe Philine cumpănind dilema în minte. În cele din urmă, a luat un cuțit de unt și a răzuit câteva cristale de zahăr în farfurioara ei, pe urmă le-a răsturnat în ceai și a împachetat în hârtie, cu grijă, restul cubului. A luat o gură de ceai și mi-a zâmbit.

– Așadar, l-ai furat, Hannie?

Era mândră de mine.

– Nu, a fost un dar.

– Cum îl cheamă? m-a iscodit Sonja.

Am oftat.

– A, deci e frumos!

– Nu-i decât un băiat pe care l-am cunoscut! am răspuns eu. Un bărbat.

– Cum îl cheamă? a întrebat Philine.

– Jan, am răspuns eu.

Era un nume destul de comun ca să-l pot dezvălui.

– E un dar atât de mărinimos! a spus Sonja. Pare un bărbat dulce!

– Nu-i chiar dulce, am răspuns eu, mai degrabă...

– Acru? a completat Philine.

– Condimentat? a adăugat Sonja.

Simțeam intensitatea ordinelor pe care Jan mi le șuierase în ureche în timp ce trăgeam cu arma, deopotrivă aspre și intime.

– Dulce-acrișor, am răspuns.

Ochii fetelor s-au mărit de fascinație.

– Cum arată? a întrebat Sonja.

– E... am spus, încercând să păstrez controlul asupra situației.

Trebuia să-mi exersez discreția. Dar ori de câte ori mă gândeam la el, simțeam căldura spinării lui puternice lipite de pieptul meu în timp ce mergeam pe bicicletă, și tendoanele din mușchii antebrațelor lui. Mă tulburam numai la gândul ăsta.

– E blond, am spus eu.

– Dar ție nici nu-ți plac blonzii! a observat Philine.

– Nu-i adevărat! am exclamat.

– Sunt de acord cu Hannie, a spus Sonja. E la fel de răutăcioasă cu toți băieții, inclusiv cu cei blonzi. Iar lor tare le mai place asta!

– Ba nu sunt răutăcioasă! m-am apărat eu.

Oare aveam dreptate?

– Nu poți să vorbești despre el, nu-i așa? a întrebat Philine.

– Nu.

Sonja a oftat.

– Hannie, uită-te la noi! Stăm închise în camera asta – nu ne plângem, suntem foarte recunoscătoare –, dar nu se petrece nimic interesant aici. Dă-ne ceva despre care să bârfim. Te rog! Iar atunci când spun „să bârfim", vreau să zic că eu și Philine o să discutăm una cu alta, fiindcă nu vorbim niciodată cu altcineva. Secretele tale n-au fost nicicând mai bine păzite.

Am zâmbit. Ea și Philine erau, desigur, cel mai mare secret al meu. Cu fiecare decizie pe care o luam, mă întrebam dacă nu cumva le puneam în pericol. Dar și ele aveau o datorie de împlinit: să nu înnebunească închise în camera aceea mică și întunecată. Dacă puteam să le fac traiul mai ușor, nu trebuia să ezit. Toate trei eram prinse în povestea asta.

– Arată destul de bine! am spus.

Sonja a țipat:

– Da! Altceva?

– E înalt, am răspuns eu. Vă amintiți de Erik Timmermans, din grupul de studiu? Cam așa arată.

Sonja a ridicat din sprâncenele ei perfecte.

– Erik Timmermans... era foarte chipeş! Un ditamai animalul!

– Nu-i un animal! am precizat eu. E doar musculos.

– Aha! a făcut Philine. Şi cât de mult te-ai apropiat de acei muşchi?

– A trebuit să mă ţin de el, fiindcă am mers amândoi pe bicicleta lui, iar eu am stat în spate.

Acum roşisem.

Pentru prima dată după multe zile, Sonja strălucea.

– Şi? a întrebat Philine. Ce fel de om e?

Era dificil să-l portretizez pe Jan fără să descriu şi sentimentele mele pentru el, iar despre ele nu puteam să vorbesc în mod raţional.

– E ciudat, am spus eu. Face multe glume, dar de cele mai multe ori nu ştiu când glumeşte şi când nu. Nu se relaxează niciodată, e mereu în mişcare, pe fugă. Mă tachinează mult. Dar e un profesor bun. Răbdător.

– Ce te-a învăţat? a întrebat Philine, fascinată.

Trebuia să mă descurc mai bine în viitor.

– Autoapărare. Ele s-au încruntat. Ştiţi voi, în caz că am nevoie!

A urmat o pauză în conversaţie. Sonja şi-a trecut degetul peste fundul ceştii, ca să adune ultimele granule de zahăr. Clipa de aur a frivolităţii noastre de tinere era pe sfârşite.

– Deci, îţi place? a întrebat Philine în cele din urmă. Munca, adică?

– Îmi place la nebunie! am răspuns, fără să fie nevoie să mă gândesc.

După câteva zile, conform instrucţiunilor primite, l-am aşteptat din nou pe Jan la tutungerie. Am ajuns devreme, iar el, de asemenea. Era către sfârşitul dimineţii, într-o zi senină de primăvară.

– 'Neața, doamnă profesoară! m-a salutat Jan. Am o surpriză pentru tine.

– Ne întâlnim cu ceilalți? Sau cu celelalte fete?

Îmi doream să aflu mai multe despre ele și știam că și Sonja și Philine ar fi dorit să știe.

– Nu astăzi, a răspuns el, privindu-mă iscoditor din cap până-n picioare. L-ai adus? m-a întrebat în șoaptă.

M-am bătut cu mâna peste geanta în care aveam pistolul.

– Bravo! m-a felicitat el, zâmbind.

Ziua era minunată, caldă și cu cer albastru. Două tinere mame au trecut pe lângă noi, împingând cărucioare în care se aflau copiii lor, precum și rațiile de hrană cumpărate în dimineața aceea. Micuții din cărucioare se jucau împreună și râdeau; mamele lor mergeau tăcute, cu fețele palide și încordate. Îmi aminteau de Sonja și de Philine.

– Vreau să-ți prezint pe cineva, a spus Jan, aplecându-se ca să-mi șoptească la ureche. Un nazist adevărat.

– Poftim?!

– Șștt, ai încredere în mine, a spus el.

Jan m-a condus pe aleea din spatele tutungeriei, unde era întuneric și răcoare. Nu se vedea nici un nazist în jur.

– Încă n-ai cum să-l vezi, relaxează-te! mi-a cerut el.

– Bine.

Acum trebuia să am încredere în bărbatul ăsta.

– Haide să-l vedem! a exclamat, uitându-se la geanta mea. E încărcat? m-a întrebat, în clipa în care i-am întins pistolul.

– Ce rost are să porți o armă neîncărcată? m-am mirat eu.

– Foarte bine, a răspuns el, zâmbind. Te simți pregătită?

– N-am exersat prea mult.

– Nu-i nimic, nu-i nevoie să devii trăgător de elită!

Am clătinat din cap, uimită. Nu înțelegeam despre ce vorbea.

– Ceea ce facem noi, se face de la mică distanță, a spus Jan, coborând tonul. Nu-i nevoie să fii un trăgător perfect de la o depărtare de zece metri... cu atât mai puțin de la un metru. Trebuie să fii dispus să te apropii cât mai mult de nemernic și apoi să-ți duci planul la îndeplinire. Așa, nu te îngrijora că o să ratezi ținta! Crezi că poți să faci asta?

Mă îndoiam. Iar el chiar vorbea despre uciderea unui nazist? În ziua aceea?

– Da, am mințit eu.

Mi se părea că n-am de ales.

– Bine, să mergem!

– Chiar acum?

– Da. Și bagă-l în buzunar, a spus el, referindu-se la pistol.

Am dat din cap, ascultătoare, încercând să ignor senzația că picioarele îmi erau făcute din piftie. Două biciclete, nu ale noastre, erau sprijinite de tomberoanele de gunoi. Ca multe alte biciclete din zilele acelea, roțile nu mai aveau cauciucuri, ci numai niște bucăți curbate de lemn, atașate de marginile metalice, în stilul nou, artizanal, caracteristic războiului. Acum germanii rezervaseră cauciucul exclusiv armatei.

– Ia una dintre bicicletele astea! m-a îndemnat Jan.

Urcați pe biciclete, am străbătut aleea, iar lemnul făcea mare tărăboi trecând peste pietrele pavajului. Deloc discret, după părerea mea. Încă nu știam încotro ne îndreptam. Poate că Jan urma să mă pună să împușc o veveriță adevărată – deși majoritatea fuseseră vânate de oamenii aflați în căutare de mâncare.

– E un nemernic de ofițer SS, care vine mereu pe aici pe la aceeași oră, a spus Jan, acoperind huruitul roților de lemn. Îl urmărim pe biciclete, iar după ce suntem destul de aproape, îl împuști. Ai înțeles?

Nu părea să glumească, ci a continuat să înainteze până la capătul aleii, unde s-a oprit ca să mă aștepte, privind în stânga și-n dreapta pe străduță. M-am oprit lângă el și am constatat că n-aveam nimic de spus. Așa că am dat din cap în semn că mă învoiam. A făcut și el un semn din cap, după care a scos o țigară din haină și și-a strâns palmele în jurul chibritului. Mi-a întins țigara aprinsă, iar eu am luat-o, recunoscătoare. Îmi tremurau degetele. Dar dacă Jan a remarcat asta, n-a spus nimic. Am rămas la capătul aleii, fumând pe rând din țigară. Acel răstimp mi s-a părut să fi durat o oră, dar probabil că nu trecuseră mai mult de cinci-șase minute. Apoi, la capătul îndepărtat al străzii principale, s-a auzit zgomotul făcut de niște cauciucuri ce treceau printr-o băltoacă. Un om venea în direcția noastră, mergând pe bicicletă.

– Nu te uita țintă la el, a șoptit Jan.

Am privit în jos și am tras din țigară, încercând din răsputeri să mă calmez. Acum puteam să fumez fără să mai tușesc. Mi-am amintit de papagalul mic pe care-l ținea doamna Snel, vecina noastră, la fereastra dinspre stradă a casei ei, de felul în care pasărea aceea sărea prin colivie, agitată și speriată. Așa mi se zbătea acum inima. Jan mi-a aruncat o privire care m-a făcut să mă întreb dacă îi auzea zbaterea.

Scârțâitul pedalelor ruginite ale bicicletei se auzeau tot mai tare, scrâșnetul metalului pe metal, în cadență. Fără să-l privesc pe insul care se apropia, am încercat să fiu atentă la el, ceea ce era greu de făcut. Gândurile îmi goneau prin cap, prea rapide ca să le pot urmări. Îl auzeam cum se apropia tot mai mult.

Apoi, chiar în clipa în care biciclistul a trecut de noi, Jan m-a apucat de talie și m-a lipit de el, șoldul lui lângă stomacul meu, brațele lui înconjurându-mi trupul.

Am rămas fără suflare.

– Nu vorbi, prefă-te că suntem un cuplu! a șuierat el.

Nu m-a sărutat cu adevărat, ci doar și-a lipit gura lângă a mea. În clipa în care neamțul a trecut pe lângă noi, pedalând, i-am zărit încălțările maronii, lucioase, și pantalonii de stofă de lână albastră.

– El e, a șoptit Jan îndepărtându-se de mine și trecându-și un picior peste bicicletă. Nu poartă uniformă, dar e ceva normal pentru nemernicii ăștia de friți. Individul e sub acoperire.

Mi-am trecut mâna peste gură, înlemnind pe loc.

– Face la stânga acolo, lângă chioșcul de ziare, a spus Jan, care a și pornit după el, iar după aceea s-a răsucit, uitându-se la mine. Vii?

Am mai privit o dată în josul străzii: oare nu cumva totul era un fel de test? În cazul ăsta, n-aveam nici o strategie. Puteam să-l urmez pe Jan în acel moment, sau puteam să mă întorc la ai mei, fără să mă mai întorc vreodată în preajma lui. Preț de o clipă, am cântărit posibilitățile. Aveam destule de făcut acasă, după cum îmi tot amintea mama. Puteam să ajut la făcutul curățeniei și la pregătirea mâncării pentru Philine și Sonja. Eventual, aș fi putut face altfel de treburi în slujba Mișcării de Rezistență, ceva mai puțin nebunesc decât să traversez orașul pe bicicletă, având asupra mea o armă încărcată. Mama spunea mereu că era nevoie de voluntari la biserică, ceea ce știam și eu. În timp ce îmi treceau prin minte toate acele lucruri, Jan a dispărut după colț și am rămas singură.

Puteam să fac acum cale întoarsă. Să rămân în propriul cămin, în care eram la adăpost. În casa în care se ascundeau două fete evreice, a căror prezență putea să semneze, în orice clipă, actul de arestare pentru noi toți.

Nicăieri nu erai în siguranță.

Am sărit pe bicicletă și l-am urmat pe Jan.

Roțile de lemn ale bicicletei mele scârțâiau în timp ce alunecau pe caldarâm, pe când coteam pe strada aglomerată din centru. Era plină de oameni care stăteau la coadă în fața magazinelor, cu cartelele de rații în mână, aglomerând trotuarele și revărsându-se pe carosabil. Era ora de vârf a cumpărăturilor. Din fericire, penuria de benzină făcea ca pe străzi să circule puține automobile în afară de cele ale nemților. L-am văzut pe bărbatul acela în fața mea, iar pe Jan, la câțiva metri în urma lui. După înfățișare, n-aș fi ghicit că bărbatul era nazist. Dar presupuneam că Jan avea informații secrete.

Nazistul a virat dintr-odată la dreapta, aproape răsturnându-și bicicleta, după care a dispărut. Poate că-și dădea seama că era urmărit? Jan a rămas pe urmele lui. Eu, pe urmele lui Jan, care apoi a dispărut și el. Cine și ce urma să... îi facă acelui ofițer SS sub acoperire, mai exact? Nu știam.

Am cotit, derapând, iar din roțile de lemn au sărit așchii ce s-au împrăștiat pe pietrele caldarâmului. Apoi i-am ajuns din urmă pe cei doi pe o alee înfundată, înțesată de butoaie metalice goale și de saci de gunoi. Cărămizile zidurilor erau pătate de o năclăială lucioasă. La capătul aleii se afla neamțul, care tocmai se întorcea ca să ne privească. În momentul în care am sosit, Jan și-a ridicat capul, auzind scârțâitul frânelor, zăngănitul roților, ecoul care se lovea de clădirile din jur. Eram chiar în spatele lui.

– Împușcă-l! m-a îndemnat, aruncându-mi o căutătură încruntată. Acum!

Ochii albaștri ai lui Jan i-au întâlnit pe ai mei și nu i-au mai părăsit. El mi-a pus, din priviri, singura întrebare care conta: puteam s-o fac? Nu era o întrebare la care să poți să răspunzi. O faci și gata! Nu știu cum, arma îmi devenise mână; nu știu cum, mi-am lăsat bicicleta în spate. Am auzit-o prăbușindu-se la pământ. Nu știu cum, am ajuns la numai câțiva metri de nazist, cu brațele drepte și cu privirea ațintită la cea mai mare țintă: pieptul lui. El și-a ridicat brațele. În semn de apărare? În semn că se preda? Fremătând de teamă, mi-am dirijat fiecare atom din corp spre vârful degetului arătător și am apăsat pe trăgaci. Cu putere. Mortal. Am închis ochii. Arma a scos un pocnet slab.

Clic.

Clic.

Mi s-a uscat gura. Pasărea închisă în pieptul meu bătea sălbatic din aripi, încercând cu disperare să evadeze. I-am aruncat lui Jan o privire peste umăr, iar apoi m-am uitat din nou la nazist, care încă stătea în picioare. Oare îl împușcasem?

Nu-mi dădeam seama.

Nazistul a făcut un pas spre mine. Și încă unul.

Nu.

Am apăsat din nou pe trăgaci, mai tare.

Clic.

Clic.

N-aveam gloanțe.

Nazistul a zâmbit și și-a îndepărtat părul castaniu de pe ochii pe jumătate închiși, care parcă mărturiseau că nu se simțise niciodată mai relaxat.

– Acum poți să cobori arma! a spus el.

în olandeză. Așa că am făcut singurul lucru pe care puteam să-l fac. Am ridicat pistolul și l-am izbit pe nazist cu țeava de oțel în tâmplă. Ochii i s-au albit, iar mâna i s-a ridicat ca să pareze lovitura, deviind-o și făcându-mă să scap din mână pistolul, care a zburat într-un morman de dărâmături de la picioarele noastre. Fir-ar! Am simțit mâini care mă prindeau de umeri, de talie, de brațe, trăgându-mă înapoi - cu siguranță că în locul acela se ascundeau mai mulți naziști. Nu. Nu. Nu.

Era o capcană.

- Ușor, ușor! a strigat nazistul, ridicându-și mâinile a capitulare, cu o privire straniu de blândă pe chipul lui frumos.

M-am luptat ca să-mi eliberez brațele din strânsoare, dar fără să izbutesc.

- Relaxează-te, Hannie! a spus nazistul.

De unde știa cum mă chema?

- Eu sunt Hendrik! s-a prezentat el.

Hendrik, Fritz, ce mai conta? Brațele încă îmi erau imobilizate de ceilalți. Urma să fiu împușcată acolo, pe loc, sau mai întâi aveam să fiu trimisă la Westerbork? Apoi mi-am dat seama că-mi cunoștea numele. Am întors capul: unde era Jan?

El era cel care mă ținea de la spate.

Frământam în minte revelația pe care tocmai o avusesem. Jan era colaboraționist. Mă vânduse germanilor în câteva zile. Foarte eficient! Oare sora Dekker făcea și ea parte din complot?

Nu era posibil.

Orice era posibil.

Gândurile îmi clocoteau, pline de furie și de frică. Ăsta era cu adevărat capătul drumului. Pășisem - sau, mai bine zis, pedalasem – de una singură în încurcătura asta.

Ce proastă fusesem!

– Ia mâinile de pe mine! am strigat, zvârcolindu-mă ca să scap din strânsoare.

– Te-ai descurcat bine! a spus Jan în spatele meu, dar eu loveam cu brațele, neputincioasă, înfuriată.

– Ba chiar foarte bine, cred! a spus nazistul.

Vorbea din nou în olandeză. El și Jan au râs.

Mă îngrețoșa prostia mea. Ar fi trebuit să știu. De parcă Mișcarea de Rezistență ar fi primit cu brațele deschise o studentă fără experiență! Sonja spunea că eram paranoică, dar se părea că de data asta nu fusesem destul de paranoică. Oare ăștia doi aveau să-și primească plata fiindcă mă dăduseră pe mâna nemților – opt guldeni? Atât încasau polițiștii pentru denunțarea evreilor, oricum. Voiam să-i scuip, dar gura îmi era uscată ca nisipul și, desigur, Jan era mult mai puternic decât mine.

Nazistul mi-a întins mâna, de parcă abia așteptam să i-o strâng. Un ticălos fermecător, cu ochi umezi, gene dese și dinți albi, lucioși. Echilibrat, relaxat, destins. Jan mi-a dat drumul și a rămas lângă el, la fel de calm. N-aveam unde fugi. Nazistul m-a atins ușor pe braț. Nervoasă, i-am îndepărtat mâna. Un val de amărăciune îmi urca în gât și mi s-a părut că urma să leșin.

– Așadar, tu ești roșcata! a exclamat nazistul, continuând să mă privească țintă cu ochii lui căprui. Iartă-mă, trebuie să mă prezint: eu sunt Hendrik Oostdijk, comandantul organizației Raad Van Verzet din Haarlem. Poți să-mi spui „Hendrik“!

M-a cântărit din priviri, de sus în jos.

M-am sprijinit cu spatele de zidul de cărămidă soios, cu gândurile învălmășite și împâclite de furie. *Raad Van Verzet?*

Raad Van Verzet. Consiliul Rezistenţei.

Voiam să-l lovesc pe Hendrik peste obrazul lui frumos, dar nu mai aveam putere. În schimb, m-am aplecat în faţă şi am vomitat pe pantofii lui.

15

– Te-ai descurcat foarte bine! a spus Hendrik zâmbind, în timp ce-și ștergea șireturile pantofilor cu o batistă albă, curată. Ești în regulă?

Simțeam un gust acid în gură și eram umedă de sudoare.

– Mă simt bine! am răspuns eu.

M-am îndreptat de spate, tremurând de la rădăcina firelor de păr și până la tălpi, încercând să mă detașez de oroarea ultimelor minute. Bărbatul de pe bicicletă, oamenii de pe stradă, acea dubioasă alee de acces pentru distribuitori și jungla de containere pline de mizerie din jur. Felul în care acel bărbat mă privise peste umăr, stând la capătul aleii, cu un aer seducător, ca și cum mă aștepta – fiindcă, într-adevăr, mă aștepta – izbitura greoaie a bicicletei de cărămizi, greutatea pistolului în mână. Apoi totul încetinise și-i văzusem albul ochilor, vârful limbii trandafirii cu care-și lingea colțul gurii. Apoi o făcusem. Apăsasem pe trăgaci. Încercasem să-l ucid. Pe el, pe un străin. Fiindcă mi-o ceruse Jan Bonekamp, oricine o fi fost el.

– Cu toții trebuie să treacă prin asta! a spus Hendrik cu un zâmbet blând.

Își ținea între două degete batista care între timp se murdărise, parcă întrebându-se dacă s-o împăturească la loc, după care a aruncat-o pe mormanul de gunoi.

– E singura cale! a adăugat el.

Jan a aprins o țigară și mi-a întins-o.

– A fost un test, a explicat el, ridicând din umeri în semn de scuze. Îmi pare rău, dar astea sunt regulile!

Un test. Și îl.... trecusem? Vaietul de teamă din mintea mea s-a mai domolit, dar încă eram uluită.

– Pot să-ți ofer ceva de băut? a întrebat Hendrik. Nu spune nu! La vreme de război, nu există victorii mici!

Cu o umbră de zâmbet pe buze, el a scos din buzunarul interior al jachetei o mică butelcă plată, de argint. Dacă ar fi fost pisică, ar fi tors. Apoi a scos o altă batistă imaculată și mi-a întins-o.

– E în regulă, draga mea! Ești în siguranță! Acum suntem prieteni.

Jan părea mândru de mine. Am luat din mâna lui Hendrik batista cu colțurile apretate și perfect călcate. Nu mai văzusem de multă vreme apret. Am dus batista la față și am simțit că mirosea precum lumea de dinainte de război: a haine proaspăt spălate, a scrobeală și a fier de călcat încins. Mi se părea că Hendrik coborâse dintr-o mașină a timpului, venind dintr-un loc în care mâncarea încă se găsea din abundență și în care oamenii aveau timp să-și lustruiască pantofii.

– *Sind Sie wirklich nicht Deutsch?* Deci nu ești neamț, de fapt? am întrebat eu în germană, ca o ultimă încercare de confirmare, oricât de jalnică părea.

Hendrik a râs.

– *Ich bin ein Holländer*, draga mea! Jur!

Jan a tras mai aproape câteva lăzi strâmbe și mi-a oferit-o pe cea mai puțin murdară, ca să mă așez pe ea.

– Dacă am merge într-un bar, am fi siliți să plătim pentru pișoarca lor botezată cu apă, a spus Hendrik. Pe când asta, tovarăși, e băutura adevărată! Din nefericire, nu e whisky adevărat; de fapt, e din Belgia. Dar e bun și așa. *À votre santé!* ne-a urat, întinzându-mi plosca. Noroc!

Chiar și vaporii mă făceau să tușesc. Am luat o gură, de încercare, și am simțit binevenita arsură pe gât. Îmi lua gândul de la alte lucruri. Am stat toți trei în tăcere, cu fața la stradă, privind la oamenii care treceau, indivizi care duceau vieți normale, sau atât de normale pe cât se putea în condiții de ocupație. Mi se recalibra senzația de trecere a timpului. Nu mai înregistram, cuprinsă de groaza paralizantă din urmă cu câteva minute, fiecare detaliu din jurul meu. În scurt timp, țigara lui Jan și whiskyul lui Hendrik avuseseră darul de a-mi alunga gândurile negre, conform afirmației liniștitoare cum că în momentul de față eram cu toții prieteni.

– Ai fost foarte convingător în rol de neamț! i-am spus eu lui Hendrik.

– Am petrecut foarte mult timp observându-i și le-am învățat obiceiurile. Ai dreptate, asta îmi e de folos în situații precum e cea de față. O țigară?

– Te rog!

Nu mai fumasem niciodată atât de mult într-o singură zi. Nici măcar într-o săptămână. Hendrik mi-a rulat una, a sigilat-o cu limba și a aprins-o. De îndată ce am tras fumul în piept, am simțit cum se desprindea de pe mine un văl greu de tulburare și cum se ridica în aer precum puful de păpădie luat de vânt. Mi-am propus să fumez mai des.

– Te simți mai bine? a întrebat Jan.

Am încuviințat din cap.

– Ar trebui să plecăm, a spus Hendrik. Haideți!

Am ieșit de pe alee, mergând pe lângă biciclete. Am fost uimită în clipa în care am ieșit pe stradă și nimeni nu ne-a aruncat nici măcar o privire. Tocmai încercasem să omor pe cineva în fundătura aceea. Așa ceva era, de departe, cel mai grav lucru pe care încercasem să-l fac în toată viața mea. Nimeni nu remarcase și nu-i păsa nimănui. Colivia din pieptul meu s-a slăbit un pic, lărgindu-se din pricina ușurării care mă năpădise.

– Am studiat la Heidelberg timp de un an, a spus Hendrik în timp ce mergeam pe trotuar. Vorbești bine germana. Alte limbi mai știi?

– Am studiat latina și franceza, am răspuns eu. Dar vorbesc germana destul de bine și un pic de italiană. Am învățat toate limbile care se vorbesc în Elveția, în caz că urma să am nevoie vreodată, am explicat, după care am făcut o pauză, dându-mi seama că nu înțelegeau. Voiam să mă mut la Geneva, am adăugat.

– La Geneva? a întrebat Jan, încrețindu-și fruntea a mirare. De ce tocmai acolo?

Vorbea de parcă Geneva era Gaura Neagră din Calcutta. Pentru mine, orașul acela însemna nobilul loc de baștină al Crucii Roșii și al umanității înscrise în Convenția de la Geneva.

– Acolo se află Organizația Națiunilor Unite! am răspuns eu.

Jan a izbucnit în râs.

– Ha, ha! Pun pariu că, în copilărie, ai fost o figură!

Hendrik l-a ignorat și m-a întrebat:

– Organizația Națiunilor Unite?

Eram rușinată, dar apoi mi-am amintit că tocmai vomitasem pe pantofii lui și, spre deosebire de acel moment, visul meu din copilărie – acela de a deveni avocat pentru Națiunile Unite – părea de-a dreptul remarcabil.

– De asta m-am înscris la Drept.

Hendrik a rămas pe gânduri. Am cotit pe o stradă laterală, ca să putem să vorbim mai liber.

– Cum a ajuns o studentă cuminte la Drept, ca tine, pe o alee dosnică, având un pistol..., a întrebat el, făcând semn din cap spre buzunarul în care ţineam arma, ... aţintit spre capul meu?

Jan a râs, iar Hendrik mi l-a arătat din priviri.

– Şi, în plus, în compania unuia ca ăsta!

Am încercat să dau un răspuns deştept, dar n-am găsit nici unul.

– Nici eu nu-mi dau seama cum!

Am râs cu toţii.

– Dekker ne-a trimis-o, i-a explicat Jan. Aşa că..., a murmurat el, schimbând o privire plină de subînţeles cu Hendrik. Bettine spune că e de treabă.

– Ar fi trebuit să mă pui în temă de la bun început! a replicat Hendrik, părând impresionat. Spune, Hannie, cum te simţi acum?

Cum mă simţeam? Pasărea din pieptul meu era ghemuită în colţul coliviei, tremurând toată. Dar eram şi uluită de mine însămi.

– Mă simt... ca şi cum am făcut ce trebuia făcut! am spus.

– Bravo!

Jan m-a bătut pe spate, ca pe un tovarăş bun.

– Ai dreptate! a exclamat Hendrik.

– Chiar aşa se face? am întrebat, străduindu-mă să vorbesc cu glas cât mai scăzut. Vreau să zic... atunci când ai de-a face de-adevăratelea cu un nazist? Te apropii de el şi..., am murmurat, mimând că împuşcam pe cineva.

– Dar tu de ce crezi că suntem înarmaţi? a întrebat Jan, cu un aer perfect blazat.

Soarele strălucea peste noi trei în timp ce ne aflam acolo, în centrul Haarlemului, discutând şi trăind într-o realitate complet diferită de aceea a tuturor celor din jur.

Nu mai trebuia să ne prefacem, iar asta însemna o mare ușurare psihică. Să ne prefacem că nu eram apăsați de ocupație, să ne prefacem că nu eram plini de furie de fiecare dată când ieșeam din casă. Cu o săptămână în urmă, traversam strada ca să-i evit pe soldații germani. Acum, aveam să-i caut. Naziștii nu mai erau doar dușmanii mei, ci deveniseră potențiale ținte. Apăsând pe trăgaci, îmi câștigasem un loc în acea societate secretă. Toți civilii aceia care treceau pe stradă trăiau vremuri de război. Dar noi făceam parte din Rezistență.

– Stați un pic! a spus Hendrik pe când ne apropiam de un colț mai aglomerat din cartierul financiar din centru. Haideți să așteptăm aici un minut!

Ne-am lăsat bicicletele sprijinite de un zid și ne-am întors cu fața spre intersecție. Fiind ora prânzului, străzile erau aglomerate. Oamenii treceau încontinuu pe lângă noi. Femeile duceau coșuri acoperite cu pânză, iar copiii făceau zigzag prin mulțime în timp ce se fugăreau. Priveliștea era completată de bărbați care purtau costume, de larma camioanelor grele ale Wermachtului și de soldații postați la fiecare colț de stradă.

– Spune, Jan, ce vezi? a întrebat Hendrik.

– Îl văd pe bărbatul de vizavi. E cel care stă pe scaunul pliant și fumează în timp ce citește ziarul, a răspuns Jan.

Hendrik a dat din cap în semn de încuviințare.

M-am uitat într-acolo. Din cât îmi dădeam seama, omul acela n-avea nimic ieșit din comun sau periculos. Era doar un bărbat în floarea vârstei, care se bucura de căldura soarelui.

– E un paznic, a spus Jan. OZO.

Vorbeam cu glas scăzut, stând cu un pas mai departe de șuvoiul de pietoni.

– Stă de veghe. Dacă apar pe stradă camioane cu nemți, intră pe o ușă secretă și-i avertizează pe băieții din subsol că trebuie să fugă.

Am căutat din priviri ușa secretă, dar zidul din spatele acelui om părea să fi fost unul de cărămidă solidă.

– E sub scaunul lui, a spus Hendrik. O trapă în trotuar.

Laturile pătratului de trotuar de sub scaunul acela aveau asperități și nu erau fixate cu mortar. Probabil că întreaga dală putea să fie ridicată și îndepărtată. Dar n-ai fi bănuit una ca asta.

– Ce-i în subsol? am întrebat eu în șoaptă.

Îmi imaginam familii de evrei ascunse în subteran. Sau poate că acolo se găsea un arsenal de arme furate.

– O tiparniță, a răspuns Hendrik. De aici vine *Trouw*.

Cunoșteam ziarul Rezistenței: *Loialitatea*. Îl aduceam pentru sora Dekker, dar nu știusem unde se tipărea. Acum, stând pe stradă, vizavi de sediul secret al ziarului, eram și mai impresionată de șiretenia luptătorilor din Rezistență. Nu-mi dădusem seama că ziarele clandestine erau tipărite în subteranele orașelor.

– E cea mai riscantă treabă dintre toate! a spus Hendrik. Tiparnițele sunt mari și grele și, odată instalate, nu mai pot fi mutate cu ușurință. Ținte imobile. Nu ca noi.

– Ca voi? am întrebat.

– Grupul nostru se mișcă permanent. Dacă rămâi pe loc prea mult timp, vecinii încep să vorbească.

M-am gândit la doamna Snel, vecina părinților mei. Era genul de vecin curios, care putea să le facă probleme. Aciditatea din stomac mi-a urcat în gâtlej în clipa în care m-am gândit la căsuța de cărămidă galbenă, la mama, la tata, la Sonja și la Philine care se înghesuiau cu toții înăuntru. Ținte imobile. De ce aveam numai eu pistol? Deodată, mi-a venit s-o pornesc în goană înapoi spre casă.

– Haideți, ar trebui să ne mișcăm! ne-a îndemnat Hendrik.

Asta însemna că, în momentul de față, eu nu mai puteam să plec. A trebuit să-mi amintesc că acasă nu se întâmplase nimic. Pericolele existau doar în imaginația mea.

– Mâine te duc la apartament, a spus Jan, mergând pe lângă mine. Acolo e sediul nostru actual. O să ți-l arăt.

Am dat din cap în semn că eram de acord. Mersul pe jos avea întotdeauna darul de a mă calma. Vreme de o oră, Hendrik și Jan m-au plimbat prin oraș, arătându-mi spațiile conspirative ascunse „la vedere", de la trape și până la graffiti făcut de cei din Rezistență. Cu ocazia asta, mi-au explicat principiile activității în rândurile organizației lor.

– Primul lucru pe care trebuie să-l reții e că nici o acțiune nu e nesemnificativă, a spus Hendrik, căruia îi plăcea în mod evident să vorbească. Jan nu e foarte convins de principiul ăsta – preferă acțiunile de amploare –, dar, crede-mă, lucrurile mici contează și ele. Profită de orice ocazie, indiferent de cât de neînsemnată ar fi, ca să diminuezi resursele și moralul inamicului!

Jan mergea la câțiva pași înaintea noastră. La un moment dat, s-a oprit în fața ușilor înalte ale oficiului poștal. I-a aruncat o ocheadă lui Hendrik, după care și-a abătut privirea, iar acesta din urmă s-a uitat în direcția indicată de ochii prietenului său.

– Foarte bine, Jan! a spus el și a mers mai departe.

– Ce-i? am întrebat, uluită.

Jan a făcut câțiva pași și a venit lângă mine, după care a întins palma și mi-a arătat un ghem încâlcit de sârme subțiri.

– Îl îndeși în broasca ușilor unor clădiri importante. Seara, ușile cu pricina nu mai pot fi încuiate, ceea ce înseamnă că un neamţ ghinionist o să fie scos din gardă ca să se ocupe de treaba asta.

Am mers mai departe, iar Jan mi-a îndesat ghemul în palmă.

– Nu trebuie să fie neapărat sârmă, a spus el, zâmbind. Aşchii de lemn, ceară. Chiar şi un ac de păr e util!

Am trecut pe lângă o fântână arteziană, în jurul căreia mărşăluiau în cerc soldaţi germani. De unde stăteam, între Hendrik şi Jan, soldaţii nu mai arătau la fel de ameninţători. Dimpotrivă, păreau trişti şi jalnici. M-am mai înveselit.

– Nici o acţiune nu e lipsită de importanţă! a continuat Hendrik, iar eu m-am înflăcărat, aşteptând cu nerăbdare să aud mai multe. Următorul lucru este elementul-surpriză. După cunoştinţele legate de zonă, elementul ăsta e cea mai importantă armă pe care o avem la dispoziţie. Cheia e să deţii controlul asupra informaţiei.

– Ceea ce încearcă să spună e că nu trebuie să vorbeşti cu nimeni, m-a lămurit Jan. Fără bârfe!

– Eu nu bârfesc! am răspuns, pe un ton sfidător.

– Bineînţeles că nu. Dar n-o face! În orice caz, cel mai mult timp ne e ocupat cu planificarea.

Jan a gemut.

– Tot timpul planificare!

– Noi n-avem o armată de mii de oameni, aşa că trebuie să fim mai buni decât ei, a spus Hendrik. Trebuie să facem planuri amănunţite, să ne gândim la tot. Nu numai la acţiune în sine, ci şi la evacuare şi la planuri de rezervă, în caz că ceva merge prost.

El şi Jan mai dezbătuseră acea problemă.

– Dar, aşa cum ai spus, elementul-surpriză e cel mai mare capital al nostru! l-a aţâţat Jan. Cum procedăm dacă nu e timp de făcut planuri?

Hendrik a oftat.

– Improvizația e importantă, da! Însă cel mai bine e s-o folosești în cadrul unei operațiuni plănuite ca la carte.

Ne-a condus peste un pod care traversa râul Spaarne, unde mai erau adunate câteva grupuri de localnici, care priveau la curgerea apei. Am găsit un loc aproape de balustradă, lângă mijlocul podului; o familie tânără a avut bunăvoința să se mute puțin, ca să ne facă loc.

– Dacă te uiți numai la râu, poți să te prefaci că războiul nu există! a spus Hendrik.

Rațele înotau în cerc, rămânând pe lângă maluri ca să evite micile *sloep*, șalupele care duceau mărfuri de dimensiuni reduse prin oraș și la vapoarele mai mari din Noordzeekanaal, canalul navigabil ce lega Amsterdamul de Haarlem și Haarlemul de Marea Nordului. Am închis ochii și am simțit căldura soarelui pe fața mea ridicată spre cer. Prețuiam din ce în ce mai mult micile clipe de grație. Pentru o vreme, ne-am bucurat toți trei de acel interludiu pașnic, iar apoi am pornit mai departe. Din precauție, Jan și Hendrik vorbeau cel mai mult în timp ce mergeau.

– Hendrik încă n-a pomenit despre una dintre cele mai importante reguli, a spus Jan. Niciodată să n-ai la tine documente compromițătoare! Dacă livrezi documente, asta-i altceva. Face parte dintr-o operațiune. Însă eu mă refer la lucrurile pe care le avem la noi zi de zi.

– Dar un act de identitate falsificat? am întrebat eu.

– O să ne asigurăm că ai unul bun. Un act de identitate e permis. Dar nimic altceva – fără liste, nume, adrese. Și nimic de la RVV.

– Desigur! am fost eu de acord.

– De fapt, RVV nici n-ar trebui să lucreze cu documente, a spus Hendrik. Dacă avem nevoie să scriem ceva, bine. Dar apoi ardem hârtia. Imediat! a adăugat, aruncându-i lui Jan o privire plină de tâlc. Trebuie să te întâlnești cu Truus și cu Freddie, mi-a spus apoi mie. Ele sunt surorile Oversteegen. Pot să te întreb câți ani ai?

– Douăzeci și doi, am răspuns.

– Ești un pic mai mare de vârstă decât ele. Surorile se întorc în oraș în scurt timp.

– Aha, am spus, încercând să nu pun prea multe întrebări, deși doream cu disperare mai multe informații.

– S-au dat la fund o vreme, a spus Jan. După câteva misiuni.

– Așadar, ești studentă la Drept, Hannie? m-a întrebat Hendrik.

Am încuviințat din cap.

– Voi cu ce vă ocupați? i-am iscodit, privind printre ei.

– Să ne ocupăm? a întrebat Jan.

Hendrik a oftat. Din când în când, între cei doi izbucnea câte un moment de tensiune, declanșat de câte un semnal pe care eu personal nu-l înțelegeam. Hendrik mergea în stânga mea, curtenitor și cu hainele călcate impecabil. Elegant. În dreapta era Jan, cu șuvițele lui blonde, neîngrijite, tot căzându-i peste ochi, cu obrazul acoperit de o barbă de viking, scurtă și roșcată, și cu mâinile atât de aspre, încât păreau murdare chiar dacă știam sigur că erau curate. Iată doi oameni care n-ar fi lucrat niciodată împreună pe timp de pace.

– Mă refeream la muncă, am precizat eu. Sau la studii.

– Studii? a repetat Jan, trimițând un scuipat pe pietrele pavajului. N-am mai văzut o sală de clasă de când purtam pantaloni scurți. N-am înțeles niciodată rostul școlii.

– În cazul ăsta, munca.

– La Hoogovens, în producție, la fel ca tata altădată, a răspuns el, umflându-și pieptul.

Deci Jan era sindicalist. Siderurgist la fabrica Hoogovens din IJmuiden și comunist, așa cum era și tatăl meu. Ei se aflau în spatele celor mai multe dintre acțiunile de rezistență, de la grevele naționale până la recenta serie de încercări de sabotare a transportului maritim. Îl înțelegeam, desigur, dată fiind opțiunea politică a familiei mele, dar eu și ai mei nu fuseserăm niciodată membri de sindicat.

– Și tu la fel? l-am întrebat pe Hendrik.

– La Hoogovens? a întrebat el, scuturându-și o scamă invizibilă de pe rever. Nu. Un pic din asta, un pic din ailaltă..., a adăugat el, zâmbind din nou.

Probabil că Hendrik era avocat. Sau profesor. Fără îndoială că meseria lui era una rafinată, care necesita inteligență. Cu înfățișarea lui, putea să fie actor. Deja începeam să-l privesc ca pe un frate mai mare.

– Vă învață la facultate despre revoluția care o să urmeze, Hannie? a întrebat Jan.

În clipa în care el a rostit cuvântul „revoluție", un trecător a făcut ochii mari și a căscat gura, iar apoi și-a abătut privirea de la noi.

– Am auzit despre asta, am răspuns eu, întrebându-mă încotro bătea.

Nu voiam să intru într-o polemică politică cu Jan.

– Naționalismul, ăsta e adevăratul dușman! a declarat Bonekamp. După ce o să se declanșeze revoluția, o să ștergem granițele naționale de pe toate hărțile și o să le redăm pământul oamenilor. Tuturor oamenilor. Muncitorilor!

– O, Doamne, Bonekamp! a exclamat Hendrik, izbucnind într-un râs bonom. Candidezi la postul de secretar de partid?

– Păi, e greu să găsești un șef bun, știi asta? a răspuns Jan.

Hendrik mi-a făcut cu ochiul.

– Nu-l lua în seamă!

Ne-am oprit la marginea unei piațete înconjurate de ziduri de cărămidă, unde Jan și-a aprins o țigară, protejând-o de vânt cu căușul palmei. În mijlocul piațetei se aflase cândva un mic parc, dar acum, în locul cercului de iarbă și al câtorva copaci care dădeau umbră, nu mai rămăseseră decât un inel de praf și câteva buturugi. Peste iarnă fusese greu să faci rost de lemne de foc.

Jan a tras din țigară de parcă se pregătea să sufle foc pe gură și pe nări.

– Ceea ce mă face pe mine un om aparte, scumpo, e faptul că nu-mi pasă! a spus el zâmbind. Atunci când vine vorba de omorât fasciști, o fac! Fără întrebări, fără discuții inutile. De asta are Hendrik nevoie de mine. Sunt mai nepăsător decât oricare altă persoană pe care o cunoști.

Hendrik a râs.

– Nu-l pot contrazice!

– Vezi stâlpii de fier de la marginea pieței? Până la final, de fiecare stâlp și catarg din țara asta o să atârne câte un nemțălău.

Radia imaginându-și acea scenă.

– Da, bine..., a murmurat Hendrik, încruntându-se. Asta ne aduce la cel mai important lucru de știut despre munca pe care o facem, a spus el pe un ton coborât și molcom. Germanii sunt, după cum știi, nemiloși. Și noi trebuie să fim la fel! a exclamat, coborându-și glasul și mai mult, deși nu era nimeni prin apropiere.

Informatori. Spioni. Agenți dubli, a enumerat, privindu-mă în ochi mai serios decât o făcuse până atunci. Dacă ne trădezi, o să ne întoarcem împotriva ta fără pic de milă! Atunci când avem dovada vinovăției cuiva, îi curmăm viața fără întârziere! m-a prevenit, încheindu-și haina și netezind-o. Apoi lăsăm cadavrul trădătorului într-un loc public, însoțit de un bilet care explică de ce anume s-a făcut vinovat. Trădare! a explicat, apăsând pe cuvânt.

Jan a închis ochii de parcă s-ar fi cufundat în rugăciune. Eu am dat din cap în semn de aprobare și mi-am ținut gura închisă.

– Din păcate, tovarăși, trebuie să-mi iau rămas-bun deocamdată! a spus Hendrik de îndată ce am ajuns la colțul străzii.

A rostit acel apelativ ca și cum l-ar fi pus între ghilimele, o împunsătură blândă către Jan, apoi s-a întors spre mine și mi-a luat mâna într-a lui.

– Îți mulțumesc pentru munca depusă astăzi. Te-ai descurcat bine, Hannie! Și, în caz că n-am spus-o încă: sunt bucuros să-ți urez bun-venit în RVV!

Mi-a scuturat mâna. Fără formulare de semnat, fără ceremonii. Gestul în sine însemna recunoașterea.

– Mulțumesc! am spus eu.

– Nu-mi mulțumi mie! a răspuns Hendrik pe un ton grav. Nu eu sunt responsabil pentru reușitele, eșecurile sau siguranța ta. Tu ești! Dar cu toții suntem camarazi în lupta pe care o ducem. Și ne ajutăm cât de mult putem.

– Da, să trăiți! am exclamat, dar el a râs și de data asta. Stai, am adăugat, băgând mâna în buzunarul pe care mi-l cususe mama la fustă. Vă e cumva de folos asta?

Jan mi-a luat actul de identitate din mână.

– Pare reală.

– E reală, l-am asigurat eu. Am furat-o acum câteva minute!

Ambii bărbați s-au întors ca să mă privească. Fusese foarte ușor să fur acel document din coșul de cumpărături al tinerei soții care se aflase lângă mine pe pod.

– Măi să fie, Hannie! s-a mirat Hendrik, luând cartea de identitate din mâna lui Jan. Bineînțeles că ne e de folos. Foarte bine! Felicitări!

– Mulțumesc! am spus eu din nou, roșind.

Era bine să nu mă mai simt ca o novice, măcar o dată.

– Am ceva în minte pentru tine după ce se întoarce Truus, a spus Hendrik.

– Desigur, am răspuns eu. Se întoarce împreună cu fratele ei?

– Poftim? a întrebat Hendrik.

– Freddie! am precizat.

Au râs amândoi.

– Familia Oversteegen are două fete, m-a lămurit Hendrik. Truus e cam de vârsta ta, iar Freddie e încă adolescentă.

– Aha! am spus, reajustându-mi în minte imaginea celor doi „frați".

Surorile eroine. Cu mult timp în urmă, același lucru îl visam pentru mine și Annie. Inima îmi bătea mai tare acum, pasărea fâlfâia iarăși din aripi în colivia ei.

– O să fie plăcut să le cunosc! am exclamat, bucurându-mă de perspectiva de a le întâlni pe surorile Oversteegen.

– Minunat! a comentat Hendrik, luându-mi mâna și sărutându-mi-o. Numai să nu uiți să-ți aduci și micul prieten, mi-a cerut el privind spre geantă, unde ascunsesem pistolul, și totul o să fie bine. Ne vedem în curând.

Apoi a sărit pe bicicletă din mers și s-a îndepărtat.

– Păun bălțat! a spus Jan.

– Are o atitudine de profesionist, am răspuns eu în timp ce priveam cum dispărea Hendrik în josul străzii.

– Sub costumul lui se ascunde o fiară, crede-mă! Una care nu se arată decât rareori, dar care e acolo, înlăuntrul lui, m-a prevenit Jan, întinzându-mi o țigară. Și tu ai fost destul de înspăimântătoare mai devreme. Am crezut că o să trebuiască să găsim un înlocuitor pentru Hendrik.

Mai devreme, atunci când încercasem să-l omor pe Hendrik. Testul părea trecut de multă vreme și parcă totul i se întâmplase altcuiva.

– Nu-mi aminti! l-am rugat eu pe Jan.

– N-am spus decât adevărul. Preț de o clipă, m-am temut să nu care cumva să fi lăsat un glonț în camera cartușului. I-ai fi făcut capul țăndări, nu mă îndoiesc, a adăugat el, făcându-mi cu ochiul. Ești sigură că n-ai mai tras niciodată cu arma?

– Ei, nu făceam decât ce mi-ai spus tu! Deși se poate să fi închis ochii la final, am spus eu după o pauză.

Jan a râs.

– Nu mai erau închiși atunci când ai început să-l izbești cu pistolul. În plus, te-ai repliat destul de repede. După aceea, vreau să spun.

– E drăguț din partea ta, i-am mulțumit eu, dar nu uita că am vomitat!

Jan a ridicat din umeri.

– Se întâmplă. Important e să nu gândești prea mult în timpul acțiunii. Concentrează-te pe ceea ce urmează, fă-o și apoi pleacă! Mai târziu, ai destul timp să meditezi!

Clipele de după ce am apăsasem pe trăgaciul armei îndreptate spre capul lui Hendrik erau un talmeș-balmeș de imagini discordante în mintea mea. Tot încercam să trec prin filtrul gândirii ceva ce nu mă imaginasem făcând niciodată. Să iau viața unui alt om. Degetul cu care trăsesem piedica mă furnica la gândul ăsta.

– Încă te mai gândești la asta, a spus Jan.

– Și ce dacă?

– Scoate-ți totul din minte! Nu s-a întâmplat nimic.

– Nu s-a întâmplat nimic? am repetat eu.

– Nu, nimic.

– Hmmm..., am mormăit. Și care-i concluzia?

– Dacă nu s-a întâmplat nimic, n-ai la ce să te tot gândești, a răspuns el în timp ce trăgea din țigară atât cu atâta putere, încât obrajii i s-au supt până când au ajuns două scobituri. Să mă holbez la tavan singur, pe întuneric? s-a întrebat retoric, clătinând din cap. Nu și dacă pot să evit asta, ce naiba!

– Dar învățămintele trase din greșeli? am întrebat eu.

– Ha, ha! a râs Jan, fără voioșie. Dacă încă înveți din greșeli, înseamnă că mai ești în viață. Ceea ce înseamnă că orice greșeli ai fi făcut, ele n-au contat! a filosofat el în timp ce arunca o privire în jur. Ar trebui să ne mișcăm din loc!

Eram de acord, mai ales că, stând atât de aproape de el, mă simțeam tot mai stângace. Soarele după-amiezii îi strălucea pe chip și pe capul gol, colorându-i pielea într-un caramel auriu. Sub razele soarelui, pielea mea se făcea roz și se acoperea de pistrui.

– Și acum? am întrebat eu.

– Bravo, mă bucur că gândești astfel!

M-a condus pe o stradă care se deschidea într-unul dintre canalele industriale în preajma căruia nu veneau nici tinerele cupluri, nici florăresele. Mi-a întins mâna ca să mă ajute să urc pe un bloc sfărâmicios de ciment, de unde puteam să văd mai bine. Atingerea lui m-a făcut să mă înfior și mi-am frecat brațul, prefăcându-mă că mă mânca. Am privit în zare spre transportoarele - cu provele ale căror vârfuri erau întoarse în sus, de parcă ar fi fost nişte nasuri cârne -, pe care germanii le ancoraseră în apă, aliniate. La prova fiecăreia, svastica.

Am privit cele câteva zeci de soldaţi în uniformă care spălau punţile, cel mai tânăr având, probabil, nu mai mult de douăzeci şi cinci de ani.

- Ce vezi atunci când priveşti într-acolo, Hannie?

- Vapoare? am răspuns eu. Soldaţi?

- Eu nu văd asta! a exclamat Jan, cu faţa luminată de un zâmbet. Eu văd următoarele noastre ţinte!

- Cei de acolo? am întrebat, privind către vapoare, uluită. Acum?

- Nu ei şi nu acum.

Jan a râs, iar apoi zâmbetul i-a pierit şi ochii i s-au îngustat precum cei ai unui leu care îşi urmărea prada. Ţinându-şi pistolul în buzunarul jachetei, l-a apucat de mâner şi s-a prefăcut că împuşca un trio de soldaţi germani aflaţi pe următorul dig. Un', doi, trei.

- Nazist mort, nazist mort, nazist mort! a şuierat el. Zilele astea, ori de câte ori privesc în jur, văd numai nazişti morţi.

16

1943, sfârşitul verii

A trebuit să aştept să treacă aproape toată vara până să le întâlnesc pe Truus şi pe Freddie. Ele fuseseră nevoite să rămână ascunse după o operaţiune reuşită, dar periculoasă, care pentru mine rămăsese un mister. Săptămânile călduroase treceau, iar mie nu mi se cerea să fac nimic interesant, în afară de furtişagurile mele neîntrerupte. Îmi petreceam mai tot timpul la sediul RVV, care, la momentul acela, se afla într-un bloc de locuinţe sărăcăcios, de lângă Haarlemmerhout.

Apartamentul cu trei camere deţinut de RVV se găsea într-o stare de haos sălbatic. Camera de zi era mobilată atât de alandala cu scaune de birou şi cu mese furate, de bună seamă, dintr-o clădire de birouri, încât semăna mai degrabă cu un depozit, decât cu o locuinţă, servind simultan drept cazarmă, birou şi arsenal. Aerul închis duhnea a cafea, cerneală, şosete murdare şi farfurii nespălate. În vara aceea, atunci când mă simţeam singură şi plictisită, mă gândeam să aduc o mătură şi un mop şi să fac curat, dar apoi mă opream singură. Nu voiam să stabilesc un precedent. Ceea ce-mi doream era să vânez alt nazist – de data asta, unul adevărat.

Stăteam mai tot timpul în apartamentul RVV-ului, fiindcă, ori de câte ori mă aflam în acea stare, nu mă trăgea inima să dau ochii cu părinții mei și cu fetele. Știam că ei mi-ar fi pus întrebări. Unde fusesem? Ce făceam? Când urma să mai stau și pe acasă?

Nu voiam să-i mint; tot ceea ce-mi doream era să muncesc. Îmi spuneam că era mai înțelept să stau departe de casă, unde nu făceam decât să creez și mai multă aglomerație și să le stau tuturor în drum. Dar era adevărat că Sonjei și lui Philine le-ar fi priit compania mea și că ar fi fost bine pentru părinții mei să vadă zi de zi că încă trăiam. Nu era drept, dar îmi îndreptasem atenția spre Rezistență. Pentru toți cei de acasă, îmi spuneam eu în sinea mea. Dar și pentru mine.

Jan mă ducea să exersez trasul la țintă ori de câte ori îi ceream. Iubea armele și ne ocupam mult timp cu asta, mai ales în adâncimea pădurilor. Dar cea mai mare parte a acelei veri a fost dedicată operațiunilor de spionaj ale lui Hendrik și Jan, care aveau legături cu Mișcarea națională de Rezistență. Aceeași sintagmă domina discuțiile noastre: *Aktion Silbertanne*. Era în germană și însemna Operațiunea Bradul Argintiu.

Informatorii Rezistenței, care variau de la polițiști olandezi susținători ai cauzei și până la deținuți din închisori, ne spuneau despre ea. Aktion Silbertanne era atacul iminent, o operațiune pe care comandantul Hanns Albin Rauter, șeful austriac al SS-ului olandez, o țintea direct spre membrii activi ai Rezistenței din toată țara. Pentru fiecare nazist sau colaboraționist ucis de Rezistență, Silbertanne urma să execute trei dintre noi. Acele crime aveau să fie înfăptuite de Einsatzgruppen special antrenate: detașamente paramilitare ale morții. Soldații n-ar fi purtat uniforme, ci haine civile, pozând drept luptători ai Rezistenței. Îmbrăcați în haine de zi cu zi. Vorbind limba olandeză. Ucigând cu armele

Aliaților. Aktion Silbertanne urma să fie un teatru al morții, în care naziști costumați puneau în scenă o minciună pentru spectatorii cetățeni, o piesă de teatru despre o Rezistență olandeză cuprinsă de haos, atacându-se din interior. Dacă șarada avea succes, putea să-i facă suspicioși pe olandezi față de Rezistență și față de cei din jur. Într-o țară deja pusă la pământ de trei ani și jumătate de ocupație, era dificil să menții speranța vie. Aktion Silbertanne avea menirea să zdrobească cele câteva fărâme de optimism care ne mai rămăseseră.

– Nimic extravagant! ne-a spus Hendrik într-o după-amiază, la apartament. Ne menținem operațiunile normale, de zi cu zi, împărțim cartele de rații, documente de identitate, ziare, arme, dar, pentru o vreme, fără atacuri propriu-zise!

– Pentru cât timp? a întrebat Jan.

– Până când ce se mai liniștesc lucrurile.

Jan a clătinat din cap.

– Eu sunt de părere că trebuie să intețim atacurile, nu să ne retragem! Ei n-o să se oprească. N-are sens să așteptăm să treacă o vreme.

Eu, Jan și Hendrik ședeam la masa rablagită de lemn din sufragerie, bând apă fiartă și prefăcându-ne că era ceai. Încă nu primiserăm nici un semn de la surorile Oversteegen. Din rețea mai făceau parte și alte persoane, dar Hendrik ne explicase că, în cadrul Rezistenței, nu trebuia să ne cunoaștem cu toții între noi. Era mai sigur așa.

Hendrik a oftat.

– Nu-i o retragere, Jan! E o repoziționare strategică. Mă aștept ca toată lumea să respecte decizia, indiferent de sentimentele personale! Pentru siguranța mișcării în ansamblul ei.

- Cum spuneți dumneavoastră, domnule!

Jan folosea în mod sarcastic acea formă de adresare.

- Minunat! a replicat Hendrik, dregându-şi glasul. Astea fiind zise, aflați că planurile pentru centrala electrică au rămas în picioare.

Jan şi-a ridicat capul, surprins. La începutul săptămânii, îl auzisem pe Hendrik vorbind despre o acțiune de mare amploare: bombardarea unei centrale electrice esențiale din apropiatul IJmuiden, oraşul natal al lui Jan. Planificarea durase câteva luni şi, acum îmi dădeam seama, fusesem inclusă în acele planuri de la bun început.

- Freddie s-a ocupat de supraveghere şi totul e gata, aşa că am putea foarte bine să punem lovitura în practică!

- Aşa mai vii de acasă! s-a bucurat Jan, îndreptându-se în scaunul lui şubred, de lemn. Mă ocup singur, sau...?

Hendrik s-a încruntat.

- Nu poți să te ocupi tu, Jan! Eşti prea uşor de recunoscut în zonă!

- Ei, haide! Dacă acționăm noaptea, n-o să fim văzuți!

- O s-o facă Truus, iar tu poți s-o ajuți să pregătească pachetul, a spus Hendrik.

- Dar cunosc locul mai bine decât oricine!

- Atunci, poți să ne desenezi o hartă detaliată. Ne-ar fi de mare ajutor, Jan!

- La naiba, e absurd! a spus Jan ridicându-se şi ieşind, cu pas apăsat, în curtea din spate.

Hendrik a clătinat din cap.

- E un soldat minunat, ceea ce îl împiedică să stea deoparte!

- Iar surorile Oversteegen o să preia acțiunea? am întrebat eu.

Hendrik a zâmbit.

– Da, cu ajutorul tău! a răspuns el.

– Bineînțeles! l-am asigurat, încercând să rămân calmă.

– Atunci, e în regulă! Truus, Freddie și Hannie. Numai fetele, a spus el, golindu-și ceașca de ceai. Poți să înveți multe de la cele două surori.

A scotocit prin buzunarul sacoului, iar eu m-am aplecat înainte, nerăbdătoare să aflu ce anume mai voia să-mi arate. A scos un briceag și i-a dat la iveală lama argintie, iar eu am sărit îndărăt.

– Ușor, ușor!

Hendrik a râs, ridicând briceagul ca să văd cât de inofensiv era, iar apoi a luat o scrisoare de pe masă și a înfipt lama subțire în colțul plicului.

– Arma asta mortală se folosește la deschiderea scrisorilor. Chiar și revoluția are nevoie de documente! a spus el bătându-mă ușor pe mână.

Pentru mine, următoarele două zile au fost un talmeș-balmeș de delir și de spaimă. Tot timpul îmi recapitulam planul în gând, testându-mi memoria. Dacă acel bombardament ne reușea, ar fi întrerupt electricitatea care alimenta ceea ce se zvonea că era stația de apărare împotriva submarinelor militare, care se găsea la IJmuiden, precum și pe cea furnizată sistemului regional de căi ferate. Urma să fie rău pentru moralul naziștilor, fapt care mă încânta de-a dreptul.

Eram la fel de încântată să fac cunoștință cu surorile Oversteegen. În afară de sora Dekker, erau singurele femei despre care știam că făceau parte din rezistența armată. Iar după felul în care vorbeau despre ele Jan și Hendrik, eram deja uimită și intimidată. Toate astea mă ajutau să uit groaza pe care mi-o dădea perspectiva de a lucra cu explozivi artizanali; Jan îmi spusese că puteai să recunoști un om din Rezistență care punea bombe, după sprâncenele arse și după mâinile cu degete lipsă.

Jan mi-a deschis ușa apartamentului RVV joi după-amiază. Fără nici un zâmbet, doar înclinând scurt din cap, în semn de salut.

- Hannie! a spus el.

- Unde e toată lumea?

Mă așteptasem să le întâlnesc pe surorile Oversteegen.

- Truus a fost nevoită să plece devreme, a răspuns el în timp ce intra în camera de zi. O să te aștepte să-i duci pachetul. Trebuia să-ți spună Hendrik.

- Aha! am făcut eu.

Jan era încă enervat.

- Dar stai să-ți dau ceva!

S-a apropiat de bufet, s-a ghemuit și a scotocit înăuntrul dulapului plin ochi cu sârme metalice, bucăți de hârtie, rămășițe de cositor. A scos de acolo un pachet ambalat, de dimensiunea unui pisoi.

- Poftim! a spus el, ridicându-se cu bomba în mână. Truus pornește în jurul orei unsprezece și jumătate din Velsen-Noord, adică din depoul feroviar al centralei electrice.

- În regulă! am exclamat, având numai o vagă imagine a felului în care arăta depoul feroviar al unei centrale electrice.

Nu avusesem niciodată ocazia să vizitez, și cu atât mai puțin să detonez o bombă într-un asemenea loc.

- Eu ar trebui să fiu cel care face asta, a mormăit Jan ca pentru sine.

- Poftim?

- Festung IJmuiden, a răspuns el.

Fortăreața IJmuiden era o stație esențială de-a lungul a ceea ce Hitler numea Atlantikwall, adică încercarea Germaniei de a fortifica întreaga coastă de nord-vest a Europei și Scandinaviei, din Franța până în Finlanda, împotriva atacului Aliaților. Germanii deportaseră mii de locuitori de pe coasta olandeză ca să creeze o zonă-tampon pustie în jurul operațiunilor militare și industriale importante. IJmuiden era unul dintre locurile cele mai însemnate pentru războiul nazist, fiind localizat strategic la întâlnirea dintre Marea Nordului și canalul care ducea către restul Europei. Stâncile Angliei se aflau la numai o sută de mile peste Canal. Cu vechile sale buncăre militare, cu uzina de oțel Hoogovens și cu centrala electrică din vecinătate, Festung IJmuiden era o redută nazistă.

– Pot să văd harta? am întrebat.

Jan mi-a întins-o, iar eu am văzut că reprezenta o privire de ansamblu simplă, dar clară, asupra zonei de coastă. El marcase localizarea a două turnuri mari în curtea centralei electrice.

– E o țintă mai importantă decât cele cu care suntem obișnuiți, a spus Jan, uitându-și pentru o clipă resentimentele. Pierderea alimentării cu electricitate în locul ăsta o să fie o lovitură frumoasă dată efortului militar german, chiar și pentru doar câteva săptămâni. Ești pregătită?

– Așa cred! am răspuns eu.

Am împăturit harta și mi-am vârât-o în sutien. Asta i-a adus un zâmbet pe chip lui Jan.

– E timpul s-o pornești la drum! a spus el. E vorba de cel de-al doilea turn de la centrala electrică. Caut-o pe Truus! Vă întâlniți lângă turn, iar ea îți explică restul.

Am ascultat puținele detalii și le-am memorat. Îmi era rușine să-i cer lui Jan să le repete și știam că nu putem să scriem nimic pe hârtie. El mi-a întins pachetul. Era mai greu decât mă aşteptam. Văzându-mă cum am înţepenit locului, a rânjit.

– Relaxează-te! Nu explodează decât dacă îl activezi intenţionat.

Făcusem o serie de transporturi, atât pentru sora Dekker pe vremea când eram la Amsterdam, cât şi la Haarlem în ultimele luni, ducând arme ascunse, cutii de muniţie şi cine ştie ce altceva, ascunse în coşuri cu fructe pe care le puneam la spatele bicicletei mele. Împinsesem prin oraş până şi un lansator de rachete ascuns într-un cărucior de copil, dar toate astea erau obiecte moarte. O bombă însemna în acelaşi timp glonţul, ţinta şi explozia, ceea ce avea darul să mă sperie.

– De ce n-a luat-o Truus cu ea? am întrebat, ca o laşă.

– Fiindcă nu era gata încă, doamnă profesoară! A trebuit să repar ceva la ea.

Ideea că Jan – care, din cât ştiam, n-avea aproape deloc experienţă cu explozibilii – fusese responsabil cu crearea dispozitivului făcea să mi se ridice firele de păr de pe braţe.

– Unde s-o ţin? am întrebat.

– În geantă stă bine. Am împachetat-o.

Mi-am strecurat pachetul în rucsacul de piele, asigurându-mă că avea sub el un pulover moale. Nici nu ştiam cum să mă port cu precauţie atunci când venea vorba de un astfel de obiect. Am mângâiat cu vârfurile degetelor mânerul rece al pistolului ascuns în haină.

– Să...

– Poftim? a întrebat Jan.

– Nimic.

Desigur, trebuia să am arma la mine. Trebuia să am în dotare orice putea să mă ajute. Trebuia să fiu pregătită.

– Fă-le zile fripte! m-a îndemnat Jan.

În timp ce închidea ușa în urma mea, mi-a trimis o bezea.

Înainte să pornesc, am aruncat câteva ocheade în susul și-n josul străzii, întrebându-mă, ca de obicei, ce credeau vecinii că se petrecea în apartamentul RVV. Un grup de tineri voluntari, nimic altceva, așa le spusese Hendrik atunci când apartamentul fusese ocupat de RVV, pomenind în treacăt Crucea Roșie. Vecinii ne priveau rareori în ochi. Dar adevărul era că nimeni nu-i mai privea în ochi pe străini.

M-am urcat pe bicicletă și am pornit la drum, trecând pe lângă Haarlemmerhout și pe lângă fermierii osteniți care veneau în oraș de la țară, ca să vândă câțiva napi făinoși și cartofi cu o mie de tuberculi. Acum ne socoteam norocoși să ne tocmim pentru ceea ce altădată aruncam la porci; ne petreceam mai mult timp curățând legumele de părțile stricate, decât gătindu-le și mâncându-le. Mi-am strâns mai bine haina în jurul taliei. Era din ce în ce mai ușor să ne dăm seama cine colabora și cine nu, după curbura obrajilor, după cum veneau hainele pe trup. Oricine părea bine hrănit devenea suspect. Dar unii păreau să se bucure de o robustețe rumenă, care nu dispărea. Ca, de pildă, Jan, ai cărui umeri lați păreau întotdeauna să tragă de cusăturile pânzei hainelor lui de lucru. Mi-am alungat din minte acea imagine și am pedalat mai departe.

M-am oprit la mică distanță de centrala electrică, voind să-i arunc o privire. Și trebuia să-mi recapăt și suflul. Centrala electrică era genul de șantier industrial imens și anonim pe care înainte de război nu l-aș fi observat și căruia nu i-aș fi acordat nici un dram de atenție. Locul acela alimenta cu energie electrică orașele și localitățile din zonă, dar și, după cum vedeam acum, liniile ferate electrificate care transportau valorosul oțel olandez spre fabricile de submarine din alte părți. Nu se vedeau prea multe, numai clădiri împrăștiate, cu geamuri înalte, precum și rețele complicate de fire electrice, întinse pe toată suprafața aceea imensă. Paznici, dar nu mulți. I-am văzut pe câțiva adunați laolaltă într-un pâlc măsliniu, fumând. Desigur că munca lor era una plictisitoare.

Am privit în jur, în căutarea lui Truus, dându-mi seama că habar n-aveam cum arăta. Îmi petrecusem atât de mult timp imaginându-mi-le pe surorile Oversteegen, încât nu mai cerusem să-mi fie descrise. Din fericire, probabil că ea avea să fie singura femeie care să se afle la miezul nopții în perimetrul acelei centrale electrice naziste. Am căutat din priviri cele două turnuri și le-am văzut în locul pe care Jan mi-l arătase pe hartă. Dar care era primul și care, al doilea? În apartament, totul mi se păruse foarte simplu. Am lăsat bicicleta ascunsă între tufișuri și m-am furișat către gardul dinspre sud-vest, aproape de unul dintre turnuri. Atunci am auzit ceva.

Două pietre lovite una de alta.

Scârțâitul unei bucăți de lemn sub greutatea a ceva.

Sunetul strident făcut de cioburi de sticlă căzând pe pământ.

Am tresărit și m-am lipit de gardul de sârmă împletită, care a scos un zăngănit înspăimântător, cel mai strident dintre toate sunetele. Am închis ochii strâns, ca un copil care spera ca monstrul să dispară în clipa în care îi deschidea din nou.

I-am deschis.

O pisică a sărit de pe o stivă de lăzi și mi-a aterizat la picioare, iar apoi și-a lipit gâtul alb-portocaliu de gleznele mele, torcând și dându-mi de înțeles că voia să fie scărpinată.

O, Doamne!

M-am întins ca s-o mângâi, dar, după bunul obicei al pisicilor, ea s-a ferit de gestul meu binevoitor și a șfichiuit din coadă, dispărându-mi printre picioare. Am întors capul după ea și am văzut-o pătrunzând prin gardul din spatele meu și intrând în depoul centralei electrice.

Prin gard.

M-am ghemuit la pământ. Ochiurile sârmei fuseseră tăiate de cineva și, dacă împingeam un pic, se deschidea o gaură destul de mare ca să mă pot strecura înăuntru. Pisica mă privea de la o depărtare de câțiva metri, lingându-se pe lăbuțe. Am trecut dincolo. Am tras după mine bomba împachetată, iar hârtia s-a prins într-o za a gardului metalic și s-a sfâșiat cu zgomot. Am cercetat cu privirea depoul, căutându-i pe paznici. Aici erau becuri încă aprinse, iar lumina scotea la iveală umbre negre ca cerneala. Numai pisica mă observase.

Dar apoi, în umbra celui mai apropiat turn, mi s-a părut că o vedeam. O persoană care părea să fie de aceeași înălțime cu mine, sau poate că un pic mai înaltă, și care ședea pe vine, lipită de zidul de cărămidă din față. Era încălțată cu cizme de lucru și purta pe cap o căciulă bărbătească. Probabil că era deghizată. Nimeni nu-mi dăduse de înțeles că așa avea să fie. Am privit mai bine. Putea să fie un bărbat. Am rămas locului, trecând în revistă toate posibilitățile. Dacă era un soldat din Einsatzgruppen, deghizat, eram ca și condamnată. Am privit în dreapta și în stânga. M-am uitat din nou cu atenție la silueta aceea. Apoi am rupt-o la fugă.

Auzindu-mi pașii care împrăștiau pietrișul, persoana pe care o văzusem s-a întors spre mine. Acum o zăream ceva mai bine. Avea alături un sac voluminos de pânză groasă și-și ținea o mână încleștată pe el, iar în cealaltă avea un pistol. Cu fața încă ascunsă în umbră, mi-a făcut semn din cap, chemându-mă mai aproape, iar apoi și-a lipit palma de pământ, cerându-mi prin acel gest să mă apropii de sol cât de mult puteam. Arma nu era îndreptată spre mine, așa că am continuat să merg.

– Hei! m-a strigat ea.

Era un glas de femeie.

– Nu credeam că o să ajungi la timp, mi-a șoptit.

Pe față i se citea ușurarea.

– Truus? am șoptit eu.

Ea a încuviințat din cap.

– Stai în locul în care nu poți să fii văzută! Locul ăsta poate părea liniștit, dar e supravegheat.

Privind în jur, n-am văzut pe nimeni. Nu mai era nici urmă din soldații care fumaseră mai devreme și nu se auzea decât bubuitul misterios al mașinăriilor dinăuntrul fabricii, ca un cutremur nesfârșit. Nu știam cât de tare să mă tem, sau de ce anume, mai exact. Nimic din ce cunoscusem în existența mea protejată de până atunci nu mă pregătise pentru una ca asta, încă unul din acele momente în care mă întrebam cum de ajunsesem într-o asemenea situație.

Truus a făcut semn din cap spre un buncăr de beton, aflat lângă gardul de oțel de la marginea îndepărtată a curții.

– Înăuntru e cel puțin un paznic.

Am așteptat.

Stăteam cu privirile ațintite la buncăr.

Și la pisică.

Pisica își lingea lăbuțele.

Nu se întâmpla nimic.

Minutele treceau. Începeau să mă furnice picioarele și să-mi amorțească sub mine.

– Truus...

– Ce-i?

Ea privea după colțul clădirii, încordată, fără să se uite la mine.

– Eu nu...

Nu știam prea bine ce voiam să spun.

– Tu nu, ce?

– Nu știu care e planul.

Truus s-a răsucit ca să mă privească.

– Atunci, cum ai ajuns aici?

– Jan mi-a spus unde urma să ne întâlnim, dar...

S-a lăsat pe vine.

– Ăsta a fost planul. Înainte să se schimbe.

– Freddie e aici?

Truus a clătinat din cap.

– Naiba să-l ia pe Jan!

Preț de o clipă, ea și-a mușcat pe dinăuntru buza de jos, adâncită în gânduri.

– Nu contează! Acum ești aici.

Dintr-odată, din cealaltă parte a curții s-a auzit zăngănitul unui gard metalic care se prăbușea. Am încremenit amândouă, așteptând. Nimic.

– Bine, a spus Truus în cele din urmă. Ai pachetul?

I l-am îndesat în brațe, iar ochii i s-au deschis larg în clipa în care l-a luat cu ambele mâini.

– O, Doamne, femeie, fii atentă! a șuierat ea. Trebuie să manevrezi o bombă cu blândețe, ca pe un copilaș. Ne omori pe amândouă!

– Scuze, am spus, rușinată.

Ea a ignorat scuzele mele.

– Vezi calea ferată? Aceea e ținta. Ar fi trebuit să avem două dintr-astea, a spus ea arătând cu capul spre pachet, dar se pare că Jan a făcut-o din nou de oaie. Așa că o să punem o singură bombă, a conchis, iar din expresia de pe fața ei se vedea că medita și recalcula. Trebuie s-o plasăm cât se poate de aproape de fabrică, astfel încât să facă, dacă se poate, cât mai multe pagube, a spus, părând să vorbească singură, dar apoi s-a uitat la mine. Jan ți-a arătat cum s-o fixezi pe șine?

Am clătinat din cap.

– Bine.

A prins cu degetul hârtia ruptă, înjurând în timp ce o desfăcea, iar zgomotul iscat era asurzitor în tăcerea nopții. Pisica se uita la noi.

– E un dezastru, a șoptit Truus. Trebuia învelită într-o pătură. Chestia e că...

A mai aruncat o privire pe după zid și apoi a rupt hârtia cu o smucitură rapidă și zgomotoasă. Pisica a ciulit urechile și a dat din coadă. Eu eram scăldată într-o sudoare rece.

Nu s-a întâmplat nimic.

Amândouă am răsuflat adânc.

– Să pornim! a spus Truus. Eu dau fuga și o fixez pe șine, în vreme ce tu mă acoperi. Tu stai de pază, eu o fixez. Bine?

Am dat din cap în semn de încuviințare, scoțând arma din buzunar. Truus a observat-o.

– Ai grijă să nu mă omori! a spus ea, făcând o față serioasă. Dar dacă trebuie, trage, nu sta pe gânduri!

Nu știam cum să răspund, așa că n-am spus nimic. Ea îmi amintea de Jan. Aceeași încredere în sine. Aceeași atitudine pragmatică. Din păcate, însă, nu părea să mă placă la fel de mult ca Jan.

– Important nu e să nimereşti pe cineva, a spus Truus, încercând să mă învețe fundamentele tirului de acoperire în cele câteva secunde pe care le mai aveam. Împrăştie gloanțe în direcţia lor, e de ajuns, a spus ea, mimând o mişcare stânga-dreapta cu mitraliera.

Eu aveam un pistol cu numai opt gloanțe. Truus a arătat cu capul spre el.

– Nu trebuie să ucizi pe nimeni! Atacul tău e o chestiune psihologică. Bine? Obligă-i să rămână la pământ, înspăimântaţi de gloanțe!

– Bine, am răspuns, înțelegând numai o mică parte din ce îmi spunea.

Am îngenuncheat la baza turnului. Nu era nimeni în jur. Am avut timp doar pentru unul dintre accesele mele periodice de îndoială.

„Chiar fac lucrul ăsta?"

Da, chiar îl făceam.

– Nu-i ciudat că nu sunt paznici în jur?

– Nu, fiindcă javrele astea îşi fac datoria foarte prost, a răspuns Truus, întorcând capul într-o parte şi în cealaltă. Gata, mă duc! Dacă vezi că mişcă ceva, nu stai pe gânduri, tragi direct. Nu spre mine. Apoi o rupi la fugă, iar eu vin după tine. Ai înțeles?

Am încuviințat din cap.

Apoi ea a pornit, văzându-se ca o pată mişcătoare de-a lungul curții pustii; pachetul de sub haină îi împiedica întrucâtva mersul. Era magnifică. Atât de curajoasă! Am privit în jur, în căutarea vreunei mişcări. Pisica a sărit într-o parte, ferindu-se din calea lui Truus, iar mie mi-a tremurat degetul pe trăgaci. Aproape că am făcut din pisică prima mea victimă. Dar am reuşit să mă opresc şi am auzit un clinchet liniştitor în clipa în care cocoşul armei a glisat la loc.

Truus s-a aruncat pe burtă între șine; chiar o ascundeau un pic, fie și pentru faptul că nu te-ai fi așteptat ca cineva să se pitească în văzul tuturor. Bomba era alcătuită din două obiecte mici și dintr-un ghem de fire; am văzut-o pe Truus îndesând totul între șine și prinzându-le cu un fel de chingă lucioasă. Avea mâinile la nivelul feței în timp ce răsucea o serie de sârme laolaltă, iar apoi și le-a coborât și a așezat două discuri plate pe șina de tren. Detonatoarele, presupuneam. Se vedeau, dar numai dacă știai să le cauți. Însă nu părea să existe cineva însărcinat să le caute.

În timp ce cercetam curtea, în căutarea paznicilor, îmi simțeam mâinile umede pe mânerul pistolului. Nu se vedea țipenie de om. Truus a bătut în șină ca să fixeze ceva de ea, un inel mic. În afară de mine și de pisică, nimeni n-a observat. Truus s-a uitat la șina de tren, iar apoi m-a întrebat din priviri dacă totul era bine în ceea ce mă privea.

M-am mai uitat o dată de-a lungul curții și i-am făcut semn cu capul că totul era în regulă. Ridicându-se dintre șine, Truus a venit cât a putut de repede, strecurându-se în locul umbrit de lângă mine și scoțând un oftat de ușurare.

– S-a rezolvat! a spus ea. Acum nu mai trebuie decât să plecăm înainte de venirea trenului.

– Când vine?

Și-a verificat ceasul. Unul militar, german, mi-am dat eu seama, prea mare pentru încheietura ei subțire. Probabil că îl furase de la vreun soldat pe care-l omorâse.

– În zece minute. Aveam de gând să aștept trenul de mai târziu, dar fiindcă ai ajuns aici mai devreme... O să fim la limită, însă trebuie s-o facem. Trebuie să plecăm! Acum!

– E o deschizătură în gard, pe unde am intrat, am spus eu.

– Bine! Te urmez!

Acea firavă urmă de aprobare din partea ei m-a umplut de o încredere nemeritată.

– Să mergem!

Am alergat la gard, am îndoit partea tăiată și am trecut dincolo dintr-o singură mișcare. Apoi m-am ghemuit și am întors capul, căutând-o din priviri pe Truus. Dar nu era acolo. M-am uitat mai bine prin întuneric. Era încă lângă turn, nemișcată.

Atunci l-am zărit. Mersul îi era dezinvolt, lipsit de orice grijă, dar era totuși un soldat cu arma la umăr și se îndrepta spre mine. Încă nu mă văzuse. Am privit repede în jur și am văzut un imens tambur de lemn. Dacă eram în stare să ajung până acolo, puteam să mă ascund în spatele lui.

M-am uitat din nou la Truus, dar întunericul era atât de dens, încât nu-i vedeam expresia de pe față. I-am arătat cu mâna direcția în care plănuiam să mă îndrept, nedându-mi seama dacă înțelegea. Apoi m-am ridicat în picioare, pregătindu-mă.

Dar Truus înainta și ea. Am văzut-o cum căuta ceva; mâna ei mică a traversat preț de o clipă fâșia de lumină, după care am auzit un pocnet. Aruncase o piatră.

Soldatul s-a răsucit pe călcâie, căutând sursa zgomotului, iar eu am fugit în direcția opusă, spre tambur, și m-am prăbușit în spatele lui, gâfâind. Fără zgomot, speram.

Trei paznici s-au ivit acum din spatele clădirii și au dat fuga spre piatra aruncată de Truus, împungând-o cu țevile armelor. Apoi au mai cercetat un pic zona, căutând printre materialele industriale răspândite prin curte. Unul dintre ei a lovit cu pușca o ladă plină cu arcuri ruginite, iar prietena noastră, pisica, a sărit din ea, arătându-și colții. Soldatul a făcut un salt înapoi.

– *Eine Katze!* a strigat un alt soldat.

Au râs cu toții și l-au arătat cu degetul pe camaradul lor care se speriase de o pisicuță.

El a scuipat în urma animalului, iar soldații s-au întors spre cealaltă aripă a clădirii, încă râzând. O distracție neașteptată într-o seară plictisitoare!

I-am mulțumit în gând lui Truus. Ascunsă după tambur, mi-am lăsat capul în piept și am înghițit în sec. Ceilalți soldați au plecat. Dar nu și cel dintâi, aflat în patrulare, care s-a uitat țintă la mine – sau, cel puțin, la tambur. L-am auzit descuind poarta metalică, iar pașii se apropiau. Nu-mi mai rămânea nimic de făcut.

M-am ridicat în picioare.

– *Wer ist da?* Cine-i acolo? a întrebat el, iar glasul subțire i s-a frânt.

– Scuze, scuze! M-am cam rătăcit!

Am vorbit în germană, ca să fiu sigură că mă înțelegea.

De cele mai multe ori, nemții nici nu-și dădeau seama de diferență. Văzându-i ochii apoși și auzindu-i glasul nesigur, i-am zâmbit. Am tremurat teatral și mi-am băgat mâinile în buzunarele hainei de stofă de lână, ascunzând, în același timp, pistolul.

– *Papiere!*

A înaintat spre mine cu pas măsurat, până când a fost nevoit să se oprească; altfel, arma lui m-ar fi împuns în obraz.

– Documentele! a spus el din nou, în olandeză, de data asta.

Părea speriat.

I-am întins cartea de identitate falsă, iar el a cercetat-o, ridicând-o la lumină ca să poată citi. Pe urmă mi-a înapoiat-o, cântărindu-mă din ochi cu scepticism.

– N-ai ce căuta aici! A trecut ora stingerii!

Nu era singurul motiv pentru care n-ar fi trebuit să mă aflu acolo, după cum o știam amândoi.

– Știu, știu! am răspuns, trăgând de timp.

Aș fi vrut să verific ce făcea Truus, dar nu puteam să risc ca soldatul să-mi urmărească privirea.

– De dimineață, pe când treceam prin zonă, am scăpat ceva pe aici și...

Mi-am făcut glasul să sune stins, pierit. Și am început să plâng. Desigur, m-am prefăcut.

– Ei, stai așa, nu face asta! a exclamat soldatul, încurcat, iar cătarea din capătul țevii puștii a coborât și s-a îndepărtat de mine, dar el a rămas locului, neliniștit. Ce ai pierdut, domnișoară?

Eu continuam să plâng. Soldatul a privit în jur, căutând ajutoare. Nu era nimeni.

– N-ar trebui să fii aici! a repetat el. S-ar putea să fii arestată!

– Nu mă arestați! am hohotit eu, cu fața încă îngropată în palme, întinzându-mi, cu degetele și cu un strop de salivă, rimelul pe obraji, după care mi-am ridicat privirea, clipind, iar ochii lui s-au mărit la vederea istericalelor mele feminine. Vă rog!

Ori de câte ori plâng femeile, bărbații se sperie. Am înregistrat în minte acea observație prețioasă.

– Găsește ce cauți și pleacă! mi-a ordonat el. Despre ce-i vorba? Despre o bijuterie? Despre bani?

– Poate că am scăpat-o pe acolo, am răspuns eu, privind în direcția opusă fabricii, spre case și spre bicicleta mea ascunsă înapoia lor. Pot să mă duc să caut?

– Da, da, du-te! s-a învoit el, aruncând o privire peste umăr. Du-te! a repetat, arătând într-acolo cu puşca.

Am alergat spre bicicletă în timp ce el mă privea, iar puşca aţintită asupra mea îmi urmărea fiecare pas. După ce am ajuns, m-am aplecat şi mi-am trecut palmele peste pământ, blestemând sărăcia care golise străzile de resturile şi de vechiturile aruncate, pe care înainte de război le vedeai pretutindeni. Acum păstram orice, chiar şi lingurile îndoite sau ambalajele bomboanelor. Am pus mâna pe o rămurică prăpădită şi am ridicat-o, sperând ca soldatul să n-o cerceteze mai de aproape.

– Am găsit-o!

Dar el a pornit spre mine şi am simţit că mă părăsea curajul.

„Nu! Te rog, nu te apropia!"

Mi-am căutat arma în buzunar şi, în clipa aceea, a răsunat un pocnet puternic.

Truus arunca din nou cu pietre.

Unul dintre ceilalţi soldaţi a apărut în curte, alergând, iar soldatul meu s-a albit la faţă, parcă dându-şi seama că o încurcase.

– Pleacă! a şuierat el.

Am dat fuga spre bicicletă, fără să mă uit înapoi. Am sărit în şa, am cotit după o casă abandonată şi acolo m-am oprit ca să ascult. Sunetul paşilor lui grăbiţi a pierit pe măsură ce se apropia de clădirea centralei, aproape acoperit de un pufăit îndepărtat. Am mai aşteptat câteva minute, încercând să-mi liniştesc răsuflarea sacadată, iar apoi m-am apropiat în vârful picioarelor de colţul clădirii şi m-am uitat spre turnuri. Pufăitul era puternic acum: venea trenul de marfă. Cu ochii mijiţi, am încercat s-o văd pe Truus de la acea depărtare, dar zona în care se afla ea era prea întunecată și prea departe.

Am simțit o mână pe umăr.

– Să mergem!

Truus venise ocolind clădirea din spatele meu. Ea s-a îndreptat spre stradă, iar apoi a pătruns pe o alee, a luat o bicicletă și, în foarte scurt timp, a început să pedaleze spre Haarlem. M-am întors ca să-mi iau și eu bicicleta și atunci întreaga lume parcă s-a oprit în loc.

Totul era aprins.

Totul era cotropit de un zgomot infernal.

Totul era cufundat în tăcere.

Apoi totul s-a prefăcut în haos.

Explozia m-a doborât la pământ și am simțit o durere în șold, dar eram întreagă. Însă nu se putea spune la fel și despre centrala electrică. În spatele meu, curtea fusese năpădită de un nor de fum, de flăcări și de praf, care urca spre cer, mânios. Geamurile se sfărâmaseră, iar muncitorii și soldații năvăleau afară, orbiți, revărsându-se din clădirea centralei precum furnicile dintr-un coș de picnic. Acolo, în mijlocul curții, trenul se preschimbase într-o învălmășeală de fiare trântite peste șinele deformate, unele vagoane fiind complet răsturnate, iar altele, îndesate unele într-altele ca niște jucării. Cărbunele dinăuntru se risipise peste macaz, în dune negre, acoperite de cenușă.

Noi făcuserăm asta. Eu și Truus. Arșița exploziei îmi încălzea fața și mă silea să mijesc din ochi. Am pedalat în direcția în care plecase Truus, cu pieptul umflat de mândrie. Am izbucnit într-un râs puternic, în timp ce vederea îmi era încețoșată de lacrimi de bucurie.

17

1943, toamna

– O să-ți creezi o reputație! a spus Jan apăsând pe declanșator, înainte ca arma să se descarce.

Era o după-amiază târzie, la o săptămână după ce puseserăm bomba, iar el îmi propusese să exersăm trasul cu arma, în vederea unei misiuni viitoare. Eram nerăbdătoare s-o revăd pe Truus după explozia de la IJmuiden, dar ea și Freddie dispăruseră a doua zi. Hendrik lăsase să se înțeleagă că surorile Oversteegen făceau parte dintr-o rețea mult mai întinsă a Rezistenței, din care RVV reprezenta numai o mică parte. După cât îmi dădeam seama, cele două surori nu se opreau niciodată din lucru.

Am reîncărcat și l-am așteptat.

– Se vorbește despre IJmuiden, a spus el, despre ceea ce ați reușit să faceți la fabrică! Oamenii au stat treji toată noaptea, numai ca să vadă incendiul.

Părea fericit pentru mine. Mândru.

– E meritul lui Truus! am spus eu, văzând-o în minte cum se ascunsese între șinele de cale ferată și minunându-mă din nou. Eu doar am ajutat!

– Am o grămadă de surse în zonele acelea, iar una dintre ele mi-a spus că ar fi putut să jure că în seara aceea a văzut o roșcată frumoasă, care a trecut ca vântul prin fața ferestrei sale, călare pe o bicicletă ce scârțâia.

A rânjit, satisfăcut, făcând gropițe în obraji.

–Așa că, desigur, am cerut să vii cu mine în următoarea mea misiune!

A țintit, a tras. Și-a mușcat buza în momentul în care a apăsat pe trăgaci. Iar eu mi-am pus în gând două lucruri: să încerc să fiu mai puțin vizibilă atunci când fug de la fața locului și să găsesc un lubrifiant pentru pedalele care scârțâiau.

–Tovarășii noștri cred că voi două sunteți minunate! Ceea ce e adevărat, bineînțeles. Pentru niște fete, a adăugat el, dregându-și glasul.

–Taci! i-am cerut, lovindu-l cu pumnul în umăr. Către ce țintesc aici?

Ne aflam din nou în adâncul pădurii, într-un mic luminiș.

Jan a arătat spre un pâlc de cedri aflați în fața noastră.

–Încearcă să-l lovești pe unul dintre cei trei înalți: Fritz, Karl sau Adolf.

Imposibil. Trunchiurile copacilor erau subțiri ca un fus și greu de țintit. Și prea departe de noi. Dar am țintit și am tras câteva împușcături la rând, după cum îmi ceruse Jan. Fiecare glonț a trecut pe lângă copaci, care au rămas în picioare, nemișcați în aerul liniștit al serii.

–Îmi pare rău! am spus, rușinată.

Dar lui Jan nu-i păsa.

–Nu te grăbi! m-a îndemnat el.

–*Îmbracă-mă încet, fiindcă mă grăbesc!*

Jan a mijit din ochi, intrigat.

–Continuă!

–E o zicală veche, una de-a curvei tale preferate! am spus eu, râzând.

–Poftim?! s-a mirat Jan, făcând ochii cât cepele.

–E o zicală a lui Napoleon, l-am lămurit.

El și-a dat ochii peste cap, iar eu am apăsat pe trăgaci. Fâlfâitul aripilor unei păsări mi-a vestit o nouă ratare.

– Fir-ar! am exclamat.

– Îmbracă-te mai încet, Hannie! m-a tachinat el. Și nu-ți face griji! Exersează! Misiunea e vineri. Ești rezerva mea. Asta, a adăugat el, zâmbind, dacă vrei să fii!

Regula nescrisă a misiunilor spunea că acestea erau întotdeauna opționale.

– Nu se plătește bine! a explicat Hendrik.

Fusese doar o glumă: nu se plătea deloc, noi fiind voluntari. Dar adevărul era că nimeni nu refuza vreodată misiunile încredințate. Dimpotrivă, doream cu toții să facem mai mult. Eu, una, așa simțeam.

– Desigur! am spus, cu un glas mai plin de încredere decât simțeam cu adevărat. Despre ce-i vorba?

– Un adevărat premiu, a explicat el, aproape lingându-și buzele de plăcere. Freddie a urmărit cazul ăsta și a adunat informații solide despre venirile și plecările unui grup de mahări naziști. Vineri seară îl vânăm pe unul dintre ei: caporalul Ernst Kohl, trimis aici din Polonia, ca să dirijeze planurile Aktion Silbertanne. Se pare că ar fi un fel de expert în uciderea membrilor Rezistenței. Vineri ne ocupăm de el.

Jan mi-a explicat că trebuia să ne îmbrăcăm ca pentru o întâlnire amoroasă, urmând să mergem la un bar care devenise un fel de club al ofițerilor.

– N-o să intrăm, e prea periculos! m-a lămurit el. Nu există destule ieșiri. Dar rămânem afară, ca să-l așteptăm. O să te descurci de minune! m-a asigurat, rânjind.

Nu eram la fel de sigură.

– Dacă rămânem afară, n-o să părem suspecți?

– Vezi tu..., a spus Jan, apropiindu-se, am o idee!

Dintr-odată, a părut timid, ceea ce m-a tulburat. Și, oricum, eram mereu tulburată în preajma lui.

– Lângă bar e o alee, a spus el. Putem să ne ascundem acolo în timp ce așteptăm. Iar dacă ne vede cineva...

Am ridicat din umeri, neînțelegând.

– Poftim?

– Ei, haide!

Îi simțeam mirosul. Sudoare proaspătă, tutun, un iz masculin pe care l-am adulmecat de parcă ar fi fost un drog.

– Dacă ne vede cineva, putem să ne prefacem că suntem doi îndrăgostiți.

– Doi îndrăgostiți?! am repetat eu. De ce crezi că, în felul ăsta, nu mai suntem suspecți?

Acum, obrazul lui era chiar în fața mea.

– Mă gândeam că... dacă trece cineva pe acolo, am putea să...

Și-a îndreptat privirea spre ochii mei, după care și-a coborât-o până în dreptul gurii.

– Să ne sărutăm.

– Aha..., am făcut eu.

Stăteam la câțiva centimetri unul de celălalt, atât de aproape încât îi simțeam căldura corpului prin aerul dintre noi.

– Dar dacă nu vrei, nu facem asta! a spus el.

Mi-am umezit buzele. La fel și el. Așteptam, ca doi magneți care încercau să reziste atracției elementare. Apoi el s-a aplecat spre mine și m-a sărutat apăsat, ținându-mă strâns cu mâinile în tot acest timp, de parcă se temea să-mi dea drumul.

Mai sărutasem cândva un băiat. O singură dată. Era prima petrecere din studenție, într-o sală plină de străini derutați, care se prefăceau că se distrau. Nu știu cum, ajunsesem pe ringul de dans, agățată de un băiat pe nume Tom, care, de cum se terminase melodia, mă sărutase pe gură și apoi se retrăsese, de parcă ar fi fost surprins de propriul gest.

– Întotdeauna am vrut să fac asta! spusese el.

Eu rămăsesem pe loc, uluită și jenată.

– Iartă-mă! se scuzase Tom, iar apoi plecase în pas alergător.

După aceea, nu mai voisem să fiu sărutată. Parcă fusesem plesnită peste gură cu un pește mort.

Sărutul lui Jan n-a fost la fel.

În clipa în care m-a sărutat, am simțit nevoia să-l trag mai aproape de mine, vai! Sărutul nu trebuia doar executat; trebuia simțit. Ne-am sărutat și ne-am tot sărutat, iar în cele din urmă ne-am dezlipit unul de celălalt.

Jan a râs.

– Ei, bine!

– Ce-i?

– Nimic, a răspuns el, dându-mi o buclă pe după ureche. A fost plăcut. Asta-i tot.

– Chiar a fost plăcut, am confirmat eu.

Apoi ne-am sărutat din nou. Și încă de câteva ori.

– Ca antrenament! am spus. Pentru acțiunea de vineri seară.

– Pentru cea de vineri seară, a repetat el.

Ne-am sărutat din nou, până când am auzit un foșnet printre copaci. Ne-am uitat amândoi într-acolo, dar n-am văzut nimic.

– Se face întuneric aici, a spus Jan. Poate că ar trebui să plecăm!

– Nu-i atât de întunecat!

Nu voiam să plec nicăieri. Voiam să-l sărut fără oprire pe Jan. Începeam să cred că, poate, simțeam în sfârșit ceea ce simțeau toți ceilalți... dragoste, pesemne, sau poate că nu. Cum puteam să-mi dau seama? Era ca un drog.

– Atunci, să mai exersăm cât timp se mai poate! a spus Jan. Pentru acțiunea de vineri seară.

– Bine! m-am învoit eu.

El a scos arma și mi-am dat seama că se referea la tragerea la țintă.

– Mai încearcă să tragi spre cei trei copaci, m-a îndemnat, arătând spre cedrii din fața noastră.

– N-are rost! am spus eu.

– Încearcă!

După sărut, tonul i se mai îmblânzise.

Dacă nu puteam să-l sărut, voiam ca măcar să-l impresionez. Mi-am implântat bine picioarele în pământ, am privit cu un ochi închis peste țeava armei și am tras. Cedrul cel mare din partea dreaptă a tremurat și s-a scuturat de o rafală de frunze.

– Adolf! Bravo!

Jan m-a bătut pe spate și nu și-a luat mâna de pe mine.

– Nu sunt sigură că l-am lovit, am spus eu. Cred că doar am scrijelit o ramură.

– Ai puțină încredere în tine, femeie!

Am râs.

– Bine, l-am lovit!

– Pun pariu pe cinci țigări că l-ai ratat, a spus Jan.

Am aruncat cu un băț în el.

– Fugi de-aici!

Jan a râs, iar eu am pornit spre copaci.

– Așadar? a strigat el în urma mea.

– Accept pariul! am răspuns eu fără să privesc în urmă, dar nu te cred pe cuvânt. Mă duc să verific.

El a râs.

– Aștept țigările!

Am continuat să calc cu pas greu prin lăstăriș, gândindu-mă la atingerea mâinii lui. La săruturile lui. Mă furnica pielea. Am ajuns lângă cedri și l-am cercetat pe Adolf, căutând găurile de glonț, dar acolo, printre copaci, era și mai dificil să vezi ceva. Mi-am trecut mâna peste coaja ca de hârtie a cedrului, căutând o rană. Nimic. Apoi mi-am ridicat privirea și am văzut o ramură frântă în două, care atârna ca un dinte slăbit. Era așa cum mă gândisem. Apoi am văzut în spate următorul copac, un stejar imens. Am înaintat mai mult. Dacă lovisem acel stejar sau pe oricare dintre ceilalți copaci, încă puteam să câștig pariul.

Înaintam cu greu. Acum mă aflam în inima pădurii, unde nu exista nici o cărare. Numai o răcoare adâncă și tăcere. Mi-am croit drum peste bușteni acoperiți de mușchi și mi-am tras mânecile peste mâini, ca să pot îndepărta rugii. Am mai făcut un pas spre stejarul cel mare, iar piciorul mi-a călcat pe ceva alunecos. Mi-am pierdut echilibrul și, temându-mă să mă agăț de tufișurile spinoase, am căzut la pământ, apărându-mi fața cu brațele.

Dar pământul nu era ud. Cel puțin, nu atât de ud precum lucrul pe care abia călcasem. M-am ridicat puțin și am curățat pământul de resturile vegetale. Ciuperci? Mușchiul verde și gros, poate. Sau un pește mort - a, nu, așa ceva chiar n-avea nici un sens.

Citeam pământul cu vârfurile degetelor, precum un orb, iar mâna mi-a zvâcnit înapoi din instinct, înainte să-mi dau seama ce era lucrul acela. Atât de palid, încât părea să lucească.

O mână de om.

-Jan! am țipat. Jan!

Am sărit în picioare și m-am depărtat, clătinându-mă. Am căzut pe spate, peste o buturugă, și am rămas acolo, cu gândurile împrăștiate.

– Hannie!

Jan venea în goană prin pădure.

– Sunt aici! am strigat.

– Ce-i? a întrebat el, sărind peste un bolovan ca să ajungă la mine.

– Am împușcat pe cineva!

– Poftim?!

– Acolo, pe pământ! O mână! E o mână de femeie!

Încă o vedeam în minte. Întinsă, cu palma în sus, cu degetele aduse spre interior, ca orice palmă relaxată. Unghiile îi erau vopsite într-un roz aprins. Jan a făcut câțiva pași, iar apoi s-a oprit.

– Hannie, vino aici!

Aș fi vrut să fug în direcția opusă. În schimb, m-am ridicat și m-am întors acolo unde se afla mâna, dimpreună cu tot corpul de care era atașată. Jan curățase ceva din resturile căzute peste femeie, iar ea zăcea acum ca un înger de zăpadă culcat pe covorul de frunze al pădurii. Strălucitoare în lumina amurgului, purta numai un neglijeu sfâșiat de satin, de culoarea piersicii – culoarea pielii ei – și chiloți albi, simpli, dar practici, cu betelia ruptă și cu materialul sfâșiat în mijloc, lăsând-o dezgolită. Jan nu îndepărtase ramurile căzute peste ea. Fața îi era acoperită de noroi, iar părul lung și șaten îi dispărea printre bulgări de pământ și frunze moarte. Nu vedeam nici o rană de glonț. Dar nu voiam să mă uit mai de aproape. Abia dacă înțelegeam ce anume vedeam cu ochii.

– E aici de... o săptămână, cel puțin.

Jan i-a atins cotul cu vârful ghetei, iar brațul s-a rostogolit într-o parte.

-Nu!

-Cadavrele nu sunt rigide decât o zi sau două.

-Bleah!

M-am întors cu spatele şi m-am îndepărtat câţiva paşi, încercând să-mi şterg imaginea aceea din minte.

-O, Doamne, Jan!

-Totul e în regulă!

-Nu! l-am contrazis eu, iar apoi am arătat spre pământ. Mai e unul!

Jan a venit în fugă.

-O, Doamne! Un cuplu!

Bărbatul zăcea lângă un buştean, cu trupul aproape înţepenit dedesubt. Era îmbrăcat numai cu chiloţi albi de bumbac şi cu ciorapi negri, cu o gaură în dreptul degetului mare de la piciorul drept. Capul cadavrului era întors spre noi. Părea un om cât se putea de normal, în vârstă de vreo treizeci şi cinci sau patruzeci de ani, la fel ca femeia.

-Vezi dacă poţi să găseşti vreun obiect care le aparţine! mi-a cerut Jan, căutând pe jos între cele două cadavre, ca un copoi. O poşetă sau o servietă! Cei doi mi se par..., a spus el privindu-i pe rând, ...oameni cu ocupaţii intelectuale. Burghezi.

-Nu suntem la parada de Întâi Mai! i-am atras eu atenţia.

Uneori, Jan era neîndurător.

-Ştii ce vreau să spun. N-au avut un trai greu.

-Femeia are o manichiură îngrijită, ce-i drept, am recunoscut eu.

Jan şi-a ridicat privirea la mine, parcă surprins de deducţia mea poliţienească.

-Exact!

Le-am căutat îndelung bunurile, dar n-am găsit nimic, până când s-a făcut prea târziu și nu s-a mai văzut pământul.

– Hannie, trebuie să plecăm!

Jan a aprins o țigară, care era singurul punct de lumină în întuneric. Mi-a întins-o.

– Mersi! i-am mulțumit eu.

Am oftat. Oare cei doi erau olandezi? Ea era, cel mai probabil. Oare el era nazist? Poate că da. Sau poate că nu. Nu știam pe cine să urăsc.

– Ei, bine, cred că ai pierdut pariul!

– Taci!

Eram răgușită. Încercam să nu plâng.

– Hei! a spus Jan, ridicându-mi bărbia ca să-l privesc în ochi. Probabil că n-a fost decât...

– Ce? Un pact de sinucidere simultană?

– Un pact de sinucidere simultană?! a repetat el. O, Doamne, femeie! De unde îți vin asemenea idei?

– Poate că erau evrei și le-a fost greu să mai suporte.

– Sau poate că erau evrei și naziștii i-au adus aici, l-au omorât în bătaie pe tip, iar cu fata și-au făcut de cap și apoi, cu o lovitură rapidă în ceafă, s-au asigurat că nu rămâne în viață nici unul dintre ei. N-am găsit urme de gloanțe.

– Of, Jan! am gemut eu, îndepărtându-mă. Te rog!

– Iartă-mă! a spus el, iar de data asta părea să regrete și m-a privit în față, îngrijorat. Îmi pare rău, Hannie. Vino aici!

M-a tras spre el și m-a strâns în brațe. I-am simțit căldura trupului prin puloverul de lână și i-am ascultat bătăile inimii.

– E în regulă! a spus el. Probabil că n-ai mai văzut niciodată un cadavru.

– Ba am văzut! l-am asigurat eu.

– În atacul cu bombă de zilele trecute?

Am făcut o pauză. Nu mă mai gândisem la ea de multă vreme.

– Nu, e vorba de sora mea.

– O, Doamne, îmi pare rău!

– A murit cu mult timp în urmă, am spus eu. Înainte de război.

– Aşadar, nu asta te supără! a exclamat Jan, mângâindu-mi părul.

– Nu mă gândesc la asta, l-am lămurit, prevăzându-i sfatul.

– Aha! a spus el. Şi cum faci asta?

– Mi-o scot din minte, am răspuns, inspirând adânc.

Apoi am izbucnit în lacrimi. Mi-am adâncit faţa în puloverul lui, ca să-mi înăbuş suspinele care mă gâtuiau. Nu eram tristă propriu-zis, starea mea sufletească fiind chiar mai complicată de-atât. Am lăsat plânsul să pună stăpânire pe mine şi, lipită de Jan, am vărsat multe lacrimi, iar el mi-a absorbit cumva trăirile. Cu ochii închişi, încă o vedeam pe femeia întinsă la pământ. Faţa ei, umerii, picioarele – toate erau pline de vânătăi.

– Nu-i uşor! a spus Jan, ţinându-mă încă în braţe. Însă, cu timpul, se face tot mai uşor.

– Dar e corect? am şoptit eu. E bine? Toţi oamenii aceia care au murit la fabrică...

– Ascultă! a spus el, prinzându-mă de bărbie şi ridicându-mi capul, ca să-l privesc. Îmi pare foarte rău pentru moartea surorii tale. Dar un nazist mort e un lucru bun, Hannie! Foarte bun! Câte vieţi crezi că ai salvat prin ceea ce ai făcut acolo? Ai scos din funcţiune o centrală electrică, la naiba! Asta se traduce în vieţi de care nemţii nu se mai pot atinge acum! a exclamat, sărutându-mă pe păr. Iar partea cea mai bună e că atentatul acela le amintește nemernicilor că, în cele din urmă, n-o să câștige ei. Poponari nemernici, mâncători de varză!

Am râs și mi-am șters lacrimile. Jan a scos o batistă din buzunar.

– Nu-i la fel de fină precum cea a lui Hendrik, dar e curată. Aproape.

– Mulțumesc! am răspuns, după care am rămas pe loc un minut, încercând să mă adun. De cât timp faci asta? am întrebat.

– Eu? O, m-am prins în jocul ăsta de multă vreme! Aici erau destui fasciști înainte de venirea germanilor. Am fost arestat.

– Vorbești serios?

– Era chiar la începutul războiului și lucram la Hoogovens, la linia de asamblare, a povestit el. Muncă de agitație, distribuiam ziare clandestine, treburi de genul ăsta. Când, ce să vezi, o trupă de abjecți din Gestapo – acum le spunem ofițeri SD – intră în fabrică cu o listă de nume și, printre ele, Bonekamp! N-aveam unde să fug, așa că m-au dus la secția de poliție din IJmuiden, împreună cu alte zeci de zurbagii.

Nu vedeam prea multe, dar din când în când sclipirea țigării îi lumina fața care acum era zâmbitoare din pricina amintirilor despre noaptea aceea.

– Ne aruncă în celule, înțelegi? Scârboase, mizerabile! Și stau acolo vreo douăzeci și patru de ore, cred. Alții sunt scoși din celulă și nu se mai întorc. În cele din urmă, sunt cărat la interogatoriu, unde mă așteaptă doi ticăloși de naziști. Idioții satului de pe undeva din Austria. Se făcuse deja trei dimineața, adică nimerisem în tura anchetatorilor de toată jalea. Ăsta a fost norocul meu. Mă bagă într-o încăpere, încătușat, că altfel i-aș fi pus la pământ, și se apucă să studieze documentația.

E distracţia lor preferată: liste peste liste de nume. Tot citesc şi citesc, iar apoi încep să mi se adreseze, în sfârşit. „Bonekamp?" spune unul dintre ei. Eu mă gândesc să mint, dar, atunci când plecaseră din fabrică, îmi luaseră şi dosarul de personal. Tare le mai plac tâmpeniile astea! Aşa că am spus „da". „Jaap Bonekamp?" întreabă celălalt, ridicând documentele ca să i le arate celui de-al doilea idiot. Ceva e în neregulă. Încep să asude. „La naiba, nu!" zic eu. „Jan Bonekamp." Aveau alt dosar. Sunt vreo jumătate de duzină de Bonekamp în dosarele acelea, dar ei nu ştiu asta! a spus el râzând. „Jaap e vărul meu." Îmi dau seama că sunt speriaţi. Asudă, ţipând unul la altul şi vârându-şi reciproc hârtiile sub nas. Sunt nemţălăi, aşa că par nişte câini care latră. Îmi dau seama că prezenţa mea îi irită din ce în ce mai mult. Aşa că ţip din nou la ei: „Scoateţi-mă naibii de aici! M-aţi arestat ilegal, abia aştept să vorbesc cu superiorul vostru despre doi rataţi care nu ştiu nici măcar să citească corect o listă de nume! O listă de nume! Trebuie să-mi scoateţi astea imediat!" Şi încep să lovesc cătuşele de spătarul scaunului, făcând mare tărăboi. Cei doi cretini se uită unul la celălalt, verifică documentele pentru ultima oară, iar apoi pun să fiu escortat până la ieşirea din secţie.

Eram impresionată.

– Chiar aşa?

– Da. Dar povestea nu s-a terminat aici.

Era atât de chipeş când se însufleţea în felul ăsta!

– Te-au urmărit? am întrebat eu.

– Într-un fel. De cum ajung în stradă, o rup la fugă cât de repede puteam, spre casa părinţilor mei – încă locuiam cu ei pe atunci –, iar tata îmi spune că ar fi mai bine să mă ascund, în caz că nemţii îşi dau seama de greşeală. Chiar atunci intră în casă, grăbit, fratele meu mai mic și ne spune că sunt ofițeri Gestapo pe stradă. Mama mă trage în bucătărie și arată spre un dulap de lângă chiuvetă, îndemnându-mă: „Intră acolo!“ Eu nu înțeleg, dar mă apropii și văd că au transformat dulapul într-un fel de intrare secretă spre un spațiu gol de sub podeaua bucătăriei. Mă strecor înăuntru – era foarte îngust – și mă târăsc până la un loc unde pot să stau culcat sub podea.

Atunci când își începuse povestea, Jan mă ținea de mână. Acum mă strângea din ce în ce mai tare.

– După numai cinci secunde, se aude bătaia clasică a Gestapoului la ușa noastră: cei doi polițiști bat la ușă și apoi mărșăluiesc înăuntru. Îi aud pe părinții mei certându-se cu ei și pe fratele meu strigând. Eram mândru de ei. Se apărau în fața nemților. Dar n-au putut să-i oprească să ne percheziționeze casa. Timp de patruzeci și cinci de minute, nemții întorc casa cu fundul în sus, zdrobesc rafturile și sfărâmă mobila. Numai așa, de-ai naibii! Iar în tot timpul ăsta, eu stau întins în ascunzătoare, nemișcat ca o stană de piatră. Din când în când, unul dintre nemți trece pe deasupra mea, iar noroiul de pe cizmele lui îmi intră în ochi și în gură. Dar nu m-am clintit din loc.

– Și ce ai...? am întrebat eu.

– L-am înghițit, naiba să-i ia! Dezgustător, dar cui îi pasă? După o vreme, se plictisesc și pleacă. Mai aștept puțin, iar apoi ies târâș. După asta, am dat o petrecere acasă. A fost o seară reușită.

– Nu s-au mai întors niciodată?

– M-am ascuns vreme de câteva luni, mi-am vizitat unchiul și mătușa de la Haga. Acolo l-am cunoscut pe Hendrik. În momentul în care am intrat în Rezistență.

– Nu-mi imaginez cum ar fi RVV fără tine! am spus eu.

Nu mințeam. Jan avea o energie aparte, care te făcea să te simți în siguranță alături de el, ca și cum era dispus să facă lucruri pe care alții nu le-ar fi făcut. Chiar dacă, poate, exagerase povestea pe care mi-o spusese. Dar era de partea binelui.

– Am ales RVV fiindcă avea reputația de a fi violentă, a explicat el.

– N-au aceeași reputație toate facțiunile Rezistenței?

– Nu. Unele celule ale Rezistenței se mulțumesc să tipărească ziare, știi? Sau să transporte lucruri prin țară și afară din țară. Nu, Rezistența care lupta cu arma în mână, din asta voiam eu să fac parte!

A tras din țigară, iar apoi mi-a întins-o.

– Nu mi-am dat seama că m-am alăturat celui mai violent grup!

– Bettine nu ți-a spus-o? a întrebat el, zâmbind în clipa în care s-a gândit la ea. Ei, bine, Bettine știa! Și mai știa că aveai să te integrezi cât se poate de bine. Poftim! a spus el, aruncându-mi bricheta. Pentru tine!

Bricheta lui de argint era grea în mâna mea, având o latură netedă și una zgrunțuroasă. Am deschis capacul ca să aprind flacăra și am văzut gravura de pe o latură.

– Bleah, Crucea de Fier! m-am stropșit eu.

Jan a râs.

– Ei, da! Am luat-o de la un nemțălău!

– Atunci, ar trebui s-o păstrezi!

– Nu, am o grămadă. Uite, dă-mi-o puțin!

I-am aruncat-o înapoi. El a scos din teacă micul pumnal pe care-l ținea la betelie și, după câteva răsuciri ale lamei, Crucea de Fier s-a desprins și a căzut la pământ. Jan a ridicat bricheta ca pe o sticlă de șampanie.

– Jos cu Hitler! a strigat el.

– Jos cu el! am răspuns eu. Mulțumesc!

Jan a zâmbit și s-a bătut cu pumnul în piept, exclamând:

– Ura pentru Bettine Dekker, fiindcă mi-a trimis o roșcată atât de nebună ca s-o antrenez!

A clătinat din cap, prefăcându-se exasperat, iar eu m-am apropiat ca să-l lovesc cu pumnul – dar el mi l-a prins în căușul mâinii. Apoi l-a dus la gură și l-a sărutat. Ne-am oprit. Mi-am trecut celălalt braț pe după gâtul lui, m-am ridicat și apoi ne-am sărutat din nou pe buze.

S-a lăsat pe spate, sprijinit de coaja imensului stejar din spatele nostru, și m-a privit în ochi.

– Hannie..., a spus el.

Îl doream. Foarte mult.

– Nu vorbi, l-am rugat, lipindu-l de copac și sărutându-l din nou.

– Hannie! a strigat un glas.

Era Truus.

18

Am sărit în picioare înainte ca ea să apuce să mă vadă. Nu fusesem niciodată surprinsă sărutând pe cineva. Era jenant. Mai ales în fața lui Truus. Mai ales cu Jan.

– Truus! am strigat, mergând în direcția vocii ei.

– Așteaptă! a răspuns ea. Oprește-te, nu veni aici!

Era lângă trupul femeii.

– Nu te apropia! Arată rău!

– Am văzut-o deja! am asigurat-o eu.

Copacii din spatele meu au tremurat și apoi Jan și-a făcut apariția.

– Truus! a spus el.

Ea l-a privit cu ochii Meduzei.

– Mai e un cadavru, am spus eu. Un bărbat. Dincolo.

– În aceeași stare? a întrebat ea.

Am dat din cap în semn că da. Sperasem să avem ocazia de a discuta despre misiunea de la IJmuiden înainte să demarăm o nouă operațiune. Abia dacă ne cunoșteam, dar între noi se crease acum o legătură. Așa simțeam eu, cel puțin.

– Cum ne-ai găsit?

– Vin aici ca să exersez cu arma, a răspuns ea. Când i-ai găsit? l-a întrebat pe Jan.

– Eu am găsit cadavrele, am lămurit-o, și i-am văzut un licăr de aprobare în privire. Am încercat să-i identificăm.

– Şi? Aţi găsit ceva?

– Nici unul dintre ei n-are documente de identitate, am anunţat-o eu. M-am gândit că, poate, sunt evrei. La începutul războiului, au fost multe sinucideri în rândul evreilor.

– Da, a spus Truus privind în jos, la corpul femeii. Însă asta s-a petrecut recent. Dar tu? l-a întrebat ea pe Jan.

– Nemţii i-au ucis. Un cuplu lipsit de noroc, care s-a aflat în locul greşit la momentul greşit. Ar putea să fie mâna unui iubit gelos.

– Aţi mai descoperit şi altceva? ne-a chestionat ea.

– Păi, are unghiile... hmmm... vopsite, a spus Jan. Date cu ojă. Asta îmi spune că sunt un cuplu oarecare de oameni bogaţi, care a dat nas în nas cu cine nu trebuie.

– Ce ştii tu despre ojă? a întrebat Truus.

– Ce, vrei să ştii şi dacă e circumcis? a întrebat Jan.

– Şi e?

Jan i-a aruncat o privire feroce.

– Tocmai terminam aici!

Şi-a încordat falca, aşa cum făcea ori de câte ori se enerva. Truus ne distrusese acel interludiu.

– Nu mai am muniţie, Hannie. Să mergem!

– Şi cum rămâne cu cele două cadavre? a întrebat Truus.

Trupul femeii moarte zăcea pe pământ, între noi.

– Nu putem să-i lăsăm aici! am spus eu.

– Ba da! m-a contrazis Jan. Nu ştim nimic despre ei – poate că erau spioni germani.

– E în regulă, Jan, du-te! a spus Truus. Ne ocupăm noi de povestea asta.

Jan ştia că ea îi vorbea de sus, iar el ura asta. S-a uitat la mine cu ochii lui albaştri şi chipul i s-a mai îmblânzit un pic.

– Poți să pleci liniștit, i-am spus eu. Vorbim mâine-dimineață!

Oricât de mult aș fi vrut ca el să mă conducă spre ieșirea din acea pădure, cât mai departe de locul crimei, aveam convingerea că era greșit să las cadavrele de izbeliște. Poate că nu erau spioni germani.

Jan era derutat, dar prea nervos ca să mai discute.

– Bine! Ne vedem mai târziu!

Mi-a aruncat o privire înainte de plecare, dându-mi, astfel, o ultimă șansă de a pleca împreună cu el.

– Ne vedem în curând! am spus eu.

A dispărut în grabă printre copaci. Apoi totul s-a cufundat din nou în liniște.

– Arată-mi-l pe celălalt! mi-a cerut Truus. Pe bărbat!

Am condus-o la el. Truus a făcut aceleași lucruri pe care le-a făcut și Jan, a cercetat cadavrul în căutare de răni sau de obiecte personale și a evaluat starea în care se afla. Apoi a făcut altceva.

– Ajută-mă să-l ridic! mi-a cerut ea, lăsându-se pe vine lângă trunchiul mortului, acolo unde fusese împins sub buturugă.

Mi s-a întors stomacul pe dos la gândul ăsta.

– E... descompus!

– E important!

Truus m-a fixat cu privirea, testându-mă.

– Bine! m-am învoit eu.

Am luat o gură de aer proaspăt și apoi mi-am ținut respirația în clipa în care m-am aplecat ca să-l trag de gheată. Lucrând împreună cu Truus, am eliberat jumătatea stângă a trupului de sub buturuga unde fusese pe jumătate îngropat. Cumva, părea mai mort decât copacul doborât, iar pielea albă îi lucea ca marmura. Truus a făcut câțiva pași în jurul lui, privindu-l cu atenție. A îngenuncheat, i-a ridicat brațul stâng și mi s-a părut că îl împungea la subsuoară, iar apoi a lăsat jos brațul și s-a scotocit prin buzunar, în căutarea unei cutii zornăitoare de chibrituri.

– Ridică-i brațul! mi-a spus ea.

Am simțit acreala care mi se ridica spre gâtlej. Pielea omului, mai ales pe partea stângă, era împestrițată și vâscoasă, ca o cocă. Nu voiam s-o ating.

Truus și-a ridicat capul spre mine.

– Hannie, vorbesc serios!

– Bine, m-am învoit eu, nevrând ca Truus să-și schimbe părerea despre mine.

Am prins cu ambele mâini încheietura mâinii stângi a cadavrului și i-am ridicat brațul, îngrozită la gândul că ar fi putut să se desprindă de restul trupului. Din fericire, era mai rezistent decât mă așteptam. Dar duhoarea, o, Doamne! Truus ținea flacăra tremurătoare a chibritului atât de aproape de subsuoara omului, încât m-am temut că voia să-i dea foc. Mi-am făcut singură scârbă în clipa în care mi-am dat seama că, în cele din urmă, nu mai conta.

– Uită-te la asta! a spus ea.

M-am silit să mă uit la fâșia palidă de piele pe care cădea lumina și am văzut ceva scris pe partea interioară a brațului.

– Cu ce ți se pare că seamănă? a întrebat Truus.

– Poate că e o literă. *V*, cred, am răspuns eu, făcând semnul *V* cu degetele, așa cum văzusem în fotografii că făceau Churchill și trupele aliate. Poate că e membru al Rezistenței. *V* de la „victorie".

– Nu e! a spus Truus. Uită-te la asta!

M-am apropiat.

– Te uiți invers, Hannie!

O linie orizontală, subțire unea cele două laturi ale literei.

– E un *A*.

– Aha!

– Poți să-l lași jos!

Am dat drumul mâinii cât am putut de repede, fără să profanez mortul. Ne-am șters mâinile pe pământul și frunzele de pe jos, încercând să ni le curățăm.

– Probabil că e numele iubitei lui, am spus eu, dorindu-mi în clipa aceea să-mi bag mâinile într-un vas cu apă clocotită. Annabelle. Alice.

– Nu! a spus Truus. Era din SS.

– Poftim?!

– Își tatuează grupa de sânge pe piele.

– Aha! Așadar, avea grupa A?

– Da. Sau ar putea să fie *A* de la „Adolf“, a spus Truus. Ha, ha!

Nici una dintre noi n-a râs.

– Iar eu sunt O. De la „Oversteegen“.

Și-a ridicat pumnul în aer. Părinții lui Truus și Freddie divorțaseră pe vremea când fetele erau mici. Hendrik îmi spusese că mama lor le schimbase numele de familie, dându-le numele ei de fată.

– Adevărată muncă de detectiv, Truus!

A ridicat din umeri.

– Tu ești cea care a remarcat oja de unghii!

M-am întors spre ea. A râs.

– De parcă Jan Bonekamp ar remarca un asemenea lucru!

Știa totul despre Jan. Iar asta nu-i schimbase părerea despre mine. Am simțit că-mi exploda inima. Oare puteam să-i păstrez pe amândoi?

– Prin urmare, individul făcea parte din SS, a concluzionat Truus. Dar cine să fi fost fata?

Ne-am întors lângă ea și am rămas în picioare deasupra cadavrului.

– E de aşteptat să dai peste cadavrul unei femei. Dar peste al unui bărbat? Membru al SS-ului? Un cuplu?

Chipul femeii era întors în partea cealaltă, ceea ce făcea ca toată povestea să fie un pic mai puţin supărătoare.

– Bărbaţii pot merge singuri noaptea spre casă, a spus Truus privind în direcţia în care dispăruse Jan. Femeile trebuie să aibă arme la ele. Şi nu doar în vreme de război, a adăugat ea, cântărind cadavrul din ochi încă o dată. Dacă ar fi fost numai fata, singură, aş fi spus că a căzut pradă unor soldaţi.

– Da, am spus, înfiorată.

Era uşor să-ţi imaginezi. Străzile noastre gemeau de bărbaţi germani frustraţi de faptul că nu puteau să-şi dea mereu întâlnire cu fete olandeze. Simţeai un fior de nelinişte ori de câte ori treceai pe lângă un grup de soldaţi aflaţi în starea aceea. Ne urau, dar ne şi doreau. De multe ori îmi lungisem drumul spre casă, ocolind cartiere întregi, numai ca să evit asemenea întâlniri.

Truus m-a condus înapoi în poieniţă, ca să pună la cale un plan. Mi-a dat o ţigară şi amândouă am tras fumul în piept cu nesaţ, străduindu-ne să alungăm mirosul morţii.

– Prin urmare, trăgeaţi cu arma pe întuneric? a întrebat ea.

– Păi, am fi plecat mai devreme dacă n-am fi găsit cadavrele.

– Aha! a făcut Truus. Jan îţi spunea poveşti de război? A scos un hohot de râs lipsit de veselie.

– Ceva de genul ăsta.

– Ţi-a spus câţi oameni a omorât?

– Nu.

– Hmmm..., a mormăit Truus. Ştiu că ţine evidenţa! A îndoit o ramură ca s-o pot urma în luminiş.

–Tu nu-l placi!

Truus a râs.

–Jan e un luptător bun și e curajos. Doar că uneori mă aștept să se întoarcă la sediul nostru conspirativ cu scalpuri ale inamicilor. Pentru el, e un joc. Lista pe care o ține e tabela cu scorul.

–Uite, în povestea pe care mi-a spus-o azi, n-a ucis pe nimeni!

–Lasă-mă să ghicesc, cea în care s-a ascuns sub podeaua bucătăriei?

–Păi, da.

–E o poveste bună, a comentat Truus. Se poate să fie și adevărată.

Am râs amândouă.

–Cred că Jan mi-a spus-o ca să-mi dea curaj, mi-am dat eu cu părerea.

–Poate că da. Și e o poveste cu final fericit, cum nu sunt multe în prezent, a spus ea, oferindu-mi o altă țigară. Și spune-mi, ți-a dat?

–Mi-a dat speranță, cred.

–Speranță?

A rostit acel cuvânt pe un ton destul de sceptic.

–Speranța că, și dacă ești capturat, asta nu înseamnă neapărat că ți-a venit sfârșitul.

–Hmmm..., a murmurat Truus, dusă pe gânduri. Știi, l-au prins pe Jaap. Pe vărul lui Jan, cel pe care-l căutau. În cele din urmă, l-au găsit și l-au urcat într-un tren cu destinația minelor de cărbune din Silezia. De atunci, nimeni n-a mai auzit de el. Jan ți-a spus asta?

–Nu.

Am rămas în tăcere câteva momente. Truus s-a așezat pe o buturugă din luminiș, iar eu am făcut la fel. Micul spațiu deschis era luminat de lună și m-am simţit cuprinsă de recunoştinţă faţă de orice reuşea să alunge întunericul ultimei ore.

– Jan a încercat să-mi explice cum s-a înscris în RVV, am spus eu.

– Hmmm..., a mormăit Truus, aprinzându-şi o nouă ţigară de la capătul celei care se stingea. Aşa se întâmplă cu poveştile de război, a spus ea, suflând fumul cu colţul gurii, cât mai departe de mine. Nu se termină niciodată! Doar dacă moare persoana care spune povestea. Atunci, da, se sfârşeşte.

Acum tonul ei era mai blând. Am rămas tăcută, sperând să continue.

– Dacă Jan încheie povestea în punctul în care a încheiat-o, e o istorisire amuzantă. Dacă o încheie în cel în care am încheiat-o eu, e o tragedie. Deci, cum e?

Am dat să formulez un răspuns, dar ea a vorbit din nou:

– Amândouă. Nici una. Şi, oricum, povestea nu s-a încheiat încă, aşa-i? Nici acum nu-i ştim sfârşitul. Ei, dar cred că ştim despre sfârşitul lui Jaap!

– Sfârşitul?! am repetat eu, prosteşte.

– După ce mor eu şi încetez să mai spun versiunea mea, iar Jan moare, de asemenea, şi n-o mai spune pe a lui. Atunci o să ştim cum s-a sfârşit.

– Cum de ştii despre sfârşitul lui Jaap? am întrebat, uimită.

Truus a lovit în pământul de la picioarele noastre.

– Nimeni dintre cei urcaţi în trenuri nu se mai întoarce, Hannie! Toată lumea ştie asta.

Înainte să mă alătur Rezistenţei, nu fusesem în stare să fac asemenea afirmaţii curajoase. Eram întotdeauna fata care aducea o frântură de veste bună atunci când perspectivele erau sumbre. Acum frânturile de veşti bune erau din ce în ce mai puţine.

Truus s-a oprit, meditând la ceva.

– Te-am întrebat ce povești ți-a spus Jan, fiindcă vreau să știi..., a spus ea, ezitând dintr-odată, după care a oftat, ... fac asta de multă vreme. La fel și Jan. Dar o facem în moduri diferite. Înțelegi? a întrebat, privindu-mă prin aerul negru al nopții, cu ochi care sclipeau în lucirea roșie a țigării.

– Da, am răspuns eu.

Nu înțelegeam și doream ca Truus să continue.

– După felul în care vorbește Jan despre războiul ăsta, ai crede că el e singurul care încearcă să facă ceva. Nu e în întregime aroganță, ci e felul lui de a vedea lucrurile. El e în centrul acestei saga. Iar toată povestea e despre el. Saga lui Jan.

Truus a ridicat țigara ca pe o mică torță de vikingi.

– Poți să-mi mai dai o țigară?

Ea a râs și mi-a întins una.

– Ceea ce facem, facem ca ultimă soluție. Fiindcă nu se poate face nimic altceva. Înțelegi ce spun?

– Cred că da.

Nu înțelegeam.

– Continuăm lupta împotriva nemernicilor ăstora fiindcă e singurul lucru pe care putem să-l facem! Poate că asta făceau și ăștia doi, a spus ea, făcând un gest spre cadavrele pe care le găsiserăm. Cine știe?

– Nazistul? am întrebat eu.

Truus a ridicat din umeri.

– Un lucru pe care l-am învățat datorită ocupației e că poți să ai impresia că știi ceva cu siguranță. Dar, de fapt, nu știi.

Mi-am fumat țigara și am încercat să mă gândesc la ceva de spus. Truus nu părea supărată, ci doar uimită. Într-o pasă filosofică. Îmi amintea de Philine. Avea și încrederea în sine a Sonjei. Și competența unui erou militar decorat.

– Știi, Jan a spus că oamenii din IJmuiden ne consideră minunați! am exclamat eu, însoțindu-mi vorbele de ceea ce speram să semene cu un râs autoironic.

Ea n-a scos nici un cuvânt.

Mi-am dres glasul și am așteptat-o să vorbească. I-am aruncat o privire. Truus a suflat fumul încet. Ca un boxer care se îmbărbăta în colțul ringului. Apoi a început să vorbească.

– Mama mea a început să facă munca asta cu câțiva ani înainte de începerea războiului, ceea ce le-a distrus căsnicia ei și tatălui meu. El avea nevoie de mai multă atenție decât putea ea să-i acorde. Mama i-a spus că, din punctul ei de vedere, avea nevoie de mai puțină atenție. Așa că tata a plecat. Mama și-a continuat activitatea. Timp de mulți ani, a adăpostit refugiați. Oameni care fugeau din Germania, din Polonia. Mai ales evrei, dar și câțiva țigani, ba chiar și câțiva băieți germani care încercau să scape de serviciul militar obligatoriu. Așa că atunci când a început ocupația, Hendrik a venit la ambarcațiunea pe care locuia mama, ca să-i vorbească despre Rezistență. Ea i-a spus că avea deja prea multe guri de hrănit. Apoi Hendrik ne-a remarcat pe mine și pe Freddie, care stăteam lângă ea. Ni s-a prezentat și i-a cerut mamei permisiunea să ne recruteze. Aveam șaisprezece ani, iar Freddie, paisprezece, a spus Truus, și mie mi s-a părut că zăream un surâs pe buzele ei. Eu și Freddie eram încântate și cred că mama a fost mulțumită să scape de grija noastră!

Nici nu puteam să-mi imaginez libertatea totală de care se bucuraseră cele două surori în copilărie.

– Mie toate astea mi se par noi, am spus eu. Armele, totul!

– Și pentru mine erau noi, mi-a mărturisit Truus. N-am pus niciodată mâna pe o armă înainte de război, a adăugat ea, privind țintă spre stele. N-aveam experiența luptei. Și totul e diferit într-un război. Indiferent de câtă experiență ai!

– Tu iei vreodată pauză de la toate astea?

– Nu prea, deși sunt multe zile în care nu se petrece mare lucru, după cum știi, a răspuns ea, oftând. Desigur, m-am gândit să renunț.

– Să renunți... la Rezistență?

Nu puteam să-mi imaginez că aș fi renunțat, darămite să-mi închipui că Truus ar fi putut să se retragă vreodată! Nu, nu Truus.

– Da, să renunț, a răspuns ea.

– De ce? am întrebat.

Auzisem câteva povești incredibile despre Truus și Freddie, dar nu știam în ce măsură erau adevărate. Păsările se mișcau prin copaci, făcând frunzele să foșnească. Aerul nopții era cald. Liniștit. Am așteptat ca Truus să continue.

– Ar trebui să facem ceva cu cadavrele! a spus ea.

– Nu vrei să mai abordezi subiectul despre care tocmai discutam? am întrebat, simțindu-mă cutezătoare.

– Poate că asta e adevărata diferență dintre mine și Jan, a spus Truus, chicotind. Eu nu vreau să vorbesc despre război...

– Iar el nu vrea să vorbească decât despre asta, am completat eu.

– Deci? a întrebat Truus, ridicându-se în picioare.

Mi-a întins o mână și m-a tras lângă ea. Oricât de mult aș fi vrut să nu mă mai gândesc la cele două trupuri moarte, știam că trebuia să facem ceva.

– Fie le raportăm totul autorităților..., am spus, dar am privit-o pe Truus și, chiar pe măsură ce îmi enunțam ideea, mi-am dat seama că era cât se poate de proastă, ... fie îi îngropăm!

Truus a dat din cap în semn că era de acord cu cea de-a doua variantă.

– Da. Trebuie să-i îngropăm.

Ne-am apropiat de cadavrul femeii și am rămas în picioare deasupra ei.

– Tot cred că s-ar putea să fie evreică, mi-am dat eu cu părerea.

– Da! a răspuns Truus. Și eu.

Sub stratul de frunze de deasupra, se găsea lutul rece și umed. Fără alte unelte în afară de mâinile noastre, am început să săpăm.

19

Viața mea a început să se scindeze în două părți distincte: pe de o parte era activitatea mea din Rezistență, plină de exaltare și, din când în când, de spaimă, iar pe de alta, trăiam în mijlocul relativei siguranțe de acasă, năpădită de tristețea ce rezulta de aici. Dormeam în ambele locuri, dar îmi petreceam din ce în ce mai mult timp la RVV. În apartamentul conspirativ, eram întotdeauna novicea, ținându-mă după ceilalți și prefăcându-mă mereu că știam ce făceam. Dar viața era grea și acasă. De cum vedeam cărămizile galbene ale casei părintești, oricât aș fi reușit să-mi bag în cap că eram un soldat tenace al Rezistenței, acea convingere începea să se topească la fel ca fursecurile mamei atunci când le înmuiai în ceai. Așa cum se întâmpla pe vremuri.

Nu mă ajuta nici faptul că nu puteam să vorbesc despre ceea ce făceam. Dacă aș fi putut să le împărtășesc Sonjei și lui Philine câteva dintre detaliile mai neobișnuite ale muncii mele – ar fi fost uimite că cineva avea curajul să mă lase să manevrez o bombă –, aș fi putut să reunesc cele două jumătăți ale vieții mele. Dar nu puteam. Din clipa în care trăsesem cu arma în Hendrik, știusem că nu trebuia să le spun nimic. Mai întâi de toate, fiindcă nu m-ar fi crezut. Iar dacă, totuși, ar fi făcut-o, asta le-ar fi determinat să urască și mai mult faptul că erau închise în casă douăzeci și patru de ore pe zi. Iar în al doilea rând, s-ar fi îngrijorat. Şi deja aveau destule griji. Ca să nu mai vorbesc despre părinţii mei. Dar, chiar şi aşa, toată lumea îşi făcea griji.

– *Mijn kleine vos!* a exclamat tata în clipa în care am intrat în casă, la câteva zile după ce eu şi Truus îngroparăm cadavrele.

Lumina dimineţii umplea antreul cu căldură. Tata mi-a dat la o parte părul de pe frunte.

– Ce coteţ de curci ai mai terorizat astăzi? m-a întrebat el.

Nu ştia că purtam armă.

– Uită-te la tine! a spus mama.

S-a apropiat şi m-a apucat de fustă, cea pe care o purtasem la exerciţiile de tragere. O fustă albastră, de bumbac, pe care ea mi-o croise cu un an în urmă, dintr-un material pe care-l găsise la un târg de vechituri organizat de biserică. Mama a frecat materialul între degete, acolo unde pânza era pătată de uleiul negru cu care ungeam armele. Probabil că-mi ştersesem mâinile pe ea.

– Nu ne spune nimic! Nu vrem să ştim! a spus tata.

Apoi el a pus o mână pe umărul mamei, ca să-i stăvilească întrebările. Prezenţa Sonjei şi a lui Philine în casa noastră însemna că acum toţi cinci eram, de fapt, membri ai Rezistenţei. Cu siguranţă că părinţii mei îşi spuneau o poveste suportabilă despre activitatea mea. Se amăgeau cu gândul că nu mă ocupam decât de hârţoage, nefăcând, astfel, nimic prea periculos. Fiindcă dacă ar fi ştiut cu ce mă ocupam cu adevărat, n-ar fi glumit. Mama şi tata nu erau doar oameni generoşi. Erau curajoşi. La numai câteva zile după sosirea Sonjei şi a lui Philine, tata mă trăsese deoparte şi-mi spusese să nu mai caut o ascunzătoare permanentă pentru fete.

– Aici sunt la fel de bine apărate ca oriunde în altă parte, declarase el aruncându-mi o privire solemnă, care îmi garanta seriozitatea angajamentului pe care şi-l lua.

Acum l-am sărutat pe amândoi obrajii.

– Dă-le fusta musafirelor noastre, sunt două spălătorese excelente! m-a îndemnat el.

– Nu ne sunt servitoare! m-am opus eu.

– O să fie fericite să aibă ceva de făcut! a fost de părere mama.

Tata avea un aer sumbru.

– Amândouă o să se bucure să te vadă. Urcă să le vezi, vulpiţo!

Am bătut uşurel la uşa dormitorului şi am întredeschis-o. Philine stătea pe singurul scaun din colţ, croşetând, iar chipul i s-a luminat în clipa în care m-a văzut.

– Hannie..., a spus ea în şoaptă, ridicându-se ca să mă îmbrăţişeze.

Sonja a rămas nemişcată pe pat, cu picioarele întinse şi cu un braţ petrecut peste ochi, de parcă ar fi fost la plajă într-o zi toridă. Dar în cameră era întuneric. Întuneric şi cald, iar aerul, apăsător. Primul meu reflex a fost să deschid larg fereastra şi să las să pătrundă briza proaspătă a verii, dar nu puteam să fac asta; nu puteam nici să tragem într-o parte draperiile bleumarin, de teamă că am fi fost văzute de vreun vecin aflat în trecere. Nu era de mirare că Sonja încă dormea la unsprezece dimineaţa. Pur şi simplu, ele două n-aveau nimic de făcut.

– Cum te simţi? am întrebat-o în şoaptă pe Philine, iar ea a dat din umeri.

– Bine.

Am ridicat dintr-o sprânceană, arătând din priviri spre Sonja.

Philine a clătinat din cap.

– Nu prea bine.

– E bolnavă?

Philine a dat din cap în semn că nu.

– În ultima vreme, nu s-a simțit în apele ei. A fost... așa cum o vezi.

M-am așezat lângă Sonja și i-am pus o mână pe umăr.

– Sonja, pot să-ți aduc ceva? am întrebat.

Ea a scos un geamăt slab. Fără să-și ridice brațul de pe ochi, a spus:

– Un bilet de avion spre New York ar fi minunat!

– O să caut.

Sonja nu s-a mișcat din loc.

Philine a încercat să schimbe subiectul.

– Vreo veste, Hannie?

Nu puteam să le împărtășesc nimic interesant. Războiul se interpunea între mine și prietenele mele, chiar și aici, în ascunzătoarea lor. Am oftat și mi-am reamintit să mă limitez la subiectele de zi cu zi.

– Se spune că, după înfrângerile suferite în Rusia și în Africa de Nord, germanii își pierd curajul, le-am anunțat eu.

– Oare? a întrebat Philine, sceptică. Cine spune asta?

– *Het Parool* și *De Waarheid*, *Parola* și *Adevărul*, am răspuns eu.

– Firește că ziarele Rezistenței afirmă asta! a exclamat Philine.

Și ea era într-o pasă mai pesimistă decât de obicei.

– Ei, asta spun anumiți oameni!

– Foarte bine! a mormăit Sonja, din pat. Fiindcă dacă războiul se prelungește până la vara viitoare, nu cred că o să mai rezist!

– Mai sunt luni bune până atunci, a spus Philine. Trebuie să se termine până la vara viitoare!

Mi-am dat seama că nu se gândise bine la vorbele pe care tocmai le rostise. Ea mi-a cercetat fața cu atenție.

– Așa-i? Și tu ai spus că germanii pierd!

– Da, ei, bine..., am răspuns, vrând să le spun ceva care să le înveselească, fără ca, totuși, să împărtășesc optimismul lui Philine, ... n-am informații secrete. Dar e adevărat că germanii au avut câteva pierderi serioase!

– Asta-i tot? a întrebat Sonja. Asta-i cea mai bună veste pe care poți să ne-o dai?

– Situația asta durează de trei ani, a spus Philine, adresându-se tuturor și nimănui.

– Și? a întrebat Sonja.

– Spun și eu. Nu mai poate dura mult timp.

– Tu ce crezi? a întrebat Sonja, privindu-mă. Cât mai durează?

Era un subiect pe care de obicei îi evitam, dar Sonjei nu-i mai păsa de astfel de mici convenții sociale.

– Păi... Philine are dreptate, am răspuns eu. Nu poate să dureze la infinit! Nimic nu durează la infinit.

Sonja a pufnit.

– A durat deja un timp infinit!

– Sonja! s-a revoltat Philine. Cât a riscat familia Schaft...

– Îmi pare rău, a spus Sonja pe un ton mai blând. Cu toții au fost minunați! Dar nu putem să rămânem toată viața aici. Vorbesc serios. N-am de gând să-mi petrec anul 1944 în dormitorul ăsta minuscul! Nu vreau să te jignesc, a adăugat ea, uitându-se la mine.

Nu trecuseră decât câteva luni. Dar nu voiam să mă cert cu ea.

– O să se termine! a spus un glas.

Ne-am întors toate trei și am văzut-o pe mama, cu obrajii trandafirii din cauza efortului pe care-l implicau nesfârșitele ei treburi casnice: măturatul, spălatul podelelor, scuturatul, decojirea și tăierea legumelor, spălatul rufelor și stoarcerea lor, încropirea meselor din nimic – de dimineața până seara, zi după zi. Mâinile îi erau la fel de rozalii ca și obrajii, crăpate din pricina apei reci cu care clătea rufele.

– Înainte să vă dați seama, o să se termine totul! a spus mama, privind în jurul camerei pline de măruntișurile vieții celor trei tinere femei care o locuiau, precum eșarfele de mătase atârnate de oglinda mică și pătată sau dresurile lăsate la uscat pe spătarul unui scaun. Așa merg lucrurile astea, a adăugat ea. Ai impresia că n-o să se termine niciodată și apoi – *bum!* – totul s-a dus! Așa s-a întâmplat și data trecută, în Marele Război.

A zâmbit, dar zâmbetul ei era la fel de moale ca înlocuitorul de cafea pe care ne prefăceam cu toții că îl apreciam zilele astea. Iar războiul de acum era numit de către unii, într-un mod deprimant, Al Doilea Război Mondial. Părinților mei le era mai greu decât acelora dintre noi care erau tineri. Mama și tata trecuseră prin Marele Război ca toată lumea, promițându-și că așa ceva n-avea să se mai întâmple niciodată. Fuseseră plini de speranță cândva.

– Ei, haideți, acum! a exclamat mama, restabilind ordinea.

Am văzut cum și-a șters mâhnirea de pe chip, înlocuind-o cu un fel de hotărâre calmă.

– Jos din pat, fetelor! Și faceți curat, fiindcă e aproape ora mesei!

Le aducea farfuriile sus, în dormitor, pe tavă, neputând să riște ca ele să fie văzute de vecini prin fereastra bucătăriei.

– Te ajut eu! m-am oferit.

În momentul în care am ajuns amândouă la parter, ea s-a întors spre mine și mi-a spus:

– Tu du-te! Ai treburile tale!

Eram uluită, asta fiind prima dată când nu-mi arunca vreo remarcă acidă despre faptul că-mi neglijam obligațiile de familie: călcatul cearșafurilor, datul cu sineală al albiturilor, scoaterea napilor din pământ. Truda de zi cu zi.

– Ce-i, mamă?

– A fost o razie aici, în Grote Market, a răspuns ea. Au ridicat bărbați tineri - evrei, câțiva țigani - în fața lui Dumnezeu și a catedralei, poți să-ți...? a adăugat, iar fața i s-a înroșit de dezgust. Nu-i..., a murmurat, inspirând apoi adânc și calmându-se pe măsură ce dădea afară aerul din plămâni, ... nu-i corect!

Tata stătea în pragul ușii de la intrare, de unde o urmărea din priviri.

Mama era atât de blondă, avea ochii atât de albaștri și pielea atât de deschisă la culoare, încât părea aproape translucidă. Chipul îi era ca de ivoriu, iar smocurile mătăsoase de cârlionți și vârtejurile ce apăreau acolo unde ridurile de pe fruntea ei palidă se îmbinau cu linia părului, erau argintii, ca de platină. Mă uitam la o femeie bătrână. Îmbătrânită înainte de vreme, dar bătrână, totuși. Avea cincizeci și trei de ani.

Mi-a dat la o parte o buclă de pe obraz.

– Să fii..., a dat ea să spună.

– Să fii bună, politicoasă, curajoasă! a enumerat tata, făcând un pas înainte și completând inevitabila propoziție.

Era ceea ce mama ne spunea întotdeauna mie şi lui Annie dis-de-dimineaţă, înainte să plecăm la şcoală.

– Să fii atentă! mi-a cerut ea. Acum adaug şi asta.

– O să fiu.

S-a ridicat pe vârfuri şi m-a sărutat pe frunte. Eram cu numai câţiva centimetri mai înaltă decât ea. Parfumul ei matern, familiar m-a pătruns şi m-a înfiorat, dându-mi senzaţia puternică, fundamentală, că mă aflam acasă. Nu mai simţisem asta de ani întregi.

– Îţi place ceea ce faci, nu-i aşa? a întrebat ea.

Mama mea cea practică nu ştiuse niciodată să glumească sau să tachineze, dar acum am zărit ghiduşie în zâmbetul ei nesigur. Podeaua de lemn a scârţâit în timp ce vorbeam, scoţând un sunet puternic pentru micul antreu şi făcându-mă să înţeleg ce spaţiu incomod era. Iar asta, nu doar pentru că era aglomerat de paltoane atârnate, pantofi lăsaţi pe podea şi obişnuita harababură de obiecte ce ticseau eleganta masă de mahon de lângă perete, care fusese moştenită de la una dintre bunici, dar şi fiindcă era încăperea în care aveau loc toate întâlnirile şi despărţirile, evenimente dificile pentru mama mea. În relaţia noastră, mereu era fie prea mult, fie prea puţin; dacă intram cu braţele larg deschise pentru o îmbrăţişare, ea se retrăgea dinaintea mea, dar dacă intram şi-i dădeam un sărut neglijent, părea rănită, de parcă o respinsesem cumva. Mama avea obiceiul să-mi spună cele mai importante lucruri abia la plecare, atunci când nu mai era timp de discuţii sau de replici. Iată unul dintre obiceiurile ei care mă enervau cel mai tare, însă acum o făceam şi eu. Ne apropiam de clipa despărţirii cu o frică inconştientă de ceea ce am fi putut să spunem. Dar în clipa asta, mama zâmbea.

– Da, îmi place! am răspuns eu.

Tata a zâmbit.

– Încă îl mai citeşti pe Gandhi?

– Papa! am exclamat.

La masa de seară, eu şi tatăl meu ne dedam altădată la dezbateri îndelungate despre puterea protestelor lui Gandhi şi a grevei foamei de a învinge o armată adevărată. Eu îl apărasem întotdeauna pe Gandhi.

– N-o necăji, Pieter! spunea mama, dar apoi râdea.

Şi ei îi plăcea să asiste la dezbaterile noastre.

– Încă îl citesc pe Gandhi, am spus, ceea ce era adevărat.

Jan mă tachina în legătură cu asta. Admiram şi acum curajul lui Gandhi şi dăruirea faţă de cauza lui. Doar că mă răzgândisem în privinţa ideii că strategia nonviolenţei ar fi funcţionat împotriva naziştilor. Nu i-am spus asta tatălui meu. Deja o bănuia.

– Doar mă întrebam şi eu! a spus el zâmbind, iar apoi m-a sărutat pe creştet.

Sunt clipe în viaţă când simţi că te maturizezi. Aafje şi Pieter Schaft stăteau în faţa mea şi, pentru prima dată, vedeam cine erau cu adevărat. Îndeplineau rolul de părinţi ai mei, dar erau mai mult decât atât: profesori, îngrijitori, oameni credincioşi, cetăţeni corecţi, sindicalişti, copii ai părinţilor lor, aşa cum eram şi eu. Şi luptători în Rezistenţă.

I-am sărutat pe ambii obraji.

– Ar trebui să-mi iau la revedere de la fete! am spus eu.

Mama a clătinat din cap.

– Le e greu ori de câte ori pleci. Mai bine du-te!

Vorbele ei m-au durut, dar ştiam că avea dreptate.

– Bine.

Şi-a legat cordonul lung al şorţului, semn neîndoios că era timpul să revină la bucătărie.

– Nu-ţi face prea multe griji pentru ele! Le ţin eu ocupate.

Aproape că am îmbrățișat-o, dar o îmbrățișare în toată puterea cuvântului ar fi contravenit ritualului nostru de despărțire; partea sentimentală a interacțiunii noastre luase sfârșit.

– Acum, du-te! m-a îndemnat ea, deschizând ușa numai cât să mă pot strecura afară, așa cum făceam de câteva luni. Noi o să fim bine. Doar te avem pe tine ca să ne protejezi din exterior, nu-i așa?

Mi-a făcut cu ochiul. Am simțit că tocmai primisem Crucea de Bronz pentru Curaj.

20

Am găsit cadavrele într-o seară de luni. După câteva zile petrecute acasă, m-am întors la apartamentul deținut de RVV.

-Hannie! a exclamat Truus, dând din cap și zâmbind în clipa în care am intrat, după care s-a uitat mai bine, ca să vadă dacă venisem singură.

-Totul e în regulă? am întrebat eu.

-Hmmm..., a mormăit Truus, nimeni n-a mai auzit de Jan din seara aceea când am fost toți trei în pădure. Ai tu vreo veste?

-Am eu! a spus Hendrik, intrând în camera cea mare a apartamentului. Tocmai l-am văzut. Era în compania lui Brasser.

Jan Brasser era alt comandant din RVV, omologul lui Hendrik în Zaandam, un orășel din apropiere.

-Are de gând să se arate vineri? a întrebat Truus.

M-am așezat la o masă de sufragerie, pe tăblia căreia eliberaserăm câțiva centimetri pătrați în mijlocul haosului format din ziare ale Rezistenței, mucuri de țigări și cești murdare, ca să putem să jucăm cărți. Îi împărtășisem deja lui Truus ceea ce îmi spusese Jan despre apropiata suprimare a lui Kohl.

-Dacă o să aibă chef, a spus o fată tânără, care stătea în dreapta lui Truus.

Era o adolescentă simpatică, slăbuță, cu cozi blonde, împletite, și cu fața în formă de inimă. Oare să fi fost...?

– Hannie, ea e Freddie! a spus Truus, abia ridicându-și privirea de la cărțile ei de joc. Freddie, ea e Hannie!

Freddie s-a aplecat peste masă și mi-a scuturat mâna cu puterea unui comis-voiajor.

– Mă bucur să te cunosc! a spus ea.

În ciuda forței strângerii de mână, mi-a aruncat o privire timidă, ca o fetiță. Știam că avea șaptesprezece ani, dar părea în același timp mai tânără și mai în vârstă de-atât, sugerând o combinație între o școlăriță dulce și un soldat călit.

– Și eu mă bucur să te cunosc! am răspuns, întorcându-i zâmbetul și strângându-i mâna, la rândul meu.

– Intră, intră! a spus Truus cu glasul ei de soră mai mare. Noi eram în mijlocul jocului. Poftim, Hannie!

Mi-a împins peste masă primele cinci cărți din vârful pachetului, fără să le mai amestece.

– Ia vezi ce cărți ai!

Freddie a aruncat un zece de cupă.

– Îl folosesc în loc de cinci.

Erau numai patruzeci și șase de cărți de joc, așa că mai toate cărțile erau folosite la întâmplare. Ne acordam unii altora multă libertate de acțiune. Truus numea jocul „Rezistența".

– E util pentru pregătirea ta, fiindcă trebuie să te convingi tot timpul că ai o șansă să câștigi! obișnuia ea să spună.

În jocul numit Rezistență, câștigătorul nu se vădea decât în momentul în care se termina jocul.

– Permit! am spus eu.

Totul era permis în Rezistență.

– O să fii o mare judecătoare într-o bună zi! a spus Hendrik.

– Da, ne judecă pe toţi! a adăugat Truus.

I-am tras un picior pe sub masă. Fiindcă acum eram prietene.

– Mai e şi violentă! a spus Truus şi, la rândul ei, m-a lovit. Au!

De bucurie, inima mi s-a umflat ca un balon.

– Au! a exclamat Truus din nou, enervată, de data asta.

Freddie fusese cea care o lovise şi care a râs, privindu-mă peste masă.

– N-o lăsa să te păcălească, Hannie, nu e atât de dură pe cât se preface!

Truus şi-a dat ochii peste cap. Am simţit o strângere de inimă şi a trebuit să-mi înăbuş un val de emoţie. Îmi era dor de timpurile în care aveam o soră.

– Vreau să vorbim despre ziua de vineri! a spus Hendrik, care ne urmărea jocul.

– Despre ofiţerul Kohl? am întrebat eu.

Truus se uita ţintă la cărţile de joc. Aştepta să audă mai multe.

– Ştiu că trebuia să fie misiunea ta şi a lui Jan. Dar el n-o să fie disponibil. M-am gândit să-i ia Truus locul.

– Vineri seară? a întrebat ea. Adică mâine?

– Da. Mâine-seară, a adeverit Hendrik, privindu-mă în ochi. Dacă tu şi Jan aţi stabilit deja un plan, mă gândesc că ar putea fi adaptat pentru Truus.

Le-am aruncat o privire surorilor Oversteegen. Truus era mai înaltă şi mai voinică decât Freddie, dar aveau amândouă aceiaşi ochi senini, acoperiţi pe jumătate de pleoape, precum şi pomeţi înalţi, care le dădeau aspectul unor pisici siameze. Aproape că le vedeam cozile lungi, care tresăreau în timp ce posesoarele lor ne ascultau fără să piardă nici un cuvânt.

– Să-l adaptăm? am repetat.

Hmmm... Planul lui Jan era să ne prefacem că eu și el eram un cuplu de îndrăgostiți, iar el să mă sărute pe alee, în timp ce aștepta ca victima, Kohl, să treacă pe lângă noi. Apoi Jan ar fi ieșit de pe alee și l-ar fi împușcat pe Kohl în timp ce eu aș fi stat de pază.

Abia așteptam partea cu sărutatul. Dar parteneriatul cu Truus într-o nouă misiune importantă mă atrăgea din alt motiv. Cel mai dificil aspect era modul în care am fi putut să ne apropiem destul de mult de Kohl încât să putem să-l omorâm. Dacă trăgeam în el de pe cealaltă parte a străzii, riscam să nu fie decât rănit, iar țipetele lui ar fi creat mare zarvă pe o stradă liniștită ca aceea. Dincolo de masă, pe chipul lui Truus mijea o urmă de zâmbet. Deja născocea planul.

– Dacă așteptăm la colțul ăsta toată seara, o să atragem atenția! a spus Truus în timp ce ne orientam la fața locului. Ce se întâmplă în cazul în care cineva încearcă să ne vorbească chiar în clipa în care iese Kohl?

– Oare am putea să-l convingem pe Hendrik să vină cu noi, prefăcându-se că e fratele nostru?

Știam că era o idee proastă. De ce să nu aduci o întreagă armată, în cazul ăsta?

– Dacă ar veni Hendrik, n-ai mai avea nevoie de mine, a spus Truus.

– E nevoie ca bărbatul să stea pe lângă noi numai până când iese Kohl. Apoi trebuie să dispară, ca să se poată apropia Kohl, am spus eu.

Părea prea complicat. Planurile cele mai bune sunt cele simple.

– Dacă se preface una dintre noi că e bărbat? a întrebat Truus. Iar apoi, după ce apare Kohl, renunță la deghizare. Și, în felul ăsta, rămân două femei!

A făcut câțiva pași pe alee, privind în toate părțile, după care a spus:

– Sau am putea să fugim și să ne ascundem aici. E posibil.

– Cum ne împărțim rolurile? am întrebat eu.

Truus a râs.

– Ai părea ridicolă în rol de bărbat!

– Ba nu! am contrazis-o eu, însă m-am simțit ușurată, fiindcă nu știam cum să mă comport ca bărbat și, în plus, Truus era mai înaltă decât mine. Dar, fie! Sunt eu femeia!

– Vrei să spui femeia fatală, m-a corectat Truus.

– Știi ce vreau să zic!

În ziua următoare, am mai străbătut diferitele rute de evacuare pentru ultima dată, asigurându-ne că aveam să le cunoaștem pe de rost la miezul nopții, pe întuneric. Toate luminile stradale erau stinse, ceea ce promitea să fie un avantaj pentru noi, întrucât cunoșteam orașul mai bine decât germanii.

– Îți dai seama ce înseamnă să joci rolul femeii! a spus Truus.

Vorbea pe tonul pe jumătate șoptit pe care-l foloseam atunci când ne discutam planurile pe stradă. În timp ce stăteam de vorbă, aveam grijă să mergem în pas grăbit.

– Ce?! am întrebat eu.

– O să trebuiască s-o faci tu, a răspuns ea, aruncându-mi o privire fugară. Tu o să fii cea care o să-l omoare pe Kohl.

Știam.

– Dar poţi să mă ajuţi la nevoie, nu?

– Da, dar eu o să stau ascunsă pe alee, a răspuns Truus.

– Aha!

Am încetinit pasul. Truus m-a tras la marginea trotuarului, departe de valul de trecători.

– E un plan bun, a şoptit ea. Dar, Hannie, acum e momentul să hotărăşti dacă eşti pregătită s-o faci, a adăugat, zâmbind. Dacă nu vrei s-o faci, nu-i nici o problemă. Vorbesc serios. Nu-i pentru oricine!

M-am gândit o clipă. În seara aceea avea să fie altfel decât în depoul centralei electrice. Acum trebuia să împuşc un om cu care să stau faţă în faţă. Părea ireal. Aş fi vrut să pot discuta cu Sonja şi cu Philine. Pe Sonja o văzusem ultima oară pe când zăcea întinsă în patul meu, abia mişcând. Pierzându-şi speranţa cu fiecare zi ce trecea.

– O pot face! am spus.

– În regulă, atunci! s-a bucurat Truus, bătându-mă pe umăr. Odată ce începem, o să-ţi piară emoţiile şi dubiile. Partea cea mai grea e aşteptarea. Până atunci, încearcă să le ignori. Nu lăsa gândurile să pună stăpânire pe tine, concentrează-te numai asupra ta, asupra acţiunilor tale. Redu-ţi fiinţa la zero. N-ai decât un singur lucru la care să te gândeşti: să îndeplineşti misiunea. Concentrează-te la asta!

– Bine! am răspuns, încercând să-mi închipui ce voia să spună.

Precum dublura unui actor care a învăţat toate replicile şi, deodată, trebuie să intre în scenă în seara premierei, fusesem pregătită pentru momentul ăsta, dar mă găseam într-o stare de incredulitate şi de nelinişte.

– Bine! Ne vedem diseară la ora nouă! a conchis Truus.

Ne-am împins bicicletele spre partea luminată a trotuarului.

– Mă duc să trag un pui de somn. Şi tu ar trebui să faci la fel, a spus ea. Iar dacă nu-ţi vine somnul... poţi să exersezi tragerea cu pistolul.

Am ajuns acasă în acea după-amiază şi am găsit-o pe Sonja stând pe pat, în capul oaselor. Arăta mult mai bine. Frunzărea un ziar publicat de Rezistenţă, *Het Parool*. Am privit-o cum cerceta paginile în căutarea numelor celor arestaţi sau ucişi. Cu toţii înţelegeam că acea listă era incompletă.

– Ce se mai petrece cu frumuşelul despre care ne-ai povestit? a întrebat Philine.

– Chiar aşa, Blondul! a exclamat Sonja.

Nu voiam să vorbesc despre Jan. Nu-l mai văzusem din seara în care găsiserăm cadavrele. Oare să fi fost jenat de întâlnirea noastră cu Truus? Jan era greu de descifrat şi, oricum, n-aveam cum să-l contactez. Nu puteam decât să aştept să reapară.

Am împăturit o rochie şi mi-am pus în valiză o pereche de pantofi cu toc, eleganţi.

– Cei mai mulţi membri ai Rezistenţei sunt comunişti, nu? a întrebat Philine, privindu-mă. Credeam că le plac femeile îmbrăcate în salopetă şi încălţate cu cizme de cauciuc.

– E un bărbat chipeş! am spus eu, aruncându-le un os. Dar nu pot spune mai multe, decât că nu, Philine, n-avem un cod vestimentar. Eu, una, nu ştiu să existe.

– Ştiam, ştiam! a exclamat Sonja, săltând în sus şi-n jos pe pat. E îndrăgostită!

– Sonja! s-a stropşit Philine, dându-şi ochii peste cap şi apoi îndreptându-şi privirea spre mine. Hannie, aşa e?

– M-ai văzut tu vreodată îndrăgostită? am întrebat eu.

– Nu, dar mereu există o primă dată! a răspuns Sonja. În clipa în care am auzit asta, inima mi-a stat în loc. Îmi dădeam seama că, dacă mă gândeam prea mult la Jan, aveam să roșesc.

– Știți că nu pot vorbi! am răspuns, încercând s-o fac pe un ton profesional.

Mi-am pus în valiză o pereche de cercei și o poșetă, după care am închis-o.

– Nu mă întorc în noaptea asta, ci mâine, probabil. Aveți nevoie de ceva de afară? am întrebat din prag.

– Da! a răspuns Sonja, ștergându-și buricele degetelor de cerneala ieftină de ziar cu o batistă brodată cu monograma familiei. Ne trebuie de toate!

Următoarele câteva ore au fost lungi. Am mers pe bicicletă până la apartamentul RVV. Odată ajunsă acolo, m-am închis în singurul dormitor care avea o oglindă, încercând să mă pregătesc pentru seara aceea. Truus și-a vârât capul pe ușă.

– Să te îmbraci cu ceva frumos! mi-a cerut ea. Și știi..., a spus, fluturându-și mâinile cu stângăcie în jurul capului, ...fă ceva cu părul! Eu o să port asta, a adăugat, arătându-mi o șapcă bărbătească.

Am râs. Înfrumusețarea personală era singurul domeniu în care aveam mai multă experiență decât Truus, deși, în comparație cu Sonja, cu Philine și cu aproape toate tinerele de vârsta mea, eram încă novice. Am încercat moduri diferite de a-mi aranja părul. Mi l-am ridicat pe cel de deasupra frunții și mi l-am prins în creștet, apoi am repetat operațiunea ridicându-mi-l pe tot, iar după aceea mi l-am strâns pe ceafă, într-un coc. Am decis să mă gătesc cu rochia mea preferată, una azurie, cu un palton de lână strâns în talie cu centură și cu niște pantofi de dans, confecționați din lac. Ultima oară când purtasem acele haine fusese la aniversarea unei zile de naștere, în urmă cu un an și jumătate, iar rochia se mulase pe formele mele modeste de parcă ar fi fost cusută din fâșii de bandaj. Acum îmi cădea peste șolduri precum o rochie din anii '20. Chiar și sutienul elegant îmi era prea larg, așa că l-am lăsat în sertar. M-am privit în oglindă. Păream mai în vârstă, mai sofisticată. Cu palmele puse peste oasele ieșite în afară ale șoldurilor și cu o vagă urmă de sfârc abia vizibilă prin materialul fin, azuriu, m-am simțit ca o femeie în toată firea.

M-am mai gândit la ceva. Am scos gentuța cu obiecte de toaletă pe care o adusesem de acasă și am scotocit prin ea, sperând că rujul încă se afla acolo. L-am găsit de îndată. Apropiindu-mă până când aproape că am atins oglinda, mi-am trasat cu grijă peste buze o dungă de roșu cărămiziu, nuanța *Vrajă*, pe care apoi am estompat-o cu ajutorul unei batiste. Cu cât arătam mai spectaculos de feminină, cu atât Truus avea să semene mai mult cu un bărbat.

– Măi, măi! a exclamat Hendrik, privindu-mă din cap până în picioare. Arăți minunat, Hannie!

– Mulțumesc! am răspuns, atingându-mi medalionul de argint de la gât. E al mamei mele, am precizat, emoționată.

– E frumos! a spus Hendrik.

M-am bătut peste buzunare, asigurându-mă că luasem la mine tot ceea ce urma să-mi fie necesar.

– Muniție? a întrebat Hendrik.

– Am!

– Armă?

– Am!

Am arătat spre un pahar aflat pe masă, în fața lui Hendrik.

– Pot să beau?

– Sigur că da!

Era un alcool mizerabil, făcut din cereale. L-am înghițit ca pe apă.

– Ce bun e! am spus eu în clipa în care vâltoarea caldă a alcoolului mi-a relaxat umerii și nervii.

– Ei, bine, e bun pentru moral! a declarat Hendrik.

– Vreo veste de la Jan? am întrebat, fiindcă alcoolul îmi dezlegase limba.

– De ieri, nu. Ai primit tu vreo veste?

– Nu, am răspuns eu. Doar mă întrebam.

– Totul o să fie bine! m-a încurajat Hendrik. Truus știe ce face.

– Știu, știu! m-am grăbit eu să spun.

Mă bucuram că Truus urma să-mi fie parteneră în misiunea asta. Știam că avea să se țină de plan. Mi-am adunat lucrurile ca să plec. Voiam să merg puțin pe jos înainte să mă întâlnesc cu Truus, ca să-mi domolesc emoțiile. Mersul pe jos îmi făcea bine.

– Prin urmare... ne vedem mai târziu! i-am spus eu lui Hendrik.

Observasem că nimeni nu-și lua rămas-bun cu mare tam-tam în RVV.

– Ne vedem de cealaltă parte!

21

Atunci când am ajuns la locul întâlnirii, era aproape miezul nopții. După ora stingerii, în barul acela, care era un loc frecventat de Gestapo, se organizau petreceri private pentru cei din SS. Truus aștepta deja pe alee de douăzeci de minute, fiindcă sosise devreme. Strecurându-mi mâna în poșetă – gest care deja devenise un tic nervos –, am atins pistolul cel greu și rece.

– Nu mai băga mâna! m-a certat Truus. Și aranjează-ți părul!

Glasul ei ei părea aspru, dar nu era supărată, ci speriată. Și-l coborâse, încercând să-i dea un timbru masculin, care să se potrivească cu paltonul bărbătesc și cu căciula de lână în care își ascunsese buclele. Miniona Truus, dându-se drept bărbat! Și-a tras căciula mai bine peste cap, ca să-și acopere mai mult din față. Era întuneric pe alee. Aveam nevoie de umbre ca să închegăm iluzia.

Mi-am prins între degete o șuviță care îmi scăpase de sub beretă și am aranjat-o la loc.

Era o noapte periculoasă. Dar, mi-am spus eu, noi eram cele care cream pericolul.

Stând pe alee, am inhalat aerul rece. Truus și-a dus un deget la buze. Eram cu trei ani mai mare, dar Truus era veterana aici. I-am zâmbit, iar ea mi-a făcut cu ochiul.

Era din nou liniște.

După o clipă, dincolo de colțul clădirii s-a deschis ușa barului, iar pe strada pustie s-au revărsat un dreptunghi orbitor de lumină, fum de țigară, râsete și muzică. Trecuserăm de câteva ori prin fața barului ieri și azi, dar numai Truus intrase. După ce ieșise, îmi confirmase: trebuia să-l abordăm pe Kohl afară. Altminteri, mica tavernă cu o singură ieșire ar fi putut să se transforme într-o capcană pentru noi.

Truus a aruncat o ocheadă pe după colț și a văzut un șir de patru soldați germani gălăgioși, care se țineau pe după umeri, dând naștere unei gigantice arătări bete. Cei patru râdeau, împleticindu-se în timp ce coborau de pe trotuar. Au fost cât pe ce să cadă la pământ.

Truus a clătinat din cap, dându-mi astfel de știre că ținta noastră, Kohl, nu se afla printre cei patru.

Soldații s-au apropiat de noi, bălăbănindu-se, iar Truus s-a lipit de mine, după cum exersaserăm, lipindu-și obrazul rece de al meu și încolăcindu-și brațele în jurul grumazului meu: un cuplu tânăr, furând un sărut pe întuneric. Unul dintre soldați ne-a fluierat, dar ceilalți erau prea preocupați de propria veselie ca să se mai sinchisească de noi. S-au îndepărtat cu toții împleticindu-se, iar glasurile lor aspre s-au stins încetul cu încetul. Pe străduță s-a lăsat din nou tăcerea. Mi-am dat seama că, în urmă cu un deceniu, mersesem pe acea stradă spre clădirea în care luasem lecții de pian.

Eu și Truus ne-am depărtat una de alta și am răsuflat adânc. Ne-am privit în ochi, comunicând fără vorbe, fiindcă repetaserăm totul de cincizeci de ori – ba nu, de o sută. Trebuia să dăm dovadă de răbdare. Planul nostru n-avea să funcționeze decât dacă nemernicul de Kohl ieșea din bar neînsoțit de nimeni.

– Kohl e la fel ca soldații obișnuiți, a murmurat Truus, privind în urma celor patru bețivi. Se crede într-o vacanță în care poartă armă.

Mulți germani priveau Țările de Jos în felul ăsta, fericiți să viziteze o țară nu foarte străină pentru ei, plină de blonde și de bere Heineken. M-am îndreptat de spate, mi-am aranjat din nou părul și mi-am legat mai bine centura paltonului. Am băgat mâna în poșetă, iar Truus mi-a aruncat o căutătură urâtă, dar eu tot am scos o țigară. Două țigări. Am aprins bricheta de argint și Truus s-a aplecat peste mâna mea, iar chipul ei pistruiat a avut o lucire rozalie în lumina flăcării. În depărtare, clinchetul slab al unui clopot de pe o navă care traversa canalul a plutit în aerul înghețat. Zgomotul metalic al încheietoarei de la poșetă, închise brusc, a reverberat în zidurile reci de piatră. Truus a tresărit.

– Relaxează-te, am șoptit eu.

Ea mi-a aruncat o căutătură aspră. Nu că eu aș fi fost relaxată. Dar mă simțeam mai relaxată dacă mă prefăceam.

Ușa barului s-a deschis din nou. Dunga de lumină puternică și zgomotul făcut de cei care beau înăuntru au străpuns tăcerea înghețată a străzii înguste. M-am aplecat ca să arunc o privire și m-am cutremurat.

Iată-l, așa cum ne imaginaserăm! Cu cel puțin treizeci de centimetri mai înalt decât oricare dintre noi două, lăsându-se în jos ca să treacă pe sub vechiul toc de lemn al ușii, iar poalele mantalei lui de piele îl făceau să pară și mai mare. Un corb monstruos, eliberat dintr-o colivie mică, fâlfâind și fluturând din aripi. Ușa s-a închis cu zgomot în urma lui.

Era singur. Truus a făcut semn din cap spre el.

– *Pak die rotzak*! Căsăpește-l pe nemernic! a șuierat ea.

*

Kohl şi-a tras pe cap cascheta cu cozoroc, de ofiţer SD, folosindu-se de ambele mâini ca s-o centreze, iar apoi s-a clătinat în clipa în care a luat, brusc, o gură de aer îngheţat. Gradele de argint înşirate pe uniformă i-au lucit în lumina slabă. Din locul în care aşteptam, mi s-a părut că puteam să-i adulmec mirosul. Într-adevăr, simţurile mi-au fost invadate de un iz umed şi rece de sudoare, de piele şi de alcool. El era real.

Truus s-a lăsat înghiţită de umbre, iar eu am rămas singură, cu un umăr sprijinit de zidul de cărămidă al clădirii, prefăcându-mă plictisită. În realitate, mă simţeam traversată de un curent electric. Auzeam plescăitul monoton al apei pe malul canalului şi vedeam fiecare punct luminos de pe bolta cerului. Eram sigură că n-aveam să mă mai plictisesc niciodată. Cum iluminatul stradal lipsea cu desăvârşire, pâlpâitul ca de cireaşă de la capătul ţigării mele devenise cel mai luminos lucru din jur. Sclipea ca un licurici în frigul de noiembrie: roşu, fierbinte, nelalocul lui. Am atins cu vârful pantofului marginea aleii, jucându-mă cu pietrişul strâns acolo. Trăgând puternic din ţigară, am suflat un amestec de fum şi de respiraţie albă în aerul iernatic, un mic nor pufos, care s-a materializat în noapte.

Kohl l-a văzut cu colţul ochiului şi a întors capul, cu o mişcare fluentă şi rapidă, urmată de tot trupul lui. M-a cercetat din priviri de sus în jos, de parcă ar fi evaluat un cal de curse şi ar fi calculat şansele. Eram doar o fată. Una frumuşică, cu ruj roşu pe buze. Singură.

Ochii mei i-au întâlnit pe ai lui. Inima mi-a bătut mai tare. I-am reţinut privirea încă două sau trei secunde... iar apoi mi-am ferit-o şi mi-am lăsat-o în jos, sfioasă. După aceea, mi-am ridicat-o din nou. El continua să mă privească ţintă. A încetat să-şi mai încheie nasturii de argint ai mantalei, iar degetele i s-au oprit pe cusături. Deodată, nu-i mai era atât de frig. Am zâmbit - doar o umbră de surâs.

A făcut un pas spre mine, dar cizma i s-a izbit de o piatră din pavaj, iar asta l-a făcut să se împleticească precum unul dintre soldații aceia beți, care ieșiseră din bar înaintea lui. Un semn bun. I s-au arcuit de îndată colțurile gurii mari, cu buze groase, umede din pricina băuturii din ultimul pahar, sau, poate, a poftei. În ciuda gustului metalic pe care disprețul mi-l adusese pe limbă, trebuia să recunosc că era un bărbat frumos. Un ofițer nazist înalt, cu maxilare pătrate și cu umeri lați - idealul arian. Am recunoscut insigna delicată de argint, în formă de frunză, de pe gulerul uniformei lui țepene, fiindcă o văzusem în imaginile pe care îmi ceruse Truus să le caut.

„Căsăpește-l pe nemernic!"

-*Guten Abend, Fräulein?* Bună seara, domnișoară? a spus el de parcă mi-ar fi pus o întrebare.

Și poate că era o întrebare. Desigur, nu vorbea olandeza. N-avea rost să învețe limba țării pe care o cotropise, fiindcă totul avea să facă parte în curând dintr-un singur Reich german.

Eu vorbeam germana fluent. Dar nu în seara aceea. Împreună cu Truus, schimbasem faza asta a planului. Nu voiam să mă las prinsă într-o conversație lungă, fiindcă amândoi știam că el nu era interesat decât de un singur lucru, iar acela nu era vorbitul.

-*Goedenavond!* Bună seara! i-am urat eu în olandeză.

Glasul îmi era blând și șoptit. Oricum, cuvintele n-aveau nici o valoare. Era beat, se vedea limpede, dar ochii lui își păstraseră agerimea. Nu și-a abătut nici o clipă privirea ațintită în ochii mei.

Mi-am trecut un picior în spatele celuilalt și apoi am repetat mișcarea, dându-mă înapoi, încetișor, spre adăpostul aleii. El și-a ridicat capul precum un cățeluș, iar apoi a privit iute peste umăr. Nu era nimeni în jur. S-a apropiat de mine cu un mers mai sigur decât cel de până atunci.

– *Sind Sie alleine hier, Fräulein?* Sunteți singură aici, domnișoară?

Cuvintele îi intrau unele într-altele, de parcă ar fi alunecat din pricina whiskyului. În timp ce vorbea, înainta încrezător, cu pași mari. A ajuns la *Fräulein* și s-a oprit la numai câțiva centimetri de mine.

„Nu te mișca!"

Toți mușchii din corp mă implorau să fug.

În schimb, am zâmbit, am mai tras o dată din țigară și am aruncat mucul pe pietrele pavajului. Cizma lui neagră și grea l-a strivit pe loc, făcându-l una cu pământul. Ca gest de curtare, era mai degrabă brutal.

A zâmbit, s-a bătut peste mantaua de piele și apoi s-a încruntat.

– *Es tut mir leid, aber ich habe keine mehr!*

Nu mai avea țigări.

– *Ich hole mehr drinnen... und vielleicht ein wenig whisky?* s-a oferit, iar chipul i s-a luminat la acea idee: să se ducă înăuntru și să cumpere, oferindu-mi, totodată, și un strop de whisky.

Nu. Nu ăsta era planul.

– Stai!

Am întins brațul și l-am atins pe mână. Pielea lui frigea sub degetele mele reci. I-am strâns mâna mai tare, ca să-mi opresc tremuratul. Sub buricele degetelor, am simțit sângele care-i curgea prin venele albastre de pe dosul palmei și i-am pipăit firele subțiri de păr.

– Nu, am șoptit eu, ținându-mi poșeta încă strânsă sub braț. *Ik heb meer!* Mai am eu!

El a zâmbit și a dat din cap, iar apoi s-a scotocit prin buzunar, în căutarea unei brichete. Era electrizat. Plecase din bar singur și dăduse peste o fată afară, așteptându-l pe el? Ce noapte norocoasă! Însă n-a reușit să găsească bricheta în buzunarele acelea adânci, așa că și-a coborât privirea, întrebându-se unde era obiectul căutat.

Mâna mi-a intrat în poșetă cu o mișcare fulgerătoare, dar degetele îmi erau reci și neîndemânatice. Respiram atât de iute, încât mi-a fost teamă ca nu cumva să leșin. Imaginile pe care le vedeam cu coada ochiului au început să se amestece între ele și să se transforme într-un tunel. M-am împins în el și m-am simțit învăluită, ca de o pâclă, de mirosul acru, masculin, pe care-l adulmecasem mai devreme.

– *Mein Liebling*... Draga mea, a murmurat el în șoaptă, iar eu am tresărit de scârbă.

Am clipit, iar în minte mi-a apărut limpede imaginea Sonjei și a lui Philine, culcate în patul meu din copilărie. Am înșfăcat mânerul metalic, rece, și mi-am pus degetul pe trăgaci. Mecanismul de siguranță era deblocat. Am scos pistolul dintr-o singură mișcare și l-am implântat cu putere în pieptul lui lat, așa cum exersasem. Mi-am ridicat privirea și mi-am ațintit-o în ochii lui cenușii, care păreau făcuți din argint mătuit. El a zâmbit, derutat, arătându-și dinții albi și lucioși. Nu înțelegea.

– *Was ist das?* Ce-i asta? a întrebat, încruntându-și fruntea palidă, dar încă zâmbind, de parcă totul era un joc.

Nu era.

Am apăsat pe trăgaci, iar brațele mi-au tremurat din cauza reculului care m-a dat în spate cale de câțiva pași, depărtându-mă ca și cum el m-ar fi împușcat pe mine. Îmi simțeam capul pulsând.

El încă stătea în picioare.

Expresia de pe chip îi era neschimbată, cu ochii de un albastru spălăcit încă ațintiți într-ai mei. În cele din urmă, și-a lăsat capul în jos și și-a privit mantaua. Era prea întuneric ca să vadă ceva, așa că și-a dus mâinile la piept, în căutare de răspunsuri. Și le-a agitat, iar ele semănau cu niște pești prinși într-un canal de scurgere, în vreme ce umerii lui largi se pleoșteau și apoi se surpau. Ceva nu era în ordine.

– Din nou! a mârâit Truus, lipită de zid, lângă mine.

M-am apropiat cu un pas, iar el m-a înșfăcat și m-a lipit de el, voind, parcă, să-și pună în practică ideea cu care mă abordase. Oare nu trebuia să strângă fata la piept, s-o sărute? Oare nu despre asta era vorba? Dar i s-au înmuiat picioarele sub el, precum un hopa-mitică ce s-ar fi pleoștit dintr-odată. M-a tras după el la pământ, în timp ce încerca să mă apuce de umeri, de gât. Era precum un om pe cale să se înece, înhățând orice obiect care plutea. Am căzut peste el, chinuindu-mă cu disperare să mă depărtez, dar conștientă de faptul că, după cum îmi spunea mereu Jan, orice situație însemna un prilej de care să te folosești atât timp cât erai în viață. Iar el mă antrenase pentru momentele astea. Am înfipt țeava micului pistol în coastele lui Kohl ca pe o baionetă și am apăsat din nou pe trăgaci. De data asta, m-am încordat în așteptarea impactului. Lipită de el.

A gemut, a mormăit ceva și apoi a căzut pe spate, iar creștetul capului acoperit de păr tuns scurt i s-a izbit, cu un pocnet dizgrațios, de pietrele pavajului. Cascheta neagră, lucioasă s-a rostogolit spre stradă; vulturul de argint a lucit în lumina slabă, de parcă ar fi încercat să evadeze pe cont propriu. Cascheta s-a oprit în mocirlă, cu cozorocul în jos. Truus s-a repezit s-o ridice și a aruncat-o spre capătul întunecat al aleii.

– Ajută-mă! a șuierat ea.

L-am apucat pe Kohl de guler și i-am tras trupul din stradă. Cu nervii întinși la limită și cu urechile țiuindu-mi, abia am auzit glasul lui Truus peste zarva din capul meu. Dar știam ce aveam de făcut. L-am apucat de reverele late ale mantalei de piele și, împreună, l-am târât peste pietrele pavajului. Urma să fie găsit și chiar asta ne doream. Ca să trimitem un mesaj. Dar era mai bine ca trupul să nu-i fie descoperit imediat. Așa că l-am lăsat să cadă, cu o bufnitură surdă, în locul în care se înfunda aleea. De parcă mutam mobilă.

– Haide! m-a îndemnat Truus, apucându-mă de mână și făcându-mă să alerg spre stradă, pe unde trebuia să fugim.

M-am împleticit în urma ei, dar apoi mi-am smuls mâna din strânsoare și m-am întors.

– Ce..., a dat să spună Truus, dar apoi s-a oprit.

M-am întors în goana mare la Kohl și m-am așezat deasupra lui, cu câte un elegant pantof de dans poziționat de fiecare parte a gâtului său și cu brațele întinse, îndreptate în jos. Am ațintit pistolul spre cap și i-am văzut ochii cenușii, rostogoliți pe spate ca niște piese pierdute dintr-un joc de bile. Am îndreptat țeava pistolului spre ei. Așa cum îmi spusese Jan: direct prin ochi, dacă aveai ocazia; abia atunci puteai să fii sigur. Am tras, iar capul i-a zvâcnit și m-a împroșcat un nor de ceață rozalie și cu mirosul scârbos de carne și de păr ars. Îl căsăpisem pe nemernic.

Mi-am mișcat picioarele, dar nu mi le mai simțeam; pieptul mi se zbătea din pricina respirației sacadate, dar nu-mi păsa. Truus m-a apucat și mai strâns de mână și am pornit-o în goană pe mijlocul străzilor pustii, alunecând la fiecare colț pe pavajul acoperit de chiciură.

– Grăbește-te! îmi tot spunea.

Glasul ei era ca o lesă care mă trăgea înainte, peste imensul abis, dar am ajuns-o din urmă și ne-am regăsit de cealaltă parte.

22

– Mamă! am spus eu.

Ea a întredeschis uşa şi m-a tras în casă. Nu era mult mai cald înăuntru decât pe străzile invadate de frigul de decembrie. Nu mai venisem acasă de dinainte de misiunea Kohl, în urmă cu aproape o săptămână. Chipul mamei mele era plin de gravitate. Ca şi cum ar fi ştiut ce făcusem.

– Ce-i? am întrebat.

Ea mi-a întins o bucată de hârtie.

– De la Sonja.

Prietena mea scrisese pe o pagină ruptă dintr-o revistă de cinema, peste o reclamă la şampon, care lăsase destul spaţiu gol în care să încapă un scurt mesaj:

Dragă doamnă şi domnule Schaft şi dragele mele Philine şi Hannie,

Vă sunt recunoscătoare mai mult decât aş putea s-o spun vreodată pentru tot ce aţi făcut ca să mă ajutaţi. Aţi riscat foarte mult şi vă mulţumesc pentru bunătate. Dar dacă e să dispar, prefer s-o fac în timp ce mă aflu afară, în lume, nu aşteptând aici, închisă într-o cutie. (Scuze.)

Promit să fiu precaută. Nu vă faceţi griji pentru mine, plec în America! Ştiu pe cineva care poate să mă ducă mai întâi în Elveţia, aşa că o să vă scriu de acolo. Sper să ne revedem...

Cu dragoste,

Sonja

– Când ai primit biletul? am întrebat, căutând şi alte informaţii pe spatele foiţei, dar negăsind acolo decât o altă reclamă lucioasă.

– Acum câteva zile, a răspuns mama. N-am ştiut cum să dăm de tine!

Mi s-a iuţit respiraţia.

– Unde e Philine?

Mama a privit în sus, iar eu am prins să urc scările două câte două şi am deschis larg uşa dormitorului. Am văzut-o pe Philine acolo unde stătea altădată Sonja, în pat, cu pătura trasă peste genunchi, citind. Văzându-mă, şi-a ridicat capul şi a izbucnit în lacrimi.

Am dat fuga la ea şi am îmbrăţişat-o strâns.

– Of, Hannie! Am implorat-o să nu plece!

– Ştiu, am spus eu.

Sonja ameninţase cu plecarea din prima zi în care sosise. Trecuseră nouă luni. Pentru Sonja, păruseră să fie nouă ani.

– Înnebunea aici! a spus Philine, ştergându-şi lacrimile. Nesiguranţa era insuportabilă!

Ştiam că Philine vorbea şi despre ea.

– Am încercat să-i reamintesc cât de bine era pentru noi aici, comparativ cu atâţia alţii care se ascundeau prin cămări sau căpiţe de fân şi ea ştia că era adevărat. Dar n-a fost de ajuns.

Glasul lui Philine s-a frânt, curmat de un oftat sfâşietor.

Auzeam cu toţii poveştile. Evrei în ascunzători din subsoluri, oameni care nu puteau să-şi întindă picioarele și să folosească toaleta decât noaptea târziu, atunci când era mai sigur. Se zvonea că o familie de la o fermă de undeva din nord-vestul Olandei ascundea zeci de evrei în șanțuri de drenaj și în silozuri. Iar într-o noapte, după multe pahare, Hendrik izbucnise în lacrimi și îmi povestise despre un băiat evreu din Amsterdam, în vârstă de vreo șapte ani, care rămăsese singur după arestarea familiei lui și care se ascundea într-o cameră goală, furând mâncare de la vecini.

– Nu i-am aflat numele, fiindcă după zece luni petrecute în singurătate, a încetat să mai vorbească, spusese Hendrik.

Prea multe povești.

– Știu! am spus, strângând-o în brațe pe Philine. Știu.

– E groaznic să nu poți să faci nimic! s-a jeluit ea. Să stai aici și să nu poți să ajuți în nici un fel!

– Nu e adevărat că nu faci nimic, am spus eu. Îi ajuți pe părinții mei și, stând aici, mă ajuți pe mine. Cum ne-am descurca fără tine, Philine?

Ea m-a îmbrățișat mai strâns.

– Cred că ceea ce faci aici e cel mai curajos lucru pe care-l poate face cineva! am spus eu, și chiar o credeam. E mult mai greu să stai pe loc în timp ce lumea se duce de râpă în jurul tău. Eu, cel puțin, dacă intru în panică, pot să dau fuga afară ca să urlu!

Mă gândisem atât de des la libertățile de care continuam să mă bucur în timp ce fetele stăteau închise în casă, neputând nici măcar să facă o plimbare sub cerul liber, ca să-și limpezească gândurile!

– Voi faceți cu toții ceva important aici!

– Știu, părinții tăi sunt niște persoane minunate! a spus Philine, nefericită.

– Nu doar ei! am exclamat, luându-i mâinile într-ale mele și încercând s-o fac să mă creadă. Tu ți-ai părăsit tatăl și pe Marie, Sonja și-a părăsit familia... voi faceți mai mult decât oricare dintre noi!

Philine s-a dat în spate și m-a privit cu o sprânceană ridicată, de parcă aș fi glumit pe seama ei.

– Vorbesc serios! am spus eu. E important ca tu să...

Nu știam cum să-i explic.

– Să rămân în viață? a întrebat ea, pufnind cu dezgust. Asta e misiunea noastră?

– Da, fir-ar să fie!

În timp ce încercam s-o fac să înțeleagă, m-a străbătut un val de răzvrătire asemănător cu ardoarea justițiară ce-l caracteriza pe Jan Bonekamp.

– Ce vor nemțălăii? Să dispari! Așa că misiunea ta e să nu dispari. Rămâi în viață, nu te expune, nu le da ceea ce-și doresc! Iar misiunea noastră – a mea și a părinților mei – e să te ajut s-o faci. Asta facem cu toții, fiecare în felul său, am spus eu uitându-mă țintă în ochii ei chihlimbarii, blânzi, atât de inteligenți, atât de triști. Tu ai, probabil, misiunea care e cel mai greu de îndeplinit. Să rămâi neclintită în mijlocul nebuniei ăsteia!

Philine a zâmbit.

– E greu. Dar sunt recunoscătoare. Sonja era – este – și ea.

– Știu! am spus eu.

M-am oprit înainte să-i pun următoarea întrebare. Mă temeam de răspuns. Cu o săptămână sau două în urmă, Sonjei i se dăduse de știre că familia ei încă se afla la adăpost, la Amsterdam, dar nimeni nu știa câte nu se comunicau din motive de siguranță. Despre familia lui Philine nu știam nimic.

– Ai aflat ceva despre tatăl tău?

Ne făceam griji pentru domnul Polak. Cu câteva săptămâni înainte, lui Philine îi fusese adusă în secret o scrisoare de la el. Domnul Polak spunea că era bine, că încă se afla în apartamentul lor din Amsterdam. Philine aruncase scrisoarea, scârbită.

– Nu-mi spune niciodată adevărul, fiindcă el nici măcar nu-l vede! se plânsese ea, părând mai mult înspăimântată decât supărată. Tot mai crede că dacă încalcă legea ascunzându-se, o să fie arestat. Dar dacă rămâne unde e, oricum o să fie arestat!

Eram de acord cu ea. Discutaserăm situația de multe ori.

Acum Philine a clătinat din cap în semn de negare.

– După ce mi-a parvenit scrisoarea aceea, n-am mai primit vești de la el, a spus ea.

Asta mă îngrijora. În ultimele câteva luni, cel puțin unul dintre cartierele evreiești din Amsterdam fusese complet „curățat" de locuitorii săi. Germanii se serveau din mobila, din argintăria și din celelalte obiecte de valoare pe care le găseau, lăsând ca resturile să fie culese de vecini. Noi, cei din Rezistență, știam că urmau alte asemenea acțiuni. Dar fiindcă doream s-o liniștesc pe Philine, am încercat să găsesc ceva încurajator de spus.

– O s-o caut pe Sonja! Dacă a fost arestată, poate că e încă în zonă.

– Dar dacă au trimis-o la..., a început să spună Philine cu glas nesigur.

N-a terminat propoziția, dar și eu mă gândeam la același lucru: *Westerbork*.

– O s-o găsesc, Philine! Are cine să mă ajute.

– Bine! a exclamat ea, deznădăjduită.

Mi-a apucat ambele mâini între palmele ei, care tremurau.

– Dar, Hannie, m-a implorat ea, orice faci, te rog, fii precaută! Nu pot să te pierd și pe tine!

– O s-o găsesc și amândouă o să ne întoarcem aici, tefere. Promit!

– Nu, nu spune asta, a murmurat Philine, palidă la față.

În după-amiaza aceea, în timp ce mă întorceam pe bicicletă la apartamentul RVV, am încercat să încropesc un plan. Îmi simțeam sufletul pustiit, dar nu eram surprinsă. Închisă în camera aceea, fără să știu cât timp aveam să rămân împotmolită acolo? Poate că aș fi făcut la fel ca Sonja. Speram ca Truus sau Hendrik să aibă vreo sugestie legată de locul în care s-o caut. Am intrat în apartament și acolo, pentru prima oară în ultimele două săptămâni, l-am văzut pe Jan.

– Ce s-a întâmplat? m-a întrebat el de cum m-a văzut.

N-am zâmbit. Nu puteam. M-am gândit să-l întreb unde fusese, dar acum răspunsul lui părea ceva neimportant.

– Am primit scrisoarea asta, am răspuns eu, întinzându-i-o. De la prietena mea, Sonja, cea care...

– Știu cine e Sonja! a spus el.

Vorbele lui m-au emoționat. Sonja mai trăia în gândurile cuiva. Jan a luat scrisoarea, a citit-o și a întors-o, în căutarea unor detalii suplimentare, după care mi-a înapoiat-o.

– O găsim noi! mi-a promis, trăgându-mă spre el și îmbrățișându-mă strâns. Nu-ți face griji, o s-o găsim!

Și iată-l din nou pe acel Jan Bonekamp pe care-l adoram. Puternic, încrezător, neînfricat. M-am ridicat pe vârfuri și i-am dat un sărut pe buze.

– Mulțumesc, Jan!

Nu-mi mai păsa de ce fusese plecat atât de mult timp. M-a sărutat și el, cu tandrețe.

– Totul o să fie bine, Hannie, mi-a șoptit el cu glas blând. Pun pe cineva să verifice la Westerbork.

– Poftim?!

M-am prins cu mâinile de spătarul unui scaun de lemn, fiindcă mă clătinam. Nu voiam să cred că Sonja s-ar fi putut afla acolo.

– Westerbork? am repetat, de parcă aş fi înțeles greșit.

Speram să fi înțeles greșit. Jan și-a ferit privirea. Nu era nevoie să-mi spună mai multe.

La Westerbork ajungeau în cele din urmă toți evreii olandezi. Oamenii pe care-i văzusem în curtea teatrului, cu câteva luni în urmă, se aflau acum la Westerbork. În interiorul lagărului era o gară de unde se spunea că în fiecare marți pornea câte un tren spre Polonia, spre un lagăr de muncă numit Auschwitz. Pleca de la Westerbork cu vagoane pline de evrei olandezi. Dar ori de câte ori se întorcea, era mereu gol. După cum spunea Truus, nici unul dintre cei plecați nu se mai întorcea. Și nici nu știam ce se întâmpla la Auschwitz – nimeni nu trimitea scrisori de acolo. După ce părăseau lagărul Westerbork, oamenii dispăreau pur și simplu. Văzusem câteva fotografii aduse clandestin, în care se zărea un presupus lagăr de muncă nazist undeva în estul Germaniei, o imagine granulată, neclară, înfricoșătoare, a ceva ce era aproape nimic: câteva clădiri joase și niște oameni – prizonieri, pesemne – mergând în șir indian. Păreau himere care cândva fuseseră oameni, siluete ca niște bețe, ce pășeau una în spatele alteia.

Nu, nu Sonja! Nu se putea una ca asta! Cu siguranță că, la ora asta, Sonja bea ciocolată caldă într-un salon elegant din Zurich, sau privea cu mirare luminile din Times Square, la New York. Nu putea să se afle într-un asemenea loc. Nici nu eram în stare să-mi imaginez. Am simțit că nu mai aveam aer.

– Hannie, respiri prea iute! Calmează-te! a exclamat Jan.

M-am auzit gâfâind. Teama mă țintuise locului. Nu Sonja! Nu Sonja!

– Haide!

Jan m-a prins strâns de mijloc, susținându-mă.

– N-ar fi trebuit s-o aduc la Haarlem! am spus eu, iar stomacul mi s-a întors pe dos în clipa în care mi-am adus aminte de munca de convingere pe care fusesem nevoită s-o depun ca s-o aduc aici.

Îi înșirasem atâtea povești promițătoare despre cum ea și Philine aveau să fie mai în siguranță aici, despre cum totul urma să se sfârșească în curând! Gândurile mele alcătuiau un ocean adânc, sălbatic, care vuia, vuia, vuia!

– Ar fi trebuit s-o las să stea acasă!

– Hannie! a spus Jan, iar glasul i se auzea mai tare acum. Hannie, ascultă-mă! O s-o găsim. Cunosc niște oameni cu care putem să vorbim... o s-o găsim!

– Ajut și eu, am spus, îndreptându-mă de spate și inspirând adânc de câteva ori. Eu o știu cel mai bine, o să pot s-o găsesc. S-o identific.

Jan a clătinat din cap.

– Asta nu-i o muncă pentru tine! Tu ai de lucru aici. Misiuni precum a fost cea cu neamțul Kohl, a spus el, înghiontindu-mă în semn de respect. Avem nevoie de altele asemenea. Mai ales acum.

– Nu pot, Jan!

El a încruntat din sprâncene, pe cale să se înfurie de-a binelea.

– La naiba, sigur că poți, Hannie! Crezi că la tutungerie vin în fiecare zi fete care sunt dispuse să facă ceea ce ați făcut tu și Truus? Avem nevoie de tine!

– O poate face Freddie, am spus eu, nefericită.

– *Verdomme*, a oftat Jan, iritat. Ai de gând să-i spui lui Truus că nu mai vrei s-o ajuți?

„Doamne-ferește!“

-Nu, dar...

-Ai nevoie de câteva clipe ca să te aduni. E în regulă!

Am dat din cap în semn de aprobare. În cele din urmă, respirația mi s-a calmat. M-am așezat pe scaunul șubred și am oftat.

-Te simți bine? m-a întrebat el.

Am dat iarăși din cap, fără să scot o vorbă.

-Așa, da! a spus el, iar apoi a aprins arzătorul sobei și a umplut ceainicul. Iar acum, spune-mi tot ce trebuie să știu despre locul în care ar putea să se afle Sonja.

Am început să vorbesc. Înainte să se scurgă o oră, Jan îmi făcuse o cană de ceai și notase toate informațiile pe care mi le putusem aminti despre viața Sonjei, precum și posibilele locuri în care s-ar fi aflat.

-O s-o găsesc, mi-a promis el în după-amiaza aceea, înainte să plece. Tu du-te acasă! Du-te la familia ta.

M-am trezit cu puțin înainte de revărsatul zorilor, într-unul dintre paturile de o persoană din apartamentul RVV. Nu mă dusesem acasă. Era atât de sumbră perspectiva de a da ochii cu părinții mei și cu Philine fără să am nimic să le spun, încât nici nu puteam să mi-o imaginez, așa că rămăsesem în apartament toată noaptea, singură, sfredelindu-mi mintea în căutare de alte nume și de alte locuri, încercând să-mi amintesc orice detaliu care ar fi putut să-mi indice locul în care se afla Sonja. *Știu pe cineva care poate să mă ducă...* scrisese ea. Pe cine? Nici eu și nici Philine n-aveam idee cine putea să fie acea persoană.

La revărsatul zorilor, o fâșie subțire de lumină aurie s-a strecurat peste tavanul dormitorului. Urmându-i parcursul spre peretele opus, mă așteptam să văd un pat gol. Dar acolo se afla Jan Bonekamp, adormit și încă îmbrăcat în palton, cu gulerul ridicat până la urechi, ca să-l apere de frigul din cameră. Se întorsese. M-am strecurat afară din așternuturile calde, i-am desfăcut șireturile ghetelor, le-am aruncat pe podea și am pus peste el o pătură de lână aspră. De sub ea, o mână s-a întins spre mine.

– Vino aici! a spus Jan.

M-am oprit, străbătută de un fior. Am ridicat pătura și m-am așezat pe pat, însă Jan m-a tras aproape, făcându-mă să mă ghemuiesc lângă el de parcă m-aș fi cuibărit într-o scoică.

– Jan, ce s-a întâmplat azi-noapte? Ai aflat ceva? am întrebat.

Ultimele douăzeci și patru de ore mi se păreau un vis. Un coșmar.

A inspirat adânc, cu ochii închiși.

– Nu încă, dar avem oameni care o caută.

Și-a întors capul spre mine și m-a sărutat blând pe frunte.

– O s-o găsim!

Respira egal; poate că adormise sau poate că tocmai adormea la loc; probabil că fusese plecat toată noaptea.

– Îți mulțumesc, i-am șoptit, cu gura aproape de pieptul lui.

M-a strâns un pic mai tare. Respirația lui mă gâdila pe ceafă. I-am simțit-o în spatele urechii și pe osul claviculei, iar apoi buzele lui au început să mi se plimbe pe piele, sărutându-mi gâtul și umerii. Mânată de o îndrăzneală pe care nu mi-o cunoșteam, mi-am arcuit spatele spre el ca să-l sărut, iar el m-a tras mai aproape și nu s-a mai oprit din sărutări. M-am lăsat pe spate și i-am simțit pelvisul lipit de al meu, iar el și-a petrecut o mână în jurul taliei mele și pe cealaltă mi-a pus-o peste sâni, ceea ce m-a făcut să mă împing și mai tare în el. Nu îndrăzneala era cea care transforma acel moment tandru în ceva mai mare, care se ridica precum un val de maree. Trăiam o senzaţie pe care o mai avusesem înainte, dar căreia nu-i cedasem. Acum i-am cedat. Am făcut să-mi amuţească gândurile şi am întors spatele suferinţei, violenţei şi necunoscutului. Mai bine să fiu aici, împreună cu Jan, indiferent de ce anume se petrecuse până atunci sau avea să se petreacă în viitor. M-am lăsat pradă plăcerii de a fi mai aproape de o altă persoană decât fusesem vreodată. De a deveni parte din Jan, iar el, din mine. Am închis ochii şi i-am auzit glasul:

– O s-o găsim!

L-am lăsat să mă conducă.

23

1944, vara

Au trecut săptămânile, apoi s-a împlinit o lună, iar eu mi-am interzis să mai aştept veşti despre Sonja. După aceea, a sosit o scrisoare. Purta ştampila poştei din Belgia. În felul ei neciteţ, cu litere curbate, prietena mea scrisese pe spatele unui bon vechi de cumpărături:

Dragii mei,
Sunt în Belgia, aproape de Liege.
Odată ajunsă în Elv., o să vă scriu mai multe.
Cu dragoste, Sonja.

Philine mă privea în timp ce citeam biletul.

– Sunt veşti bune! am exclamat eu în timp ce întorceam hârtia pe toate părţile, încercând să-i smulg mai multe indicii, aşa cum probabil că făcuse şi Philine.

Ea a zâmbit slab, solidară cu mine. Aveam nevoie să credem că erau veşti bune.

Au mai trecut câteva săptămâni. N-am mai aflat nimic despre Sonja.

Mă ţineam ocupată cu tot mai multe treburi pe care le făceam pentru Rezistenţă. După asasinarea lui Kohl, presupuneam că eu şi Truus aveam să primim alte misiuni similare, dar se putea spune că lovitura avusese prea mult succes. Știrea asasinării unui înalt ofițer SS se răspândise ca un incendiu în rândurile administrației olandeze naziste, sau cel puțin așa se șoptea prin rețeaua Rezistenței. Ca urmare, eu și Truus fuseserăm nevoite să rămânem ceva mai retrase pentru un timp.

– Atenție la Fata cu Părul Roșu! m-a tachinat Jan, repetând bârfele. Te ademenește cu zâmbetul ei și apoi, *BUM*!

S-a prefăcut că ținea în mână un pistol și că trăgea cu el. Mi-am dat ochii peste cap, dar îmi plăcea. Hendrik îmi sugerase să mă deghizez sau să port o perucă, astfel încât să-mi ascund culoarea părului. Dar mie așa ceva mi se părea o măsură excesiv de dramatică. În scurt timp, începuse să-mi lipsească fiorul pericolului, dar Hendrik insista să ne ocupăm cu misiunea mai puțin aventuroasă, dar „la fel de importantă" de a lăsa teancuri de ziare clandestine în zone publice, unde cetățenii le găseau a doua zi de dimineață, și de a duce cartele falsificate de rații la casele unor *onderduikeri*. Nu mi se părea că asta ar fi fost o muncă la fel de importantă, ci o găseam de-a dreptul inutilă. Un mod de a ne face de lucru. Mi-am dat seama că așa se simțise și Sonja pe vremea când fusese închisă în dormitorul meu. Trecuse o lună, apoi trecuseră două, dar nu mai venise nici o scrisoare.

– Poate că scrisoarea a fost interceptată la un moment dat, a sugerat Philine într-o seară. Scrisorile se pierd ușor.

– Se poate, am răspuns eu.

Era posibil. Dar nici unul dintre noi nu credea așa ceva. Jan mă asigura că toate contactele lui erau în alertă, căutând orice urmă, dar, dincolo de asigurările pe care mi le dădea el, mă simţeam la fel de neputincioasă ca şi Philine în privinţa găsirii Sonjei. La fel ca un *onderduiker*, trebuia să mă obişnuiesc cu aşteptarea.

La momentul de faţă, Aktion Silbertanne era în plin avânt. De curând, naziştii scoseseră douăzeci şi cinci de oameni la întâmplare dintr-o mulţime aflată în centrul Amsterdamului şi îi executaseră pe loc, în faţa a sute de martori îngroziţi. Apoi un Kommandant nazist se căţărase pe o ladă de mere, făcuse salutul nazist şi citise o proclamaţie care explica cum că acea execuţie era consecinţa legal justificată a sabotării unui depozit german de combustibil, în urmă cu două zile. Iar asta era numai începutul. Începuseră operaţiunile anti-Rezistenţă.

– Trebuie să menţinem presiunea! ne tot repeta Hendrik.

Nimeni nu-l contrazicea. Ştiam că germanii aveau să continue să ne omoare, indiferent dacă ne opuneam sau nu.

Jan mă rugase să-l ajut să bombardeze o sală de cinema din centrul Haarlemului, frecventată de germanii care veneau acolo să vadă filme de propagandă. Misiunea mea constase în introducerea în Sala Rembrandt a unei bombe artizanale, de dimensiunea unui căţel, plasarea ei într-un colţ întunecat şi apoi îndepărtarea de acel loc. Dar bomba nu explodase, ci doar fâsâise, declanşând apoi alarma de incendiu, iar noi fugiserăm cu toţii în stradă. Jan nu se supărase, ceea ce era o uşurare, dar eu fusesem furioasă pe mine. Dezamăgită. Nimic nu mergea cum ar fi trebuit. Nu făceam nici un progres.

Au mai trecut câteva săptămâni fără nici o veste de la Sonja.

Jan părea să inventeze pretexte ca să petrecem timp împreună, fie că erau exerciţii de tras cu arma, fie tururi cu bicicleta ale orășelelor din jurul Haarlemului, în apropierea celui de unde se trăgea el. Încerca să mă înveselească, sau măcar să-mi abată atenția de la gândurile negre. Nu ajuta. Au mai trecut câteva săptămâni și a venit primăvara. Dar Sonja? Nici măcar un zvon. Am încercat să nu-mi închipui ce se putuse întâmpla cu ea, sau, mai rău, ce i se întâmpla chiar în acel moment. Încercam să nu mi-o imaginez niciodată moartă. O vizitam pe Philine o dată sau de două ori pe săptămână, iar atunci vorbeam despre alte lucruri, deși n-aveam nici un alt subiect despre care să discutăm. Părinții mei încetaseră să mă mai întrebe de ea. Jan nu trebuia să întrebe. Ne petreceam atât de mult timp împreună, încât el ar fi știut dacă aflam ceva.

Stăteam întinsă pe canapeaua de catifea roasă din camera de zi a apartamentului RVV-ului, citind o broșură dintre cele pe care, cu câteva zile înainte, Aliații le aruncaseră din avion cu miile. Ilustrațiile arătau cum să construiești o cameră secretă (nu se spunea: *dacă ai nevoie să ascunzi pe cineva*), cum să te ghidezi după stele (nu se spunea: *dacă fugi de nemți, noaptea*) și cum să duci în spinare o persoană *rănită sau care și-a pierdut cunoștința* (nu se spunea: *moartă*). Lucruri cât se poate de utile. Jan a intrat în goană.

– Aici erai! a exclamat el.

M-a privit de parcă eram nebună să stau și să citesc, când aș fi putut face altceva.

– Haide, să mergem!

– Salut! Ce surpriză!

Îl văzusem cu o zi în urmă și nu-l așteptam înapoi mai devreme de săptămâna următoare. Dispărea zile la rând și, cum nu-mi dădea niciodată vreo explicație, mă obișnuisem să nu-i pun întrebări.

– Îți amintești de Pieter Faber, brutarul fascist din Heemstede? a întrebat Jan.

Parcă era titlul unui basm de Frații Grimm. Îmi aminteam. Heemstede, un orășel situat la douăzeci de minute de mers spre nord în raport cu noi, consta într-o bogată grupare de conace care aparțineau familiilor ale căror averi se făceau la Haarlem și la Amsterdam. Unele erau case de vacanță, un concept despre existența căruia aflasem abia după ce o cunoscusem pe Sonja.

– Am făcut rost de adresa lui, a spus Jan. Să mergem!

Faber era un redutabil colaboraționist olandez, un om de afaceri de seamă, care agita stindardul antidemocrației de ani întregi. Lucrul ăsta îl aflasem în ultimele câteva luni de la Hendrik și Jan, care țineau o listă deschisă a potențialelor ținte. Unii dintre cei de pe acea listă – ale căror nume le cunoștea toată lumea – erau vânători notorii de evrei, iar alții erau indivizi anonimi, al căror profil public puțin cunoscut ne ușura adesea efortul de a le da de urmă. Monstruosul plan de a scăpa Țările de Jos de evrei nu era numai proiectul de suflet al Reichskommissarului Seyss-Inquart, sau al vechiului nostru prieten, Kohl. Era o vastă întreprindere birocratică de strategie și de obiective duse la îndeplinire de mii de oameni din întreaga țară, de la cei mai înalți membri ai Gestapoului și până la cei mai umili funcționari din consiliile comunale. Erau destui ticăloși pe care să-i vânăm. Dacă nu dădeam de responsabilul din vârful ierarhiei, nu era nimic. Pionii care ungeau rotițele meritau la fel de mult răzbunarea noastră. Toți cei din RVV erau de acord în privința asta.

Brutarul fascist din Heemstede, de pildă, avea doi fii adulți care lucrau tot pentru Gestapo. Toți membrii familiei Faber își denunțau vecinii în schimbul unor câştiguri şi primeau favoruri speciale de la stăpânii lor nazişti, ca, spre exemplu, făină de calitate bună, astfel că Faber Bakkerij rămăsese una dintre puţinele brutării încă în funcţiune. Cei din familia Faber fuseseră nişte nemernici şi înainte de război, ca membri vocali ai partidului fascist olandez NSB. Fuseseră nazişti latenţi.

– Ce ai de gând să faci după ce ajungi acolo? am întrebat eu.

Jan a rânjit.

– Depinde.

Purta o cămaşă lungă, ce ascundea aproape în întregime umflătura făcută de pistolul îndesat sub cureaua pantalonilor. Probabil că mai avea unul în buzunar. Jan era cunoscut ca un ins curajos, teatral şi îngrijorător de îndrăzneţ. Prefera să-şi îndeplinească misiunile în spaţii publice, pline de lumină şi de martori; spunea că impactul muncii noastre se dubla dacă oamenii o vedeau cu ochii lor. Unele dintre acţiunile lui cele mai de seamă erau asasinatele pe care le comisese numai fiindcă i se ivise ocazia, fără pic de pregătire prealabilă. Ne deosebeau multe, iar ăsta era numai unul dintre exemple. La fel ca Truus, preferam să fac repetiţii pentru o acţiune majoră de mai multe ori înainte de punerea ei în practică, chiar dacă acele repetiţii aveau loc doar în mintea mea. Dar după ce nu făcusem mai nimic în ultimele câteva săptămâni, îmi pierise prudenţa.

– Bine! am spus eu.

Plănuisem s-o vizitez pe Philine mai târziu în ziua aceea, dar perspectiva mă îngrozea. Era atât de palidă şi de tăcută în momentul de faţă, o floare care se veştejea într-o încăpere întunecată. De fiecare dată plecam într-o dispoziţie mai proastă decât la venire şi bănuiam că şi ea simţea la fel. Misiunea Faber îmi oferea o scuză ca să nu mă duc. În drum spre ușă, Jan mi-a luat haina, după care m-a condus afară.

– Pe aici!

Am mers până la bordura trotuarului, unde era parcat un Peugeot negru, decolorat. Apoi Jan s-a aplecat și a deschis ușa din dreapta șoferului.

– Doamnele trebuie să intre primele! a spus el.

– Ce-i asta? am întrebat, fără să mă mișc.

– N-ai mai văzut niciodată un automobil? Urcă!

– Al cui e?

Jan a scos o exclamație de frustrare.

– Urcă în mașină, femeie!

Asta m-a făcut să râd, așa că am urcat. Interiorul mașinii mirosea a praf încălzit. Mi-am trecut un deget peste stratul pufos de praf, lăsând în urmă o dungă neagră. Jan a urcat pe locul șoferului și a umblat la ceva de lângă volan; apoi motorul a pornit cu un huruit și un fir de fum cenușiu s-a prefirat în sus, ieșind de sub capotă. Jan a virat spre mijlocul străzii, a centrat mașina și am plecat.

Nu mersesem de multe ori cu automobile, dar știam destule încât să înțeleg că Peugeotul era în stare foarte proastă. Din pernele scaunelor ieșeau arcuri de oțel ca niște sfredele și, odată cu ele, umplutura de păr de cal. Fiecare bulgăre de prundiș peste care treceam, zdruncina caroseria. Fiecare oprire și pornire devenea un eveniment zgomotos și înăuntru era, de cele mai multe ori, prea multă gălăgie ca să putem să vorbim. Dar după ce am ajuns la periferia orașului și am prins viteză în timp ce treceam pe lângă fermele de vaci și pe lângă câmpurile cu lalele, zgomotul a devenit un zumzet mai așezat, ca un vuiet oceanic, așa că am putut să întreb, în sfârșit:

– De unde e mașina, Jan?

– Am furat-o! a răspuns el de parcă răspunsul era evident. O tot vedeam parcată pe o străduță de lângă sediul poliției și nu se mișca niciodată din loc. M-am gândit că era abandonată.

Era plauzibil. În momentul de față, nici cei bogați nu mai puteau să plătească prețul mare la care ajunsese benzina.

– De unde ai făcut rost de benzină? am întrebat.

– Am furat-o și pe asta! a răspuns el, făcând semn cu capul spre bancheta din spate.

Pe podea, îndărătul scaunului șoferului, se afla o canistră mare de metal, vopsită în verdele Wermachtului, cu nelipsita svastică desenată pe ea.

– N-ar trebui să mergi cu chestia asta în mașină! l-am avertizat eu.

A părut surprins.

– Ești îngrijorată, doamnă profesoară?

– E periculos! am exclamat.

Și mai era și o prostie. Ar fi fost simplu să transfere benzina într-un recipient care să nu atragă atenția. De cele mai multe ori, îmi plăcea cutezanța lui Jan, dar asta era o nebunie. Dacă eram opriți la un punct de control german, lucru foarte probabil, de altfel, fiindcă puțini civili mai ieșeau cu mașina în afara orașului, s-ar fi putut să fim în stare să explicăm prezența mașinii. Dar cum s-o facem în cazul canistrei de benzină cu inscripția nazistă?

Jan a scos din buzunarul paltonului un recipient plat, de cositor, a luat o dușcă de alcool, a plescăit din buze și apoi mi l-a întins. Mă adaptasem repede la felul în care RVV-ul aborda alcoolul și țigările: la orice oră din zi își făceau apariția, profitam de ele, știind că urma să vină o zi în care astfel de divertismente n-aveau să mai existe. Fiecare fum tras din ţigară şi fiecare duşcă de alcool erau o mică victorie.

– Tu îi faci viaţa grea oricărui bărbat! a exclamat Jan.

– Poftim?!

El a clătinat din cap, în semn de mirare.

– Cele mai multe fete ar fi fericite dacă aş veni cu nişte whisky de contrabandă. Tu n-ai fi impresionată nici dacă aş apărea cu un submarin!

Am râs, stingherită. Despre ce vorbea? Îmi petreceam mai tot timpul în preajma lui, încercând să nu par o idioată.

– Să mă impresionezi pe mine?! am întrebat.

– Ei, haide, Hannie! a spus el, părând aproape enervat.

M-am holbat la el, uluită.

– Dacă ai un iubit, e în regulă! Poţi să-mi spui, a adăugat, uitându-se ţintă la drum.

– N-am! am răspuns eu.

– Cum adică? N-ai avut niciodată?

S-a uitat la mine cu atenţie, ca să vadă dacă glumeam.

– Nu-i treaba ta! am exclamat, descumpănită de direcţia pe care o luase discuţia.

Acea primă noapte pe care o petrecuserăm împreună, după plecarea Sonjei, nu fusese ultima. Deşi ne purtam ca nişte tovarăşi prietenoşi de faţă cu ceilalţi, ori de câte ori eram singuri ne trezeam strângându-ne în braţe, apoi sărutându-ne, iar apoi, mai mult. Se întâmpla sporadic, numai atunci când ne aflam între patru ochi şi făceam exerciţii de tragere cu arma, sau noaptea târziu, în apartament. Dar asemenea momente se repetau şi reprezentau pentru mine o evadare aproape magică din lumea care ajunsese să fie atât de brutală. Clipele în care îl sărutam pe Jan erau singurele în care tot restul îmi ieşea din minte. Prin urmare, desigur că n-aveam un iubit. Eram destul de naivă ca să-mi închipui că dacă aveam, el era acela. Evident, nu i-am spus-o.

– Ai fost vreodată îndrăgostită? a întrebat el.

– Jan!

– Haide, doar am bombardat un cinematograf împreună! a exclamat el, râzând.

– Am *încercat* să-l bombardăm!

– Am încercat, a fost el de acord. Deci?

Eu eram de părere că noi doi făcuserăm, la adăpostul întunericului, lucruri mai importante decât încercarea eșuată de a bombarda o sală de cinema. Dar mi-am păstrat opinia pentru mine.

– Nu! am răspuns. Nu cred! Nu, dacă asta înseamnă că și celălalt te iubește.

Jan nu-și lua privirea de la drumul din fața noastră. Nu mai văzuserăm altă mașină de câțiva kilometri buni; parcă mergeam pe Lună. Aveam impresia că întreaga lume ne aparținea numai nouă – sau măcar toată întinderea verde a câmpurilor irigate.

– Ești ciudată, Hannie Schaft! a spus Jan, clătinând din cap. Chiar nu-ți dai seama? a întrebat, privindu-mă. Nu-ți dai seama de efectul pe care-l ai asupra noastră, a tuturor?

– Oprește-te! i-am cerut, clătinând din cap, la rândul meu.

Încerca să schimbe subiectul.

– Asta e ciudat la tine! a exclamat el. Ești deșteaptă, dar nu vezi lucrurile cele mai evidente.

– Ce lucruri evidente?

– Felul în care faci munca asta, de parcă te-ai născut ducând la îndeplinire astfel de lucruri. Chiar și Truus te respectă, iar ea n-o place decât pe Freddie, a răspuns el.

– Nu-i adevărat! am exclamat, copleșită.

Oare vorbea serios?

– E purul adevăr!

Am simțit deodată că-mi era cald, am coborât de tot geamul dinspre mine și am scos capul, lăsând vântul să-mi bată în obraji. Oare Jan glumea? Sau ăsta era felul în care înțelegea el să poarte o discuție despre subiecte pline de profunzime? Habar n-aveam. Vântul m-a făcut să lăcrimez. Am mijit din ochi, iar apoi l-am văzut. Era ceva pe șosea, în fața noastră.

– Hei! am spus eu. Uită-te acolo...

– Aha, a mormăit el.

Privea țintă înainte, iar eu i-am urmărit privirea. Un punct de control german.

– Rămâi calmă și lasă-mă pe mine să vorbesc, mi-a cerut el. Arma? a întrebat, aruncându-mi o privire.

Am bătut cu palma peste geanta așezată lângă mine, pe scaun. Jan a frânat în timp ce ne apropiam, iar Peugeotul a huruit și s-a zguduit până când s-a oprit, scoțând un zgomot ce amintea de sosirea circului în oraș.

Jan și-a scos capul blond pe fereastra mașinii și i-a zâmbit soldatului neamț, care era atât de tânăr încât nici măcar nu părea că începuse încă să se bărbierească. Soldatul și-a potrivit greoiul pistol-mitralieră Sten în poziție de tragere și s-a postat în mijlocul drumului, între sacii de nisip așezați de-o parte și de alta, dincolo de care se vedeau canalele de irigații. N-aveam cum să mai înaintăm, ci am fi putut doar să mergem în marșarier. Dar și în spatele nostru se afla acum un soldat.

În mijlocul șoselei, îndărătul soldatului adolescent, era parcat un camion al Wermachtului, cu bena acoperită cu o prelată de pânză. Alți doi soldați s-au apropiat din direcția camionului. Probabil că acela era cel mai plictisitor punct de control de pe întreg cuprinsul Țărilor de Jos. Soldații păreau mulțumiți că apăruse un divertisment.

– Opriţi! a spus tânărul soldat.

Eram deja opriţi. El s-a apropiat de maşină şi s-a uitat la mine, iar apoi la Jan.

– Destinaţia?

– Heemstede, a răspuns Jan.

Eu am tresărit. De ce să le spună asta, când erau multe alte orăşele mai îndepărtate către care puteam să ne îndreptăm? De ce să le împărtăşească acelor şacali până şi o fărâmiţă de adevăr?

Soldatul a dat din cap, cercetând maşina din priviri. A trecut de portiera lui Jan şi s-a uitat la bancheta din spate. Canistra de benzină! S-a oprit, iar fruntea i s-a încruntat.

– Ce-i asta? l-a întrebat el pe Jan.

Acesta din urmă s-a răsucit spre bancheta din spate, de parcă n-avea nici cea mai mică idee că ar fi existat ceva acolo. Ca şi cum o astfel de atitudine ar fi putut să-i convingă pe soldaţi!

– O, benzina? a mormăit el, întorcându-şi iarăşi capul spre neamţ, cu un aer la fel de relaxat şi de vesel.

– *Ja!* Benzina! Proprietate a Wermachtului, după cum vedeţi!

– Corect! a exclamat Jan. E a ei! a spus, arătând spre mine.

Apoi s-a întors ca să mă privească într-un fel care abia dacă a reuşit să mă convingă să accept orice avea de gând. Abia-abia. După aceea, s-a întors spre soldat.

– Da, tatăl ei e primar. În Heemstede. El a trimis-o să ia nişte benzină şi uite aşa am ajuns aici!

Soldatul s-a uitat dincolo de Jan, cântărindu-mă din priviri.

„Fă ce ar face Sonja! Sau Annie!"

M-am îndreptat de spate şi mi-am netezit fusta peste genunchi.

– Bună ziua! am spus, fluturând grațios din degete spre soldat, în felul Sonjei.

– Tatăl dumitale e primarul din Heemstede? a întrebat el.

– Așa-i! am răspuns eu. Tata se așteaptă să ne înapoiem deja...

– Bine! a spus soldatul.

Ceilalți doi s-au apropiat din spatele lui.

– Care-i problema? a întrebat unul dintre ei, un brunet, adresându-i-se tânărului soldat.

– Nu-i nici o problemă! a răspuns acesta. Se duc la Heemstede.

În timpul schimbului lor de replici, cel de-al doilea soldat a dat ocol mașinii și a descoperit și el canistra de benzină.

– Ai văzut asta? a întrebat.

Chipul tânărului soldat s-a făcut roșu.

– *Ja, ja!* a răspuns el, dând din cap. Dar nu-i nici o problemă. M-am lămurit cum stă treaba.

– A, da? Cum așa?

Cei doi soldați se aflau acum chiar în spatele meu.

– Tatăl ei e primarul orașului Heemstede.

Camarazii lui păreau sceptici. Au arătat spre Jan.

– Și ăsta cine e? a întrebat brunetul.

– Șoferul ei! a răspuns Jan, cu un zâmbet larg.

Toți cei trei soldați s-au uitat țintă la el. Nu-l plăceau.

– În rabla asta? a întrebat soldatul cel brunet, lovind cu piciorul janta din spate a Peugeotului și făcând să zdrăngănească capacul de roată deșurubat.

– Aveam un Mercedes, dar a fost rechiziționat! am spus eu.

Știau ei bine cine îl rechiziționase.

Cei doi soldați s-au sfătuit în șoaptă, fiecare încercând să-l convingă pe celălalt. În cele din urmă, a vorbit brunetul:

– Care e numele primarului din Heemstede, soldat?

Jan a înghițit în sec, dar eu deja împingeam spre el actul de identitate fals de-a lungul scaunului, ascuns în palmă. Fără să-și miște capul, și-a coborât privirea, a citit numele, iar apoi și-a ridicat-o din nou. Cu brațul sprijinit de rama ferestrei deschise, a lovit ușurel în metal, atât cât să-i atragă atenția tânărului soldat, care s-a uitat la el.

– Elderkamp, a murmurat Jan.

– Elderkamp, a repetat soldatul.

Cei doi soldați au bătut în portiera din dreptul meu.

– Documentele!

– O clipă! am spus eu, așezându-mi geanta pe podea, astfel încât Jan să-mi strecoare actul de identitate înapoi sub ea. Am tras geanta din nou spre mine și am scos la iveală numai actul. Apoi mi-am împins sub coapsă geanta, în care încă se afla pistolul.

Cei doi s-au uitat la mine, apoi la document, apoi din nou la mine. De cealaltă parte a mașinii, gulerul tânărului soldat se umezise de sudoare. Soldatul cel brunet s-a aplecat.

– Salutările mele primarului Elderkamp! a spus el ducându-și mâna la chipiu și făcându-mi cu ochiul.

– Așa o să fac! am răspuns eu, veselă. Mulțumesc!

Soldatul cel brunet a lovit de două ori în capota mașinii și am pornit, înconjurând camionul Wermachtului, înspre Heemstede. Mi-am lăsat capul pe spătarul scaunului, răsuflând ușurată și simțindu-mă, în același timp, furioasă și exaltată.

– Ha, ha! a râs Jan, privind peste umăr la soldatul rămas în urmă, a cărui imagine se estompa treptat, iar apoi din nou la mine. Iată ce tocmai încercam să-ți spun, Hannie! Întâmplarea asta ți-a pus în lumină talentele native. Ai fost minunată!

– N-ar fi fost nevoie să fiu, dacă n-ai fi adus în escapada ta ceva ce le aparține naziștilor! am răspuns eu. Primarul Elderkamp?! am exclamat, clătinând din cap. Care e numele adevărat al primarului?

– Cine știe? a răspuns el, rânjind.

Cu ochii ațintiți la drum, s-a aplecat și m-a înghiontit în coaste.

– Trebuie să recunoști că întâmplarea asta ne-a făcut ziua mai interesantă.

– Vorbești cumva despre o întâlnire amoroasă?

– Ba despre ziua asta, m-a corectat Jan, cu un zâmbet inocent. Tu ai pronunțat cuvântul „întâlnire".

– Nu-i o întâlnire! am spus eu.

– Nu, nu e, a consimțit el.

– Fiindcă..., am murmurat, încercând să trag de timp.

– Fiindcă fiicei primarului nu i s-ar permite să iasă la o întâlnire cu șoferul!

– Corect! am răspuns eu. Dar, vezi tu, tatăl meu e destul de înțelegător. Iar pe tine te place!

– Ba chiar mă iubește! Părinții mă iubesc întotdeauna!

Mă îndoiam. Aveam sentimentul că părinții mei l-ar fi găsit pe Jan un pic cam obraznic și gălăgios pentru gustul lor. Ei erau oameni modești și domoli. Așa cum fusesem și eu. Mi-am aprins o țigară, iar apoi am aprins una pentru Jan și i-am întins-o.

– Tu ai rulat-o?

Am dat din cap în semn că da. El a zâmbit.

Părăseam acum zona de ferme și pătrundeam în suburbia împădurită a orașului Heemstede, cu trotuarele ei curate și cu straturile de flori colorate. Jan părea să știe încotro se îndrepta. Am traversat cartierele de locuințe, iar eu mă simţeam într-o altă lume. Zdruncinându-ne pe străzile străjuite de copaci, pe lângă locuinţe mari, cu frontoane largi, bine ascunse în peisajul natural, mi-am dat seama că familiile de olandezi care trăiseră altădată acolo - evrei sau ne-evrei, n-aveam de unde şti - dispăruseră acum, înlocuite de elita nazistă. Îţi dădeai seama după Mercedesurile negre oficiale, parcate pe aleile de acces. Înăuntrul caselor, noii locatari germani probabil că mâncau din porţelanurile furate, se întindeau pe canapelele acelor oameni şi dormeau în paturile lor. Aşa cum se întâmpla în casa din Amsterdam a familiei Frenk.

– Tatăl meu, primarul, trebuie să-i iubească foarte mult pe nazişti! am spus eu în timp ce treceam de un conac în faţa căruia era parcată o limuzină lucioasă.

– Nu-i un primar grozav, a fost de părere Jan. Îmi pare rău!

S-a uitat la ceas şi a încetinit, cercetând din priviri strada care se întindea înaintea noastră.

– Punctul acela de control ne-a încetinit. Faber trebuie să iasă din clipă în clipă. E destul de simplu, a adăugat el, privindu-mă. Tu ieşi prima, te apropii de el în dreptul cutiei poştale, îl împuşti pe loc şi eu vin din urmă. Ne urcăm înapoi în maşină şi plecăm.

I-am urmat direcţia privirii. Faber locuia pe o stradă numită Jan Tooropkade, locuinţa lui fiind una dintre zecile de case văruite, cu acoperişuri de şindrilă neagră şi cu pereţi albi, de stuc, ale căror intrări dădeau spre strada pavată. Era o zonă selectă, aşa că lipseau vânzătorii ambulanţi de ziare şi claxoanele camioanelor de aprovizionare, care ar fi putut să mascheze zgomotul unei împuşcături. Nu se se auzeau decât vocile oamenilor care vorbeau în timp ce mergeau pe lângă malul apei, soneriile bicicletelor sunând ici şi colo şi trosnetul grinzilor de lemn ale unei mori cu acoperiș tradițional de stuf, a cărei elice se rotea în bătaia vântului. La capătul străzii era un mal ierbos și, dincolo de el, canalul Zuider Buiten Spaarne, o vână navigabilă care, în anii de dinainte de război, ar fi viermuit de activitate. Acum acel canal era cufundat în liniște, căci majoritatea bărcilor fuseseră ascunse de proprietari sau confiscate. Trebuia ca zgomotele domoale dimprejur să fie de ajuns ca să distragă atenția de la împușcături și de la eventualele zgomote pe care le-ar fi scos Faber, deși eu mă îndoiam că așa ceva ar fi fost posibil. Iar asta, presupunând că îl împușcam pe brutar. Presupunând că reușeam s-o fac.

Jan s-a întins și m-a luat de mână.

– Ești pregătită?

Am închis ochii. În urmă cu o oră, mă aflam la adăpost, tolănită pe canapeaua din apartament. De atunci, mă făcusem complice la furtul unei mașini, al unei canistre din benzina naziștilor, eram vinovată de asumarea de falsă identitate în fața soldaților din Wermacht, iar acum trebuia să-l asasinăm pe brutarul fascist din Heemstede. Am clipit de câteva ori. Apoi mi-am amintit de satisfacția pe care o încercasem atunci când îl eliminasem pe Kohl. Asta mi-a alungat orice alte gânduri și senzații.

– Pregătită!

– Ești sigură? a întrebat Jan, părând neliniștit, dar eu depășisem momentul. Ce-i asta?

Tocmai îmi legam o eșarfă sub bărbie.

– Hendrik a spus că am nevoie de o deghizare, l-am lămurit eu.

– Fata cu Părul Roșu? a întrebat Jan zâmbind.

– Așa se spune! am răspuns, enervată, încercând să-mi ascund restul părului sub eșarfă.

–Poate că ar trebui s-o fac eu, iar tu să conduci.

–O fac eu! am exclamat.

Nu ştiam să conduc maşina.

Tonul lui Jan s-a schimbat din dulce, în acru.

–Uite-l pe Faber!

L-am văzut şi eu. Uşa de la intrarea casei lui se întredeschisese, iar Pieter Faber stătea în crâmpeiul de lumină de soare din prag. Era scund şi îndesat, precum un Mussolini olandez.

–Îl vezi pe poştaşul care vine pe stradă? a întrebat Jan. De cum lasă scrisorile în cutie, Faber o să se ducă acolo ca să le ia. Atunci o facem. Atenţia o să-i fie distrasă.

–Crezi că-i înarmat? am întrebat eu.

–E unul din cei mai dispreţuiţi ticăloşi din Ţările de Jos, deci presupun că da. Al naibii trădător! a exclamat Jan, lingându-şi buzele.

–A pornit!

L-am văzut ieşind din casă cu paşi domoli şi privind în dreapta şi-n stânga înainte să-şi continue drumul.

–Îi e teamă! am spus.

–Aşa şi trebuie!

Jan a pornit maşina, care a început să zăngănească şi să huruie, dar Jan Tooropkade era o stradă largă, iar trecerea altor maşini ne făcea să părem mai puţin vizibili.

–O să mă apropii încet, în urma poştaşului, a spus Jan. De îndată ce pleacă, iar Faber are în mână scrisorile, te duci spre el!

–Bine!

Faber ajunsese la jumătatea aleii, măsurându-şi paşii ca să ajungă lângă cutia poştală odată cu sosirea scrisorilor. Purta un pulover vechi, maro, pe care probabil că i-l tricotase soţia lui. Momentul de acum nu semăna deloc cu cel în care-l văzusem pe Kohl, îmbrăcat în piele neagră şi mirosind a băutură. Cu cât ne apropiam mai mult de Faber, cu atât mai mult mi se părea că simțeam miros de pâine și de fursecuri proaspăt scoase din cuptor. Părea cu desăvârșire inofensiv, dar el era cel care purta o mască, nu noi.

Poștașul s-a apropiat și i-a făcut cu mâna, parte din rutina lor zilnică. Faber a luat câteva scrisori de la el, iar poștașul a pornit-o mai departe pe stradă. Deschisesem deja portiera mașinii; o țineam întredeschisă, gata să sar afară. Ne-am mai apropiat cu mașina câțiva centimetri de aleea de acces către casa lui Faber, iar eu am tras aer adânc în piept.

– Oprește-te! mi-a cerut Jan, prinzându-mă în brațe ca să mă împiedice să ies.

Pusesem deja piciorul pe trotuar.

– Uite! a spus el.

Mă concentrasem în totalitate asupra cutiei poștale, așteptând ca poștașul să se îndepărteze. Dar în clipa în care Jan m-a prins în brațe, am văzut un băiat în vârstă de vreo zece ani, care alerga pe trotuar în spatele nostru, înspre Faber. Privind din mașină, am văzut cum băiatul – fiul unor vecini, pesemne – i-a dat lui Faber încă o scrisoare, care fusese livrată la adresa greșită. Acesta din urmă a mângâiat creștetul băiatului. Da, el era brutarul prietenos din vecini!

– O, Doamne!

Inima îmi bătea cu putere; până atunci, copiii nu apăruseră în peisaj la vreuna dintre acțiunile noastre. M-am uitat la Jan.

– A fost cât pe ce!

El a dat din cap.

– Acum, du-te!

Acum, brațul care mă ținea m-a împins afară din mașină. Surprinsă, am sărit pe trotuar, iar Faber mi-a remarcat intrarea în trombă și s-a întors ca să mă privească, nedumerit. Din fericire, băiatul plecase acasă. Revenindu-mi, am ajuns lângă Faber din cinci pași mari. Mi-am întipărit pe față un zâmbet larg, menit să-i liniștească temerile.

– Dumneavoastră sunteți Pieter Faber, nu-i așa? am întrebat, continuând să zâmbesc radios.

– *Ja, ja!* a răspuns el întorcându-mi zâmbetul, cu un licăr de curiozitate în ochi.

– Unde e Sonja? m-am auzit rostind printre dinți.

Nu plănuisem să rostesc asemenea vorbe, dar Sonja era motivul din spatele a tot ceea ce făceam. Țineam deja pistolul în mână și am îndesat țeava în burta proeminentă a lui Faber. El n-a putut să se hotărască dacă să mă strângă în brațe sau să-mi dea un brânci. Am apăsat pe trăgaciul rece al pistolului și am simțit impactul detunăturii în trupul lui, dar și într-al meu, fiindcă lipisem arma de victimă astfel încât să am un fel de amortizor natural. Gura lui Faber lui s-a deschis precum cea a unui pește de acvariu care scotea bule de aer și am simțit că încheieturile mâinilor îmi erau calde din pricina sângelui care începuse să curgă. Brutarul a clipit iute și a gemut, cu răsuflarea tăiată.

– Haide! a strigat Jan, pe care l-am văzut acum ieșit din mașină, stând chiar în spatele lui Faber.

Am sărit într-o parte în momentul în care Faber a întors capul, ghidat de glasul lui Jan.

– Nenorocit de neamț! a spus acesta din urmă privindu-l țintă în ochi și folosind același ton calm pe care-l avusese atunci când vorbise cu soldatul de la punctul de control.

Apoi l-a împușcat pe Faber în mijlocul acelui pulover vechi și maroniu. Un jet de sânge a țâșnit din spatele lui Faber în momentul în care glonțul, traversându-i corpul, a ieşit pe partea cealaltă. Undeva pe stradă, îndărătul nostru, a ţipat o femeie.

– Treci în maşină! a strigat Jan în timp ce alergam.

Am întins mâna dreaptă spre mânerul portierei, dar degetele mi-au alunecat din pricina sângelui de pe ele. Pe când mă străduiam să apuc mânerul, Jan s-a aplecat şi mi-a deschis portiera, în timp ce maşina pornise deja.

– Urcă! m-a îndemnat el, apucându-mă de braţ.

Am pornit în trombă, făcând maşina să trepideze, şi am văzut că în urma noastră începea să se adune o mică mulţime ce a înconjurat pe dată trupul lui Pieter Faber, care zăcea nemişcat în iarbă.

– Cred că e mort! am spus eu, uitându-mă ţintă pe fereastra din spate a maşinii, în vreme ce ne îndepărtam.

Nimeni nu ne urmărea, deşi câţiva oameni făceau, neputincioşi, semne spre noi. Încă nu se auzeau sirenele maşinilor de poliţie.

– E mort! a adeverit Jan. A murit după prima împuşcătură, doar că încă n-o ştia.

– Băieţelul acela..., am murmurat eu.

– O, Doamne, copilul! a exclamat Jan, clătinând din cap.

– Nici nu l-am văzut! am spus eu. Dacă nu mă opreai...

– E în regulă, Hannie! Ai fost minunată!

Jan a traversat cu viteză normală acel cartier liniştit, dar după ce am ajuns la marginea oraşului, a accelerat. Abia străbătuserăm două mile, când el a tras de volan spre dreapta şi maşina a cotit, scârţâind, pe un drum de ţară prăfuit. Brusc, a mai cotit o dată şi apoi a oprit motorul, parcând maşina în spatele unui hambar povârnit. Motorul a pârâit şi a şuierat pe măsură ce se răcea.

– Haide! a spus el, iar eu am coborât din mașină și l-am urmat înăuntrul hambarului. Poți s-o iei pe cea neagră, a adăugat, făcând semn către cele două biciclete vechi, identice, sprijinite de boxa unui cal. E mai frumoasă!

– Mersi! am răspuns, remarcând că ambele biciclete erau la fel de uzate. Ne întoarcem pe biciclete?

– Sunt mai puțin zgomotoase decât conserva aia de sardine pe roți! a declarat Jan.

Deșteaptă mișcare! Pe biciclete, puteam să ne amestecăm în mulțime, nu mai eram cuplul acela ciudat care circula cu o mașină veche și care-l împușcase pe Pieter Faber. Mi-am scos eșarfa și mi-am scuturat părul. Asudam din cauza soarelui de vară și a rămășițelor fricii pe care o încercasem.

– De când plănuiești totul?

– De câteva zile.

– De ce nu mi-ai spus?

– M-am gândit că dacă nu știai nimic dinainte, aveai să fii mai puțin agitată.

Am vrut să protestez, dar știam că avea dreptate.

– Cinstit vorbind, a continuat el, nu eram sigur dacă o să accepți misiunea asta așa, fără pregătire. Dar ai făcut-o, a adăugat, zâmbind, după care s-a apropiat și mi-a ridicat bărbia spre el. Bineînțeles că ai făcut-o!

S-a aplecat ca și cum ar fi urmat să mă sărute, iar apoi s-a oprit, privindu-mă în ochi.

A clătinat din cap. Eram atât de aproape, încât îi vedeam ritmul bătăilor inimii în scobitura de la baza gâtului. A răsuflat prelung și încet, primul și singurul indiciu al faptului că fusese îngrijorat. M-am ridicat pe vârfuri și i-am dat un sărut pe buze. A râs și apoi ne-am sărutat printre chicoteli, ușurați că ne încheiaserăm cu bine îngrozitoarea misiune, iar pericolul era uitat.

M-a înconjurat cu brațele și mi-a strivit trupul de al lui. Preț de o clipă, mi-a revenit în minte îmbrățișarea ucigașă pe care i-o dădusem lui Faber și am simțit din nou senzația dată de pântecul meu lipit de cel al brutarului. M-am cutremurat și am alungat amintirea, agățându-mă și mai tare de Jan, îngropându-mi obrazul în barba lui scurtă și țepoasă, pierzându-mă în căldura sudorii și a răsuflării sale pure precum apa de ploaie și briza verii.

– Te iubesc!

Acele cuvinte au părut să izvorască direct din inima mea, fără calcul și fără prevedere.

– Și eu te iubesc, Hannie! a răspuns el imediat, sărutându-mă mai apăsat, de parcă ar fi vrut să întărească un jurământ.

Mâinile mi s-au strecurat pe sub cămașa lui, ca să-i atingă pielea, iar el a făcut la fel și ne-am pierdut în delir, ne-am topit unul în brațele celuilalt, oroarea a ceea ce îi făcuserăm lui Faber transfigurându-se în forță vitală pură și făcând ca inimile să ne bată mai tare sub impulsul dreptății pe care o aveam și al dragostei pe care o simțeam. Da, era vorba de dragoste. În cazul meu, pentru prima oară. Știam că nu mai simțisem niciodată așa ceva.

– Nu putem să rămânem aici, a murmurat Jan printre sărutări.

– Nu, nu prea mult, am răspuns, desfăcându-i nasturele de sus al cămășii.

El a oftat și m-a sărutat din nou, cu degetele vârâte în părul meu. I-am desfăcut cel de-al doilea nasture.

– Hannie, așteaptă..., a spus el.

– Nu vine nimeni după noi, am răspuns eu, surprinsă de ezitările lui.

– Dar, Hannie...

– Ce-i?

– Hannie!

Tonul i se schimbase. Afectuos, dar încărcat de gravitate acum.

– Trebuie să-ți spun ceva.

Am încercat să-i citesc expresia de pe chip, însă n-am reuşit.

– Hannie..., a şoptit el aproape ca şi când ar fi suspinat.

M-a privit ca şi când s-ar fi pregătit să facă ceva anume, de parcă era gata să cadă în genunchi şi să-mi ceară mâna.

– Of, haide, Jan! am exclamat, râzând pe înfundate.

– Hannie, eu sunt căsătorit.

Am râs din nou.

– Încetează!

– Am şi un copil. O fiică. În vârstă de doi ani.

Am încremenit. Mă uitam țintă la Jan, incapabilă să înțeleg. Abia mai respiram.

– Dar te iubesc, a adăugat el luându-mi mâna şi sărutându-mi-o, lipind-o apoi de buzele lui şi trăgându-mă mai aproape. Te iubesc, Hannie! E adevărat.

Lumea s-a oprit în loc. Mă simțeam mută şi golită de gânduri precum erau lopețile şi greblele sprijinite de zid, martore mute ale furtunii de emoții care fremăta în jurul nostru.

Aerul era fierbinte şi prăfuit; un pârâu de sudoare îmi cobora printre coaste. Mi se tăiase răsuflarea de tot.

„Nu uita să respiri!"

– Îmi pare rău! a spus Jan cu glas răguşit de emoție. De mult voiam să-ți fac mărturisirea asta.

– E în regulă! am răspuns. E în regulă!

Auzindu-mi cuvintele, am început să simt că, într-adevăr, totul era în regulă. Am luat o gură de aer şi după aceea am răsuflat adânc.

– E în regulă, am repetat. Știu.

Fruntea lui Jan s-a încrețit.

– Știi?!

Nu știam. Dar, în același timp, știam. Bănuiam deja că mai era ceva în viața lui Jan, înțelegeam că mie și RVV-ului ni se acorda numai jumătate din timpul lui, în vreme ce își petrecea cealaltă jumătate... într-un loc important. Îmi spusesem că era ocupat cu alte misiuni, cu activitatea din alte grupuri ale Rezistenței, dar, într-un fel, știam adevărul.

Am dat din cap, adeverind.

Jan a mijit din ochi, încercând să-mi descifreze expresia feței.

– Știam, pur și simplu, am spus, iar glasul mi s-a frânt în clipa în care am rostit ultimul cuvânt.

Am tușit repede și mi-am dres glasul, încercând să-mi ascund emoția. Îl iubeam pe Jan și nici chiar acel trăsnet aducător de dezamăgire nu putea să-mi știrbească sentimentele. Ce însemna faptul că era însurat, că avea un copil? N-aveam nici cea mai vagă idee, însă știam cu siguranță că în acel moment nu voiam să mă gândesc la așa ceva. Nu puteam. În clipa în care mi-aș fi lăsat gândurile să se așeze, s-ar fi ivit alte întrebări. Cine era ea? Unde era? El o iubea? Ea îl iubea? Ea știa de mine și de el?

– E în regulă! am repetat.

– Bine, a spus el pe un ton blând. Dar ce înseamnă asta?

Stătea în fața mea, cu ochii lui albaștri larg deschiși, cu chipul dulce, ca de copil, cu palmele acelea late și aspre, pe care îmi plăcea să le simt pe piele, coborâte acum dinaintea mea într-o postură deschisă și vulnerabilă. Tovarășul meu de luptă, partenerul meu. Prietenul şi profesorul meu. Complicele meu. Prima şi singura mea dragoste.

Nimic altceva nu conta.

– Te iubesc, Jan! am spus, desfătându-mă cu fiecare cuvânt şi bucurându-mă de privilegiul de a putea să-l rostesc, de a avea pentru cine să simt toate astea.

Copleşită, am închis ochii şi l-am sărutat. Acel sărut era singurul lucru care avea sens.

După un minut, Jan a dat să spună ceva, dar ştiam că alte discuţii n-ar fi făcut decât să-mi învălmăşească şi mai tare gândurile, aşa că i-am pus un deget pe buze, ca să-l opresc.

– Femeie..., a murmurat el, privindu-mă cu ochi scăpărători.

– Taci, Jan, i-am şoptit eu la ureche, iar apoi l-am sărutat din nou. Nimic nu mai contează.

24

În primele câteva zile de după atacul asupra lui Faber, am așteptat vești despre represiunile naziste, dar nu s-a întâmplat nimic. Știam că trebuia să-i vizitez pe părinții mei și pe Philine, însă mă îngrozea perspectiva de a sta în niște încăperi înghesuite, făcându-ne cu toții griji pentru Sonja, așa că amânam.

– Hannie!

O bătaie a răsunat în ușa dormitorului pe care-l foloseam în apartamentul RVV. Era Hendrik. Chipul lui plăcut s-a ivit în deschizătura ușii.

– Jan a făcut cafea, m-a anunțat el. Vino și tu!

Era dis-de-dimineață, dar lumina soarelui de vară scălda deja încăperea. Uneori mă uimea felul în care pământul își continua rotația și soarele răsărea, indiferent de ceea ce se petrecea în lume. M-am întins, somnoroasă, admirând jocul luminii pe tencuiala pereților.

– Hannie, vii? a întrebat Hendrik, vârându-și din nou capul pe ușă.

– N-ai spus că e urgent!

Am ieșit din cameră, m-am dus la Jan și la Hendrik și m-am apropiat de masa rotundă la care stăteau cei doi, pe tăblia căreia se afla un teanc alcătuit din cele mai recente numere de ziare. Printre acestea se număra și cotidianul din Haarlem, controlat de naziști,

Haarlemsche Courant, pe care Jan îl ținea acum ridicat la nivelul ochilor lui aprinși.

– *Verwildering!* Sălbăticie! a exclamat Jan cu glas vesel, văzându-mă.

– Poftim?! am întrebat eu.

– *De wilde vrouw!* Femeia sălbatică! a răspuns Hendrik, cu un zâmbet amuzat pe buze. Dintr-odată, ai căpătat notorietate!

Jan radia de fericire.

– Hannie, faci parte din mecanismul de propagandă nazistă! a spus el, iar apoi s-a apucat să-mi citească fragmente din articol: *Un membru al Partidului Fascist din Țările de Jos a fost ucis seara trecută... Și mai grav e faptul că cea care a comis crima împotriva vieții e o femeie... O tânără femeie cu părul roșcat*, a declamat el, făcându-mi cu ochiul. *Unicitatea îngrozitoare a acestei adevărate* desperada *și a crimei sale o să împovăreze națiunea noastră pentru mult timp de acum încolo.*[4]

– Lasă-mă să văd!

Eram jenată de atenția care mi se acorda, dar și încântată în secret. *Desperada!* Articolul ocupa toată partea stângă a paginii de ziar și mi-l imaginam stând, în următoarele ore, pe masa iubitorilor de naziști din tot Haarlemul. Mă întrebam câți dintre concetățenii mei ar fi bănuit că mica Hannie Schaft era roșcata „sălbatică" în cauză. Nici unul. Mi s-a pus un nod în gât. Știam că Sonja ar fi fost mândră de mine.

– Îți amintești ce ți-am spus la Heemstede despre Fata cu Părul Roșu? a întrebat Jan, dându-mi un ghiont prietenesc.

– Păi, aici nu mi se spune așa!

– E ca și cum ți s-ar spune, fiindcă așa ți se spune peste tot! a declarat Hendrik. În orice caz, ți-au descris părul. A venit timpul, Hannie! a adăugat el, arătând spre capul meu.

– Of! m-am văitat eu. Trebuie să merg la coafor?

Nu fusesem niciodată; mama mă tunsese mereu. Apoi preluase Sonja sarcina asta. La momentul de față, părul meu nu mai fusese tuns de câteva luni. Și niciodată nu-l decolorasem, nici nu-l vopsisem.

– Nu, o să trebuiască s-o faci singură, a răspuns Hendrik.

– Aș putea să te tund eu numărul zero! s-a oferit Jan, rânjind. Asta ține păduchii la depărtare!

– Mă descurc și fără ajutor.

– Bine, *desperada*! a exclamat Jan. Dar să știi că, de fapt, articolul ne dă o veste bună: brutarul fascist din Heemstede e mort! Cine e următorul? a întrebat el, întorcându-se spre Hendrik.

– Nimeni, a răspuns Hendrik. Nu înainte ca Hannie să-și schimbe înfățișarea.

Jan s-a întors spre mine și m-a fulgerat cu privirea.

– Femeie, du-te și aranjează-ți părul!

Un ceas mai târziu, am deschis ușa casei părinților mei și aproape că am doborât-o pe Philine din picioare. Ne-a luat o clipă să ne recunoaștem una pe alta; eu purtam o eșarfă de mătase peste părul împletit în cozi și ochelari cu lentile zgâriate, iar Philine era la parter, acolo unde n-ar fi trebuit să se afle niciodată.

– Hannie!

M-a recunoscut în cele din urmă și și-a aruncat brațele slabe în jurul gâtului meu, îmbrățișându-mă. Am împins-o în sus pe scări.

– Ai înnebunit? Întoarce-te la etaj, Philine!

– Nu-i nici o problemă! a spus ea, zăvorând uşa, deşi i-ar fi fost uşor oricărui neamţ suspicios s-o deschidă cu forţa, cu sau fără zăvor.

– Asta faci acum? Răspunzi la uşă? Stai de vorbă cu vecinii?

– Nu! s-a apărat ea. Nu vorbesc cu vecinii. Dar, da, ocazional deschid uşa, numai atunci când ştiu că sunt părinţii tăi, care se întorc acasă. Oricum, niciodată nu vine nimeni altcineva. Te-am zărit prin fereastra din dreptul scării, cu toată deghizarea asta prostească, a adăugat ea, oftând. Nu mă privi aşa! Părinţii tăi sunt de acord cu ceea ce fac.

– Sunt de acord?!

– Păi, cel puţin o îngăduie, a răspuns ea, ridicând din umeri. Închisă în camera aceea, am fost pe cale să înnebunesc!

Mi-am scos eşarfa şi ochelarii, simţindu-mă ca un copil care se îmbrăcase cu hainele maică-sii.

– Nu poţi să mai faci aşa ceva! am exclamat eu. Situaţia se înrăutăţeşte!

Ea a râs.

– Se înrăutăţeşte? Dar americanii, în Franţa?

Aliaţii debarcaseră pe plajele din Normandia în urmă cu câteva zile şi făcuseră să renască speranţele. Nu pe cele ale mele sau pe cele ale luptătorilor din RVV, ci pe cele ale oamenilor obişnuiţi.

– Îţi vine să crezi? a continuat Philine. Of, sper ca Aliaţii să ajungă la noi cât mai repede!

Potrivit zvonurilor care circulau în Rezistenţă, n-aveau să ajungă în curând.

– Nu mi-aş face speranţe prea mari, am mormăit, iar lui Philine i-a pierit zâmbetul. Iartă-mă! m-am grăbit eu să adaug. Dar deocamdată trebuie să fii şi mai atentă! Părinții mei sunt aici? am întrebat, aruncând o privire în jur.

Philine a clătinat din cap în semn că nu. Am privit-o cu atenție. Toate hainele de pe ea, de la rochia de vară, croită dintr-un bumbac vernil, la șosetele albe cu margine de dantelă brodată cu trandafiri, îmi aparținuseră mie cândva. Stând în picioare și trăgându-se de rochie, Philine părea tristă, timidă.

– Mama ta a spus că nu te superi. Iartă-mă! a adăugat ea, ridicând privirea, îngrijorată.

– Nu, e în regulă! am răspuns eu.

Prietena mea avea înfățișarea de cuier uman a unei femei la modă prin anii '20. Șic, dar dacă ar mai fi slăbit doar câteva kilograme, ar fi devenit îngrijorător de slabă. Obrajii îi erau îmbujorați de emoție, iar verdele rochiei îi accentua ochii de culoarea chihlimbarului.

– Arată bine pe tine! am spus eu.

Eram la fel de aproape de malnutriție ca și ea. Așa cum se întâmpla, de fapt, cu toată lumea. Aveam riduri fine la colțul ochilor, apărute în ultimele șase luni. Cu toții ajunseserăm într-o formă proastă.

– Vino, să mergem sus! Am nevoie de ajutorul tău! am spus eu.

Toate lucrurile care îi aparținuseră Sonjei dispăruseră din dormitor, în afară de o trusă de farduri și de vechile reviste de cinema, care erau stivuite pe podea, lângă pat, cu coperțile decolorate și moi precum bumbacul. Nu mai văzusem de secole una nouă la standurile de ziare.

– Cât mi-aș dori ca Sonja să fie aici! am spus eu.

– Ai aflat ceva?

M-am întrebat dacă să-i spun sau nu despre feluritele moduri în care Sonja ar fi putut să scape, să rămână în viață undeva, neputând, totuși, să ia legătura cu noi, dar până şi gândul era epuizant. Iar Philine ştia la fel de multe ca şi mine.

- Nu, am răspuns.

Philine a clătinat din cap, plină de tristețe.

- Ştii, aş vrea să-mi vopseşti părul.

- Of! s-a văitat ea, aruncându-mi o privire sceptică. Acum chiar că regret că Sonja nu-i aici!

Am pus eşarfa şi ochelarii pe birou, iar ea râs.

- N-am vrut să ți-o spun până acum, dar... cred că ai nevoie de ajutor la deghizare. Arăți hidos!

Am lovit-o prieteneşte peste braț.

Hendrik îmi făcuse rost de ceva despre care el jura că era vopsea de păr. Lichidul acela era îmbuteliat într-un borcănel chihlimbariu și duhnea a chimicale pe bază de petrol. Dis-de-dimineață, Hendrik îmi întinsese sticluța cu aerul că vopsirea părului ar fi fost o altă „responsabilitate specială" dată mie de Dumnezeu, în calitate de femeie. Cu siguranță că știam ce să fac cu sticluța.

Eu și Philine ne-am decis să facem tot ce ne stătea în puteri. Chiuveta din bucătărie ar fi fost locul cel mai potrivit, dar, în ciuda draperiilor de camuflaj, existau prea multe geamuri (și prea mulți vecini) pentru ca Philine să poată petrece prea mult timp în acea încăpere. Baia era prea mică pentru noi amândouă, așa că am sfârșit prin a alege dormitorul. M-am întins pe pat, lăsându-mi părul ud să atârne peste margine, apa și chimicalele urmând să se scurgă într-un lighean de zinc, așezat pe podea. Philine ședea pe un scăunel, lângă pat, masându-mi părul și scalpul astfel încât substanța aceea cu aspect de smoală să-mi acopere toate șuvițele.

- Ei, pot să spun cu certitudine că mi-am înnegrit mâinile, așa că e posibil ca vopseaua asta să funcționeze la fel și pe părul tău! a declarat Philine.

- Grăbește-te! am rugat-o. Mi se face frig!

– Încerc.

Stând cu capul în jos, cu ochii la același nivel cu bărbia lui Philine, aveam o perspectivă ciudată asupra ei. Am văzut cum i se contorsionau colțurile gurii în timp ce îmi vopsea părul, i-am studiat pielea întinsă de pe maxilare și paloarea gâtului. Îi știam bine chipul și îmi dădea o senzație de liniște să mă aflu atât de aproape de ea. Acum mirosea a acasă, a lapte, a pâine și a praf cald. Mirosea la fel ca mama mea. Mi-am ațintit privirea la adâncitura moale de la încheietura maxilarului ei. Am văzut o minusculă urmă de înțepătură pe lobul urechii.

– Ai găuri în urechi? am întrebat, surprinsă.

Philine a zâmbit.

– Mi le-am făcut singură pe vremea când aveam treisprezece ani, dar apoi le-am lăsat să se închidă. Am avut atâtea probleme din cauza lor!

– Ce fetiță neascultătoare! am exclamat eu.

A chicotit.

– Îți imaginezi? Tata a fost de-a dreptul îngrozit. Parcă venise sfârșitul lumii!

– Dar nu venise, am șoptit.

– Nu.

Am prelungit acel moment, bucurându-ne de el. Am meditat împreună la vremurile de odinioară, când un lucru prostesc precum găurile din urechi ar fi putut să dea naștere unui scandal. Când o notă proastă la un extemporal îți strica toată ziua. Eram copii pe atunci.

– Ar trebui să-ți refaci găurile! am spus eu.

– Ha, ha! a râs Philine. Poate că așa o să fac.

– Îți mulțumesc, Philine!

– Cu plăcere! a răspuns ea.

Oricât de neplăcută era treaba cu vopsitul părului, înțelegeam că era fericită să aibă ceva util de făcut.

– Trebuia să alegi negrul? E atât de sever!

– N-am ales. Numai asta am găsit.

– Hmmm..., a mormăit ea, începând să stoarcă apa de la rădăcini spre vârfuri. Poate că ai remarcat că nu te-am întrebat de ce o faci, a adăugat, trecându-şi degetele uşurel printre şuviţele ude, ca să le descâlcească.

– Îţi mulţumesc! am spus eu din nou.

– Ştiu că avem cu toţii secretele noastre.

Dând din cap în semn că eram de acord cu spusele ei, am împroşcat în jur cu apă cenuşie.

– Opreşte-te! a strigat Philine, strângându-mi tot părul într-o coadă de cal umedă.

A râs şi şi-a ridicat degetul arătător sub nas, repetând caricatura universal recunoscută a lui Adolf Hitler.

– *Heil!*

– Niciodată! am spus eu.

– Noi ştim despre băiatul acela! a continuat ea, cu un accent german exagerat. Spune-ne totul!

Am oftat.

– Hannie!

Adevărata Philine se întorsese. Şi era cu adevărat curioasă.

– Te mai vezi cu el?

Aşa cum stăteam, cu capul în jos, am făcut semn că da, mă mai vedeam cu „băiatul acela“, iar Philine a râs.

– Eşti îndrăgostită de el!

– Cred că sunt, am recunoscut eu, iar apoi m-am simţit ca o trădătoare pentru că dădusem un răspuns atât de ambiguu. Da. Suntem îndrăgostiţi.

– Sunteţi îndrăgostiţi! a repetat ea, bătând uşor din palme. Ce are el aparte? Dintre băieţii de la şcoală, nu ţi-a plăcut nici unul!

Era adevărat.

– Ei, bine, el nu e ca băieţii de la şcoală, am spus eu. Deloc! E frumos şi foarte curajos...

Philine a ridicat dintr-o sprânceană, îngrijorată pentru mine. Mi-a întins un prosop, ca să-mi strâng părul în el. După aceea, m-am așezat pe pat.

– Mă face să mă simt de parcă aș fi o altă persoană. Una mai bună.

– Păi, chiar pari diferită, a spus ea pe un ton blând. Ești atât de..., a murmurat, fluturându-și mâinile prin aer ca un magician. Nu-i vorba doar de păr. Înainte erai foarte timidă, dar acum ești îndrăzneață. Ca un soldat!

Am râs, rușinată, după care am început să-mi pieptăn părul. Acesta arăta ca un pămătuf înmuiat în melasă.

– Vorbesc serios, a insistat Philine. Sunt mândră de tine! Și mă bucur că ești îndrăgostită.

Inima mi s-a strâns și mi s-au umezit ochii. Sonja plecase, iar Philine își pierdea sănătatea aici, singură și cu inima frântă, în dormitorul meu din copilărie. Dacă le-aș fi putut scoate din țară, aș fi putut să mă simt ca o eroină. Dar acum, nu. Philine nu era în siguranță, iar Sonja... de fapt, ele erau cele curajoase! La fel și părinții mei. Adăpostirea lui Philine îi transforma în infractori.

Am făcut un efort și m-am smuls din acea reverie dureroasă.

– El m-a învățat multe, am spus.

– Sunt convinsă.

– Philine!

Am râs amândouă. Aveam nevoie de cineva cu care să vorbesc. Și, judecând după rumeneala pe care o căpătaseră obrajii palizi ai prietenei mele, mi-am dat seama că și ea avea nevoie.

– Totuși, există ceva..., am început eu să mă confesez.

– Ce vrei să spui?

– El are..., am murmurat, căutând în minte cel mai bun fel de a o spune, expresia cea mai puțin șocantă, dar în cele din urmă am spus-o simplu, așa cum o făcuse și el: E însurat. Și are o fiică. Am descoperit totul de curând.

– Aha...

Pe chipul lui Philine a rămas întipărită expresia de curiozitate, dar vedeam că gândurile îi goneau prin minte. Să recunosc că nu voiam să mă despart de el? Oare o astfel de mărturisire ar fi schimbat sentimentele pe care Philine le nutrea față de mine? Oare ar mai fi vrut să...?

– Hannie, a spus ea cu un oftat, suntem în război!

Apoi a ridicat din umeri.

– Da, am spus eu pe un ton plin de speranță.

Ea a privit de jur împrejurul micului dormitor cu o singură fereastră, și aceea fiind camuflată împotriva raidurilor.

– Înainte de război, poate că aș fi reacționat diferit. Dar acum..., a spus ea, oftând, ...ce mai contează?

M-a surprins placiditatea lui Philine. De obicei, ea vedea lucrurile doar în alb și negru. Dar războiul o schimbase și pe ea. Schimbase totul.

– Ei, bine..., am spus, încercând să trag de timp.

– Tot ce știu, a spus Philine, trăgând de un fir ieșit din pătura de sub ea, e că dacă aș simți la fel față de cineva... față de oricine... aș face-o, a recunoscut, ștergându-se la ochi cu mâneca. Nu cred că singurătatea e nobilă sau benefică. Dacă ai o șansă să iubești...

Și-a șters din nou ochii.

– Of, Philine!

M-am așezat lângă ea și am îmbrățișat-o. Oasele ei mici, ca de pasăre, au început să tremure sub atingerea mea și am plâns și eu, pentru prima oară de la dispariția Sonjei. Eu și Philine ne-am strâns în brațe precum ar fi făcut-o doi oameni aflați în pericol de înec, care se agățau de un colac de salvare. Plânsul era periculos, ca un val de ocean. Odată prinse în el, putea să ne tragă la fundul apei pentru totdeauna.

– Fetelor! s-a anunțat mama, bătând ușurel în tocul ușii, lângă care s-a ivit având pe față o grimasă ca și cum tocmai ar fi mirosit ceva care duhnea. Draga mea, ce s-a întâmplat cu părul tău?

– Philine m-a ajutat să mă vopsesc! am răspuns eu, ridicându-mă și sărutând-o pe obraz. Bună, mamă!

Ea m-a privit cu ochi plini de îngrijorare.

– Hmmm...

M-a răsucit ca să mă poată privi din toate părțile, iar apoi a clătinat din cap și a oftat.

– Dacă ți se pare că așa e cel mai bine...

– Da, e! am exclamat eu.

– Bine, atunci! s-a învoit ea, bătându-mă ușor peste braț. Vreo veste de la Sonja?

– Nu.

S-a apropiat de noi și s-a așezat lângă Philine, petrecându-și brațul pe după umerii ei. Mi-a venit din nou să plâng din pricina gingășiei acelui moment. Inima mi s-a umplut de o recunoștință pe care o simțeam înflorind, o senzație asemănătoare cu deliciosul fior al primei întinderi în pat, atunci când te trezeai dis-de-dimineață. Niciodată n-aveam să le pot mulțumi îndeajuns de mult părinților mei în legătură cu tot ceea ce făceau pentru Philine. Și pentru Sonja. Și pentru mine.

– Știu că e greu, a spus mama, dar trebuie să credem că Sonja e la adăpost. N-avem nici un motiv să gândim altfel.

Ba aveam toate motivele, dar n-am spus nimic.

– Sunteți îngrijorate fiindcă o iubiți, iar ea, la rândul ei, vă iubește pe voi. Asta nu s-a schimbat.

– Știu! am spus eu.

Încercam să-mi stăvilesc lacrimile și să separ frica pentru soarta Sonjiei de haosul emoțional pe care-l simțeam din cauza a tot ceea ce alcătuia ciudata mea viață nouă: Jan, războiul, lupta pe care o duceam.

Mama i-a întins lui Philine o batistă în care să-și sufle nasul.

– Ia zi, ce crezi despre ținuta lui Philine? Nu mai aveam haine deloc!

– Arată mai bine pe Philine! am răspuns eu cu sinceritate.

– Poate că o să ne facem prezentatoare de modă după ce se sfârșește toată nebunia asta! a spus Philine râzând și trăgându-și nasul.

– Eu, nu! Am de gând să mănânc pe săturate după ce se termină războiul ăsta! am declarat eu. Poate că o să ajung doamna grasă de la carnaval.

– Acum ați redevenit fetele pe care le știu! a spus mama. Haideți, veniți-vă în fire! Avem rufe de spălat.

– Ce se petrece aici?

Tata s-a arătat în prag, înalt și zdravăn ca un stejar, cu un zâmbet uimit pe buze. Mi-am surprins reflexia în oglinda de pe birou; aveam fața încadrată de o linie roz-negricioasă, iar pielea îmi era iritată și lucioasă. Mă ustura scalpul și arătam ca o nebună. Dar nu mai eram Fata cu Părul Roșu.

– *Mijn kleine vos is weg!* Mica mea vulpe a dispărut! a exclamat el.

– Bună, tată!

I-am dat un sărut pe obraz.

În momentul în care a simțit mirosul vopselei de păr, tata a strâmbat din nas.

– Bună, scumpo! Vă distrați?

Am încuviințat din cap.

– Ai auzit că americanii au ajuns pe plajele din Franța? a întrebat el, încă uitându-se lung la părul meu.

– Da, am răspuns eu.

Știam că așteptau cu toții să vadă dacă aveam informații secrete despre mult așteptata debarcare a Aliaților pe continent, dar n-aveam. Și nici nu voiam să dau cuiva speranțe false, nici chiar mie.

– N-am auzit nimic.

Tata a dat din cap, sobru.

– Ei, e timpul să plec! am spus eu cu stângăcie, adunându-mi lucrurile. Și pentru numele Domnului, n-o mai lăsați pe Philine să răspundă la ușă!

Mama mi-a aruncat o privire severă, socotind că luasem numele Domnului în deșert. Dacă ar fi știut ea!

– N-am răspuns la ușă! a protestat Philine.

– Nu-ți face griji pentru noi! m-a îndemnat tata.

A ridicat mâna, dar, în cele din urmă, s-a abținut să-mi ciufulească părul proaspăt vopsit.

– *Waar is mijn vos?* Unde e vulpița mea? a întrebat el.

– *Ik ben er nog, Papa!* Tot aici, tată!

Mama a plecat din cameră, cu bărbia lăsată în piept.

– Poftim! a spus Philine, întinzându-mi eșarfa și ochelarii. Nu uita!

– N-o s-o fac, am asigurat-o eu.

M-a condus jos și ne-am luat rămas-bun. Am auzit cum s-a închis în urma mea ușa de stejar, cu o bufnitură surdă, însoțită de scârțâitul cunoscut al balamalelor de bronz; apoi am auzit un alt sunet: strănutul lui Philine, slab precum chițăitul unui șoricel. Ochii mi s-au umplut de lacrimi. Cu mulți ani în urmă, în aceeași căsuță din cărămidă, tata stătea la marginea patului în care zăcea sora mea în vârstă de doisprezece ani și îi mângâia spatele firav ca de pasăre, în timp ce tușea și hârcâia. Difterie. Tata a sărutat umerii cutremurați de tuse ai lui Annie şi a şoptit: „Vier dingen laten zich niet verbergen: vuur, schurft, hoest, en liefde". Patru lucruri nu pot fi ascunse: focul, scabia, tusea şi iubirea.

– N-am scabie! a spus Annie.

– Nu, a răspuns tata. Dar tuşeşti mereu. Iar eu te iubesc.

Mi-am şters obrajii şi i-am lăsat în urmă.

Am coborât pe mica Van Dortstraat, iar în părul încă umed simţeam briza vântului. Casele din cărămidă galbenă, canalul cel alene curgător, nimic nu se schimbase de când eram o copilă. Am încetinit la capătul străzii, ca să las o bătrână să traverseze. Mi-a aruncat o privire şi apoi s-a întors să mă mai privească o dată: era doamna Oosterdijk, care locuia la două case de noi de când mă născusem. S-a uitat fix la părul meu negru şi la ochelarii mei, m-a cântărit de sus în jos, s-a încruntat şi apoi şi-a continuat drumul. Nu mă recunoştea.

25

– Cin' să fie asta, Mata Hari? a întrebat Jan râzând, în pragul apartamentului.

Am intrat, iar el mi-a mângâiat o șuviță de păr negru.

– Matei Hari i s-a întins o cursă! am exclamat, scoțând apoi un hohot de râs.

M-am răsucit pe călcâie, ca să mă vadă mai bine.

– Ce crezi? Mi l-a vopsit Philine!

– Foarte frumos! a răspuns Jan, dând din cap. Arăți ca o franțuzoaică. Dar îmi e dor de părul tău roșcat.

– Of, slavă Domnului! a spus Hendrik, zărindu-mă din bucătărie. Și sunt de acord cu Jan, arăți ca o pariziancă.

– Nu vreau să fiu o pariziancă! Vreau să mă întorc la lucru! am pledat eu.

Cât timp străbătusem drumul până la apartament, nu mă gândisem decât la Sonja.

– Bravo, draga mea! a spus Hendrik, zâmbind.

– Prin urmare, e rândul lui Ragut! a conchis Jan.

Se referea la șeful poliției din Zaandam, Willem Ragut, unul dintre cei mai periculoși colaboraționiști din Țările de Jos. Acesta trimisese sute de evrei olandezi la Westerbork, chiar și pe vecinii lui. Germanii îl adorau. Noi îl uram de multă vreme, iar Freddie petrecuse multe zile pândindu-i mișcările și descoperind în ce intervale de timp era cel mai probabil să se afle singur.

– Freddie a spus că Ragut are un program zilnic după care poți să-ți potrivești ceasul.

– E de multă vreme ținta atacurilor, a adăugat Hendrik. Dar nimeni n-a reușit încă.

– Hannie e pregătită! a spus Jan, privindu-mă.

Hendrik îmi spusese că Jan nu lucrase niciodată bine cu altcineva.

Dar acum Hendrik avea o înfățișare posomorâtă.

– Nu zic asta ca să vă opresc, a spus el. Dar aseară a mai avut loc un masacru din cadrul operațiunii Silbertanne. Mai mult de doisprezece membri ai Rezistenței au fost executați ieri la Amsterdam, în fața unei case conspirative de lângă Oude Kerk.

Știam de una dintre casele conspirative de lângă Oude Kerk – Biserica Veche – în cel mai vechi cartier din Amsterdam, unde casele erau construite în zidurile adânci ale canalului. În ultima vreme, se dovediseră foarte utile pentru ascunderea evreilor.

Jan a scos un fluierat sonor.

– Cu atât mai mult!

– Nemții par tot mai hotărâți, a spus Hendrik. Și mai eficienți. Silbertanne își extinde raza de acțiune, celulă cu celulă.

– Și ce dacă? a replicat Jan, întinzându-și degetele și apoi strângându-le în pumn. Nu amânăm operațiunea!

– Se mai zvonește că un erou necunoscut a încercat ieri să-l asasineze pe Hitler, pe frontul de Est. Se pare că n-a reușit. Dar asta ar putea să alimenteze un astfel de nou val de răzbunări!

Jan a strâns din dinți, fără să scoată o vorbă. Nu-i plăcea să i se spună ce să facă.

– Poate că ai vrea să discuți chestiunea cu partenera ta? l-a întrebat Hendrik.

Jan s-a uitat la mine și a hotărât:

– O facem!

Eu l-am privit pe Hendrik.

– De asemenea, a spus acesta, dregându-și glasul, cred că știm cine erau bărbatul și femeia morți din Haarlemmerhout. Brasser are informații și despre asta.

– Omul acela făcea parte din SS! am spus eu.

De fapt, noi trei știam asta deja.

– Da! a adeverit Hendrik, iar Jan m-a pironit cu privirea, uluit.

– De ce te miri? l-am întrebat pe Jan. Truus și-a dat seama!

– Aha, a murmurat el.

– Brasser a spus că unul dintre oamenii lui trebuia să aibă o ședință conspirativă cu ei.

– Cu cine? Cu mortul din SS?! l-a întrerupt Jan.

Hendrik a ridicat o mână, reducându-l la tăcere pe Jan.

– Îmi permiți? Domnul în cauză era un membru SS, pe nume Bakker. Femeia era una de-a noastră. Reușise să-l facă pe Bakker să schimbe tabăra, iar el îi furniza informații despre Silbertanne. Se pare că, înainte să ajungă la locul întâlnirii, cei doi au fost interceptați de nemți.

– Aha, am spus eu.

Nu-mi trecuse prin minte un astfel de scenariu, fiindcă nu mi se părea posibil ca un membru SS să treacă în tabăra opusă. Nu auzisem niciodată de una ca asta. Dar, oricum, ziarele germane de propagandă n-ar fi raportat asemenea întâmplări.

– Eliminarea lor a fost o altă misiune Silbertanne, a spus Hendrik.

– Cum o chema? am întrebat eu.

– Irma, a răspuns el. Dar nu era numele ei adevărat.

Irma făcuse același lucru pe care-l făceam și eu, sau o versiune destul de apropiată. Sedusese un ofițer SS în beneficiul Rezistenței. Ori poate că fusese cu adevărat îndrăgostită de el? Era greu de crezut.

– De ce să-i lase în pădure? am întrebat. Nu preferă să-i atârne pe trădători de stâlpi sau în alte locuri asemănătoare? Ca să-i sperie pe ceilalți?

– Așa făceau înainte, la începutul războiului, a răspuns Jan, uitându-se la Hendrik ca și cum tocmai îi venise un gând nou. Acum îi ascund... fiindcă sunt prea mulți cei care trec de partea Rezistenței.

Hendrik a dat din cap în semn că era de acord cu spusele lui Jan.

– Așa ceva dăunează moralului!

– E un semn bun, am spus eu. Își pierd încrederea în misiunea pe care o au!

– Să-i ia naiba pe toți! s-a stropșit Jan, dar din tonul lui pierise întrucâtva înverșunarea, făcând loc unei mândrii sporite, iar eu m-am gândit că era posibil ca teoria mea să-l fi înveselit un pic. Hannie, mai vrei s-o faci?

Nota de ezitare din glasul lui Hendrik mă îngrijora. Cu siguranță că asasinarea lui Ragut ar fi declanșat represalii devastatoare... dar credeam că, în cele din urmă, aveam să salvăm mai multe vieți decât se pierdeau. Îndepărtarea acelui om nefast putea să îmbunătățească eforturile Rezistenței și, serios vorbind, în cazul în care ar fi existat vreo crimă justificată, acela era motivul care o justifica. Dacă voiam, puteam să renunțăm la orice misiune, fiindcă întotdeauna aveau să existe victime nevinovate. Tot așa cum se comiteau, invariabil, greșeli. Nu puteam decât să sper că n-aveam să fiu eu cea care le comitea.

– Da! am spus. S-o facem.

– În cazul ăsta, mâine! a hotărât Jan.

Eu am dat din cap în semn că eram de acord.

Hendrik ne-a privit țintă câteva clipe, încercând să ne citească gândurile.

– Bine, fie cum spuneți! S-ar putea ca acțiunea asta să-i ia prin surprindere pe nemți, venind atât de curând după execuțiile de la Oude Kerk. Dar o să trebuiască să fiți extrem de precauți. Ca șef al poliției, Ragut poartă armă și se poate să aibă chiar și gardieni în jur, așa că fiți atenți!

– Știm cum să fim cu ochii în patru! a răspuns Jan, care deja ajunsese la ușă. Haide, Hannie!

– În regulă! a spus Hendrik, făcându-mi cu ochiul. Trăiască Fata cu Părul Negru!

A doua zi de dimineață, m-am trezit înaintea lui Jan. Era întins alături de mine în patul îngust, dormind dus, gol și cald. I-am privit pieptul ce urca și cobora în lumina rece a dimineții, care, cu fiecare respirație a lui, îi juca printre firele blonde de păr. Am întins mâna ca să-l ating, dar m-am oprit. Uneori nu voiam decât să-l contemplu, să-mi imaginez cum avea să fie pentru noi perioada în care n-ar mai fi existat nici războiul, nici Rezistența. Oare aveam să mai facem vreodată lucruri normale, ca, de pildă, să ne uităm la un film sau să mergem la plajă? Îmi era foarte greu să-mi imaginez astfel de preocupări.

– La ce te uiți? a întrebat dintr-odată Jan, făcând pe supăratul.

M-a tras spre el și ne-am sărutat. Nu era genul de persoană care să-și facă griji fiindcă nu se spălase încă pe dinți și că nu se pieptănase. Nu-și făcea griji pentru nimic. Știam că nu pierdea timpul întrebându-se dacă relația noastră avea să reziste după încheierea războiului. M-am strecurat afară din pat și am început să mă îmbrac.

– Grăbită? a întrebat Jan, dezamăgit.

– Oarecum, am răspuns. Avem multe de făcut azi!

– Mda, așa se pare, a spus el, căscând.

Drumul cu bicicleta până la Zaandam dura o oră, iar eu am folosit timpul ăsta ca să recapitulez planul în minte. Nu cunoșteam orașul la fel de bine ca Jan, dar el îmi desenase hărți. Bătrânele mori de vânt care se învârteau alene, înghesuite pe malul râului, au apărut înaintea noastră cu câțiva kilometri buni înainte să ajungem la marginea orașului. Deși aripile morilor încă se învârteau, presele de grăunțe pe care le acționau erau goale, până și în miezul verii. Războiul dăuna recoltelor.

Jan a cotit pe o stradă liniștită de la marginea Zaandamului, iar eu mi-am oprit bicicleta lângă el. Era începutul după-amiezii și deja se încălzea.

– Ești frumoasă! a spus Jan. Obrajii tăi sunt trandafirii.

– Și ai tăi.

– Deci, o să facem așa cum am mai făcut! a hotărât el, ignorând complimentul. Tu te duci înainte. Eu te urmez. Nu te uita înapoi, nu te întoarce din drum și nu te opri! O să fiu în spatele tău, ca fel cum am făcut în cazul lui Faber.

– Și cum am făcut cu Hendrik.

A zâmbit.

– Chiar așa! Dar fără să vomiți, te rog!

– Bine! m-am învoit, eu, dând din cap. Să mergem!

– Hannie, nu te grăbi azi! m-a rugat Jan. Nu ne permitem să facem greșeli. Avem timp, a adăugat el, uitându-se la soarele de pe cer. Un pic.

– Nu mă grăbesc, l-am asigurat eu. Arăt bine?

Purtam o eşarfă peste păr, chiar dacă acum era negru, şi mi se părea că ochelarii îmi stăteau ciudat.

– Ca un ucigaş! a spus el. Unul simpatic.

S-a aplecat şi m-a sărutat pe obraz, iar în clipa aceea a trecut pe lângă noi o femeie în vârstă, care a scos un sunet de dezaprobare. Aşa că Jan m-a sărutat şi mai tare.

– Bine, mica mea *aanvalshond*! a spus el după ce a trecut bătrâna. A venit timpul să te eliberez din lesă!

Da, eram un câine de atac. Am văzut, cu ochii minţii, câini ciobăneşti cu picioarele îndoite, aşteptând în faţa clădirii de pe Euterpestraat, la numărul nouăzeci şi nouă. Voiam să mă prind în luptă cu unul dintre acei câini.

De acum cunoşteam ambele feluri de a asasina un nazist: singur în întunericul nopţii, sau pe o stradă luminată, plină de oameni, în miezul zilei. Întrucât în ziua aceea urma să trag prima, era responsabilitatea mea să opresc atacul dacă observam ceva nelalocul lui. Eu controlam acel aspect. Dar Jan era cel care pusese la cale planul original, de la ruta de evadare şi până la planificarea efectivă a etapelor atacului. Eu nu fusesem invitată atunci când se elaborase planul. Cotind pe o stradă mai aglomerată, am pus o frână atât de bruscă, încât Jan aproape că s-a izbit de mine.

– *Verdomme*, Hannie! Ce s-a întâmplat?

Cu degete tremurătoare, mi-am smuls ochelarii de pe faţă.

– Nu văd! Sunt murdari! am exclamat.

Mi-am apucat tivul fustei ca să-mi şterg lentilele.

– Dă-i încoace! a spus Jan.

I-a ridicat în lumina soarelui şi apoi, cu două împunsături grăbite ale degetelor mari, a scos lentilele de tot şi mi i-a înapoiat.

–E mai bine acum? Cel puțin, vezi!

–Bine! m-am învoit eu, prea emoționată ca să pot spune mai multe.

Mi-am pus din nou ochelarii, puțin iritată de faptul că era mult mai bine. Până să observe Ragut că lipseau lentilele, el avea să fie mort.

–Nu te îngrijora prea tare, Hannie, doar știm bine ce facem!

–Nu-mi mai rosti numele! am șuierat eu.

El a râs.

–Urcă-te pe bicicletă, femeie! Am fi putut să terminăm până acum!

Am pornit din nou, auzind cum în spatele meu troncăneau roțile de lemn ale bicicletei lui Jan.

Ca șef al poliției, Ragut era mereu înconjurat de oamenii lui, chiar dacă avea postați paznici și în fața casei. După ce s-a consultat cu Freddie, Jan a decis să se folosească de o stradă care se aglomera la mijlocul zilei, în speranța că haosul mulțimii avea să mascheze întrucâtva tărăboiul pe care urma să-l provocăm. Ragut urma să iasă dintr-o clădire de birouri situată centrul orașului, unde avea o ședință în fiecare după-amiază. Știam adresa.

Dar micile străzi din Zaandam erau mult mai înguste decât îmi imaginasem. În scurtă vreme, am ajuns să ne croim drum cu greu spre centrul unui labirint mărginit de clădiri cu două și trei etaje, care se ridicau ca niște ziduri de fiecare parte, cu puține alei sau străduțe laterale care să ne ofere căi de scăpare în ultimă instanță. Pe măsură ce pătrundeam mai adânc în centrul orașului, acesta era și mai aglomerat; oriunde te uitai, dădeai cu ochii de grupuri ursuze de soldați germani. Probabil că instalaseră o bază nouă prin apropiere. Mă întrebam dacă Jan luase asta în calcul.

Ca un ac care trecea printr-o țesătură de mătase, m-am strecurat cu bicicleta printre soldați și printre oamenii ieșiți la cumpărături. Odată ajunsă în zona în care urma să acționez, mi-am dat seama că venisem prea devreme. Mi-am coborât picioarele pe trotuar și am așteptat. Locul exact în care urma să apară Ragut se afla la numai câteva clădiri distanță în fața mea, dar ambele trotuare ale micii străzi gâtuite erau pline de birouri municipale și de prăvălii. Se mai afla acolo și o veche biserică de lemn, înghesuită, precum o amintire din alte vremuri, printre noile construcții.

Jan s-a oprit în spatele meu, iar roata bicicletei lui a lovit-o pe a mea.

– Hei, e drept în față, a spus el.

Cel puțin, acum vorbea în șoaptă.

– Știu, am răspuns eu. E atât de mare aglomerație, încât m-am gândit să te aștept.

– Nu poți să faci asta!

Un sfredel de păr blond, încâlcit, a căzut peste fruntea lui Jan, care acum era bronzată de soarele verii. Din timp în timp, lumina și o anumită expresie de pe fața lui se uneau într-o imagine care avea darul să mă facă să șovăi, adâncită în contemplare.

– Mă auzi, Hannie? Nu mă aștepta! Planul nu prevede asta.

– Știu, am răspuns. N-o să te aștept.

– Bine.

Pentru o ultimă dată, m-am gândit să-l întreb dacă era sigur că trebuia să îndeplinim misiunea în acea zi și nu în alta. Dar n-aveam un motiv just, ci mă bazam doar pe un simplu presentiment. Trebuia să ajungem la punctul de destinație în următoarele patru-cinci minute, dacă voiam să ne încrucişăm calea cu Ragut. Chiar şi prin mulţimea aceea de oameni, vedeam bine locul de lângă bordură în care puteam să ne oprim şi de unde puteam să tragem, ca mai apoi să ne continuăm drumul, gonind cu bicicletele pe străzile aglomerate. Am tras aer adânc în piept. Am pus piciorul drept pe pedală.

Jan m-a apucat de umăr.

– Ce-i asta?

– Poftim?

Se auzea un sunet.

De jur împrejurul nostru, clienţii şi vânzătorii, studenţii şi familiile ieşite la plimbare, îşi întorceau capetele în toate părţile, la fel ca noi, în căutarea sursei zgomotului. La început, a fost un vaiet ascuţit, ca bâzâitul unui fir electric sau ca o frecvenţă radio proastă. Dar pe măsură ce devenea mai puternic, era mai jos, ca un huruit. Apoi a devenit un fel de răget.

– Bombardiere, a şoptit Jan.

Ceilalţi avuseseră acelaşi gând şi frica a traversat mulţimea precum valurile stârnite de o piatră aruncată într-un iaz. Urma să se instaleze panica adevărată.

– Haide! a strigat Jan, trăgându-mă spre mijlocul străzii.

Toţi ceilalţi fugeau spre margini. În mijloc se făcuse o cărare liberă precum o pistă de curse.

– Jan, nu! m-am opus eu, dar el m-a apucat de braţ, strângându-mi-l ca într-o menghină de oţel.

Mă durea, făcându-mă acum să-i dau cu adevărat atenţie.

– Nu te opri! m-a îndemnat el uitându-mi-se în ochi de parcă ar fi căutat ceva anume în ei.

De fapt, voia să-şi dea seama dacă mai voiam sau nu să duc planul la îndeplinire.

– Mergem mai departe cu planul? am întrebat eu, uluită.

– Du-te! a şuierat el, împingându-mă înainte.

Aşa că m-am pus în mişcare. Mergând pe mijlocul străzii centrale, singură, m-am simţit, preţ de o clipă, expusă ca un actor pe scenă. Însă Jan era în spatele meu. Nu-l vedeam, dar ştiam că era acolo. Iar acum îmi dădeam seama că avea dreptate şi că trebuia să continuăm. În ciuda faptului că ne lipsea acoperirea, mergeam ca două stafii, invizibili printre cetăţenii care ţipau. Aceştia erau preocupaţi doar de găsirea unui adăpost: sub tarabele cu fructe, înăuntrul magazinelor sau în oricare alt loc unde puteau să scape de zgomotul acela din ce în ce mai puternic, care nu mai era răgetul unui leu, ci trepidaţia unei locomotive cu aburi aflate deasupra norilor – încă nu se vedeau avioanele –, sunetul imposibil, dar bine cunoscut, al celui mai masiv obiect care zbura prin aer şi care aducea cu sine distrugerea.

Am simţit un junghi ascuţit în stomac şi m-am întrebat dacă nu cumva fusesem împuşcată, iar apoi mi-am dat seama că nu erau decât crampe. Frica în forma ei pură. Mi-am silit stomacul să se calmeze şi atunci mi-am dat seama: acum Ragut n-avea să mai iasă. Nimeni n-ar fi ieşit. Dar tocmai în clipa în care am întors capul ca să strig către Jan, am zărit cum a lucit ceva argintiu la marginea câmpului meu vizual.

Era Ragut. Şeful poliţiei, Willem Ragut, ieşise în stradă, îmbrăcat în uniforma lui de poliţie, ca să apere cetăţenii. Am simţit o urmă de respect pentru el, înainte de a-mi aminti de toţi evreii şi de toţi luptătorii din Rezistenţă pe care-i trimisese deja la moarte. Naiba să-l ia pe Ragut!

Era înalt, cu o burtă cât un butoi, încinsă în uniforma lui de stofă de lână bleumarin, cu o eşarfă absurdă petrecută peste umăr şi semănând cu un dictator malefic, care se umfla în pene. Ei, bine, asta şi era. În timp ce mergeam spre el, şi-a ridicat capul şi privirile ni s-au întâlnit. Ochi albaştri, de olandez, albaştri ca ai lui Jan, albaştri ca ai tatălui meu. O fată pe bicicletă, care tocmai se îndrepta spre el, avea ochi la fel de albaştri. Lui Ragut i s-a ridicat colţul gurii de parcă ar fi vrut să zâmbească, chiar şi în mijlocul haosului şi al urletelor motoarelor de avion care vuiau acum atât de aproape, încât aparatele ameninţau să ne zgârie cu burţile lor mari, de oţel. I-am răspuns la zâmbet lui Ragut, am tras pistolul din buzunarul drept al paltonului şi am înclinat ghidonul ca să mă opresc chiar lângă el. Mirosea a cremă de ras, a trabuc, a pomadă de păr şi a lână; am remarcat că avea o perluţă de unt pe reverul hainei, unde o scăpase, din neatenţie, la micul-dejun. Încheieturile degetelor mi s-au atins în treacăt de uniforma lui în clipa în care i-am înfipt ţeava pistolului în pântec şi am apăsat pe trăgaci. *BUM-BUM!* Lovitura dublă, la fel ca Jan. Două împuşcături şi pleci.

M-am aplecat peste ghidon şi mi-am tras pistolul înapoi, temându-mă că victima ar fi putut să-l apuce. Apoi m-am îndepărtat, în timp ce bombardierele continuau să urle deasupra capetelor noastre, iar oamenii din jur urlau sub ele. Oare aveam să aud împuşcăturile lui Jan prin tot acel zgomot? Dar chiar atunci am auzit o altă detunătură, apoi alta şi, în sfârşit, am putut să răsuflu. Jan ajunsese la Ragut în urma mea. Ştiam că nu puteam să-l aştept, dar tânjeam ca măcar să întorc capul şi să privesc în urmă.

„Nu, respectă planul!“

Mi-am ţinut privirea aţintită înainte, la drum. În cele din urmă, după ce am cotit pe o străduţă, răgetul bombardierelor a început să se estompeze. Oare lansaseră vreo bombă? Nu văzusem nici o explozie şi nici nu simţisem miros de fum.

Am continuat să pedalez, zărind din când în când privirea vreunui om ascuns în spatele unei ferestre, care se întreba, fără îndoială, cine era nebuna cu eşarfă şi ochelari care mergea pe bicicletă în mijlocul unui raid aerian. Cu cât înaintam mai mult, cu atât se domolea zgomotul avioanelor, până când a devenit limpede că nu urma să fim bombardaţi. Avioanele s-au îndepărtat, ajungând deasupra Mării Nordului, şi duse au fost. Nici nu ştiam dacă acele avioane erau ale germanilor, ale americanilor sau ale britanicilor care se îndreptau spre casă. Îmi puneam acea întrebare numai şi numai ca să rămân concentrată. Am continuat să merg. Până acum, totul decursese perfect. De fapt, bombardierele ne fuseseră de ajutor mie şi lui Jan.

În zece minute, conform planului, eram la periferia rurală a oraşului Zaandam, departe de scena crimei. Vedeam şopronul dărăpănat de la marginea fermei pe care ne-o aleseserăm ca loc de întâlnire după atac. Încă nu-l vedeam pe Jan în urma mea, dar nu-mi făceam griji. Aveam mai multe opţiuni în ceea ce privea rutele de evadare. Eu putusem s-o aleg pe cea mai rapidă, dar Jan, fiindcă venea la urmă şi era supus unui risc mai mare de a fi urmărit, probabil că optase pentru una dintre rutele mai puţin evidente, care-i plăceau foarte mult, cu cotituri abrupte şi mai greu de străbătut.

Am deschis uşa de lemn a şopronului. Înăuntru era întuneric, dar am găsit o fereastră peste care erau trase obloanele. După ce le-am deschis, lumina puternică a după-amiezii de vară a străpuns bezna, orbindu-mă. În timp ce mi se adaptau ochii la penumbra dinăuntru, am zărit câteva scăunele de muls, precum şi o învălmăşeală de unelte şi de echipamente agricole aflate în diferite stadii de uzură. Nimerisem într-o vă- găună mică şi neaerisită, dar nu urma să rămân acolo mult timp. M-am lăsat în jos lângă perete, cu o buf- nitură, dându-mi seama dintr-odată de epuizarea care pusese stăpânire pe mine.

Apoi a răzbit până la mine un zăngănit metalic, venit dinspre poteca de pământ de afară. Mi-am ţinut răsu- flarea şi am privit printr-o gaură din lemnul uşii. Era fermierul care deţinea acel loc. Nu trebuia să intru în contact nici nu el, nici cu familia lui. Aşa că am rămas nemişcată, urmărindu-l. Îmi plăcea să văd cine erau aceşti oameni, aceşti simpatizanţi tăcuţi ai Mişcării de Rezistenţă, care riscau totul ca să ne ofere un adăpost. Privindu-l, n-ai fi bănuit că era un rebel. Nu părea de- cât un bătrân obosit, care ducea o găleată de tablă, câr- pită, într-o mână noduroasă. I-am mulţumit în gând. El a deschis poarta spre păşunea din spate şi a mers mai departe şchiopătând, poate că din pricina vreunei răni pe care o căpătase în războiul trecut.

Fusesem atât de îngrijorată că Jan nu era în spate- le meu, încât nici nu mă gândisem că era posibil să mă fi urmărit altcineva. Oare nu ne văzuse nimeni? Chiar nimeni? Oare oamenii aflaţi de faţă nu auziseră împuşcăturile? Bombardierele! Am clătinat din cap, amintindu-mi. Nici n-am fi putut crea o diversiune mai bună sau mai zgomotoasă. Abia aşteptam ca, la întoarcere, să-i spun toată povestea lui Hendrik. Şi lui Truus, deşi n-o mai văzusem de ceva vreme. Am în- chis ochii şi mi-am permis să mă bucur de ceva care era mai rar chiar decât cuburile de zahăr: un moment de satisfacţie. Parcă auzeam glasul hârşâit al lui Jan, şoptindu-mi aşa cum o făcea uneori în momentele în care ştia că eram tristă:

„V-aţi descurcat foarte bine, doamnă profesoară!“

De data asta, n-aveam de gând să-i dau un pumn ca să-l pedepsesc pentru ironie.

Mi-am spus în gând:

„Ragut a murit. Nu te-a urmărit nimeni. Ești la adăpost în magazia asta. Jan vine şi el în scurt timp“.

În scurt timp.

26

Ar fi trebuit să apară și el după zece minute. Am mai așteptat treizeci. Apoi o oră. Se făcuse deja după-amiaza târziu, iar în magazie era cald ca într-o sobă. Am sărit în picioare. Ar fi trebuit să plec în căutarea lui. Probabil că mă aștepta altundeva, îngrijorat. Am îndreptat bicicleta spre ușa șopronului, dar apoi m-am oprit.

Jan era singura persoană cu care aveam voie să comunic în următoarele douăzeci și patru de ore. Asta, dacă nu cumva mă contacta Hendrik. Așa prevedea planul și trebuia să mă țin de el. Era mult mai ușor să continui să alerg, decât să stau pe loc. Să aștept. Dar situația mi se părea intolerabilă, fiindcă nu puteam să stau fără să fac nimic și... Am privit în jur, la acel șopron în care se mulgeau vacile, mai mic decât spațiul dintr-un camion de cărat mobilă, în care abia dacă ai fi avut loc să te întinzi și să te culci pe jos. Asta fusese viața lui Philine și a Sonjei timp de peste un an. Închise în cușcă, prinse în capcană, fără să aibă nimic de făcut decât să aștepte. Și atâția alți bărbați, femei și copii care stăteau ascunși, o zi nimicitoare după alta, în dulapuri, în cămări și în spații chiar mai mici decât cel în care mă aflam eu acum. Îi spusesem lui Philine că era nevoie de curaj ca să stai pe loc și să aștepți, iar în momentul de față se părea că eu eram cea care nu reușea să fie destul de puternică. Şi unde naiba era Jan? Mi-am spus că-i mai dădeam cinci minute. Apoi l-am auzit.

Scârţâitul slab al roţilor de bicicletă prin buruieni, apoi bătaia uşoară în uşa şubredă a şopronului. Am răsuflat.

„În sfârşit! Nemernicule!"

Voiam să-l sărut şi să-l omor în acelaşi timp.

– În sfârşit! am spus eu cu glas tare în clipa în care am întredeschis uşa, încercând să-mi maschez îngrijorarea cu ajutorul sarcasmului.

– Hannie!

Era un glas pe care nu-l mai auzisem de ceva vreme. Cel al lui Truus. Zâmbetul ei, dacă puteai să-l numeşti astfel, era un spasm rigid al buzelor.

– Bună! a spus ea.

– Cum m-ai găsit? am întrebat eu.

Truus a rămas în pragul uşii, o siluetă subţire în lumina după-amiezii.

– Hannie... îmi pare atât de rău!

– Ce? De ce?

A intrat, lăsând să pătrundă o gură de aer proaspăt în şopron.

– Nu ştiu cum să-ţi spun...

I-am cercetat faţa, în căutare de indicii. Părea furioasă.

– Jan a fost împuşcat, Hannie! L-a împuşcat Ragut!

– Ragut..., am murmurat, iar absurditatea unei asemenea idei m-a făcut să zâmbesc. Nu, Truus, l-am omorât!

– Da, dar a reuşit să tragă în Jan înainte să...

Am rămas cu ochii aţintiţi la ea. Truus n-ar fi trebuit să se afle aici. Nu făcea parte din plan. N-avea de unde şti ce se petrecuse în timpul acţiunii noastre.

– Nu, nu aşa s-a întâmplat! am contrazis-o.

Eu fusesem acolo. Ea, nu. Dar simțeam cum se prăbușea ceva înlăuntrul meu. Nu văzusem tot ce se întâmplase. Totuși, știam ce făcuserăm.

– L-am omorât! am repetat, încăpățânându-mă.

– Hannie... a spus ea, după care i s-a frânt glasul. N-ai auzit și alte împușcături?

– Ba da, însă Jan a fost cel care a tras, am răspuns eu, încercând să recompun totul în minte.

Dar ea avea dreptate: auzisem două împușcături. Presupuneam că cea de-a doua îl nimerise pe Ragut.

– Cum de m-ai găsit? am întrebat din nou.

– Eu i-am spus lui Jan despre locul ăsta.

Desigur. Truus era mâna din umbră a RVV-ului, cea care aducea acel ultim detaliu ce punea planul pe roate. Truus știa totul.

– Spune-mi ce ai auzit! i-am cerut.

Ea a dat din cap în semn că era de acord.

– Cineva din RVV Zaandam a luat legătura cu Hendrik în urmă cu o oră și ne-a spus ce s-a întâmplat. Hendrik a plecat să-l caute pe Jan, iar eu, pe tine.

Mi-a spus povestea, pusă cap la cap din relatările martorilor simpatizanți și din zvonurile care începuseră deja să circule prin rețeaua de urgență a Rezistenței. După ce trecuseră cele două bombardiere, oamenii căutaseră semnele distrugerilor provocate și văzuseră doi bărbați, dintre care unul era ofițer de poliție, zăcând întinși pe spate, la marginea bordurii. Trecătorii se adunaseră în grabă și chemaseră un doctor. Jan, care era celălalt bărbat, își revenise în simțiri și, văzând agitația creată, fugise de mulțime.

Versiunea lui Truus lămurea fiecare sunet pe care-l auzisem în timp ce mă îndepărtam. O împușcătură, iar apoi, imediat, încă una. Presupusesem că amândouă fuseseră trase de Jan. Dar după cum povestea Truus, prima împușcătură îi aparținuse lui Ragut. Eu deja mă îndepărtasem, așa că Jan fusese cel împușcat. Jan trăsese și el, dar ratase. Un accident. I se putea întâmpla oricui. Chiar și lui Jan.

– Unde e acum?

Simțeam deja impactul răspunsului, valul ucigaș care se apropia.

– A fost grav rănit! a răspuns Truus.

Mi s-au îndoit genunchii, iar ea m-a prins, împiedicându-mă să cad.

– Mă simt bine... mi-e bine, am bâiguit, sprijinindu-mă de zid. Unde e?

– Nu știu.

– Deci s-ar putea să fie încă în viață?

Truus s-a încruntat.

– E posibil. Dar...

Dar nu probabil. La fel ca Sonja. În același timp mort și viu, în funcție de cât de optimist te simțeai în ziua aceea.

– A fost grav rănit, a repetat Truus. Iar dacă îl găsesc nemții, o să fie și mai rău.

– Dar a fost împușcat! Are nevoie de un doctor! Unde e?

– Nu l-a contactat pe nici unul dintre medicii Rezistenței, a răspuns Truus. Atunci când am plecat spre tine, Hendrik verifica pe la spitale.

Am inspirat adânc, încercând să mă calmez. Trebuia să-l găsim.

– Bine! am spus. Să mergem!

Am sosit în apartamentul RVV din Haarlem și n-am găsit pe nimeni acolo. Îmi îngăduisem să sper că aveam să-l găsesc acolo pe Jan. Dar chiar și Hendrik era plecat.

– Așteaptă! a spus Truus.

În mijlocul mesei de sufragerie fusese înfipt un satâr de bucătărie, sub a cărui lamă zimțată, ruginită, se găsea un bilet în care Hendrik, cu scrisul lui de mână elegant, spunea doar atât: *Spitalul* Wilhelmina - *Amsterdam*.

Cunoșteam acel spital; se afla la numai câteva străzi de universitate. Pe când eram încă studentă, ridicasem de câteva ori de acolo niște lucruri pentru sora Dekker. Acum mi se părea că toate astea se întâmplaseră în altă viață. Mi-am înghițit nodul din gât.

-Nu-ți face griji, Hannie! Încă nu știm ce s-a întâmplat! a spus Truus.

-Nu ăsta-i motivul...

Dar era.

-Haide, ne urcăm în primul tren!

Truus mi-a dat o batistă, apoi m-a împins afară din apartament și, cumva, am reușit să ajungem la gară. Din când în când îmi simțeam obrajii uzi, fără să-mi dau seama că plângeam. Truus mă ținea strâns de mână. În scurtul drum spre Amsterdam, am început să mă adun.

-Știu cum se ajunge la spital, am spus.

27

Nu-mi amintesc prea multe din acea călătorie cu trenul. Însă îmi aduc aminte că, de fiecare dată când auzeam un sunet strident – perforarea unei bilet sau închiderea unei ferestre –, mi se părea că răsunau împușcături: *poc-poc-poc*. Mi-am revenit în timp ce ne croiam drum pe străzile aglomerate din Amsterdam, pe care Truus mă ducea de mână ca pe un copil.

Era aproape cea mai lungă zi a anului și, de aceea, lumina piezișă și din ce în ce mai slabă dura mai mult decât ni se părea că ar fi trebuit. Nici prea luminos, nici prea întunecat, apusul se lăsa peste oraș precum o stare difuză de mahmureală. Nu mai fusesem în oraș de când eu și Jan o căutaserăm ultima dată pe Sonja, în urmă cu cel puțin o lună. Nu se schimbaseră multe. Indicatoare pe care scria *Voor Joden Verboden* încă atârnau de porțile parcurilor și în vitrinele magazinelor, iar oamenii care circulau pe stradă nu se priveau în ochi. Tramvaiele nu mai circulau fiindcă lipsea combustibilul, iar, mai nou, lipseau șinele – iarna trecută, oamenii scoseseră traversele de lemn ca să le pună pe foc. Aceeași soartă o avuseseră și eleganții ulmi centenari care se înșiruiseră cândva de-a lungul canalului. Străzile erau destul de aglomerate, datorită sărbătorii solstițiului. Faptul că Aliații ajunseseră în sudul Olandei le dădea oamenilor un pic de speranță, așa că prin ferestrele deschise ale apartamentelor se auzea din când în când larma pe care o făceau reuniunile de familie. Ce noutate! Munţi de gunoi duhnitor se ridicau la capătul multor străzi. Amsterdam! Frumosul Amsterdam!

N-aveam biciclete, aşa că ne-am mulţumit să străbatem drumul în pas alert. După vreo douăzeci de minute, nici nu mai simţeam dacă eram obosită sau nu. De îndată ce ne-am apropiat de spital, am încetinit pasul. În momentul în care ne pregăteam să cotim pe Eerst Helmersstraat, eu am coborât de pe bordură, dar Truus m-a tras înapoi pe trotuar.

– Aşteaptă! mi-a cerut ea, privind în jur. Nu putem să mergem direct la recepţie şi să întrebăm de el!

Slavă Domnului că măcar una dintre noi avea capul pe umeri.

– Vino! a spus Truus, care încă mă ţinea de mână.

Am traversat strada către o cafenea a cărei fereastră din faţă dădea spre spital.

– N-am bani, am spus.

– Am eu.

Ne-am aşezat la o masă, iar eu am început să-mi fac vânt cu mâna.

– O cafea, vă rog! a comandat Truus.

Chelnerul s-a uitat la ea, iar apoi, la mine.

– Numai una! am spus eu.

– Mesele sunt numai pentru clienţi, domnişoară!

Chelnerul şi-a dres glasul. Îmi amintea de tatăl lui Philine, uşor agitat, foarte metodic. Ultima veste primită de la domnul Polak era că se mutase într-un alt apartament şi că promitea să scrie. De câteva săptămâni, Philine nu mai auzise nimic despre el.

– Vreau un pahar cu apă, am spus.

El şi-a dres glasul.

– Mesele sunt pentru clienţi care plătesc!

Truus l-a privit cu un dispreț pe care nu-l mai văzusem niciodată la ea. S-a scotocit în buzunar, întorcându-l pe dos ca să se asigure că găsise toți banii. Nici unul dintre membrii RVV-ului nu provenea dintr-o familie înstărită, dar Truus și Freddie erau de departe cele mai sărace. Truus a reușit să adune în palmă câteva centime, pe care le-a depus pe masă, cu un pocnet metalic.

– O cafea și orice mai puteți să ne dați de banii ăștia!

Omul a rămas pe loc.

– Vă rog! a insistat ea, cu glas puțintel gâtuit. V-am rămâne îndatorate.

Mi-am ridicat privirea, cu ochii roșii în spatele ochelarilor pe care Truus insistase să-i port, împreună cu eșarfa, după ce ieșisem din șopron. Chelnerul a oftat, a cules monedele de pe masă și s-a întors în oficiu.

Truus a răsuflat ușurată.

– *Verdomme!*

Apoi a înjurat în șoaptă tot ce ne înconjura, de la soldați și până la trecătorii cu fețe epuizate. Aveam o vedere bună asupra spitalului și a vechii lui intrări boltite. Vegheată de un steag nazist, desigur.

– Să așteptăm aici pentru ceva vreme! a propus Truus.

Am dat din cap, încuviințând. N-aveam nici un plan. Așa că am rămas pe loc și am privit la oamenii care intrau și ieșeau în și din spital, asistente îmbrăcate în uniformă și cetățeni obișnuiți, care își vedeau de treburi sau care vizitau pe cineva aflat înăuntru. Gândindu-mă la Jan, am simțit că inima mi se frângea de durere.

„O, Doamne, te rog, fă-l să trăiască!"

– Spitalul ăsta e ca o fortăreață! a spus Truus.

Încerca să găsească un mod de a ne strecura în imensa clădire de piatră fără să fim observate. Dar așa ceva părea imposibil.

-A fost construit în timpul epidemiilor de ciumă din epoca medievală, am informat-o eu pe Truus.

Sora Dekker mi-o spusese.

-Spitalul?

Am încuviinţat din cap.

-Cuvântul ăsta, „ciumă", sună odihnitor!

-Ha, ha!

Chelnerul s-a întors şi ne-a pus în faţă două cafele.

-Pentru mine? am întrebat.

Expresia lui iritată s-a dezgheţat un pic.

-*Het ga je goed!* Numai bine! a spus el, morocănos.

-*Bedankt!* i-am mulţumit, aproape începând să lăcrimez.

Mi-am tras nasul. El a zâmbit şi ne-a lăsat singure. Oamenii buni nu dispăruseră cu totul.

Ne-am băut cafelele cât de încet puteam. De câteva ori, Truus a părut pe cale să-mi spună ceva, dar apoi s-a oprit şi a rămas tăcută. Aveam numai întrebări şi ştiam că ea n-avea răspunsuri, aşa că n-am vorbit nici eu.

-Uite! a spus ea în cele din urmă.

Am auzit amândouă huruitul unei ambulanţe improvizate - un vechi autovehicul al poliţiei - venind din direcţia opusă şi îndreptându-se către intrarea spitalului. În clipa în care a încetinit ca să cotească, m-am chinuit să reţin cât mai multe informaţii posibile despre vehiculul aflat în mişcare, dar acesta a trecut în grabă pe sub bolta intrării şi a dispărut în curtea interioară. N-am reuşit să-l zăresc pe şofer, cu atât mai puţin pe pacientul din spate.

-Truus, cine i-a spus lui Hendrik că Jan se află aici? am întrebat eu.

-Brusser sau unul dintre ceilalţi tipi din Zaandam, probabil. Cineva din RVV.

-De unde ştia?

Truus a oftat.

– Știi cum e. Sunt zvonuri. Dar s-ar putea să fie adevărat.

– De ce să-l aducă tocmai la Amsterdam? De ce nu la spitalul din Zaandam sau la cel din Haarlem?

– În cazul în care Jan e în mâinile poliției, autoritățile o să vrea să-l interogheze, dacă e posibil. Și toți marii ofițeri din SS sunt la Amsterdam.

– Cum adică „dacă e posibil"?

Truus s-a uitat la mine fără să spună nimic.

– Am înțeles.

Nu puteau să interogheze un om mort. Am alungat un asemenea gând. Ne-am băut cafelele și apoi am ronțăit bucățelele tari de cicoare de la fundul cănilor. Chelnerul nu ne-a mai deranjat. Cu cât stăteam mai mult la cafenea, cu atât mai previzibilă devenea scena din fața spitalului: oameni care veneau și plecau, câte o ambulanță care intra sau ieșea. Iar noi nu aflam nimic despre soarta lui Jan, sau măcar dacă îl căutam în locul potrivit.

– Nu putem să stăm aici toată seara! am spus eu. Se apropie ora stingerii și cafeneaua se închide în curând.

– Știu, a răspuns Truus. Dar nu știu ce altceva să facem.

Și-a trecut degetul peste buza cănii și a lins ultima picătură de lichid.

– Cred că putem să ne înapoiem la Haarlem, ca să vedem dacă a venit altă veste.

– Nu! am izbucnit eu.

A pleca din Amsterdam mi se părea o capitulare, ca și cum renunțam la speranță.

– Chiar ar fi atât de îngrozitor dacă am merge până la intrare și am pune o întrebare? Aș putea să mă dau drept... sora lui.

Nu soția.

– Nu poți să fii văzută nicăieri. Nici măcar cu eșarfa aceea pe cap. E prea riscant!

– Mi-am vopsit părul, am spus eu, simțind cum mi se accentua frustrarea.

– Da, iar fata care l-a împușcat pe Ragut e o brunetă, îți amintești? Probabil că o să fie înscrisă și ea pe panoul cu informații din fața sediului Gestapoului, alături de Fata cu Părul Roșu.

– Hmmm..., am mârâit eu. Nu sunt singura femeie de aici. Nu poți să te duci tu?

– Da, vezi bine, nu eu sunt cea care l-a împușcat astăzi pe șeful poliției!

– Ar putea să meargă! am insistat eu.

– Ai răbdare!

Mi-a tras un șut prietenos pe sub masă, iar eu, la rândul meu, am lovit-o cu ciudă. Apoi ne-am uitat din nou la spital. Clădirea era atât de întinsă, încât ocupa aproape tot cvartalul, iar cea mai mare parte se găsea în spatele unui vechi zid de piatră, înalt de aproape doi metri. La capăt avea o poartă. Fără paznici.

– Uite, vezi poarta aceea mică și neagră dintr-o parte? am întrebat eu. Am văzut că pe acolo intră asistentele. Trebuie să fie o intrare de serviciu.

– Am remarcat zona de livrări din josul străzii, a răspuns Truus, făcând semn din cap spre o deschizătură mai lată din zid, prin care pătrundeau camioanele încărcate.

– Poate că ar trebui să încercăm pe acolo. E mai puțin aglomerat.

– Nu cred! am contrazis-o eu. La naiba, cu cine semănăm mai mult: cu niște șoferi de camion sau cu niște asistente medicale?

Truus s-a uitat la mine și a zâmbit.

– Îmbrăcată așa, semeni cu o *babușka* rusoaică, nebună.

– Vino, nu mai suport să stau aici! m-am stropșit eu.

– Bine!

Ne-am adunat lucrurile. După ce a făcut câțiva pași, Truus a găsit o monedă de douăzeci și cinci de centime pe trotuar. O adevărată avere! Am vrut să-i spun că ăsta era un semn bun, dar ea se întorsese deja, alergase la masă și așezase moneda pe farfurioară, lângă ceașca de cafea, ca să plătească și pentru cafeaua mea. M-a văzut că o urmăream.

– *Blijf altijd menselijk!* Să rămâi un om bun! Așa spune mereu mama mea, m-a lămurit ea.

Am dat ocol de câteva ori grupului de clădiri de vizavi de spital, căutând să depistăm orice ar fi putut să ne creeze probleme. Un grup de persoane, printre care se numărau câteva infirmiere în uniformă și altele în haine de stradă, s-a apropiat de poarta neagră. Nu era nevoie de cuvinte. Eu și Truus am traversat strada în fugă și ne-am alăturat grupului, la capătul acestuia. A fost ușor. Odată intrat, restul grupului a continuat să înainteze de-a curmezișul curții interioare, în vreme ce eu și Truus am rămas în urmă și apoi ne-am ascuns într-o firidă din zidul vechi din piatră. Era un început. În sfârșit, vedeam întreaga clădire a spitalului, cele trei etaje cu ferestre luminate, unele aparținând birourilor, iar altele, saloanelor în care se aflau pacienții.

– Trebuie să intrăm, am șoptit eu.

Truus a oftat.

– Și apoi? Locul ăsta e de-a dreptul enorm!

Construcția de vizavi de noi era puternic luminată, fiind zona de primire a spitalului. În timp ce Truus vorbea, un grup de soldați din Wermacht a traversat în marș coridorul de la parter, iar lumina se unduia pe căştile lor verzi şi rotunjite precum pe solzii unei reptile. Resturile acide de cafea mi-au fremătat în stomac.

– Jan trebuie să fie acolo, înăuntru, am şoptit eu. Uite câţi soldaţi sunt aici...

Numele Jan Bonekamp le era bine cunoscut germanilor, dar ei nu avuseseră niciodată o descriere fizică provenită din sursă sigură. Capturarea lui în viaţă ar fi fost o victorie imensă pentru Aktion Silbertanne şi pentru SS în general. Ar fi fost ţinut sub pază strictă.

– Sunt soldaţi în tot oraşul, a spus Truus.

Şi asta era adevărat.

Am mai aşteptat un minut. Totul părea să se desfăşoare conform programului obişnuit. Paşnic. Nu se mai vedeau soldaţi.

– Eu mă duc la recepţie şi întreb de un nume la nimereală, a şoptit Truus. În timp ce personalul caută datele pe care le-am solicitat, o să încerc să-mi dau seama dacă se întâmplă ceva neobişnuit. Să văd dacă sunt prin preajmă soldaţi SS sau alţi soldaţi. Tu stai aici şi nu-ţi iei ochii de la fereastra aceea! mi-a cerut ea, arătând spre locul pe unde trecuseră soldaţii. Dacă pare destul de sigur să intri şi tu, mă duc la fereastră şi-mi împreunez mâinile, ca într-o rugăciune. E semnul că trebuie să intri. Bine? Dar numai dacă îţi fac semnul!

Îmi doream cu îndârjire să intru odată cu ea. Dar aveam încredere în Truus mai mult decât în oricine altcineva.

Ea a pornit să traverseze curtea acoperită cu cărămidă şi mozaicul din mijloc, în care era gravat străvechiul Leu Olandez. Mi-am implântat degetele în crăpăturile zidului de piatră din spatele meu, ca să mă împiedic să pornesc după ea.

A ajuns lângă clădire şi a întins mâna după mânerul de alamă al masivei uşi din lemn de stejar.

Un glas aspru, bărbătesc a scrâşnit la o depărtare de câţiva metri, în dreapta ei:

– Opreşte-te! Opreşte-te! E o capcană!

Truus s-a răsucit în direcţia vocii.

– Pleacă de aici! Fugi! i-a strigat bărbatul.

Încă strigând, el a alergat spre Truus. Ea s-a dat înapoi, iar oamenii din curte s-au împrăştiat. Recunoscându-l pe bărbatul care striga, am încremenit locului. Era Hendrik, care traversa în goană curtea pietruită, îmbrăcat în costumul lui maro la trei piese, cu bucla de pe frunte fluturându-i, urlând la Truus cât putea de tare. Omul acela nu ridica niciodată glasul; n-o făcuse nici măcar atunci când încercasem să-l împuşc.

Truus n-a ezitat. S-a răsucit pe călcâie şi a alergat înapoi la mine, cu ochii larg deschişi, îngrozită. Apoi dinspre vechile ziduri groase ale spitalului s-a auzit un bubuit de cizme pe podelele placate cu gresie: acum se întorceau acei soldaţi care mai devreme trecuseră în marş.

Dacă văzusem soldaţii, nu puteam să spun.

– Fugi, fugi, fugi! mi-a strigat Truus, apucându-mă de mânecă şi trăgându-mă după ea către zid, la marginea curţii.

Nu vedeam să fi existat vreo ieşire, dar zidul era acoperit de iederă şi ne-am ascuns în mijlocul vrejurilor, lipite de piatra rece.

Ajuns în mijlocul curţii, Hendrik şi-a încetinit alergătura, iar apoi s-a întors cu faţa spre grupul de soldaţi cu capetele acoperite de căşti, care încă se revărsau dinspre uşă, cu puşti şi cu pistoale în mâini. Truus m-a apucat de încheietură şi m-a tras spre poartă. Din fugă, am privit înapoi o singură dată, sperând să-l văd pe Hendrik în spatele nostru. Nu era. Am tras-o de mână pe Truus, obligând-o să se oprească.

Hendrik stătea nemișcat chiar în mijlocul curții interioare, refuzând să dea înapoi, cu câte un pistol mic, de un negru mat, în fiecare mână. Soldații din față au încetinit, încurcați de faptul că el nu încerca să fugă. Astfel, s-a creat o busculadă formată din soldați dornici de acțiune, care se izbeau unii de alții precum un șir de piese de domino. Unul dintre soldați a lătrat la Hendrik într-o germană gutturală, isterică, iar tonul îi era atât de furios și de sălbatic, încât nici nu înțelegeam ce spunea.

Atunci am auzit glasul egal, inconfundabil, al lui Hendrik, care s-a ridicat peste celelalte, cu acea eleganță aparte pe care și-o păstra chiar și acum, în acele clipele de groază.

– Domnilor, domnilor..., a fredonat el, ...veniți... porci nenorociți!

Gloata de soldați a răcnit, dar a rămas locului fiindcă nu primise nici un ordin. Hendrik părea un ucigaș profesionist: picioarele lui lungi erau depărtate, bine înfipte în pământ, iar ambele pistoale cu cocoșul ridicat, gata de tragere, îi erau ațintite spre soldați. Nu-l auzisem niciodată să înjure, nu-l văzusem niciodată violent. Era atât de curajos, iar confruntarea în care se angajase se dovedea a fi una pe viață și pe moarte! Eu și Truus l-am privit, fascinate, ținându-ne una de alta.

Vreme de cel mult cinci secunde, cele două părți s-au privit țintă. Apoi, în cele din urmă, ușa masivă de stejar s-a deschis din nou și în curte au apărut, alergând, trei naziști mai în vârstă, îmbrăcați în haine lungi și purtând pe cap căști lucioase. Dar n-au venit până în fața grupului, ci s-au mulțumit să stea într-o parte, astfel încât trupurile soldaților să-i ferească de armele lui Hendrik.

Acesta i-a văzut și le-a aruncat cel mai fermecător zâmbet al lui.

– Laşilor! le-a spus el pe un ton calm, profitând de faptul că zarva se mai potolise.

Curtea s-a cufundat într-o linişte întreruptă doar de târşâitul picioarelor soldaţilor. Cei trei ofiţeri s-au sfătuit în grabă; apoi unul dintre ei a strigat:

– *Ergebt euch...*

S-a oprit şi şi-a dres glasul, a scuipat o flegmă pe pavaj, iar apoi a continuat, pe un ton mai grav:

– *Ergebt euch friedlich!* Predă-te de bunăvoie şi o să te lăsăm în viaţă!

– Nu te aud de acolo! a strigat Hendrik.

Nazistul a vorbit din nou, cu glasul lui stins:

– Dacă te predai acum, o să-ţi permitem să vorbeşti cu tovarăşul tău!

Hendrik a pufnit batjocoritor.

– Mai întâi spune-mi numele tovarăşului meu!

Cei trei nazişti s-au aplecat din nou unul spre altul. Apoi a vorbit al doilea, cu glas jos şi monoton:

– Jan Bonekamp!

Mi s-a tăiat răsuflarea. Truus m-a lipit de ea şi numai aşa am putut să mă mai ţin pe picioare.

– Aşadar, îmi permiteţi să intru şi să discut cu el! a spus Hendrik. Şi apoi?

În timp de rostea ultimele cuvinte, a făcut un pas mare la stânga, în încercarea de a-i prinde pe ofiţeri măcar în bătaia unuia dintre pistoale. În clipa aceea, toţi soldaţii şi ofiţerii au tresărit ca unul, asemenea unui banc de peşti.

– Nu trageţi! a ordonat ofiţerul.

S-a asigurat că nu se afla în bătaia armelor lui Hendrik, dar a întins gâtul ca să încerce să vadă mai bine.

– Bonekamp ne-a fost de mare ajutor! a spus el. Poate că eşti unul din tovarăşii despre care ne-a povestit?

– În cazul ăsta, nu poate fi el! a răspuns Hendrik. El n-ar vorbi pentru nimic în lume!

– *Ja?* a făcut ofițerul, întorcându-se spre colegii săi și zâmbind, iar apoi s-a uitat din nou la Hendrik. *Jeder redet!* Toată lumea vorbește!

Am simțit că șira spinării mi s-a transformat într-un sloi de gheață.

Un val de murmure a traversat grupul alcătuit din soldați și comandanții lor. Hendrik a rămas pe loc, dar umerii i s-au încovoiat un pic, ca o jucărie cu arc care era pe cale să se oprească.

Ascunsă în umbrele de la marginea curții înconjurate de zid, Truus s-a întors spre mine. Preț de o clipă, m-am gândit că nu mă putea vedea; mă simțeam ca o stafie. Capul îmi era ușor de parcă ar fi fost umplut cu aer, iar urechile îmi vuiau ca și cum luam parte din nou la un antrenament de tras cu arma. Truus avea o privire îngrozită. Știam că la fel arătam și eu.

– Vrei să mă faci să trag printre oamenii tăi ca să ajung la tine? a strigat Hendrik, dar acum glasul începea să-i vădească oboseala.

– Te rog, prietene, haide să ne ajutăm reciproc! a pledat ofițerul.

Hendrik a clătinat din cap, uluit.

– Vino aici și spune-mi-o din nou!

Ofițerul a oftat.

– Nu pot să...

– Păi, nu poți fiindcă ești un nenorocit de..., a replicat Hendrik, căutând cuvântul în germană, ca să-l înțeleagă toți soldații. *Ein Feigling!* Un laș! a strigat el, zâmbind.

Soldații au căscat ochii, iar Hendrik a gesticulat spre ei cu cealaltă armă, făcându-i să tresară. Ofițerul s-a întors spre soldați și a rostit o comandă șoptită, iar oamenii lui s-au grăbit să intre în formație, primul rând culcându-se pe burtă, în stil comando, cei din spatele lor, în genunchi, iar restul, în picioare, cu puștile ațintite peste capetele celor din față, până când au format un zid solid de guri de foc din oțel. Hendrik a continuat să-i întărâte:

– Prostănacii ăștia o știu și ei prea bine, așa-i, băieți? Vino aici, Kommandant, măcar omoară-mă ca un bărbat! E jalnică înfruntarea asta – o sută împotriva unuia, o să trebuiască să...

Cu toate armele din formație îndreptate spre Hendrik cel subțire, dar viguros, care încă striga, toți soldații au tras la unison, dezlănțuind un val uriaș, folosit ca să stingă un singur chibrit aprins.

Trupul lui Hendrik s-a răsucit într-o piruetă grotescă, bătând aerul cu brațele, iar trunchiul lui a tresăltat la impactul cu gloanțele, până când trupul i-a căzut grămadă pe pavajul de cărămidă al curții, unde l-au cuprins spasmele. Un tânăr soldat nerăbdător a ieșit din mijlocul grămezii, a alergat la Hendrik și l-a tras în sus de reverele hainei, purtându-se ca un pescar care se mândrea cu un pește enorm, ce bătea toate recordurile. Apoi neamțul și-a privit complicii cu fața lățită într-un rânjet și cu ochii străbătuți de o sclipire feroce, care voiau să însemne că-l dăduse gata pe inamic. Apoi soldatul a săltat trupul lui Hendrik și i-a petrecut brațele în jurul propriului gât, de parcă și-ar fi pus în spate un rucsac. În timp ce făcea asta, am zărit lucirea micului briceag al lui Hendrik, a cărui lamă subțire a trecut peste gâtul soldatului. Chipul victimei a pălit în clipa în care un gheizer de sânge roșu și strălucitor a țâșnit în aerul cald de vară. Soldatul a țipat și și-a dus mâinile la gâtul spintecat. Hendrik s-a prăbușit, căzând pe pietre ca o pătură grea, îmbibată de sânge, încă strângând briceagul în mână.

Ceilalți soldați parcă au înnebunit dintr-odată.

Inundând curtea, s-au repezit la Hendrik. Truus m-a tras spre portița cea neagră și de acolo am pornit în pas alergător pe strada de dincolo de ea. În timp ce goneam ca vântul, am auzit strigăte și zgomot de împușcături. La fel cum se întâmplase în acea noapte în care-l împușcasem pe Kohl, eu și Truus am gonit pe străzi înlănțuite una de alta și cuprinse de o frică mortală. Am alergat spre gară, singura noastră ieșire din oraș. Trebuia să plecăm. În timp ce fugeam, am observat că Truus arunca priviri peste umăr, ca să vadă dacă eram urmărite. Eu nu mai aveam putere să mă uit înapoi. Îmi țineam privirile ațintite la jacheta ei albastră și mă concentram numai asupra drumului, ca să nu alunec. Am încetinit atunci când ne-am apropiat de gară, ca să nu atragem atenția asupra noastră. Truus m-a luat din nou de mână și am mers cât am putut de repede spre peron, unde ne-am oprit răsuflând sacadat, fără să vorbim, fără să gândim. Doar gâfâiam.

Peste câteva minute, după ce a sosit trenul, ne-am urcat într-un vagon aproape gol și ne-am găsit locuri față în față, pe partea dinspre oraș. În timp ce trenul pornea pe șine, greoi, noi ne uitam țintă una la alta. N-aveam multe de spus și, oricum, nu puteam să vorbim câtă vreme ne aflam în tren. Puținele lumini pâlpâitoare ale Amsterdamului piereau în urma noastră. Gândurile îmi oscilau între măcelul la care fusesem martoră și vidul în care simțeam nevoia să mă cufund. Am închis ochii. Au trecut câteva minute.

– Hei! a spus Truus, bătându-mă pe picior. Ești trează?

Am dat din cap, cu ochii închiși.

– Voiam doar să...

Am deschis un ochi și m-am uitat la ea.

– Ce-i?

– Dacă nemții îți știu numele? a șoptit Truus.

Am deschis ochii larg. Nu trebuia să-și ducă gândul până la capăt; puteam să i-l citesc pe față.

– O să se ducă acasă la mine, am murmurat.

– Părinții tăi!

– Și Philine.

Am sfredelit cu privirea întunericul de afară, căutând să recunosc zona pe care tocmai o străbăteam și implorând în gând trenul să se grăbească.

– Trebuie să ajungem acolo înaintea nemților!

Truus m-a strâns de mână. Am început să calculez în minte consecințele descoperirii numelui meu de către SS.

– Se poate ca Jan să le fi dat și numele tău. Și pe cel al lui Freddie, am spus eu.

Neagră la față de îngrijorare, Truus a dat din cap în semn că era de aceeași părere.

– După ce ajungem la Haarlem, eu mă duc la mama, iar tu, la părinții tăi. După aceea, putem să ne întâlnim în casa de lângă piața din centru.

– Bine!

Oboseala mi s-a transformat într-o energie arzătoare, care îmi inunda venele. Dorindu-mi cu disperare să ajungem mai repede, genunchii îmi tresăltau și băteam darabana cu degetele. În fața ochilor îl vedeam pe Hendrik, însângerat, mort. Mi-am alungat din minte acea imagine.

„Dispari! Dispari! Dispari!"

– Să nu faci vreo prostie! mi-a spus Truus, aruncându-mi o privire severă. Te aștept la adăpostul nostru cu mult înainte să se crape de ziuă.

– Bine! am spus eu din nou, abia auzind-o.

Știam la care casă se referea.

– Așteaptă-mă la două străzi spre vest, ca măsură de precauție, a adăugat ea.

Am privit-o, neînțelegând.

– Cine știe ce le-a spus Jan nemților? a explicat Truus, ridicând din umeri.

Am clătinat din cap, dezgustată.

– Nu suport gândul că l-am părăsit pe Hendrik acolo!

Ea și-a șters ochii, iar eu am îmbrățișat-o fără să mai vorbesc.

A trecut un moment. Ne gândeam la același lucru.

– E posibil ca Jan să fie încă în viață, a spus Truus. La spital.

– Știu, am răspuns eu. Și ar putea să mai vorbească, nenorocitul!

28

Trenul încă nu se oprise în momentul în care eu și Truus am sărit pe peron. Apoi ne-am îndreptat în direcții opuse. Casa părinților mei se afla la o depărtare de zece minute de mers întins cu bicicleta, însă m-am silit să apuc pe un drum mai sigur, dar mai ocolit, și să mă apropii de casă pe alei lăturalnice și prin curți dosite. Am escaladat un gard, apoi am sărit pe acoperișul unei case, sperând ca de acolo să pot arunca o privire la strada mea. Deși se făcuse seară, întunericul din mijlocul verii era luminos și trebuia să fiu precaută, ca nu cumva să mă zărească cineva.

M-am lungit pe împletitura aspră a acoperișului de paie. La început, n-am văzut nimic suspect. Nu se auzeau nici sirene, nu se vedeau nici lumini intermitente. Am sărit, am aterizat pe pământ și apoi am început să străbat în fugă niște alei lăturalnice, înaintând în zigzag spre casă. Trebuia să-i scot din locuință cât mai repede și cât mai discret pe toți trei. Puteau să stea în casa conspirativă, împreună cu mine și Truus, cel puțin în noaptea asta. Apoi trebuia să găsim un alt aranjament.

M-am grăbit să trec prin pasajele mici dintre clădiri și am găsit cărarea ascunsă care ducea de la casa familiei Dubbelman până la sera din curtea doamnei Snel, vecina părinților mei. Odată ajunsă în seră, am privit prin sticla mată, încercând să zăresc, pe deasupra gardului, fereastra bucătăriei alor mei. O creatură mică mi-a trecut peste picior, făcându-mă să tresar violent.

„Fii atentă!“

Am privit din nou prin geamul serei. Micul cartier adormit era învăluit de acea liniște cu care eram obișnuită încă din vremea copilăriei.

Apoi am auzit un bubuit.

Mai întâi, de la depărtare de câteva străzi, apoi mai aproape, o coloană șerpuită de camioane militare înainta, huruind, pe marele bulevard, după care a cotit, înnebunitor, pe străduța mea. Nu se auzeau nici sirene, nici claxoane, nici strigăte. Nu încă. Apoi camioanele s-au înșirat de-a lungul străzii, iar atunci când două dintre ele au cotit la dreapta, pe strada perpendiculară pe a mea, m-am strecurat afară din seră și m-am repezit la poarta grădinii doamnei Snel, de unde am ajuns în curtea noastră. Camioanele se aflau la o depărtare de câteva minute de mers. Am alergat spre ușa bucătăriei, dar de îndată ce am atins clanța, am auzit strigăte înăuntru. M-am lipit de zidul casei și m-am apropiat încet de geamul bucătăriei.

Mama stătea cu spatele la mine, în pragul bucătăriei, privind spre ușa de la intrare. Am lovit cu unghia în geam, ca să-i atrag atenția. M-a auzit și și-a întors capul, iar lungile ei plete blonde, încărunțite au fluturat prin aer. Nu-și despletea părul decât noaptea, ca să-l poată pieptăna. Părea o femeie tânără. O vedeam pe sora mea, Annie, în ea.

Am bătut din nou în geam. Mama s-a întors în bucătărie, cu fața la fereastra de deasupra chiuvetei.

„Sunt aici, mamă! Sunt aici!“

Știam că nu puteam s-o strig, oricât de mult voiam.

„Aici! *CIOC-CIOC!* Te rog!“

Ea l-a tras de mânecă pe tata și apoi s-a auzit ceva care s-a lovit cu putere de ușa de la intrare, zdruncinând întreaga casă. Tata a lipit-o pe mama de el și a strâns-o la piept.

– *Aufmachen!* Deschideți imediat! a lătrat un glas nemțesc de dincolo de ușă.

„Nu deschideți! Nu deschideți!“

Soldații aveau să spargă ușa dacă părinții mei nu deschideau, dar cel puțin șovăiala mamei și a tatei îmi dădea câteva secunde de răgaz în care să născocesc un plan de a-i pune la adăpost. Puteam să intru în casă și să mă arunc în fața nemților, așa cum făcuse Hendrik; puteam să dau fuga în fața casei, împușcând, poate, unul sau doi nemți înainte să fiu și eu împușcată; puteam să creez o diversiune în curtea din spate; puteam... la naiba! Nici unul dintre planurile astea nu se termina cu salvarea părinților mei.

– *Aufmachen!* s-a auzit același glas, urmat de o explozie de strigăte și de ordine în germană.

La numai câțiva pași de ușă, mama și tata stăteau îmbrățișați, strângându-se unul în celălalt.

– O clipă, o clipă! a spus tata, în timp ce el și mama se retrăgeau mergând de-a-ndăratelea. Așteptați o clipă!

„Da, veniți în bucătărie, iar apoi fugim împreună! Vă rog!“

Tocmai îmi îndreptam mâna spre clanță, când am văzut cum se făcea țăndări ușa de la intrare, spartă în bucăți lungi de lemn, în clipa în care un berbece lung și negru a pătruns prin ea; apoi soldații au trecut printre rămășițele ușii și s-au împrăștiat prin încăpere, cu căștile lor negre, care luceau ca un roi zumzăitor de insecte din Einsatzgruppen, și cu fulgerele insignelor SS scânteindu-le pe uniformele verzi-cenușii. S-au adunat în jurul părinților mei, sufocându-i cu corpurile, cu strigătele şi cu armele lor, iar apoi am auzit un ţipăt sfâşietor. Mama. Un sunet pe care nu-l mai auzisem niciodată.

Căştile s-au lovit unele de altele şi de toate mobilele vechi din casă, în timp ce purtătorii lor îi separau pe mama şi pe tata, trăgând de ei în direcţii diferite, câte patru soldaţi pentru fiecare dintre ei. Oglinda din antreu s-a prăbuşit şi a zăngănit în momentul în care a atins podeaua, strivită apoi de cizmele care călcau totul în picioare, în vreme ce mitralierele zgâriau toate suprafeţele, măturând din calea lor farfurii, milieuri, pahare şi cărţi, pe care le răspândeau prin toată încăperea.

Un ofiţer nazist înalt, cu o mască de gaz atârnată de centură, stătea lângă intrare, cuprinzând cu privirea haosul. Apoi el s-a întins, l-a luat pe tata de piept şi i-a strigat ceva, după care le-a ordonat oamenilor lui să meargă la etaj.

Nu la etaj!

Philine!

Deja pusesem mâna pe mânerul uşii din spate, dar m-am oprit. Întreaga casă tremura sub paşii grei ai soldaţilor, aerul era plin de comenzi, de picături de salivă care treceau prin lumina lămpii în timp ce soldaţii se luptau să ajungă cât mai aproape de prizonieri, picioarele meselor scârţâiau, se frângeau, iar oamenii aceia îşi arătau colţii în timp ce se dedau unui delir al distrugerii, cu mişcări smucite şi agitate, drogaţi, probabil, cu micile pastile albe pe care le luau de obicei ca să poată să ucidă mai repede.

Preţ de o secundă, am zărit-o pe fereastră pe mama, al cărei păr lung se încâlcise şi i se lipise de obraji. Ea era aşezată pe canapea, plângând cu capul în mâini, iar soldaţii o ţineau acolo sub ameninţarea armelor, în timp ce tata se afla în antreu, înconjurat de alţi soldaţi.

El le-a strigat ceva despre drepturile omului, dar apoi s-a mulțumit să strige doar:

– Aafje! Aafje!

Nu-mi dădeam seama dacă mama îl auzea.

Alți soldați au pătruns în casă și în curtea din față, îndreptându-se spre lateralele casei. Erau peste două duzini, înarmați și întărâtați. Puteam să intru, dar n-aș mai fi ieșit. Am auzit bubuitul cizmelor pe scara interioară și pocnetul ușilor de la etaj în momentul în care erau date de perete, în timp ce alte bubuituri vesteau faptul că unii dintre soldați coborau la parter. N-o vedeam pe Philine. Am rămas pe veranda din spate, încremenită locului. Întrezăream imagini fulgerătoare – chipul furios și roșu al tatălui meu, tivul uzat al capotului alb, de bumbac, al mamei, care atingea podeaua, iar apoi o cizmă neagră l-a prins sub talpă și a rupt țesătura fragilă și veche. Mi s-a întors stomacul pe dos, iar gâtlejul mi s-a uscat precum iasca.

Câteva ramuri de viță și un spalier s-au prăbușit undeva, după colțul casei: soldații înaintau spre curtea din spate. Am aruncat o ultimă privire pe fereastra bucătăriei, iar apoi am sărit gardul înapoi în curtea doamnei Snel, pe care am străbătut-o dintr-o suflare, după care am început să alerg iarăși în zigzag prin cartier, îndreptându-mă spre locul în care îmi lăsasem bicicleta. Strigătele și tumultul cauzate de cele ce se petreceau în casa cu numărul șaizeci, de pe strada Van Dortstraat, au pierit în urma mea în timp ce pedalam, luminând cu farul bicicletei siluetele întunecate ale caselor de pe străzile pe care le străbăteam. Apoi s-au pornit sirenele. Germanii voiau să trezească tot cartierul, ca să vadă ce se întâmpla cu familiile trădătorilor de teapa lui Hannie Schaft.

*

Atunci când m-am oprit, mă aflam la mai mult de două străzi depărtare spre vest de casa conspirativă. Ceva nu era în regulă. Am coborât de pe bicicletă și am străbătut pe jos, tiptil, tot restul drumului. Strada era liniștită, nu se vedeau soldați. Dar, odată ajunsă în fața clădirii în care se afla apartamentul, am văzut că trotuarul era înțesat de lucruri: mormane de haine, mobilă ruptă, vase sparte. M-am ascuns în umbră și am așteptat, nevrând să mă apropii prea mult. Au trecut vreo cinci minute, după care am auzit ceva. În lungul străzii a răsunat un zgomot stins de metal lovind în metal și mi-am dat seama. Era Truus. Suportul din spate al bicicletei i se desprindea tot timpul; cunoșteam bine acel sunet, așa cum cunoșteam zornăitul cheilor tatălui meu atunci când el venea de la serviciu și le lăsa lângă ușa de la intrare, pe bufetul de lemn de stejar.

– Hei, am chemat-o în șoaptă și am văzut-o cum a băgat mâna în buzunar, unde ținea arma. Eu sunt, am murmurat, neștiind ce altceva să spun.

Am pășit în lumina slabă, ca să mă poată vedea. Ea a alergat pe dată la mine.

– Ce fac părinții tăi? a șoptit.

– SS-ul a ajuns acolo înaintea mea.

Truus a așteptat să spun mai multe.

– Nu știu dacă o să-i aresteze sau...

Mi-am înăbușit un hohot de plâns, incapabilă să rostesc cuvintele.

– Îmi pare rău, Hannie, a spus Truus, petrecându-și brațul pe după umerii mei.

Eu n-am mai spus nimic.

– Ce s-a întâmplat aici? a întrebat ea, privind mormanul de lucruri de pe trotuar.

– Habar n-am, abia am ajuns!

– Probabil că a fost un raid, a mormăit ea, oftând. Silbertanne, a adăugat, rostind cu glas tare cuvântul la care ne gândeam amândouă. Dar prietena ta, Philine?

Am clătinat din cap.

– Nu știu. N-am văzut-o.

– Poate că a fugit înainte de sosirea nemților.

– Poate.

Încercam să cred asta. Mai întâi dispăruse Sonja, iar acum, Philine?

Am simțit o durere în piept, o apăsare insuportabilă. Îmi venea greu să respir.

– Dacă ar fi găsit-o acolo, ar fi fost mai rău pentru părinții tăi! Probabil că a fugit.

– Așa sper, am șoptit eu.

– Respiră, Hannie!

Pe dinaintea ochilor îmi jucau pete negre; mi-am sprijinit mâna pe genunchi, am închis ochii și am încercat să-mi revin. Truus mă mângâia pe spate, iar eu mă luptam să-mi domolesc iureșul gândurilor. Abia atunci mi-am amintit.

– Of, Truus, dar mama ta? Și Freddie? am întrebat.

– Sunt în siguranță, a răspuns ea. Ar trebui să mergem acolo.

– Nu se poate, am contrazis-o eu. În cele din urmă, nemții o să afle unde locuiește mama ta.

– Mă îndoiesc! a exclamat Truus pe un ton plin de convingere. Dacă nemții o caută la adresa ei, n-o să găsească decât o dană de acostare pustie. Mama locuiește pe o barcă. A ridicat ancora în dimineața asta și a pornit spre sud. Rețeaua a avertizat-o din vreme.

Deși eram olandeză, nu-mi trecuse niciodată prin minte ce importanță strategică ar fi putut să aibă o casă pe apă. Cu atât mai puțin aveau să știe germanii unde să caute.

– Nu putem să rămânem aici! a spus Truus.

Am început să traversăm orașul în fugă, urmând o rută șerpuitoare pe cele mai întunecate și mai părăsite străzi, ca să evităm să fim văzute. Urmând-o pe Truus, am încercat să-mi golesc mintea de toate cele văzute în ultimele câteva ore. Hendrik, dragul, elegantul și curajosul Hendrik, era mort. Dar părinții mei și Philine erau încă în viață, mi-am spus eu. Truus, Freddie și mama lor erau încă în viață. Eu eram încă în viață, deși mă simțeam mai mult moartă decât vie. Speram ca și Jan să fie încă în viață, la spital.

Fiindcă voiam să-l omor cu mâna mea.

29

Ambarcațiunea-locuință a familiei Oversteegen fusese ancorată pe un canal cu apă stagnantă din zona industrială de la marginea Haarlemului, unde sfârşeau toate lucrurile stricate. Vasul lung şi greoi, a cărui vopsea neagră era scorojită şi fără luciu, ar fi părut abandonat, aşa cum plutea, plat precum un crocodil, în apa plumburie. Nici unui ofițer nazist în căutare de glorie nu i-ar fi trecut prin minte să rechiziționeze acea barjă sărăcăcioasă. Aici aveam să fim în siguranță.

Truus m-a ajutat să traversez, prin întuneric, scândura îngustă care ducea la puntea de sus.

– Aici! a spus ea, arătând spre o banchetă ce se întindea pe lângă marginea bărcii.

În clipa în care m-am aşezat, am izbucnit în plâns. A început să-mi tremure tot trupul, fiecare muşchi şi fiecare os din el.

Jan.

Dinții îmi clănțăneau.

Hendrik. Mama şi tata.

Mi-am încleştat mâinile de banchetă, încercând să-mi alung toate gândurile din minte. Era prea dureros.

– O, Doamne, am murmurat eu.

Din piept îmi urca un hohot care mă gâtuia. Unde era Philine? Şi unde era dulcea mea Sonja? M-au podidit lacrimile, nasul îmi curgea, toată fața mi se topea din pricina ororii pe care o trăiam. Mă țineam bine de banchetă, singurul lucru stabil.

Fără să sufle un cuvânt, Truus s-a așezat lângă mine și a început să mă mângâie pe spate – cel mai bun lucru pe care putea să-l facă în clipele acelea. M-am sprijinit de ea și m-am lăsat strânsă în brațe, iar trupul ei mi-a înghițit zguduiturile de plâns, de parcă ea ar fi jelit astfel. Ne-am legănat înainte și înapoi. Într-un târziu, a reușit să mă dezlipească de pe banchetă și m-a dus sub punte, unde m-a băgat într-un pat și apoi s-a strecurat lângă mine, ca lângă un prunc care ar fi putut să se rostogolească pe jos dacă ar fi fost lăsat nesupravegheat.

Nu puteam să mă opresc din plâns, răsuflam întretăiat, nasul îmi curgea, îmi înfundasem fața în perna jilavă și țipam înăbușit. După un timp, lacrimile mi-au secat și n-am mai fost în stare să scot decât gemete stinse. Epuizarea a început să mă cuprindă, înfășurându-mă în aripi moi, de puf. Ce fericire: uitarea. Marele nimic, fără gândul la cei morți, fără imaginile însângerate, armele, izbiturile, izbiturile, izbiturile cizmelor negre de piele. Încă nu dormeam, ci doar pluteam. Truus mă mângâia domol pe spate, ajutându-mă să-mi recapăt răsuflarea.

Nu simțeam nimic. Aproape că nici nu mai eram acolo. Apoi totul a dispărut.

M-am trezit a doua zi și am constatat că eram singură. Stăteam întinsă în cabina intimă și caldă, privind la panourile lăcuite cu care era căptușită, cele de pe tavan aflându-se la numai un metru deasupra mea. Am privit îndelung spiralele pe care le făceau fibrele lemnului, ca și cum ele dețineau răspunsul ce trebuia găsit. Am auzit zgomot de pași deasupra mea, pe puntea de sus, precum și melopeea stinsă a unor voci înăbușite. Am închis ochii. Toți cei pe care încercasem să-i protejez dispăruseră peste noapte. O tristețe zdrobitoare mi-a tăiat răsuflarea.

În ziua aceea, cele două surori au tot pătruns și ieșit în și din zona gândurilor mele conștiente. Freddie, cu un pahar de apă pe care mi l-a lăsat pe o poliță, Truus, îndepărtându-mi cu blândețe părul încâlcit care îmi cădea în ochi. Am dormit, iar gândurile mă făceau să tresar din când în când, speriată, iar apoi se retrăgeau ca fluxul oceanului.

A doua zi, după ce m-am trezit, am găsit-o pe Truus lângă mine, șezând pe pat.

– Salut! a spus ea.

– Salut! am răspuns eu cu glas răgușit, fiind prima dată când mi-l foloseam.

Truus m-a sprijinit ca să mă ridic, m-a ajutat să mă îmbăiez într-o albie de metal, turnându-mi apă dintr-un ceainic, după care m-a îmbrăcat în haine curate de-ale ei. Ea și Freddie au găsit undeva un ou pe care mi l-au fiert, primul lucru pe care-l mâncam în ultimele câteva zile. Mama lui Truus, Trijntje, orbita din când în când în jurul nostru, cu fața îngrijorată, dar, la fel ca mama mea, atentă la lucruri practice. A agățat pe punte, la uscat, hainele mele spălate, iar eu mi-am petrecut o oră privind fusta și bluza care fluturau în bătaia vântului, ca și cum m-aș fi privit pe mine însămi atârnată acolo. După o vreme, Truus m-a ajutat să cobor și să mă bag din nou în pat, singurul loc unde îmi doream să fiu. O mie de ore de somn, asta-i tot ce voiam. Asta, și un gol în care să pot dispărea pe vecie. Atunci când am auzit-o pe Truus venind mai târziu în noaptea aceea, glasul ei m-a ridicat din neant. M-am sprijinit în coate, mijind din ochi.

M-a atins pe mână. În cealaltă, ținea o țigară la depărtare, ca să nu ajungă fumul la mine.

– N-ar trebui să fumez aici, a spus ea ridicând din umeri, dar a continuat să fumeze. Te simți bine?

– Cred că da, am răspuns eu cu un glas dogit.

– Mama spune că mâine trebuie să te ridicăm din pat și să te ducem la muncă. Ea crede, iar eu sunt de acord cu ea, că numai asta o să te facă să te simți mai bine.

– Ha, ha! am scos eu un hohot de râs, jalnic ca un oftat. La muncă?!

Mai bine? Ce însemna asta? Nu eram sigură că aveam destulă forță ca să țin în mână o ceașcă de ceai.

Truus m-a mângâiat pe păr.

– Știu ce simți, a spus ea.

Familia ei era întreagă. Un fulger de furie mi-a traversat simțurile: dar familia mea? Însă momentul de mânie mi-a trecut repede. Nu puteam să rămân supărată pe Truus. Mă așteptam să se lanseze într-unul dintre discursurile ei motivaționale pragmatice, dar n-a făcut-o. Și-a întins picioarele pe lângă mine, privindu-mă cu atenție.

– De ce te uiți la mine în felul ăsta? am întrebat eu.

– A fost urât, Hannie!

În ce fel o spusese, la timpul trecut, de parcă ce era mai rău se consumase deja! Oare nu-și dădea seama că abia începuse?

– Îmi pare rău!

Am dat din cap în semn că înțelegeam ce voia să spună. Eram prea slăbită ca să expun vreun argument. Și, cu siguranță, mult prea neputincioasă ca să mă întorc la muncă. Poate că n-aveam să mai lucrez niciodată. Am închis ochii.

Fără nici o încurajare din partea mea, Truus a început să vorbească.

– Hendrik mi-a spus că avea o misiune pentru mine, a spus ea cu glas calm, blând. Dar că o să fie vorba despre niște copii.

Am deschis ochii.

– Organizația încearcă întotdeauna să mă trimită pe mine sau pe Freddie în misiunile de felul ăsta, a continuat Truus. Poate că le e mai ușor copiilor să interacționeze cu o femeie. Ridică mai puține suspiciuni. În orice caz, acțiunea era planificată în întregime, o operațiune comună cu o celulă din Amsterdam și cu o alta din Dordrecht, care urma să fie destinația mea, la vreo cincizeci de kilometri depărtare de granița cu Belgia. Era o urgență. Doisprezece copii evrei trebuiau evacuați imediat din Amsterdam. Și nu exista altă persoană care să se ocupe de misiune. Spuneau că o să mai fie cineva de la o altă celulă RVV, care să mă ajute. Așa că am spus „da".

A aprins o altă țigară de la capătul celei vechi, iar eu am inspirat adânc.

– Mi-au spus să mă îmbrac cu uniformă de infirmieră nemțoaică, să mă prefac că duc doisprezece copii bolnavi la un spital din țară. Mi-au dat o uniformă adevărată de infirmieră, cu bonetă și cu tot restul. Mi-au dat chiar și o batistă nazistă, brodată cu svastica. În care primul lucru pe care l-am făcut a fost să-mi suflu nasul!

Am surâs, încercând să mi-o imaginez pe Truus în postura de infirmieră nemțoaică. Ea a continuat să vorbească.

– I-am întâlnit în Gara Centrală din Amsterdam. Doisprezece copii. Cel mai mic era o fetiță, care avea în jur de trei ani, cu bucle castanii și cu ochi mari, căprui. Aproape un prunc, dar destul de mare ca să meargă de una singură, ceea ce, în cazul ei, era periculos. O ținea de mână pe o fată mai mare pe nume Louise, care avea o coadă lungă, împletită, ce îi atârna între umerii înguști. Ca să fiu cinstită, n-aveam prea multă experiență cu copiii. Nici acum n-am. Așa că am dat-o pe Rosie, copilița, în grija lui Louise. Copiii credeau că eram nazistă. Îmi dădeam seama după felul în care mă priveau. Știi cum privesc copiii acum, ca niște adulți triști?

Am dat din cap în semn că știam. Vedeam cu toții. Tineri care văzuseră și trăiseră prea multe.

– Oricum, a spus Truus, i-am făcut pe copii să urce în tren strigând la ei, așa cum îmi imaginam că ar fi făcut-o o infirmieră nazistă. Trenul a pornit, dar Rosie plângea și nu puteam să nu încerc s-o potolesc. Riscam să enerveze sau să atragă atenția cuiva. Aproape că am țipat din nou la ea, dar Louise și-a scos batistuța și i-a făcut lui Rosie un fel de păpușă, legându-i o sfoară în jurul gâtului și făcând-o să danseze în poala fetiței, ca s-o distreze.

– Erau orfani? am întrebat eu. Unde erau părinții lor?

– N-aveam nici cea mai vagă idee. Când își văzuseră familiile pentru ultima oară? De câtă vreme se ascundeau? Unde își închipuiau că mergeam? Nu știam și nimeni nu-mi spusese. Nici n-aș fi avut habar pe cine anume să întreb.

– V-a oprit cineva, v-a luat cineva la întrebări?

– Au fost câteva momente tensionate, dar am avut noroc. Am ajuns într-un sătuc de pe Valea Rinului. Trebuia traversat, iar cineva urma să ducă copiii pe malul celălalt. N-aveam decât o hartă a acelui sat în care ne aflam, lângă Dordrecht, cu o cărare marcată prin mijlocul unui câmp, până pe malul râului.

Pe hartă, câmpul era presărat cu cercuri. Acelea erau mine terestre. Le-am spus copiilor să calce exact pe urmele mele. Nu le-am spus nimic despre pericolul minelor. Am găsit deschizătura pe care o făcuse în gard pentru noi un membru al Rezistenței locale. Era destul de mare pentru copii, dar eu aveam mâinile și picioarele însângerate după ce am reușit să trec. Însă nu simțeam nimic. Îmi era frică de ceea ce ne aștepta. Era prima dată când Truus vorbea despre frică. A continuat: Am rămas întinsă pe pământ în câmpul acela, împreună cu copiii, și le-am ordonat așa: „Nu vorbește nimeni. Nu râdeți. Nu tușiți. Nu scoateți nici un fel de zgomote. Și faceți exact ce vă spun eu". Ceața s-a ridicat de pe râu, plutind deasupra câmpurilor. De aceea, de fiecare dată când trecea pe deasupra lumina unui reflector, totul se lumina. Nu era ușor să înaintăm prin miriște, peste ierburi, pietre și urzici înțepătoare, dar copiii erau incredibili. Cu fiecare centimetru străbătut, mă pregăteam pentru un ticăit metalic sau pentru o explozie. Dar am respectat indicațiile de pe hartă și am reușit să traversăm. Am coborât târâș până la râu, ca să văd dacă nivelul apei era destul de scăzut. Ca să spun drept, nu știam cu exactitate ce căutam. Așa că am luat decizia să trecem. Trebuia să aștept semnalul unui pâlpâit de la o lampă aflată pe celălalt mal. După ce îl vedeam, ar fi trebuit să se stingă proiectoarele în zona în care ne aflam, timp de cinci minute, ca să pot sui copiii în bărci și să traversăm. Atunci mi-am dat seama că erau două bărci. Pentru două false infirmiere germane și doisprezece copii. Dar, desigur, nu exista decât o singură falsă infirmieră: eu. Nici cel mai mare dintre băieți nu era destul de mare ca să poată vâsli singur. Apoi mi-am dat seama că nu ajunseserăm la ora stabilită. Nivelul apei nu era atât de scăzut pe cât ar fi trebuit. Iar în tot acel timp de când stăteam ascunși acolo, nu văzuserăm nici o luminiță – omul nostru – pe malul opus. În câteva minute urma să pierd puținul control pe care-l aveam asupra copiilor. Dacă vorbeau sau dacă se ridicau, puteam să fim zăriți imediat și arestați, sau împușcați chiar acolo, pe mal. Trebuia să încercăm.

– O, Doamne, Truus! am exclamat eu.

I-am pus o mână pe umăr, dar ea nici n-a simțit, ci a continuat să vorbească de parcă ar fi fost în transă.

– „Urcați în barcă!" le-am spus eu copiilor, iar apoi am început să-i ridic și să-i trec peste marginea bărcii. Dar cel mai mare dintre băieți a ezitat. „Nu încăpem cu toții!" a spus el. „Ar trebui să luăm două bărci." „Nu putem să luăm decât una!" am răspuns eu. „Grăbiți-vă!" Băiatul a rămas la urmă, fixând cu privirea cealaltă barcă, de parcă s-ar fi gândit să meargă singur cu ea. Dacă făcea așa, nu l-aș fi oprit. Nici n-aș fi putut. În cele din urmă, a ajutat un băiat mai mic să urce, m-a ajutat să împing barca spre apa mai adâncă și a apucat al doilea set de vâsle. După ce ne-am urcat cu toții, barca era plină până la refuz și peste margini începea să se reverse apa. Încă nici nu ajunseserăm în mijlocul curentului. Băiatul ținea strâns vâslele și privea peste râu ca un câine care urma să fie bătut, așteptând să reapară lumina proiectorului. Ceilalți copii stăteau ghemuiți laolaltă pe fundul bărcii, în timp ce eu și băiatul mai mare am început să vâslim. La primele mișcări, vâslele au scârțâit în inelele lor, scoțând un sunet puternic, pătrunzător. Iar noi trebuia să traversăm râul în secret. Am aruncat o privire peste umăr și l-am văzut pe băiat cum își înfășura fularul în jurul vâslei, ca să înăbușe zgomotul. Genial! Mi-am înfășurat batista cu svastica în jurul uneia dintre vâsle, iar apoi am căutat altceva, orice. „Dă-mi-o!“ am spus. Louise s-a uitat la mine. „Poftim?“ a întrebat ea. O ținea pe Rosie în brațe ca și cum ar fi fost propriul ei copil, iar Rosie strângea la piept păpușica pe care i-o făcuse Louise din batista ei. „Dă-mi păpușa!“ Nu voia să mi-o dea, dar știa că trebuia. „Hei, Rosie!“ i-a spus Louise cu glas cântat, luându-i păpușa dintre degetele grăsuțe, făcând-o să danseze în aer și apoi aruncându-mi-o mie. „Bebe!“ a spus Rosie. Era primul cuvânt pe care o auzeam rostindu-l. Apoi a început să plângă. Eu am desfăcut păpușa ca s-o înfășor în jurul vâslei. Deja pluteam în derivă, îndepărtându-ne de plaja care ne era destinație pe celălalt mal, iar apa continua să intre în barcă. Eu și băiatul mai mare am început din nou să vâslim, iar cârpele menite să amortizeze sunetele au ajutat timp de vreo șase lovituri de vâsle. Apoi, ajunși la mijlocul râului, batistele au alunecat și scârțâitul a reînceput. Rosie plângea cu suspine, iar apoi s-au pus și alți copii pe plâns. Apa era adâncă în locul acela, curentul era tot mai rapid și noi goneam în aval, departe de destinația noastră. Un alt fascicul de lumină s-a aprins și și-a început căutarea. „Jos!“ am strigat eu și ne-am lăsat cu toții la fundul bărcii. Nu-mi dădeam seama dacă fuseserăm văzuți, dar, fără să pierd timpul, m-am ridicat în capul oaselor și am reînceput să vâslesc. La fel și băiatul. Curentul era prea puternic. Dar ce puteam să facem? Apa înghețată pătrundea în barcă, iar cei doi frățiori din mijloc s-au pornit pe urlat. „Liniște!“ am strigat eu. Însă ei nu puteau să se oprească.

Am apucat-o de mână pe Truus. Mi-o imaginam pe ea în uniforma de infirmieră și pe copiii din barcă, uzi până la piele și urlând.

– Apoi totul s-a luminat. Toate proiectoarele de pe mal s-au îndreptat spre noi. Eram ținta perfectă, în mijlocul râului. Lumina era orbitoare, iar copiii, îngroziți. „Jos, jos!" am strigat. Am tras din nou de vâsle, alungându-mi din minte problema evidentă: vâsleam în direcția luminilor. Ce avea să se întâmple odată ce ajungeam la mal? N-am mai fi reușit să traversăm râul înapoi. Trebuia să ne ținem de plan. Am privit peste umăr. Băiatul de la vâsle era în picioare. Purta un costum care trebuia să-i fi aparținut tatălui său, întrucât cădea de pe el. Ținea vâslele cu ambele mâini și era întors cu fața spre lumini. Copilul țipa. Ridicat în picioare, ca un sfânt evreu, aureolat de lumina dinspre mal. Apoi a strigat la nemți. Nu-mi venea să cred!

– Ce-a spus?

Truus a schițat un zâmbet.

– „Trageți, nenorociți de friți ce sunteți!" Preț de o clipă, nu s-a întâmplat nimic. Apoi s-a auzit un sunet care semăna cu șfichiul unui bici, *ZIP-ZIP*, iar trupul lui subțire s-a contorsionat în aer, străpuns de gloanțe. S-a arcuit pe spate precum un pește în undiță, iar apoi a dispărut în apele râului. Am strigat, dar nu puteam să ajung la el fără să răstorn barca. Nu mai conta. Acum toți copiii țipau, iar gloanțele veneau fără oprire. După câteva secunde, barca s-a răsturnat și am ajuns cu toții sub apă. După ce am revenit la suprafață, am văzut capetele și brațele copiilor plutind tot mai departe, în aval. Dacă țipau, eu nu-i mai auzeam. Ori de câte ori mi se cufunda capul în apă, auzeam gloanțele trecând pe lângă mine. Am încercat să înot spre copii, spre oricare dintre ei, dar prima fetiță pe care am pus mâna era deja moartă, cu o gaură perfect rotundă în tâmplă. Avea ochii dați peste cap. I-am dat drumul și curentul a dus-o departe de mine. Presupuneam că fusesem rănită, dar nu simțeam nimic. Pluteam pe apă. După câteva minute, m-am trezit pe malul de pe care porniserăm.

M-am ridicat, m-am uitat în jur și am intrat din nou în apă, încercând să salvez pe cineva, pe oricine. Am auzit un glas. O fată striga „Mamă! Mamă!“ Cred că era Louise. Dar se afla prea departe ca să ajung la ea, așa că am stat pe loc, ascultând glasul care devenea tot mai slab, până când s-a stins. Am apucat piciorul unui băiat care plutea în apropiere și l-am tras spre mal. Era mort. Înecat. Unul dintre băieții mai mari. Am pătruns din nou în apele râului și am încercat din nou. Am auzit ceva gâlgâind și am văzut un obiect de culoare deschisă. M-am întins să-l prind și mi-am dat seama că țineam în mână gulerul unui pulover de copil. Am încercat să-mi țin capul deasupra apei în timp ce înotam înapoi spre mal și am reușit să duc copilul pe plajă. Era Rosie. S-a auzit un gâlgâit care îi venea din fundul gâtului, așa că am tras-o la marginea câmpului minat, unde eram oarecum la adăpost, și acolo am început să-i mișc brațele și să-i apăs stomăcelul, ca să scot apa pe care o înghițise. În spatele meu erau bărci cu motor, lumini și strigăte în germană. Dacă mai erau copii în râu, era prea târziu. Nu mai puteam să mă întorc. De cum m-am asigurat că Rosie era în viață, mi-am pus-o în spate și m-am furișat înapoi peste câmpul minat, pe drumul pe care veniserăm, sau cel puțin așa speram, târându-mă de-a bușilea peste câmp în hainele înghețate, încercând să nu pierd cărarea. Iar dacă nimeream o mină, ei, bine... sincer vorbind, într-o oarecare măsură speram că așa avea să se întâmple.

M-am uitat la Truus.

– Nu voiam decât să se termine! a exclamat ea, inspirând adânc. Cumva, am reușit să traversăm câmpul. Am trecut-o pe Rosie dincolo de gardul din sârmă ghimpată. Șchiopăta, dar, în mod miraculos, părea să nu fi pățit nimic altceva. I-am verificat tot trupul în căutarea vreunei răni de glonț. Goneam pe drum, cu ea în brațe. N-aveam nici o idee ce să fac, când am zărit o casă și am alergat spre ea.

„Te rog, fii un om bun!" mi-am spus eu în gând. „Te rog să nu fii un colaboraționist!" M-am prăbușit peste ușă, iar un fermier aflat înăuntru a scos capul ca să se uite la noi. Aveam de gând numai s-o las pe Rosie în pragul lui. Dar am leșinat.

– Vai, Truus! am spus eu, luând-o de mână.

– Din fericire, fermierul și soția lui erau de partea noastră. Ei fuseseră cei care tăiaseră gardul. Erau speriați – planul nu prevedea ca noi să ajungem în casa lor –, dar ne-au ajutat. Am rămas acolo o zi sau două, ca să-mi revin. Și au promis să găsească un adăpost sigur pentru Rosie. Apoi am plecat.

– Și? am întrebat, așteptând deznodământul.

– Rosie? a spus Truus, clătinând din cap. Nu știu ce s-a întâmplat cu ea.

Pe față i s-a întipărit zâmbetul vag al unui filosof.

– Mă gândesc uneori la ea. Am rugat-o pe soția fermierului să-mi dea o batistă și, înainte să plec, i-am făcut fetiței altă păpușă.

Truus a tras din țigară, iar chipul îi era golit de orice expresie.

– Din pricina asta, am hotărât să renunț la munca în Rezistență, a spus ea. M-am gândit că, oricum, aveam să fiu dată afară. Eșuasem, salvând numai unul dintre cei doisprezece copii. Nu-mi dusesem misiunea la îndeplinire. În mod evident, nu eram pricepută. Dar după ce m-am întors la Haarlem, n-am fost dată afară din organizație. I-am povestit lui Hendrik cele întâmplate, iar el a fost doar... trist. Cu toate astea, m-am oferit să-mi dau demisia. El a râs de mine.

– O, Doamne, Truus! am exclamat eu. Când se întâmpla asta?

– Cu ceva vreme în urmă. În '41, cred.

– Acum trei ani.

– I-am spus lui Hendrik că o terminasem, dar el nici n-a vrut să audă. Ne-a dat mie și lui Freddie misiuni mai ușoare, numai ca să ne țină ocupate.

Se uita țintă la capătul țigării, așteptând să-i ardă vârfurile degetelor. În clipa în care focul i-a ajuns la degete, a aruncat țigara prin hublou, în apele canalului.

– Așa că am mers mai departe. Ce altceva aveam de făcut? a izbucnit ea. Germanii nu renunțaseră. Războiul continua. Totul era încă în plin marasm. Și probabil că o mulțime de alți copii evrei au murit în timp ce eu încercam să pun la adăpost acel grup de copii. Așa că, da, am mers mai departe. Am descoperit ceva. După noaptea aceea, nimic nu mai putea să mă atingă. De fiecare dată când voiam să renunț sau mă speriam, îmi aminteam de barcă și de apă. Fiindcă nimic nu putea să fie mai rău decât noaptea aceea, iar eu îi supraviețuisem.

S-a întins, ieșind din reverie.

– La fel s-a întâmplat și cu Rosie. La fel s-a întâmplat și cu tine.

Am rămas tăcută preț de câteva minute după aceea, neștiind ce să spun. Crezusem că admirația mea pentru Truus atinsese culmea, dar acum crescuse din nou. Era atât de stoică, de blândă în relațiile ei cotidiene, dar dedesubtul acelei fațade se afla o luptătoare.

– Îmi pare atât de rău, Truus! am spus eu, punându-mi o mână peste a ei.

Ea mi-a strâns-o cu afecțiune, iar apoi a zâmbit.

– Încerc să nu mă gândesc la asta. S-a întâmplat. Și nu m-a oprit. Nici tu nu trebuie să te oprești, a adăugat, ridicându-şi spre mine ochii albaştri, senini, cu pleoapele pe jumătate închise, ochi cărora nu le scăpa nimic. Deci? Te-am convins?

Am rămas tăcută. Nici o vorbă nu mi se părea potrivită.

-Hannie, a spus Truus, ceea ce ne-a făcut Jan e îngrozitor! E un lucru rău. Dar nu eşti singura care a trecut prin..., a murmurat ea, frământându-şi mintea ca să găsească expresia potrivită, ...ce-i mai rău! Dacă faci munca asta destul de mult timp, în cele din urmă o să se întâmple ce-i mai rău. Acum a fost rândul tău. De asta nu poţi să te opreşti. Ştii ce spune Hendrik - ce spunea - nu-i aşa?

Am dat din cap în semn că nu ştiam.

-„În Rezistenţă nu există învingători!", a spus ea, imitând glasul calm, de prezentator de radio, al lui Hendrik. Cel puţin nu în războiul ăsta. Nu e o luptă cinstită. Dar există doar un mod în care să fii sigur că pierzi şi, spre deosebire de toate celelalte lucruri rele din războiul ăsta, există un lucru pe care poţi să-l controlezi.

Mă uitam la ea, neînţelegând.

-Să nu le dai nimic.

A tăcut, aşteptând un răspuns. Mi-au mai trebuit câteva clipe.

-Jan a vorbit, am spus eu.

-Aşa e!

M-am gândit la Philine, la Sonja şi la bunii mei părinţi care avuseseră încredere în mine, oriunde s-ar fi aflat ei acum. Nenorocitul de Jan Bonekamp!

-Bine, am spus. N-o să mă opresc!

-N-o să te opreşti.

Am oftat.

-Şi n-o să le dau nimic!

Truus a zâmbit, de data asta – cu căldură adevărată.
– Foarte bine!
A întins brațele, și-a trosnit gâtul și a oftat.
– Mâine o luăm de la capăt...

PARTEA A TREIA
IARNA FOAMETEI

1944–1945
Haarlem

30

1944, vara

Pe barcă, dormeam sub punte și toată noaptea se auzea clipocitul apei izbite de carena vasului. De fiecare dată când mă trezeam, amintirile îmi treceau prin fața ochilor precum imaginea estompată a peisajului de dincolo de fereastra unui tren. Detunăturile de armă în urma mea, în timp ce mă îndepărtam de casa alor mei, călare pe bicicletă. Orele în care-l așteptasem pe Jan. Părinții mei, rupți unul din brațele celuilalt de bătăușii din SS. Sfârșitul a tot ceea ce cunoscusem până atunci. Șirul șerpuitor de camioane verzi-cenușii. Eșecul. Trecătorii. Deznădejdea. Philine. Jan Bonekamp. Era mai rău atunci când închideam ochii. Sonja. Mai rău atunci când încercam să mă gândesc la altceva. Trădare. Nenorocitul de Jan Bonekamp. Apoi încercam să adorm la loc.

A doua zi de dimineață am primit vestea prin rețeaua de zvonuri și de mesaje secrete a Rezistenței: Jan era mort. La fel și Ragut, șeful poliției. Glonțul tras de Jan îl ucisese pe Ragut, dar acesta dintâi fusese împușcat în coaste. Căzut de pe bicicletă, încercase să fugă. Se părea că-și încercase norocul într-o casă în care intrase la întâmplare, căutând adăpost, dar cele două surori în vârstă care locuiau acolo chemaseră poliția. Soldații din SS sosiseră prompt la fața locului. De data asta, Jan nu mai putuse să se ascundă sub podeaua bucătăriei. Îl transportaseră cu ambulanța la Spitalul Wilhemina din Amsterdam, unde fusese interogat de unii sus-puși, după cum bănuia Truus. Zvoniștii susțineau că Jan ar fi fost torturat în spital, că naziștii refuzaseră să-i dea analgezice, că îi agravaseră rănile, încercând să-l facă să vorbească. Spuneau că, la început, el refuzase. Și mai spuneau că apoi cineva îi administrase ceva ce se chema „serul adevărului" și că puseseră o infirmieră să se dea drept o membră a Rezistenței. Apoi intrase în cameră un ofițer SS, Rühl. Orice făcuse acel Rühl se pare că funcționase. Jan îi spusese totul despre RVV, îi dăduse ofițerului numele lui Hendrik, numele meu, poate că și pe cel al surorilor Oversteegen. Toate numele, toate loviturile date de organizație, tot ce știa el. Iar apoi murise. Așa au spus zvoniștii.

Nu puteam să cred așa ceva. Tortură? O infirmieră mincinoasă? Serul adevărului? Astfel de lucruri păreau scoasc dintr-o carte de benzi desenate. Dar după câteva zile de reflecție, mi-am schimbat atitudinea. Nu conta dacă detaliile erau exacte; consecințele erau aceleași. Cei din familia mea dispăruseră.

Iar eu eram motivul dispariției lor.

Jan jucase un rol în toată povestea, ce-i drept, dar nimic din toate astea nu s-ar fi întâmplat dacă eu nu i-aș fi pus pe toți în pericol de la bun început. Trebuia să-i găsesc. Dacă îi pierdeam pe toți cinci, pe Annie, pe părinții mei, pe Philine și pe Sonja... pierdeam totul. Un cotlon al inimii mele dorea să adauge un al șaselea nume pe listă, fiindcă îl pierdusem și pe el. Dar cotlonul acela sensibil al inimii trebuia să se oțelească.

Am stat întinsă, cu ochii în tavan, ascultând plescăitul apei canalului lovind în marginea bărcii. Trădarea era greu de înţeles pe de-a-ntregul. Era o recunoaştere a absurdului, a acelui Lucru Care Nu Se Putea Întâmpla... până când se întâmpla. Era ca şi cum ai fi privit pe cineva care îşi scotea masca, dând la iveală acelaşi om pe care-l ştiai dintotdeauna, doar că ceva mai urât. Străin, dintr-odată. Poate că râdeai la început, dar apoi te cuprindea panica.

Crezusem că eram pregătită pentru ceva de genul ăsta. Din ziua în care ne invadaseră naziştii, toată ţara fusese nevoită să înfrunte trădarea. Familia regală olandeză fugise în Anglia, ca să aştepte acolo sfârşitul războiului. Un procent semnificativ din aleşii noştri preferase să colaboreze cu naziştii. Prieteniile cu vecinii prinseseră să se năruie, fiindcă oamenii începuseră să se denunţe unii pe alţii. Iar atunci când cel iubit te trădează, încrederea în umanitate începe să ţi se sfărâme. Cât despre încrederea mea în iubire... încă îi iubeam pe părinţii mei, pe Philine şi pe Sonja. Şi, da, încă îl iubeam pe Jan, dar acum nu se mai putea face nimic, nu mai aveam cum să-mi exprim acea iubire. Jan nu-mi mai aparţinea.

Am rămas sub pături cât de mult am putut.

Pe la ora nouă dimineaţa, Truus a bătut în uşa cabinei şi apoi a intrat.

– A venit timpul să te trezeşti!

M-am prefăcut că dormeam, dar Truus nu s-a lăsat păcălită.

– Ai noroc! a spus ea. Mama avea de gând să coboare aici şi să te scoale chiar ea din pat, dar i-am spus că te aduc eu sus. Sunt mult mai blândă decât mama!

N-am spus nimic, sperând că avea să plece. Au trecut câteva clipe. N-a plecat.

– Hannie, avem treabă!

– Jan v-a denunţat pe tine şi pe Freddie?

Știam că afla toate zvonurile de la mama ei.

– După cât știu, nu, a răspuns ea. Dar dacă asta te face să te simți mai bine, află că le-a dat și..., a adăugat, făcând apoi o scurtă pauză. Le-a spus totul.

– Te referi la soția lui.

Rostirea acelor cuvinte mi-a produs o durere fizică, iar inima mi-a rămas suspendată în piept, grea ca o cărămidă.

– Știai! a exclamat Truus, ridicând dintr-o sprânceană.

– Jan mi-a spus.

Ea a făcut ochii mari. Era un șoc.

– Nu știu ce să zic, Truus, am spus eu clătinând din cap, iar amintirea vorbelor rostite de Philine mi-a dat ghes. Suntem în război!

Truus a dat din cap în semn de încuviințare.

Am scos un oftat.

Ea s-a așezat lângă mine, pe pat.

– L-au torturat. Și a vorbit despre toți. Nu doar despre tine.

– Știu! am spus, încercând să par neclintită.

– Te-a iubit, a declarat ea pe un ton blând. Îl cunosc pe Jan de multă vreme. Am văzut-o limpede: cu tine se purta diferit.

A zâmbit.

Apoi zâmbetul i-a pierit.

– Și..., a început ea să spună, dar după aceea s-a oprit, iar chipul i-a pălit în spatele pistruilor, ... vezi tu, Hannie, potrivit surselor pe care le are mama, Jan te-a strigat pe nume la spital.

A inspirat adânc, așteptându-mi reacția.

– Poftim?! m-am mirat eu, iar inima mi s-a izbit de coaste, înțelegând înaintea mea ce anume însemna asta. M-a strigat pe nume?!

Am încercat să gândesc, să respir.

„M-a strigat pe nume la spital! O, Doamne! M-a strigat pe nume la spital."

Pe numele meu. Acum naziștii îmi știau numele. Am luat o gură de aer, încercând să mă liniștesc.

- Așa a făcut? am întrebat din nou, prostește, hotărârea risipindu-mi-se în timp ce încercam să mă opun unui val de durere și de groază care mi se ridica dinspre pântec.

„M-a strigat pe nume!"

- A făcut-o fiindcă te iubea, Hannie! Suferea de dureri atroce. Iar ei au adus o infirmieră căreia i s-a spus să se prefacă, vezi tu, că era iubita lui. Iar stratagema le-a reușit. Atunci când a vorbit, Jan a crezut că vorbea cu tine.

Preț o clipă, mi s-a oprit respirația, și iarăși am împietrit de uimire.

- Era pe moarte, Hannie! I-au injectat ceva, iar el a..., a spus Truus, oftând. Se zvonește că i-au administrat „serul adevărului". Nu-i caut scuze! Însă a crezut că erai lângă el și că vorbea cu tine. Asta afirmă zvonurile.

- Dar el cunoștea modul de a acționa al naziștilor! am exclamat, încercând să nu izbucnesc în hohote de plâns.

Mi-am lăsat gândurile să se îndrepte spre acel moment teribil și m-am întrebat: ar fi putut să facă altfel, cu durerile pe care le avea? Dar era prea mult pentru mine. Mi-am îngropat fața în pătură, plângând.

„O, Doamne, bietul Jan!", iar apoi: „O, Doamne, nemernicul de Jan!"

El îmi spunea mereu: „Nu vorbești niciodată cu ei. Nu le spui nimic. E singura regulă!"

- Știu, a adeverit Truus pe un ton blând.

Nu trebuia s-o spun cu glas tare. Ea înțelegea totul. Și nici nu trebuia să-i explic suferința mea. Mai mult decât oricine altcineva, ea înțelegea.

– Nu contează, am conchis eu. Acum nu mai contează.

Am clătinat din cap, încercând să desfac nodul de minciuni cu care trăisem în ultimul an. Și Jan trăise cu ele. Preț de clipă fulgerătoare, mi-am lăsat gândul să se îndrepte spre soția și fetița lui – oare ele știau că el murise? –, dar durerea pe care o simțeam era covârșitoare. Mi-am luat capul în mâini și am plâns din nou. Era prea mult. Truus m-a mângâiat pe umăr și m-a sărutat pe creștetul capului. M-am oprit din plâns, am inspirat adânc și am încercat să mă întorc în prezent. Aici, acum, pe acea barcă. Eram în viață; Jan nu mai era. Da, încă îl iubeam. Și știam că și el mă iubise.

– Îmi revin! am spus, iar Truus a dat din cap, încuviințând.

Ușa s-a zgâlțâit. Mi-am ridicat privirea și am văzut o Truus ceva mai în vârstă, pistruiată și cu priviri străpungătoare precum oțelul, zâmbitoare și nemiloasă. Mi-am șters ochii și mi-am suflat nasul, sperând să nu-i par prea jalnică.

– Ai terminat cu plânsul, da? Bine! a spus ea, iar în ochi îi sclipea un licăr de blândețe. Ridică-te din pat, dragă! E vremea să aerisim așternuturile!

În ea le vedeam pe ambele ei fiice. Pragmatismul, personalitatea lipsită de ifose. A dat într-o parte păturile, dezvăluindu-mă ca pe un gândac de sub o piatră întoarsă. Iar eu, la fel ca un astfel de gândac, am încercat să mă târăsc înapoi la adăpost.

– Nu, nu! s-a împotrivit ea, luându-mă de cotul scheletic și trăgându-mă în picioare. E miezul verii! Ieși la aer curat!

Atingerea ei mi-a amintit de cât de dor îmi era de mama.

– Da, doamnă Oversteegen! am spus eu.

Auzindu-mă, au râs amândouă.

– Nu sunt directoarea școlii! Spune-mi „Trijntje"!

– Scuze, am spus. Trijntje!

Emana atâta pricepere, încât eram gata să îndeplinesc orice ordin mi-ar fi dat. Și-a pus mâinile în șolduri.

– Freddie e pe punte, vă așteaptă pe amândouă, a spus ea și mi-a tras una la fund cu o pernă moale, umplută cu pene. Plecați de aici! Mergeți să vă vadă soarele!

Mi-am târșâit picioarele spre încăperea care servea drept cameră de zi. În clipa în care eram pe punctul să urc scara către punte, am simțit mâna lui Trijntje pe brațul meu.

– Îmi pare rău pentru familia și pentru prietenele tale, Hannie, a spus ea pe un ton blând. Foarte rău!

Am simțit înlăuntrul meu bubuitul unui val gigantic și știam că, dacă spuneam ceva, aveam să încep să plâng. M-am mulțumit să dau din cap.

– Nu uita, a spus Trijntje, cu ochii sclipindu-i de dârzenia dobândită dintr-un trai greu, „*waar de wanhoop eindigt, begint de tactiek*".

Acolo unde se sfârșește disperarea, începe strategia.

Pe punte, m-am așezat între Truus și Freddie, cufundată într-o stare de năuceală.

– *Waar de wanhoop eindigt, begint de tactiek!* am spus eu.

Amândouă surorile au chicotit.

– Se vede că ai stat de vorbă cu mama! a exclamat Truus.

Am zâmbit.

– Pentru fiecare situație, are o mie de zicale la îndemână! a spus Freddie.

– Dar în esență, toate zicalele astea spun același lucru, a completat Truus.

Ea și Freddie s-au uitat una la alta, confirmând pe mutește care era acel lucru.

– Mergi mai departe! a spus Truus.

Freddie s-a gândit, iar apoi a dat din cap în semn de încuviințare.

– Asta-i! Mergi mai departe, indiferent de ce se întâmplă.

– Stați așa! am exclamat eu. Mie mi s-a părut că mesajul e: „Să rămâi om!"

– Da, dar e același lucru! a explicat Freddie.

Glasul ei era atât de limpede, atât de adolescentin! Avea numai șaptesprezece ani. Mă bucuram că Freddie era cu noi. Știam că Hendrik o respecta; munca pe care o făcea ea, de spionare și de adunare de informații, fusese crucială pentru toate misiunile noastre. Freddie era un soldat. Și iat-o acum, stând în bătaia soarelui de vară, cu părul ei blond despletit, lăsat să se usuce, arcuindu-și spatele ca o pisicuță nevinovată. Poate că și eu părusem la fel de tânără și de inocentă pe vremea când îmi începusem activitatea în RVV. Acum nu mai arătam așa.

Truus a împins spre noi un platou pe care se afla obișnuitul amestec neispititor de alimente ce se găsiseră la centrul de distribuție cu o zi în urmă: pâine rarefiată, cenușie, cu gust de celuloză, pe care era întins un strat de imitație de unt făcută din pastă de sfeclă roșie. Pe tavă se mai afla și o cană ciobită, plină cu ceai apos, de culoare bej. Cel puțin, era fierbinte. M-am așezat pe bancă și mi-am întors chipul palid spre soare, la fel ca Freddie. Flacăra din spatele pleoapelor mi-a pârjolit gândurile. De fiecare dată când mă năpădea un val de disperare, soarele îl alunga. Ăsta era lucrul după care tânjeam: vidul.

– Părul tău arată frumos, Hannie! a spus Freddie cu glasul ei dulce.

– Nu-i adevărat! am răspuns fără ezitare, după care am râs cu toatele, deși îmi păstram ferma convingere că arătam ca o vrăjitoare. Pentru numele Domnului, pot să-mi beau ceaiul? m-am stropșit eu, prefăcându-mă supărată.

– De fapt, nu e decât apă din canal, încălzită, a spus Freddie, izbucnind din nou în râs.

Eu m-am prefăcut că scuipam gura de ceai pe care tocmai o luasem.

– Te-ai uitat la bicicleta mea? a întrebat-o Truus pe sora ei.

– Da, n-are nimic. S-a desfăcut un șurub de la cadru. Pe a ta am reparat-o în timp ce dormeai, mi-a spus Freddie. Am îndreptat lemnul de pe roata din față și ți-am realiniat frânele.

Oare femeile din neamul Oversteegen se pricepeau la orice? Chiar atunci, Trijntje a ieșit de sub punte și s-a îndreptat spre noi, cu un zâmbet amuzat pe chip. Era fericită să-și vadă fetele acasă.

– Ce spuneți de o baie, doamnelor?

Trijntje nu stătea niciodată locului. Chiar și oprită pe punte, mâinile ei nu s-au odihnit, ci au întins mai bine frânghia pe care rufele fluturau precum pânzele de corabie.

– Voi trei puteți să vă odihniți astăzi, dar în scurtă vreme trebuie să vă întoarceți la muncă, da?

Am presupus că toate trei gândeam același lucru: Hendrik era mort; celula noastră murise și ea. Cine mai avea să ne încredințeze misiuni? Trijntje a băgat mâna în sân și a scos un petic de hârtie pe care i l-a întins lui Truus, zâmbind.

– Asta e adresa ei!

– A cui? a întrebat Truus.

– A lui *madame* Sieval.

M-am uitat la Truus și la Freddie, dar fețele lor nu trădau nimic.

– O să dureze ceva vreme să ajungeți la ea! a spus Trijntje, ocupată să întindă cât mai bine frânghia de rufe, așa că ar fi bine să începeți cât mai repede. Între timp, puteți să vă faceți utile ocupându-vă de câteva livrări pentru mine. Sunt destule de făcut!

Truus și Freddie au zâmbit complice.

Acolo unde se sfârșește disperarea, începe strategia.

31

– Nu iese niciodată din casă, a spus Freddie clătinând din cap și prăbușindu-se pe scaunul din fața mea, în bucătăria cu tavan scund, aflată sub punte.

Eu și Truus o așteptam pe Freddie să se întoarcă din misiunea ei de urmărire a faimoasei *madame* Sieval, o franțuzoaică ce locuia la Haarlem de mulți ani, despre care se știa că-și denunța vecinii și pe oricine bănuia că ar fi fost evreu sau că ar fi adăpostit evrei. Din câte știam, trăia singură, stând mai mult în casă, iar atunci când ieșea, o făcea la intervale neregulate de timp, care nu puteau fi anticipate de nimeni în afară de ea.

– Cred că ar trebui să ne găsim o altă țintă! a spus Freddie, scuturându-și cozile blonde.

Printr-o inversiune de-a dreptul simbolică, eu devenisem acum un fel de *onderduiker* în casa familiei Oversteegen, deși refuzam să stau închisă pe barcă. Într-o noapte, eu, Truus și Freddie furaserăm cartele de rații dintr-o clădire administrativă goală după orele de program. Împărțisem acele cartele mai multor familii nevoiașe și mai ales celor care adăposteau prieteni și vecini evrei. Comparativ cu ceea ce făceam altădată pentru RVV, asta nu era cea mai interesantă muncă, dar Trijntje nu voia să ne asculte atunci când ne plângeam că ne plictiseam.

– Şi asta tot activitate de rezistenţă se cheamă, una pe care o fac cei mai mulţi dintre membri! spunea ea. N-ai nevoie de arme şi de bombe ca să fii revoluţionar. Grija pentru oameni e cel mai revoluţionar act pe care-l poate face cineva.

Probabil că restrângerea silită a activităţii noastre fusese, la urma urmei, un lucru bun. Şocul pierderii lui Jan, a părinţilor mei şi a lui Philine mă lăsase paralizată. Am presupus că asta avea să uşureze munca noastră violentă, deschizând calea spre răzbunarea alimentată de furie, nu de frică. Redus la principiul *Ochi pentru ochi, dintre pentru dinte!*, războiul avea mai mult sens.

Dar oricât de limpede mi-ar fi fost viziunea în privinţa muncii depuse în cadrul Rezistenţei, mintea îmi era îngreunată de suferinţă. Singura familie pe care o aveam acum era alcătuită din Truus şi Freddie; mă trezisem urmându-le într-o stare de năuceală, deprimare şi paralizie. Truus începea să-şi facă griji.

– Ce părere ai, Hannie? a întrebat acum Truus, care se consulta cu mine din ce în ce mai mult, îmboldindu-mă să iau parte la propria-mi existenţă. Crezi că ar trebui să renunţăm la *madame* Sieval?

– Bine, am răspuns eu, absentă, fiindcă nu urmărisem discuţia.

Preferam s-o las pe Truus să ia deciziile, iar eu să-i urmez indicaţiile. N-aveam energia să planific altceva decât următorul pas: ia rucsacul, verifică arma, ascunde arma în rucsac, pedalează până la locul indicat de Truus. Carne de tun.

– Hannie! a spus ea, bătând din palme în faţa mea, în timp ce eu mă uitam în gol.

– Ce-i? am întrebat, tresărind.

– Haide, e o chestiune serioasă! Ce părere ai despre evaluarea făcută de Freddie?

– Nu cred că trebuie să renunțați la *madame* Sieval! a spus Freddie, care o lăsa pe Truus să se ocupe de mine. Dar nu știu cum o să reușiți fără să intrați cu forța în casa ei. Iar dacă faceți asta, nu știu peste ce o să dați acolo.

– E posibil să ai dreptate, a spus Truus. Haideți să trecem azi pe acolo, ca să vedem cu ochii noștri! Bine, Hannie?

– Desigur! am răspuns eu. Are cineva o țigară?

– Ar trebui să mănânci ceva, m-a sfătuit Truus, care mă tot bătea la cap în legătură cu lipsa poftei de mâncare, dar care tot mi-a întins o țigară.

– Mă simt bine! am spus eu, aprinzând-o, începând să tușesc de mama focului și apoi bătându-mă în piept ca să-mi liniștesc accesul de tuse. Îmi iau din țigări toate vitaminele de care am nevoie!

Am râs, dar am făcut-o de una singură. Zâmbetul s-a șters de pe fața lui Truus.

– Ce-i? am întrebat, iar apoi i-am urmat privirea spre capul scării, unde stătea Trijntje, care ținea o scrisoare în mână.

Am recunoscut hârtia de scris tipică pentru rețeaua de rezistență: bucăți de hârtie care deja fusese folosită de trei ori, scoasă pe furiș din birouri administrative, singura hârtie care mai era disponibilă. Cutele din coada ochilor albaștri ai lui Trijntje se estompaseră, fiindcă ea nu mai zâmbea.

– Hannie, am vești de la Brasser! a spus ea, ridicând biletul.

Picioarele îmi erau ca două ancore care mă țintuiau locului. Trijntje mi-ar fi dat veștile fără întârziere, dacă acestea ar fi fost bune. Am rămas încremenită de-a binelea.

– Care sunt?

Trijntje s-a chinuit să surâdă, dar pe față i se zărea doar o umbră a zâmbetului ei obișnuit, dezinvolt.

– Părinții tăi sunt în viață, Hannie!

Am auzit cuvintele, dar le-am ținut la depărtare înțelesul, așteptând restul. Simțeam ochii celor trei femei ațintiți asupra mea, așteptându-mi reacția.

– Și? am întrebat.

Trebuia să fie un „și". Sau un „dar".

– Dar sunt ținuți ostatici la Herzogenbusch până când te predai, a spus ea pe un ton calm.

– Hannie!

Truus s-a repezit la mine. Nu mi-am dat seama de ce, până în clipa următoare, când am simțit trupul ei firav sprijinindu-mă. Picioarele mi-au șerpuit ca o fundă care tocmai se dezlega și cădea pe jos.

– Hannie! a exclamat și Freddie, privindu-mă drept în ochi.

– Mă simt bine, am spus eu cu un glas subțire ca un firicel de ață.

În urechi îmi țiuia vacarmul pe care-l auzi dacă stai prea aproape de o armă care se descarcă sau dacă ești împușcat. Părinții mei erau în viață... la Herzogenbusch, un lagăr de concentrare nazist, aflat la o sută de kilometri de Haarlem, spre sud, lângă orașul Vught. Am rămas acolo unde mă prăbușisem, simțind recunoștință pentru trăinicia scândurilor de sub mine, până când am început să simt mișcarea lentă a bărcii care se legăna pe apă... Nimic pe lumea asta nu era fix sau stabil. Părinții mei nu muriseră, iar asta era o veste bună. Dar ajunseseră să fie monedă de schimb.

– Eu sunt schimbul pe care-l vor nemții, am șoptit, clătinând din cap.

În patru ani de coșmaruri, nu-mi închipuisem niciodată un astfel de scenariu. Toate posibilele consecințe mi se desfășurau în gând ca niște fire mătăsoase de borangic, înnodându-se și apoi tocindu-se la capete.

– Hannie! a exclamat Truus.

Toate trei se adunaseră în jurul meu, iar pe fețe li se citea îngrijorarea.

– Să mergem jos! Putem să ne ocupăm de *madame* Sieval altă dată.

Auzind vorbele lui Truus, mi-am venit în simțiri. Ca un far prin întuneric, numele lui *madame* Sieval îmi lumina calea. Prin urmare, părinții mei se aflau într-un lagăr de concentrare? Nu-mi rămânea de făcut decât un singur lucru: să merg mai departe. Limpezimea acelui gând îmi provoca sentimentul cel mai apropiat de bucurie pe care-l avusesem în ultimele câteva luni.

– Nu, o facem azi! am spus eu pe un ton răspicat, privind-o în ochi pe Truus.

– Ești sigură? a întrebat ea, ridicând din sprâncene. Dacă ai nevoie de timp...

– N-am! am răspuns, simțind cum îmi revenea culoarea în obraji și cum îmi dispărea tremuratul din încheieturi.

M-am ridicat în picioare, ajutată din nou de Freddie. Acum totul îmi era clar.

– Dacă mă predau în mâna germanilor, am spus, privind-o pe Trijntje în căutarea confirmării, nu există nici o garanție că-i salvez pe părinții mei.

Trijntje a dat din cap în semn că era de acord.

– S-ar putea să fie deja morți, am adăugat. Cine știe când a notat Brasser informația aceea sau cât de sigură e?

Trijntje a închis ochii și a dat iarăși din cap. Asta era situația. N-aveam de ales, trebuia să merg mai departe. Indiferent de urmări.

Madame Sieval locuia pe Twijnderslaan, o stradă mică, situată între Frederikspark și râul Spaarne, într-o zonă relativ aglomerată a orașului. Casa ei, ca și cea a părinților mei, era una de cărămidă, lipită de casele aflate în stânga și în dreapta. De aceea era greu să te apropii fără să fii văzut.

– Parcați bicicletele aici! a spus Freddie, care petrecuse zile întregi pe acea stradă, ținând totul sub observație.

Am urmat-o pe aleea îngustă dintre două clădiri aflate la colț. De acolo, vedeam ușa lui *madame* Sieval.

– Sper că v-ați adus câte o carte, fiindcă e foarte plictisitor aici! a spus Freddie.

– Am înțeles, a răspuns Truus.

– Apropo, puteți să-mi mulțumiți pentru toate informațiile prețioase pe care vi le-am dat! a exclamat Freddie.

– Mulțumesc, puștoaico! a spus Truus pe un ton glumeț, iar Freddie i-a tras, în joacă, un pumn în umăr.

Asistând la joaca dintre cele două surori, am simțit cum gheața din inima mea începea să se topească.

– Hei, cunosc strada asta! a spus Truus, scoțându-și capul din ascunzătoarea noastră. Îți amintești că pe vremuri era aici o ghețărie, Freddie?

– Da, a răspuns aceasta, zâmbind, îmi amintesc că în față se tăiau niște blocuri de gheață imense, pentru marile hoteluri. Așchiile de gheață zburau de jur împrejur, iar noi alergam în toate părțile ca să le adunăm, după care le sugeam ca pe niște caramele.

Puteam să-mi imaginez și eu scena. Acum magazinul era închis, dar îmi aminteam de furnizori, cu căruțele lor pline de gheață protejată cu paie, precum şi de imenşii cleşti de fier cu care ridicau blocurile de gheață. Îmi plăceau solzii aceia reci, mai ales în zilele călduroase.

– O, Doamne, Hannie, zâmbeşti! s-a mirat Freddie.

– Se întoarce vechea Hannie? a întrebat Truus, cu un zâmbet afectuos pe față.

Ştiam prea bine că era îngrijorată din cauza mea.

Am ridicat din umeri. Vechea Hannie era o fetiță naivă, prea încrezătoare, care credea că putea să controleze tot ceea ce se petrecea în viața ei şi în viețile altora. Noua Hannie înțelegea că era o iluzie să crezi că dețineai controlul.

– Hannie!

Nu-mi dădusem seama că pufnisem batjocoritor.

– Scuze! am spus.

Truus aştepta încă un răspuns.

– Vechea Hannie? am repetat.

Nu voiam s-o contrazic. Era prea obositor.

– Desigur! am răspuns eu în cele din urmă, privind vopseaua scorojită de pe firma gheţăriei, al cărei lemn se deformase din cauza trecerii timpului. Cred că rămăşiţele vechii Hannie mai zac pe undeva.

– Ne-ar fi utilă acum, mi-a mărturisit Truus.

A fi utilă era ultimul lucru de care mă simţeam în stare în acel moment. Dar eram dispusă să merg acolo unde mi se cerea şi ştiam că Truus încerca să fie blândă cu mine.

– Mă simt bine, am asigurat-o eu, iar apoi am arătat cu capul spre casa lui *madame* Sieval. Uite!

Toate trei am văzut un bărbat de vârstă mijlocie, care s-a apropiat de uşă şi a bătut. Purta haine de stradă obişnuite, nicidecum uniformă de armată sau de poliţie.

– Nu cumva e Fake Krist?

Fake Krist era un poliţist local, fascist fanatic chiar de dinainte de izbucnirea războiului. Numele lui se afla de luni întregi pe lista noastră de la RVV, fiindcă îl consideram o posibilă ţintă. De cum începuse ocupaţia, Krist fusese numit şef al Kriminalpolizei, sau Kripo, după cum i se spunea, Poliţia Judiciară SS nazistă. În principal, cei de la Kripo erau forţa poliţienească nazistă. Krist se pricepea de minune la munca lui, era cunoscut pentru arestările în masă operate printre evrei şi printre simpatizanţii acestora - până la douăzeci şi cinci de ambuscade într-o singură seară. Aresta rabini curajoşi şi pastori care le arătau simpatie; aresta copii şi mame în care vâra groaza. Cu toţii erau trimişi la Westerbork. De când începuse războiul, Krist fusese o năpastă pe capul oamenilor, iar *madame* Sieval era cea care-i făcea munca posibilă. Degetele mi s-au încleştat în jurul pistolului, vârât deja în buzunar. Aveam să fiu foarte satisfăcută dacă reuşeam să tai numele lui Krist de pe lista noastră.

- Nu e Fake Krist, a spus Freddie pe un ton sec. L-am văzut pe Krist - a fost aici mai devreme, înconjurat de paznicii lui - şi nu-i el.

- Poate că e un poliţist sub acoperire? am întrebat, strângând din nou pistolul în mână, plină de speranţă.

- Uşor, ucigaşo! a exclamat Truus, încruntându-se la mine. Nu omorâm nici o ţintă pe care nu putem s-o identificăm în prealabil!

- Da, da, m-am învoit eu.

Începeam să mă simt vie pentru prima dată după săptămâni întregi.

- Cred că livrează ceva, a spus Freddie.

Uşa s-a întredeschis, iar omul acela a strecurat un plic prin deschizătură. Apoi uşa s-a închis şi el şi-a văzut de drum.

– Probabil că asta e toată acţiunea de care o să avem parte azi, având în vedere cum s-au petrecut lucrurile în ultimele câteva săptămâni, a conchis Freddie. Vă asigur că femeia asta ştie că e pusă sub urmărire!

– Cu toţii suntem puşi sub urmărire, am spus eu. Nu e cu nimic specială!

– Ha, ha! a râs Truus. Iat-o din nou: vechea Hannie!

N-am contrazis-o. Ne-am făcut cât se putea de comode pe alee, sprijinindu-ne de ziduri şi fumând. Aşa s-au scurs următoarele câteva ore. Ne-am plimbat pe rând prin cartier, în căutarea a ceva interesant. Nimic. Cea mai mare parte din munca în Rezistenţă era astfel, aparent lipsită de orice rost.

– Mă duc să mă plimb pe aleea din spatele casei lui *madame* Sieval, am spus eu în cele din urmă. Poate că nici nu e acasă.

Fetele au dat din cap în semn că erau de acord, iar eu am luat-o din loc, alegând traseul cel mai ocolit. Curtea din spate a lui *madame* Sieval era înconjurată din toate părţile de un zid şi n-aveam cum s-o spionez pe proprietară decât dacă mă furişam înăuntru pe poarta din spate, o mişcare nesăbuită în timpul zilei. Am mers mai departe pe alee şi am ieşit pe strada principală Twijnderslaan, la câteva case depărtare de cea lui *madame* Sieval. Era deja după-amiază şi îmi era foame, mă simţeam descurajată şi gata de plecare. Am aruncat o privire peste drum, încercând să surprind privirea lui Truus.

Chiar atunci, dinspre uşa de la numărul patruzeci şi şase, s-a auzit un zgomot. M-am lipit cu spatele de casa de alături şi am ridicat cocoşul pistolului ascuns în buzunar. M-am uitat din nou spre cele două surori: Truus şi Freddie auziseră şi ele, drept pentru care s-au ghemuit pe aleea de peste drum, uitându-se ţintă la mine. Mi-am dus un deget la buze în clipa în care am auzit mânerul ușii lui *madame* Sieval zăngănind și începând să se răsucească. Truus s-a rezemat de zidul de cărămidă de lângă ea și și-a ațintit pistolul spre intrarea de la numărul patruzeci și șase, de peste drum. Dar cum eu mă aflam la numai câțiva metri de ușă, aveam cele mai mari șanse de reușită. În timpul pregătirii, Jan îmi repetase mereu că asasinatul era o treabă făcută cel mai bine de la mică depărtare. Nu eram un trăgător de elită, iar armele noastre deteriorate n-aveau întotdeauna cea mai mare precizie. Însă acum mă aflam destul de aproape. Eu și Truus ne-am încrucișat privirile. A înțeles.

Din ziua în care eu și Jan îl împușcaserăm pe Ragut, era prima dată când țineam arma în mână cu intenția de a o folosi. Mă întrebasem cum ar fi fost momentul ăsta – oare aveam să-mi pierd curajul? –, dar deja mă simțeam însuflețită așa cum nu mi se mai întâmplase de la uciderea lui Ragut. N-aveam nevoie de mai multă mâncare sau odihnă. Aveam nevoie să fac ceva care să implice violență. Am lăsat totul în urmă, săptămânile de boală și de vid. Îmi găsisem chemarea. M-am lipit cu spatele de cărămizile reci ale clădirii și am ținut pistolul pe lângă corp, ascuns de privirile oricui ar fi trecut pe stradă. Dar în jur nu era nimeni. Condiții perfecte, așa cum spunea Jan. Naiba să-l ia!

Eu, Truus și Freddie am auzit sunetul în același timp: zgomotul amplu al mecanismului greoi care fusese acționat în ușa de la numărul patruzeci și șase. Apoi aceasta a început să se miște. Peste drum, Truus a rămas nemișcată, iar în spatele ei se vedea Freddie. Și ea avea armă, dar în general Truus își îndemna sora să se limiteze, pe cât posibil, la acțiuni mai puțin violente. Jan îmi spusese cândva, plin de admirație, că Freddie omorâse un nazist pe vremea când avea doar cincisprezece ani.

Ușa a început să se deschidă puțin câte puțin, scârțâind din balamale. Truus a ridicat arma, privind prin cătare, iar eu, la fel. Urma să tragem din două unghiuri diferite, fiecare dintre noi formând vârful unui triunghi, iar *madame* Sieval, pe cel de-al treilea. Mă simțeam liniștită, calmă, pregătită să îndeplinesc misiunea.

Am văzut o mână pusă pe mânerul ușii. O mână de femeie, cu antebrațul și încheietura ascunse de ceea ce părea o haină de blană – ceva ce nu vedeai în mod obișnuit pe stradă. M-am silit să aștept până când avea să apară de dincolo de ușă mai mult din trupul ei, pentru ca ținta să fie mai bună. Și ca să mă asigur că femeia nu era cumva înconjurată de niște ofițeri Kripo. Ar fi fost o misiune sinucigașă să încercăm să-i atacăm pe toți.

După o clipă, a apărut de după ușă partea de sus a trupului lui *madame* Sieval. Ea și-a rotit dintr-o parte într-alta capul cu coafură îngrijită, cercetând strada în căutarea vreunui pericol. Părea să aibă vreo treizeci de ani, avea o față subțire și prelungă, sprâncene negre, arcuite, și obraji palizi, pudrați. Centrul de gravitație mi s-a schimbat în momentul în care m-am lăsat pe piciorul adus în față, înțepenindu-mi brațul drept și sprijinindu-l bine cu stângul.

„Așteaptă, așteaptă..."

M-am înfrânat până când s-a ivit și restul trupului ei: o țintă mai mare. Balamalele au scârțâit, ușa s-a deschis un pic mai mult, iar eu am zbughit-o din ascunzătoarea mea, alergând direct spre ea, cu mâna și cu pistolul întinse înainte. Era o țintă ușoară în haina ei ridicolă, târfa aceea trădătoare, care trimisese zeci de familii la o moarte aproape sigură, și... și... care ținea de mână o fetiță!

Am mai făcut doi pași mari, după care m-am dat înapoi precum un cal care s-ar fi cabrat în fața unei petarde, smucindu-mi capul într-o parte, în căutarea lui Truus, pornită și ea în goană de-a curmezișul străzii Twijnderslaan – dar nu eram sigură că vedea fetița din acel unghi. Cumva, în clipa de dinainte de-a apăsa pe trăgaci, privirile ni s-au întâlnit și nu ni s-au mai desprins una de alta, reușind să ne transmitem ceva profund și fundamental. Ceva dincolo de cuvinte. Ne-am răsucit amândouă pe călcâie, fugind în direcții opuse și lăsându-le pe *madame* Sieval și pe fetița ei încremenite în prag, cu răsuflarea tăiată.

Am alergat orbește, încercând să mă depărtez de ceea ce aproape că fusese un dezastru, patinând pe pietrele care alunecau sub tălpile subțiri ale pantofilor mei de școală, poticnindu-mă și oprindu-mi căderea cu o mână, pentru ca apoi să mă ridic și să continui să alerg. O fetiță?! Freddie nu pomenise de nici un copil! Am traversat în goana mare intersecția de pe Bulevardul Kleine Houtweg și am pătruns în mulțimea de oameni ieșiți la cumpărături pe strada principală, alergând până când am fost sigură că nu eram urmărită. Zărind podul de peste Râul Spaarne, m-am îndreptat spre drumul de edec care mergea de-a lungul apei și dispărea pe sub pod. Ca să pot să-mi trag sufletul, m-am dus până la malul noroios. Un camion a trecut pe deasupra mea, huruind, apa râului lipăia la mal, plămânii îmi scrâșneau și trupul îmi era scăldat într-o groază transformată în sudoare înghețată. O, Doamne! O fetiță! Încă îi vedeam înaintea ochilor mâna plinuță, trandafirie, de care o ținea *madame* Sieval. M-am prăbușit în genunchi, împroșcând cu noroi, și am plâns, cu tot trupul scuturat de hohote, cu nasul curgându-mi, cu crampe în stomac, îndoită de spate, vomitând violent. La un moment dat, un băiat aflat la vârsta adolescenței a trecut pe lângă mine și m-a privit cu îngrijorare, dar i-am fost recunoscătoare că m-a lăsat în pace. La momentul de față, nu eram singura persoană care, deși se afla în public, ceda nervos și izbucnea în plâns.

– Hei!

Mi-am ridicat capul la auzul acelei voci blânde. Era Freddie. După o clipă, Truus și-a oprit bicicleta lângă ea.

– Ați pățit ceva? le-am întrebat.

Ele au dat din cap în semn că nu. Truus mi-a întins o batistă.

– Mulțumesc!

Freddie m-a bătut pe umăr, iar Truus m-a ajutat să mă ridic în picioare și am rămas pe loc câteva clipe, până când mi-am venit în fire.

– Să știi că ai speriat-o de moarte pe *madame* Sieval! a spus Truus, aruncându-mi un zâmbet pierit. Dar e în regulă! Nu ne-a văzut nimeni.

M-a privit drept în ochi.

– Cine era fetița? am întrebat eu.

– Nu știu! a răspuns Freddie pe un ton de-a dreptul disperat, parcă temându-se că n-aveam s-o credem. N-am mai văzut-o până acum!

– Nu-i nimic, am domolit-o eu, dându-i peste umăr una dintre codițe, ca să-mi așez mâna acolo.

Nici ea nu era decât o fetiță. Truus mi-a întins o țigară fără să i-o cer, iar eu am acceptat-o, recunoscătoare, după care am împărțit-o cu ele. Truus a tras un fum și i-a întins-o lui Freddie. Am rămas pe loc, privind curgerea râului Spaarne, până când am terminat țigara.

– Ei, bine, am terminat-o cu *madame* Sieval! a exclamat Truus.

Am dat din cap în semn că eram de acord întru totul. Nici nu se mai punea problema s-o luăm prin surprindere pe *madame* Sieval în viitorul apropiat. Păcat! Gândul eliminării ei mă înveselise. Am oftat.

– Ce-i? m-a întrebat Truus.

– Poate că nu sunt ceea ce se cheamă o persoană cumsecade, dar cel puțin am reușit să nu împușc un copil!

Truus a zâmbit, înțelegătoare.

– Nu suntem naziști.

– Măcar atât, am spus eu, ridicând batista în semn de toast, în locul unui pahar, în timp ce i-o dădeam înapoi. Mulțumesc!

Truus a luat-o, aruncându-mi o privire stranie, gânditoare. Apoi a întins-o pe coapsa ei, a împăturit-o, s-a căutat prin buzunar și a legat-o cu o sforicică, după care mi-a întins-o din nou.

– Ține-o tu! E un dar.

Două dintre colțuri fuseseră înnodate astfel încât să formeze mâini, iar o bucată de sfoară era încolăcită în formă de cap. Batista se transformase într-o păpușă făcută de mână. N-o văzusem niciodată pe Truus pierzându-și timpul cu fleacuri, în afară de fumatul unei țigări. Mi-a luat o clipă până să înțeleg. Am strâns păpușa în pumn, cu lacrimile adunându-mi-se în ochi. „Să rămâi om!“

32

Către sfârşitul anului 1944

– Acum sunteţi luptătoare de gherilă! ne-a informat Trijntje.

Eu, Truus şi Freddie credeam că încă făceam parte din RVV, dar că nu mai formam o celulă. Pentru scurtă vreme, ne-am gândit să intrăm în legătură cu un alt grup din Rezistenţă, dar apoi am decis că preferam să lucrăm în continuare pe cont propriu. Trijntje cunoştea destule cazuri în care era nevoie de ajutorul nostru şi ne aducea informaţii despre potenţiale ţinte. Operam ca membri neoficiali ai Rezistenţei oficiale.

– În plus, suntem fete, a spus Freddie într-o seară, pe când stăteam împreună în jurul sobei pe lemne de pe barcă, cotrobăind printre hainele vechi ale mamei lor, în căutare de ceva care putea fi salvat sau folosit la cârpitul altor haine. Dacă ne-am alătura altui grup, probabil că am fi puse să spălăm vase sau să tricotăm pulovere.

Nici una dintre noi nu era dispusă să-și asume un asemenea risc.

– Aşa e mai bine, a spus Truus. Nu primim ordine de la nimeni. Ne alegem misiunile. Stăm ascunse.

– Nu ne denunţăm prietenii, am adăugat eu.

La momentul de faţă, nu mai aveam încredere decât în femeile care se chemau Oversteegen.

Pe măsură ce treceau săptămânile, începeam să mă simt mai implicată în lumea din jurul meu. Cu toții speram că Aliații aveau să ne elibereze până de Crăciun. În septembrie ajunseseră la granița cu Belgia și, pentru un scurt moment, întreaga țară scosese la iveală stindardele portocalii, iar oamenii dansaseră pe străzi... Dar acea veste fusese doar un zvon de pace, pe care naziștii îl înăbușiseră în fașă a doua zi. „Dolle Dinsdag", „Marțea nebună", așa numiserăm ziua aceea. Soldații aliați se opriseră la Rin și nu mai înaintaseră de atunci. După aceea, am simțit cu toții că o cam luaserăm razna.

Nimeni nu-și imaginase că avea să fie eliberată numai o jumătate de țară. Noi, cei din zona ocupată, ne simțeam și mai izolați privindu-i pe nemți cum își fortificau apărarea în jurul nostru.

Teama de foamete a început să se răspândească printre oameni ca o infecție, transformând vecini altădată generoși, în niște avari. Pe măsură ce vremea se răcea, vedeam tot mai puțini oameni pe stradă. Hibernau în case și apartamente, trăind din rații și încercând să nu irosească energia de care nu dispuneau. Într-o seară, Trijntje ne-a surprins cu trei fursecuri pe care le găsise undeva. Am împărțit cele trei fursecuri în patru, am fiert un cartof și asta ne-a fost cina. Pentru mine, a merge la culcare înfometată în fiecare seară era un fel de carburant. Eu, una, n-aveam cum să cresc importurile de mâncare pentru mica noastră țară, dar puteam să ucid în continuare naziști. Nu mă mai deranja s-o zic pe șleau. Așa cum obișnuia să spună Hendrik, cu fiecare nazist pe care-l eliminam, salvam zece olandezi. Chiar dacă doboram doar unul, tot îmi era de ajuns ca să mă simt mai bine.

– În sfârșit, ai prins ceva culoare în obraji! a spus Trijntje într-o dimineață, în timp ce o ajutam să împăturească rufele spălate. Te întorci la viață!

– Acum e și mai mult de lucru, am spus eu, fiindcă soldații încetează operațiunile în timpul iernii.

După luptele intense care avuseseră loc în iunie pe plajele din Normandia, mult așteptata înaintare a Forțelor Aliate fusese înceată, abia târându-se întreaga toamnă spre nord, adică spre Germania. Drumul ăsta anevoios, care traversase nordul Franței și Belgia, ajungând în sudul Olandei, fusese numit Autostrada Iadului. Dar la începutul iernii, autostrada se terminase. La numai o sută de kilometri sud de Amsterdam, Aliații fuseseră opriți de armata germană la Podul Arnhem. Nu le rămăsese decât să-și consolideze pozițiile și să aștepte trecerea iernii, îngrămădiți și frustrați, trăgând din ascunzișuri spre germani ori de câte ori aveau ocazia. La fel ca noi toți.

Trijntje avea mai multă înțelegere.

– Cine poate lupta pe frigul ăsta? a spus ea, referindu-se la faptul că iarna deja era deosebit de friguroasă. Germanii o să ne facă traiul și mai greu! a adăugat, clătinând din cap.

– Toată lumea știe că nemții sunt cu moralul la pământ. Hitler aproape că a fost asasinat vara trecută! am spus eu, bucurându-mă de o asemenea perspectivă. Poate că ticăloșii ăștia o să dea înapoi dacă le facem viața destul de grea!

Trijntje mi-a aruncat o privire în care se amestecau dragostea maternă și înțelegerea de care dădea dovadă o persoană ce toată viața avusese, la rândul ei, convingeri radicale,

– Da, îmi amintesc de acea tentativă de asasinat, a spus ea.

Numai ziarele Rezistenței tipăriseră povestea, iar noi adunaserăm fiecare frântură de informație despre încercarea de asasinare. Bomba detonase, dar Hitler supraviețuise și rămăsese nevătămat. Dacă te luai după presa nazistă, nu se întâmplase nimic.

– Da, dar vezi, a adăugat Trijntje, ai aflat și că, acum câteva zile, conducerea nazistă a executat cinci mii de civili, drept represalii?

– Nu, am răspuns eu.

Cifra aceea era... o nebunie! Cum să omori cinci mii de oameni? Nu puteam să-mi imaginez că asta ar fi putut să se întâmple în absența unui val oceanic uriaș sau a unui cutremur. Vinovată de o asemenea catastrofă ar fi trebuit să fie o forță a naturii, nu mâna omului.

– Hmmm..., cinci mii, a mormăit Trijntje, cu ochii la prosopul de bucătărie pe care-l împăturea. Așteptau să se ivească un pretext, nu-i așa? a spus ea, cu gura strâmbată a dezgust. Crezi că animalele care au făcut una ca asta o să se predea, sperând să aibă parte de clemență? Ba nu, o să încerce să ne omoare pe toți, până la unul, înainte să părăsească țara. Așteaptă și o să vezi!

Fiindcă Trijntje rareori își lăsa temperatura emoțională să se ridice peste nivelul unui foc mic, cuvintele ei feroce m-au îngrijorat. Nici una dintre noi nu vorbea despre subiectul ăsta, dar eu, una, îmi puneam mereu aceeași întrebare: ce se întâmplase cu părinții mei și cu Philine? Cu Sonja? Iar dacă germanii deveneau și mai haini, cum avea să se răsfrângă asta asupra alor mei? Oare se răsfrânsese deja?

– Te simți bine, Hannie? a întrebat Trijntje zâmbind și cercetându-mi fața. Du-te, găsește-le pe fete și fă ceva util! O să te simți mai bine.

*

– Ar trebui să-l omori pe Hertz mai întâi, a spus Freddie. E un nemernic! Și cred că n-are nici cea mai mică bănuială că e urmărit.

Mergând alături de mine și de Truus pe strada pustie din apropierea vechiului apartament RVV, ea a apucat colțul unui afiș de propagandă nazistă lipit pe zidul de cărămidă și a rupt o fâșie lungă. Afișul s-a încovoiat și a căzut la pământ. Un act de rezistență!

– Haideți s-o facem diseară! am propus eu, privind-o pe Truus.

– Ce, îți e teamă că alte grupuri din Rezistență o să ajungă la el înaintea ta? a întrebat aceasta, râzând.

– Poate.

– Și dacă o fac alții din Rezistență, ce contează? Un nazist mai puțin!

– Dar am putea s-o facem noi. Chiar acum!

Gândul ăsta mă umplea de entuziasm.

– Ce ar fi s-o facem ca la carte? s-a stropșit Truus, pe care începea s-o enerveze zelul meu pentru luptă, ca să nu mai vorbim de apetitul pentru violență. Nu ești singura care duce războiul ăsta, să știi!

Părea neliniștită. Era aceeași dojană pe care Hendrik i-o adresa lui Jan: „Domolește-te!“

– Mâine plec în recunoaștere, a spus Freddie.

– Bine! am răspuns amândouă într-un glas.

După o săptămână în care Freddie l-a spionat Hertz, Truus a cedat în cele din urmă.

– Atacăm diseară! mi-a spus ea. Să fii gata la cinci!

Eram încântată.

Cu o oră înainte de plecare, am început să-mi pregătesc costumația pentru seara aceea. Germanii încă o căutau pe Fata cu Părul Roșu, dar, din fericire, vopseaua neagră prinsese bine pe părul meu. Acum eram mai atentă la deghizare ori de câte ori eram în public, asigurându-mă nu doar că nu mi se vedea nici un fir de păr roşcat, dar şi că hainele şi machiajul arătau bine, rezervându-mi timp ca să-mi înnegresc sprâncenele şi genele cu produsele din trusa de machiaj lăsată în urmă de Sonja. Îmi făcea plăcere transformarea asta, de la pudra de faţă până la rujul roşu de buze. Rochia albastră încă îmi era largă, dar am îmbrăcat-o, iar în lada cu vechituri a lui Trijntje am găsit o pereche de pantofi de lac, cu toc, care păreau din anii '20. Uitându-mă în oglindă, am zărit petele decolorate de sânge de pe corsaj şi de pe fustă, dar m-am gândit că puteau să treacă drept murdărie obişnuită. Nimeni nu mai arăta îngrijit şi toate hainele noastre erau purtate până când deveneau cârpe. Chiar şi cu acele pete neplăcute, rochia rămânea cea mai frumoasă pe care o aveam.

– O, Doamne, Hannie, încă nu eşti gata?

Truus s-a sprijinit de tocul uşii şi m-a privit cum mă machiam. Aproape că se făcuse ora cinci. Prietena mea era de acord cu deghizările – ba chiar ni le cerea –, însă nu putea să suporte găteala. Ştiam asta, dar nu-mi păsa. Gătelile mă făceau să mă simt mai puternică. M-am gândit la o expresie pe care o întâlnisem cândva într-o carte pentru copii, despre cowboy şi indieni: „sulimanuri de război".

– Sunt aproape gata! am spus, trecându-mi bagheta delicată a rimelului peste vârfurile genelor blonde, de nuanţa căpşunelor.

– O să întârziem! Iar dacă întârziem, o să trebuiască să...

– Truus! am exclamat, iar mâna mi-a şovăit şi am încercat să nu clipesc, fiind începătoare în astfel de treburi. Lasă-mă un minut!

Ea a mormăit:

– Tragi de timp...

– Ba nu! Probabil că machiatul e cel mai dificil lucru pe care-l am de făcut în seara asta.

– Ai dreptate, a spus ea, râzând. Văd și eu. Haide odată!

Admiram pragmatismul lui Truus, dar uneori mă scotea din sărite; la ea, totul era în alb și negru.

– Uite ce-i, Truus, am putea să murim în noaptea asta, nu? Așa că mai dă-mi câteva clipe, ca să fac totul așa cum trebuie! i-am cerut eu.

Nu voiam să-i explic ce anume făceam, fiindcă n-ar fi înțeles. Am terminat cu ochiul drept și mi-am împins genele în sus cu vârful degetelor, ca să le ondulez puțin, așa cum învățasem privind-o pe Sonja în timp ce se machia în dormitorul casei ei din Amsterdam.

– Arăți bine! a fost de părere Truus.

– Doar „bine"? am tachinat-o eu, întorcând scaunul pe care ședeam, astfel încât să dezvălui deplina glorie a muncii depuse. Dacă trebuie să mor în seara asta, Truus, vreau să mor frumoasă!

Am clipit, iar rimelul ud mi-a lipit genele unele de altele.

– Fir-ar să fie!

– Ha, ha! a râs Truus de mine. Nu muri acum. Plecăm în cinci minute!

Eu, Truus și Freddie ne-am urcat pe biciclete și am apucat-o pe un drum ocolit, ca să evităm punctele de control. Chiar înainte de ora stingerii, am ajuns pe strada pe care locuia ofițerul Hertz. Afară era deja întuneric, iar respirația noastră se albea în aerul umed și înghețat. Acum ne era mai tot timpul frig, dar cel puțin mormanele de gunoi de la fiecare colț de stradă nu mai miroseau la fel de rău.

Viaţa lui Hertz era plictisitoare şi previzibilă. Îi ştiam toate mişcările; erau mereu aceleaşi. Venea direct acasă după serviciu, pe care, fireşte, şi-l relua dimineaţa. Singura complicaţie posibilă erau întâlnirile cu iubita lui olandeză. Uneori acestea aveau loc la el acasă, alteori, nu. Eu şi Truus discutaserăm vreo cinci minute, până când deciseserăm că, la nevoie, aveam s-o împuşcăm şi pe ea. La urma urmei, nu era decât o trădătoare.

Truus a aruncat o privire peste drum şi a dat scurt din cap.

– Drumul e liber! Freddie a dat semnalul de pornire.

Am căutat-o din ochi pe Freddie, dar era invizibilă. Arma noastră secretă. Eu şi Truus am pornit pe stradă spre casa de cărămidă, cu acoperiş triunghiular, pe care Hertz o furase de la vreo familie de nefericiţi din Haarlem. Am avut grijă să vorbim cu glas scăzut, ca două tinere obişnuite, ieşite să ia aer înainte de ora stingerii.

– Asta e! a spus Truus.

Solidă şi rezistentă ca toate celelalte case din cartier, clădirea radia un aer ameninţător acum, când ştiam cine locuia înăuntru.

– Tu să vorbeşti, dacă tot ţi-ai făcut asta! a spus Truus arătând spre faţa mea machiată. Arăţi bine. O să-i placi!

– De unde ştii? am întrebat eu.

– Nu te plac toţi bărbaţii?

Avea dreptate.

Am bătut la uşă. Nu era o operaţiune făcută pe furiş, iar ăsta era punctul ei forte. Nimeni nu se aştepta ca un asasin să bată politicos la uşă. Am auzit glasul gros al unui bărbat, iar apoi unul mai ascuţit, de femeie. Cineva s-a uitat mai întâi pe ferestruică, după care a descuiat. În deschizătura uşii s-a ivit capul unei femei.

– *Wie bent u?* Cine sunteţi?

Sunetul cuvintelor rostite în olandeză mi-a dat fiori. Femeia aceea era atractivă în felul „bombelor sexy": păr blond, ochi albaștri, piept generos. Mi-am dat seama că nu putea să aibă decât vreo câțiva ani în plus față de mine. Probabil că avusese o copilărie foarte asemănătoare cu a mea. Același oraș, aceeași țară. Poate că frecventaserăm aceeași școală. Oare se bucura cu adevărat să vadă cum Hitler pusese mâna pe țară, sau luase o serie de decizii mărunte, care, din aproape în aproape, o aduseseră în situația de a trăi în concubinaj cu un nazist? Am înțeles că nu-mi păsa, fiindcă nu conta. Se afla aici și asta era de ajuns.

– *Wat wilt u?* Ce doriți? a întrebat ea din nou.

Părea bine hrănită. Obraji îmbujorați, plini. Sâni grei, care împungeau puloverul moale și curat, fără găuri făcute de molii, urme de arsură sau manșete deșirate. Orice dram de înțelegere pe care o aveam s-a topit în clipa aceea.

– *Ja*, bună ziua! am spus eu cu glas vesel, energic. Am fost trimise cu un mesaj pentru domnul ofițer Hertz. Mesajul se referă la transportul de alimente din provincia Frizia.

Asta era o replică de care ne foloseam adesea în RVV. Hendrik spunea că era destul de precisă ca să sune plauzibil, dar în același timp destul de vagă ca să treacă drept o neînțelegere. Am așteptat un răspuns.

Blonda n-a spus nimic, iar eu am simțit cum mă treceau fiori de suspans pe șira spinării. Ea s-a uitat la Truus, iar apoi m-a cercetat cu atenție, oprindu-se la fața mea. Nu era o privire de recunoaștere, ci spunea, mai degrabă: „Cine e femeia asta dichisită, care întreabă de iubitul meu?"

Și-a tras nasul.

– *Een momentje!* a spus ea, după care a închis ușa.

Truus mi-a făcut semn cu cotul, bucuroasă. Până aici, totul era bine. Am auzit din nou cele două voci, care de data asta vorbeau în germană.

– Ce spune? a întrebat Truus.

– Cred că ceva legat de faptul că nu vrea să fie deranjat după orele de serviciu.

Eram pe punctul să aflăm.

Am auzit apropiindu-se niște pași care scoteau un bubuit greoi, iar apoi ușa s-a deschis din nou. Un bărbat înalt, de peste un metru optzeci, cu chipul cărnos al unui mastif. La vederea noastră, expresia de iritare de pe față i s-a transformat în curiozitate grețoasă. Mă întrebam dacă prietena lui mai era în vestibul.

Ușa s-a deschis spre interior, iar el a trebuit să se dea un pas în spate ca să facă loc unui lucru pe care nu-l mai văzusem de multă vreme: un burdihan rotund. Sclipirea metalică a cataramei de la curea abia se mai vedea de sub acel pântec umflat. A deschis gura ca să vorbească și și-a șters o urmă de mâncare de pe buze. Alimentele noastre. Tot ce mâncau cei din casa asta era furat de la poporul olandez. Am salivat fără să vreau, iar apoi mi-am încleștat degetele pe pistolul încă ascuns în buzunarul paltonului.

– *Ja?* a întrebat el cu glasul arțăgos al unui bărbat obișnuit să i se facă pe plac. Care e mesajul ăsta atât de important încât trebuie să mă ridic de la masă?

Am simțit mișcarea dinspre Truus și, într-o clipită, cele două pistoale s-au ridicat în fața lui. În momentul în care am apăsat pe trăgaci, am văzut o lucire de recunoaștere în ochii lui apoși:

„Așadar, așa se întâmplă!“

Eu și Truus am tras la unison, țintind amândouă spre cap. *BAM! BAM!*

M-am răsucit pe călcâie şi m-am lăsat în jos ca să evit stropii de sânge, după care am fugit spre bicicletă. Truus fugea spre a ei. Totul a fost calm preţ de o clipă, iar apoi am auzit un ţipăt.

– Ajutor! Cineva să mă ajute! striga glasul.

Eu şi Truus am pornit în direcţii opuse. Glasul femeii s-a stins în urma noastră.

Zece minute mai târziu, ne aflam pe malul râului Spaarne. În întunericul serii, apa era netedă ca mătasea neagră şi, în liniştea desăvârşită dimprejur, îmi auzeam bătăile inimii. Mă simţeam ameţită, dar starea asta devenise o obişnuinţă în ultimul timp.

Freddie a scos capul de după un copac.

– Sunteţi tefere?

Amândouă am încuviinţat din cap.

– Bine! a spus Freddie, lăsându-se să cadă pe iarba umedă.

A arătat spre puloverul lui Truus, pe care se vedeau câteva pete de culoare închisă, şi i-a făcut semn să se cureţe, dar sora ei a ignorat-o, privind, în schimb, la mine. Oare eram ca unii dintre indivizii aceia răniţi mortal, care nu-şi dădeau seama? Văzusem cândva în Amsterdam un om care mergea pe trotuar, foarte liniştit, în timp ce partea stângă a scalpului, inclusiv urechea, i se lăsase peste umăr ca o cârpă udă. Părea să nu-şi dea seama de ceea ce i se întâmplase. Truus a făcut un pas spre mine, şi-a lins buricul degetului mare şi apoi l-a apăsat în golul de deasupra buzei mele, sub nas, ştergând ceva cu un gest care era aspru şi tandru în acelaşi timp.

– O mustaţă de sânge. Îţi strica machiajul, a spus ea, surâzând cu colţul gurii. Acum eşti din nou drăguţă!

– Mulţumesc! am răspuns, în timp ce îmi verificam rujul într-o oglinjoară compactă. Truus!

– Da?

– Mi se pare mie, sau ai spus „Criminalule!" atunci când l-am, știi tu...

Împușcat.

– M-am gândit că era o chestiune de amabilitate, a răspuns ea, după care s-a uitat spre apa canalului, iar zâmbetul i-a pierit. Voiam să știe de ce!

– Știa! a spus Freddie.

– Ei, acum știe și prietena lui, a conchis Truus.

N-aș spune că eram fericite în acel moment, nu chiar. Dar eram mulțumite. Am rămas tăcute, privind curgerea apei. Toți copacii care străjuiau altădată malul, fuseseră tăiați ca să se facă din ei lemne de foc. Acum, înșiruirea de buturugi semăna cu un șir de pietre dintre acelea pe care oamenii pășeau ca să ajungă la malul mării. Peisajul înghețat era frumos, dar posomorât.

Freddie a rupt tăcerea.

– Hannie!

– Da?

– Ți se văd rădăcinile părului. Am vrut să ți-o spun mai devreme.

– Bine, am răspuns eu.

Rareori mă uitam în oglindă, așa că eram recunoscătoare pentru informație.

– O să mă ocup de asta.

Am rămas pe loc, meditând, fumând.

– Ce credeți că o să se întâmple după război? a întrebat Freddie, continuând să privească apa.

– Parade, poate? a răspuns Truus. Și niște mâncare, să sperăm!

– M-am referit la ceea ce o să se întâmple cu noi.

Truus a privit-o pe sora ei mai mică.

– Ce vrei să spui?

- O să ne reluăm viața normală? O să mergem înapoi la școală?

Uitam cu ușurință că Freddie nici nu absolvise liceul.

- Nu cred că o să fie totul normal, a răspuns Truus. Dar o să fie bine. O să primești o medalie. Pentru curaj și devotament față de țară. O să fii cea mai tânără persoană care o s-o primească, sunt sigură de asta, a spus ea, atingând umărul lui Freddie.

- Dacă eu o să primesc o medalie, cu siguranță că o să primiți și voi! a exclamat Freddie. O să se organizeze o paradă pentru noi trei. Fetele de la RVV.

- O să stăm alături de regină, a spus Truus, râzând pe înfundate. O să ne purtăm medaliile și o să ne salutăm admiratorii înfocați! Ce crezi, Hannie?

Truus s-a întors spre mine.

Conversația asta mă stânjenea. Nu știam ce să spun. Nu mă trăgea inima să deschid gura.

- Fata cu Părul Roșu! a exclamat Freddie, imitând în șoaptă vuietul mulțimii. O să fii o eroină, cu siguranță!

Am clătinat din cap.

- Să nu-mi spui că, după toate astea, te întorci la meseria plicticoasă de avocat?

Am zâmbit și apoi am murmurat:

- Nu, nu cred...

Aveam un răspuns pentru ele, dar nu voiam s-o sperii pe Freddie.

- Un avocat bățos? Probabil că așa ceva nici nu mai e posibil, am adăugat eu, iar ele au râs.

Nu le-am spus că, atunci când încercam să-mi imaginez viața de după război, vedeam steagurile și fanfara, o vedeam pe regină, le vedeam chiar și pe Truus și pe Freddie. Dar eu nu le eram alături.

33

1944, iarna

Bucătăria lui Trijntje avea două sobe. Una era cea tradițională, de fontă, care rămânea caldă toată ziua, în scopul încălzirii casei și al gătitului. Soba asta era acum limitată la o singură utilizare pe zi, pentru încălzire, fiindcă lemnele și cărbunii se găseau foarte greu. Așteptam până ce ferestrele începeau să se acopere de chiciură pe dinăuntru, și abia atunci ardeam din prețiosul nostru combustibil: bucăți de cherestea de la clădirile dărâmate, sau lemne aduse de apă pe malul canalului, pe care le lăsam la uscat pe punte, în bătaia soarelui firav de peste iarnă. Pentru gătit, foloseam un fel de plită de campanie asamblată de ingenioasa Freddie și care nu era decât o cutie mare de conserve, care putea să fie încălzită cu combustibil pentru soba de gătit, dacă găseam, dar mai des cu un stoc de registre vechi, descoperite într-o clădire de birouri abandonată, pe filele cărora ani întregi de numere și de calcule scrise de mână se transformau în scrum, ca să ne încălzească mesele sărăcăcioase.

– O, ciocolată caldă! a spus Truus, inhalând aroma aburilor ce se ridicau din cana ei cu apă fierbinte.

Freddie a închis ochii și și-a imaginat și ea.

– Aș mai vrea puțină frișcă în cana mea! a spus, iar pe chipul tras i-a apărut un zâmbet.

Cu fața ei în formă de inimă și cu ochii migdalați, Freddie semănase mereu cu o mică nimfă a pădurii, dar cu atât mai mult acum, când bărbia îi era mai ascuțită, pomeții mai severi, curba obrajilor tineri, nivelată de malnutriție. Gândul la ce anume am fi dorit să mâncăm ne ocupa o mare parte a timpului liber.

– *Poffertjes!* a spus Truus. O, Doamne, aș putea mânca o tigaie întreagă!

Ne lingeam pe buze la gândul scovergilor mici și pufoase, făcute din hrișcă, pe care le vindeau la vreme de iarnă vânzătorii ambulanți de prin tot orașul și pe care le serveau cu zahăr și cu gem... dar nu și anul ăsta.

– *Pannenkoeken* cu mere și sirop! am propus eu, iar surorile au dat din cap cu putere, imaginându-și clătitele subțiri și delicate.

– Delicioase! a spus Freddie, izbucnind într-un acces de tuse.

Eu și Truus ne-am privit peste capul ei lăsat în jos: mai nou, Freddie tușea tot timpul. Dar așa se întâmpla cu mai toți oamenii.

Trijntje era în fața chiuvetei și pregătea sfeclă de zahăr pentru masa de seară, un proces îndelungat, care necesita felierea, fărâmițarea, fierberea și uneori fermentarea rădăcinii tari, de culoare albă, până când ajungea o substanță moale, care putea, cu ajutorul unei cepe și câtorva mirodenii, să fie considerată aliment.

– Foamea îndulcește până și fasolea crudă! a spus ea. Mama obișnuia să spună același lucru.

– Ar putea să fie mai rău! a continuat Trijntje. Rădăcinile astea ar putea să fie bulbi de lalea.

– Ei, haide! a exclamat Truus.

Dar ea vorbea serios.

– Nu, nu, e adevărat! Doamna Hondius mi-a spus că a făcut tocăniță din ele într-o seară și că au fost destul de bune, cu un strop de curry. Dar m-a sfătuit să nu încerc cu bulbii de brândușe. Sunt prea fibroși!

A clătinat din cap și și-a vârât degetul mare în gură, ca să-și îndese un cățel de usturoi în molarul care o durea de câteva săptămâni. În momentul de față, până și găsirea unui cățel de usturoi devenise o aventură.

Eu, Truus și Freddie ne-am uitat una la alta, iar Freddie a ridicat din umeri, ștergându-și buzele după accesul de tuse.

– Ieri am văzut pe malul canalului un băiat care mesteca iarbă! și-a amintit ea.

– Să nu faci asta! a sfătuit-o Trijntje. Îți dă dureri de burtă!

– Nu te îngrijora, n-o să fiu niciodată atât de înfometată!

– Ei, haideți! am exclamat eu, încercând să ridic moralul grupului, înălțându-mi cana aburindă de parcă aș fi vrut să propun un toast. Care-i următoarea misiune?

Truus și-a sprijinit piciorul pe un scaun, fără să pară deloc grăbită.

– Poate că n-ar fi rău să așteptăm și să vedem mai întâi dacă fac raziile de Crăciun.

O, da, raziile de Crăciun. Tot felul de zvonuri circulau prin rețelele de rezistență, informații legate de planuri secrete, despre care auzeam de la Trijntje. Erau inițiative proiectate de Aktion Silbertanne: arestări de „scandalagii" (vagabonzi, țigani, homosexuali și orice persoană a cărei înfățișare le displăcea nemților), hărțuiri la punctele de control, discuții despre arestări în masă ale *onderduikerilor* în timpul sărbătorilor de iarnă. Dar prin ce se deosebeau zvonurile astea de tot ce se întâmplase în ultimii patru ani? Respectasem întotdeauna precauția lui Truus, dar îmi era greu să acord o importanță la fel de mare amenințărilor lansate de Silbertanne. Nemții aveau de gând să răspundă cu violență la violență? Nimic nou. O misiune - cineva pe care să-l urmăresc și să-l scot din joc, sau măcar un pachet cu timbre pentru rații, de livrat la o familie care aștepta - mă ajuta să uit de monotonia nesfârșită, dureroasă, surdă, a foamei cronice.

În dimineața următoare, înainte de răsăritul soarelui, Truus m-a trezit scuturându-mă de umăr.

– Haide! a spus ea.

Zilele astea, nici ea și nici vreuna dintre noi nu obișnuiam să ne trezim devreme. Rămâneam în pat cât puteam de mult, ca să ne fie cald și ca să ne păstrăm rezervele de energie.

– Unde mergem?

– Trezește-te! Te duc cu bicicleta!

Am urcat în spatele ei pe bicicletă și am înconjurat-o cu brațele, rezemându-mi capul de spinarea ei.

– Ar fi bine să merite! am spus eu, încercând să-mi alung păienjenișul de pe ochi în mohoreala dimineții de iarnă.

În anotimpul ăsta, orice dimineață era întunecată. Totul era astfel, mai puțin zăpada albă.

Am mers vreme de zece minute, iar apoi Truus a oprit.

– Acolo! a spus ea. Rămâi pe bicicletă!

Ajunseserăm într-un cartier rezidențial tipic pentru Haarlem, alcătuit în mare parte din apartamente și din case pentru familii tinere. Fiind în jur de ora șase dimineața, străzile erau pustii. Acum germanii nu porneau alimentarea cu gaze decât două ore pe zi, așa că oamenii erau în case, așteptând să se mai încălzească înainte să se aventureze afară. Dar peste drum se îmbulzeau vreo douăzeci de inşi strânşi grupuri-grupuri, oameni care tremurau, înveliţi în paltoanele şi pături, în faţa unui şir de opt căsuţe. Unii erau în picioarele goale. Soldaţii din Wermacht, cu puştile lor lungi îndreptate spre ei, îi strângeau laolaltă.

– Ce se întâmplă?

– Freddie a auzit că s-ar putea să aibă loc un fel de revanşă în dimineaţa asta. Silbertanne.

Am simţit furnicături în mâini şi am strâns-o mai bine în braţe pe Truus, spunându-mi că nu voiam decât să mă încălzesc. Ştiam cu toţii despre acele acţiuni de răzbunare. Dar nu le văzusem cu propriii ochi. O panică difuză făcea să-mi zumzăie capul, senzaţie pe care n-o mai încercasem până atunci. Dar n-aveam ce face.

Strigăte guturale au străpuns aerul nemişcat al dimineţii. Un grup de soldaţi germani s-a îndreptat în marş spre cele opt căsuţe şi spre locatarii lor evacuaţi. Soldaţii îşi ţineau armele lipite de spate; în mâini aveau acum torţe aprinse şi canistre de kerosen. În câteva secunde, toate căsuţele ardeau; flăcări portocalii săltau în aerul cenuşiu al dimineţii şi valuri unduitoare de căldură ieşeau din clădiri în timp ce soldaţii turnau şi mai mult combustibil pe partea din spate a clădirilor.

Oamenii adunaţi laolaltă s-au strâns şi mai tare unii în alţii. Unii dintre ei plângeau în hohote, iar copiii urlau. Un comandant a ţipat şi plânsetele s-au domolit. Am văzut cum un vecin a scos capul pe uşă, curios să vadă ce se petrecea. De cum i-a zărit pe soldaţi, s-a tras înapoi înăuntru, dar ei îl văzuseră şi s-au repezit spre uşa lui, scoţându-l afară, încălţat doar în şosete, ca martor la spectacol.

– Nemernicii naibii! a exclamat Truus.

– De ce aceşti oameni sărmani? am întrebat.

– Fără motiv. La întâmplare. Nu vor decât să facă pe cineva să plătească.

Truus a scuipat, iar trupul ei lipit de al meu vibra de tensiune. Oamenii aceia plăteau pentru ceea ce reușiserăm noi să facem. Sau pentru ce încercaserăm. Și pentru ce făceam de doi ani de zile.

Un alt trecător a apărut de pe o stradă laterală și s-a oprit în clipa în care a văzut agitația. Soldații s-au repezit la el și l-au așezat lângă vecinul încălțat doar cu șosete, fiindcă agresorii făceau tot posibilul să aibă cât mai mulți martori. Folosindu-se de puști, soldații i-au despărțit pe bărbați de femei. Apoi, pe copii de mame. La asta, femeile au început să țipe și să se lupte, iar soldații au tăbărât pe ele cu pumnii și cu bastoanele. Bărbații se căzneau să-și ajute nevestele și copiii, dar soldații îi amenințau cu armele.

– Băgați femeile în dubă! a ordonat comandantul, iar soldații le-au urcat cu forța pe femei în spatele uneia dintre infamele lor dube, au închis ușile și le-au încuiat acolo.

Dincolo de cele două mici ferestre din spate, chipurile femeilor se vedeau lipite de sticlă, încă țipând. Părțile laterale ale dubei bubuiau de loviturile lor.

– Scoateți-l în față! a strigat comandantul, arătând spre un bărbat șaten, îmbrăcat într-un halat de flanel.

Părea să aibă vreo treizeci de ani. Comandantul s-a întors spre grupul în care se aflau copiii, de la țânci de doi sau trei ani până la adolescenți.

– Care dintre ăștia sunt ai tăi?

Omul a început să tremure și s-a albit la față.

– Nu! a spus el.

– Spune-mi, sau îi împușc pe toți! l-a somat comandantul pe un ton calm.

– Nu! a repetat omul din nou.

Bubuiturile din dubă au răsunat mai tare, precum timpanul într-o orchestră.

– Nu!

– Foarte bine! a spus comandantul ridicându-și pistolul cu brațul drept, cu un ochi mijit.

– Așteaptă! a strigat omul, chinuindu-se să scape din mâinile soldaților care-l țineau. Daniel! Maria! a țipat el pe tonul înfiorător al unui părinte neajutorat.

Un soldat a împins doi copii afară din grup. Daniel era un băiat slăbănog, în vârstă de vreo treisprezece ani. Maria părea mai mică decât el cu câțiva ani. Amândoi tremurau, le clănțăneau dinții în aerul înghețat, iar ochii le ardeau de frică.

– Mergeți la tatăl vostru! a spus comandantul, iar copiii s-au repezit la bărbat, plângând.

Soldații i-au dat drumul, iar el a luat copiii în brațe, îngenunchind pe trotuar ca să-i strângă la piept.

În clipa aceea, soldații au început să plece de lângă el. Valul de căldură care emana dinspre casele în flăcări venea spre cei trei, ridicând hăinuțele subțiri și părul celor trei, ca o briză de vară. În momentul în care soldații au ajuns la o depărtare de câțiva metri, comandantul a vorbit din nou:

– Foc!

Soldații și-au ridicat armele și i-au împușcat pe tată și pe copiii lui, prefăcându-i într-un morman de carne însângerată.

Duba se zguduia de furie. Grupul de bărbați de pe trotuar lupta să se elibereze, și am văzut cum un soldat l-a bătut pe unul dintre prizonieri cu patul puștii, până când fața victimei s-a transformat într-o rană însângerată. Copiii rămași în viață țipau și plângeau în hohote.

– Următorul! a strigat comandantul, iar un soldat a împins în față alt bărbat.

Pe măsură ce-i venea rândul, fiecare se lupta, încercând să decidă ce să facă. Să-i numească pe copiii săi? Să-i numească pe copiii altuia? Zgomotele dinăuntrul dubei păreau să vină din cele mai ascunse adâncimi ale iadului. Nu conta ce făceau bărbaţii; cu toţii sfârşeau împuşcaţi mai devreme sau mai târziu. În cele din urmă, au mai rămas un singur bărbat şi doi copii, un băiat de vreo şapte ani şi o fetiţă mai mare cu câţiva ani. Frate şi soră. Stăteau încremeniţi locului, nici nu mai plângeau. Erau stupefiaţi. Comandantul a făcut câţiva paşi spre ei.

– Ăsta e tatăl vostru? a întrebat el cu glas blând.

Fata a dat din cap în semn că da.

– Aduceţi-l încoace!

Bărbatul s-a repezit la copii, dar, îngrozit, nu i-a scăpat nici o clipă din ochi pe comandant şi pe soldaţi, iar apoi s-a pus în bătaia armelor, în faţa copiilor lui.

– Şştt! a făcut comandantul în clipa în care băiatul a început să scâncească. Nu plânge, micuţule! Vreau să faci ceva foarte important. Poţi să faci ceva pentru mine?

Copilul tremura. Stofa pantalonilor i s-a întunecat la culoare din pricina jetului de urină care i se scurgea pe picior.

– Spune-le tatălui şi mamei tale – şi surorii tale, fata asta mare de aici – că trebuie să apere această ţară, da? Să ţină la depărtare scursurile, ţiganii, evreii, iubitorii de evrei, membrii Rezistenţei şi pe oricine stă în calea progresului. Nu e chiar atât de greu de făcut, nu-i aşa?

Băiatul nu spunea nimic. Nimeni nu spunea nimic. Nici chiar mamele din dubă.

Comandantul şi-a ridicat privirea.

– Ăsta e mesajul nostru, înţelegi?

S-a uitat la cei doi bărbați de pe trotuar, care fuseseră aleși drept martori. Chipurile le erau brăzdate de lacrimi și roșii de furie.

– Spuneți-le prietenilor voștri că nu noi i-am omorât pe oamenii ăștia! Evreii care se ascund în pivnițele voastre i-au omorât! Iubitorii de evrei care cred că scursurile astea merită mai mult decât voi, demnii cetățeni olandezi! Membrii Rezistenței, lași camuflați în umbră, ei v-au făcut asta! Noi nu încercăm decât să apărăm pacea.

S-a răsucit pe călcâie spre bărbat și spre copiii, care au tresărit.

– Nu vă speriați! a spus el.

Și-a vârât mâna în buzunarul de la piept al uniformei și a scos două bomboane învelite în celofan, pe care le-a aruncat spre băiat și fetiță, care le-au lăsat să le cadă la picioare.

– Îmi pare rău, papa, n-am bomboane decât pentru copii! i-a spus el tatălui.

Apoi le-a făcut semn din cap soldaților, care au revenit în dispozitiv, formând șiruri drepte de câte trei.

– *Auf Wiedersehen!* a strigat el în timp ce urca în partea din față a dubei, în care au reînceput bubuiturile. *Heil Hitler!* a adăugat, înălțându-și iute brațul în semn de salut.

– *Heil Hitler!* au strigat soldații.

Duba plină cu femei a pornit hodorogind, clătinându-se pe șasiu din pricina cumplitei dureri a prizonierelor dinăuntru. Cei doi martori au fugit la bărbat și la copiii lui, încă îngenuncheați pe trotuar.

După ce duba a ajuns la colț, băiatul și fata s-au aplecat după bomboane, pe care și le-au îndesat în gură. Erau morți de foame.

– Ține bicicleta! m-a rugat Truus.

Am prins ghidonul, iar ea a dat fuga spre o latură a clădirii și a vomitat peste un morman de gunoi de pe trotuar. A rămas îndoită de spate, cu coatele pe genunchi, icnind fără rezultat. Nu mai avea ce să-i iasă din stomacul gol. Și-a șters gura cu mâneca bluzei și mi-a aruncat o privire de parcă se aștepta să fac același lucru.

Dar eu am rămas pe loc, ținând ghidonul bicicletei cu mâini tremurânde și simțindu-mă la fel de lipsită de emoție ca un morman de zăpadă. Regretam atacul asupra lui Hertz? Nu. Îl uram pe criminalul acela. Hertz, Faber și Kohl? Nu regretam nimic. Mă simțeam vinovată pentru acțiunile noastre care provocaseră moartea unor oameni nevinovați, precum cei care suferiseră în fața mea? Nu. Iar uneori, da. Erau acte scelerate și fără nici un sens.

Dar la fel era toată lumea.

Am privit casele care ardeau. Probabil că acel cartier fusese unul frumos, străjuit de ulmi. Acum nu doar că toți copacii maiestuoși de odinioară fuseseră tăiați de la rădăcină și puși pe foc, dar la fel se întâmplase și cu câteva case. Probabil că în ele locuiseră evrei, iar acum, după ce ei dispăruseră, mobila fusese furată. În plus, toate scândurile din podea, bârnele, grinzile și balustradele fuseseră desprinse și puse pe foc. La fel ca noi toți, acele clădiri n-aveau cum să supraviețuiască iernii. Orașul însuși era pe moarte.

– Poate că n-ar fi trebuit să venim, a spus Truus.

– Ba nu! am răspuns eu. Am făcut bine că am venit!

Cuvintele mi-au ieșit de pe buze precum o confesiune.

– Noi suntem martorii pe care și-i doreau.

– Să-i ia naiba! a exclamat Truus, încercând să scoată bicicleta din nișa în care o lăsase.

– Oprește-te! am spus. Ascultă!

De după colțul unde dispăruse duba, se auzea din nou zgomotul ei. Se întorcea. Ne-am lipit de zid. Mașina s-a oprit în fața bărbatului și a copiilor și o femeie a fost împinsă afară. Ea a alergat la ei, plângând în hohote. I-a apucat pe copii de mână și, urmată de soț, au luat-o cu toții la fugă pe stradă, cât mai departe de incendiu.

Comandantul a coborât de pe locul din față, s-a oprit cu picioarele depărtate și, cu calmul unuia care ar fi participat la un antrenament de trageri la țintă, a țintit spre cele patru siluete șovăitoare. *BAM!* Mama s-a prăbușit pe trotuar. Copiii s-au aruncat peste ea, urlând și încercând s-o trezească. La fel și tatăl. Comandantul a apucat pistolul cu ambele mâini. *BAM! BAM! BAM!* Orice mișcare a încetat. Dinăuntrul dubei nu se mai auzea nici un zgomot. Comandantul i-a făcut semn din cap soldatului și s-a urcat din nou în dubă, iar aceasta a demarat. Cei doi martori s-au strâns unul într-altul, privind-o cum se îndepărta.

Truus stătea nemișcată, cu mâna la gură.

– Hannie! a spus ea.

Degetele mi s-au încleștat pe păpușa făcută dintr-o batistă pe care mi-o dăduse și pe care o țineam în palmă.

– Truus!

Chipul îi era alb ca varul. Peste obrajii pistruiați au început să i se rostogolească lacrimi.

– Truus, nu putem să ne oprim! am spus eu, întinzându-mă ca s-o iau de mână. Ei n-o să se oprească!

34

21 martie 1945

Masacrul comis de Aktion Silbertanne ne apăsa precum un văl de plumb, urmărindu-ne multă vreme de atunci încolo, așa cum se voise. Ca să mă înveselească, Freddie mi-a adus un măr roșu, viermănos, din care a tăiat bucățile stricate. Nu eram tristă, nu chiar, ci doar paralizată. Chiar și soldații germani, care supraviețuiau cu mâncare furată din rezervele parașutate de Aliați, păreau să-și fi pierdut din ferocitate. Încă mă întrebam, desigur, ce se întâmplase cu părinții mei, cu Philine și cu Sonja. Dar eram atât de obosită!

Din alte părți ale Europei veneau vești bune. Soldații aliați treceau în marș prin orașele și satele olandeze aflate la sud de noi, scoțându-i de acolo pe naziști în camioane pentru deținuți. Dar nu și aici. La noi, aerul devenea tot mai rece, rațiile se micșorau, iar cazurile de ucidere și de răpire a cetățenilor se înmulțeau zi după zi. Noi am numit acea perioadă Iarna Foametei.

Mulți credeau că ocupația avea să se termine în scurtă vreme. Dar ce ar fi putut să ne aducă sfârșitul războiului? Mâncare, poate? Nu mai aveam energia să-mi imaginez.

Freddie și Truus mi-au tras un nou perdaf, spunându-mi că trebuia să rămân activă, să-mi alung gândurile negre.

– Bine, fac orice, m-am învoit eu. Cine e ținta?

– Nici o țintă! a răspuns Truus.

Dată fiind în starea în care mă aflam, n-avea curaj să-mi încredințeze vreuna dintre misiunile noastre obișnuite.

– Ce ar fi să livrezi niște documente? mi-a propus ea.

– Bine.

Așa că în după-amiaza următoare m-am suit pe bicicletă și am mers până la locul de livrare, ca să iau teancul de ziare clandestine pe care urma să le distribui. Dragul nostru *De Waarheid*, *Adevărul*. Mi-am îndesat ziarele în geantă și mi-am văzut de drum. Făcusem livrări de genul ăsta de mii de ori și Truus avea dreptate: în momentul de față, era activitatea care mi se potrivea cel mai bine. Am luat câteva guri de aer proaspăt. Livrări. La fel ca în vremurile de altădată, când lucram pentru sora Dekker. Mi se părea că trecuse un veac, dar abia dacă trecuseră trei ani.

Afară era rece, dar un iz ademenitor de primăvară dădea după-amiezii o prospețime binevenită. Razele piezișe ale soarelui, care traversau în zigzag clădirile înșiruite de-a lungul canalului, îmi păreau mai calde și mai puternice decât fuseseră cu o zi în urmă. Rândunelele spintecau aerul, pluteau peste oglinda apei și se ridicau din nou spre cer, în arcuiri voioase. Mă simțeam ușurată să descopăr că nu toate ființele erau nefericite. Am mers pe lângă bicicletă în loc să pedalez, numai ca să privesc pe îndelete zborul rândunelelor.

Canalul Jan Gijzen era lat și inert, tulburat doar de trecerea câtorva bărci, în urma cărora apele rămăseseră calme. Câteva camioane militare huruiau undeva departe. Pescărușii zburau în voie.

Apoi s-a auzit lătratul unui câine. La momentul de față, nu prea mai vedeai câini. Am mers pe urma lătratului și am descoperit o potaie mică, alb cu negru, zburlită ca un pămătuf, care stătea pe acoperișul unei ambarcațiuni ancorate lângă piciorul Podului Jan Gijzen. Câinele, la fel ca păsările, nu știa că ne aflam în război.

–*Koest, koest!* Taci, taci! a spus un glas de femeie.

Ușa cabinei s-a deschis cu un scârțâit. O femeie de vârsta mamei mele a dat-o de perete și a ieșit mergând cu spatele și trăgând după ea un scaun de răchită. Pe el ședea o femeie zbârcită, și mai bătrână – mama celei dintâi, probabil – învelită în pături lucrate de mână, ceea ce o făcea să semene cu un morman de vreascuri. Fiica ei a săltat scaunul peste prag și l-a scos prin ușa îngustă a cabinei, iar cele două femei aproape că s-au prăbușit grămadă pe puntea vasului, dar cumva fiica a reușit să îndrepte scaunul șubred în ultima clipă și n-au pățit nimic, doar s-au împleticit și au izbucnit în râs. Arătând ca un urs mare și cenușiu, care ar fi ieșit dintr-o lungă hibernare, bătrâna și-a ridicat fața către soarele ce apunea. Fiica i-a potrivit scaunul mamei, pe care a îndreptat-o cu fața către soare. Câinele a sărit de pe acoperișul cabinei, a ajuns pe punte și de acolo s-a urcat în poala bătrânei, care l-a îmbrățișat ca pe o păpușă. El s-a zvârcolit, dând din coadă, iar apoi a lins-o pe față.

–O, Ralf! a strigat ea, râzând.

Am râs și eu. Sunetul propriului glas m-a făcut să tresar.

Acum mergeam paralel cu barca și, auzindu-mă, mama și fiica mi-au făcut un semn de salut. Câinele a lătrat la mine și am râs toate trei. Le-am salutat și eu prin semne. Ralf a lătrat din nou. Fiica a dispărut înăuntrul cabinei. Mama ei s-a lăsat pe spătarul tronului de răchită. Nu puteam să-mi desprind privirea de la ele, fascinată de normalitatea aceea cu care nu mai eram obişnuită.

Fiica a ieşit iarăşi din cabină, ducând în mâini două ceşti de ceai. Oare fuseseră întotdeauna numai ei trei, o fiică, o mamă şi un câine, sau existase cândva un soţ, un tată, un fiu? Cum supravieţuiseră hranei din ce în ce mai sărăcăcioase, iernii friguroase, infiltraţiilor din barcă?

– Scuzaţi-mă, domnişoară, sunteţi...?

Le priveam cu atâta atenţie pe cele două femei, încât intrasem cu bicicleta în sacii de nisip de la marginea rampei ce ducea la pod.

– Vă rog să mă scuzaţi! am exclamat, adresându-mă oamenilor care stăteau deja la coadă, aşteptând să treacă de punctul de control.

Acum era câte un astfel de punct pe fiecare pod. Am dat înapoi şi am ocolit coada, aşezându-mă la capătul ei, în spatele a vreo zece oameni. Era un proces lent, fiindcă soldaţii cereau documentele, se prefăceau că le studiau, scoteau o inevitabilă remarcă obraznică şi apoi treceau la următorul cetăţean. Mi-am împins ochelarii falşi în sus pe nas şi mi-am tras basmaua mai bine pe faţă. Am oftat. Nu depăşisem antipatia faţă de statul la coadă.

Câinele a lătrat încă o dată, iar noi, cei de la capătul rândului, am văzut cum femeia mai tânără a luat un băţ şi l-a aruncat în canal. Câinele a alergat până pe acoperişul cabinei şi apoi s-a aruncat în apă, întorcându-se înot, cu băţul între dinţi şi cu un rânjet larg pe chip, care-i dezvelea colţii. Toţi cei de la coadă au râs, iar gardianul din faţă a privit în direcţia noastră.

Jocul de-a aruncatul bățului a continuat, câinele fiind încântat să plonjeze în apa înghețată, iar mama și fiica lăudându-l de fiecare dată când se întorcea și apoi râzând și gonindu-l ori de câte ori își scutura blana lângă picioarele lor.

– *Was ist los?* Ce se întâmplă aici?

Gardianul a făcut câțiva pași, depărtându-se de postul lui și a înaintat pe lângă șirul de oameni, ca să vadă mai bine canalul. Femeile de pe barcă, nedându-și seama de ceea ce se întâmpla, au continuat să arunce bățul. Noi, cei aflați la coadă, am amuțit. Am auzit din nou săritura câinelui în apă.

Apoi l-am văzut pe gardian făcându-le semn celorlalți doi soldați, care pierdeau timpul pe pod. Le-a ordonat ceva. Soldații s-au postat în mijlocul podului, cu fața la barcă, la mamă, la fiică și la câine. Soldații s-au lăsat în genunchi simultan și și-au sprijinit țevile armelor de zidul scund de piatră de pe partea lor. Am auzit icnetele oamenilor din spatele meu și abia apoi mi-am dat seama de situație.

BAM! BAM! BAM!

Apoi soldații au râs.

Trăgeau spre câinele din apă.

BAM! BAM! BAM!

În jurul meu au izbucnit mormăielile furioase și dezgustate ale celor care priveau la încercarea soldaților de a împușca animalul ce înota, cu gloanțele șuierându-i pe lângă capul ud, ieșit la suprafața apei, și cu ochii bulbucați de spaimă. Strigătele ni se formau în gâtlejuri și erau iute înghițite, furia se strângea în ea însăși și era reabsorbită de trupuri. O simțeam în capul pieptului. Acidă.

Priveam cum chipurile celor din jur se strâmbau de dezgust, iar apoi împietreau ca niște măști pe care erau zugrăvite expresii de furie mută. În cele din urmă, un băiat care stătea în spatele meu a izbucnit în hohote de plâns. Mulțimea și-a dirijat emoția către el, chiar dacă maică-sa încerca să-i înăbușe plânsetele înfășurându-l în paltonul ei, ca să nu-i enerveze pe nemți. Erau în stare să împuște pe oricine.

Doi bărbați și un băiat de la celălalt capăt al șirului au rupt-o la fugă, părăsindu-și locul de la coadă, îndepărtându-se de pod și apucând-o în direcția din care veniseră. Preferau să traverseze pe altundeva sau chiar să renunțe să mai traverseze în ziua aceea. Era riscant să pleci de la coadă, fiindcă ai fi părut suspect; uneori, soldații alergau după tine. Dar în cazul de față, cei trei au fost ignorați. Suspine adânci de ușurare au străbătut șirul de oameni.

Stând acolo, mi se părea din ce în ce mai greu să respir. După cinci ani, ocupația nazistă reușise să preia controlul asupra tuturor aspectelor existenței noastre, de la alimentele pe care le mâncam și până la ziarele pe care le citeam și la școala pe care o abandonaserăm. Dar ceea ce vedeam la coada asta era începutul sfârșitului. Fiindcă dacă naziștii reușeau să ne controleze viața lăuntrică, să ne dicteze trăirile, reacția la cruzime, nedreptate și lăcomie... chiar dacă pierdeau războiul, tot ar fi câștigat. Asta se vedea limpede din faptul că încremeniserăm locului cu toții, prefăcându-ne că era normal ca trei bărbați în toată firea să tragă într-un câine nevinovat.

Nu era normal. N-ar fi trebuit să fie.

Mama și fiica de pe barcă încă țipau la soldați să se oprească, furioase, cu chipurile aprinse de mânie. Santinela s-a apropiat de margine și femeile au tăcut. Câinele încă înota, pleoscăitul lăbuțelor lui și scheunatul ascuțit fiind cele mai puternice sunete care se auzeau acum. Cu toții ne holbam la soldați. Era limpede că-și încheiaseră exercițiul de tragere la țintă. Dar santinela a făcut un semn din cap și soldații au tras din nou. Un lătrat scurt și limpede a străpuns aerul, iar noi am privit cu toții în jos, unde câinele încă înota, dar mai încet acum și în cercuri.

– Opriți-vă! m-am auzit spunând.

Oamenii de lângă mine au dat din cap și au murmurat afirmativ, dar în același timp s-au depărtat instinctiv de mine, parcă spunând: „Nu e cu noi!"

Soldații s-au oprit, iar santinela s-a încruntat. Restul oamenilor s-au aliniat la coadă, cuminți. Dar eu, nu. Am rămas încremenită locului, la câțiva pași în afara cozii, privind-o pe fiica bătrânei, care a alergat la mal, a intrat în apă și a scos de acolo micul câine cu blană pestriță. Tremura, îi picura apă din blana linsă și lucioasă care îl făcea acum să semene cu o nucă. Un firicel de sânge curgea pe bluza femeii, pornind din locul de pe piept de care îl ținea lipit pe câinele ce scheuna și-i lingea obrazul, tremurând din tot trupul. Femeia și băiatul din spatele meu m-au tras în rând, ca să nu-mi pierd locul. Mi-am ridicat capul și atunci am văzut-o stând pe partea străzii care era cea mai apropiată de pod. Truus.

Privirile ni s-au încrucișat; ea își agita brațele frenetic, ca și cum încerca să-mi atragă atenția de ceva vreme. Am ridicat o mână în semn că o văzusem și am ținut un deget în sus, ca să știe că aveam nevoie de un minut ca să ajung la ea; apoi am dat să întorc bicicleta. Pe cei doi bărbați și pe copil nu-i opriseră soldații.

– *Fräulein!*

Era santinela de serviciu la trecerea peste pod. S-a apropiat de mine, trăsăturile feței devenindu-i tot mai vizibile cu fiecare pas. O despicătură pe mijlocul bărbiei îngreuna bărbieritul în zona aceea. O barbă nerasă de câteva zile. Ochi de culoarea apei dintr-o băltoacă murdară. Slab, cu umerii aduși înainte. Presupusesem că era în vârstă, dar acum mi-am dat seama că n-avea decât vreo douăzeci și patru de ani. Vârsta mea.

– *Entschuldigen Sie, bitte!* Mă scuzați, vă rog! am spus, făcând efortul să fiu politicoasă.

O mână pe bicicleta mea.

– *Warten Sie, bitte!* Opriți-vă, vă rog!

Și el era politicos.

Am aruncat o privire la Truus, care încă mă aștepta pe celălalt trotuar. A mijit din ochi; își pusese mâinile în șolduri și părea îngrijorată.

– E în regulă, mă duc înapoi! am spus.

I-am zâmbit, ca să-l îmbunez.

– *Fräulein!*

M-am întors din nou spre el.

– Da!

– Documentele, vă rog!

35

Mă întrebam de câtă vreme stătea Truus acolo și mă urmărea. Și de ce.

Santinela ținea în mână pușca neagră ca un baston pe care soldații germani o purtau în ultimul timp, atât de grosolană încât părea un desen făcut de un copil, lipsită de valoare, dar mortală, mai ales de la acea distanță. Ofițerii pășeau țanțoș în jurul cabinei de la punctul de control, de parcă credeau că războiul avea să fie câștigat prin prezența lor acolo. Dar soldații înțelegeau mai bine. Oricât de nefericită era viața noastră, auzeam cu toții zvonurile. Se apropiau Aliații. În sfârșit. În ultimele zece zile, traversasem podul Jan Gijzen de multe ori, iar soldații abia dacă îmi aruncaseră o privire, ocupați să schimbe bârfe.

Dar nu și în seara aceea.

– *Guten Abend!* am spus din nou.

De obicei, salutul în germană îmbunătățea interacțiunea cu ei, dar soldatul ăsta slăbănog nu s-a lăsat vrăjit. A făcut un gest larg cu pușca, ordonându-mi să mă întorc, ca să-mi vadă fața din toate unghiurile. S-a întors și el. Pomeții ciolănoși și ochii negri îi dădeau aerul unui bătrân care văzuse multe lucruri. Oare ce vedea pe chipul meu? Teamă? Furie? Foame? Speram să vadă și ură.

– *Ihre Ausweis, Fräulein!* Actul dumneavoastră de identitate, domnişoară! a spus el cu un glas monoton.

Am băgat mâna în buzunarul paltonului, scotocind după document. Mi-am reamintit să mă uit la nume înainte să i-l întind, în caz că-mi punea vreo întrebare. Documentul adevărat îl arsesem în urmă cu doi ani, la intrarea în RVV.

Dar când am căutat actul în buzunar, nu l-am găsit acolo.

– *Mach schon!* Grăbiţi-vă! a spus soldatul, lăsându-şi greutatea de pe un picior pe altul în cizmele înguste.

Asta a atras atenţia următorului soldat, un bărbat cu un smoc de păr negru, lucios, lipit de craniul precum o rană. A făcut câţiva paşi spre noi, ca să vadă ce se petrecea.

– *Was ist los?* a întrebat el.

Ceea ce se petrecea era faptul că eu mă căutam prin toate buzunarele fără să găsesc nimic.

– *Warten Sie, bitte!* Aşteptaţi! i-am rugat eu.

Luciosul a ridicat dintr-o sprânceană.

– Nu sunteţi nemţoaică! a spus el.

– Nu.

„Dar în ultimii patru ani mi-am exersat germana pe nenorociţi ca voi!"

– O să-l găsesc, am spus eu, întinzând mâna ca să deschid geanta a cărei baretă îmi cădea în diagonală peste corp.

– *Halt!* Stai pe loc!

Luciosul şi-a ridicat pistolul. Ciolănosul l-a văzut şi şi-a ridicat şi el, cu o smucitură, mâna în care ţinea arma.

Mi-am ridicat braţele, rămânând calmă. Un lucru care începea prost nu trebuia să se termine întotdeauna prost.

– Caut actul de identitate, așa cum mi-a spus să fac, am explicat eu.

Ciolănosul mi-a făcut semn din cap să continui, dar atunci când am deschis clapa genții, Luciosul m-a prins de încheietura mâinii și m-a strâns cu putere.

– Uită-te tu în geantă! i-a spus el, vorbind cu celălalt.

Am rămas fără aer. Am înghițit în sec, iar genunchii mi-au înțepenit.

Simțeam că priveam întreaga scenă de undeva de sus, plutind pe deasupra ei precum un nor. În geantă aveam un pistol. Dacă aveam o armă asupra mea, evitam, de obicei, punctele de control. Dar mă lăsaseră să trec liniștită de nenumărate ori, iar ăsta era riscul pe care ni-l asumam de fiecare dată când purtam arme. După cum îmi spusese cândva Jan – naiba să-l ia! –, „Arma nu e utilă decât dacă o porți". El purta tot timpul pistol, dormea cu el sub pernă. Of, blestemat fie Jan!

Luciosul m-a apucat de mâini și mi le-a pus pe ghidonul bicicletei.

– Nu mișca! mi-a ordonat el.

Nici n-aveam de gând. M-am lăsat în mâini, sprijinindu-mă de ghidon și mi-am ațintit privirea în pământ. Nu vedeam ce vedeau ei, nu simțeam decât cum mișcările soldatului mă smuceau înainte și înapoi. El a deschis clapa genții și a băgat mâna înăuntru, căutând.

Abia mai respiram. Dar încercam. Oare Truus privea scena?

– Ești studentă? m-a întrebat Luciosul în timp ce Ciolănosul continua să caute.

Am clătinat din cap.

– Căsătorită? a întrebat el.

Am clătinat din nou din cap. Truus mă tachina mereu fiindcă mă arătam vorbăreață cu soldații atunci când încercam să scot informații de la ei. Dar acum tăceam mâlc. Îmi venea să vomit. Am aruncat o privire rapidă în spate. Toți cei aflați la coadă în spatele meu dispăruseră ca prin minune înapoi spre oraș, de îndată ce soldații nu mai fuseseră atenți la ei. Și eu aș fi făcut la fel. Slavă Domnului că eram singură, că nu venise și Truus cu mine. Încă o dată, distanța de câțiva metri schimbase cu totul situația. Truus era în siguranță. Am inspirat adânc. Mi-am ridicat privirea spre Lucios pe sub genele rimelate și mi-am trecut limba peste buzele crăpate. Probabil că niciodată în viața mea nu arătasem mai rău. Ca o vrăjitoare, așa cum spunea Truus. Ei, asta e!

– *Wie heißen Sie?* Cum vă cheamă? l-am întrebat eu pe Lucios cu glas tremurat.

– *Hält die Klappe!* Taci! a șuierat el și a mai înaintat cu un pas spre mine, făcându-mă să tresar.

„Da, o să tac!"

Mi-am lăsat din nou privirea în jos. O, Doamne, ce mult îi uram!

– Ia te uită, ziare! a exclamat Ciolănosul.

Mi s-a părut că detectam o notă de ușurare în glasul lui. Nu erau decât ziare.

– Dă-mi-le! a ordonat Luciosul.

Glasul îi devenise mai calm. Un zâmbet i-a trasat conturul unui V peste față. Ciolănosul s-a relaxat pentru prima dată de când începuse totul. S-a îndreptat de spate.

– *Die Waarheid*, a spus Luciosul, citind titlul ziarului.

Cuvântul însemna același lucru în olandeză ca și în germană: *Adevărul*. Luciosul l-a rostit ca pe o glumă.

Eu tăceam, în vreme ce peste spinare și pântec mi se scurgeau pârâiașe glaciale de sudoare. Am început să tremur din toate încheieturile. Mi-am ținut gura închisă.

„Să nu provoci vreo scenă!“, mi-am spus.

Prea târziu. Eu eram scena.

Luciosul m-a apucat de gulerul paltonului și m-a tras atât de aproape de el, încât vedeam dungile lăsate de fiecare dinte al pieptănului pe care și-l trecuse de dimineață prin părul bine pomădat. Am recunoscut mirosul dulce-acru din laboratorul de chimie de la liceu: formaldehidă. Și-a dres glasul ca un om important.

- Al naibii! Gunoi! De nemernică din Rezistență! Comunistă! a șuierat el, trăgându-mă mai aproape cu fiecare cuvânt.

Am simțit miros de putreziciune în gura lui. Câțiva stropi de salivă mi-au împroșcat obrazul și nu puteam să mă șterg. Aștepta să spună vorbele astea cuiva, așa că le-a repetat:

- Gunoi. Din Rezistență.

- Rezistență? a întrebat cineva, un glas nou, mai puțin agresiv. *Mal sehen!* Să vedem! a spus glasul.

Un ofițer SS s-a apropiat de noi, venind din capătul îndepărtat al podului. Un alt chip îngust, de data asta micșorat de o caschetă ofițerească ridicol de mare.

- *Guten Abend!* a spus Caschetă, cercetându-mi ochii, chipul, părul.

Nu cu prea multă atenție, speram. Vopseaua ieftină de păr începea să se ducă, iar firele roșcate aveau să se vadă în scurtă vreme. Dar numai dacă le căutai anume. Freddie mă vopsise în ultima vreme, de când dispăruse Philine; se oferise s-o facă în urmă cu câteva zile, dar eu amânasem, fiindu-mi silă de procedura rece și udă.

- Cum vă numiți, domnișoară?

Am inspirat și am auzit hârâitul care îmi ieșea din plămânii afectați de pneumonie.

– Johanna Elderkamp, am răspuns eu cu glas liniştit.

„Te rog, Doamne, dă să n-am la mine decât actul cu numele de Elderkamp, şi nu un plic plin de documente false, incriminatoare!"

De obicei aveam grijă să verific lucrurile de genul ăsta, dar gândurile îmi erau încețoșate în ultima vreme şi nu avusesem energia să mă mai preocup de luarea unor precauţii.

Caschetă a făcut un pas în spate ca să mă vadă mai bine.

– Prin urmare, ce sunt toate astea?

Mă deghizasem, dar fărâma de frumusețe naturală pe care o posedam altădată pierise de multă vreme. Fusta îmi atârna pe şolduri ţinută numai de un şnur şi nu mă mai spălasem de o săptămână. Părul vopsit era unsuros şi legat la spate într-o coadă de cal. Purtam ochelari urâţi, cu lentile din sticlă.

Am ridicat din umeri, zâmbind.

– E o neînțelegere! am spus eu.

– Face parte din Rezistenţă, domnule! a spus Luciosul. O arestez!

Caschetă a strâns din buzele subţiri. Părea îngrijorat. Nicidecum neprietenos.

– Ai percheziţionat-o? a întrebat el.

– Avea astea asupra ei! a spus Luciosul, făcând semn din cap către exemplarele din *De Waarheid* care zăceau acum pe pământ.

Caschetă a dat din cap, adeverind gravitatea situaţiei mele. Distribuirea ziarului clandestin *De Waarheid* era o infracţiune serioasă. Dar nici nu se compara cu situaţia în care aş fi fost prinsă cu o armă la mine. Iar ei încă nu găsiseră arma. Încă era posibil să-mi dea drumul.

– Altceva? a întrebat el.

O, nu! Îmi devenise imposibil să respir.

– *Nichts Besonderes!* Nimic important! a spus Ciolănosul.

Caschetă a făcut un semn spre el, iar Ciolănosul şi-a îndesat din nou mâna în geanta mea, scoţând obiectele unul câte unul şi lăsându-le să cadă pe pământ. Le enumera pe măsură ce înainta:

– Batistă, alte ziare, oglindă...

Fularul de lână alb cu albastru, pe care mi-l tricotase mama, se găsea chiar la fundul genţii. Şi, învelit în fularul acela, era micul pistol negru pe care mi-l dăruise Jan pe vremuri. Era încărcat, desigur.

– *Bitte, Offizier! Vă rog!* am exclamat eu.

– SS-Sturmbahnführer Lages! a spus el, dezvăluindu-mi numele lui. Willy Lages!

Mai auzisem acel nume. Willy Lages era notoriu, unul dintre comandanţii din Aktion Silbertanne. Aş fi vrut să-i cuprind cu mâinile gâtul slăbănog, să-i fac rău. În schimb, i-am aruncat o privire menită să-i spună: „Haide, prietene, amândoi ştim că e ridicol! Ei, haide! Te rog!"

– Unde o duceţi? l-a întrebat Lages pe soldat.

Prin urmare, aveam să fiu arestată. Oare Truus vedea ce se întâmpla? Ştiam că da, iar asta înrăutăţea situaţia. Cunoşteam deznădejdea pricinuită de neputinţă.

– La secţia Van Gijzen, domnule!

– Duceţi-o la Ripperdastraat! le-a ordonat el. Aşteptaţi să vin eu s-o interoghez.

– Dar dacă face parte din Rezistenţă...

– Freuler..., a spus Lages cu glas scăzut.

– Domnule!

Lui Freuler/Luciosul i s-au încordat muşchii fălcilor.

– Freuler! a repetat Lages.

Ochii lui Freuler s-au făcut mari.

– Domnule?

– Du-o la Ripperdastraat!

– Da, să trăiți!

Freuler a luat poziție de drepți și mâna i-a zvâcnit în sus, într-un „*Heil Hitler!*“ entuziast. Ciolănosul s-a grăbit să facă la fel.

Ripperdastraat! Naziștii ocupaseră magazinul general cu trei etaje de pe Ripperdastraat și înființaseră acolo sediul din Haarlem al Sicherheitsdienst: SD-ul. Așadar, Aktion Silbertanne era opera lor.

Dar ar fi putut să fie mai rău. Cel puțin, nu mă duceau la Amsterdam. Dacă ajungeam la Ripperdastraat, existau șanse să scap. Eram destul de sigură că acolo nici n-aveau un spațiu propriu-zis de detenție. Presiunea pe care o simțeam în ceafă și umeri s-a topit pentru moment.

– *Vielen Dank!* Mulțumesc mult! i-am spus lui Lages în germană, încercând să-i transmit recunoștința mea.

El s-a uitat la mine cu o căutătură impenetrabilă. Apoi i-a spus lui Freuler:

– Așteaptă-mă!

– Da, să trăiți!

Ciolănosul și-a încleștat degetele pe brațul meu. O dubă neagră aștepta deja la marginea canalului. Nenorocitele acelea de dube! Ciolănosul m-a dus într-acolo și m-a împins înăuntru, iar ușile de oțel s-au închis cu un zăngănit bubuitor. M-am grăbit să mă ridic ca să pot privi pe fereastra îngustă, dar nu vedeam decât o fâșie subțire din ceea ce se petrecea afară. Soldații mergeau de colo până colo, încercând să pară ocupați, iar ofițerii se sfătuiau între ei. Ciolănosul se lăuda că pusese mâna pe o luptătoare din Rezistență. Cu toții erau surescitați. O pală de vânt venită dinspre canal a prins marginile unui exemplar din *De Waarheid* aruncat pe jos, iar paginile s-au ridicat și s-au separat, plutind prin aerul tot mai întunecat.

– *Fang es!* Prindeți-le! a ordonat Lages, iar soldații au dat fuga în urma foilor de hârtie purtate de vânt, ca niște copii care ar fi alergat după baloane la o petrecere, disperați, dar încântați.

– O, Doamne!

Unul s-a împiedicat de ceva de pe jos și aproape că a căzut în canal.

Geanta mea.

I-a dat un șut în direcția apei. Am răsuflat ușurată.

„Arunc-o în canal!" l-am rugat eu în gând.

Îi văzusem pe soldații germani azvârlind multe lucruri în canalele noastre: biciclete furate, ghiozdane, sau chiar aruncându-se unul pe altul.

„Arunc-o în canal!"

Puteau să te împuște dacă erai prins cu ziare clandestine, o știam. Dar dacă te prindeau că aveai la tine un pistol, era mult mai grav.

Mă rog, puteau să te împuște pentru orice. Sau fără absolut nici un motiv.

„Oprește-te!"

Ce era mai rău decât să fii împușcat? Mi s-a întors stomacul pe dos și mi-am alungat întrebarea asta din minte. La RVV nu vorbeam prea mult despre tortură. Dar vorbeam destul încât să știm.

„Aruncă geanta în canal! Dă-i un șut!

Motorul dubei a prins viață duduind și pereții din oțel s-au cutremurat.

„Dă-i un șut în canal. Te rog! Te rog! Te rog!"

Vârfurile degetelor mi se prinseseră de marginea ascuțită a ferestrei, iar dreptunghiul îngust de priveliște luneca odată cu mișcarea dubei. Aceasta s-a oprit și l-am văzut pe Lages coborând și îndreptându-se spre postul lui. Bine. Înapoi la teroarea de fiecare zi, rahat cu ochi!

Apoi Lages a rămas locului și a privit spre soldatul care se împiedicase.

– *Was ist das?* Ce-i asta? a întrebat el.

– Poftim, domnule?

Lages a făcut semn cu capul spre geanta de la picioarele lui.

– Ia și asta! a spus el, iar soldatul a ridicat geanta. Pune-o în dubă!

Soldatul a ieșit în fugă din câmpul meu vizual și am auzit cum se deschidea portiera din dreptul pasagerului și cum apoi se trântea la loc. Motorul a pornit cu un scrâșnet și duba s-a pus în mișcare.

Atunci am zărit-o, în sfârșit. Stătea lipită de zidul unei clădiri, la depărtare de câteva străzi de pod, de unde privea toată scena. Truus. Chipul ei epuizat, pistruiat, arborase masca lipsită de emoție a luptătorilor din Rezistență, dar eu ajunsesem să-i cunosc fața mai bine decât pe a mea. Expresia ei îmi confirma suspiciunile. M-am prăbușit pe podeaua goală a dubei și m-am agățat cu mâna de o îmbinare bombată din peretele metalic, în timp ce treceam peste pietrele pavajului, peste spărturi de cărămidă și peste alte poduri, în drumul spre interogatoriu. Coșmarul pe care-l trăiam era cât se poate de real. Îmi petrecusem ultimii ani închipuindu-mă prinsă în flagrant delict, trădată sau arestată și îmi imaginasem mii de feluri de a respinge acuzațiile, de a le abate atenția germanilor și de a-mi asigura scăparea. Dar nu mă gândisem niciodată că aveam să fiu prinsă din cauza unui lucru atât de... mărunt. Trecând exemplare din *De Waarheid* printr-un punct de control obișnuit? Ce prostie! M-am silit să inspir adânc, să închid ochii, să mă reduc la zero. Să mă concentrez. În restul Europei, germanii se retrăgeau, disperaţi. N-avea să treacă mult până să se retragă şi de aici. Puteam să rezist până atunci.

Făcusem o greşeală. Mă apropiasem de un punct de control de parcă aş fi ştiut cum aveau să se desfăşoare lucrurile. Înaintasem plină de mândrie, cu gândurile aiurea, distrasă, la fel ca Jan. Lua-l-ar naiba pe Jan şi lua-m-ar naiba şi pe mine!

Fusesem prinsă. Întotdeauna existase posibilitatea asta. Şi ştiam de ce.

– *De Waarheid*..., „Adevărul...“, am şoptit, ca pentru mine.

PARTEA A PATRA
DUNELE

Martie-aprilie 1945
Haarlem, Amsterdam, Bloemendaal

36

Stau în cămăruța asta de o oră, de două ore, sau poate că de numai zece minute. Cel puțin nu mai sunt în dubă. Probabil că ne aflăm în subsol, în vecinătatea unui cazan care asigură încălzirea, fiindcă aud pârâituri și lovituri care vin de undeva, din apropiere. Sper că zgomotele vin într-adevăr de la un astfel de cazan.

M-au coborât aici trei soldați și m-au așezat pe un scaun metalic simplu, cu fața la un birou de lemn și cu mâinile la spate, încătușate. Apoi doi dintre ei au plecat, iar celălalt încă stă lângă ușă, având sprijinită de umăr una dintre armele acelea lungi. Fumează o țigară rulată de mână, iar eu mă uit la rotocoalele de fum care se ridică în aer și apoi dispar.

Mă întreb dacă Truus știe unde sunt. Ar putea să presupună că mă aflu la Amsterdam, la sediul SS. Freddie o să descopere. Ele o să afle și... cam atât. Realist vorbind, n-au cum să mă scoată de aici. E imposibil.

Pe de altă parte, Aliații au ajuns aproape de Köln – sunt în Germania, pentru numele Domnului! Se fac planuri postbelice. Dacă aș fi neamț, m-aș preocupa mai mult de asta decât de rezistența din Țările de Jos. Dar am renunțat să mai încerc să pătrund în mintea ocupanților.

– *Heil Hitler!* spune soldatul, aruncând țigara pe jos și salutând în clipa în care se deschide ușa și intră ofițerul SS de pe pod, ducând un teanc de documente și de dosare. Caschetă. Willy Lages.

– *Heil Hitler!* răspunde el, aruncând o privire spre țigara care arde mocnit pe podeaua acoperită cu linoleum verde.

Lages face un semn din cap, iar soldatul o ridică și-și reia fumatul. Apoi același Lages se întoarce spre mine, zâmbește și-mi spune:

– *Heil Hitler!*

Eu nu răspund.

– Bine, bine! exclamă el punând hârtiile pe masă și așezându-se, după care îmi aruncă o privire plină de curiozitate.

E relaxat, aproape prietenos. Mă hotărăsc să-i imit atitudinea.

– Aș putea fi ajutată în privința ăstora? întreb eu, arătând cu o mișcare a capului spre cătușele de la spatele meu.

El face o pauză și am timp să-i descifrez expresia feței. Surpriză, neîncredere, uimire. Îi face semn din cap soldatului, care se apropie și-mi desface cătușele.

– Mersi! spun eu pe un ton dezinvolt.

Mă așez mai bine pe scaun, încrucișându-mi picioarele ca o doamnă și încercând să-i fiu simpatică, deși știu că nu pot. Dar mă pot preface că sunt astfel. Jumătate din gânduri îmi trec prin minte la iuțeală, sub imperiul panicii, iar cealaltă jumătate, cu încetinitorul, în încercarea de a lua decizii logice.

Lages își scoate cascheta cea mare și o așază pe birou, după care își trece mâna peste capul chel. Trebuie să aibă patruzeci și ceva de ani. Șuvițe de păr negru îi acoperă parțial scalpul, iar sprâncenele sunt și ele negre. Chiar și ochii îi sunt negri, ca doi nasturi. Nasul se termină cu un vârf curbat în jos; are dinții strâmbi.

Cu siguranță că n-a fost angajat pentru înfățișarea lui arătoasă.

– Eu sunt Sturmbahnführerul SS Lages, spune el, în caz că am uitat.

Ce le mai place să-ți spună titulaturile lor lungi și prostești! Lages se apleacă spre mine și mă atinge pe obraz. Degetul lui rece îmi ridică bărbia, ca să-l privesc.

– Putem să fim prieteni, nu-i așa? Poți să-mi spui „Willy"!

Aș vrea să-l mușc de mână, să-i rup brațul, să-l calc în picioare până când nu mai răsuflă. Rămân tăcută.

– Trebuie să-ți pun câteva întrebări. Iar după ce terminăm și atâta vreme cât îmi spui adevărul, putem să continuăm să fim prieteni. Poate chiar să lucrăm împreună, ce zici?

– Bine! mă învoiesc eu.

„Du-te naibii!" îi spun în gând.

– Bine! exclamă el, părând, preț de o clipă, cu adevărat fericit. Prin urmare, ne-am uitat în geanta ta și ți-am găsit actul de identitate.

Îl ia și îl ridică la înălțimea ochilor mei.

Eu dau din umeri. Poate că soldatul care a căutat prin geantă e un mardeiaș de rang mic și încă nu i-a spus lui Lages despre pistol. Dacă el ar ști, interogatoriul s-ar desfășura într-un mod cu totul diferit.

– În fotografie arăți altfel!

Știu. De când am părul vopsit, n-am reușit să-mi fac o fotografie nouă. În ciuda faptului că fotografia e alb-negru, e posibil ca tonurile de cenușiu să sugereze că am o culoare de păr mai deschisă. Lages scoate o tabacheră argintie din buzunarul interior al uniformei lui de stofă de din lână și lovește o țigară de metalul capacului, după care îi face semn soldatului să i-o aprindă. Trage un fum adânc în piept și se reazemă de birou, relaxat, privindu-mă.

– Haide, *Schatz*! spune el, numindu-mă acum „drăguța“ lui. Care e numele tău adevărat?

Zâmbesc. Numele meu adevărat? N-are legătură cu ceea ce se întâmplă aici. Dar îl las să-mi spună în continuare „drăguțo“. Nu scot nici o vorbă.

– Ce-i atât de amuzant? întreabă el.

Rămân tăcută. Soldatul din colț își drege glasul. Muțenia mea îi stânjenește.

– Spune-ne cum te cheamă, draga mea! mă îndeamnă Lages pe un ton ceva mai rece. Numai asta vrem!

– Joanna Elderkamp, răspund eu.

– Nu! strigă el, lovind cu mâna în tăblia mesei.

Eu tresar. La fel și soldatul.

– Știm cine ești, spune Lages ridicându-se în picioare și făcând cei trei pași care-l despart de mine.

Se apleacă, astfel încât acum fața lui e acum lângă a mea, obraz lângă obraz. E proaspăt ras. S-a spălat înainte să vină să mă vadă.

– Nu ridicăm prea multe fete din Rezistență zilele astea, mă informează el. Nu mai ridicăm. Sunt acasă, îngrijesc de copii, de mamele și de tații lor. Dar tu nu faci asta, așa-i?

Rămân tăcută. Mă uit țintă la mâinile pe care mi le țin în poală, cu degetele împletite ca în jocul pe care eu și Annie îl jucam în copilărie: *Iată biserica, iată turla, deschide ușile și uite-i pe toți*...

– Spune-mi cum te cheamă!

Îmi urlă în față, apucându-mă de umeri. Îmi întorc capul. De câte ori aveam să fiu scuipată azi de ticăloșii ăștia? Mă scutură și îmi dă drumul, iar apoi face câțiva pași până în cealaltă parte a încăperii, ca să se adune. Soldatul îi aprinde o altă țigară, iar el trage două fumuri înainte să se întoarcă din nou spre mine. Nu reușesc să-l farmec. Dar nici n-a scos vreo informație de la mine.

Ăsta e singurul meu țel acum: să nu spun nimic. Să nu le dau nimic. Nici măcar numele.

– Vrei ceva de băut? mă întreabă el pe un ton care e iarăși blând. Cafea? Ceai? Un pahar cu apă?

Nu spun nimic.

– Două cafele, Anton! îi cere el soldatului, care dă din cap, supus, iar apoi iese. Și acum...

Ofițerul Lages se așază din nou în fața mea, sprijinit de birou. Cătușele sunt alături, desfăcute. Sunt în expectativă. Mă așez mai bine pe scaun, dar fără mișcări bruște. Lages pare să aibă încredere în mine, fără un motiv anume. Îmi încrucișez picioarele invers. Nu suntem decât noi doi. Mă furnică vârfurile degetelor și apuc marginea scaunului, așteptând înainte de a face vreo mișcare. Trebuie să fiu deșteaptă.

– În sfârșit, singuri! spune el.

Oricât e de dezgustător, Lages nu-i nici pe departe la fel de mizerabil ca mulți alți ofițeri nemți pe care i-am întâlnit. Mă îndoiesc că o să încerce să-și bage mâna pe sub fusta mea, de pildă. Pare să creadă cu sinceritate că avem un fel de legătură, că-i sunt recunoscătoare pentru interesul pe care mi-l arată.

– A fost un război lung, știi? Îmi închipuiam că până acum o să fiu înapoi la Braunschweig. Așa a crezut și soția mea, spune el ridicându-și privirea spre mine. Da, sunt căsătorit. Ești surprinsă de asta?

De ce să fiu surprinsă? După cât îmi dau seama, orice bărbat mizerabil găsește o femeie proastă pe care s-o ia de soție. Rămân tăcută.

– Eram ofițer de poliție înainte de război, continuă el, de parcă aș dori să aflu mai multe despre viața lui. Cei trei frați ai mei încă lucrează în același domeniu ca tatăl meu. Muncă grea. Sunt constructori. Eu, nu, adaugă, lovindu-și craniul lucios cu degetul. Am avut minte. Am trecut examenele de intrare în poliție cu cele mai mari note. M-au făcut ofițer și apoi m-au adus aici.

– Îți place aici? întreb eu.

El dă din cap în semn că da. Atunci când vorbesc, e fericit. Ca și cum face progrese.

– E bine. Îmi e dor de casă, desigur. De soția mea.

– Copii? întreb.

Sprâncenele lui negre coboară.

– N-am fost binecuvântați cu copii. Nu încă.

Îmi închipui viața lui de acasă, singur cu doamna Lages. Văd o cameră înghesuită, cufundată în tăcere.

– Dar nu se știe niciodată, adaugă el.

Ori de câte ori zâmbește, e și mai urât.

– Așa e! spun eu.

„Te rog, Doamne, nu aduce copii în camera aceea îngrozitoare!"

– Dar tu? întreabă el, întorcându-se din nou spre mine. Necăsătorită? Fără copii?

Aproape că mă face să râd. Eu, mamă? Nici ciclul nu mi-a mai venit de un an. Clatin din cap în semn de negare.

– De ce nu? se miră el.

„Fiindcă am fost ocupată să vă împușc în cap pe voi, nemernicilor, de asta! Fiindcă atunci când îți petreci tot timpul urând, blestemând și punând la cale asasinate, nu te gândești cum să aduci pe lume o nouă viață! Te concentrezi pe acțiunile care pun capăt vieții. Fiindcă n-am avut niciodată un iubit adevărat în cei douăzeci și patru de ani ai mei. Nici măcar pe Jan Bonekamp."

Clatin din cap, uitându-mă țintă la podea, după care spun:

– Războiul. Știi cum e.

– *Ja, ja!* exclamă el, dând din cap. N-ai trăit nici o poveste de dragoste pe timp de război? E posibil ca așa ceva să nu i se întâmple unei fete tinere, ca tine?

Poate că-i las impresia că aș fi încă adolescentă. Mulți alți oameni au crezut la fel.

Clatin din cap. De parcă aș vrea să-i împărtășesc vreun detaliu despre viața mea privată!

Ușa se deschide și intră Anton, care duce o tavă de metal. O așază pe birou.

– Eu prefer cafeaua cu două cuburi de zahăr și frișcă, spune Lages.

Parcă ar fi o replică din filme; n-are nici o legătură cu realitatea. Zahărul și frișca au dispărut de o veșnicie din magazine.

– Tu? întreabă el.

– Trei cuburi de zahăr și frișcă, răspund, parcă cerând o tiară cu diamante.

Apoi privesc, plină de uluire, cum Anton se întoarce spre recipientele de pe tavă ca să ne prepare ceșcuțele de cafea cu zahăr și cu o porție generoasă din ceva ce pare să fie frișcă, într-adevăr, sau cel puțin lapte. Uimitor! Gura mi se umple de salivă, precum cea a unui câine flămând. Lages îmi întinde ceșcuța, iar în clipa în care sorb din cafeaua dulce, cremoasă, simt că mi s-a injectat în vene un medicament-minune. Mă înfioară plăcerea gustului și a texturii. Cafea adevărată, cu zahăr adevărat și cu frișcă adevărată! Poate că lui Jan nu i s-a administrat „serul adevărului". Poate că n-a fost decât cafea cu frișcă.

Dar s-ar putea să fie otrăvită. Mă opresc.

Lages o bea pe a lui și nu i se întâmplă nimic. Dintr-o înghițitură, o termin și eu pe a mea. N-am fost otrăvită; Lages încă are nevoie de ceva de la mine.

– Micile plăceri ale vieții, nu? Chiar și aici, jos, spune el, arătând cu un gest cei patru pereți goi din jurul nostru, care par să-i amintească de sarcina pe care o are de îndeplinit. Așadar, știu că faci parte din Rezistență, că distribui ziarele astea ilegale.

Eu nu zic nimic.

– Nu contează! continuă el. Ideea e că acum știm câte ceva unul despre celălalt. Așa că permite-mi să-ți explic un lucru. Ce lună e, martie? Aproape că a venit primăvara. Eu sunt un om ocupat, nu-mi pot petrece ore întregi interogând fiecare fată frumușică pe care o aducem aici! Ce rost are? Avem teroriști de care să ne facem griji. Dar uneori o fată ca tine ne poate ajuta să-i prindem pe adevărații infractori. Anton știe... Se uită la soldat, care din cap în semn de aprobare. ...că asta poate să fie un aranjament convenabil pentru amândoi. O fată ca tine ne oferă mici informații despre lucrurile pe care le știe: nume, adrese, câteva planuri despre care poate că a auzit, chiar și zvonuri. Acceptăm și zvonuri. Tu ne ajuți în privința asta, iar eu te ajut să scapi de aici. Nici unul dintre prietenii tăi din Rezistență n-o să afle vreodată că am stat de vorbă. Tu te întorci în lumea ta, iar eu, într-a mea. Și împreună salvăm țara asta mică de elementul infracțional local, da? Împreună!

Nu zic nimic, dar mă simt ușurată că a ajuns la subiect. Taifasul mă scotea din minți.

– Anton!

Îi face semn din cap, iar soldatul părăsește încăperea. Mă încordez din toți mușchii. Cu multă vreme în urmă, m-am pregătit pentru posibilitatea unui viol. Dar Anton nu e plecat decât o clipă și se întoarce ținând în mână geanta mea. E limpede că mai sunt câteva lucruri înăuntru. Soldatul o pune pe masă și se aude o bufnitură surdă. Se spunea că nemernicii ăștia sunt meticuloși! Combinația de cafea cu zahăr și faptul că pistolul meu cel credincios se află la numai câțiva centimetri de mine au darul să mă trezească. Emoția unei șanse îmi dă un fior care îmi străbate șira spinării, făcându-mă să mă simt precum un animal sălbatic ce-și plănuiește evadarea din cușcă. Mă furnică degetele, nerăbdătoare să apuce pistolul.

– Anton știe cum facem treburile astea, continuă Lages. Nu prea multe întrebări, numai câteva – și apoi am terminat. Putem să ne punem de acord, *Schatz?*

Îmi zâmbește.

Desigur, *dragă*! Mă uit la el cu o privire neutră. Nu ostilă, ci lipsită de emoție. Dacă Anton mai iese o dată, pot s-o fac. Pun mâna pe armă, îl împușc pe Lages și apoi ies din clădire trăgând în oricine îmi stă în cale. Știu că pot s-o fac.

– Ți-ai terminat de băut cafeaua?

– Da, mulțumesc! răspund eu.

Îi întind ceașca delicată și farfurioara, iar el mă apucă de încheietura mâinii și mi-o răsucește. Porțelanurile zboară care încotro și se lovesc de podea cu un clinchet sticlos, făcându-se țăndări. Anton e nemișcat ca o statuie. A mai văzut scena asta.

Lages se apleacă și-mi șoptește la ureche:

– Am găsit arma!

„La naiba!"

Se ridică, bagă mâna în geantă și îl scoate. Pistolul meu. Zăngănitul metalului lovit de lemnul mesei e primul sunet cunoscut pe care l-am auzit în ultimele ore. Pistolul e atât de mic și de uzat, încât seamănă cu o jucărie. Nu contează. Arma asta a omorât o jumătate de duzină de naziști. Mai poate omorî și alții.

– Numele! Acum! strigă Lages, aproape sfâșiindu-mi pielea subțire de la încheieturi în strânsoarea mâinii lui.

Glasul nu-i mai e nici prietenos, nici calm. E o comandă dată pe un ton grav, impersonal.

Nu răspund.

– Spune-mi naibii cum te cheamă!

Fața îi e atât de aproape de a mea, încât întorc capul ca să nu-l ating cu buzele. Lages își lipește obrazul de al meu și-mi răsucește mâna și mai tare. Simt cum un mușchi al brațului stâng, inert până în clipa de față, se întinde și plesnește precum un șoc electric sub mâna lui, iar degetele încep să mă furnice. Dar nu scot o vorbă. Ochii îmi lăcrimează.

– Anton! strigă Lages.

Soldatul îmi ia încheietura îndurerată din mâna ofițerului și mi-o duce la spate, legând-o cu cătușe de cealaltă. Apoi îmi îndeasă ambele mâini sub mine, așa că ajung să șed peste ele și trebuie să mă aplec în față ca să nu-mi disloc brațele. Deși bănuiesc că pentru brațul stâng e prea târziu.

Lages și Anton rămân amândoi deasupra mea.

– Ține-o nemișcată! ordonă Lages.

Anton își pune mâinile pe umerii mei, pironindu-mă pe scaun de la spate, iar Lages mă apucă de ureche, silindu-mă să mă uit în ochii lui negri.

– Spune-mi naibii cum te cheamă!

– Elderkamp, răspund eu printre dinți, scrâșnind.

El mă plesnește peste față. E primul lucru care are sens de când am intrat în camera asta. Așa trebuie să se desfășoare lucrurile, după cum mi le-am închipuit: eu îl desfid, iar el mă lovește. Situația asta o înțeleg.

Pregătit să mă lovească din nou, mă apucă de un smoc de păr. Apoi se oprește.

– Uită-te la mine!

Fac ochii mari și mă uit la el dintr-o parte. Nu mi-e frică să-l privesc țintă în ochii lui de nevăstuică.

„Lua-te-ar naiba!"

Îşi trece peste obrazul meu degetul mare, care e asudat, şi se murdăreşte de rimel. Îşi freacă degetul de ochiul meu, pe care-l închid de îndată, iar degetul lui îmi striveşte pleoapa.

– Uită-te la asta! îi spune el lui Anton, ridicându-şi degetul pătat cu negru.

– *Die Hure!* Târfa! exclamă Anton.

– Da, adaugă Lages, dar nu e numai machiaj. Uite!

În timp ce soldatul încă mă ţine pe loc, simt degetele lungi ale lui Lages apucându-mă de cap şi, preţ de o clipă, gestul ăsta mă amuză. Oare idiotul crede că-l poate strivi cu mâinile goale?

Dar nu face aşa ceva.

– Uită-te la asta! repetă el, împingându-mi capul între genunchi, astfel încât ajung să privesc drept la linoleum, în timp ce degetele lui Lages îmi separă şuviţele şi-mi trec prin păr precum cele ale unei învăţătoare care şi-ar căuta eleva de păduchi.

Lages continuă, trăgând într-o parte firele de păr şi desfăcând şuviţele.

– E vopsit! exclamă el. Cu vopsea neagră!

– *Die Hure!* repetă Anton.

„Bărbaţilor ca voi le plac târfele!"

– Mai mult de-atât..., spune Lages cu un glas mai ascuţit decât până acum, aproape vesel, ... s-a deghizat! Şi ia te uită!

Cu o mişcare bruscă, îmi smulge un smoc de păr, iar eu mă cutremur, imaginându-mi petecul de piele însângerată smuls odată cu firele de păr. Scalpul îmi zvâcneşte, dezgustător de umed şi fierbinte în acelaşi timp.

– Vezi?! Vezi?!

Lages face un pas înapoi, ţinând trofeul în lumină.

Eu și Anton îi urmărim privirea, muți de uimire.

Ofițerul Lages ține smocul de păr în lumină, folosindu-se de o unghie ca să răzuiască fragmentele de vopsea neagră, ieftină. Privirea îi e răpită de încântare, iluminată de-a dreptul. Se apropie de dosarele lui, pune smocul de păr pe birou și caută printre paginile pline de notițe birocratice, în susul cărora sunt ștampilate svastici negre, ascuțite, care par o armată de păianjeni. Citește ceva, iar apoi mă privește ca și cum ar verifica, după care citește mai departe. Anton continuă să mă țină de umeri, țintuindu-mă pe scaun. În cele din urmă, Lages ridică din nou șuvița de păr. O mângâie și o piaptănă cu degetele lui osoase, zâmbind.

– Știi pe cine avem noi aici, Anton? întreabă el, iar rânjetul i se preface într-un zâmbet încântat, care-i lasă la vedere dinții cenușii. Asta, cred eu, *e das Mädchen mit den roten Haaren!* Fata cu Părul Roșu!

– *Lieber Gott!* O, Doamne!

Uluirea lui Anton e sinceră.

Lages râde și el, bătându-l pe Anton pe spate.

– *Mein Lieber Junge!* Dragă tinere! Află că tocmai i-ai servit cafeaua Fetei cu Părul Roșu!

Apoi se uită la mine de parcă aș fi purceaua pe care a crescut-o pentru concursul de la târg. Ține smocul de păr ca pe panglica albastră ce se dă drept premiu pentru locul întâi. Pare aproape recunoscător. Fericit.

– Știi că însuși *Herr Führer* a emis mandatul tău de arestare? întreabă el, radiind.

Ca și cum ar trebui să mă simt onorată! Și chiar mă simt onorată că i-am făcut lui Hitler un pic mai enervantă una din blestematele lui de zile.

– El ne spune că ești un exemplu negativ pentru femeile de pretutindeni!

Zâmbesc.

– Prin urmare, Fată cu Părul Roșu, spune-mi cum te cheamă! îmi cere Lages.

Simt o dâră de lichid rece deasupra sprâncenei. Sânge.

– Johanna Elderkamp! răspund eu.

Mă aștept la o palmă peste față, dar Lages se mulțumește să râdă.

– Nu, mica mea târfă din Rezistență! Numele tău e Hannie Schaft!

N-am în minte decât un gând:

„Lua-te-ar naiba, Jan Bonekamp!“

De fiecare dată când mi-am imaginat interogatoriul ăsta, de fiecare dată când l-am repetat în minte, n-am spus nimic, n-am dezvăluit nici un nume. Asta o să fac. La naiba! Da, numele meu e Hannie Schaft. Dar le pot refuza numele meu.

– Asta e... e...

Lages pare sincer copleșit de încântare. Nu pot fi eu primul lui trofeu! Totuși, așa se pare.

– E o zi mare pentru Reich! declară el, privindu-și soldatul. Cât despre tine, Anton, află că o să-ți pomenesc numele în raportul meu.

– Să trăiți! răspunde Anton zâmbind.

Înfrunt privirea lui Lages, încercând – și nereușind – să găsesc capătul întunericului din ochii lui.

– N-o să uităm ziua asta, nu-i așa, Hannie Schaft?

Se apleacă mai aproape de mine și-i simt pe obraz buzele țuguiate. Îmi izbesc capul de al lui, iar el se clatină, cu ochii înlăcrimați, râzând.

– N-ai fost sărutată niciodată, așa-i? mă întreabă, privindu-mă cu milă. Asta nu mă surprinde. Nu e atât de frumoasă pe cât o lăudau, ce zici, am dreptate?

Anton râde.

– Nu fi tristă, dragă! continuă Lages. Zilele astea, cu toții suntem un pic mai urâți.

Scuip spre el, dar încercarea mea e ridicolă; gura îmi e uscată ca rumegușul. Lages râde și se întoarce la dosar, scrie câteva cuvinte pe un formular și face o semnătură înflorită. Apoi își întoarce capul spre mine.

– Anton o să te însoțească, mă informează el, uitându-se la ceas și clătinând din cap. Abia aștept să vorbim mâine, *Schatz*! Poate că primesc sărutul ăla!

– *Varken!* Porcule! răspund eu.

E posibil să nu cunoască sensul cuvântului ăstuia olandez.

Se încruntă. Arma mea așteaptă pe masă. Mă reped la ea, dar Anton mă prinde de gulerul bluzei, mă aruncă la podea și mă pironește acolo, punându-mi genunchiul în spate.

– Ia-o! îi ordonă Lages soldatului. Ține-o încătușată și ai grijă să nu faci vreo prostie!

– *Ja!* exclamă Anton. La etajul trei?

– Nu, răspunde Lages, adunându-și toate hârtiile și băgându-le la loc într-un plic maro, ștampilat cu o altă svastică neagră, pe care apoi i-l întinde lui Anton. Amstelveenseweg! spune el. Amsterdam!

37

N-am crezut niciodată în destin, dar senzația pe care o trăiesc acum, încătușată în spatele dubei ăsteia, e că gravitația mă trage spre soarta mea. Cumva, am știut întotdeauna că aveam să sfârșesc în închisoarea Amstelveenseweg.

Cu toții o știm. Închisoarea Amstelveenseweg e o casă a ororilor, sau așa am auzit noi - cei din Rezistență, evreii, cetățenii obișnuiți. Camere de tortură. Investigatori pregătiți să scoată informații de la noi prin metode prea îngrozitoare ca să ți le închipui. Mi le-am închipuit, desigur. Trupuri contorsionate ore sau zile la rând, până când sângele nu le mai circulă prin corp. Bătăi. Arsuri de țigară. Și toate instrumentele medievale de tortură pe care poți să ți le imaginezi.

Mă întreb ce face Truus. Oare știe unde sunt? Oare ele cred că o să vorbesc?

N-o s-o fac.

În cele din urmă, duba se oprește. Acum e miezul nopții. Mașina rămâne în așteptare la un fel de punct de control. Aud glasul înăbușit al șoferului și pe cel al altui bărbat de afară, dar nu înțeleg ce spun. Apoi duba face o întoarcere și mai parcurge câteva străzi, după care se oprește din nou. Sunt trasă afară, încă legată cu cătușe. E întuneric beznă, în afară de o lampă care atârnă deasupra unei uși aflate în fața mea. Clădirea e mult mai mare decât mă așteptam.

– Mișcă! îmi ordonă Anton, împingându-mă în direcția luminii.

Ajungem la un soldat postat în fața unor uși metalice. Închisoarea pare o fortăreață medievală, cu zidurile ei înalte, de piatră cenușie.

– Asta e? întreabă soldatul, cercetându-mă de sus în jos. Dar are părul negru! exclamă el, dezamăgit.

– E vopsit! răspunde Anton pe un ton imperturbabil, de parcă el ar fi cel care și-a dat seama. O târfă deghizată!

– E atât de micuță! se miră soldatul.

Anton ridică din umeri.

– Avea o armă.

Din câte știu, micul meu pistol se află încă pe masa de lemn din camera de interogatoriu de la Haarlem. Simt că mi-am pierdut o mână.

– O iau gardienii! spune soldatul.

Anton mă împinge în mâinile altor doi soldați. Înainte de a fi luată de ei, Anton mă bate pe umăr.

– Măcar un sărut, *Mädchen mit den roten Haar*? întreabă el zâmbind.

– Du-te naibii!

Toți soldații râd.

Sunt dusă printr-un labirint de coridoare reci; cotim, urcăm pe niște scări și, în cele din urmă, ajungem la un fel de pasarelă lângă care se cască un gol întunecat, ce trebuie să fie atriul central al închisorii. Aștept ca gardianul să deschidă ușa celulei, în timp ce lanțul cu chei zăngănește în liniștea nopții. Dar n-aș spune că atmosfera e pașnică. Un iz de umezeală răzbate din întunericul în care e cufundat mijlocul celulei, ceea ce mă face să mă cutremur. Nu-mi amintesc când am mâncat ultima oară. Gardienii mă strâng mai tare, de parcă aș avea de gând să fug. N-am de gând. N-are rost.

– Lanternă! cere cel care ține cheile, iar unul dintre ceilalți i-o întinde.

Odată aprinsă lanterna, ea ne luminează pe toți patru în mijlocul beznei. Într-o parte sunt ziduri groase, de cărămidă cenușie și neagră, iar în cealaltă, o balustradă de oțel. Celula n-are gratii, ci aceleași ziduri masive de piatră. O ușă metalică e singura cale de intrare și de ieșire. O ferestruică situată în partea de sus a ușii, deasupra capului meu, reprezintă singura cale de a privi înăuntru. Gardianul îndreaptă lanterna spre partea exterioară a ușii și văd altceva. O tăbliță de școală atârnă de un cârlig fixat pe ușă. Pe ea e scrijelit un cuvânt scris cu caracterele germane negre, tipic medievale, folosite pe indicatoarele de tipul INTERZIS EVREILOR: *Mörderin*. Ucigașă.

Sunt mândră. Mă așteptau.

Gardienii mă împing în celulă și mai durează câteva minute să-mi scoată cătușele. Încăperea e de aceeași dimensiune ca și spațiul din dubă. Nu există nici o fereastră, în afară de cea care dă spre coridor. Mobilierul e alcătuit dintr-un pat de fier, acoperit cu o pătură de lână mâncată de molii, și dintr-o găleată metalică așezată într-un colț. Celula asta e doar un loc în care să mori.

Gardienii au tăcut cu toții. Locul ăsta e prea crunt pentru obișnuitele tâmpenii pe care le spun ca să nu-și piardă mințile aici, în închisoare. Mă lasă în mijlocul celulei și închid repede ușa în urma lor, fără să scoată o vorbă.

Rămân în picioare, așteptând să mi se obișnuiască ochii cu întunericul. Între timp, urechile preiau controlul, ciulindu-se în căutare de sunete. Aud totul.

Apa care picură pe coridor. Vânzoleala șoarecilor și a șobolanilor pe lângă zidul de piatră. Mugetele din plămânii mei, respirația. Un glas de femeie.

– Fata cu Părul Roșu?

Rămân tăcută, întrebându-mă dacă mi-am imaginat acea șoaptă. Apoi o aud din nou. Mai tare.

– Tu ești?

– Cine-i acolo? întreb, tot în șoaptă.

– O prietenă, spune ea. *Verzet*. Rezistență.

Mă apropii de ușă.

– Nu, spune ea, auzindu-mi pașii. Aici. Pe podea, lângă perete. Ascultă-mi glasul!

O ascult și mă duc după sunet, lângă patul de fier. Îl trag într-o parte și simt un curent de aer venind de lângă podea, acolo unde o deschizătură dreptunghiulară, de dimensiunea unui pachet de țigări, formează un canal de aerisire între cele două celule. E un canal de drenaj. Acum aud bine vocea.

– Sunt aici, spun eu, visând la o țigară.

– Am văzut semnul de pe ușa ta, murmură ea cu un glas plin de tulburare. Oamenii au început să vorbească. Ești chiar tu? Hannie Schaft?

După trei ani în Rezistență, încă mă uimește puterea zvonurilor, forța de neoprit a bârfei și felul în care ea pătrunde prin orice, chiar și prin zidurile închisorii. N-au trecut decât câteva ore de când Lages mi-a smuls părul roșcat la Haarlem, dar atât de repede circulă zvonurile. Au sosit aici înaintea mea. Nu știu cine e femeia asta și se prea poate să fie un spion, o falsă tovarășă deținută, care vrea să mă facă să vorbesc. Dar nu contează.

Nu vorbesc cu nimeni. Am plănuit asta. Să-mi reduc ființa până la stadiul în care nu mai e nimic de descoperit. Am început s-o fac atunci când eram pe pod, iar acum fac la fel. Nu sunt Fata cu Părul Roșu sau Hannie Schaft, nici măcar Johanna Elderkamp. Nu sunt decât o altă *Mörderin*, ajunsă aici ca să-mi înfrunt destinul împreună cu alte așa-zise criminale.

– Tu ești? întreabă vocea din nou.

– De ce te afli aici? șoptesc eu.

Singurul mod de a nu lăsa să se știe nimic despre mine e să nu spun nimic despre mine. Nici măcar deținutei ăsteia anonime.

– Sunt medic! spune ea, adăugând: Am tratat evrei.

– Aha...

– Te-au rănit? întreabă vocea. Te-au torturat?

– N-am pățit nimic! răspund eu.

Încerc să-mi balansez brațul stâng și mă cutremur din cauza durerii care mă traversează dinspre umăr, ajungându-mi până la încheietură. Îmi bag mâna pe sub betelia fustei, ca s-o împiedic să se mai miște. Tot mă doare. Încheieturile îmi sunt însângerate din pricina cătușelor și a faptului că am șezut pe ele.

– Ce ți-au făcut?

– Nimic, răspund eu. Doar mi-au pus niște întrebări.

– Nu te-au torturat?

Nu vreau să vorbesc despre asta.

– M-au tras tare de braț și m-au obligat să șed pe mâini. N-aș numi asta tortură.

Dacă n-o consider tortură și nu mă tem, o să fie doar un lucru neplăcut, pe care trebuie să-l îndur.

– Of! se aude un icnet din cealaltă celulă. Probabil că își fac griji în privința ta.

– Ce vrei să spui?

– De asta o fac, răspunde ea. Dacă evadezi, pot da dulăilor perna scaunului pe care ai stat, ca să-ți adulmece mirosul și să-ți ia urma.

Mă prăbușesc pe pat și-mi răsucesc încheietura ca s-o întind. Nici nu vreau să-mi imaginez cum miros. Închid ochii și mă silesc să-mi liniștesc gândurile. N-o să scap.

– Of! suspin eu.

– Tania, spune ea. Eu sunt Tania Rusman.

– Mie poți să-mi spui „M".

– Doar „M"?

– *Mörderin*, mormăi eu mai mult pentru mine, zâmbind.

Chiar și în camera de interogatoriu din subsolul sediului SS de la Haarlem, nemții își făceau griji că aș fi putut să evadez. Chiar și în fortăreața asta de piatră, le provoc neliniște. Asta-i bine. Venirea aici mi-a arătat-o mai limpede decât înainte. Strâng în palmă păpușa de cârpă a lui Truus, îngropată în buzunarul meu, micul meu talisman norocos.

Se tem de mine.

38

Sunt în celula asta de câteva zile. Văd lumina soarelui traversând zidul de piatră de dincolo de ferestruica tăiată în ușa mea. Astfel, chiar dacă înăuntru e mereu întuneric, știu dacă e zi sau noapte.

Sunt surprinsă. Am crezut că nemții o să dea zor să mă interogheze, având în vedere graba cu care se apropie de sfârșit războiul ăsta. Dar toți gardienii de aici par să creadă că Germania e mai puternică decât oricând. Radiodifuziunea Reichului, controlată de Hitler, nu relatează despre victoriile Aliaților.

În cea de-a doua zi petrecută aici, am discutat despre lucrul ăsta cu vecina mea, Tania, doctorița.

– Au pierdut deja, știi?

– Cine? a întrebat ea.

– Germanii. Aliații au ajuns în Germania.

A rămas tăcută o clipă.

– Atunci, noi de ce mai suntem aici?

– Bănuiesc că învinșii așteaptă să devină oficial. Să fie semnate tratatele.

– Toată lumea știe asta?

Era o întrebare bună. Dezamăgirea falsei eliberări Aliate din septembrie anul trecut încă trăia în sufletul fiecărui olandez. Nu voiam să ne facem iluzii care să fie zdrobite din nou. Dar știrile de la Radio Oranje, venite dinspre toate sursele Rezistenței, vorbeau despre un șir continuu de înfrângeri și de soldați în retragere.

– Armata Roșie e în marș spre Berlin, i-am spus eu Taniei. Churchill, Roosevelt și Stalin au decis deja cum o să-și împartă Europa după ce se termină totul.

– Vorbești serios?

– Da, am răspuns eu.

În mod normal, nu obișnuiam să dau nimănui speranțe legate de mersul războiului, și mai ales de activitatea mea. Dar voiam să-i ofer ceva femeii ăsteia care suferea.

– De câtă vreme ești închisă aici? am șoptit.

– De peste un an.

Am încercat să-mi închipui. N-am reușit.

– Se apropie sfârșitul, am spus eu, încercând să-mi cred propriile vorbe, căci speranța putea să fie de folos aici. Întrebarea e când!

– Aici, nimeni n-o știe. În locul ăsta e din ce în ce mai rău.

Nemaivorbind de lipsa luminii în celula mea, locul în sine e mizerabil. Miroase a sudoare și a excremente, iar podeaua și pereții sunt acoperiți de o peliculă granuloasă, care pare întotdeauna un pic umedă. Mi s-a înrăutățit tusea pe care o aveam atunci când am fost arestată. Cu fiecare răsuflare, simt că inhalez otrava locului ăstuia. Încerc să nu mă zgârii în nimic ruginit. Accesele de tuse sau de strănut ale altor prizonieri îmi spun că nu sunt singura bolnavă. Așa că asta e strategia mea: să tot trag de timp, să aștept până când e prea târziu, până când sosesc Aliații și eliberează întreaga țară, orașul și nenorocita asta de închisoare. Se poate întâmpla din zi în zi. Doar să nu mor de ftizie înainte să se sfârșească războiul ăsta.

39

De patru zile, de când m-au băgat cu forța în celula asta, n-am mai făcut mai mult de câțiva pași, așa că mi-e greu să merg pe picioarele mele spre camera de interogatoriu, chiar și cu ajutorul câte unui gardian postat de fiecare parte. Dar e prima mea șansă de a vedea închisoarea pe timp de zi și, pe măsură ce înaintez, încerc să mă uit la tot ce e în jur.

Atunci încep șoaptele. Capetele întoarse și târșâitul de picioare.

-Hannie. Hannie.

Ochii a sute de femei mă studiază din toate unghiurile. Le simt privirile adunate într-una singură, care mă urmărește în timp ce traversez o fâșie de lumină ce străpunge ziua asta de iarnă.

-Hannie. *Het meisje met het rode haar.*

Fata cu Părul Roșu.

Bruneta palidă din celulă își ridică pumnul în aer.

-Verzet.

Așa am de gând să fac.

E o ușurare să fiu așezată pe un scaun tare, de lemn, în camera asta mică și neplăcută. Orice loc e o binevenită schimbare față de celula mea întunecată. Ne aflăm într-un birou mobilat cu o masă și cu un raft, ai cărui pereți sunt decorați cu câteva imagini înrămate.

Acestea din urmă sunt: o proclamație ștanțată cu vulturul nazist, un Reichsadler auriu, o pictură plină de lirism, care înfățișează o scenă alpină cu munți, brazi și zăpadă, un portret de familie - soțul, soția și un fiu mic de vârstă, privind cu toții drept în cameră, fără să știe ce îi așteaptă în viitor. Nici unul dintre noi n-a știut.

-*Heil Hitler!* spune un glas din spatele meu.

Cei doi soldați de lângă mine răspund la salut.

Tocmai a intrat un bărbat care apoi îmi dă ocol ca să mă poată privi.

-Hmmm...!

Se apleacă peste masă și mă examinează cu privirea din cap până-n picioare, așa cum mama cerceta peștii la piață, înainte să-i cumpere.

-Nu e deloc așa cum mă așteptam!

Aproape că izbucnesc în râs. Insul ăsta are în jur de treizeci și cinci de ani, păr blond, ochi albaștri și o bărbie puternică, ce îi conferă înfățișarea unui om de afaceri dintr-o reclamă la serviete.

-Numele meu e Emil Rühl, ofițer în Sicherheitsdienst, se prezintă el.

E neamț.

-Iar tu ești?

Eu mă uit țintă la podea.

-Hannie Schaft, da? întreabă el, zâmbind ca și cum ar revedea un vechi amic. Le-ai auzit pe deținute - toate știu cine ești.

Nu spun nimic.

-Ei, haide, Hannie, n-are rost să te mai ții de jocul ăsta! S-a terminat. Poți să te relaxezi. Și sunt sigur că ai nevoie de odihnă, fiindcă ai fost foarte ocupată. Cel puțin, reia el după o scurtă pauză, așa mi-a spus iubitul tău, Jan Bonekamp.

Un val de greață îmi frânge stăpânirea de sine şi mă îndoi de mijloc - ca să vomit. Nu vreau ca Rühl să mă vadă reacționând, indiferent la ce, dar nu-mi stă în putere să mă opresc. Stomacul îmi e gol, aşa că tuşesc, icnesc şi mă folosesc de ocazie ca să scuip pe podeaua lor.

Rühl se strâmbă şi face un pas înapoi, după care continuă:

-Presupun că mai corect e să spun că a vorbit cu infirmiera. Ai auzit povestea, da? Bonekamp n-a vrut să stea de vorbă cu noi, dar a făcut-o după ce am adus o infirmieră care s-a prefăcut că eşti tu.

Înghit cu greu.

-Nu semăna prea tare cu tine - nu-i deloc uşor să găseşti într-un timp atât de scurt o infirmieră cu părul roşcat -, dar pentru Bonekamp n-a părut să conteze. Poate că deja nu mai vedea bine. E posibil, fiindcă a fost rănit grav. Dar de cum ai început - ea a început - să-i pună întrebări, Bonekamp ne-a spus tot ce era de spus. Ştiai asta? a întrebat el uitându-se cu atenție la mine.

Scrâşnesc din dinți. Doare de două ori mai tare s-o aud din gura lui Rühl.

-Bine, e în regulă! Nu poate fi uşor să afli una ca asta, spune el aplecându-se spre mine. Scuză-mă, dar trebuie s-o văd cu ochii mei!

Am mâinile legate la spate şi stau nemişcată în timp ce Rühl îmi cercetează părul şi apoi smulge câteva fire. Blând, nu ca Lages. Le ridică în lumină.

-Mai aprindeți un bec, le ordonă el celor doi soldați care stau în picioare în spatele meu.

-Astea sunt toate becurile, domnule!

El se lasă spre mica lampă de pe birou, ca să vadă mai bine.

-La naiba! Al cui e biroul ăsta prăpădit?

– Domnule?

– Duceți-o afară!

Soldații mă ridică de brațe și ies cu mine în pas de marș, pe pasarela de unde se văd celulele. Capetele tuturor deținutelor se întorc ca să mă privească. Atriul central e acoperit de o cupolă de sticlă și lumina naturală se revarsă înăuntru. Făcând o manevră ciudată, gardienii mă apleacă peste balustradă, astfel încât lumina să cadă cât mai bine pe mine, iar Rühl încearcă să-mi examineze scalpul fără să-și piardă demnitatea. Lovesc din picioare și clatin din cap ca să le fac munca mai grea, iar prizonierele încep să râdă. La început numai câteva, iar apoi râsul se răspândește ca fulgerul, până ce întreaga închisoare se umple de sunetul sălbatic și sumbru al râsului lor amar. Râs femeiesc.

Chipul lui Rühl se face stacojiu. Știu asta fiindcă e chiar lângă mine. Îmi aruncă o privire dușmănoasă, apoi se dă înapoi și se îndreaptă de spate. Gardienii mă ridică de pe balustradă. Femeile ovaționează.

– Spălați-o! le ordonă el gardienilor. Scoateți-i vopseaua din păr! După aceea, mi-o aduceți înapoi.

Se răsucește pe călcâie și dispare pe coridorul interior, în timp ce femeile continuă să urle la el. După ce dispare, strigătele lor se schimbă.

Acum îmi scandează numele.

– Hannie!

– Hannie!

– Hannie!

Așa epuizată cum sunt, simt un val de bucurie care mă fulgeră prin tot corpul. Am ajuns în sfârșit în locul în care luptătorii Rezistenței îi depășesc numeric pe naziști și pe mizerabilii lor colaboratori.

Le iubesc pe femeile astea. Și simt iubirea lor pentru mine.

40

Ultimele zile au fost dificile.

M-au spălat pe păr, ceea ce a însemnat să fiu dusă într-o zonă mare de dușuri, placată cu gresie. Aici munceau femei. M-au privit cu suspiciune, cu teamă, chiar, vorbindu-și în șoaptă atunci când am trecut pe lângă ele. Dar m-au lăsat să mă dezbrac și să mă spăl singură. Am stat sub jetul de apă rece ca gheața și am lăsat-o să-mi pătrundă în piele, tremurând și privind lindinile care se prelingeau spre scurgere. Mi-au dat un fel de diluant de vopsea pe care să mi-l torn în păr. Acesta a scos toată negreala și mi-a ars pielea, lăsându-mi fruntea, scalpul și umerii pline de urme roșii. Dar vopseaua s-a luat și m-am simțit ușurată. Cu părul acela, nu eram eu însămi.

M-au dus într-o altă celulă, una de la izolare, adică aflată într-o zonă mai puțin populată a închisorii. Spațiul acela s-a dovedit a fi unul la fel de dezgustător. O singură deschizătură minusculă pe post de fereastră, iar, în afară de lumina care pătrundea pe acolo, întuneric complet. La început, nu mi-a păsat; eram atât de obosită, încât n-am făcut decât să dorm. Nu știu cât timp. M-am trezit tremurând din cauza frigului și am izbit cu pumnii în ușă, cerând să mi se aducă o pătură. N-a venit nimeni. N-o mai am pe Tania, cu care să vorbesc.

Apoi a apărut cineva, a aruncat înăuntru o pătură și mi-a spus că se întoarce peste o oră ca să mă ducă la interogatoriu.

A mai trecut o zi.

Mâncarea e vârâtă în celulă de două ori pe zi: un fel de supă apoasă de cartofi și pâine atât de poroasă, încât se fărâmițează atunci când o ating. Am mâncat tot. Am nevoie să prind puteri.

A venit cineva și mi-a spus că se întoarce în șase ore ca să mă ducă la interogatoriu. Zece minute mai târziu, s-a întors și a spus că trebuia să mergem.

Dacă au impresia că, inducându-mă în eroare în privința timpului, o să-mi distrugă rezistența, n-au decât să încerce.

De data asta sunt dusă într-o încăpere nouă, nu în biroul cel comod. E un depozit mare, la subsol, cu podele și pereți goi, mobilat doar cu o masă și cu câteva scaune simple. Becuri protejate de carcase de sârmă atârnă de grinzile care alcătuiesc tavanul. În centrul încăperii, podeaua e ușor înclinată spre o imensă scurgere.

Emil Rühl mă așteaptă șezând la masă, zâmbitor.

– Îți stă mult mai bine cu păr roșcat! spune el apropiindu-se de mine.

Eu sunt în picioare, cu mâinile legate la spate. Rühl înaintează până la câțiva centimetri de fața mea.

– Iar acum, să începem cu numele!

Eu nu spun nimic.

Rühl zâmbește. Se întoarce către paznicii din încăpere, de parcă ar vrea să facă o glumă, iar apoi se rotește înapoi și mă plesnește peste față. Poartă mănuși de piele.

– Numele, te rog!

Nu spun nimic. Mă loveşte din nou. Peste celălalt obraz.

– Numele!

Tăcere.

– Îţi dai seama că-ţi cunoaştem numele fiindcă ni l-a spus amantul tău, Jan Bonekamp, nu-i aşa? Dar e nevoie să-l spui tu!

Nu scot o vorbă.

Altă palmă.

– Numele!

Tăcere.

Palmă.

Face asta până când îmi amorţeşte faţa. Simt gust de sânge în gură. Mi se pare că are gust de mâncare. Îl savurez.

Enervat, se apropie de perete şi izbeşte cu palma în el.

– Aici, aduce-ţi-o aici! le ordonă el gardienilor.

Ei mă duc acolo, iar el îmi lipeşte capul de locul de pe perete pe care l-a ales şi care e la câţiva centimetri sub nasul meu. Îmi îndoi genunchii uşor, ca să-l pot atinge.

– Aşa! spune Rühl, întorcându-se spre gardieni. Ţine-o acolo, cu capul lipit de perete, până când vă spune cum o cheamă. Iar după ce o face, chemaţi-mă!

Apoi pleacă trântind uşa.

De cum dispare, mă îndrept de spate şi încerc să stau dreaptă. Un gardian mă împinge la loc, forţându-mi genunchii să se îndoaie.

– Ai auzit! Rămâi acolo! se răsteşte el.

Aşa că rămân acolo – sau încerc să rămân – timp de câteva ore. Încep să simt arsuri în muşchii coapselor şi apoi mi se pun cârcei. Mă sprijin când pe un picior, când pe celălalt. Labele picioarelor îmi amorţesc. Simt spasme în muşchii spatelui. Şi e atât de cretină ideea de a fi pusă cu faţa la perete, ca o şcolăriţă neascultătoare!

Furia mă ajută să mai rezist încă o oră. Gardienii s-au plictisit, deşi din când în când sunt înlocuiţi de alţii. La un moment dat, mă trezesc pe podea, după ce am leşinat. Gardienii mă ridică şi mă împing din nou în acelaşi loc. În cele din urmă, după un răstimp care mi se pare că a durat zile întregi, deşi nu poate fi vorba de mai mult de câteva ore, gardienii mă târăsc înapoi în celula mea izolată.

Recunosc că au găsit o metodă de tortură care nu lasă semne vizibile. De acum încolo, o să fie mai rău.

41

1945, aprilie

Astăzi am avut vizitatori.

Gardienii m-au lăsat singură vreme de o noapte. Am zăcut pe salteaua de paie de pe podea și mi-am masat picioarele, încercând să-mi întind mușchii spatelui și ai cefei, fiindcă îmi simțeam tot trupul răsucit ca într-o menghină. În cele din urmă, ușa s-a deschis și au intrat doi gardieni care m-au ridicat cu brutalitate de pe podea.

– Pot să merg! am spus, împingându-le mâinile de pe mine.

Au tresărit, surprinși, fiindcă nu mai vorbisem de câteva zile, și mi-au dat voie să traversez închisoarea fără ajutor.

S-a întâmplat același lucru ca înainte. De cum am ieșit din celula mea, șoaptele au prins să se furișeze prin închisoare precum apa care își găsește un făgaș la vale. În câteva minute, atriul era inundat de voci care strigau:

– Hannie! Hannie! Hannie!

Femeile loveau în gratiile celulelor cu căni sau cu alte obiecte metalice aflate la îndemână. Era atâta gălăgie, încât aș fi vrut să-mi acopăr urechile. Dar am zâmbit și n-am spus nimic. Asta le-a făcut pe deținute să țipe și mai tare. Am simțit un fior efemer de bucurie, imaginându-mi cât de mult urau nemții scena asta.

Am fost dusă într-o cameră întunecată, cu un șir de mese în capăt. Trei tinere erau înșiruite la perete, cu fața spre mese, având o înfățișare speriată și suferindă. În clipa în care m-au văzut, ceva a sclipit în ochii lor. S-au uitat una la alta și, fără să scoată o vorbă, au părut să-mi confirme identitatea. După ce gardienii m-au împins în rând cu ele, tinerele au zâmbit și s-au tras într-o parte, să-mi facă loc. Eram cam de aceeași înălțime. Două dintre ele aveau părul șaten deschis, iar una era blondă. Văzând că erau murdare și cumplit de slabe, mi-am dat seama că erau tot deținute. Șatena de lângă mine și-a mișcat degetele și le-a atins pe ale mele. Solidaritate.

Apoi s-a deschis ușa din nou și a intrat o femeie, una care aparținea categoriei civililor, escortată de doi gardieni. Sărea în ochi nu numai fiindcă era o blondă voluptoasă, ci și fiindcă părea curată și mirosea frumos. Era „de afară". Nu mă aflam aici decât de câteva săptămâni, dar deja mi se părea că tot ce se afla dincolo de zidul închisorii ar fi fost de pe altă planetă. Partea de încăpere în care se afla ea era întunecată, așa că nu i-am zărit trăsăturile.

– Dacă o vedeți pe femeia care l-a împușcat pe logodnicul dumneavoastră, arătați-ne-o! a spus un glas pe care l-am recunoscut ca fiind a lui Emil Rühl.

Femeia s-a oprit în apropiere de masă. Și-a lăsat jos geanta și și-a sprijinit mâinile de tăblie, privindu-ne cu atenție.

– Aceea e! a spus ea cu glas tremurat și nervos. Cea de acolo!

– Care, domnişoară?

Ea s-a aplecat, pătrunzând în cercul de lumină al lămpii, şi am recunoscut-o. Era blonda, prietena olandeză a lui Hertz, femeia care nu putea să se oprească din urlat atunci când eu şi Truus îl împuşcaserăm în pragul uşii ei. Am zâmbit în sinea mea, amintindu-mi cum îmi ştersese Truus mustaţa de sânge după aceea. Părea o scenă din altă viaţă. Iubita nazistului era pudrată şi avea o manichiură îngrijită. În clipa în care s-a apropiat, am simţit cum laşitatea emana din ea precum un val de căldură. Am văzut cum, cu una dintre mâini, îşi smulgea pielea din jurul unghiilor de la cealaltă mână, fără să-şi dea seama ce făcea. S-a aplecat până ce aproape că m-a atins, iar eu am adulmecat mirosul pudrei şi am văzut cum aceasta i se strânsese în ridurile din jurul gurii şi ochilor.

– Asta! a exclamat ea, iar respiraţia îi mirosea a lapte bătut, ceea ce m-a făcut să salivez. Dar avea părul diferit.

– Era vopsit în negru, a spus Rühl, mulţumit de felul în care se desfăşurau lucrurile.

– Aha..., a spus ea, după care s-a dat înapoi şi s-a uitat la celelalte trei fete din şir. Prietena ei e aici?

– Nu, de ce, aţi văzut-o şi pe aceea? a întrebat Rühl.

– Nu, a răspuns blonda, arătând spre mine. Numai pe ea.

Abia dacă am reuşit să mă abţin şi să nu-i muşc vârful degetului. Mi-am umezit buzele, iar ea s-a tras înapoi, agitându-şi mâinile de un alb păstos.

Rühl a condus-o înapoi la masă. Am auzit un oftat de uşurare, venit dinspre celelalte trei fete din şir. Le-am aruncat o privire, iar ele s-au uitat la mine; ochii lor îmi dădeau de înţeles că erau frământate de trăiri contradictorii, că încercau să mă susţină chiar dacă mulțumeau sorții că le salvase de data asta. Le-am răspuns cu un zâmbet și ele mi l-au întors, fericite. Fiecare avea cel puțin un dinte lipsă.

– Tăcere! a strigat Ruhl, văzându-ne.

Dar noi nu vorbiserăm. Fetele au început să chicotească.

– Faceți-le să tacă! a ordonat Rühl, iar soldații au făcut un pas spre noi.

Fetele au amuțit din nou.

– A recunoscut? a întrebat blonda.

Rühl și-a dres glasul și a început să caute prin hârtii.

– O să recunoască, o să recunoască! Iar acum, că ați identificat-o, i-a spus el blondei, trebuie să semnați documentul ăsta.

– N-a recunoscut? a întrebat blonda, părând supărată. Ce v-a spus?

– Nu vă faceți griji în privința asta, *Fräulein*! a răspuns Rühl. Dacă ați putea să completați formularul ăsta...

– Cine se crede? s-a stropșit blonda, ridicând glasul și privind înapoi, la mine. De ce nu le spui ce ai făcut? Păreai o fată drăguță atunci când am deschis ușa, iar apoi...

– Ai noroc să ai scăpat cu viață, curvă iubitoare de naziști!

Nu intenționasem s-o spun. Mi-a scăpat.

– Ce?!

S-a uitat la mine de parcă aș fi pălmuit-o. Apoi și-a întors capul spre Rühl.

– Vorbește cu mine?!

– Mai spune-o încă o dată! a exclamat Rühl, provocându-mă.

Eu n-am făcut decât să zâmbesc. Cele trei fete de lângă mine au început să râdă pe înfundate.

– Gura! s-a răstit el.

– Nu puteți să-i permiteți să-mi vorbească astfel! a exclamat blonda.

M-am uitat la ea și tot ce vedeam erau zecile de familii de evrei și membrii Rezistenței pe care iubitul ei îi trimisese la moarte. Tot ce avea pe ea, de la pantofii de piele lăcuită și până la parfum, era plătit cu bani câștigați în urma vânătorii de evrei ca Sonja și Philine.

– Du-te naibii! i-am strigat.

Fetele au pufnit în râs.

Femeia și-a pierdut răsuflarea, întorcându-se spre Rühl în felul în care colaboraționiștii căutau mereu ajutor la naziști.

– Nu poate să spună așa ceva!

Rühl a pășit spre mine și m-a apucat de bărbie.

– Taci. Din. Gură.

Mi-a zvârlit capul pe spate și m-am lovit de peretele dindărătul meu. Fetele au icnit, speriate. Am simțit cum îmi ieșea un cucui în partea din spate a capului. Dar eram satisfăcută. Expresia de pe chipul lui era tot ce doream să văd. Nu scosese nimic de la mine. Îl făcusem de râs în fața femeilor ăstora. Deocamdată, lucrurile stăteau destul de bine în ceea ce mă privea.

– Du-le înapoi în birou! le-a ordonat el gardienilor. Iar pe ea, a adăugat, arătând spre mine, dar, după cum am remarcat, încă ferindu-se să-mi spună pe nume – duceți-o înapoi la izolator!

În timp ce gardienii mă scoteau din încăpere, am privit-o țintă pe blondă. La vederea insolenței mele, ochii ei s-au aprins de furie. I-am făcut cu ochiul. Ea a aruncat cu geanta în mine, dar m-am ferit, iar geanta l-a lovit pe paznic, care s-a grăbit s-o ridice de pe podeaua murdară.

– Scoateți-o de aici! a exclamat Rühl.

Atunci când am pătruns pe pasarelă împreună cu gardienii, închisoarea a explodat încă o dată de urale.

42

După aceea, am petrecut peste o săptămână în izolare. În unele zile au uitat să mă hrănească, deşi e greu să-mi dau seama, fiindcă e întuneric tot timpul. Mi s-a părut că am auzit pe cineva azi-noapte şi apoi mi-am dat seama că-mi auzeam propriul glas, verbalizând în şoaptă gândurile care îmi treceau prin cap. Încerc să-mi îngrădesc astfel de gânduri, reducându-le la lucruri de bază: mâncare şi apă. Ca să fac timpul să treacă mai repede, îmi imaginez festinul din care o să mă înfrupt după ce se termină totul. Fazan la cuptor, cartofi copţi, compot de vişine, vin roşu, pâine albă. Un urcior cu lapte alb, proaspăt, unt galben care picură de pe o chiflă caldă. Îngheţată. Ciocolată. O ţigară.

Mă doare ori de câte ori stau în capul oaselor sau întinsă pe salteaua asta tare, fiindcă mi-am pierdut aproape toate rezervele de grăsime de pe corp. Mă dor şoldurile dacă şed; omoplaţii şi coatele mă dor atunci când mă întind. Dar statul în picioare necesită energie.

– Ridică-te, Hannie! Ridică-te, draga mea!

E Hendrik.

– Încerc să dorm, răspund eu.

– Ridică-te, ridică-te, ridică-te! rosteşte el cu glasul lui cântat.

– Of! fac eu, împingându-mă în capul oaselor.

– Haide, aproape că ai reuşit!

Sprijinindu-mă de zid, mă ridic în picioare, dar genunchii îmi tremură.

– Mulțumit?

– Mulțumit! răspunde el.

Apoi dispare. Hendrik m-a vizitat în felul ăsta în ultimele câteva zile, un înger elegant, care încearcă să mă facă să rămân vigilentă. Singurul mod în care îmi dau seama că nu e cu adevărat aici e faptul că, dacă ar fi, mi-ar da o țigară. Dar nu poate, fiindcă e mort.

Tare mi-ar mai plăcea o țigară!

– O țigară?

Ușa celulei e deschisă și în pragul ei stă un gardian, iar lucirea vișinie a țigării lui aprinse e prima lumină pe care am văzut-o de zile întregi.

Încerc să mă ridic, iar gardianul se apropie și mi-o întinde, dar mâinile îmi tremură atât de rău, încât n-o pot ține. Își scoate țigara aprinsă dintre buze și mi-o pune între buze, ca să pot trage un fum. Inhalez, trăiesc o clipă de extaz, iar apoi încep să tușesc atât de tare, încât trebuie să mă așez din nou.

– Ei o să vină în câteva minute! spune gardianul.

După ce se închide ușa, văd că au adus tăblița pe ușa celulei ăsteia. Pe ea e scris același cuvânt: *Ucigașă*.

Nu vin în câteva minute, desigur. Trec douăsprezece ore, poate chiar o zi, până când ușa se deschide din nou și intră doi gardieni care mă târăsc afară.

– Bleah! spune unul dintre ei.

Știu că miros îngrozitor, chiar dacă eu nu mă mai pot mirosi. N-am mai prea folosit găleata, fiindcă n-am mâncat mai nimic în ultimul timp, dar probabil că celula mică și neaerisită pute oricum.

Parcurgem același proces, defilarea prin închisoare, uralele femeilor, enervarea gardienilor. Chiar înainte să fiu coborâtă din nou la subsol, surprind privirea unei prizoniere pe lângă care trec. Expresia de pe chipul ei îmi arată cât de șocantă trebuie să fie înfățișarea mea. Știu că arăt foarte rău, deși n-am mai văzut o oglindă de o lună. Simt cum trupul mi se surpă pe dinlăuntru. În ultimele câteva zile, pe obraji mi-a apărut puf moale, așa cum am văzut la oamenii înfometați. Ultima încercare a trupului de a-și păstra căldura.

Înapoi în camera de la subsol. Emil Rühl e acolo împreună cu alți militari din SD – nu gardieni de închisoare, de data asta.

– Iat-o pe vedeta noastră! spune Rühl.

Mă privește așteptând, parcă, să mă prezint. Eu am decis deja să nu scot nici o vorbă. De data asta, fără poante, fără nimic. E calea cea mai simplă și sunt prea epuizată ca să pot face altceva. De cum mă așez, simt că mi se închid pleoapele. Aș putea să adorm aici. Vreau să dorm.

– Nu, nu, spune Rühl, ridicându-mi bărbia. Domnilor, iat-o pe Hannie Schaft! Până la sfârșitul orelor pe care o să le petreceți împreună, o să recunoască asta. Și multe altele. Te las pe mâinile lor, draga mea, spune Rühl, întorcându-se spre mine. Băieții ăștia au pregătire specială pentru *verschärfte Vernehmung*, interogatoriu potențat, așa-i?

Interogatoriu potențat?! Pe asta n-am mai auzit-o până acum! „Băieții“ – bărbați care trebuie să aibă în jur de douăzeci și cinci de ani – dau din cap, fără să zâmbească.

– Fii fată bună, Hannie! Cu cât te decizi mai repede să cooperezi cu ei, cu atât mai repede se termină totul și putem să fim prieteni!

Rühl se îndreaptă spre ușă.

– *Heil Hitler!* spune el, făcând salutul cu brațul.

– *Heil Hitler!* răspund soldații și gardienii.

Rühl pleacă. Cei doi gardieni stau lângă mine. Cei trei militari din SD șed de cealaltă parte a mesei.

– Puteți să plecați! spune unul dintre cei din SD. Așteptați afară!

– Să-i punem cătușele? întreabă un paznic.

Stau așezată pe scaun, cu mâinile libere. N-am energie nici să mă ridic, darămite s-o rup la fugă.

– Nu, lăsați-o așa, spune bărbatul.

Gardienii se uită unul la altul și apoi ies. Ușa se închide în urma lor.

– Cum te cheamă? întreabă unul dintre soldații din SD.

E înalt, are păr negru, lucios, și sprâncene ca niște dungi de vopsea neagră.

Nu zic nimic.

Negriciosul dă din cap, iar unul dintre ei, care pare cel mai tânăr, înconjoară masa și vine la mine.

– Dă-mi mâna! spune el.

Nu fac nimic.

El se apleacă și mi se uită în ochi.

– Cu tine vorbesc! Pune mâna pe masă!

Îmi ridic privirea la el și înțepenesc. Amândoi înțepenim. Îl cunosc pe bărbatul ăsta. Pe băiatul ăsta.

– Tom, șoptesc eu.

Face ochii mari și se dă un pas înapoi.

– Ce a spus? întreabă Negriciosul.

– Nimic, răspunde Tom.

Continui să-l fixez cu privirea. Să fie oare chiar el? Tom! Nu i-am știut niciodată numele de familie băiatului ăstuia, căruia i-am dat primul sărut. Un sărut stânjenitor, groaznic.

– Bună, Tom, șoptesc eu.

Nu pot vorbi mai tare, altfel aș face-o.

„Colaboraționist împuțit!"

– Ce spune?! se enervează Negriciosul.

– Nimic! răspunde Tom din nou, după care îmi apucă mâna dreaptă, pe care o pune pe tăblia pătrată a mesei.

Pare mâna unui schelet, articulată și albă.

– O cunoști? întreabă Negriciosul.

O acuzație.

– E nebună! spune Tom. Sunt gata!

Al treilea bărbat înconjoară masa și vine la mine. Tom îmi ține brațul și îmi apasă mâna, ca să se lipească de tăblia mesei. Îi face un semn din cap celui de-al treilea, un bărbat mai scund și mai gras, cu pistrui.

Pistruiatul pune pe masă o valijoară de piele, de lungimea și lățimea unui antebraț de bărbat. Îi desface fermoarul și deschide valiza, care pare să fie un fel de trusă chirurgicală. Văd cu coada ochiului, înșiruite, instrumente argintii, lucioase: bisturie, pensete, o lupă, foarfece, ace.

Sunt ca un iepure, agitat și gata să zvâcnească. Nu mai simt oboseala, mă uit la cei trei bărbați și mă întreb dacă aș putea să-i înving cumva. Dar sigur că nu pot, iar în fața ușii sunt postați doi gardieni. Însă chiar și așa, orice ar avea de gând, nu-i pot lăsa s-o facă fără să mă opun.

Încerc să mă ridic de pe scaun, dar Tom, care mă ține încă, mă împinge la loc, ușurel. Asta îi dă încredere și zâmbește, mândru de el.

– Legați-o de scaun, ordonă el.

– Haide, Tommy! spun eu, gâfâind din cauza scurtului efort. Doar mă cunoști!

Pistruiatul îl privește, neînțelegând.

– Fă-o! exclamă Tom, ţintuindu-mi încă braţul de masă.

Abia dacă mă pot opune. N-am energie. Pistruiatul ridică din umeri şi scoate din geantă câteva instrumente argintii, lucioase. Aşezându-le pe tăblia mesei – foarfece, pensete şi un bisturiu –, se uită la Negricios, aşteptând un semn. Negriciosul face o mişcare din cap.

Toţi trei îl privim pe Pistruiat, care pune o scoabă lungă, subţire şi ascuţită în capătul unghiei de la degetul meu arătător. E ca o scoabă pentru gheaţă în miniatură, dar foarte ascuţită. Apoi, folosindu-se de un ciocan argintiu de aceleaşi dimensiuni miniaturale, începe să lovească uşor în capătul scoabei plasate sub unghia mea. *Cioc, cioc, cioc.*

Durerea e de-a dreptul electrizantă. Îmi aud gâfâitul, simt că-mi pierd răsuflarea şi toate celulele corpului meu sunt concentrate deodată asupra degetului şi durerii chinuitoare din carnea distrusă de metalul ascuţit. Trebuie să se oprească acum, imediat! Dar nu se opreşte. *Cioc, cioc, cioc.* Mai rău de-atât, unghia mi se despică în lung şi sângele erupe din carnea moale şi trandafirie de sub ea. Dacă mă uit, e şi mai rău. Îmi întorc capul.

Cioc, cioc, cioc.

Mai ciocăneşte de trei ori, iar unghia se despică în jumătate pe toată lungimea ei, deschizându-se ca o uşă. Pistruiatul îşi ridică privirea la Tom şi la Negricios.

Chipul lui Tom are paloarea albului albăstrui al porţelanului de Delft. Pe buza de sus i s-au ivit picături de sudoare. Mă uit la el, dar îşi fereşte privirea. Negriciosul îi face semn din cap Pistruiatului, care lasă pe masă ciocănelul şi scoaba, iar după aceea apucă penseta.

– Cum te cheamă? întreabă Negriciosul.

– Ştii tu, şoptesc eu.

Pistruiatul apucă jumătate de unghie cu penseta şi trage. Ţip – nu mă pot abţine. Din deget mi se revarsă un şuvoi de sânge. Jumătatea de unghie zace lângă mâna mea, pe masă. Tom pare pe punctul să leşine.

– Care e? întreabă din nou Negriciosul.

Eu clatin din cap, iar Pistruiatul îmi smulge şi cealaltă jumătate. Ţip din nou şi mă zbat pe scaun, ţinută pe loc de Tom şi de Pistruiat.

– Spune-ne numele tău şi te lăsăm în pace! exclamă Pistruiatul, ca şi cum aş fi înţeles greşit întrebarea.

– Tommy, şoptesc eu.

El nu-şi aminteşte nici de mine, nici de numele meu. Probabil că s-a sărutat din greu la petrecerile din facultate. Eu, însă, nu.

– Tom, şoptesc eu din nou.

– Ce se petrece aici? întreabă Negriciosul, aplecându-se peste masă şi uitându-se la Tom. Vă cunoaşteţi?

– Nu, e nebună! se apără el.

– Tommy, şoptesc eu iarăşi.

Negriciosul se apleacă iar.

– Dacă o cunoşti, poţi să-i confirmi identitatea. E Hannie Schaft?

Tom se uită în jur, căutând ajutor.

– Nu ştiu! răspunde el. De unde să ştiu? Treci la următorul! îi cere, apoi, Pistruiatului.

Sunt încântată. În cele din urmă, Tom a decis că e mai rău să recunoască faptul că o cunoaşte pe Ucigaşă, decât să se facă util şi s-o identifice. Încă se tem de mine. Pistruiatul îşi întoarce capul spre Negricios, care face un semn de încuviinţare. Şi apoi trec la degetul următor. Şi la următorul.

Continui să urlu până când leşin. Cei trei îmi dau palme ca să mă trezească. În clipele dintre un deget şi următorul, încerc să-l aţâţ pe Tom. De ce nu l-am întrebat măcar care e numele lui de familie? Nu știu cât durează tortura. Minute? Ore? Într-un târziu, îmi leagă mâinile de scaun cu cătușe, iar Pistruiatul își pune instrumentele la loc, ștergându-l pe fiecare cu o batistă fină, albă ca zăpada. Cei trei ies fără să scoată o vorbă.

– Pa, Tommy, șoptesc eu.

El mă ignoră.

Gardienii intră și se opresc brusc după ce trec pragul. Încăperea e luminată de singura lampă de pe masă, în al cărei cerc strâmt de lumină nu ne aflăm decât eu și tăblia mesei. Sunt prăbușită pe scaun, cu bărbia în piept. Sunt doar pe sfert conștientă, dar îmi simt, totuși, ritmul bătăilor inimii prin vârfurile celor patru degete de la mâna dreaptă. Fiecare astfel de bătaie de inimă e o agonie, un iureș de senzații cumplite, îndreptate spre buricele însângerate ale degetelor mele. Aud cum picăturile de sânge cad pe podeaua de ciment cu un zgomot slab.

Iar pe masă, luminate ca un actor în bătaia reflectoarelor, sunt opt bucăți rupte de unghii, ca niște coarne ale unui mic animal, cărnoase și roșii la capătul la care se uneau cu degetul. O băltoacă lipicioasă de sânge negru se întinde sub ele.

„E ciudat că ceva atât de mic îți poate provoca atât de multă durere!“ mă gândesc eu.

Mă gândesc că, poate, individul acela nu era Tom.

Apoi întunericul. În sfârșit.

43

Mai târziu în aceeaşi zi, călăii mei se ocupă de unghiile de la mâna stângă. De data asta, leşin înainte să ajungă la degetul mic.

44

Mă trezesc într-o altă celulă. De fapt, e cea veche. Chiar înainte să deschid ochii, simt oameni în apropiere de mine. Chiar și prin zidurile astea groase, aud murmurul vocilor de femei.

– Tania? întreb eu.

– Of, Hannie! spune ea, de parcă a așteptat în tot timpul ăsta să mă audă vorbind din nou. Ai pățit ceva?

Încerc să vorbesc, dar de pe buze nu-mi iese nici un sunet. Am gura uscată ca nisipul. Lovesc cu brațul în jur, ca să văd dacă mi-a fost lăsat în celulă un urcior cu apă și atunci mă străbate durerea mistuitoare din vârfurile însângerate ale degetelor, readucându-mă cu totul în prezent.

– Au!

– Ce ți-au făcut? întreabă Tania.

Am nevoie de câteva momente ca să mă adun înainte să pot vorbi. Asta îmi dă timp să-mi gândesc răspunsul. Orice îi spun Taniei o să fie transmis mai departe, prin șoapte.

– N-am pățit nimic, răspund eu. Nu le-am dat nimic!

Aud niște zgomote estompate, ce par a fi aplauze.

– Hannie, te iubim, șoptește Tania, care apoi tușește cu putere. Dar își revine și se adună. Rămâi puternică!

– Și eu vă iubesc, răspund, cu glas abia auzit. *Vuur, schurft, hoest, en liefde.*

– Ce spui? şopteşte Tania.

Focul, scabia, tusea şi iubirea.

Mai târziu în aceeaşi zi, uşa celulei mele se deschide şi paznicii mă târăsc din nou afară. Mă lasă să cad pe podeaua infirmeriei, acelaşi loc unde m-am spălat în urmă cu câteva săptămâni.

– Curăţaţi-o! spune unul dintre gardieni.

Îngrijitoarele se adună în jurul meu, mă ridică şi mă aşază pe un pat pliant. Leşin şi îmi revin de câteva ori; le simt atingându-mă, împingându-mă, spălându-mă cu bureţi şi cârpe. Atingerile lor sunt prea blânde ca să fie adevărate. După ce mă trezesc, starea de bine dispare.

– E destul, să mergem!

Cu câte un braţ al meu petrecut pe după ceafa fiecăruia dintre ei, gardienii mă scot din infirmerie.

Afară. Pentru prima oară după o lună, poate. Mă înfior la vederea luminii soarelui, iar căldura lui aproape că mă răneşte. Pătrundem în curtea centrală, unde aud zvon de voci care discută şi, pentru mine, celelalte zgomote amuţesc. Prin ochii înlăcrimaţi, văd că s-a eliberat un loc lângă un zid de cărămidă. Gardienii mă trag în direcţia aceea. De fiecare parte stau zeci de prizoniere, privind. Sunt murdare şi îngrozitor de slabe, se ţin de mâini şi şoptesc la trecerea mea. Aud ici şi colo numele de „Hannie Schaft". Şi, din când în când, câte un „Verzet" şoptit.

Rezist, rezist! Aşa am de gând. E singurul meu plan. Să nu le dau nimic.

– Stai aici, rezemată de zid! îmi ordonă gardianul, împingându-mă.

Ştiu ce e, fiindcă am văzut scena asta în filme. O execuţie. Plutonul de tragere. Simt pe pielea spatelui cărămizile roșii, calde. Ridic mâna ca să-mi dau la o parte părul care îmi cade în ochi și întreaga curte amuțește. Mâna mea. Îngrijitoarele de la infirmerie mi-au înfășurat vârfurile degetelor în tifon, dar sângele a trecut deja prin el și întreaga palmă dreaptă îmi e străbătută de dâre de sânge roșu, ce se scurg pe antebraț și pătează mâneca bluzei care a fost cândva albă. Las mâna în jos și îmi simt din nou bătăile inimii în vârful degetelor, dureroase. Scot batista din buzunarul fustei și-mi fac palma dreaptă pumn, încercând să opresc zvâcnirea. Dar nu e o batistă simplă. E păpușa. Aplatizată, boțită, soioasă și pătată, dar e mica păpușă făcută dintr-o batistă, pe care mi-a dat-o Truus. Atunci când am fost adusă aici, gardienii m-au lăsat s-o păstrez; la urma urmelor, nu-i decât o batistă veche. S-au desfăcut nodurile de la colțuri, a dispărut și sfoara din jurul gâtului. Pare să fie doar o veche și uzată batistă dintre cele care se țin la vedere, împăturite, în buzunarul de la piept al sacourilor bărbătești. Dar în realitate e altceva. Sunt Truus, Freddie, Hendrik, chiar și Jan. Sunt părinții mei, Philine și Sonja. E Rosie. Truus i-a făcut o păpușă, iar ea a supraviețuit. Truus mi-a făcut mie o păpușă... și sunt încă vie. Nu renunț. Dintr-un alb murdar, batista s-a făcut deja de un roșu sângeriu.

– Drepți! îmi ordonă gardianul, iar eu îmi îndrept spinarea.

Obișnuită acum cu lumina soarelui de după-amiază, le văd pe prizonierele care stau în spatele gardienilor, le observ fețele neliniștite, emoționate. Și mai văd, chiar în fața mea, vreo cinci sau șase soldați din Wermacht, îmbrăcați în uniformă și stând în poziție de drepți, așezați în semicerc, cu puștile la picior.

– *Achtung!* se aude un glas.

E Rühl. Soldații pocnesc din călcâie.

-*Heil Hitler!* salută el.

-*Heil Hitler!* repetă soldații, răspunzând la salut.

-Hannie Schaft, spune Rühl cu un glas care bubuie peste întreaga curte, ți-am dat mai multe șanse! Asta e ultima! Știm că ești o criminală care încearcă să distrugă speranțele și visurile oamenilor harnici din Țările de Jos. Ai făcut asta vătămând - ucigând! - oameni nevinovați. Unii dintre ei, concetățeni olandezi. Da, e adevărat!

Privește în jurul curții și dă din cap, parcă așteptându-se ca prizonierele să fie de partea lui. Ele rămân tăcute.

-Nu vrem decât să recunoști cine ești și ce ai făcut. Nu-i mult! Vezi tu, asta trebuie să facem dacă vrem să servim justiția. Trebuie să ne asigurăm că nu acuzăm persoana greșită. Ar fi nedrept. Cel de-Al Treilea Reich e un regim al legii, domnișoară Schaft! Nimeni nu e deasupra legii.

-Emil! exclam eu. Pare un nume franțuzesc.

Rühl mă privește, înfuriat de insolența mea.

-Ce spui, domnișoară Schaft?

N-am puterea s-o repet.

-Ei, nu mai ai nimic de spus? Asta e ultima ta șansă!

Îmi ridic capul. Soldații se uită prin mine, nu la mine. Chipurile lor nu sunt decât niște măști de carne. Par mai degrabă constipați, ceea ce mă face să zâmbesc.

-Asta e! spune Rühl. *Achtung!* le strigă el soldaților.

Aceștia pocnesc din călcâie.

-Țintiți!

Soldații ridică puștile la umăr, îndreptându-le spre mine. Pântecul meu gol se strânge. Dacă n-aș fi atât de deshidratată, mi-aș uda lenjeria de corp. Prizonierele își duc mâinile la gură, la ochi, la urechi. Aud plânsul cuiva. Îmi spun că trebuie să respir. Nu reușesc să inhalez decât o gură de aer, dar asta e de ajuns să-mi amintească că încă sunt în viață. Că nu le-am dat nimic. Nici măcar numele meu.

– Alfred! strigă Rühl.

CLIC!

Tăcere.

Târșâit de picioare. Răsuflări întretăiate.

Deschid ochii. În mijlocul plutonului de execuție stă un bărbat care ține în mână un aparat mare de fotografiat. *CLIC!* Îmi mai face o fotografie.

– Pentru dosarele noastre, spune Rühl, fixându-mă cu privirea și aruncându-mi un zâmbet abătut.

Îi răspund cu aceeași privire.

– Data viitoare o să încărcăm puștile!

Zâmbesc. Strâng în mână păpușa lui Rosie. Sângele picură pe pietrele de la picioarele mele.

Femeile izbucnesc în urale.

45

15 aprilie 1945

Nu știu nici ce zi e, nici ce parte a zilei e. Strâng la piept păpușa murdară, de cârpă, și ascult zgomotele care pătrund de dincolo de fereastra mea; uneori aud, venind dinspre stradă, zornăitul familiar și discordant al unei sonerii de bicicletă. La numai câțiva metri de mine, de cealaltă parte a zidului, oamenii merg liberi. E o chestiune de centimetri, de un metru. Dar eu știu că mă aflu de partea corectă.

Ușa se deschide și gardienii lasă jos o tavă cu mâncare.

– Mănâncă repede, te scoatem de aici!

Îmi îndes în gură ceva maroniu și cleios, iar ei traversează din nou închisoarea împreună cu mine. Deținutele scot urale. Sunt prea obosită ca să le fac vreun semn. În scurtă vreme, mă aflu în miezul cufundat în liniște al clădirii, atât de departe de ele, încât, dacă n-ar fi zăbrelele de la ferestre, am putea să ne aflăm într-o clădire de birouri obișnuită. Vechiul meu prieten, Emil Rühl, stă în spatele unui birou lat, de lemn de tec. Mă așază pe un scaun tapițat, aflat de cealaltă parte a biroului. E cel mai moale lucru pe care l-am simțit de multă vreme. Sau, poate, în toată viața mea. Nu sunt obișnuită cu senzația de bine.

– Uită-te la tine! spune el clătinând din cap și părând sincer întristat. Stai așa!

Se apleacă și caută într-un sertar. Sunt însoțită de doi gardieni, dar nici unul dintre ei nu e îngrijorat că aș putea să sar de la locul meu și să-l atac pe Rühl. Abia dacă am puterea să mi-o imaginez.

– Poftim! spune el, întinzându-mi o oglindă rotundă, cu mâner și ramă de abanos.

O iau din mâna lui stângace cu degetele mele bandajate – îl văd cum se ferește la vederea lor – și ridic oglinda la înălțimea feței.

Durează un moment.

Apoi o recunosc. O imagine mă privește din oglindă. O ființă umană, ăsta e primul gând care îmi trece prin cap în clipa în care îmi văd reflexia. Înfometarea mi-a șters nu doar trăsăturile secundare și personalitatea, dar și sexul. Aș putea să fiu și bărbat, și femeie. Aș putea să fiu tânără sau bătrână. Sunt un chip pe un trup și sunt încă vie, ca să mă pot privi în oglindă. Sunt mândră de asta.

– În ce dată suntem? întreb, scrâșnind.

Încerc să-mi aranjez părul încâlcit.

Rühl aproape că sare de pe scaun. Nu m-a auzit niciodată rostind mai mult de câteva cuvinte.

– Ce-ai spus?

– Data.

Sunt prea obosită.

Se uită la calendarul de pe biroul lui, unul dintre miile de obiecte făcute pe comandă din încăperea asta, ștanțate cu ostentativa svastică. Întotdeauna îmi sar în ochi.

– Suntem în 15 aprilie, spune el, rămânând cu degetul pe pătratul de pe pagină, parcă așteptând să-l contrazic.

Dar eu nu mă mai gândesc la Emi Rühl. Dacă azi e 15 aprilie, înseamnă că sunt aici de o lună.

De ce nu s-a terminat războiul? Unde sunt Aliații? Pierduți pe undeva, la fel ca părinții mei, ca Sonja și Philine.

Îmi lungesc gâtul ca să privesc afară, la strada de jos, dar nu văd nimic din unghiul ăsta. Nu zăresc decât cerul albastru. O pasăre zboară prin dreptul ferestrei – o vrabie – și apoi dispare. Vrabia din sala tronului. Am făcut o prezentare despre ea în clasa a noua. În mijlocul unei furtuni cumplite, o vrabie apare în zbor și intră în sala tronului unui rege, care e plină de lumină și de căldură, iar apoi zboară înapoi în frig și întuneric. Așa e viața omului, un scurt interludiu de lumină între întunericul morții și nonexistență. Asta am scris.

–... te interesează în mod special? întreabă Rühl.

N-am prins prima parte. Mintea îmi era aiurea.

– Poftim?

Rühl pufnește. L-am jignit. Tot ce putem să vedem din perspectiva limitată a timpului scurt pe care-l petrecem pe pământ, trecând în zbor prin sala luminată a tronului, nu ne dezvăluie nimic despre ceea ce vine înainte sau după.

– Despre ce vorbești?

Rühl mă privește cu sprâncenele încruntate.

– Despre nimic.

Nu mi-am dat seama că vorbeam cu glas tare. Încerc să-mi imaginez o flotă de avioane RAF gonind pe cerul albastru, anunțând sfârșitul.

„Bombardați-ne!“ strig eu în gând. „Faceți închisoarea asta una cu pământul! Bombardați-mă!“

Dar pe cer nu sunt avioane, ci doar păsări.

– Am fost în preajma lui Jan Bonekamp, să știi! îmi mărturisește Rühl. Acolo, la spital.

Mă uit țintă la el. Vreau să spună mai multe, dar refuz să întreb.

Nu se poate opri.

– N-a vorbit imediat. Nici pe departe!

Se oprește ca să-mi urmărească reacția. Dacă am vreuna, nu pot face nimic ca s-o împiedic. Dar sunt prea epuizată ca să mai exprim vreo emoție.

– De fapt, continuă el, abia după ce am adus-o pe infirmiera aceea tânără și frumoasă, a început să vorbească domnul Bonekamp.

Rühl zâmbește și face un semn din cap către soldați. Bărbații înțeleg. Ofițerul se umflă în pene de parcă ar fi mândrul stăpân al unui cal de curse câștigător.

– Du-te naibii! exclam eu.

Unul dintre soldați tușește, iar chipul lui Rühl se face stacojiu.

– Ascultă, ticăloaso, puteam să ordon să fii ucisă acum câteva săptămâni! Mulți de aici ar fi preferat să te vadă moartă. Am presupus că putem să colaborăm, să ne ajutăm reciproc. Dar tu nu m-ai ajutat deloc!

Îl privesc cum vorbește. Gândurile mele rătăcesc, întorcându-se la vrabie, la libertatea zborului. Apoi la Jan. Au impresia că sunt surprinsă? Nu știu ce reacție ar trebui să am. Să mă simt onorată? Oripilată? Devastată? Am supraviețuit deja acestor stări.

– Ai toată ziua care urmează ca să te gândești. E ultima ta șansă, Hannie! Nu le frânge inima părinților tăi!

Îmi ridic privirea.

– O, da, sunt încă în viață! Deocamdată.

Inima îmi bubuie atât de tare, încât mă doare pieptul. Părinții mei sunt în viață? Dar Philine? Vreau să întreb, însă e inutil.

– Nu-i prea târziu ca să faci ceea ce trebuie! Așa cum a făcut dragul tău Bonekamp.

Dragul meu Bonekamp. L-am iubit, e adevărat. Eram îndrăgostită de el - oare e același lucru? Cred că el m-a iubit. Așa cum iubea multe alte lucruri. Nechibzuit.

-Ce spui?

Rühl se uită țintă la mine.

N-am vorbit cu glas tare, sau nu cred.

„Nu le frânge inima părinților tăi. Sunt încă în viață. Poate că sunt. Oare dacă aș... nu! Nu fi proastă, Hannie! Te minte!"

Chiar înainte de lăsarea vălului de întuneric, văd cerul din spatele lui Rühl, și sper să revăd vrabia.

-Hannie, Hannie, ești acolo?

E atât de întunecat, încât trebuie să fie noapte. Poate că au trecut zile, poate ore. Nu știu. Glasul Taniei se prelinge atât de slab prin canalul de aerisire, încât abia îl aud.

-Hannie!

-Tania, șoptesc eu.

-Te simți bine?

Astăzi m-au dus în camera de la subsol, mi-au încătușat mâinile la spate și au legat cătușele de o frânghie trecută printr-un cârlig prins în tavan; apoi cineva a început să tragă de frânghie din spatele meu, ridicându-mi brațele tot mai mult, până când mi-a dislocat umerii; apoi mi s-au rupt coatele.

Acum, întoarsă în celula mea, îmi amintesc un fulger de durere cumplită pe care l-am simțit când cineva mi-a împins oasele la loc în articulațiile lor. Umerii îmi sunt umflați și învinețiți. Toate degetele îmi sunt împachetate în tifon în afară de degetele mari. Le văd, trandafirii și sănătoase la capătul brațelor și mă uimește cum o parte a trupului poate continua să funcționeze atât de bine, în timp ce, la numai câţiva centimetri, o altă parte, buricele degetelor, putrezeşte şi se ofileşte. Nu le-am dat nimic. Nici măcar numele meu.

– Sunt bine, îi răspund Taniei. Sunt bine.

46

17 aprilie 1945

– Haide!

Gardienii mă ridică de jos. Mă clatin pe picioare traversând închisoarea, alunecându-le din brațe ca mușchiul de pe un copac. Zgomotul făcut de prizoniere în dimineața asta e înfiorător. Ceea ce începe ca strigăte – „*Hannie!*" – se dizolvă în șoapte și țipete furioase, zeflemele și huiduieli la adresa gardienilor, spre care aruncă cu lucruri în timp ce mergem. Ele cred că sunt moartă. Nu-mi amintesc de ultima dată când am mâncat sau băut ceva. Dar nu sunt moartă. Sunt încă în viață.

Apoi, în fața mea, o tânără se apleacă prin zăbrelele celule. Se întinde și îmi atinge marginea mânecii. În clipa în care unghiile ei se prind de țesătura bluzei, ni se întâlnesc privirile.

– Hannie Schaft? întreabă ea.

Gardienii mă trag mai departe, dar eu mă răsucesc s-o văd.

– Șștt! îi spun.

Ea țipă cât poate de tare:

– *Lang leve Hannie Schaft!* Trăiască Hannie Schaft!

Deținutele sunt cuprinse de nebunie. Uralele traversează închisoarea ca un potop, înecând tot restul.

Lang leve Hannie Schaft.
Lang leve Hannie Schaft.
Lang leve Hannie Schaft.

Întreaga fortăreață de piatră răsună de glasurile femeilor care se tânguiesc, strigă, îi urăsc pe naziștii ăștia nemernici și se agață de viață. Le iubesc. În timp ce sunt târâtă afară, îmi las capul pe spate și urlu. Fără cuvinte, numai sunete, atât de primitive, încât mă sperie. Ca un animal rănit, ceea ce sunt eu acum. Urlă și ele. Le iubesc.

Sunt aruncată din nou în spatele dubei, gâfâind. Vechea mea prietenă, duba. Ce le mai place să arunce femei în dubele astea! Prin geamul-hublou, văd un șofer blond care se urcă la volan, împreună cu un alt gardian anonim. Emil Rühl iese din clădire. Desigur că el e aici. N-ar pierde momentul pentru nimic în lume. În spatele lui merge un bărbat înalt, deșirat, cu o față încrețită precum cea a unei cârtițe: e vechiul meu prieten, Sturmbahnführerul SS Willy Lages, de pe Podul Jan Gijzen. El și Rühl se salută cu câte un „*Heil Hitler!*" și apoi vorbesc preț de câteva clipe. După aceea, se salută din nou și Lages urcă în dubă. Rühl rămâne în urmă. Motorul huruie, roțile se învârt și văd cum zidurile din piatră cenușie ale închisorii Amstelveenseweg se micșorează prin fereastra cea mică.

Mă trezesc în mijlocul unui oraș. Văd pe fereastră clădiri înalte și aud oameni care vorbesc afară. Portiera din dreptul pasagerului se deschide și mai urcă un bărbat. În spatele lui văd firma în alb și roșu de deasupra intrării la Bakkerij Vink din Haarlem. De aici cumpăram tarte cu mere. De ce ne aflăm la Haarlem? Cu siguranță că n-au de gând să mă ducă acasă.

Mă duc acasă?

Truus. Oare ce face Truus acum?

De ce ne aflăm la Haarlem?

Apoi ușile din spate ale dubei se deschid larg și bărbatul nou-venit privește înăuntru, mă vede prăbușită lângă peretele spațiului pentru marfă și aruncă ceva lângă mine, în partea dreaptă. Ușile se închid și se zăvorul se aude trosnetul strident al oțelului.

E o lopată.

Nu mă duc acasă.

Între Amsterdam și Haarlem, am dormit. Aș cădea din picioare dacă aș încerca să fug, dar mintea îmi e vie și trează pentru prima oară de săptămâni întregi. Duba merge mai departe, zgomotul motorului și al cauciucurilor pe șoseaua desfundată învăluind totul într-un vâjâit surd. Asta mă ajută să gândesc.

Nu mă duc acasă.

Nu mai suntem în oraș. Duba se oprește rareori, atunci când trece de intersecții. De afară se aud puține zgomote. Mă ridic până în dreptul ferestrei și văd câmpurile de afară, unele plantate, iar altele, lăsate în părăsire. Imaginea îmi amintește de picnicurile pe care le-am făcut cândva împreună cu Truus și Freddie.

Truus, Freddie și Trijntje. Femeile Oversteegen sunt în viață.

Dar părinții mei? Decid să nădăjduiesc că sunt tot în viață.

Philine și Sonja? Decid să nădăjduiesc că tot în viață.

Hendrik e mort. O moarte eroică.

Jan e mort. Jan... Închid ochii atunci când mă gândesc la Jan și îmi tremură inima. Așa se întâmplă ori de câte ori îmi amintesc ce simțeam pentru el. Întâmpin cu bucurie durerea pe care mi-o provoacă dorul de el; e tot ce mi-a mai rămas. Singurul lucru mai rău decât suferința asta din dragoste ar fi fost să n-o simt niciodată.

În curând o să fiu moartă.

Poate că Rosie e în viață. E încă atât de mică! Mă simt bătrână... Oare la douăzeci și patru de ani ești bătrân? Poate că nu, dar eu nu mai sunt tânără.

Cerul albastru de dincolo de fereastră are aceeași nuanță de azuriu precum cerul văzut de la fereastra lui Rühl. Fiindcă e același cer. Văd închisoarea. Aud glasul Taniei prin canalul de aerisire. Simt în oase uralele furtunoase ale deținutelor. Remarc cum mi se sfâșie mâneca bluzei atunci când femeia cea tânără se apleacă spre mine. „Hannie!“

Pentru prima dată de când s-a întâmplat, mă gândesc la primul om pe care l-am ucis. Ofițerul Kohl, pe alee. Mi-a fost frică să mă întorc la el în amintire. Acum vreau. Cu toții murim. Dar eu am făcut ceva util în noaptea aceea.

Încă mai pot face ceva util.

Mă mai pot opune.

Duba zdrăngănește, eu alunec pe podeaua metalică striată, iar ușile din spate se deschid.

– Ieși!

Cineva apucă lopata.

Cobor din dubă târâș. La început nu văd decât tufișurile înalte și ghimpoase care ne înconjoară, mai înalte decât mine. Ceilalți doi bărbați dau ocol mașinii. Sturmbahnführerul SS Lages îi face un semn din cap celui care duce lopata.

– Haide! spune individul cel nou, trăgându-mă de cot.

Tresar la atingerea lui și fac un salt în față. Îmi dă voie s-o iau înainte. Habar n-am unde suntem și încotro mergem.

Apoi îmi dau seama. Cu picioarele desculțe, ies dintre tufișuri și pășesc pe o cărare de nisip. E nisip peste tot, cald și moale. Cândva am venit aici împreună cu

Jan. Ne aflăm între imensele dune de nisip de la marginea Mării Nordului. Mi-e dor de arma mea. Mă împiedic, iar Lages ţipă la mine.

– Nu te opri! îmi ordonă el spune el. Urmează cărarea!

O urmez. Nu-i uşor. Nisipul e alunecos, iar eu sunt slăbită. Căldura victorioasă a soarelui şi briza oceanului sunt copleşitoare, ca un drog. Aş putea să mor de o doză prea mare.

Cad.

– Ridică-te!

Mă ridic. Mai fac câţiva paşi. Cad din nou. Râd.

– Taci şi mergi!

Încerc, dar nu mă pot opri din râs, un râs uşor, sec, mai mult vânt decât sunet. O văd pe Annie, care priveşte sceną şi râde. E absurd! Cum am ajuns aici, între dune, înfometată, sfidătoare? Ea cum a ajuns?

– Annie? întreb eu.

– Bună, Jopie!

Frumosul zâmbet al surorii mele. Are tot doisprezece ani. Eu n-am vârstă. Timpul se destramă în jurul meu. Îl simt. Timpul încetineşte, se târăşte, iar apoi sare înainte, ţopăie. Nu ca o săgeată. Ca o bulboană.

Apoi aud ceva, o insectă, poate, sau chiar o vrabie care îmi trece pe lângă ureche. Un bubuit în depărtare. Am căzut din nou. Încerc să mă ridic împingându-mă în braţe, simt ceva pe ureche şi ridic mâna ca să-l ating. Fierbinte, lipicios. Mă ridic în picioare şi mă uit lung la mâna mea vopsită în roşu. Văd că-mi curge pe umărul stâng. Sânge roşu. Caut păpuşa în buzunar. În clipa în care o scot, armele se ridică.

– Nu-i decât o batistă! spune unul dintre ei.

Mi-o apăs pe capul însângerat. Truus e încă aici, nu ştiu cum. Mă ajută, aşa cum a făcut mereu. Mă ajută să rămân om.

Individul care duce lopata lasă arma în jos. Pare speriat. De ce?

O, sângele! Mâna mea e roșie și de pe ea picură sânge. Nu e un trăgător bun.

Eu și Annie râdem. N-au de gând să mă ducă acasă, nu? Annie îmi zâmbește. Mereu a avut cel mai frumos zâmbet. Toată lumea spunea asta după moartea ei. Semăna cu mama.

Mă întorc ca să-i privesc pe cei trei care stau în spatele meu, aliniați ca niște băieței care se prostesc jucându-se cu puștile. De ce stau pe nisip? Mă opun. Mă împing în brațe, mă ridic, clătinându-mă pe loc. Bărbații ăștia ridicoli, cu armele lor! Sunt înspăimântați de ceva.

– Eu trag mai bine decât voi! exclam.

E adevărat.

Lages mârâie și ridică arma, iar din gură îi scapă salivă. Strigă ceva. Nu-i aud glasul. Degetul îi zvâcnește pe trăgaci.

Nu mi-e teamă. Îi sfidez. Nu le-am dat nimic. Nici măcar numele meu.

Un zgomot puternic, ca un tunet.

BUUM!

Păpușa pătată de sânge cade pe nisip.

Două vrăbii își iau zborul. O albină.

Nu le-am dat nimic.

Oceanul, bubuitor.

Cerul.

Nici măcar numele meu.

EPILOG

Hannie Schaft a fost scoasă din închisoarea Amstelveenseweg în ziua de 17 aprilie 1945 și dusă la dunele de lângă Bloemendaal, la depărtare de aproape douăzeci de kilometri de Amsterdam. Potrivit declarațiilor temnicerilor ei, a fost silită să meargă în fața lor în timp ce pătrundeau tot mai adânc printre dunele de nisip. A fost împușcată de la spate de soldatul german Mattheus Schmitz. Glonțul i-a zdrelit pielea capului și a doborât-o în nisip. S-a ridicat, a întors capul către călăii ei și a strigat: „Eu trag mai bine decât voi!"[5] În momentul acela, polițistul și colaboraționistul olandez Maarten Kuiper a ridicat mitraliera și a ucis-o. (Cea mai mare parte a amănuntelor pe care le știm despre ultimele momente ale lui Hannie se datorează lui Kuiper, care a fost interogat după război.) Hannie Schaft a fost îngropată într-un mormânt puțin adânc, între dune, acolo unde au fost lăsați mulți luptători din Rezistență, în morminte nemarcate, în speranța că aveau să fie uitați.

Treisprezece zile mai târziu, în 30 aprilie 1945, Adolf Hitler s-a sinucis în Germania, iar o săptămână mai târziu, cel de-Al Treilea Reich German a capitulat necondiționat în fața Puterilor Aliate. În cele din urmă, Țările de Jos au fost eliberate în data de 5 mai 1945. În lunile care au urmat, sute de cadavre ale luptătorilor din Rezistență au fost recuperate dintre dune. Hannie a fost înmormântată în Cimitirul de Onoare, într-un coșciug învelit în drapelul național, în cadrul unei ceremonii care a avut loc în 27 noiembrie 1945, și la care au participat regina Wilhelmina a Țărilor de Jos și un convoi funerar alcătuit din sute de oameni. Printre cei patru sute douăzeci și doi de luptători din Rezistență recuperați dintre dune, Hannie Schaft a fost singura femeie.

În afară de cele șase asasinate confirmate, comise asupra unor ofițeri germani naziști și colaboraționiști olandezi, Hannie (împreună cu Truus și cu Freddie) au efectuat zeci de transporturi periculoase de arme în toată țara, cele mai multe, pe bicicletă. Împreună cu Jan Bonekamp, Hannie a pătruns prin efracție în primăria din Krommenie, confiscând documente utile pentru Rezistență. De asemenea, cei doi au făcut o razie într-o importantă fabrică de produse chimice din Amsterdam. În 1944, Hannie, dându-se drept Johanna Elderkamp, s-a infiltrat cu succes într-un foarte bine păzit complex de instalații de rachete germane V-1 și V-2, aflat pe coasta olandeză, de unde se dădeau atacuri ce devastau sudul Angliei. Hannie a întocmit hărți detaliate, care au ajuns la Forțele Aeriene Regale Britanice (RAF), care le-a folosit ca să trimită trei sute de bombardiere aeriene în misiuni încununate de succes, prin intermediul cărora au fost distruse punctele germane de lansare de rachete de pe coastă. Cu puțin timp înainte de capturarea lui Hannie, ea și Truus au refuzat să bombardeze un mare magazin general din Amsterdam, insistând pe ideea că ar fi fost răniți prea mulți civili. Lui Hannie și Truus li s-a oferit și posibilitatea de a-i răpi pe copiii Reichskommissarului Arthur Seyss-Inquart, o misiune pe care au refuzat-o amândouă. „Nu suntem ca naziștii!"[6], a spus Hannie la momentul acela. „Noi, cei din Rezistență, nu omorâm copii." Nici unul dintre cele două planuri n-a fost dus vreodată la îndeplinire.

După moartea ei, Hannie Schaft a fost la început sărbătorită drept „Simbol al Rezistenței" de către regina Wilhelmina și i s-a acordat postum Crucea Olandeză a Rezistenței. Comandantul Suprem al Forțelor Aliate, generalul Dwight D. Eisenhower, i-a acordat postum lui Schaft o Medalie Americană a Libertății. Dar la începutul Războiului Rece, legătura lui Hannie cu RVV-ul cu înclinații comuniste a dus la interzicerea de către guvernul olandez a ridicării de monumente în memoria ei. În 1951, cu ajutorul armatei și al tancurilor, guvernul a dispersat o mulțime de zece mii de oameni veniți să se reculeagă la mormântul ei. După ce, la începutul anilor '90, Uniunea Sovietică s-a destrămat, reputația ei a fost treptat reabilitată.

Astăzi, pe piatra de mormânt a lui Hannie Schaft din Cimitirul Eroilor, scrie:

Jannetje Johanna Schaft
16 septembrie 1920–7 aprilie 1945
Zij diende
[A servit patria]

Părinții lui Hannie, **Aafje Talea (Vrijer) Schaft** și **Pieter Schaft** au fost ținuți în lagărul de concentrare Herzogenbusch de lângă orașul Vught din Țările de Jos, până aproape de sfârșitul războiului, când li s-a permis să se întoarcă acasă, la Haarlem. Atunci când s-a declarat pacea, în data de 5 mai 1945, părinții lui Hannie au presupus că aceasta avea să fie eliberată din închisoare. În 21 mai au fost informați că fiica lor fusese executată, în ciuda acordului dintre germani și

Aliați de a contramanda execuțiile, acord semnat în urmă cu câteva săptămâni. Familia Schaft a continuat să locuiască la Haarlem după război.

Philine Rosa Polak Lachman (1921–2018) a supraviețuit războiului datorită prietenei de familie Marie Korts, o nemțoaică venită în Țările de Jos după Primul Război Mondial, care a lucrat ca menajeră pentru familia Polak pe vremea copilăriei lui Philine. (Mama fetei nu și-a revenit niciodată complet după epidemia de gripă spaniolă și a fost ucisă de tuberculoză în 1923, pe vremea când Philine avea doi ani.) Marie ura regimul nazist și a contactat-o pe Philine prin intermediul rețelei de rezistență, care a venit s-o salveze din casa Schaft în noaptea în care au fost arestați părinții lui Hannie. (Se impune întrebarea: de ce au rămas soții Schaft în casă? Poate că au făcut-o fiindcă și-au închipuit că nu li se putea întâmpla nimic, din moment ce nu mai adăposteau *onderduikeri*, dar e dificil de spus cu siguranță.) Philine a fost condusă înapoi la Amsterdam, unde a petrecut Iarna Foametei încercând să supraviețuiască într-o casă construită în 1667, fără electricitate și fără căldură, care i-a servit drept adăpost. „M-am gândit să mă arunc în apă“[7], a spus ea mai târziu. „Moartea trăia cu noi tot timpul; nu exista nici un viitor. Pur și simplu, nu exista.“ Marie Korts i-a venit din nou în ajutor, adăpostind-o pe Philine în casa ei.

În ziua eliberării, Philine era într-o stare atât de fragilă, încât abia dacă avea puterea de a sărbători. „Eram cu toții înfometați și epuizați. Nu pot spune că am simțit o mare emoție; prea eram duși de pe astă lume. Așa erau cei mai mulți.“ O neliniștea și ideea de a se reîntâlni cu vecinii ei, cu cei care nu erau evrei. „M-am gândit că o să zică: «Uite-i iarăși pe evreii ăștia ticăloși!

Cum de n-au fost uciși cu toții?» Așa am crezut că o să gândească", își amintea ea. „Fiindcă după ce ți se spune de atâtea ori că ești un Untermensch [„un subom" în limba germană], ideea asta ți se infiltrează în minte." Îmbrăcată în pantalonii și cămășile prea largi ale tatălui ei, care dispăruse - fiindcă hainele ei erau prea uzate -, Philine s-a aventurat din nou în public pentru prima dată după trei ani. În Piața Dam, steagul cu svastică fusese înlăturat și „Acolo se aflau soldați aliați din trupele canadiene. Celui dintâi pe care l-am văzut i-am cerut un autograf pe cartea mea de identitate; soldatul era din Winnipeg. Nu mai văzusem niciodată până atunci un soldat din Forțele Aliate și i-am primit cu multă bucurie".

Încântarea lui Philine a pierit atunci când a încercat s-o găsească pe Hannie, după ce a reușit s-o contacteze pe Truus. (Hannie le-a povestit dragelor ei prietene una despre alta înainte de a muri, iar Truus, Freddie și Philine au păstrat legătura toată viața, prin intermediul Fundației Olandeze Naționale Hannie Schaft.) „Eu și Truus ne-am petrecut prima zi de libertate de după război în fața închisorii din Amsterdam, cu flori roșii în brațe", își amintește ea, „așteptând s-o întâmpinăm la ieșire. Dar nu se mai afla acolo."

La scurtă vreme, Philine a aflat că tatăl ei, **David Polak** (1885-1943), fusese omorât în lagărul de concentrare Sobibor din Polonia, la puțin timp după ce ea, Philine, plecase de acasă pentru a locui la familia Schaft. Alți doisprezece membri ai familiei Polak au fost uciși în lagăre de concentrare.

Philine a decis să emigreze în Statele Unite, ca să-l reîntâlnească pe fratele ei, Jaap Polak (cunoscut mai târziu sub numele de Jack Vanderpol), la Spitalul General Walter Reed din Washington DC. Acesta plecase din Țările de Jos înainte de război, se înrolase în Armata Statelor Unite și suferise răni grave în timpul Ofensivei din Ardeni. La Washington, Philine l-a întâlnit pe un alt supraviețuitor al Holocaustului, Erwin J. Lachman, care locuise la Berlin. Ea și Lachman s-au căsătorit și au avut doi copii.

Philine a rămas credincioasă idealurilor de justiție și respectării drepturilor omului pe care ea și Hannie le împărtășeau. A lucrat în calitate de consilier general pentru Națiunile Unite, iar mai târziu a lucrat pentru Fondul Monetar Internațional, pe post de consilier asistent general. A urcat în ierarhie, devenind femeia cu cea mai înaltă poziție din cadrul FMI. Datorită eforturilor lui Philine, Marie Korts a fost recunoscută de Yad Vashem, Memorialul Victimelor Holocaustului din Israel, ca „Drept între popoare" în 1992. Marie a rămas la Amsterdam după război, iar Philine a vizitat-o acolo de multe ori de-a lungul vieții.

Deși în tinerețe n-a vorbit mult despre experiența din timpul războiului, în ultimii ei ani, Philine a început să simtă că era important să împărtășească lumii cele întâmplate, mai ales ca răspuns dat celor care negau realitatea Holocaustului. „Înainte de război, n-aveam înclinații politice", i-a spus ea unui reporter, „fiindcă nici tatăl meu [n-avea]. După război, am descoperit că nu-mi puteam permite să fac abstracție de politică, deoarece politica era ceea ce ne-a ucis." Philine a contribuit la Fundația Shoah prin multe interviuri de istorie orală și a vorbit la a șaizecea comemorare a morții lui Hannie Schaft la Haarlem, în 2005. Către sfârșitul vieții, de ziua ei de naștere, Philine obișnuia să spună: „Au încercat atât de mult să mă ucidă, dar eu sunt tot aici!"

În 2017, la vârsta de nouăzeci și șase de ani, Philine reflecta asupra propriei vieți: „Felul în care am încercat să-mi trăiesc viața e marcat de Tikkun Olam", spunea ea. „Asta înseamnă să încerci să faci lumea un loc mai bun. Sunt singurele cuvinte în ebraică pe care le cunosc. Pentru mine a însemnat să nu spun niciodată cuvinte care să-l mâhnească pe altul, sau care să-l rănească mental sau material." Chiar și la vârsta de nouăzeci de ani, experiența personală a războiului îi rămăsese vie și viscerală în minte: „Desigur, am fost nevoită să port o stea galbenă", își amintea ea. „E ceva ce pui pe tine, dar nu mai poți să dai jos niciodată."

Philine R. Lachman a murit în Maryland, în anul 2018, îngrijită cu dragoste de copii și de nepoți, la vârsta de nouăzeci și șapte de ani.

Sonja Antoinette Frenck (1920–1943) n-a ajuns în America. A fost descoperită și trădată pe când se afla în Franța, la Lyon, capturată și trimisă în lagărul de concentrare de la Auschwitz, în Polonia. A fost ucisă în data de 23 noiembrie 1943. La scurtă vreme după ce Sonja a părăsit Amsterdamul împreună cu Hannie Schaft, tatăl ei, Willem Frenk (1891–1943), a fost ucis în lagărul de concentrare de la Sobibor, la fel ca tatăl lui Philine. Mama Sonjei, Esther Engelina Blok Frenk (1891–1980), a supraviețuit războiului și, în cele din urmă, s-a recăsătorit.

După ce a fost martoră la arestarea lui Hannie pe podul Jan Gijzen, în 21 martie 1945, **Truus Menger-Oversteegen** (1923–2016) a sperat că Hannie era încă în viață. Surse din cadrul Rezistenței au îndreptat-o spre închisoarea Amstelveenseweg din Amsterdam. Truus s-a dus la închisoare, îmbrăcată din nou în uniformă de infirmieră nemțoaică, și a cerut s-o vadă pe Hannie Schaft. Verificând registrul, gardianul i-a arătat că numele de „J. Schaft“ fusese tăiat cu o linie, ceea ce indica o execuție. Truus a leșinat în clipa în care a auzit vestea și a căzut pe podea, iar din buzunare i-au alunecat două pistoale. Din fericire, și-a recăpătat repede cunoștința și nimeni nu i-a descoperit armele. Sperând că Hannie fusese doar transferată în altă parte, Truus a continuat să creadă că prietena ei era în viață. La fel ca Philine, Truus își amintea de ziua în care s-au dus s-o aștepte la închisoare Amstelveenseweg, după eliberare. Au văzut cum au ieșit toate deținutele, întâmpinate cu toatele de familiile lor, până ce n-a mai rămas nimeni. Ea și Philine au dat buchetul de lalele roșii ultimei femei care a părăsit închisoarea.

Truus s-a căsătorit cu Pieter Menger, un tovarăș din Rezistență, pe care l-a întâlnit în timpul războiului, atunci când li s-a încredințat misiunea de a arunca în aer un baraj. S-au căsătorit după război și au avut patru copii, dându-i primei lor fiice numele de Hannie. Truus a devenit o artistă recunoscută la nivel internațional, sculptor și activistă pentru drepturile omului. Ea a combătut rasismul, sexismul și toate formele de nedreptate. S-a implicat în mișcarea antiapertheid din anii ’80 și a lucrat îndeaproape cu Congresul Național African (ANC) și cu liderii acestuia, Nelson Mandela și Oliver Tambo. De asemenea, a înființat în Soweto un orfelinat pentru copii cu dizabilități. În 1967, Truus a fost recunoscută de Yad Vashem ca „Drept între popoare“. La a șaptezeci și cincea aniversare a zilei sale de naștere, a fost învestită de către regina Beatrix a Țărilor de Jos cu titlul de ofițer al Ordinului de Orange-Nassau în grad de cavaler.

Experiențele din timpul războiului i-au definit restul vieții; atât ea, cât și Freddie au suferit de coșmaruri și de depresie în deceniile care au urmat. „Sunt un om traumatizat"[8], i-a spus Truus unui reporter. Dar a găsit mijloace de a merge mai departe: prin artă, prin activism și vizitând sute de școli de-a lungul anilor, ca să le vorbească celor mici despre intoleranță. „Îi întreb pe copii ce ar fi făcut ei. Răspunsurile sunt de multe ori înduioșătoare." La o școală a fost întrebată dacă, după tot ceea ce văzuse, mai credea în Dumnezeu. „N-am primit o educație religioasă, așa că mai bine ar fi să mă întrebi dacă mai cred în umanitate", a răspuns ea. „Cred în bunătatea omului." Truus a înființat Fundația Hannie Schaft în 1996 și a rămas activistă împotriva fascismului și a nedreptății până la moartea ei în 2016, la vârsta de nouăzeci și doi de ani.

Freddie Nanda Dekker-Oversteegen (6 septembrie 1925–5 septembrie 2018) s-a căsătorit cu Jan Dekker, cu care a avut trei copii, iar după război s-a întors la viața civilă. La fel ca sora ei, Freddie a fost bântuită de amintirea Rezistenței, care le-a lăsat ambelor femei traume psihologice pentru tot restul vieții. La șaptezeci de ani de la sfârșitul războiului, surorilor Oversteegen li s-a acordat, în cele din urmă, Crucea Mobilizarea în Război pentru serviciul în cadrul Rezistenței. În interviuri date la vârsta adultă, Freddie a fost întrebată câți naziști a omorât. A refuzat să răspundă. „N-o să vă spun numărul oamenilor pe care i-am împușcat"[9], a spus ea. „Eram soldat. Un soldat-copil, dar tot un soldat. Nu întrebi un soldat despre câți oameni a împușcat." Freddie a făcut parte din consiliul de administrație al Fundației Hannie Schaft și a rămas credincioasă cauzei antifasciste până la moartea sa, în 2018.

Johannes (Jan) Lambertus Bonekamp (19 mai 1914–1 iunie 1944) a rămas în amintirea tovarășilor săi din Rezistență, printre care Hannie, Truus și Freddie, ca un mare erou. S-a remarcat pentru prima dată ca luptător al Rezistenței după organizarea grevei de la uzina de oțel Hoogovens, la care era angajat în 1943. Bonekamp era renumit printre cunoscuți atât pentru dăruirea față de cauza Rezistenței, cât și pentru vitejia și îndrăzneala lui. Jan a comis asasinate, acte de sabotaj și orice alte misiuni i se încredințau, inclusiv o încercare curajoasă, dar sortită eșecului, de a elibera deținuți politic din infama închisoare Weteringschans din Amsterdam, unde a fost încarcerată mai târziu Anne Frank, împreună cu familia ei. După ce a fost împușcat în timpul asasinării lui Ragut, Jan a fost dus la un spital sub escortă germană. Potrivit spuselor Kriminalsekretärului nazist Emil Rühl, cel care l-a interogat, în timp ce Jan zăcea pe patul de moarte, cu dureri atroce, naziștii s-au dat drept tovarăși din Mișcarea de Rezistență și s-au oferit să le transmită tovarășilor de luptă un mesaj din partea lui, iar atunci Jan a deconspirat numele și adresa lui Hannie Schaft, printre alții. Soția și fiica lui Jan au supraviețuit.

Rămășițele omenești ale lui Jan au fost recuperate după război, iar surorile Oversteegen au cerut să fie înmormântat în Cimitirul Național de Onoare împreună cu Hannie, însă rudele au ales să-l înmormânteze alături de răposații din familie, în cimitirul Westerbegraafplaats din orașul lui natal, IJmuidens, acolo unde Societatea Jan Bonekamp ține o ceremonie anuală de aducere-aminte. Două monumente, unul pentru Jan și altul pentru Hannie, au fost ridicate în centrul orașului Zaandam, pe locul atacului împotriva lui Ragut. De-a lungul anilor, Truus și Freddie au adus un omagiu curajului lui Jan în cadrul ceremoniei anuale de 5 Mai, ziua eliberării Țărilor de Jos.

Hannie a fost devastată de moartea lui Jan. „O să încerc să salvez ceva din ruinele ființei care am fost. Dar probabil că asta nu mai e posibil“[10], a notat ea într-o scrisoare concepută în lunile care au urmat. „Nu-l judecați aspru pe prietenul meu [Jan]; s-a purtat minunat. Nu putem decât să sperăm că există mai multe persoane ca el. A fost unul dintre cei mai buni oameni pe care i-am cunoscut. Nu uitați asta.“

Willy Paul Franz Lages (1901–1971) a fost șeful german (SS-Sturmbahnführer) al SD-ului (Sicherheitsdienst) din Amsterdam în timpul celui de-Al Doilea Război Mondial. De asemenea, a fost comandantul departamentului nazist Zentralstelle für jüdische Auswanderung (Biroul Central pentru Emigrația Evreiască) din cadrul guvernului de ocupație, responsabil cu deportarea evreilor olandezi în lagărele de concentrare din afara Țărilor de Jos. În timp ce ocupa această funcție, a autorizat deportarea și uciderea a zeci de mii de evrei olandezi, printre care Anne Frank și familia ei.

Willy Lages a fost arestat după război și acuzat de crime împotriva umanității, printre care și uciderea a sute de cetățeni olandezi. A fost judecat la Nürnberg și condamnat la închisoare pe viață. În 1966, a fost eliberat din motive umanitare, fiind bolnav, și i s-a permis să revină în Germania de Vest. Ajuns acolo, a primit asistență medicală și a murit în 1971.

Emil Rühl (1904–dată necunoscută) a fost Kriminalsecretär (secretar superior de poliție judiciară) în regimul de ocupație nazist, în cadrul poliției secrete din Amsterdam, numite și Gestapo. Rühl a fost judecat și condamnat atât pentru participarea la execuții ilegale, crime comise în cadrul operațiunii anti-Rezistență Aktion Silbertanne pe care a condus-o, cât și pentru rele tratamente aplicate deținuților aflați în grija sa și torturării evreilor olandezi; se știe că a torturat deținuți francezi folosind metoda numită „înecare simulată". Rühl a fost condamnat la optsprezece ani de închisoare, dar a fost eliberat după numai șapte, în 1956.

Maarten Kuiper (1898–1948), omul care a împușcat-o pe Hannie Schaft, a fost ofițer de poliție olandez, membru al Partidului Național Socialist din Țările de Jos (NSB) înainte de ocupația nazistă. Sub regimul nazist, a intrat în Sicherheitsdienst (SD) și a devenit un notoriu „vânător de evrei", primind opt guldeni (aproximativ douăzeci de dolari la momentul acela) în schimbul fiecărei persoane de origine evreiască pe care o preda în mâinile naziștilor. Kuiper a participat la misiunile Aktion Silbertanne și, la fel ca Willy Lages, a jucat un rol în arestarea și deportarea Annei Frank și a familiei sale în 1944. Kuiper a fost arestat și judecat pentru omucidere și crime împotriva umanității. A fost găsit vinovat de trimiterea a sute de evrei olandezi la moarte în lagărele de concentrare, cât și de uciderea propriu-zisă a șaptesprezece evrei și luptători din Rezistență. A fost executat în data de 30 august 1948, la Fortul Bijlmer, în Țările de Jos.

Înainte ca Adolf Hitler să moară sinucigându-se în aprilie 1945, el l-a ridicat pe **Arthur Seyss-Inquart** la rangul de Reichsminister al Afacerilor Externe, înlocuindu-l astfel pe Joachim von Ribbentrop. Seyss-Inquart a încercat să scape de justiție fugind din Țările de Jos în ultimele zile ale războiului, cel mai probabil în America de Sud, ca mulți dintre colegii săi naziști. Dar n-a ajuns decât până la Hamburg, unde a fost prins în data de 7 mai 1945.

Un soldat aliat pe nume **Norman Miller**[11], tânăr infanterist din Royal Welch Fusilier (Pușcașii Marini), repartizat în ziua aceea la dirijarea traficului, l-a recunoscut pe proaspăt numitul ministru al celui de-Al Treilea Reich în timpul unei opriri de rutină. Miller (nume dat la naştere: Norbert Müller) era un evreu german, născut la Nürnberg în 1924, care fusese trimis la adăpost în Anglia ca parte a programului britanic Kinderstransport (prin care zece mii de copii evrei au fost evacuaţi din Europa ocupată de nazişti). Miller era orfan; întreaga sa familie - tatăl, Sebald, mama, Laura, şi sora, Susanne - au fost ucişi în lagărul de concentrare Jungfernhof din Letonia în data de 26 martie 1942. Recunoscându-l pe Seyss-Inquart, Norman Miller l-a arestat imediat pe nazistul de rang înalt, asigurându-se astfel că acesta din urmă avea să răspundă în faţa Tribunalului Militar Internaţional, după război, pentru crimele comise.

Arthur Seyss-Inquart a compărut în faţa acestui tribunal la Nürnberg, în 1946, fiind acuzat de uneltire în vederea comiterii de crime împotriva păcii; planificarea, iniţierea şi purtarea unui război de agresiune; crime de război şi crime împotriva umanităţii. De-a lungul procesului, Seyss-Inquart a repetat că „avea conştiinţa curată", în ciuda foametei şi a genocidului dezlănţuite asupra populaţiei din Ţările de Jos. I-a displăcut profund faptul că a fost obligat să se predea.

La începutul lui decembrie 1944, Comandantul Suprem Dwight D. Eisenhower şi Forţa Expediţionară Aliată (SHAEF) manifestau o profundă îngrijorare în privinţa „olandezilor înfometaţi", care subzistau cu mai puţin de o mie de calorii pe zi. Comandantul Eisenhower l-a avertizat pe Seyss-Inquart că, în scopul de a se evita „moartea prin înfometare la o scară considerabilă... din motive pur umanitare, trebuie făcut ceva fără întârziere"[12]. Dar Reichsministrul a tras de timp. În acea perioadă, o mare parte a armatei sale a început să fugă înapoi spre Germania, adoptând tactica pârjolirii terenului, furând și distrugând alimentele olandezilor în timpul retragerii lor, operațiune care a durat câteva luni.

În data de 23 aprilie 1945, Eisenhower a trimis armatei germane un mesaj în care spunea că aceasta era „direct responsabilă" pentru „înfometarea populației din Olanda... iar dacă [Seyss-Inquart] nu-și îndeplinește obligațiile clare și datoria umanitară, el și toți cei responsabili aflați sub comanda lui urmează să fie considerați de către mine violatori ai legilor războiului și o să trebuiască să suporte consecințele inevitabile ale faptelor lor". Istoricii estimează că până la acea dată muriseră aproximativ douăzeci de mii de civili olandezi, ca urmare a înfometării din timpul perioadei numite Iarna Foametei.

Dar Seyss-Inquart a continuat să se eschiveze.

În cele din urmă, în data de 30 aprilie 1945, ziua sinuciderii lui Adolf Hitler, șeful Statului Major al SHAEF, locotenentul general Walter Bedell Smith, s-a întâlnit cu Seyss-Inquart, furios că era nevoit să negocieze distribuția de alimente în regim de urgență cu „unul dintre cei mai răi criminali de război". Amintindu-i ministrului german că războiul avea să se termine în curând, a vorbit fățiș. „Noi nu putem să acceptăm eliberarea unor cadavre!" l-a avertizat el pe Seyss-Inquart.

Cu mare reticență, Seyss-Inquart a fost de acord să deschidă câteva linii de aprovizionare spre Olanda ocupată.

– În orice caz, a spus Smith, dezgustat, o să fiți împușcat!

– Asta mă lasă rece! a replicat Seyss-Inquart.

– O să vă lase! a adeverit Smith.

Arthur Seyss-Inquart a fost găsit vinovat de crime de război şi de crime împotriva umanităţii şi executat prin spânzurare la închisoarea Nürnberg, în data de 16 octombrie 1946, la vârsta de cincizeci şi patru de ani.

NOTA AUTOAREI

Deşi Hannie Schaft a murit înainte de sfârşitul războiului, mulţi dintre tovarăşii ei de luptă din Mişcarea de Rezistenţă au supravieţuit. Scriindu-şi memoriile şi depunând mărturie în procese şi interviuri de-a lungul întregii vieţi, ei s-au asigurat că moştenirea lui Hannie Schaft n-avea să fie uitată. Există, totuşi, o lipsă în aceste înregistrări: glasul lui Hannie Schaft. Ea a scris numai câteva scrisori şi n-a dat interviuri, fiindcă protejarea identităţii era crucială pentru lupta în Rezistenţă. Ceea ce rămâne din glasul lui Hannie Schaft sunt conversaţiile pe care şi le amintesc prietenii şi familia, vreo zece fotografii şi amintirile temnicerilor ei nazişti, ultimele persoane care au văzut-o în viaţă.

Iată motivul din care am ales să spun această poveste adevărată folosind câteva dintre instrumentele ficţiunii, recreând conversaţii şi monologuri interioare care aduc la viaţă umanitatea poveştii ei. Unele nume au fost schimbate, iar unele personaje şi scene din roman sunt compozite, bazate pe una sau mai multe persoane sau poveşti reale. Toate personajele principale din romanul *Fata cu Părul Roşu* sunt inspirate de persoane reale, cu excepţia surorii Bettine Dekker şi a lui Hendrik Oostdijk. Sora Dekker a fost modelată după numeroasele femei care lucrau în domeniile asistenţei medicale şi al pediatriei, ale căror compasiune, planificare strategică şi curaj absolut au salvat vieţile a mii de evrei, mai ales copii, în timpul celui de-Al Doilea Război Mondial. Personajul lui Hendrik Oostdijk a fost inspirat de numeroşii bărbaţi olandezi bravi, care şi-au părăsit familiile şi carierele, sacrificându-şi viaţa ca să lupte împotriva naziştilor, în numele compatrioţilor lor. Numele adevăratului comandant al celulei RVV din Harleem a fost Frans van der Wiel. El le-a recrutat pe Truus şi pe Freddie ca luptătoare în Rezistenţă, pe când aveau numai şaisprezece şi, respectiv, paisprezece ani (cu permisiunea mamei lor, Trijntje). Frans van der Wiel a supravieţuit războiului.

Le sunt recunoscătoare echipelor şi resurselor pe care mi le-au oferit, pe parcursul cercetării efectuate pentru această carte, următoarele instituţii olandeze: Nationaal Archief (Arhivele Naţionale) ale Ţărilor de Jos; Institutul NIOD pentru război, Holocaust şi studii despre genocid; Case & Muzeul Anne Frank; Verzetsmuseum (Muzeul Rezistenţei); Memorialul Naţional al Holocaustului Hollandsche Schouwburg; Muzeul de istorie a evreilor din Amsterdam şi Muzeul oraşului Haarlem.

Alte materiale au fost studiate la Arhivele Naţionale (Regatul Unit), Muzeul Imperial al Războiului din Londra, Arhiva Royal Welch Fusiliers de la Muzeul Wrexham (Ţara Galilor), Colecţia Proceselor de la Nürnberg de la Facultatea de Drept a Universităţii Yale, Arhiva vizuală a Fundaţiei Shoah-USC, Muzeul Memorialului Holocaustului din Statele Unite şi Centrul Yad Vashem pentru Rememorarea Holocaustului Mondial (Israel).

Pentru cei interesaţi de o lectură aprofundată pe tema experienţei olandeze a celui de-Al Doilea Război Mondial, există multe istorisiri ale martorilor. Truus

Menger-Oversteegen a scris o minunată autobiografie, intitulată *Not Then Not Now Not Ever*, care mi-a fost de un ajutor inestimabil în propria cercetare. *Jurnalul Annei Frank* e binecunoscut, dar alte importante memorii sunt cărțile lui Etty Hillesum, *An Interrupted Life: The Diaries: 1941–1943* și *Scrisori din lagărul de la Westerbork*; cartea lui Edith Velmans, *Edith's Book: The True Story of How One Young Girl Survived the War*; *Steal a Pencil for Me: Love Letters from Camp Bergen-Belsen and Westerbork* de Jaap Polak (nici o legătură cu Philine) și Ina Soep. Toate aceste volume sunt memorii mișcătoare despre viața de zi cu zi în Țările de Jos aflate sub ocupație nazistă. Volumul *Five Years of Occupation: The Resistance of the Dutch Against Hitler Terrorism and Nazi Robbery* de J.J. Boolen, a fost publicat de o tipografie a Rezistenței înainte de sfârșitul războiului și oferă relatări detaliate despre atrocitățile naziste. Pentru mai multe recomandări de lectură despre istoria Țărilor de Jos în cel de-Al Doilea Război Mondial, vă rog să vizitați site-ul buzzyjackson.com.

Am avut marele noroc să fiu primită de familiile lui Truus și Freddie Oversteegen, de familia lui Philine Polak Lachman și de rudele celorlalți supraviețuitori olandezi ai celui de-Al Doilea Război Mondial, atât la Haarlem, cât și în Statele Unite. Le sunt profund recunoscătoare tuturor acestor oameni fiindcă mi-au încredințat amintirile lor și sper că am reușit să surprind în aceste pagini ceva din extraordinara putere, bravură și integritate morală neclintită a lui Hannie, Philine, Sonja, Truus, Freddie și Trijntje, care m-au inspirat să le spun povestea. Ele sunt eroinele mele.

MULȚUMIRI

Şcoli, străzi şi premii poartă astăzi numele lui Hannie Schaft în Ţările de Jos, dar înainte de a vizita Verzetsmuseum, Muzeul Rezistenţei din Amsterdam, în iarna anului 2016, nu auzisem niciodată de ea. De atunci, mulţi colegi şi prieteni m-au ajutat să înţeleg viaţa lui Hannie şi povestea de ansamblu a experienţei îndurate de Ţările de Jos în timpul Războiului Mondial. Le sunt recunoscătoare tuturor acestora pentru înţelepciune şi generozitate.

Aş dori să le mulţumesc următoarelor persoane din Amsterdam, Haarlem şi Zaandam pentru ajutorul pe care mi l-au oferit în timpul cercetărilor efectuate în vederea scrierii acestei cărţi: mai întâi, Dawn Skorczsewski, care mi-a prezentat-o pe Hannie şi istoria Holocaustului olandez, cât şi Jan-Erik Dubbelman, Erik Gerritsma, Dienke G. Hondius, Katinka Kenter, Lewis Kirshner, Diederik Oostdijk, Greet şi Luuk Plekker, Esther Shaya, Bettine Siertsema, Frances Walker, Matt şi Emma şi Lucy Lynch şi Star.

Am avut norocul de a scrie o parte din această carte la The Mount (Lenox, Massachussets), datorită Programului Edith Wharton Scriitori Rezidenţi. Le sunt veşnic recunoscătoare lui Jackson Kirshner, Ruth Baum Jackson Hall, Jon A. Jackson, Devin Jackson, Keith Hall, Ben Kirshner, Delight şi Paul Dodyk, familiilor Kiryk,

Schulze, Kirshner, Meschery, Lewon, lui Gary Morris, Michelle Theall, Amy Thompson, Hannah Nordhaus, Radha Marcum, Haven Iverson, Rachel Odell Walker, Rachel Weaver, Teri Carlson, Dianna Chiow, Heather Havrilesky, Stephanie Kelsey, Sarah Sentilles și lui Edith și Hester Velmans, cât și lui Gav Bell și Drea Knufken, pentru susținerea arătată acestei cărți de la bun început.

Cartea n-ar fi existat fără viziunea extraordinarelor angajate ale Agenției Friedrich: binevoitoarele forțe ale naturii pe nume Molly Friedrich și Lucy Carson, împreună cu Hannah Brattesani, Heather Carr și Marin Takikawa. Mulțumiri complementare se îndreaptă spre înțelepții consilieri Hilary Zaitz Michael și Nicole Weinroth de la William Morris Endeavor.

Camarazilor mei din Echipa Hannie de la Dutton, Michael Joseph și marelui univers al Editurii Penguin Random House: Jason Booher, Claire Bowron, Lexy Cassola, Patricia Clark, Mary Beth Constant, Alice Dalrymple, Caspian Dennis, Feico Deutekom, Maxine Hitchcock, Kaitlin Kall, Chris Lin, John Parsley, Emily Van Blanken, Amanda Walker, și mai ales inteligenților și inimoșilor mei editori, Jillian Taylor și Maya Ziv, le sunt foarte recunoscătoare pentru încrederea lor în Hannie și pentru ajutorul plin de amabilitate pe care mi l-au dat. Le mulțumesc că au fost armata secretă din spatele acestei cărți.

Lui Benjamin Whitmer, consilierul meu pe probleme artistice și balistice, îi mulțumesc pentru focar și brăzdar.

La final, le adresez sincere mulțumiri Tessei Lachman, Katinkăi Kenter și familiilor lui Truus și Freddie Oversteegen și lui Philine Polak Lachman. Mă simt onorată să depun mărturie cu privire la viețile extraordinare pe care le-au trăit. Într-un astfel de spirit, aş vrea să las ultimul cuvânt îndârjitei Trijntje Oversteegen, mama lui Truus şi Freddie:

Blijf menselijk.
Să rămâi om.

xo Buzzy Jackson

NOTE

1. Interviu cu Cornelius Mol, luat de Ton Kors, Dosarul 248-A2452 – Schaft, Hannie, Institutul NIOD pentru Război, Holocaust și Studii despre Genocid, Amsterdam

2. Hannie Schaft, *Oamenii pe care îi admir*, Dosarul 248-A2452 – Schaft, Hannie, Institutul NIOD pentru Război, Holocaust și Studii despre Genocid, Amsterdam, 1935

3. Freddie Oversteegen în Noor Spanjer, *This 90-Year-Old Lady Seduced and Killed Nazis as a Teenager* (*Această femeie în vârstă de 90 de ani a sedus și a ucis naziști în adolescență*), Vice, 11 mai 2016, https://www.vice.com/en/article/dp5a8y/teenager- nazi-armed-resistance-netherlands-876

4. *Savagery* (*Sălbăticie*), *Haarlemsche Courant*, 15 iunie 1944, 2, păstrat la Arhivele Olandei de Nord, Țările de Jos, https://nha.courant.nu/issue/HC/1944-06-15/edition/2/page/2?query=

5. Interviu și note de Ton Kors, Dosarul 248-A2452 – Schaft, Hannie, Institutul NIOD pentru Război, Holocaust și Studii despre Genocid, Amsterdam

6. Hannie Schaft în Truus Menger, *Not Then Not Now Not Ever*, trad. Rita Gircour (Amsterdam: Nederland Tolerant – Fundația Max Drukker, 1998), p. 178

7. Philine Lachman, citate din *Interviu de istorie orală cu Philine Lachman-Polak*, realizat în 22 ianuarie 1995, număr de acces 1995.A.0577, RG număr RG-50.179.0001, Arhiva de Istorie Orală Jeff și Toby Herr, Arhiva USC Shoah de la Muzeul Memorialului Holocaustului din Statele Unite,

Washington, DC, https://collections.ushmm.org/search/catalog/irn512184

8. Truus Menger-Oversteegen, interviu luat de Natascha van Weezel şi Anet Bleich, *Interview Truus Menger*, 7 august 2013, *Natascha's Wondere Wereld*, https://nataschavanweezel.blogspot.com/search?q= truus

9. Freddie (Oversteegen) Dekker în Sophie Poldermans, *The Remarkable Story of Three Teenage Girls Who Seduced and Killed Traitors During WW II* (*Remarcabila poveste a trei adolescente care au sedus şi ucis trădători în timpul celui de-Al Doilea Război Mondial*), revista *Bust*, vara lui 2021, https://bust.com/feminism/198335-teenage-nazi-killers.html

10. Hannie Schaft în Sophie Poldermans, *Seducing and Killing Nazis: Hannie, Truus and Freddie: Dutch Resistance Heroines of WWII*, trad. Gallagher Translations (SWW Press, 2019), p. 72

11. "*Sixth*" *Men on the Air, The Flash* (Anglesey şi Caernarvon, Ţara Galilor), numărul 3, 10 decembrie 1945, The Royal Welch Fusiliers

12. Dwight D. Eisenhower, Walter Bedell Smith şi Arthur Seyss-Inquart, citaţi de Harry L. Coles şi Albert K. Weinberg în *Piecemeal Liberation of the Netherlands Amid Serious Civilian Distress* (*Eliberarea treptată a Ţărilor de Jos în timpul unor grave tulburări civile*), în *Civil Affairs: Soldiers Become Governors* (Washington, DC: Centrul de Istorie Militară a Armatei Statelor Unite, 1964), pp. 831–834

CUPRINS

În colecția Buzz BOOKS
au apărut:

Celeste Ng, *Tot ce nu ți-am spus*
L.S. Hilton, *Maestra*
Jonathan Dee, *Privilegiații*
Emma Healey, *Elizabeth a dispărut*
Peter Swanson, *Cei care merită să moară*
Fiona Barton, *Văduva*
Carla Guelfenbein, *Cu tine în depărtare*
Carla Guelfenbein, *Restul e tăcere*
Austin Wright, *Tony și Susan*
Martin Suter, *Maestrul bucătar*
J.P. Delaney, *Fata dinainte*
Patricia Highsmith, *Carol*
Alexandra Oliva, *Supraviețuitoarea*
Charles Belfoure, *Arhitectul parizian*
Ottessa Moshfegh, *Eileen*
Elan Mastai, *Omul care a cucerit timpul*
Carla Guelfenbein, *Femeia vieții mele*
L.S. Hilton, *Domina*
Susanna Tamaro, *Mergi unde te poartă inima*
Agatha Christie, *Crima din Orient Express*
Sana Krasikov, *Patrioții*
Celeste Ng, *Mici focuri pretutindeni*
Darcey Bell, *O mică favoare*
Fiona Barton, *Copilul*
Michel Faber, *Cartea Lucrurilor Noi și Ciudate*
Maria Semple, *Unde ai dispărut, Bernadette?*

Tim Johnston, *Coborârea*
Susanna Tamaro, *Ascultă glasul meu*
Matthew FitzSimmons, *Dispariția*
Agatha Christie, *Casa strâmbă*
Agatha Christie, *Vinovat fără vină*
Agatha Christie, *Zece negri mititei*
A.J. Finn, *Femeia de la fereastră*
Jonas Bonnier, *Jaf cu elicopterul*
Aimee Molloy, *O mamă perfectă*
Greer Hendricks, Sarah Pekkanen, *Soția dintre noi*
Niklas Natt och Dag, *1793. În umbra morții*
Donna Tartt, *Sticletele*
Linda La Plante, *Văduve*
Stefan Ahnhem, *Victimă fără chip*
Cynthia D'Aprix Sweeney, *Moștenirea*
L.S. Hilton, *Ultima*
Sarah Pinborough, *Prin ochii ei*
Alex Michaelides, *Pacienta tăcută*
Sarah Vaughan, *Anatomia unui scandal*
Agatha Christie, *Ucigașul ABC*
Christine Mangan, *Necunoscuta din Tanger*
Shirley Jackson, *Casa bântuită*
Chloé Esposito, *Rea*
Stefan Ahnhem, *Al nouălea mormânt*
J.P. Delaney, *Crede-mă când mint*
Adrian McKinty, *Lanțul*
Peter Swanson, *O minciună perfectă*
Emily Gunnis, *Fetița din scrisoare*

Christopher Bollen, *Prietenie trădată*
Jean Hanff Korelitz, *Ar fi trebuit să știi*
Bernard Cornwell, *Nebuni și muritori*
Anonim, *Nume de cod: Kingfisher*
Ann Napolitano, *Dragă Edward*
Stefan Ahnhem, *Motivul X*
Daniel Silva, *Cealaltă femeie*
Peter Swanson, *Fata cu un ceas în loc de inimă*
Christy Lefteri, *Apicultorul din Alep*
Jeanine Cummins, *Pământ american*
Kate Elizabeth Russell, *Vanessa mea cea întunecată*
Megan Campisi, *Devoratoarea de păcate*
Sarah Pinborough, *Prietena mea de suflet*
Alex Marwood, *Micile ticăloase*
Daniel Silva, *Fata cea nouă*
Stefan Ahnhem, *X feluri de a muri*
Anders Roslund, *Trei zile*
Josh Malerman, *Malorie*
Jasper DeWitt, *Pacientul*
Affinity Konar, *Gemenele de la Auschwitz*
Lisa Jewell, *O viață regăsită*
Daphne du Maurier, *Rebecca*
Max Seeck, *Vânătoarea de vrăjitoare*
Jean Hanff Korelitz, *De la început*
John le Carré, *Pe serviciul adversarului*
Daphne du Maurier, *Verișoara mea Rachel*
Ashley Audrain, *Îndoiala*
John le Carré, *Omul nostru din Panama*

Patricia Highsmith, *Ape adânci*
J.P. Delaney, *Soția perfectă*
Rumaan Alam, *Lasă lumea în urmă*
Sarah Vaughan, *Mici dezastre*
Ruth Druart, *În timp ce Parisul dormea*
Emily Gunnis, *Fetița pierdută*
Harriet Tyce, *Portocala sângerie*
Lisa Jewell, *Secrete întunecate*
Greer Hendricks, Sarah Pekkanen, *Nu ești singură*
Valérie Perrin, *Apă proaspătă pentru flori*
Igor Bergler, *Biblia pierdută*
G.D. Wilkinson, *Când înfloresc caișii*
John le Carré, *Războiul spionilor*
Laurie Elizabeth Flynn, *Fete de treabă*
Daniel Silva, *Ordinul*
Robert Harris, *München*
Alex Michaelides, *Fecioarele*
Dolores Redondo, *Partea de nord a inimii*
Sophie van Llewyn, *Sâmbăta în care totul s-a schimbat*
John le Carré, *Un adevăr delicat*
David Silva, *Portretul unei spioane*
Harriet Tyce, *Minciuni mortale*
Tatiana de Rosnay, *Viața asta îți aparține*
Toshikazu Kawaguchi, *Până nu se răcește cafeaua*
Lisa Taddeo, *Animal*
John le Carré, *Jocul*
Laura Dave, *Ultimul mesaj*
Valérie Perrin, *Duminicile iubirilor pierdute*

Robert Harris, *V2*
Ellie Midwood, *Violonista de la Auschwitz*
Peter Swanson, *Cunoștință mortală*
Abigail Assor, *La fel de bogat ca regele*
Jean Hanff Korelitz, *Vieți furate*
Virginia Feito, *La limită*
Janelle Brown, *Lucruri prețioase*
Nita Prose, *Camerista*
Lisa Jewell, *Noaptea în care a dispărut*
Ellie Midwood, *Fata care a evadat de la Auschwitz*
Niklas Natt och Dag, *Lupul și străjerul*
Sofía Segovia, *Zborul albinelor*
Christy Lefteri, *Zboruri frânte*
John le Carré, *Proiectul Silverview*
Charmaine Wilkerson, *Gustul dulce de acasă*
Ilaria Tuti, *Flori deasupra infernului*
Daniel Silva, *Violoncelista*
Emily Gunnis, *Camera secretă*
Adrian McKinty, *Insula*
Peter Swanson, *Reguli pentru crima perfectă*
Nina de Gramont, *Misteriosul caz Christie*
Harriet Tyce, *Sentința de la miezul nopții*
Jennifer Saint, *Ariadna*
Toshikazu Kawaguchi, *Povești din cafenea*
Eve Chase, *Casa de sticlă*
Valérie Perrin, *Trei*
Sōsuke Natsukawa, *Motanul care voia să salveze cărțile*
Celeste Ng, *Inimile noastre rătăcite*

Lisa Jewell, *Cineva te urmărește*
Claire Douglas, *Cuplul de la nr. 9*
J.P. Delaney, *Joc murdar*
Marco De Franchi, *Condamnarea celor vii*
Ellie Midwood, *Fata în rochie vărgată*
Hans Rosenfeldt, *Vara lupilor*
Igor Bergler, *Minciuna lui Michelangelo. Catedrala în flăcări*